U0455647

# 非洲妈妈

柴红兵 著

北京燕山出版社

BEIJING YANSHAN PRESS

**图书在版编目（CIP）数据**

非洲妈妈 / 柴红兵著 . -- 北京：北京燕山出版社，
2023.2

ISBN 978-7-5402-6821-3

Ⅰ . ①非… Ⅱ . ①柴… Ⅲ . ①长篇小说—中国—当代
Ⅳ . ① I247.5

中国国家版本馆 CIP 数据核字 (2023) 第 025339 号

**非洲妈妈**

作　　者：柴红兵
责任编辑：王　　迪
出版发行：北京燕山出版社有限公司
地　　址：北京市西城区椿树街道琉璃厂西街 20 号
邮政编码：100052
发行电话：（010）65240430
印　　刷：三河市祥宏印务有限公司
开　　本：710mm×1000mm　1/16
印　　张：21
字　　数：388 千字
版　　次：2023 年 2 月第 1 版
印　　次：2023 年 2 月第 1 次印刷
书　　号：ISBN 978-7-5402-6821-3
定　　价：48.00 元

# 序 言

胡志毅

浙江大学传媒与国际文化学院教授、博导

中国话剧理论与历史研究会会长

浙江文艺评论家协会顾问

在我的记忆中，柴红兵是一个著名的电影编剧，他撰写的电影剧本，有十个拍成了电影，《苹果的滋味》《生死速递》《恋爱大赢家》《大山上的赛艇队》《难为我结婚》《来世有缘还叫你爸爸》《飘扬的红领巾》《枪声背后》等，有几部我还有点印象，《苹果的滋味》《恋爱大赢家》，后者是许绍洋、林志颖、刘亦菲主演。后来，他尝试撰写电视剧剧本，比如《非洲妈妈》，但是这部电视剧没有拍成，于是，他将电视剧剧本改成了长篇小说。

我们知道有许多已经拍成电视剧的作品，也改成了长篇小说出版。

有人曾经说，电视剧是我们这个时代的长篇小说。

我曾经研究过关于华莱士·马丁的《当代叙事学》，他提出了两种叙事循环，一种是神话到史诗，一种是传奇到长篇小说，我根据这个说法，提出第三种叙事循环：从电影到电视剧。

柴红兵将电视剧改成长篇小说，是将两种叙事循环，即第二种叙事循环和第三种叙事循环的终端打破，或者说，将第三种叙事循环的终端退回到第二种叙事循环的终端。

这是一种将电子媒介艺术退回到印刷媒介艺术，将观看退回到阅读的呈现方式。

于是，我将原来的观看期待，退回到阅读期待。我在阅读长篇小说《非洲妈妈》的时候，就产生了一种"跨界阅读"的感觉。

像这类涉外题材电视剧，我所知道的就有《北京人在纽约》《东京的月亮》《走入欧洲》等，《走入欧洲》就有长篇小说作为基础。

《非洲妈妈》也可以看成是《走入非洲》，与西德尼·波拉克导演的美国电影《走出非洲》相向而行。

电视剧往往有情节梗概，我初看这部小说，有点像电视剧的情节梗概，但是看着看着，又不像是情节"梗概"，而是详细的情节叙事。这种叙事有点像中国的古典小说，没有过多的心理描写，而是充满了悬念，一波未平一波又起，看了第一部分就想看第二部分，颇有点章回小说或者说书的味道。

这部长篇小说从充满传奇色彩的浙江义乌写起。义乌是中国小商品市场的代名词，这个地方非常传奇化，也非常国际化，从这里出发可以通往世界各地，中欧班列就是从义乌出发，那么"中非"班列也可以从义乌出发。

女主人公骆琳达的老公章冒勇因为一起车祸，就让女主人公陷入生活的绝境，抵押了摊位、房子以及其他所有值钱的东西，还还不完欠债。于是在一个在南非的朋友王超梅的提示下，女主人公抛下母亲和女儿，毅然借贷去了南非，没想到她不是护照受骗，就是在机场入境检查时被偷、在旅馆出门打电话时被抢，电话号码连同钱财一起被抢了，联系不了王超梅，于是流落海外，又一次陷入绝境。

天无绝人之路，或者说绝处逢生。主人公找到了对义乌人有好感的蓝菲雨，先是打工，再是因为陷入黑户，蓝菲雨要仲旭东带她逃离，仲旭东成功地将她转到了高正飞的手里，就在高正飞的提议下，只有进入赌场一条路。

赌场，是一个化外之地，警察不来，免费餐饮。女主人公好不容易缠上高正飞担保打上工，却染上了赌瘾。在这里有一个戏剧性的突转，女主人公劝高正飞不要赌博，没想到自己却欲罢不能。作者写出了人性的弱点。

这回轮到高正飞劝骆琳达不要赌博，他不惜借了高利贷让她去做生意。于是骆琳达进货摆地摊，和警察玩起了游击战。正在她的地摊生意颇有起色的时候，她又被两个黑人抢了，而且因为反抗还被刺伤了，正在这个时候，高正飞失踪了。

骆琳达从一张纸片上发现高正飞的失踪是和货柜有关，于是，她去海关探听，终于得知高正飞被关在监牢里，于是请仲旭东去解救他，并将货柜的问题也解决了，但仲旭东却要了高正飞的一部分低价货物作为补偿，骆琳达认为这是乘机捞取便宜。

骆琳达想解决自己的身份问题，但落入骗局，靠自己的大无畏精神，才将钱款要了回来。

高正飞帮骆琳达去中国商贸城的齐力那里拼摊位，齐力拒绝。正好遇到劫匪打劫，骆琳达以机智和勇敢，说服了劫匪，只抢了齐力的摊位，保住了大家的生命和财产。

骆琳达在这里表现出一种置之死地而后生的精神。这种精神就是中国人的精神，义乌人的精神。

齐力对骆琳达刮目相看，将自己摊位的四分之一给了骆琳达。骆琳达有了摊位，在开张仪式中，采用了表演中国京剧和旗袍秀相结合的方式以及买一送一等文化经济手段，吸引了顾客。

这部长篇小说，情节层层推进，故事环环相扣。骆琳达遇到了她生命中的贵人——王超梅，她是引导骆琳达走入非洲的向导员，又是骆琳达步入佳境的摆渡人，后来将自己的公司转让给了骆琳达。

骆琳达的公司刚刚有点起色，遇到了十个流浪儿，奇迹般地进入了穆萨安瓦的车上，而穆萨安瓦又死在了劫匪的枪下。骆琳达不仅赔款，而且又摊上了甩也甩不掉的十个流浪儿。在她官司缠身时，副手江政文又欺骗了她。她又一次被打回原形。

在这里，作者让骆琳达在女儿章诗萌和十个流浪儿之间形成了一种母爱的传递和感应。

正是十个流浪儿，引出了的这部长篇小说的主题：非洲妈妈。起初，十个流浪儿称骆琳达为中国妈妈，但是被她拒绝了。随着情节的发展，发生戏剧性的逆转，十个流浪儿，从负担变成了品牌：非洲妈妈。

在这里，中国妈妈转换成了非洲妈妈，成为这部长篇小说的一种寓言、一种象征。

在寻找十个流浪儿的故乡的时候，骆琳达又遇到了她的恩人高正飞，使她从齐力的追求中摆脱了出来，从与齐力的订婚仪式，转到了与高正飞的订婚仪式。

但同时又遭遇到骗子的行骗，紧接着骗子又变成了劫匪。在这里，小说成了情节跌宕起伏的类型剧。

骆琳达最后完成了她的使命，在"东风吹"公司董事长曾瑞华的帮助下，将十个流浪儿的故乡贫民窟变成了具有中国汉字造型的乐园。这成为中国在非洲从事公益活动的一种符号。

非盟组织破例为骆琳达量身定制了"非洲妈妈"勋章，骆琳达应邀走上了非盟组织的讲坛，达到了她的人生和事业的顶峰。

读者在阅读这部长篇小说的时候，会被情节的跌宕起伏和主人公骆琳达的命运多舛牵着走，最后和主人公一起渐入佳境。

是为序。

2022 年 8 月 12 日

于杭州浙江大学紫金港港湾家园

# 目录
## CONTENTS

### 第一部　骆琳达

## 第二部　流浪儿

# 第一部　骆琳达

## 一、走投无路

人生是一场旷日持久的比赛，与别人比，也与自己比。每个人都有自己的赛道，在赛道上或拼搏，或悠然，或蹉跎。

2010 年的最后一天，骆琳达的赛道毫无征兆地炸响了地雷，把她炸出赛道，炸得遍体鳞伤，面目全非。

这个地雷不是别的，是一场车祸。

这场车祸把这个 28 岁的义乌女商人逼得走投无路。自此，骆琳达的生命变得像是一叶被扔进大海的扁舟，在大浪怒涛中侧翻，沉浮，翻腾不已。

这场车祸不是她的，是她不争气的丈夫的。

那天上午，骆琳达像往常一样，开着一辆三轮运货车去给自己摊位补货。骆琳达和母亲在义乌国际商贸城经营着一个摊位，这个摊位是骆琳达外婆强行送给她母亲的，为此她两个舅舅都和她外婆闹僵了，接着无可避免地波及她母亲，之后再也不和她母亲走动。她外婆去世那年，母亲得了抑郁症，刚刚师范大学毕业的骆琳达只好放弃自己的专业，去替母亲经营摊位。现在母亲只是她帮手，经营摊位主要是骆琳达的事。

虽然骆琳达的那辆三轮运货车夹在车流间显得有些寒酸，但驾驶它的骆琳达看上去却十分亮眼。她身材中等，曲线匀称，盘在脑后的发簪一丝不乱，突显了少妇的成熟和韵味。在她长长的睫毛下面，是一双聪慧诱人的眼睛，眉宇之间透着平和和善良。她性格外向活泼，做事大胆泼辣，勇于挑战困难。

挤在骆琳达身边的是 3 岁女儿章诗萌，一手拿着牛奶，一手啃着面包。作为一个母亲，作为一个耕读人家的后代，她很希望女儿长大以后有学识有教养，能够成为人中之凤。尽管生意很忙，她依旧挤出时间为女儿张罗各种补习班，希望孩子赢在起跑线上。因为对自己有着这样的要求，骆琳达把自己整得像只陀螺，日子过得紧张忙碌，疲于奔命。

接到车祸电话时，她正和女儿在马路上匆忙捡拾着洒落一地的货物。她也刚刚经历了一次小小的交通碰撞。为了避让一个外卖小哥的电动自行车，她的车子撞到了马路牙子，把车上的货物撞落下来。

打来电话的交警出于策略，没有把真实后果直接告诉骆琳达，只说发生了严重的车祸，要她叫上亲属一起前去处理。但骆琳达当时就听出了对方意思，认定丈夫大概率已经死了。没等挂断电话，她一下子瘫倒在地，先是呆呆出神，再是大哭起来，在马路上哭得悲恸欲绝。

女儿被她这副样子吓蒙了，伸出小手去擦拭她满脸的泪水，叫她不要哭泣，说以后会听妈妈话的，一定好好学画，再也不惹她生气了。章诗萌天真地以为是自己没有听话才惹哭了妈妈。

骆琳达一把搂住女儿，告诉她爸爸没有了。但3岁的孩子能听懂什么呢？

一直以来，骆琳达始终觉得和章冒勇结合是一个错误的选择。当年被他要开办货运公司的进取心打动，稀里糊涂嫁给了他。没想到他一直没有办成公司，让他来帮助自己经营摊位也不情不愿。无奈之下，骆琳达只好花钱给他买了一辆货车，希望他慢慢把生意做起来，不至于整天游手好闲，以免惹出事端来。

怎料此举竟会埋下如此致命的祸根。

章冒勇的这个车祸后果极其严重，不但整整一车高档瓷器艺术品被毁坏，更是撞死了人。撞死的除了他自己，还有另外三个人。由于货车错过了年检，司机要负事故全责，保险公司拒绝理赔。这样算下来，赔偿金竟然高达860万元。

刚听到这一数字时，骆琳达竟然一脸漠然。巨大的灾难已经将她击溃，令她本能地将自己如蚕茧般包裹起来，变得麻木不仁，拒绝去相信一切。她只是冷冷对警察说，打死她也还不出。

空荡荡的调解室里，骆琳达双臂枕着额头，一动不动地趴在桌上，一口饭也吃不下。此刻的她是那么羸弱，那么孤独，那么无援，看着让人心疼。

现实是残酷的。这一笔债一定得偿还，而且只能由她来偿还，谁让她是章冒勇的妻子呢。

骆琳达只得四处借钱，求爷爷告奶奶地只凑到25万元，这对860万元巨额债务来说，简直杯水车薪，派不上什么大用场。按理说，凭着这么多年人脉积累，不至于凑到这么一点钱。但人情世故就是这样现实，你红火时，别人愿意锦上添花凑热闹，你落魄时，别人不愿意雪中送炭真付出。这让骆琳达感到浑身发冷，犹如身处冰窖一般，心上覆盖了一层厚厚的冰。

雪上加霜的是，供货商得到消息后，纷纷向她追讨赊货资金，生怕迟了再也拿不到手。骆琳达为此大骂他们不讲情分。但又能怎么样呢？做生意本来就是追逐利润，在利益面前，情分好像不太值钱。

迟迟拿不到赔款，受害者家属无奈联合起来，将骆琳达告上了法庭。法院查封了她的摊位，连同货物一起司法拍卖。但拍得的钱只够偿还一半债务。

为了尽快要回剩下的赔款，受害者家属共同委托所谓的讨债公司，让讨债公司去向骆琳达要债。讨债公司"专业"程度高，派出了三个黑衣男子，"聚精会神"地来向骆琳达索要赔款。

他们使出各种逼迫，要骆琳达把房子卖了抵债。一直以来，骆琳达和母亲同住一套房子，变卖房子意味着连同她母亲都没有地方住了，更何况这套房子还是她母亲的房产。

骆琳达执意不肯卖房子。就这样，三个黑衣男子天天盯在她屁股后面，甚至夜晚守在她家门口，由此打起了"持久战"。这让骆琳达彻底失去了自由，简直无法过上一刻正常的日子。

为了平息讨债公司骚扰，母亲硬是将房产证塞给了骆琳达，命令她赶紧把房子卖了。拗不过母亲劝说，骆琳达只得狠下心把房子卖了，带着女儿、母亲住进了租来的小房子。

只是卖房的钱款依旧不够抵债，骆琳达还欠着将近 100 万元的债务。

此刻，骆琳达已变得一无所有，再也无力还债。她感到悲哀。辛辛苦苦打拼这么多年，已经小有成就了，竟因为丈夫的一次车祸，让她彻底变得穷困潦倒。

讨债公司并不理会，三个黑衣男人依旧步步紧逼。骆琳达终于按捺不住，对着他们爆发了——

"你们不用再幽灵一样盯着我了，我就这点钱了，已经尽力了！现在我正式告诉你们，如果你们还盯着不放，那就来取命好了，要命有一条，要钱一分也没有！"

讨债公司见骆琳达确实已被榨干，只好无奈与她达成协议。眼下不再蚂蟥一样地盯着她逼债，好让她安下心来去赚钱，用赚来的钱一点一点还债。

骆琳达这才安心下来，能够稍微喘上一口气。转眼春节到了，望着灰蒙蒙的天空，骆琳达心如死灰地说，这个新年注定会过得凄凄惨惨。

母亲却责备她冒出这种想法，开导她不要气馁，不要绝望，更不要放弃。凄不凄惨要看心里怎么想，若觉得凄惨，它就是凄惨，若不觉得凄惨，它就是不凄惨。

骆琳达没有反驳母亲，只是黯然一笑。她明白，日子还很漫长，生活还得一点一点过下去。所以，自从搬进租来的一室一厅小居室，骆琳达虽然沮丧，但依旧打起精神用心打理它，还栽上了盆花。女儿幼小的心灵需要春意盎然。

母亲安慰她，有了她弄的这些花花草草，整个屋子就亮堂开了，不会觉着这个年会过得凄凄惨惨。

母亲还对她说，日子是踏踏实实过出来的，不是哀哀怨怨埋怨出来的。你怎么过它，它就是怎么个样子。

母亲接着鼓励她，现在被逼得过成了这个样子，只是暂时的，已经到底了，再也坏不下去了。不要太悲观，没路的时候，路自然会蹚出来，也只能蹚出来。

骆琳达却说，她真不知道该怎么去蹚？左面是沼泽，右面是悬崖，前面是河流，只剩下身后的一条回头路了。可老天不让她走回头路啊，要是能走回头路，那该有多好啊。

她母亲一直觉得很后悔，千不该万不该，自己不该在女儿毕业的时候得了抑郁症，否则女儿就好好去当老师，不会替自己接手商铺了，也就不会和章冒勇结合在一起了。

骆琳达说一切都是上天注定的，没有章冒勇，还会有钱冒勇、李冒勇、孙冒勇冒出来，总会变着法子来折腾她们。

骆琳达感到无尽的悲哀。

她是有过梦想的，希望有一天赚上一笔大钱，获得财务自由，让母亲和一家人过上富足快乐的生活，可以每天睡到自然醒，可以有说走就走的旅行。可现在，似乎被判了无期徒刑，再无出头之日。别说什么财务自由，就连能过上最普通最平凡的生活，都成了一种奢望。她不禁仰天长叹，难道要永远背负着这沉重的十字架前行了？

她不甘心。

现实也不允许她甘心。

讨债公司依旧会定期上门来追债。生活得重新开始。骆琳达决心从头再来，出去摆地摊，走一遍义乌小商品市场蹚过的路。母亲告诉她，义乌人向来勤耕好学，刚正勇为，诚信包容，只要心里有想法，就没有做不成的事。

私自摆地摊并不合法，会受到城管人员驱赶，一旦搭上罚款，就会前功尽弃。骆琳达被抓过几次，每次罚款之后，心如死灰一般。这种情绪累积到一个阈值，就会喷涌而发。于是，在下一次被抓后，骆琳达终于崩溃大哭，一发而不可收拾。心想活着太难了，不如死去算了，一了百了。边上正好有一座桥，骆琳达连东西也不要了，一头冲到桥上想跳下去。城管人员纷纷阻拦，一反刚才强硬态度，苦口婆心地劝慰她，说人生没有过不去的坎，逢山可以开路，遇水可以架桥。他们不但理解她遭遇的困境，还当即免除了对她的处罚。他们表现出来的善解人意，使她渐渐平静了下来。最后在感谢了他们后，骆琳达怅然离去。

除了白天老鼠躲猫似的摆地摊，晚上骆琳达还要骑着那辆快要淘汰的摩托车，到各家宾馆去兜售，挨个房间敲门寻找商家。那时的国际商贸在义乌已很发达，各家宾馆住着来自各国的进货商，要是运气好的话，说不定真能碰上一个大批量进货的老板。

这个时候，女人的劣势显现出来了。她这样晚上挨个上门去推销，流言蜚语顿时起来，别人还以为她在做让人不齿的交易呢。母亲劝她不要去敲门推销了，但她不为所动，认为只要自己行得正，做得端，什么都不用怕。

事实上，摆地摊赚不了几个钱，敲门兜售更是颗粒无收，谁会相信一个可怜巴巴的女人呢。骆琳达曾经遇到过一个叫高正飞的商人，那次高正飞正好与另外两个合伙人来义乌考察市场。晚间有所谓的按摩女不停打电话到宾馆房间或者敲门骚扰，正当高正飞烦不胜烦之时，骆琳达凑巧来敲他的房门。高正飞也把她当作了按摩女。骆琳达正好为女儿的事烦恼着，听到高正飞把她当作按摩女，一时气恼，说话之间频冒火星，狠狠吵了起来。这是骆琳达和高正飞第一次交锋，闹得很不愉快，最终不欢而散。

骆琳达这么辛苦干活，即便赚了几个小钱，最后还是会被讨债公司定期收走，这让骆琳达感到没有出头之日。她早已没有财力让女儿上补习班了，只好利用自己师范专业的优势，亲自为女儿补习，只是在时间上经常与敲门兜售相冲突。

一切都那么艰难。

沉重的担子全部压在了这个女人肩上。女人的肩膀毕竟生来羸弱，从来不是用来承受重担的。但骆琳达孤立无援，逃无可逃。

她一度想到了死，要去自杀。

一死了之，一了百了，也算得上是一件痛快的事，至少是一件快刀斩乱麻的事。

但看到3岁女儿孤独的身影，骆琳达再也下不了决心了。她只好对天发问，希望在哪里？出路在哪里？

她多么想逃离还债的噩梦啊，要是能够逃离，就是付出再大的代价，也在所不惜。

问题是，她真的逃无可逃。


## 二、逃离噩梦

但天无绝人之路。

冥冥之中，一个机会在等着骆琳达。

时间已到了2011年。

那天在宾馆兜售，骆琳达遇到了在南非做生意的东北大姐王超梅。王超梅很反感敲门兜售，已经拒绝过她，希望她不要再去骚扰。

没想到在走廊，骆琳达意外拣到了别人扔掉的一张王超梅的名片，觉得很不尊重她，便给她打电话，要把名片给她送过去。王超梅觉得这人认真真诚，才愿意见骆琳达一面。

骆琳达抓住机会，向王超梅讲述了自己的遭遇。王超梅被她的讲述打动，也想起了当年自己打拼的艰辛和无助，同情心油然而生，有意帮助她一把。

骆琳达说自己已经山穷水尽，只剩下自杀一条路了。

王超梅微微一笑，劝慰她说，山穷水尽后面是柳暗花明。不要气馁，更不要绝望。只要最后的底牌没有翻开，任何可能都是存在的。王超梅接着说，自己当初也跟她一样，走入了绝境，以为彻底完蛋了。可现在呢，完全不同了。不能说已经是个人上人了，但至少可以说混得不差。所以告诉她，要跳出她现在的圈子。只有跳出圈子来看待问题，跳出圈子来寻找原因，才能够得到正确的答案。

但骆琳达不知道应该怎么个跳法。

王超梅首先问她有没有跳的决心。骆琳达回答当然有，并且表示，只要能够让她逃离还债噩梦，就是付出再大的代价，也都在所不惜。

王超梅对她说，既然你有这么大决心，那就勇敢跳吧，不要再去顾忌什么。先跳出义乌，再跳出浙江，然后跳出中国，勇敢地到国外去。

骆琳达被吓了一跳，到国外去，这是她从未想过的事情，一时让她迟疑着拿不定主意。

骆琳达不是一个胆小的人。相反地，她从小习惯自己做主，在很多事情上有着相当大的魄力和决断力。她只是担心，要是自己独自去了国外，那母亲和女儿怎么办？

王超梅对她说，赚钱是她眼下的头等大事，只要赚了钱，有了经济基础，既可以把母亲和女儿带出去，也可以潇潇洒洒回来，做到来去自由。总之，缺钱是她的死穴，把她逼到了死胡同，只要赚到了钱，一切都会被激活，让她峰回路转，否极泰来。

王超梅的这番话说得在理，说得入心入脑，刺激着她，搅动着她，冲击着她。骆琳达终于下定决心，愿意孤注一掷，豁出去要到国外闯一闯。

但听到王超梅说那个国外是南非时，她再次蒙了，似乎难以接受。

在骆琳达印象中，非洲天气很热，都是黑人，好像他们的皮肤都是被太阳晒黑的，而且穷得连饭都吃不上。

王超梅听了哈哈大笑起来，告诉她南非的太阳没有那么毒辣，天气也没有那么酷热，那里的人皮肤墨黑，不是被晒黑的，而是因为人种的缘故。事实上，南非气候非常宜人，如此适合人类居住的地方，地球上可能也找不出几个了。

王超梅取出一张世界地图，指着非洲大陆说，非洲就像一颗巨大的心脏，有穷人也有富人，她所在的南非，是非洲的经济强国，被世界银行等组织列为上等收入国家，那里的有钱人还真的不少，主要看你怎么去做生意了。

王超梅的这一番介绍，说得骆琳达又动心了。她要了那张世界地图，表明她接受了去非洲的想法。她太想赚到一笔钱了，一心想把债务还清，想把摊位和房子买回来，重新回到原来的生活轨道上。

虽然对南非一无所知，心里充满了忐忑，但为了逃离窘迫困顿的生活，骆琳达几乎毫不犹豫地决定要去南非，赚回她迫切需要的钱。她把闯荡南非当作了一根救命稻草，觉得这是她眼下唯一能够翻身的机会，绝不能失去了。

过了这个村，就没了这个店。

这是骆琳达的强烈感受。

她的个性就是这样，不屈服，不认输，刚正勇为，百折不挠。这是从她母亲那里继承的性格，更是从生活在乌商大地上的义乌人那里继承的性格。

王超梅给了她在南非的电话号码和公司地址，告诉她自己明天就要去南非，让她赶紧办好出国手续，只要到了南非，自己会全力给予她帮助的。

骆琳达感激不尽，问王超梅为什么要对她那么好。

王超梅告诉她，因为自己看不得像她这样的一个人，落魄成这样一个样子，觉得她应该活成另外一个样子。自己帮助她，其实是在积德，说到底是在帮助自己。

骆琳达觉得王超梅有点像自己母亲，因为母亲也常常说这样的话。

回到住处，骆琳达把决定告诉了母亲。母亲一时惊诧，随之反对她去非洲。但当得知这是她的最后决定时，母亲忖思良久，没有再去反对，却也没有赞成。母亲说，既然已经如此，那就心随所愿吧，也许这就是一种随缘、随性。虽然俗话说知人知面不知心，但母亲还是暂且相信那个王大姐是个好人。

母亲感慨雪中送炭是多么重要，认为帮助别人是一种大德。一个人只有帮助了别人，才能让自己真正有所成就，真正获得成功。尽管她们现在遇到了这个困难那个挫折，但母亲依旧要骆琳达相信，这个世界是值得我们去付出的。

是的，这个世界是值得我们去付出的。

母亲从箱底翻出一本《换糖经》，交给骆琳达，要她好好保管，说不定什么时候就会用上它。骆琳达觉得它没啥用处，只是随手扔到一边。

出国赚钱是要本钱的，至少需要签证、机票、日常生活的费用。骆琳达算了算，单单这些，大概就需要5万元。为了尽早出去，她首先要把这笔钱筹到，至于其他，出了国再说。此时此刻，已不允许她把每件事情都想得周全，唯有闭着眼睛往前冲，告诉自己，船到桥头自会直。

但要借到这5万元钱，对此时的她来说，又谈何容易。人们已不相信她还能还得出那么多债务，更不相信凭她一双空手，能在南非打出一片天地来。

骆琳达急得满嘴起了火泡，都要想着去卖肾了。

母亲实在想不出办法，只好硬着头皮去找自己的两个哥哥。6年前，骆琳达的外婆偏疼她母亲，写下遗嘱把摊位给了她母亲，把老家的房子分给她两个舅舅。

这个差距实在太大了。农村的房子根本抵不过城里的一个摊位。她的两个舅舅前来闹事。无奈之下，她母亲只好补偿给她两个舅舅一笔钱，这件事才算落定。正因为这桩遗产纠纷的缘故，再加上她外婆的死，才让她母亲患上了抑郁症，迫使骆琳达不得不一毕业就来管理摊位。

她两个舅舅自遗产纠纷后再也不与她母亲来往，这一次同样拒绝相见。但她母亲豁出去了，非要见上一面，死活守在哥哥家门前。拗不过她的坚持，三兄妹终于相见。毕竟还念着胞妹之情，为了妈这唯一的外孙女，两个舅舅最终答应借钱，为骆琳达凑足了5万元盘缠。

没想到讨债公司闻风而来，要收了这笔钱用来抵债。骆琳达哪里肯给他们，这是她翻身的唯一希望。她软硬兼施，好说歹说，费尽周折，终于让讨债公司勉强相信，她此番只身闯荡南非，就是为了赚钱偿债。在讨债公司逼迫之下，骆琳达无奈签了一份补充协议，以便让讨债公司相信，赚钱偿债的事是铁板钉钉的。

骆琳达从网上找了一家劳务中介公司，对方声称能以最快的速度办出签证。为了省钱，骆琳达几番砍价，将价格砍到了4万元，包括代办签证和购买机票。这样一来，她还留下1万元钱，可以作为在南非打拼的生活费和生意本钱。

骆琳达申请的是一年期工作签证。没想到蛇头暗中盘剥，狠狠坑了她一下，给她签的是12天短期签证。更要命的是，她竟被蒙在鼓里，即便在机场拿到护照后，也始终没有察觉这一错误。

这为她即将在南非的生存，埋下了致命的隐患。

在准备行李时，母亲特意给她塞了消炎药、止泻药、感冒药，还说去问过医生了，青蒿素必不可少，不妨多带几包。青蒿素虽然伤肝，却能保住性命，是治疗疟疾的特效药。骆琳达不知道的是，这些药都是母亲从熟人那里讨来的，只有青蒿素是自己花钱买的。后来在这些药物过期后，骆琳达一直保留着它们，因为那代表着母亲的爱意。

母亲还硬是将那本《换糖经》塞到了她行李里。她不想要，觉得是累赘，但母亲说不差这一点重量，书上写的都是做生意的道理，说不定什么时候真能派上用场。虽然母亲没有读过它，但外公这么看重它，一定有他的道理，母亲要她不妨当一件吉祥物收藏着。

既然母亲这么说了，骆琳达只好收下了。

为了以防万一，骆琳达将1万元钱分成两份，一份带在身上，另一份装在信封里，再将信封放到行李箱的夹层，这样一来，风险做了分散处理。

与亲人的道别是痛苦的。在前往机场的大巴车站里，女儿哭着不让妈妈检票，骆琳达只好跟她做躲猫猫游戏。天真的女儿哪里知道这是在骗她，闭着眼睛靠在外婆身上，1、2、3地数起数来。当她睁开眼睛要去找妈妈时，工作人员根本不让她进入检票口。

这时骆琳达来了电话，告诉女儿妈妈躲到手机里去了。女儿信以为真，开心地叫起来，以为找到了妈妈，问她能否从手机里跑出来。骆琳达说现在不行，以后要是想妈妈了，可以在手机里找，妈妈就躲在那里面呢。

骗过了女儿，却骗不过自己。坐在大巴上，骆琳达泪流满面。窗外的景色在往后掠去，故乡也在渐渐远离，亲人离得她越来越远。

她在心里呐喊，我骆琳达今天出去闯荡，明天一定会出人头地回来！

但这又谈何容易啊。

## 三、再陷绝境

飞机载着骆琳达飞向了南非。面对机翼下这片陌生的土地，骆琳达心潮澎湃，对南非之行既充满了期待，也充满了忐忑和迷茫。

机上正在广播一段南非前总统曼德拉的话："我相信南非是世界上最美的地方……我以个人最诚挚的心意邀请您亲自来探访这壮丽的南非，我的人民将竭诚欢迎您，您将受到热情殷切的招待，而对我们的文化及热情友谊有更深一层的认识……"

曼德拉的话让骆琳达稍微宽下心来，人家总统都在这么热情邀请，看来真的来对了。南非，约翰内斯堡（简称约堡，下同），我来了！我来经受你们的考验了！

来到出境大厅，映入眼帘的是黑压压的一片，海关人员几乎全是黑人。骆琳达默默自语，好猛啊，她这黄皮肤要被淹没了。提醒自己要淡定，再淡定。

过境还算顺利，没有受到刁难，不像传说中的那么可怕。骆琳达不由得吐出一口气，拍拍胸口安慰了一下自己。

拿着行李牌刚到行李提取处，一下就有黑人迎了上来，热情地把她的行李牌拿过去，声称要帮她寻找行李。

虽然不太情愿，但不便贸然拒绝，骆琳达只好跟着他来到了行李转盘前。绕着转盘转了几圈，黑人始终没有找到行李，也没有向她解释原因。

骆琳达有点着急，生怕行李丢失，黑人却没有说话，只是用大拇指和食指朝她搓搓，意思向她要钱。骆琳达早有准备，无奈地一笑，从口袋里掏出 20 兰特给他。

黑人嫌不够多，骆琳达只得再次掏出 30 兰特。这 50 兰特是她准备的全部零钱。那个黑人拿了 50 兰特终于笑了，露出一口白牙，说行李就在 6 号，然后转身离去。

骆琳达气得直咬牙，怒目瞪视着他离去的背影，一点办法也没有，觉得真是个戏精，太会坑人了。

拿了行李没有走出多远，又有黑人迎上来，指了指她的行李，又指了指旁边一个虚掩着门的房间，要她去开箱检查。骆琳达本来想给他一点小费，让他通融通融，但准备的零钱刚才给光了，只好硬着头皮进去检查。

里面有两个黑人安检员，打开她的行李箱，一起胡乱翻找了起来。骆琳达一阵紧张，眼睛紧紧盯着那两双黑手，生怕会冒出什么坏事来。

他们翻出了几盒药品，其中一个黑人拿着感冒冲剂对她问这问那，一看就是刁难人的伎俩。骆琳达只好耐心解释着。

另一个黑人趁着她分神，不停乱翻物品，终于摸到了夹层里的那只信封。他停顿了一下，用眼睛的余光瞟了一眼骆琳达，见她没有发觉，便不易察觉地将信封抽了出来。

他佯装又翻了一会，然后定定看了一眼骆琳达，接着狡黠地冲她一笑，才挥挥手放她走了。

骆琳达南非之行的第二个祸根，就这样埋下了。

她终于见到了中介派来接机的老庄，把刚才的一番经历说给他听。老庄并不意外，说这还算好的，上回有人更惨，整个行李箱都找不到了，后来跑了几趟机场才找到，行李箱几乎只剩一个空壳，值钱的东西和衣服差不多都被拿光了。

这么说来，骆琳达觉得自己还是幸运的。

汽车在高速公路行驶，灿烂的阳光洒在笔直宽阔的公路上。天空湛蓝纯净，像被水洗过了一样。窗外掠过青翠鲜艳的花草树木，还有一排排漂亮吸睛的欧式别墅。

老庄问她对约翰内斯堡有何印象，骆琳达觉得冰火两重天。刚才在飞机上听着曼德拉的那番话，认为南非是个好地方，漂亮又友好。入境也顺利，忐忑却无恙。可轮到拿行李，画风急转，什么坑蒙拐骗都冒出来了，把她气得够呛。

老庄说这就是南非，这就是约翰内斯堡，天堂和地狱并存。

骆琳达开玩笑说，天堂和地狱交界处有没有路标指引？她可是一个路盲，生怕一不小心走错路，要是没有往天堂方向走，那可就糟了。老庄叫她放心，谁到了十字路口都会小心翼翼的。

老庄接着告诫她，别看外面风景如画，也别看路上行人文明，有一个事实一定要记住，约翰内斯堡是全球犯罪率最高的城市。他还强调，在黑人眼里，华人一般都很有钱，相当于移动银行。黑人一不小心就要开抢，一不乐意就想敲诈。要是没有急事，最好不要出去，更不要到处乱走。

这是历史造成的，怪不得黑人兄弟。南非曾经是非洲骄傲，被称为非洲明珠，是世界准发达国家。但现在，南非硬生生将自己一手好牌打烂了，打臭了，打输了。

南非当时的发达，是科技引发的发达。1961 年成立南非共和国时，黑人没有那么多。由于太发达了，生活标准比其他非洲国家高很多，于是周边国家的大量黑人偷渡到这里，使得黑人数量急剧膨胀，再加上黑人生育能力很强，南非逐渐被黑人淹没。

由于南非工业大都是科技含量较高的产业，没有那么多低端领域提供就业，那些外来的黑人找不到工作，逐步成为南非城市的无业游民，然后变为不稳定因素。

经老庄这么介绍，骆琳达觉得挺可怕的。

老庄安慰她说，不要去市中心就可以了。但骆琳达是来南非做生意的，不出去怎么做呀。如果不能做生意，她为什么要来南非呢？

骆琳达心里不禁咯噔了一下。

老庄说，这个只有她自己把握了。

正说着，车子开到了十字路口，与另一辆车子交错而过。透过车窗，骆琳达看到开车的像是中国人。

她没有看错，的确是中国人。开车的叫仲旭东，41 岁，一副深度老式黑框眼镜架在不高的鼻梁上，稀疏的头发依稀可见头皮，笑起来堆满皱纹。他的相貌远远超过年龄，让他显得老相。他来自上海，精于算计，是个精明人，更是个吝啬鬼。他开着一家贸易公司，全家都移民到了南非。

坐在副驾驶座的叫高正飞，曾与骆琳达交过手，一度把她当作不正经的女人，误会之下两人大吵过一场。高正飞属于不太计较的人，一般只算大账，不会去占别人小便宜。

高正飞是一个月前到达约堡的，等待两个集装箱的到来。按理说集装箱几天之前就可以到了，没想到遇上码头工人罢工，码头上堆积了如山的集装箱。他的两个集装箱因为工人大意出了差错，更是雪上加霜，不知被发到了哪里。

高正飞最担心的是被发回到中国去，这样的话，自己白来不说，还耽误生意。

高正飞一直生活在父亲的强权之下。幸好大二时，父母带着两个妹妹去香港定居，这才没人管他了，给了他自由。高正飞读的是外贸学院，毕业后进入了一家国企外贸公司，与仲旭东成了同事。

在仲旭东看来，南非现在变得越来越极端了。当初在白人政府统治期间，黑人连基本的尊严都没有，更不要说有什么权利了。现在却矫枉过正，彻底反了过来，动不动给你讲人权，讲得太过头了。尤其那些码头工人，一天到晚想加工资，不加就立马走上街头游行，进行罢工示威，而且一罢就是一个月。

眼下码头工人罢工，导致班德港口瘫痪。哪怕立即恢复正常，要消化掉那些堆积如山的集装箱，至少也得一两个月时间。高正飞来约堡已经一个多月了，除了查找货柜行踪，再也没有其他事情可做，几乎成了一个无业游民。为了打发时间，只好整天去泡赌场，把赌场当成了每天打卡的职场。

仲旭东出国前，他们不仅是同事，仲旭东还是他的师傅，教他学习做生意，算得上是他生意上的领路人。

那个时候仲旭东一边给单位做生意，一边经营着自留地。论精明算计，没人比得过他。他有一个南通亲戚很早到了南非，南非因此成了他的生意重点。

高正飞跟他学了4年做生意。2006年仲旭东把自留地经营得差不多了，便毅然辞职来到南非发展。高正飞在国企又待了2年，直到发生国际金融危机，单位效益不好了，才辞职出来自己干了。

高正飞兜兜转转做生意，有赚也有赔，平均下来没有赚到多少钱。直到去年认识了两个生意人，合伙成立了一家公司。本来他们打算在义乌买个商铺，后来觉得南非有钱赚，就决定把生意做到南非来。

因为高正飞有仲旭东这层关系，两个合伙人非要他来南非打前站，他们在国内给他做后援，一旦时机成熟再过来。

本来好好的一桩生意，却碰上码头工人罢工，把事情搞成了一锅粥，简直糟糕透顶。

仲旭东深耕南非多年，积累了不少人脉。但仲旭东是个精于算计的人，表面上帮着高正飞，内心里却很排斥，毕竟他不想让高正飞成为自己的竞争对手。

此刻，在中国商贸城经营摊位的齐力，也在催促高正飞赶紧发货。说好的电子表已经断货两天了，要是再不能立即发货，他只能向其他人去进货了。

高正飞只得恳求齐力，说这一单子对他至关重要，他宁愿价格再放低一点，也得保住它。他要齐力放心，说仲老板已经亲自出马去海关查货了，只要找到货柜，就会第一时间把货送过去。

29岁的齐力是典型的精明商人，小盘算向来打得噼啪响，一般情况绝不会让自己吃亏。他平时喜欢盘两只核桃，既能健身，又能玩成收藏品，可谓一举两得。他总是将油滑深藏起来，很少写在脸上。他那双透着精明的眼睛，完全被笑容掩盖。

高正飞是在仲旭东那里认识齐力的。仲旭东并不愿意让他们接触，但在聚餐时齐力不请自到，高正飞则不顾主人脸色，擅自与齐力联系上了，随后打起了交道。

齐力读的是外语学院，一心想当外交官。但毕业后进不了外交部，当外交官的梦想破灭了，只好进了一家外资公司。在那里干了两年，觉得压力太大，跳槽到了海外劳务公司，结果一年后倒把自己中介到了南非。他选择南非，是因为觉得既可以赚钱，又有做外交官的机会。现在他除了做生意，还参与一些华人组织的工作，目前正在筹备成立商会。

齐力到南非的费用，是父母给的一大笔钱。用那笔钱，齐力以投资移民身份来到这里，轻松拿到了PR（永久居留），有了永久居留身份。他在中国商贸城租了一个铺位，生意很快做了起来，凭着聪明和精明，做得越来越得心应手。

中国商贸城是一座具有南非现代建筑风格的多层建筑，由几个中国企业家联手建造，造型美观新颖，周围绿化良好，紧挨着南非最大的足球场。它的一楼外围还有特色小吃街和附设的华人小超市。

商贸城里宽敞明亮，几乎汇集了来自中国的各种小商品，各式流行的服装、鞋帽、家电、钟表、床上用品、眼镜、玩具、打火机等一应俱全，各个铺位的店名及广告招牌上书写着中文字样，让人恍惚感觉这是中国的某个大商场，只有熙熙攘攘的黑人、印度人、白人和中国人组成的顾客，以及在铺位里忙个不停的清一色的黑人伙计，才让人明白这里是南非的商贸城。

高正飞、齐力和仲旭东这三个人，在接下来的日子里，将会对骆琳达在约堡的打拼，起到极其重要的作用。

只是此时，骆琳达和他们还是陌路人，仅仅在十字路口擦肩而过。每个人都没有意识到，他们各自的人生轨道，将在不远处交会和并轨。

人生看上去就是如此巧合。

这种巧合却又是一种必然的结果。

　　把骆琳达送到旅馆，老庄公司的此行任务已经完成，他们只负责提供一个晚上的住宿，明天开始就得由骆琳达自己负责了。

　　老庄好意提醒她，这里的气候跟国内正好相反，正午的日头在北边。别觉得非洲是个天气炎热的地方，约堡属于高原气候，太阳一下山可冷了，夏天睡觉都得盖被子。

　　老庄替她办好住宿手续就走了。望着他离去的背影，骆琳达有些失落和担忧。

　　面对人生地不熟的南非，骆琳达自然想到了介绍她来的王超梅，要跟她通个电话，看她能给自己一些什么建议。她从皮夹里取出那张纸片，上面写有王超梅的电话和地址。

　　很不凑巧，因为旅馆附近施工，把电话线挖断了，房间里的电话打不通。前台告诉她，过两个路口就有公用电话，可以买卡打电话。

　　骆琳达有些犹豫。老庄刚才跟她说过，没有急事最好不要出去。她询问前台是否可以出去，服务员耸耸肩说无法给她意见。

　　不过是打个电话嘛，两个路口而已，还能出什么状况。外面再怎么危险，自己也不至于寸步不行吧，更何况，自己是来这里做生意的，要是不能走街串巷，那还怎么去赚钱？难道钱会自己跑上门来？

　　骆琳达被自己说服了，决定去找那个公用电话亭。

　　但她的确低估了约堡严峻的治安形势。

　　如今，约堡市中心几乎被黑人占领。随着南非经济急转直下，犯罪率由此飙升，特别在取消死刑后，犯罪活动更是有恃无恐。

　　她向前台问清楚路线，走出旅馆来到了街上。这是她第一次真正踏上约堡的街道，心里有种说不出的紧张。

　　街上大部分是黑人，偶尔见到的几个白人，不是开店的就是开车的。街道两旁的商店，橱窗外面全由一道道铁栏杆围着，大门也装着两道安全铁门。骆琳达看到有顾客进入一家手机店，第一道门被拉开，第二道门却要按门铃，取得主人确认后才被允许进入。

　　这种森严气氛扑面而来，让骆琳达感到有些紧张和不安。她一边走，一边给自己壮胆打气，尽可能把这些看作是当地的建筑特色和社情风貌。

　　刚刚走到一个街角，突然从树丛间闪出三个黑人男子，迅速朝她逼了上来，像是专门等候她似的，令她猝不及防。其中一人用匕首抵住她的腰，另一人抢夺她的包，还有一人搜查她的口袋。

　　骆琳达被彻底吓蒙了，脑子"轰"地一下一片空白，整个人瞬间石化，一时愣在了那里。

三个劫匪分工明确，配合默契，动作流畅，显示出极高的专业水准。骆琳达本能地做出反抗，不让歹徒抢走自己的包，那里有她的5000元钱。来南非时，她把全部10000元家底一分为二，一半放在行李箱里，另一半放在自己身上。她拼命挣扎想保住这笔钱，却毫无效果，被抢得一身精光。

好在劫匪没有开枪，生命无虞，可能看在她是女人的分上。要是一命呜呼，那就悲剧了。

等骆琳达回过神来，劫匪已经消失得无影无踪。她全身瘫软地坐到地上，呜呜呜地哭了起来。

她后悔不该将那么多钱放在身上，更后悔不该将王大姐的那张纸放在包里。现在一切都晚了，不但被抢了钱财，还被抢了王大姐的联系方式。

## 四、流落街头

骆琳达失魂落魄地回到酒店，哭泣着向前台求援，希望能替她报警。但这种事情在约堡发生得太多了，警方哪怕受理，也不会查出个结果，更何况对于中国人被抢，警方只会睁一只眼闭一只眼，因为中国人有钱，抢了就当是施舍。

骆琳达真后悔把这多钱带在身上，更后悔把王大姐名片放在钱包里，现在这可怎么办呀，联系不上王大姐，骆琳达在南非真的是举目无亲、走投无路了。

服务员要她回忆王大姐的电话号码，可骆琳达怎么也记不起来。

既然如此，只好作罢了。回到房间，坐在床上，骆琳达眼光呆滞，六神无主，像是生了一场大病。懊丧之余，她庆幸另外5000元钱放在行李箱里，这是她在南非最后的救命钱了，否则真的要流落街头。

为了确保安全，骆琳达要把这笔钱藏起来。打开行李箱，伸手往隔层里摸索那只信封。摸了几下却摸不到，骆琳达心里突然冒出不祥的预兆来。

于是，她摸着信封的手骤然停了下来，但只停了这么一下，又快速摸索起来。

再一次仔细地摸了一遍，还是没有摸到。骆琳达的脸色蓦地变得煞白，感觉那只信封真的不在隔层里了。

她霍地起身，一把抓过行李箱，把里面的东西"哗"地一下统统倒在了床上，颤抖着双手一样样地寻找着。找完了所有的东西，依旧没有发现那只信封。

她清楚地记得，那只信封确实是放在夹层里的。在出发之前，她还特意检查过。绝对没有错，肯定是放在夹层里。

唯一的可能是信封被机场检查人员偷走了。

想到这里，骆琳达浑身颤抖，精神彻底崩溃，两眼一黑便晕了过去。她的额头撞到了行李箱角上，撞出了血，但她毫无知觉。

可怜的人啊，如此孤立无援，让人感到心痛不已。

等她再次醒来，不得不面对眼前的困境。钱没有了，王大姐的联系方式也没有了。现实让她感到窒息，脑子始终一片空白，不知道接下去的日子该如何生存。

这种叫天天不应、叫地地不灵的感觉，让她刻骨铭心，终生难忘。

幸好中介公司付了一个晚上的房费，否则到南非的第一天，骆琳达就要露宿街头了。

她走到窗前，双手抓着钉在窗口的铁栅栏，愣愣地望着窗外的景致。一切依旧，似乎什么也没有发生。但骆琳达的境遇完全变了，变得要去流落街头。

额头上的流血已经凝固，但她没有心思去把血迹擦掉。

她心想，与其如此煎熬，不如一死了之来得干脆。她打算跳楼结束生命，便跨步冲到了窗前。

但窗户钉着铁栅栏，根本无法出去。

她爆发了，双手猛烈敲打着铁栅栏，歇斯底里地哭叫起来：

"为什么要拦着我，让我跳啊，让我一跳了之，一了百了！我不愿意这样被困在这里！……妈妈呀，你说我明天怎么办，我一分钱都没有了，一个熟人也联系不上了，我明天就要流落街头，成为流浪汉了，唔……"

骆琳达悲恸地哭泣着。

等到情绪稍微平复了一些，对着盥洗间的镜子，骆琳达缓缓擦拭着额头上的血迹。但那一脸的悲哀和忧虑，却怎么也擦不去。

她从行李箱里找出一包榨菜，拿过一只碗，泡了一碗榨菜汤。捧着这碗汤，她坐到床沿上，缓缓喝了起来。她一边喝，一边又嘤嘤地哭泣起来："上天啊，我到底做错了什么，要这样来惩罚我，折磨我，硬生生地要把我逼到绝境上？"

她把过往的苦楚统统倒了出来，怨天怨地怨命运，直问这个世界为什么要对她如此残酷、如此不公？

整整一个夜晚，她没有闭上眼睛，一直睁到天亮。第二天上午，她拉着行李箱来到前台，向服务员做最后求助，希望能够帮她查找王超梅的电话。

通过各种查询，没有任何信息，服务员表示无能为力。不过安慰她，中国人勤劳、勇敢、聪明、灵巧，能吃苦、不休息、会干活、善挣钱，什么事情都会做，什么东西都会制造，个个都是富翁，腰包鼓鼓的。所以叫她不用担心，一定会发达的，眼前的困境只是暂时的，一点也难不倒她。

骆琳达只能惨惨地苦笑一下，把苦水往肚子里咽。对她来说，眼下所有的安慰都是廉价的，她需要的是下一顿饭和下一张床，别让自己流落到街头。

事实上她别无选择，只能去街头流浪。

拉着行李箱，拖着还未倒过时差的身躯，骆琳达疲惫地走在大街上，茫然不知所措。

街道上汽车穿梭，两侧人行道上黑人白人来来往往，街心公园的草地上三三两两的黑人在懒懒地晒着太阳。街道两旁的商店一家挨着一家，经营着各种各样的商品。

此刻的骆琳达，再也不怕街头打劫了，相反地，倒是希望能够遇上，这样可以破罐子破摔，说不定真还能够出现转机呢。

果然，刚才还在街道上欢快舞蹈的一群孩子突然围拢过来，伸出一只只手向她乞讨要钱。骆琳达不予理睬，就当没有看到他们。

其中有个矮小孩子挤上来，一把抢走了骆琳达的行李箱。骆琳达竟然一脸漠然，没有上去追夺的意思，似乎并不担心行李箱会因此丢失。

她只是冲着他们发飙，其实是在发泄自己糟糕透顶的恶劣情绪：

"小坏蛋，这也算打劫吗？我不怕，我再也不怕街头打劫了！有本事去把真的劫匪叫来，我倒是希望遇上他们，然后狠狠揍他们一顿，非把他们揍个屁滚尿流不可。小坏蛋，快去叫啊！快去叫啊！——"

骆琳达越叫越响，叫到最后几乎变得歇斯底里。那帮小孩子被她震慑住了，扔下行李箱慌慌张张地逃离了现场。

路过一个街口，骆琳达看到一个流浪汉在垃圾箱里捡拾食物，狼吞虎咽地大口咀嚼着。这一幕极大地刺激了骆琳达，令她背脊一阵发凉，不禁打了个寒战，心想如果继续怨天尤人，那么等待她的不也是如此下场吗？

她停了下来，整个人沉重地靠到墙上，眼泪无声地流了下来。她沉思着，更多的是在反思，重新审视自己的境况。

这时，她那种不肯被打败的倔强劲头涌上了心头。

她走到一旁的橱窗前，默默盯了一会玻璃里的身影，毅然用手背抹干眼泪，对着自己强作欢颜，惨然地笑了一笑。

"好吧骆琳达，不要再怨天尤人了！来到南非是命运的安排，没有什么可以疑惑和抱怨的，这是命该如此。既然命运给你开个了玩笑，那就勇敢地接受吧，否则等待你的，就是那个流浪汉的下场。只有接受，才能放下包袱，只有放下包袱，才能轻装上阵，只有轻装上阵，才能果敢前行。你现在的任务，就是思考下一顿饭在哪里！"

为了得到下一顿饭，骆琳达拉着行李箱在街头寻找着有中文标识的餐馆，心想，用端盘子刷锅碗来换取一顿饭吃，应该不成问题吧。

但她想错了。

人家既不想占她便宜，也不想惹来麻烦，所以把她冷冷地拒之门外。直到碰上一个叫蓝菲雨的女老板，听说她是义乌人，出于对义乌人的好感，这才收留了她。

蓝菲雨的店里有一个叫严浩俊的义乌小伙子，虽然来的时间不长，却勤劳肯干，任劳任怨，热情真诚，深得蓝菲雨赏识。骆琳达也趁机发挥，说义乌人一直坚持"勤耕好学、刚正勇为、诚信包容"精神，这种精神给义乌人带来了商机和好运。

看在义乌人的分上，蓝菲雨爱屋及乌，给她包吃包住，还略付给她一点报酬。骆琳达感激不尽，表示一定会好好干活，不负蓝老板的收留之恩。

两个集装箱依旧没有踪影，高正飞火急火燎地再次找到仲旭东求情，希望他加大力度，重新再去沟通一次。

高正飞满脸都是丧气，急得嘴上都起了火泡。仲旭东一脸无奈，告诉他就是脸上急出天花也没有什么用，抱怨已经找了很多人了，疏通了很多关节，该打的交道都打了，该求的大爷也都求了，就是没有办法查到货柜去了哪里，真的已经无能为力了。

他要仲旭东救他于水火之中，再这样等下去，自己的后果都要比那批货物更加严重了。整天泡在赌场，他已经慢慢染上了赌瘾。

仲旭东告诫他，那地方真的不该去，弄不好会闯下祸端的。仲旭东还不忘调侃他，肯定是他没有远离那些穿超短裙和低胸衣的发牌员，否则不至于那么快染上了赌瘾。仲旭东强调，赌场里的漂亮女人都是祸水。当男人看她们时，边缘系统会在大脑前额皮层作用下被激活，导致大脑判断系统失灵，这是对赌博男人的致命攻击，会使他们丧失人作为最高级动物的明显特征。前额皮层这个部位正是掌管男性判断是非、控制情绪、组织行动等重要行为的大脑核心部位。

高正飞说那些都是瞎掰，但仲旭东一本正经地告诉他，自己是做过专门研究的，所以他仲旭东从来不沾赌博，免得落个钱财两空。

不沾赌博是正确的。可对高正飞来说，不去赌场又能去哪里呢，难不成让他回国？他在约堡除了等着集装箱，基本没有其他事情可做了。不过话说回来，要知道会是这种结果，当初真不如回国去等会更好。但这些都是"马后炮"了，高正飞现在是进退两难。

高正飞没有全把时间泡在赌场里，还花工夫兢兢业业地建着售销渠道，并非像个无业游民。只是手上没有货物，嘴上却对人家说着要建售销渠道，没有几个人相信，直把自己搞得如同诈骗犯一般，这实在难为了他。

骆琳达和其他同事住在一个组合式四层庭院楼，这是餐馆租来的房子，专供员工们集中居住。骆琳达和其他三个女工同住一间，房间不大，放了两张高低铺，看上去有些局促。

骆琳达睡在底铺，那张王大姐送她的世界地图贴在床边。地图上雄鸡形中国和三角形南非隔着浩瀚的印度洋。

她把女儿的画也贴在床边，与地图并排着。画上画着三个人，中间是女儿，两边是母亲和自己，分别牵着女儿的手。

骆琳达看着地图和女儿的画，不禁怅然若失，止不住地流下泪水来。

晚上，她听到从外面传来口琴声，仔细一听是《小星星，亮晶晶》，这让骆琳达感到熟悉又亲切，因为这是女儿练钢琴时最喜欢的一首曲。

骆琳达走出房间，循着声音找过去，来到了屋顶平台，发现是同事严浩俊在对着夜空吹奏。

平台上洒满冷清的月光，点点繁星围绕着皎洁的月亮。琴声令清风朗月的夜晚显得有些凄凉。

骆琳达悄悄走到他身后，没有贸然去打扰，而是静静地听着。一架大型客机从远处飞来，发动机的喷气声混合着机体与空气的摩擦声渐渐传来。严浩俊立刻停止吹琴，抬起头望向飞机。

飞机在头顶隆隆飞过，机翼和机尾闪烁着红绿两色的灯光，在夜空显得格外醒目。严浩俊始终痴痴地望着这架从容移动的飞机，目光一刻也没有离开过。

借着光亮，骆琳达发现他眼角挂着晶莹发亮的泪水，正顺着脸颊往下淌。不知道是什么时候流的泪，也不知道为什么要流泪。

飞机渐渐飞向远方，直至在天边消失。他依旧出神地凝望着，像是在送别自己的亲人。

严浩俊发现了骆琳达，感到十分意外，赶紧慌张地擦拭眼泪，神情很是尴尬。严浩俊问她是谁，骆琳达解释说是刚来的，夸奖他口琴吹得很好听。

他们四目相对，很快认出了对方。原来严浩俊是撞翻骆琳达货运车的那个外卖小哥。两人都惊愕不已，感觉像是在做梦，不敢相信眼前的一切。

严浩俊赶紧向她道歉，骆琳达却感激他的帮助，要不是他给老板娘留下了好印象，说不定她还在街头流浪呢。

严浩俊开心地笑了，说那就算是将功补过了。上次撞了她的车，差点闯下大祸，心里一直很歉疚，没想到会在万里之外又遇上她。

从义乌街头撞车，跳切到南非屋顶相遇，严浩俊想想真是不可思议，感觉很魔幻，似乎真的有所谓"冥冥之中"一说。

骆琳达感慨道，有时候人生就是这样，兜兜转转，起起落落，被一种无形的力量主宰，由不得自己。骆琳达觉得他挺潇洒的，吹口琴都跑到屋顶上来，看着星星伴着月亮。

骆琳达以为他是在看星星和月亮，其实是在看飞机。骆琳达感到很不解，问他飞机有什么好看的。

严浩俊告诉她，刚才那架飞机是飞往中国香港的，很多人回国就坐这趟直达班机。他轻轻叹息了一声，说他看飞机是聊以自慰，为了平抑浓浓的念乡之情。

骆琳达被他的话触动，心里蓦然泛起了一股酸楚。

严浩俊接着说，他就是坐着这样的大飞机，从家乡来到遥远的南非的，他很想念父母。停顿了一下，他强调说，刚才那架飞机是飞往祖国的。

他用了"祖国"这个词，让骆琳达很是感动，眼眶不禁有些发热。

骆琳达问他怎么知道刚才那架飞机是飞往祖国的。不经意之中，她也用了"祖国"这个词。严浩俊告诉她，他详细了解过回国有哪几趟航班，知道它们什么时间起飞。只要凑得巧，他都会抬头寻找飞机的。

没想到抬头看飞机竟是他的一种念想。

骆琳达不明白，既然这么想家，为什么还要来南非。原来他是被女朋友父母逼着来的。他女朋友家里办着一家小型企业，看他家条件不好，不想把女儿嫁给他，只好借口锻炼他，非要他去当外卖小哥，还找各种理由刁难他。他忍了很久，也忍了很多事情，实在忍不住了，一气之下就和女朋友父母闹翻了。经过朋友推荐，他头脑一热，决定到南非闯荡，要做出一番成就给他们看看。女朋友一开始还站在他一边，真到了要来南非时，她却退缩了。他没有办法，只好硬着头皮一人来到了南非。

怪不得他会想家，原来是赌气出来的。任性归任性，至少他可以随时回去，大不了不要这个女朋友了。而骆琳达却不同，她连想家的资格都没有，现在满脑子想的是如何在南非立住脚跟。

严浩俊报以淡淡一笑，笑容里包含着多少说不出的辛酸和无奈。得知骆琳达家里有个女儿和母亲，严浩俊问她有没有给家里打电话。骆琳达说舍不得花钱打电话，等攒下一点钱之后再说。

第二天，严浩俊借给她一张电话卡，要她打电话给家里报个平安。这种电话卡大家都称为华人乡思卡，如果想家了，就用它来打电话。

远离家乡的人，总能想出各种办法来寄托思乡之情。

骆琳达非常感动。

她给母亲打去电话，说自己在南非过得很好，已经找到了赚钱的工作，要母亲放心。她还问讨债公司来过没有。母亲说来过了，是来问她有没有寄钱回家。母亲要她放心，说讨债公司不会对她们怎么样的。

骆琳达本想听听女儿的声音，因为时差关系，女儿已经睡觉，骆琳达只好作罢。母亲说萌萌现在每天给她画一幅画，说是画满 100 张就可以见到她了。母亲说至少要画满 365 张。萌萌开始不情愿，后来也只好同意了。

母亲问她大概要在南非待多久，骆琳达说才到南非还说不上，要看情况再说。母亲叫她不用着急，萌萌由自己管着，要她放心好了。母亲还要她多多注意身体，千万不要生病了。万一生了病，要及时去医院看医生。

唠唠叨叨说了很多，因为时间关系，打算结束通话。结束之前，骆琳达要母亲记住，要是她不打电话给她们，说明她一切都好，不用记挂她。

挂了电话，骆琳达对前台人员浅浅一笑，但刚一转身，眼泪就制不住地流了下来。

## 五、秒变黑户

餐馆虽然不是长留之地，却是获得机会的跳板。骆琳达十分珍惜这份工作，端盘子，刷锅碗，拼了命地干活，一来引起蓝菲雨重视，二来可以接触更多食客。

由于劳累过度，骆琳达晕倒在工作岗位，不小心摔伤了左腿。趁着养伤的几天时间，她让严浩俊买来菜谱，仔细研究，认真背诵，好给顾客介绍每道菜肴的来历和传说。

伤情还没有好转，业务水平倒是有了很大提高。严浩俊劝她多休息几天，说蓝总是好人，不会责怪她的。

但她执意要提前上班，说蓝总是好人，当然是不会责怪她的，但她得珍惜这份工作。是这份工作让她活了下来，生存了下来，有了喘息的机会，所以她不能辜负了蓝总的一片好心。

严浩俊声称要向她学习，骆琳达却说是受了他的启发，自己应该向他学习才对。她可不能砸了义乌人的牌子，要小心翼翼地维护好。

骆琳达的出色表现引起了蓝菲雨关注，蓝菲雨要把她当作榜样让大家学习。骆琳达连连摆手，表示万万不可以，说蓝总对自己这么好，她把工作做好是应该的，是最起码的。

蓝菲雨赞赏地笑了，对她说："你不只干得很拼命，还干得很得法。你向客人介绍的那些菜的来历和典故，为餐馆赚足了口碑，很多客人已经给我打了电话，对你的服务竖起了大拇指。特别是那些黑人兄弟，听你这么一介绍，感觉菜的味道大大变了，变得特别有后味，特别有意义。我已经要求其他服务员都熟知每个菜的来历和典故，把我们中华文化传播给南非客人。"

蓝菲雨吩咐厨房特意为她烧了四个义乌菜，作为奖品奖励她，这让骆琳达十分意外，感动得热泪盈眶。在异国他乡吃到地道的家乡菜，对她来说实在太珍贵太难得了。

蓝菲雨要她介绍这四个菜肴，考考她介绍得地不地道。骆琳达平复了一下心情，开始介绍起来。

"这个菜叫豆皮素包，豆皮轻薄细滑，配上软糯的馅料，一口咬下去，汁水会盘旋在口齿之间。豆皮素包在义乌几乎家家都会做，尤其到了清明、冬至的时候，更是主妇们的必做之菜，义乌人更是爱把这个菜当成是一道年味儿。"

蓝菲雨满意地点了点头。

骆琳达看了蓝菲雨一眼，继续介绍。

"这个菜叫馒头夹六笋捂肉，吃的时候先抓起馒头，再用筷子在中间挑个孔，先吃那块馒头，再夹一块肉和六笋放在馒头孔里，用馒头包住就可以吃了，达到油而不腻的口感。在义乌过年过节红白喜事都会用上它，这是餐桌上的一道主菜，也是上的第一道菜……"

骆琳达说着说着，眼泪禁不住地流了下来。蓝菲雨没有发声，只是静静地听着。此时，骆琳达的声音已经饮泣起来。

"这个菜叫河东肉饼，又叫夹肉双层麦饼，由两层麦饼粘连，中间夹着肥肉与韭菜，麦饼薄得像宣纸。肉饼煎熟之后，色泽看上去像琥珀一样，味道鲜香，油而不腻，是义乌小吃一绝。"

没有等到骆琳达介绍第四个菜，蓝菲雨出其不意地抢过了话头，接上了骆琳达的介绍。蓝菲雨说："这个菜叫神仙鸡，俗名无水鸡，即蒸鸡不用水，而是用黄酒，蒸出来的鸡香气四溢，又酥又软，入口即化。"

听着蓝菲雨的介绍，骆琳达惊诧不已。蓝菲雨告诉她，这是向她学的。为了做这四个义乌菜，特意让师傅找了资料，用心选了食材，目的就是要让她吃到味道正宗的家乡菜。

骆琳达受宠若惊，感动不已。

除了这顿饭作为奖品，没想到蓝菲雨还让她再提一个要求，看自己能不能满足她。骆琳达连连摆手，说已经知足了，不能再有额外的要求了。蓝菲雨坚持要她提，她才壮着胆子，犹豫着说了出来，希望能够帮她介绍一份工作。

蓝菲雨甚是不解，问她难道在这里干得不好吗？只要做得时间长了，自己会慢慢给她加工资的。

骆琳达说她在这里干得很好，蓝总是数一数二的好老板。但她来南非是为了赚钱还债，谁知到了这里，竟会落魄成这副模样，连回国的钱都掏不出了。但她是不会甘心的，只要有机会，怎么都要搏一搏，去实现赚钱还债的目标。

蓝菲雨听懂了，戏谑她这是在挖自己的墙脚。

骆琳达惨然一笑，赶紧收回了这个要求。她本来就不想提出来的。

蓝菲雨只是笑笑，没有同意也没有不同意。这让骆琳达有些失落，也有些后悔。失落的是蓝总没有同意，后悔的是干吗要说出来，反倒让蓝总对自己有误解。

其实蓝菲雨有自己的想法，只是没有说出来而已。

严浩俊披着夜色又在屋顶平台吹口琴了，见到骆琳达到来，严浩俊停了下来。

骆琳达直夸严浩俊吹得好听，等自己有了钱，也要买一支口琴，让他来教自己。严浩俊欣然答应。

骆琳达打开带来的打包盒，让他品尝家乡菜。这是她特意留给他的，正好可以当作学费。见到家乡菜，严浩俊感觉很亲切很美妙。吃着它们，不用再抬头看飞机了。

骆琳达不明白蓝总为什么要大动干戈地奖励她，猜想可能看到了她身上烧着一团火，有股使不完的劲头，这股劲头可以激励着大家充满朝气，所以才会这么看重她。

骆琳达对自己却是心知肚明，她这样做，完全是被逼无奈的，要是心里不烧着一团火，她这颗心脏早已被冻成冰疙瘩了，哪里还会扑通扑通地跳到现在。

严浩俊恭喜她在花中城站稳了脚跟，骆琳达把蓝总要她提要求的事向他说了。她说，她希望蓝总帮她找一份工作，结果自己又把这一要求收回了，不知道这样做到底对不对。

严浩俊听出她语气中有着浓浓的惋惜，安慰她没什么好后悔的，认为在这里多干一些时间也是好的，可以遇到各种不同的人，说不定某天机会就来了，这里便成了一个跳板。

严浩俊根据自己得来的信息，向她介绍了华人在约堡的三种生存状态。第一种是有背景有关系的，可以开公司、进货柜、搞批发。第二种是有点实力的，开服装店、开小饭馆，或者搞些小批发在周六周日去摆摊。第三种是打工，也分好几类，外语好的，可以到外国人公司里干；熟悉约堡状况的，可以在中国香港和中国台湾的老板公司里干，因为每天要出去送货；外语不好又不熟悉约堡状况的，只能在中国大陆的老板公司里干；剩下实在没有关系的，只好每天打游击摆地摊了。

骆琳达觉得自己是一个可塑性很强的人，不管做什么事情，也不管在哪里做，都会尽心尽力去做好每一份工作。

严浩俊对此深信不疑。

虽然没有当面答应，蓝菲雨其实已经在替骆琳达找工作了。她找到的是仲旭东。仲旭东2006年到南非发展后，凭着之前积累的关系，一上手就做批发生意。虽然也被抢过骗过，但总的来说还算顺风顺水。他是中餐馆常客，蓝菲雨便认识了他。仲旭东一边做生意，一边还收集着南非古董，既是爱好，也是投资。到南非这几年，他虽然没有把公司做得很大，但也赚到了不少钱。去年，他把老婆女儿接到了南非，准备定居下来。这次他想找个保姆，一方面做做家务，另一方面接送11岁的女儿上下学。

骆琳达非常感激蓝总，竟然主动挖自己的墙脚。她对这份工作一口应承下来，看中的正是仲旭东开着贸易公司，相信只要进得去，一定会为自己打开在南非的生意之门。

仲旭东拉着蓝菲雨一起面试骆琳达，对骆琳达还算满意，正合计着什么时候去上班。这时，蓝菲雨接到前台打来的电话，说是有移民警察来餐馆查身份了，严浩俊被查出签证过期，已经被抓住了。现在还留下三个警察，在一个个地检查，说是谁都不会放过。

蓝菲雨一个激灵，立刻想到了骆琳达，赶紧让她拿出护照。这一看大惊失色，发现她的签证只有12天，今天正好是签证日期的最后一天。这意味着过了今天，骆琳达就变成黑户了，会像严浩俊一样被警察抓走！

骆琳达的脸色唰一下变得煞白，声称自己签的是一年工作签证。但白纸黑字写在那里，明明白白是12天旅游签证。

骆琳达被吓得哭了出来，颤抖着身子不知道该怎么办。

危急之时，决断最重要。这个时候，她反而镇定下来，不像刚才那样惊慌了。她想了想，果断转向仲旭东，要他带着骆琳达从后门离开，先避开移民警察再说。

仲旭东顾虑重重，不愿意带她走。蓝菲雨立刻就光火了，冲着他吼道，都这种时候了，还有什么行不行的，趁着还有时间，赶紧先逃跑！

仲旭东问她往哪里逃，蓝菲雨告诉他，先开着车上路再说。

蓝菲雨领着他们从后门离开。上了车，开到了马路上，仲旭东一直往前开着，都不敢把车慢下来。

就这样毫无目的地开着，尽量拖延时间，只等警察一走，再把她送回到蓝菲雨那里。

骆琳达惊恐万分，显得六神无主。

　　仲旭东问她为什么不知道签证只有 12 天，骆琳达说当时办的是一年工作签证，在机场拿到护照后，因为写的是英文，匆忙之间没有仔细看过。后来又连续发生了那么多不称心的事情，就再也没有好好看过。都怪自己不好。

　　这绝对是被缺德中介坑了。

　　因为没有合法身份，仲旭东不能再聘用她了，否则他的公司会受到处罚。骆琳达急得都快哭出来了。

　　蓝菲雨打电话给仲旭东，说被查的原因是被人举报了，可能跟前些日子与一个来吃霸王餐的中介产生了过节有关。她告诉仲旭东，骆琳达再也不能回餐馆了。

　　一听不能回餐馆，仲旭东赶紧把车子停到路边，要赶骆琳达下车，他可不能把这个烫手山芋落在自己手里。

　　车子所到的这个地方很安静，周围像是一个大农场，原野连片，绿树成荫，看不到一个人。如果是休闲，这里的确是个好地方，可对骆琳达来说，无疑是个前不着村后不着店的荒郊野岭。

　　骆琳达早已吓蒙了，哪里敢下车，这让仲旭东左右为难。赶她下车吧，她会被警察抓住，让她留在车上吧，难道带她回公司不成？

　　骆琳达十分明白，自己面临的处境要比刚来时流落街头还要严峻。如果被抓住，不但要坐牢罚款，还将被遣返回国。骆琳达恳求仲旭东伸出援手，帮助她渡过眼前的难关。

　　但擅长算计的仲旭东表示无能为力，声称不知道应该怎么帮她。如果帮了她，他就违法了，意味着好不容易在南非积累起来的这点家当，说不定会因此被折腾光。

　　骆琳达不觉得帮她会产生这么严重后果，但仲旭东担心事情一旦发生，有时候是不可控制的。鉴于她的这种情况，建议她还是回国算了。

　　就算骆琳达愿意回国，现在连吃饭钱都没有，哪有能力买机票啊，除非她被遣返回国。

　　但这是万万不可行的。

　　仲旭东替她出了一个主意，鉴于她这种情况，建议她赶紧嫁个黑哥，这样就能得到合法的身份。

　　这一建议却被骆琳达断然拒绝。她宁愿到移民局自首，也不愿意如此草率就找个黑哥结婚。

　　仲旭东只好耸耸肩，表示没有其他办法了。他暂且让她坐在车上，要她利用这点时间赶紧想办法，直到把车上的汽油烧光。要是油烧光了还没有想出办法，就只能让她下车，双方各奔前程。

不等她答应，仲旭东一脚油门将车子开了出去。

骆琳达愣愣地看着窗外的景色，被紧张的情势逼得几近窒息。但她又能想出什么好办法来呢？

仲旭东对她当前困境做了总结。他说，等待她的会是两个结果，一个是被遣返回国，另一个是继续生存下去。被遣返回国当然不是她的初衷，已经被她断然拒绝。对于如何生存下去，仲旭东叫她不用太过悲观，眼睛要往前看，很多事情一旦回过头来再看，都是船到桥头自会直的。

他是站着说话不腰疼。抑或，真是在安慰她。

骆琳达分不清他的目的，也没有心思要去分清它。

仲旭东对她讲了自己来南非那会儿的经历。那时的他也经历过被人打劫的事情，钞票手机证件什么的都给抢走了，连皮带也被抽掉了。他从地上爬起来，感觉鞋子有些硌脚，脱掉一倒，竟倒出一枚硬币来。那枚硬币是匪徒搜身时掉落到鞋子里的。

骆琳达抢白他说，难道那枚硬币让他船到桥头就直了？

仲旭东告诉她，还真的是直了。他当时拎着裤子走进一家印巴人开的商店，比画了半天，要来一根布带和一根丝线。他用布带当裤带，把裤子系住。用那根丝线细心绑住硬币，走进街角投币电话亭，一手吊着丝线，另一手给熟悉的人打电话。打完一个，还没等通话结束，趁着电话机把硬币吃掉之前，把丝线提出来，再重新放下硬币，拨通第二个电话。

他一次次地将线头提起，又一次次地放下，就这样用那枚硬币，不但叫来了堂兄救急，还谈成了两笔买卖，把半个货柜的货给销了出去。

这是仲旭东的南非生存之道。

骆琳达佩服至极。

仲旭东趁机鼓励她，办法总比困难多。

这话很对，很励志，的确鼓舞人。但仲旭东此刻说出这句话，无非是想让骆琳达下车。

骆琳达在表达佩服的同时，告诉仲旭东，第一她没有电话可打，甚至连一个电话也没有，第二她手上没有一件货，更别说半个货柜的货了，第三她现在是个烫手山芋，谁接了烫谁手。

正在为难之际，仲旭东接到了高正飞的电话，说今天运气很差，上手就开始输，一直输到现在，把身上的钱都输光了，要向仲旭东借钱，叫仲旭东去蒙地赌场助他一臂之力。

高正飞的电话让仲旭东灵光一闪，猛拍了一下大腿，对了，赌场是个好地方，何不将她送到蒙地赌场去呢？！

仲旭东一下就来了兴致，得意地告诉她，果真是船到桥头自会直，算她运气好，这么快就直了，他这就送她去蒙地赌场，到赌场去避难，到赌场去开创事业，到赌场去创造人生！

仲旭东说得慷慨激昂，骆琳达却听得大为泄气。去赌场那算什么事儿啊？她刚刚提起的那一点希望，瞬间又被扑灭了，整个人重新跌入了冰窖。

她说，要是赌博能成功，她何必不远万里来南非闯荡呢？

仲旭东告诉她，去赌场是让她去避难，不是让她去赌博。赌场是南非最安全的地方，警察管不到，移民局的人进不来，去了那里，好像把自己放进了保险柜，绝对万无一失。

仲旭东强调说，千万不能拿中国观念来看待南非赌场，在南非赌场是合法的，到赌场博彩消遣是正常的事情，也是合情合理的事情。南非有国家赌博局，下面还有相应办事机构。而且，南非的赌场已经不是单纯意义上的赌博场所，几乎是一个娱乐中心，里面有赌博区、餐饮区、游乐区，各种设施齐全，可以满足人们餐饮购物游乐等各种需求。

仲旭东还强调，她的当务之急是避免让警察抓到。但不光冲着这一点，赌场还是个娱乐中心，有吃的，有玩的，有赌的，有购物的，这意味着，那里有很多就业机会，她完全可以找到一份称心的工作。她不是要生存下去吗？没人抓她，又有活干，再也没有比赌场更适合她的地方了，在那里混上一段时间绝对没有问题。

仲旭东埋怨自己，刚才怎么就没有想到呢？

唯一需要担心的是染上赌瘾。

但仲旭东刻意把这一点忽略了，免得她不肯去那里。

仲旭东叽叽歪歪地说完，直愣愣地盯着骆琳达，等着她的回答。

虽然十分抗拒，骆琳达却没有选择余地，所以她只得无奈接受。

要是不接受，她又能去哪里呢？

驾车驶近蒙地赌场，古堡式的巨大建筑映入眼帘。仲旭东将车开进了一共五层的庞大停车场。

蒙地赌场据说是一个美国著名设计师设计的，内部很人性化。赌博区设在建筑物中间，一条环形小溪将赌博区和外围的游乐区、购物区、饮食区隔开。18岁以下是进不了赌博区的，但可以在外围吃喝玩乐，那里什么都有，说白了就是一个商业综合体。

　　进入赌场果然要经过武装人员检查，看来的确安全。来到里面，设施一应俱全，很多大人带着小孩在游乐区玩耍。眼前的一切渐渐打消了骆琳达对赌场的既有认识，她心里默默想着，说不定还真像仲旭东说的，能在里面找到工作呢。

　　于是一颗悬着的心稍稍落定了下来。

　　进入赌博区，又进行了一次相同的安检。一男一女两名身着制服的黑人保安分别手持检测器，贴着客人的衣服，前前后后地扫过躯干和大腿。

　　骆琳达跟着仲旭东进入赌博区。只见整个大厅富丽堂皇，巨大的拱穹灯火通明，如同白昼。这是一个充满诱惑、令人兴奋的世界，人头攒动，熙熙攘攘，数百台老虎机不断闪烁变幻着眼花缭乱的数字和图案，发出着不同的音乐声，与庄家发牌手的叫牌声，构成赌博区纷纷攘攘的嘈杂声，一波又一波地冲击着耳膜。

　　服务生穿着不同颜色的制服，或推车或托盘，往来穿梭着，将各种饮料、啤酒、食品送到赌客面前。工作人员身着笔挺的西装，手持对讲机，面带微笑，四处巡查。三三两两的黑人保安，人高马大，虎背熊腰，身着黑色紧身服，露着肌肉发达的双臂，头戴耳麦，警惕而悠闲地巡视着，对每一个迎面而来的陌生人，都会报以礼貌的微笑。兑换处人满为患，十几个窗口前面都排着长队，有抱着几个摞在一起盒子的，有拎着几个小口袋的，居然还有提着桶的。这一切看得骆琳达一愣一愣的，就像刘姥姥进了大观园。

　　仲旭东指了指高高的深黑色穹顶，介绍说上面这些照明灯会让人忘了外面的白昼黑夜。在这里，老虎机和扑克牌在永不停息地运转变化，金钱和运气在不停地易手，但时间永远是停息的。这里没有报时的钟表，赌场老板希望赌客们忘记时间，永远也不要回家。

　　听着仲旭东的介绍，骆琳达一片茫然，显得手足无措，不知道该说什么。仲旭东却说，这里很适合她，从现在开始，可以开创她的事业了。

　　骆琳达这才回过神来，问他是不是不管她了。仲旭东耸耸肩，一副"甩锅"的样子，说目的地到了，她自由了，他们现在就此分手，她可以随便乱逛，吃喝都是免费的，没人再会来管她。

　　没等骆琳达回应，仲旭东甩下她径直朝开放式酒吧走去，高正飞正在那里等着他。

　　骆琳达跨步追上去，想了想还是止住了，眼睁睁地看着仲旭东背影离自己越来越远。

　　她茫然观察四周，见赌客们有的在赌桌上凝神屏气与庄家厮杀，有的站在一旁观战，等待时机出手，有的赢够了或输够了，退出赌桌转换赌局。光顾老虎机的大多是白人老头或者老太，还有不少黑人妇女，以及观光游客。他们不断往机器里喂进硬币，然后拍打按键，闪烁的图案映照着他们一张张渴望的脸。

仲旭东来到不远处的开放式酒吧，见到了等候已久的高正飞。此时的高正飞头发凌乱，胡子拉碴，一脸疲惫不堪。

仲旭东问他熬了几个通宵，高正飞说才一个。仲旭东要他赶紧跳脱出来，不能越陷越深了，一入赌门深似海，到时候会万劫不复的。

高正飞敷衍着他，表示把本钱扳回来就收手。仲旭东告诫他，这个念头本身就是一个陷阱，输掉的本钱是永远赢不回来的。

仲旭东从皮夹里取出一沓钱，摇着头交给高正飞，一副恨铁不成钢的模样，告诉他一共3000兰特，要他悠着点，奉劝他赶紧悬崖勒马。

高正飞发现仲旭东刚才带了一个女人过来，为了转移话题，便拿这件事调侃他，封住他的嘴巴。

高正飞说找了个新妞也不让老弟认识认识，这太小气了吧，既然带来了，就不能吃独食。

仲旭东恍然大悟，将目光投向不远处的骆琳达，告诉他想要的话，愿意送给他。高正飞说他怎么可能舍得，口是心非吧。仲旭东说绝不吝啬，只是这是一个烫手山芋，要是想接的话，建议戴上厚手套，小心为妙。

高正飞问他被烫过了吧，仲旭东说只差一点点，幸亏他及时来电话，才让自己甩掉了她。高正飞问怎么个烫法？仲旭东说签证过期，成了黑户，为了躲避移民警察抓捕，不得不来这里避难。

高正飞觉得仲旭东的想法太奇葩了，居然来赌场避难。仲旭东反问他不也来这里避难了嘛。高正飞说自己是打发时间，免得无聊死去。仲旭东说本质上一样的，一个避警察，一个避无聊。高正飞无言以对。

离去之前，仲旭东再次提醒他，第一不要再赌了，免得引火烧身，第二不要搭理她，也免得引火烧身。

走出赌场大门，仲旭东长长吁出一口气，总算甩掉了烫手山芋，全身顿觉轻松起来。

高正飞把目光移向远处，眺望了一眼骆琳达，再次走向赌桌，继续他的赌博。

## 六、身困赌场

骆琳达不知何时来到了高正飞身边，静观他赌21点。高正飞专注于赌博，没有认出骆琳达。骆琳达却认出了他，就是半年前把她当作按摩女的那个商人。

骆琳达大为惊诧，真是冤家路狭。本想溜之大吉，但心想得来全不费功夫，她要跟他算算欠自己的那笔污名账。

她当然也掺杂着另一层意思，可以借此认识一个熟人。放眼赌场，人群中只有他与自己有过交集，身在异国他乡，这也算得上是相识之人了。

这么一想，骆琳达便留下来继续观战，等待时机跟他清算欠账。

说来也怪，自骆琳达观战开始，高正飞接连失手，运气差到了极点，把仲旭东借给他的钱再次赌光。

高正飞脸色凝重，紧闭着嘴唇一言不发，捋了一下头发，气急败坏地站起，离开了赌桌。

高正飞朝服务员招了招手，服务员端着盘子立刻走过来。他拿过一杯威士忌，站在那里一口喝干，又拿过一杯，还是一口喝干。

高正飞来到开放式酒吧，闷闷不乐地坐下，愣愣地想着心事。

骆琳达走了过去，在他对面坐下。见有人来打扰，高正飞不满地看了一眼。一开始没有认出，但随即，似乎意识到了什么，又将目光移过去，仔细辨认起来。

骆琳达先发制人，目光咄咄地开口了，问他是否还认识她。懊丧至极的高正飞终于认出是那个烫手山芋，认定是她给自己带来了霉运，把刚刚借来的钱再次赌光，便把一肚子气全都撒了出来。

骆琳达正等着要跟他算账，他却倒打一耙，跟自己搞莫须有。自己在赌桌前默默观战，碍着他什么了，他技术不好输钱，跟自己有什么关系？这人也太蛮不讲理了！本来对他就没有好感，这样一想，干脆新账老账一起算，骆琳达对他爆发了，和他狠狠地吵了起来。

吵得天昏地暗。

吵完，高正飞愤然离去。

骆琳达孤独一人滞留赌场，这时才后悔自己草率行事，根本没有必要与他闹翻。出门在外，最重要的是共同合作，相互提携，抱团发展，多一个朋友多一条路嘛，更何况自己连生存都成问题，却还不给自己留一条后路。

想到这里，骆琳达站了起来，打算去找他，要主动给他道个歉，重归于好。

穿梭赌场间，看到服务员托着盘子从前面过来，骆琳达感到饥肠辘辘，想伸手叫唤服务员，但转眼一想觉得不妥，便又立刻将手缩了回来。

服务员已经看到了她的举动，主动来到她身边，彬彬有礼地问她要来点什么。

盘子里有酒、水、色拉、面包等，骆琳达只想要块面包充饥。服务员似乎看出了她的心思，告诉她来这里的客人吃喝都是免费的。骆琳达这才大着胆子要了一块面包，还要了一杯酒，让自己壮壮胆子。

幸好赌场 24 小时营业，吃饭过夜不成问题。但毕竟是蹭吃蹭睡，不能长久地留在这里。骆琳达眼下最应该做的，是如何让自己这个黑户在赌场打上工，然后从长计议，寻找赚钱还债的办法，实现自己来南非闯荡的目标。

走出赌博区，骆琳达来到了外围区。外围区与赌博区相隔着一条环形小溪，聚集着游乐区、购物区和饮食区。骆琳达绕了一圈，在饮食区仔细地寻找起机会来。

照着之前的做法，骆琳达搜寻有中文标识的餐馆。饮食区里有日本料理、意大利餐馆、西式自助餐，还有各种品牌快餐。中餐馆相对较少。她终于找到一家叫"朋乐"的中餐馆，感到很是兴奋。

这家中餐馆门面堂皇，装潢高档，中国风扑面而来，是中国台湾人开办的。骆琳达故技重演，许诺老板许振山，可以白白打工，不要任何报酬，只要得到一份工作即可。她以为这样的条件人家会同意，没料到许老板拒绝了她。她问为什么，许老板告诉她，就是白白打工也得有人担保。

这可难住了骆琳达。

放眼整个赌场，除了吵过架的高正飞，再也没有其他认识的人了。

只能高正飞了！

骆琳达硬着头皮去找他，对他变得一腔温情，说咱们和好吧。高正飞被吓了一跳，感觉她画风突变，不知道想要干什么。骆琳达倒是开门见山，说自己要找工作，请求他帮忙，做她的担保人。

高正飞冷冷拒绝了她。

这一结果骆琳达早已料到了，但即便这样，也得迎着困难上，她是没有退路的。

骆琳达只得采取牛皮糖战术，他走到哪里，她就黏到哪里：他赢钱了，她为他高调喝彩；他输钱了，她替他默默难过。

高正飞被黏得烦不胜烦，来到吧台喝酒。骆琳达照例坐到他对面，主动跟他搭讪，不停地说着话。什么老家在哪里呀，家里有哪些人呀，结婚了没有呀，为什么到南非来呀，跟仲旭东怎么认识的呀，交情怎么样呀，等等，等等，令高正飞耳朵都快起了老茧。

高正飞不屑地瞅了她一眼，问她没有看到他在喝闷酒吗？他喝闷酒的时候，最讨厌别人在他面前喋喋不休。

骆琳达说喝闷酒容易醉，她的话是下酒菜，就着下肚最配闷酒了。

高正飞说被她惊到了，没想到废话都能当下酒菜，真是奇葩，那就把这一杯当压惊酒吧。于是他举起酒杯，一口喝干了杯中的酒。

骆琳达说不过让他做个担保人而已，怎么会搞得那么难。又不是借钱担保，还不出会要他背锅。不过是给她找个工作背书一下而已，有那么扭扭捏捏的吗？

男人就得要有男人样子，胆子怎么小得像只老鼠。骆琳达又补充了一句。

知道她在玩激将法，高正飞偏偏不上当，苦笑着说不像就不像呗。

他就来一个破罐子破摔应对她。

骆琳达挤对他说，他不但胆子有问题，胆小如鼠，肠子也有问题，小肚鸡肠。做个担保人，身上会少一块肉吗？

高正飞说再激将也没有用，骆琳达说那又怎么样，男人就得主动被女人激将利用，要以此为荣，这样才显得有风度，有气度，有深度。

高正飞觉得她很会说话，什么理都让她占了去，既然这么口齿伶俐，为什么不去说服老板直接把她招聘了。

骆琳达说她没那个本事，除非他手把手教她。高正飞微微点头，像是答应了她。骆琳达期待地望着他。高正飞故意卖了一个关子，停顿一下才开口，问她想不想听真话。骆琳达当然想听了。

高正飞说，她很黏人，他已经被她黏得烦不胜烦了，她能不能从他眼前消失，让他消停消停，否则的话，他或者会发疯，或者会患上抑郁症的。

骆琳达啪啪啪地拍起了手，这正是她想要的结果，让他明白，不做她的担保人，后果会很严重，只要做了她的担保人，她就会立刻从他眼前消失。

高正飞只好做出妥协，提出双方来拼酒，若是她输了，从此不再来烦他。

言下之意是，若是他输了，他就当她的担保人。

高正飞提出拼酒，是为了让她知难而退，没想到她竟然爽快答应了。

骆琳达酒量并不大，但她没有退路，拼什么都得来，哪怕拼命，也会答应下来。更何况拼酒其实拼的是胆量，酒胆决定着酒量。

长长两排酒杯被整整齐齐码在桌子正中，每排10杯，杯里倒的是威士忌，大概酒杯的三分之一。比拼规则简单粗暴，你一杯，我一杯，谁喝的酒在肚子里先造反，谁就算输了。

骆琳达觉得这种拼法太粗鲁，跟牛饮没有什么两样，是草包拼法，提出要拼问话。我问你一句，你回答出来，算你赢，我喝酒。如果你回答不出来，也不算输，直到我将自己问的问题回答出来，你才算输。总之要有答案。

骆琳达期待地看着高正飞，以为他会同意。没想到他一点兴趣也没有，反而埋怨起她来。他说，他很鄙视别人跟他捣糨糊，把简单的事情搞复杂。他提出拼酒，是想摆脱她，可她现在比刚才还要烦，所以他不想比了。

骆琳达不许他出尔出尔，但主动权依旧在他手上。高正飞说，如果要他做担保人，就得同意他的提议。

骆琳达惊喜不已，以为听错了。高正飞斜瞅她一眼，不满地表示，通常他不是一个出尔反尔的人。

抓过杯子，他一口喝下了酒。接下去的动作，更把骆琳达看得目瞪口呆。他抓过摆放在自己这边的那排酒杯，一杯接一杯地喝了起来，把十杯酒一下子喝光了。

这才是高正飞的风格。

他喝完了酒，也承诺了可以为她担保。这下子，球踢到了骆琳达这边，就看她喝不喝得下面前的这十杯酒。喝了，便赢了，不喝，也不勉强，按她自己的酒量来即可。

骆琳达有些发怵，一时愣在那里。高正飞见她像是要退却的样子，站起来就要离去。

骆琳达喜忧参半，一时措手不及。见高正飞真要离去，情急之下拿起酒杯，也学着他的样子，一杯接一杯地喝了起来。

高正飞深感意外，驻足站在了那里，愣愣地看着她喝酒。

忍着阵阵烧灼和难受，骆琳达硬是把十杯酒全部喝光，这才重重地瘫坐到了座位上。

虽然会喝酒，可骆琳达没有那么大的酒量。这十杯酒下肚，酒劲立刻上来了，感觉肚子在翻江倒海，脑袋在发晕旋转，忍不住往桌子上一趴，再也动弹不了了。

她身子一歪就要倒下来，高正飞立刻趋身上前，一把扶住了她。

骆琳达已经大醉，任凭高正飞怎么叫她，始终没有清醒意识。高正飞只得把她放好姿势，保持重心稳定，不让她从桌子上滑落下来。

高正飞没有想到她会这么拼命学自己样子，更没有想到她的酒量会如此不济，转眼之间就灌得烂醉如泥了。

接下来怎么办？总不能让她独自趴在桌上，自己拍拍屁股一走了之吧？高正飞想了想，只得留下来陪她。

他没有想到自己竟然在不知不觉中做了一件蠢事，眼下不得不看住这个醉人，以确保她的安全。真是偷鸡不成反蚀把米。

就好像湿手沾上了面粉，变得越来越麻烦。

这么看来，仲旭东说得没有错。这个女人果然是一枚烫手山芋，这下被她成功套住了，走不了了。

高正飞招手把黑人保安叫了过来，说她喝醉了，不能动弹了，只能趴在这里，问保安能否看管她。保安摇摇头，说他们无法看管她，但可以保证她不受其他人侵害。

保安问他是不是他女朋友，犹豫之下高正飞只好说是的，先认领了再说。保安说既然是他女朋友，就有责任照顾她，更有责任确保她安全。

高正飞有赌场给的一张白金卡，除了赌博之外，在这里消费一切免费。他用行李车把不省人事的骆琳达推到酒店，打算让她睡到房间里。

高正飞在前台办理入住手续，想开两个房间，但酒店有规定，醉酒之人必须有人陪护，以免发生意外，只能给他开一个房间。高正飞竭力辩解，但前台始终不松口。高正飞心想，这下真的被彻底套住了，他到底招谁惹谁了？

到了房间，高正飞重重地把骆琳达扔到床上，她只是"嗯嘤"了一声，下意识地翻个身子，又很快睡死了过去。

房间虽大，却只有一张大床。高正飞倒了一杯水，咕咚咕咚地喝完，窝到沙发里休息。

骆琳达突然呕吐起来。高正飞赶紧抄起垃圾桶冲到她跟前，但为时已晚，她已吐得床上身上到处都是。要命的是，她依旧不省人事，睡得死死的。

看着这狼藉的一幕，高正飞根本无从下手，急得都要抓狂了。他摇着她，要她醒过来自己收拾。

骆琳达又"嗯嘤"一声，下意识地挥了一下手，想翻转身子，却被高正飞紧急制止。因为只要翻转身子，会将呕吐物压到身下，弄得更加不可收拾。

高正飞只好拿了毛巾给她清理。清理完床上的，很犹豫要不要清理她身上的。一番思想斗争，觉得还是应该清理。他闭着眼睛把她上衣脱了，只留下胸罩，用被子盖上。再拿毛巾清理了她的脸。

做完这一切，高正飞已经累得疲惫不堪，一头躺倒在地上睡着了。

早上是骆琳达先醒来的。她睁开眼睛，感觉有些异样，发现一切都很陌生，搞不清自己身在何处。于是霍地坐了起来，她发现自己只穿着胸罩，十分惊诧和纳闷，脑子"轰"地炸了起来。

她愣在那里，回忆着之前到底发生了什么。

突然，一个男人的脑袋从地面伸了上来，吓得她尖叫一声，下意识地拉被子捂住了胸脯。

惊魂之下定睛一看，才发现是跟自己拼酒的高正飞。

她厉声问他怎么会在这里。高正飞揉了一下眼睛，似乎懒得回答，便不疾不徐地反问她，知不知道自己为什么会在这里。

这一问立刻让她疑惑了。是啊，自己怎么会在这里？为什么会和他在一起？她只记得当时身在赌场，在和他拼酒，拼成什么个样子，她一点也记不起来了。

　　高正飞从地上起来，一屁股坐到沙发上，告诉她这是赌场酒店。

　　听到酒店两字，再想到自己没有穿上衣，骆琳达意识到了什么，立刻尖叫起来：

　　"为什么把我弄到酒店来？你非礼我，对我耍流氓！你是个坏人！坏人！——"

　　骆琳达抓过枕头，跳下床去打高正飞。打了两下，发现自己只穿着胸罩，又"啊"地惊叫一声，慌忙退到床上，赶紧用被子捂住了前胸。

　　高正飞用下巴示意了一下她的外衣，要她闻闻到底是什么味儿。骆琳达凑上鼻子，闻到一股酸臭味，再仔细一看，发现上面沾着污秽物，这才知道昨晚自己呕吐过了。

　　高正飞说，这充分证明，他脱她衣服是有正当理由的，确实是被逼无奈，不得不而为之。

　　骆琳达问他到底发生了什么，高正飞说的确发生了什么，但他们之间并没有发生什么。

　　高正飞把话说得绕来绕去的，骆琳达要他直说，不要把简直的事情搞复杂，她很鄙视别人跟她捣糨糊。

　　高正飞不满地看了她一眼，解释了起来：

　　"你应该还记得你我拼酒的事吧？但结果没有拼成，只是我自愿喝光了我的酒，而你头脑发热，也喝光了自己的酒。这只能怪你自己了。然后你就醉了，而且是烂醉如泥。本来我可以回自己住处的，但我还有点责任心，为了防止你出事，只好留了下来。然后我想到了酒店，开了房间让你来醒酒。但前台说醉酒者必须有人陪护，只允许我开一个房间。我实在没有办法，就只好开了一个房间。我想离开，但前台要求我陪着，说是万一一呕吐了，就有窒息危险。至于为什么要脱掉你外衣，是因为你来的途中呕吐了。窒息倒不会，只是把衣服吐脏了。我可以脱你衣服，也可以不脱你衣服。结果阴差阳错，我还是脱了你衣服。至于脱得对不对，我也不知道，反正已经脱了。"

　　骆琳达质问有没有趁机非礼她，对她做了不轨之举？

　　高正飞丢给她一个戏虐的眼神，带着调侃的口吻道：

　　"那要看你身上有没有少一块肉，掉一块皮，或者是否多了一点我的体味。如果有，就是我非礼你了，对你做了不轨之举，如果没有，那我是清白的，是个规矩行事之人，你得好好感谢我。"

　　骆琳达说自己一直醉着，不省人事，怎么会知道他有没有行非礼之举。

　　高正飞故意闻了闻自己衣服，表情夸张地说：

　　"我倒是闻到自己身上有一股酸臭味道，明显的呕吐物特征，我问你，你昨天有没有吃牛肉羊肉洋葱大蒜啊，这味道怎么会这么难闻。在这种气味之中，你觉得还会有谁有情趣做非礼之事？"

骆琳达骂他讨厌。

由于拼酒输了，骆琳达无法确定高正飞会不会答应做自己的担保人。她要求再拼一次酒，非要搞定这件事不可。但高正飞不屑她的酒量，不愿意和她再次比拼。她却说自己有酒胆，酒胆有时候比酒量更管用。

高正飞当然明白，很多情形下，拼酒其实拼的是胆而不是量，但量是基础，要是悬殊，再大的胆也没有用，只能把自己喝到急救台上。

高正飞说他已经答应做她的担保人了，难道还要拼酒撤销吗？

骆琳达听了欣喜若狂。这样一来，工作的事终于可以落定了。但转眼一想，既然重新提出了拼酒，那就干脆拼拼他的那张白金卡，要是把它拼回来，就有地方住了，而且是这么高级的地方，吃喝拉撒全都包了。

但高正飞拒绝了她。凡事不能得寸进尺，不能做得太满。水满则溢，月满则亏，自满则败。赌场给了他白金卡，任由他吃任由他喝任由他住，但他也得克制，不能把所有的便宜都占尽了。

所以他不能同意把这张卡作为拼酒筹码，以便让骆琳达得到它。

由着这张白金卡，两人继续往下扯。扯着扯着，高正飞似乎被骆琳达渐渐带到"坑"里，阴差阳错之间，竟然不可思议地答应可以收留她，让她晚上借宿在自己出租屋里，白天一起再来赌场。

这简直就是天上掉下来一个大馅饼，"咚"地一下砸到了骆琳达头上。对她来说，这下子已经赚足了，远远超过了她的预期。

在前往高正飞出租屋途中，骆琳达问他为什么到最后决定收留她。高正飞说：

"仲旭东说你是烫手山芋，说得一点没有错，你的确够烫人手的。可你又说我们同病相怜，我刚开始不认同，一点也不能接受。可仔细一想，还真是这么一回事。你现在身无分文，走投无路，其实跟来南非之前没有太大区别，本来就是走投无路了才来南非打拼的。可我不一样了，我是带着一大笔钱来南非做生意的，结果为了等货柜，把自己等进了赌场，带来的钱都快赌得所剩无几了。跟来南非之前相比，我的差别太大了。我现在也像你一样，快要走投无路了。"

骆琳达觉得他这是无病呻吟，说得过于夸大了。开着租来的车，住着租来的房，还有两个货柜的货，这种条件不管放在谁身上，都会让那人变得闪闪发光的。

高正飞认为她说得也对，他俩的确同病相怜，甚至他的境况还不如她。他还自嘲说，他是为了衬托自己高大上，才故意决定要收留她的。

　　32 岁的高正飞目前还是单身，自从去年认识两个生意人后，听说非洲有商机，才决定到南非来发展。没想到生意还没有开始做，自己却成了一个赌徒。

　　致命的赌瘾已经让他深陷赌场而无法自拔，大多数时间他情绪沮丧、急躁易怒。每次输钱之后，开车回住处的路上，他总是一言不发，眼睛出神地盯着前方。来到床上困倦躺下时，黑暗中常常发出叹气声。

　　他对骆琳达说，现在每天去赌场，就想着要把输进去的钱赢回来。

　　这是典型的赌徒魔咒。

　　收留骆琳达，高正飞不是没有条件的。他要求骆琳达监督他，不许再去赌博了。

　　骆琳达抢白他，说他这人真有意思，昨天她提出不许再去赌博，他却死活不肯，现在倒主动提出来了，还要她来监督。她真怀疑他是不是个变脸高手，动作竟然那么娴熟。

　　高正飞说这是情势所迫，不得不为之。骆琳达只好答应了他。高正飞感觉自己好像一下子成了弱势群体，骆琳达却十分开心，得意地说那是那是。

　　高正飞租住的房子，是一个福建人的公寓楼，整幢楼都是他的产业，一共三层。高正飞的房子在二楼，楼下还有一个小超市。

　　骆琳达关心公寓楼安不安全，高正飞认为主要看自己如何去做。如果不随手锁门，就很难保障安全。当然，最关键要看一个人富不富裕。如果是个富人，肯定不安全，别人会挖空心思盯着你，思考着如何以最佳方式抢劫。如果是个穷光蛋，就算遇上劫匪，也抢不走什么东西，更不会要他的性命。劫匪要一个穷人的性命干什么？只会徒增麻烦，一般不会去做这种亏本买卖。

　　平时兜里要装一点钱，别让劫匪一点收获也没有。如果劫匪抢不到钱，要是真的恼羞成怒了，一时冲动一样会要了穷光蛋的命。

　　高正飞租的这套房子两室一厅，他把其中一个房间让给骆琳达住。高正飞要她记得随手锁门，骆琳达调侃说，色狼猛于劫匪，的确得随手锁门，时时提防。

　　有了高正飞做担保，骆琳达在赌场餐馆顺利打上了工。第一天上班，是高正飞开车送她去的。

　　路过一个光秃秃的土山，高正飞特意把车停了下来，告诉她这是约堡地标之地，是非洲大陆最早发现黄金矿脉所在地。约翰内斯堡这个城市，是随着金矿发现和开采逐步形成的。四周绵延 240 公里的地域内有几十个金矿，市区街道下面有一英里多深的坑道。

　　骆琳达说既然脚踩金矿，那不如直接去淘金得了。高正飞告诉她，可惜迟了一个多世纪，100 多年前，的确有中国人来过这里，作为最底层的劳动力，为殖民主义者开采过黄金。

骆琳达自嘲说，现在轮到她这个黑户来约堡了，不知道何时才能咸鱼翻身。

高正飞说，其实在更早的时候，大约600多年前，中国明朝伟大的航海家郑和，曾经率领庞大的船队来到过非洲的索马里和肯尼亚，比老牌殖民主义者葡萄牙、荷兰还要早100多年呢，而且还召开过一次中非合作论坛。

高正飞接着打趣说，郑和600年前来非洲是为她骆琳达打前站的，还专门召开中非合作论坛预热，她现在肩上承载着重大的合作使命，所以前途非常看好，一定要好好干，拼命干，干出一番耀眼夺目的成绩来。

骆琳达耸耸肩，也一道起哄起来，问高正飞那个时候的郑和也是黑户吧？高正飞说一定是，你们古今两人不分彼此，臭味相投，简直就是绝配。

看在高正飞每天去餐馆消费的分上，"朋乐"老板答应象征性地给骆琳达一点报酬。对于这笔钱，骆琳达希望许老板能够每天支付，但许老板不愿意这样做。

爱好烧菜的高正飞于是想出计谋，深入厨房去跟大厨拼技艺，把自己的独门厨技无偿奉送给餐厅。没想到餐厅生意真的好了不少。经过这番争取，许老板终于同意给骆琳达一天一付工资。

高正飞每天接送骆琳达，除了偶尔给餐厅烧烧菜，照例去赌场赌博。他越赌越输，越输越赌，深陷泥潭而无力自拔。深夜躺在床上，他时常辗转反侧，自问自答。

"你输了那么多钱怎么办？"

"赌场无输赢，我现在只是暂时把钱存在赌场，就像存在银行一样，什么时候想取就什么时候去取。"

"那你明天能把它取出来吗？"

"不知道。"

"是银行不开门？"

"不是。"

"不是为什么取不出来？"

"因为这是赌场。"

"所以你是自欺欺人。收手吧，悬崖勒马还来得及。"

"等我把输进去的钱赢回来，就收手。"

"这是不可能的，要是能赢回来，早就赢回来了。"

"为什么？"

"因为赌博是一种概率。"

问答戛然而止。

高正飞"啪"地将灯关上，但没有躺下，依旧呆呆地坐着，不知道是否又要再次坐到天明。

为了阻止高正飞去赌场，骆琳达宁愿去乘黑巴，也不要再由他接送了。高正飞问她知不知道黑巴是什么，骆琳达说是黑人兄弟的公交车呀。高正飞又问她难道不怕被抢劫，骆琳达说穷人没有什么东西可被抢劫的，所以她会是安全的。

高正飞强烈劝阻她不能去冒这种风险，但骆琳达执意独自出门，高正飞只得无奈放她离去。

黑巴是底层黑人乘坐的一种廉价交通工具。高正飞说得没有错，黑巴和黑巴车站是治安最差的地方，偷窃、抢劫是家常便饭，除非你不怕挨抢，否则除了黑人，几乎没有谁敢乘坐这种中巴车的。

骆琳达混杂在候车亭前一大群黑人之中，如鹤立鸡群，无可避免地成了黑人们的关注焦点。

一个中年黑人男子靠近骆琳达，热情地问她要去哪里，骆琳达没有回答，只是友善地对他笑笑。又有黑人男子打趣地问她，她的宝马呢？怎么不开着它？

黑人们听了一阵哄笑。他们纳闷，中国人都很有钱，为什么要来挤公共汽车呢？

发现他们没有恶意，骆琳达逐渐放松了下来，小心地和他们开起了玩笑。她说她的宝马还放在车行里，可车行老板不让她碰它。

黑人们的笑声更大了。

笑声中，黑巴来了，人群蜂拥而上。车内空间狭小，骆琳达猫着腰，好不容易找到一个靠窗的位子坐下来。

这辆车已经很残旧，座椅上油腻腻的皮革开裂脱落，露出里面的海绵。修补过的车壳在发动机疲惫的颤动中抖动着。车上坐满了黑人，没有售票员，大家都把零钱递给前排的人，前排的人把钱接过依次递给司机。司机没有数钱也没有清点人数，只是将那些碎钱一把塞进口袋。

有一个坐在骆琳达边上的黑人男子开始问她话，问东问西，问春问秋，啰唆碎烦。

"你是中国人吗？"

骆琳达没有回答，只是对他笑笑。

"你到南非多久了？"

骆琳达看了他一眼，只好回答：

"刚来不久。"

"你在哪里工作？"

"餐馆。"

"你对南非感觉怎么样？"

骆琳达有些心不在焉，没有回答他，只是问他：

"到蒙地赌场还有几站？"

"还有最后两站。"

骆琳达"噢"了一声。

"你要到的地方可不安全，你要小心。"

另一个站着的黑人胖男子对她做了一个刀抹脖子的动作，问她：

"你害怕不害怕？"

骆琳达也是对他笑笑，随后转头望向窗外，只管自己看风景了。她在传达给他们一个信息，我不想说话了。黑人看懂了她的意思，不再追着跟她说话。

第一次乘黑巴，骆琳达没有遇到偷窃、抢劫，便想当然地认为乘黑巴也是一种选择。当她走进餐厅，赫然发现高正飞坐在那里，心事重重地喝着一杯咖啡。这让骆琳达深感意外。

见到她进来，高正飞笑了，紧皱的眉头舒展开来，对她说："等你很久了。听你说要坐黑巴，刚开始我没有反应过来。但后来记起仲旭东的话，把我吓得出了一身冷汗。"

"他说什么了？"

"他说黑巴是黑人的世界，业主是黑人，司机是黑人，乘客也是黑人，只有最穷的黑人才会去坐黑巴，除非你想被抢个精光，否则，除了黑人，几乎没有谁敢乘坐黑巴的。"

"可我坐了。"

"是的，你坐了，而且没有发生什么事。但你不可以侥幸。这次没事，不代表下次没事。"

"跟赌博一样，你也不可以侥幸。"

"好，我记住了，你也要记住。"

"记住了就要做到。"

"努力去做到。没事了就好，我回去了，今天你可以放心，我绝对不会再去赌博了。"

"这还差不多。"

这一天她一直感到很温馨。看得出高正飞是关心她的，也是担心她的，这是她所希望的。

结束一天工作，骆琳达与同事相互道别。站在餐厅门口，她痴痴地望着天空，繁星点点，煞是好看。但她心里却五味杂陈，不像天空那样平和和美丽。

为了不让高正飞第二天接送自己，骆琳达决定今晚去赌场过夜。她来到老虎机区域，只见有些人因为连连输钱，正气恼地拍着机器，有些人因为机器一下子吐出大量筹码，表现得欣喜若狂。骆琳达只是一个局外人，对此理性地笑笑。

她来到开放式酒吧，要了一点东西填肚子，吃完就在那里休息。坐着坐着，不知不觉地睡了过去。

等在家里的高正飞见她迟迟未归，担心她出事，便再次开车去餐厅找她。餐厅早已关门，只有赌博区灯火辉煌。

高正飞来到赌博区，在酒吧找到了骆琳达。发现她趴在座位上熟睡着，一颗悬着的心终于落下。他坐到她对面，静静地陪着她睡觉。

骆琳达很快醒了过来，见是高正飞，一点也不惊讶。她坐正身子，捋捋头发，让自己显得端庄一点，然后问他，又来赌博啦？

高正飞赶紧说不是来赌博的，是特地来找她的。她一夜未归，让他担心得要命，想弄清楚是否有危险。骆琳达说他应该猜得到她会在赌场过夜，没有必要小题大做地来找她。

高正飞担心她会再去坐黑巴。对她来说，坐黑巴不仅有治安风险，更有被查验身份的危险。她眼下只有两个选择，要么住在他那里，由他送她上下班，要么窝在赌场里不要出去，直到想办法把身份弄出来。

骆琳达想了想，决定窝在赌场里，以免高正飞因为送自己上班而顺道来赌博。

高正飞没有反对，掏出那张白金卡，交给她去使用。在酒吧囫囵过夜总归不是个事情，更何况她毕竟不是赌客，总在酒吧过夜也说不过去。

骆琳达不想要他卡，说自己可以去外围过夜的，购物区、饮食区、游乐区，还有电影院和戏院，到处都是地方。高正飞说她又不是流浪者，而骆琳达则自嘲，现在自己跟流浪者又有什么区别。

高正飞要她不能有这种想法，思想是行动的先导，想什么就会成为什么的。她有正当工作，每天有薪水发，唯一的问题是签证，怎么能拿流浪汉跟自己比较呢？

既然想窝在这里，高正飞要她安心拿着这张卡。做事的确不能太满，但不得不满时，满一满也是可以的，甚至是必要的。做事要灵活机动，不能僵化死板。

骆琳达瞅着那张白金卡，沉吟片刻，最终接受了。有了这张卡，至少可以名正言顺、舒舒服服地在赌场过夜，免得高正飞因为接送她继续上赌场赌博。

可万万没有想到的是，骆琳达竟然也会鬼使神差地冒出一个念头，要去赌上一把试试。

这个邪念，与她在老虎机区域看到的情形不无关系。

那天去餐馆上班，看到一个白人女子捧着一盒硬币在喂一台老虎机。可能一时没有端稳，盒子一歪，几个筹码撒出来，其中一个正好滚到骆琳达跟前。

骆琳达捡起筹码，上前递给她。白人女子顺手将那个筹码塞入老虎机，"啪啪"拍了两下按键。这时，老虎机顶端的显示红灯突然闪烁鸣叫起来，这意味着老虎机被打"爆"了。

白人女子尖叫起来，张着嘴巴盯着赢钱金额表上不断蹦出的数字，惊喜不已。

骆琳达也留在那里，等待着这激动人心的一刻。

数字显示在 15000 兰特的金额上打住。面对这一巨额数字，白人女子兴奋地一把抱住骆琳达，感谢骆琳达为她带来了好运。

赌场工作人员"闻"声赶来，核对无误后，告诉白人女子，马上会拿一张 15000 兰特的支票给她。白人女子笑得合不拢嘴，而骆琳达则带着些许失落悄然离去。

骆琳达失落，是因为那个筹码曾经落在她跟前，她离 15000 兰特竟然如此之近。要是她把那个筹码塞进老虎机，是不是也可以得到 15000 兰特了？

如果是这样，赚钱岂不是变得很容易了？

果真是这样的吗？

骆琳达实在吃不准。

但白人女子的那份好运，强烈地刺激着她，诱惑着她。某些时候，骆琳达迷迷糊糊地认为，白人女子的好运就是她的好运。

夜晚，坐在赌场酒店床上，清点着餐馆发的薪水，骆琳达幻想着用一个筹码，让老虎机上的数字不停地往上蹦动。

那个晚上，骆琳达怎么也睡不着。既然睡不着，干脆起床来到赌博区，试一试自己的手气究竟如何。

这是一个危险的开端。

但骆琳达告诉自己，就这么一点钱，是输不到哪里去的。

她觉得自己是可控的。于是，试探性地换了一些 1 兰特筹码，双手捧着筹码盒子，晃荡在老虎机区域，东张西望地选着机器。

她塞筹码的动作是郑重其事的，就像在举行一次仪式。塞了之后，学着白人女子，用手在机器上一阵乱拍。

数字跳动。没有收获。

骆琳达感到有些失望。

再塞筹码。再拍机器。终于有了收获。

这让骆琳达重新燃起了希望。

再塞筹码。再拍机器。

这台机器总是吞吞吐吐，让骆琳达既兴奋又紧张，既期待又失望。一共塞进去 100 多个筹码了，却始终不是一下子出来几十个，而是零零散散地吐出三五个、十几个来。

这机器不会让你绝望，总是让你抱有一点幻想。

骆琳达拨拉着剩下的筹码，显然输多赢少。她告诉自己，这次要是还输，就收手不玩了。

赌博就是那么邪乎，你打算输了收手，它就给你大赢一次，吊住你胃口，让你欲罢不能。所以这一次，骆琳达破天荒地赢了 500 兰特。她兴奋得双眼放光，内心一下就膨胀起来，得意地说：

"我说过我能赢钱的，果然如此。"

殊不知已经上了圈套，只是她浑然不知罢了。

继续塞筹码。又连续赢了两次。

随后输输赢赢，赢赢输输，基本保持着平衡。在最后几次输掉后，骆琳达终于收手了。

结算输赢，居然赢了 350 兰特，这让骆琳达激动不已。于是得出结论：

"我好厉害！"

真是害死人的厉害。

好在高正飞出现了。

他出现的时候，已经是两天之后了，骆琳达正专注地对付着老虎机，竟然没有发现他就在身后。

看着她也开始赌博，高正飞一阵难受和悲哀，心里像打翻了五味瓶，百味杂陈。不知怎的，他竟然一下子厌恶起自己来了。

他没有招呼她，只是默默地看着她操作老虎机。等到看准了时机，高正飞迅速伸出手臂，一把握住她抓着拉柄的手，猛然往下一拉。

只见那台机器快速旋转起来。几个圈圈之后，稳稳地停在了 3 个 7 的大红图案上。她还没有明白怎么回事，那台机器突然奏起了欢快的音乐，筹码像流水一样从一个出口哗哗哗地往下淌出来。

骆琳达回头，见是高正飞，吓得脸色一下子白了，连一句话都说不上来。

高正飞提醒她，你赢大钱了，愣着干什么。骆琳达这才手忙脚乱地收了 600 兰特筹码。

虽然高正飞自己赌瘾难戒，但还是告诫骆琳达十赌九输，轻易不要染上了赌瘾。

骆琳达是不该替自己的赌博辩解的。这是一件显而易见的事。之前她一直劝阻高正飞不要赌博，而且她借宿赌场酒店，也是为了不让高正飞来赌博。可这会儿，她却为自己的赌博辩解起来了。

她说，自己是个光脚的，不怕没有鞋子穿。微薄的薪水派不上什么用场，不如在赌场下注博大运。她说，她有自己的盘算，要是赢了大钱，就有了做生意的本钱。她到南非是来赚钱的，要赚钱就要做生意，要做生意就要有本钱，如果一直拿着微薄的薪水，那还怎么去做生意呀，不如被遣返了回国来得干脆。

人就是这样，立场不同，观点就会不同。大多数人避免不了屁股指挥脑袋。这一会儿，骆琳达和高正飞整个儿颠倒了过来。

高正飞告诉她，赌博会让她输得更惨。骆琳达强词夺理，说自己已经赢了不少。

真是无知者无畏。

高正飞只好苦笑，一脸无奈地说：

"赌博这件事真的太滑稽了，怎么一旦轮到自己身上都会失去理智，失去防守？你是知道赌博要输的，而且一直在千方百计劝我不要赌博，可轮到自己赌博了，态度怎么就突然来了个180度大转变呢？"

"你说过新手会赢的。"

"我是说过赌场好像有个规律，刚进赌场玩的新手，一般都会赢钱。我的确是在赢了一个星期之后才开始输钱的。"

"那我就利用这一个星期来赢钱。"

"为什么会赢知道吗？因为一开始玩的时候都比较小心，下注都很小，赢了钱之后才会越玩越大，野心也会越来越大，输大钱就是在这个时候冷不丁出现的。"

"到这个时候我就不玩了。"

"很好，你就不玩了。可问题是，这时候你已经输了大钱，把之前一个星期赢来的钱统统输了进去，然后你会怎么想？你会疯了一样地想把输掉的钱扳回来，对不对？结果越急运气越差，输得也越多，进入了恶性循环。我就是这样的，当初一个晚上曾经输掉7万兰特，可就在之前一个晚上，我刚刚赢了5万兰特。"

"那你为什么还要来赌？"

"我之所以现在还可以玩几把，是因为我交了学费，被几十万的学费培养出了经验和定力，学会了控制自己，赢不会忘乎所以，输也不会一溃千里，输赢几乎可以抵消。要我总结一下吗？那就是，有了经验到赌场只能学会不输钱。所以，我是无法把输掉的那几十万兰特赢回来的。"

"你不是说相当于暂时放在银行吗？"

"那是自我安慰，自欺欺人。赌博分析师做过分析，一般人对赌博常有一种误解，以为赌得越多，赢的机会也越多。事实上，当你每次下注时，赢的机会都和前一次一样多。"

"那你说我该怎么办？一直被困在这里吗？"

高正飞拿出一张电话卡，放到她面前，笑称别把给家里打电话的钱都输进去了。骆琳达脱口说这是华人乡思卡。见到这张卡，立刻想到了严浩俊，不知道他现在怎么样了。

高正飞告诉她，到最后他会被遣返回国的。至于中间会有哪些司法程序，就不太清楚了。

摆在骆琳达面前的现实是，只有赚到钱，才能把身份弄出来。要赚到钱，只有做生意，要做生意，就要有本钱。

这是一个循环。

所以骆琳达说，我只能先在老虎机里搏一搏，搏出点本钱来。

高正飞告诉她，按照仲旭东的说法，南非比起其他发达国家来说，取得合法身份要容易得多。要是和当地人结婚，很快就可以取得 PR（永久居留），就是永久居留证，有了这个，如果还想做南非人，可以申请 ID（身份标识号码），也就是公民证。有了公民证，就可以享受南非公民的一切权利和福利了。

骆琳达一口拒绝，说她不可能和当地人结婚，她必须要去做生意！

## 七、力搏本钱

骆琳达给母亲打电话，把自己在南非的"美好生活"再一次描述了一番，然后问起女儿的情况。母亲说萌萌很好，就是想妈妈，老是问什么时候回来。她画了很多画贴在墙上，说贴满了妈妈就可以回来了。骆琳达又问讨债的事，母亲说讨债公司把几张银行卡收走了，并要转告她，一旦有了钱，马上打到卡里面。

骆琳达听了非常难过，更加坚定了马上去做生意的决心。唯有如此，才能实现自己来南非的目标。

趁着餐馆休息间隙，骆琳达用每天有限的薪水在赌场搏击着。为了阻止她赌博，高正飞甚至通过齐力，替她在中国商贸城找一份工作。

齐力调侃他手段不错，货柜没等来，倒把媳妇弄到手了。高正飞要他不要误会，这都是仲旭东惹出来的，要不是他把骆琳达带到赌场，也不会出现今天这么被动的局面。高正飞强调自己替骆琳达找工作，实在是不忍心看着她像自己一样染上赌瘾，到头来弄得无法自拔，所以得趁她陷进去之前，把她解救出来。

赌场里多的是这样的女人，为什么要独独解救她？这充分证明高正飞对她有意思。高正飞否认齐力这一论调，辩解称，自己解救骆琳达，是因为她在自己面前晃荡，并无特别的意思。他们两人有过过节，吵过大架，但实在阴差阳错，最后弄得骂也骂不走，打也打不走。所以他只是在解救眼前的人，而不是在众多女人中独独挑选她来解救。

齐力说自己只是随口一说，他居然那么较真来辩解，真是此地无银三百两，从这点也可以看出，他高正飞对她确实心存意思了。

高正飞感觉有口难辩，只好放弃，任由齐力说去，否则会越辩越糊涂。高正飞反其道行之，干脆默认骆琳达是自己女友，希望齐力能够帮忙在中国商贸城替她找一份工作。

这招倒是灵验，齐力马上不说高正飞和骆琳达的关系了。听说骆琳达没有身份，他指着报纸招聘栏里的信息，说必须要有身份证和居留证方可面谈。于是顺水推舟，高兴地拒绝了高正飞，奉劝他及时放手，没有必要给自己找麻烦，提醒说，骆琳达并非是非帮不可的人。

高正飞沉吟半晌，觉得自己的确不是非帮她不可，可对骆琳达来说，非得有人帮她不可。齐力说这事由高正飞定夺，自己无能为力。

高正飞无奈地叹了一口气，只得另想办法。

几次赢钱之后，骆琳达有些沾沾自喜。高正飞看她得意忘形的样子，觉得她离输钱为时不远了。骆琳达向他许诺再玩两天就收手，但高正飞知道，一个正在上瘾的人，怎么可能会收手不干呢？

劝说不住她，高正飞只好无情地泼她冷水，告诉她就是有了本钱，一个没有身份的黑户头，也是无法出去做生意的。

他是强迫自己这样说的，想让她知难而退。

骆琳达赚钱心切，赌气地说，她自己会去摆地摊的，反正没有退路了，不如豁出去与南非警察玩一玩老鼠躲猫，说不定还真能把生意做成了呢，当初义乌人就是这样躲着城管把生意做起来的。

高正飞告诉她那是在义乌，在自己的家门口，抓住了大不了被没收东西，城管再也奈何不了什么。而眼下她是在南非，是一个地地道道的黑户，被抓住了真要去坐牢的，这绝不是开玩笑说说而已。

骆琳达是想过这些后果的，想来想去，横竖都一样，面对的都是绝境。大不了被抓进去，然后被遣返回国，省得自己买机票回去。她只想问高正飞一句，南非人的购买力到底旺不旺。她的意思是说，这地摊她是摆定了。

真是死猪不怕开水烫。

见她这副执拗的样子，是再也牵不回头了。高正飞只好任由她去。

也许教训是最好的老师。

高正飞心里是明白的，要想通过赌博赚回生意本钱，一定会撞个头破血流。只输不赢是赌博规律。规律不可违。若违背规律，必输无疑。骆琳达却昏了头脑，在和规律作对，要蚍蜉撼大树，螳臂挡大车。

在越赌越输、越输越赌的恶性循环中，骆琳达把微薄的薪水全部喂进了老虎机。直到连餐馆的一笔公款也被她稀里糊涂搭进去之后，事情就变得不可收拾了。

毫无疑问，骆琳达失去了这份工作。

她终于崩溃。

惊醒过来之后，骆琳达梳理原因，不禁惊出一身冷汗。即使还能在赌场找到工作，也不敢再待在那里了。赌场的确是考验人性的地方，一旦沾染上，很难再摆脱赌瘾。好在骆琳达只沾了那么一点点，现在脱身还来得及。

高正飞终于在骆琳达身上验证了那句话，教训是最好的老师。

骆琳达把那张白金卡还给了高正飞，重新搬回来住了。

实在已经走投无路了，骆琳达不得不开口向高正飞借钱。虽然她知道他在赌场也输掉了大笔的钱，但不知道高正飞此时也已经捉襟见肘了。

高正飞很犹豫要不要借给她，但见她已经没有退路，便软下了心来，只好答应了她。

高正飞匀出 2 万兰特给她，已经是他的极限了。他知道 2 万兰特不是个大数目，也只能做点小本生意，所以嘱咐她要精打细算，省着点用。

骆琳达兴奋不已，说 2 万兰特足够了，给她再多也是用不了的。

高正飞觉得对她这样一个黑户来说，外出摆摊十分不靠谱。因此再次向她确认，是否真的要去走街串巷。骆琳达态度坚决，说自己绝不是在开玩笑。

高正飞告诉她，要是现在反悔，还来得及的。

骆琳达说他婆婆妈妈，决定了的事情，干吗还要问反悔。高正飞被她说得哑口无言。临了提醒她，她现在没有身份，不能去市场里的固定摊位摆摊。那里除了要登记身份，移民局的人也时常会来检查，很多没有身份的同胞都是在那儿被抓走的。

骆琳达说，她会打一枪换一个地方的，会以游击方式去摆地摊的。

骆琳达当然知道黑户寸步难行，如果要去摆摊，只能走街串巷，神出鬼没，与警察玩老鼠躲猫的游戏。但她不怕。她在义乌这样干过的，有着一定的经验。

她说，她现在再也没有资格瞻前顾后了，哪怕前有虎后有狼，一切只能等到遇上了困难再说。

但高正飞还是不放心，苦口婆心地劝阻她：

"我强烈建议你先把身份解决了，这是所有问题的前提。"

"我也想啊，可我根本没有能力办成这件事。第一，要有一大笔钱，可我没有。即使有一笔钱，比如你现在借我的这笔钱，我也要先用在生意上，否则永远就没有机会做生意了。第二，需要有时间，可我等不起。第三，需要有关系，这个我也没有。所以我只能冒险，冒成了，最好，冒不成，无非遣返回国。要是再瞻前顾后、投鼠忌器，只能将自己困死在这里，同样不如回到中国去的好。"

"好吧，那就先试试吧。"

"那就谢谢喽，我会尽快赚到钱还给你的。"

"这笔钱没有借期，你不用搞得太紧张，想还的时候还我即可，要是不想还，就当是我入了你的股。"

"好啊，那我们就成一根绳子上的蚂蚱了。"

高正飞给她的那笔钱是从赌场借来的高利贷，高利贷可不是好惹的东西，就像是一个血盆大口。但高正飞没有告诉她是高利贷，她也没有问起钱的来源。

在赌场放高利贷的人，清一色剃着锃亮发油的光头，脸上带着一股杀气，每天或者坐在贵宾厅的沙发上，或者坐在酒吧里的卡座上，不时会巡走在赌桌之间，等着那些输红了眼的倒霉蛋的乞求。高正飞当然知道高利贷的害处，这个钱是不好随便乱借的，但他也想博一搏，只要货柜一到，就能缓过气来。

高正飞见骆琳达如此可怜，所以才轻描淡写地说这笔钱没有借期。

高正飞还应她的要求，去跟仲旭东商量，能否以最低的价格给她派货。

仲旭东以为高正飞是来催货柜的，告诉他应该快了，码头清理工作正在加快进行。高正飞说为骆琳达来的，让仲旭东大跌眼镜。

"这事坏了。"仲旭东推了一下眼镜，幸灾乐祸地说，"惹上女色跟惹上赌瘾一样，后果差不多的，你现在绝对是祸不单行了。"

"嘿嘿，在女色问题上，你是深有体会的。"高正飞调侃他。

"浅尝即止最好。真心奉劝你，不要陷进去，种好自家责任田，别管人家门前雪。"仲旭东以过来人的口吻说道。

"老仲，要说这门前雪，那可是从你家吹过来的，现在把我家门都堵上了，你又不来扫，我能不扫吗？"高正飞把他怼了回去。

"我只是吹到你家围墙边，谁知道你在那里开了一道门，能不堵住嘛。"仲旭东不依不饶地说。

"老仲你可越来越会说话了，不跟你怼了。言归正传，就是她，你带去赌场的那个女人，要去摆地摊，打算从你这里拿货，我希望你能给她便宜一点，而且是便宜便宜再便宜。"高正飞认真地看了他一眼。

"看看，这不惹来祸了嘛。"仲旭东喷喷地说。

"又不是让你亏本出货，至少对提升你销量有帮助的吧？"高正飞说。

"少赚总是事实，对不对？"仲旭东又把球踢给了他。

"得，算我欠你一份人情。"高正飞轻叹了一口气。

"人情就算了，你就请我公司员工吃一顿吧。"仲旭东一脸精明地说。

"老仲，我请你一顿饭绝对没有问题，可你连给员工的聚餐也指望我这一顿，也太抠门了吧？"高正飞挖苦他说。

"横竖都是你出钱，有区别吗？"仲旭东有些死皮赖脸地回答。

"好好好，没区别，没区别，我真拿你这个精明鬼没辙了。"高正飞只好无奈地答应下来。

"我问你，她身份搞定了没有？"仲旭东推了一下眼镜，目光中不乏一丝奸诈。

"没有。"高正飞没好气地回答。

"没搞定身份就去摆摊，那不是找死吗？这也太匪夷所思了吧？"仲旭东觉得不可理喻，瞪着小眼珠说，"人家巴不得躲得远远的，她倒好，主动往枪口上去撞，脑子不会是进水了吧？"

"不是进水，进油了，进的是刹车油，把脑细胞都刹住了，失去了思考能力。"高正飞添油加醋了一把。

"那你还不制止她？"仲旭东问他。

"很多事情说不清楚的。"高正飞苦笑了一下，摇了摇头。

"如果这样干，后果还不清楚吗？抓住，坐牢，然后遣返回国。"仲旭东一脸担忧地说。

"这个我很清楚，她这次出去摆地摊，大概率会惹上麻烦的，甚至可能会是大麻烦。"高正飞淡淡地说。

"她自己知道吗？"仲旭东问。

"知道。有两道坎是不太绕得过去的，一是警察检查身份，二是歹徒抢劫作恶。对她来说，与其说是上街练摊，不如说是上街练胆。"高正飞无奈地说。

"那还去啊？"仲旭东替她着急。

"我说服不了她。只能两害相权取其轻了。不到头撞南墙那一刻，她是不会甘心的。"高正飞缓缓地说。

"小高，我可得跟你说清楚，货我可以便宜给她，但要一手交钱一手交货，我可不想到时候找不到债主。"仲旭东定定地看着他。

"放心吧，进货钱是有的，只要你便宜给她就是了。"高正飞斜瞅了他一眼，略带不满地说。

"你借给她的？听蓝菲雨说，她是个身无分文的人。"仲旭东不无挑拨地说，"我猜测你的钱也被你赌得差不多了，我可得提醒你啊，赌场里的高利贷千万借不得，那跟伸手去接天上掉落的刀子差不多。"

"我不是还有两个货柜嘛，货柜一到，气都会缓上来的，你放心。"高正飞凄惨地一笑。

"行啊，你就好之为之吧。"仲旭东摇摇头，打住了话头。

既然骆琳达对摆摊如此决绝而又不计后果，高正飞只能放任她，不再阻拦了。他唯一能做的，是帮她做好预案，把险情降低到最小限度。

骆琳达拿出当初在义乌摆地摊的吃苦耐劳精神，以及与城管斗智斗勇的能耐，开始了约堡艰难危险的游击生意之旅。

首先要确定主打产品。骆琳达征求高正飞意见，提出要卖鞋子、毛巾、牙膏之类的货品，因为这些都是廉价日用品，人人都需要，人人都买得起。没想到高正飞却否定了她，说她把客户当农民工了。

"你是冒着风险去摆地摊的，卖出去的东西一定要高价值。像鞋子这种大件的货品肯定不行，卖太廉价的东西也肯定不行，投入产出一定要匹配。"

"难道去卖金表、金戒指、金项链不成？我没有那么多本钱，而且万一被抢劫，那可什么都完蛋了。"

"你这是走极端，我们一定要避免走极端。首先要想好一个总体策略，再在这个策略下去做具体的事情。"

"摆个地摊还要总体策略？这也太迂腐、太书生气了吧？"

"把每一件小事当作大事来做，如果你养成了这种习惯，再去做大事就不难了。不是有一句话叫治大国如烹小鲜吗？说的就是这个意思。"

"好吧，那就总体策略吧。"

"总的来说，一要性价比高的，二要小件的，三要少量出击的。对于性价比高的问题，只是一个总体概念，实际配置中，三分之二略为便宜货，三分之一略为贵点货。在这个策略下，我们来选择要进什么样的货品。至于少量出击，意思就是每次带出去的货要少一点，这样的话，即便遇上抢劫，损失也不会太大，即便遇上警察，哪怕带着货品逃跑，也会相对活络一些。"

骆琳达听得一愣一愣的，油然升起对他的敬佩之意。

　　两人你写一点我写一点，把产品写在纸片上，相互传看着。有时还把写上去的东西画掉，换上更合适的货品。遇到不满意的地方，相互就会起争执。

　　有一次遇到争执不下，骆琳达觉得理亏，但又不愿承认，就一把夺过高正飞正在吃的面碗，霸道地吃了起来。她以这种方式，表达着自己的情绪。高正飞只得无奈摇头。

　　经过多轮拉锯式协商，高正飞最后拿着那张纸郑重宣读：

　　"以下商品确定为摆地摊主打货品：香水、口红、指甲油等女性化妆品，电子表、手机等电子产品，墨镜、钱包、项链等装饰用品……"

　　但骆琳达打断了他，说她还可以卖一些工艺品的。不过高正飞否定了她，说卖工艺品要深入了解南非文化才行，否则会卖不好的。他认为，现在不宜上手，等以后有经验了再说。

　　骆琳达觉得有道理，便同意了他的意见。

　　高正飞对于她如何去卖那么多东西表示担忧。他说："你没有汽车，总不至于挑着货郎担去贩卖吧？"他接着说："虽然我一直在帮你，但说实在的，打心里还是希望你再慎重考虑一下，在最后一刻能够改变决定。"

　　"喂大叔，你不要婆婆妈妈的好不好？你这样很打击我信心耶，定下来的事情再也没有后悔可言了，要讲后路，到了黄河边再说吧，否则我是不会死心的。"

　　"我说的也不是没有道理呀。"

　　"你所担心的这个那个，我自有办法解决。"

　　骆琳达有什么解决的办法呢？

　　她的办法就是买回来一只硕大的双肩包。

　　她把双肩包递到高正飞面前，拉开拉链，将口袋一个个展示给他看，然后说：

　　"你看，这么多口袋，足够放很多东西。关键是，一旦出现突发状况，我就把双肩包一背，拔腿就可以逃走。"

　　"问题是歹徒或者警察，他们用的是汽车，而你用的是双腿，你怎么逃跑呀？"

　　"那我就去车到不了的地方卖货呀，按你的说法，车到不了的地方，自然就没有歹徒或者警察的了。"

　　"那不一定。"

　　"你不是说歹徒和警察都开车的吗？"

　　"但也有不开车的歹徒和警察呀。"

　　"这就对了嘛，我背上双肩包，和他们比跑步，看谁跑得快。你看这是什么？"

　　骆琳达拿出一支喷雾剂，向高正飞亮了亮，得意地说：

　　"这是防狼水，如果比赛跑步，一旦被追上了，我就哧地喷他一下，他一定会蹲下去，哭爹喊娘地大叫，我眼睛睁不开了，我眼睛睁不开了，这时候我就可以逃之夭夭了。"

"你狠的。"

"想试一下吗？"

"好汉不吃眼前亏，我就不当小白鼠了。不过我要提醒你，以毒攻毒，以恶制恶，本身就是一把双刃剑，弄不好会犯法的，绝不可以提倡，要想好了才可以使用。"

"谢谢提醒。我只对付歹徒，不对付警察。"

"那你给我演示一遍，到底你有一种怎么样的逃跑预案。"

骆琳达从卧室拿来一块床单，铺到地上，相当于成了货架，再把货品摆上去，自然成了一个流动摊贩。骆琳达说：

"请注意我的双肩包，在贩卖过程中，它始终是敞开口子的。一旦出现不利状况，无论是歹徒打劫，还是警察巡查，我都会在第一时间将床单收拢，然后塞入双肩包，背起背包撒腿就跑。这个预案怎么样？"

"嗯，还不错，总体满意的。"

骆琳达得意地笑了。

为了达到理想的效果，骆琳达一遍遍地苦练着那一套动作，还逼着高正飞摁秒表比对，希望创造更快的纪录。

骆琳达对练习这套动作似乎上了瘾，这不，她走到正在专心做菜的高正飞面前，粗暴地将一只秒表递到他手上，要他帮她计时。

高正飞让她不要打扰，她说又不是米其林三星厨房，烧一碗红烧肉，至于雕一个萝卜花装饰吗？高正飞怼向她，米其林算什么，我高氏厨房才是牛叉呢，除了色香味俱全，还要讲讲品位、讲格调、讲气质、讲文化。

骆琳达说咱先不吃红烧肉，太奢侈了，也没有时间花在花里胡哨的享受上。现在最重要的，是要帮我练好一身老鼠躲猫的过硬本领。等我有了钱，就让你多烧几碗红烧肉，吃个够，吃个饱，吃两碗倒三碗。

高正飞吐槽她这是暴发户心态，要不得。骆琳达抢白说她要是有这心态就好了，现在想做个暴发户却没有资格。高正飞说照她这股狠劲，那是迟早的事。骆琳达很开心，说不会是骗她开心的吧？

高正飞自嘲道，他能骗得了她吗？现在是他莫名其妙地被她所骗。这不，不知不觉中，他竟然跟一个女人混在了一起，回头想想，他真被自己搞糊涂了，怎么会稀里糊涂地一步步走到现在。

骆琳达"哈哈哈哈"地大笑起来，一时笑弯了腰。她说，这事可不要问她，她也被自己搞糊涂了，想不明白怎么会跟他在一起。高正飞说她这是倒打一耙，典型的得了好处还卖乖。骆琳达说对他这个大恩人，打死她也不会倒打一耙的，只能这样理解，他俩就像两个木偶，是一种神秘的力量，把他们两个木偶放在了一起。

高正飞说既然她这么说了，那么看来自己只能认了。然后他决定要先帮她把老鼠的本领练好，好让她躲过猫的追猎。接着再来考虑自己怎么能够从她那个魔窟脱身。骆琳达说这里是他的窟儿，该脱身的应该是她。

两人就这样一边说着一边练着摆地摊动作。

铺开床单。发现情况。收起床单。塞入双肩包。背起双肩包。拔腿就跑。

骆琳达一遍遍地苦练着这套动作。高正飞喊着口令，摁着秒表，将成绩记到纸上，将纸片粘在墙上。

看着日益长进的成绩，高正飞鼓励她说：

"百炼才能成钢，要把这套动作练得炉火纯青，甚至连姿势都要练得优美流畅。到那个时候，你就会像老鼠一样刁滑，像泥鳅一样腻滑，像狐狸一样狡猾，这时别说是猫了，就是猫科老大虎豹什么的，也都会奈何不了你了。"

"你把我吹上天了。"

"这算什么，我还有个伟大的想法呢。照你这么刻苦训练下去，你一定会在这个领域独领风骚，鹤立鸡群。到了那个时候，还摆什么地摊呀，应该去参加奥运会。那会是一个多么出色的运动员啊。"

"奥运会有这个项目吗？"

"主办国有权增加一个自己国家的特色项目，你只要加入主办国国籍就行了。"

"你看看我这颗心，那是一颗中国心，有这么轻易改国籍的吗？对了，你上次答应要给我买一张世界地图的，地图呢？"

"这事我能忘嘛。"

高正飞将一张世界地图从包里掏了出来，递给骆琳达。骆琳达接过，摊开地图，看了看，脸色却变得失望起来。

"有问题吗？"

"我要的是粉红色的中国，这张上的不是。我还是想要留在花中城的那张。每当我看到那块粉红色的雄鸡图形，一眼就能认出那是我的祖国，那是我的家乡，那里有我日思夜想的亲人，会让我激动好一阵子的。"

"女人就是感性，先凑合着用吧，下次再给你买一张。"

"我还是喜欢那一张，那是王大姐给我的……王大姐，不知道她现在在哪里？……"

"她真的是一个神一样的存在，叫你来南非，结果让你找不着她，而你却依旧把她当作一个神圣的引导者。嘿嘿，照这么说，也许她是在有意考验你呢。"

"有这么考验的吗？考验我什么？考验我的意志、毅力，还是我有没有一颗善良的心？"

"你说得真好，我认为她就是在考验你的意志、毅力和善良的心。"

"王大姐是东北人，不会这么曲里拐弯的。"

"要是她代表头上的神明来考验你呢？"

"你什么时候变得这么神神道道了？"

"因为你的遭遇太容易让人联想了，让我不得不变得神神道道。"

"打住打住，不跟你浪费时间了，继续摁你的秒表，我要捶打淬火，百炼成钢，练就一身老鼠玩猫的非凡本领。"

"值得期待。预备——开始！"

经过不懈努力，骆琳达做这套动作已经炉火纯青，甚至连姿势都变得流畅优美了。

骆琳达还黏着高正飞郑重讨论摆地摊的流程要求。贩卖路线、警戒方式、停留时间、察言观色、推销蛊惑、结账收钱、逃跑路线等等，先从理论上熟悉一套望风而逃的知识，再投身于实践去练就一身拔腿开溜的过硬本领。

骆琳达将一张巨幅白纸贴到墙上，在中间画了一个五角星。

"这是我们住的房子。"骆琳达唰唰唰地在五角星周围画了四条街道，继续说：

"这是周边的四条街道，阿布卢街、弥得尔街、高莎街和赫赫姆街。这里有一个小公园，这一块是一个居民区，这边有一个小型工厂区，上下班的时候估计会有比较多的人流，而且打工的黑人应该会有一点钱的。这边还有几条小巷，汽车不太会开进来，一般以步行为主。我的贩卖区域按照先近后远的原则确定，等近的地方熟悉了，摸透了，再慢慢向外扩展，逐步到更远的地方去。我最开始的贩卖就以这些小巷为中心，向外扩展 500 米左右。按你的说法，警察和打劫的一般以开车为主，这样来说，小巷会相对安全一些。"

"先停一下，你还是昨天那个骆琳达吗？"高正飞有些大跌眼镜，打断她，用陌生的眼神看着她。

"难道还有第二个骆琳达在你面前不成？"骆琳达开心地挑了一下眉毛，"出乎意料对吧？"

说着来到卧室，拿来一张约堡地图和一本书，递给高正飞。"功夫在诗外。我已经突击好几天了。"

高正飞看了看地图和书，大为赞赏：

"瞒着我苦干呀？想要给我一个措手不及？"

"这样才能惊天地泣鬼神嘛。"

"这次干得好，想到了磨刀不误砍柴工。看来我慢慢对你有信心了。"

"还慢慢呀？"

"万里长征才走出第一步，路远着呢，无数艰难险阻还在前面等着你呢。"

"别吓唬我。"

"那不叫吓唬，叫凡事预则立，不预则废。我们要尽最大的努力，做最坏的打算，持最好的心态。"

"这话好，有道理。"

"约翰内斯堡是由数十个街区组成的，每个街区也就是当年黄金大采掘时的一个矿区，街道、植被、矿渣山大同小异，对于初来乍到的人，迷路是常有的事。从地图入手来熟悉地理环境，这个做法很不错。"

"今天你尽是夸我。"

"因为让我刮目相看啊。"

"刚才划出了贩卖区域，你帮我看看线路应该怎么走。"

"我赞同你提出的先近后远的原则。总的来说，重点区域应该框定人流量大的地方，像工厂区多的地方，那里的工人手里有钱，还有像商业中心，那里人流量大，另外还有住宅中心，那里消费比较稳定，等等。而目前你要贩卖的区域，就是这附近一带。"

高正飞拿笔在骆琳达画上去的图上画了几个点。"这是你要贩卖的几个主要地点。不要问我怎么知道的，我已经开车去扫过一遍了。沿着这几个点形成一个回路，或者到最后一个点之后原路返回，这就是你近段时间的贩卖路线。"

"我打算在每个点上最多停留半个小时，这样就是有人举报，也不会被逮个正着。"

"我同意这个时间。还有就是停留的位置要选好，瞭望视线要畅通，距离要远一点，这样便于多一点的时间逃跑。"

"那我接着说说逃跑路线吧。如果在这里遇到，我就按照这样的线路逃跑。如果在那个点上遇到，我就以那条线路逃跑。"骆琳达在图上分别画着不同的逃跑线路。

"为什么不是这条？"高正飞也画了一条。

"因为这是条胡死同。"

"踩过点了？"

"当然。"

高正飞对她竖了竖大拇指。

骆琳达开心地笑了。"接着考我，看我对错如何。"

"如果从这里开始，应该是一条怎样的逃跑线路？"高正飞用笔指了一下图上的某个点。

"如果这里遇到，那我就按照这一路线逃跑。"骆琳达又画出一条线路。

高正飞肯定地点点头。接着又点了另一个点。

"如果这里呢？"

"我就按这样的线路。"骆琳达接着又画出了一条线路。

"考核通过。"高正飞满意地点点头，"再问你一个问题，如果遇上歹徒抢劫，逃不掉了，应该怎么办？"

"先高高举起双手，靠墙而立，央求他们把护照、证件留下。"

"得法，再次通过。"

"我还有一样秘密武器，把逃跑要点编了一套口诀。请听——熟悉环境，记住路线；瞭望视线，需远又畅；销售预警，同步进行；保持镇定，明辨方向；止损重要，不误时间；双肩担包，撒腿快跑；善用线路，莫入死径；借助工具，逃脱更快；避难场所，及早探查……"

"绝了绝了绝了，这你也想得出来啊。"高正飞拍手叫绝。

"人一旦被逼到了绝境，就会冒出稀奇古怪的想法。还有呢，我专门在衣服和裤子内层缝了很多小口袋，你看……"骆琳达撩起衣服一角，将内层缝着的一只小口袋展示给他看。"我还在鞋子里做了文章，用来藏匿货款。"

"真是狡兔三窟。不错。"高正飞赞赏地点点头。

"既然非洲不会因我而改变，那我就为身在非洲而改变自己了。"骆琳达认真地说。

高正飞给她竖了一个大拇指，骆琳达开心地笑了。

## 八、贩卖遇刺

为了熟悉地形，高正飞开车去带她兜风。

汽车穿行于如棋盘般整齐的街道，身边车流滚滚，人行道上人群涌动，两旁鳞次栉比的现代化高楼直刺蓝天。

高正飞一边驾车，一边介绍着约堡。

约堡是真正的黄金之都。120多年前，这里还只是一片荒原。1886年的一天，一个叫乔治·哈里森的淘金客在约堡北部农庄附近散步时，被一块凸出地面的石头绊倒，没想到这是一块含金的砾石。就这样，他脚下这个地球上最大的黄金矿脉被发现了。

消息传出后，世界各地的淘金者蜂拥而至，一座座矿区建立起来。金矿的发现对南非而言是一个极为重要的转折点，使南非从一个农业国转变为工业国，为现代南非发达的工业经济奠定了基础。

约堡由 10 多个街区组成，每个街区也就是当年黄金大采掘时的一个矿区，街道、植被、矿渣山大同小异。初来乍到，人地两生，迷路是常有的事。

约堡最热闹的就是依洛福大街一带，淘金时代维多利亚式的建筑与摩登的高楼大厦比肩而立，银行、商店、政府机构、图书馆、博物馆、饭店密集分布，南非白人统治时期的辉煌与奢华仍然依稀可见。

现在的约堡市中心几近成了被繁荣遗弃的死城，几乎全是黑人，看不到一个白人，更没有观光客。自从 1994 年南非取消隔离制度以来，大量的黑人兄弟涌入约堡市区，他们中大部分是年轻人，没有工作，没有生活来源，也几乎没有谋生的技能。他们的到来不仅造成了这座城市的功能失调，而且是治安恶化的根由。近年来，许多金融、经贸机构纷纷迁出约堡市区，转移向周边广袤的未开发地带，市中心留下的那些空荡荡的高楼大厦也终于被居无定所的黑人兄弟所占据。

那些迁出的都是实力雄厚的大财团。在他们带动和建设下，约堡市区周围迅速形成了一个个具有商业、金融、工贸、休闲度假以及居住等特色的中心地带，约堡的都市功能也渐渐向这些地带转移。距约堡市区以北 10 多公里的杉腾新区，现在已经成了新的金融及商贸中心，是南非地价和房价最昂贵的地方。

这一圈兜风下来，让骆琳达对约堡有了初步了解。在准备停当之后，骆琳达开始了第一天的贩卖实践。

她选择的是一条小巷，背着双肩包在巷子里走着。找到一处丁字路口，便停了下来。按照事先设定的要求，她打开包，铺开床单，将货品放到上面，守候在那里等客上门。

她始终警觉地瞭望着。

从远处走来两个年轻的黑人男子，骆琳达一阵紧张，伸手想要把床单收起来，但想了想，咬咬牙还是放弃了逃跑的念头。

骆琳达紧张地注视着那两个人，等他们走近了，发现他们并没有恶意。

两个男子对骆琳达的贩卖行为感到好奇，在她面前停了下来。一番询问之后，各自买了一只电子表。

这是骆琳达在南非的第一单生意，意义重大，让她兴奋得举起拳头，发出了

"耶——"的欢呼声。

高正飞也没有闲着，去海关打听货柜下落。途中接到齐力电话，问起给骆琳达办身份的事，齐力说有三个问题。一是要价太高，至少5万兰特；二是时间太长，说不上到底多久才能办下来；三是交了钱也不一定有十足把握。他要高正飞决定要不要试试。

高正飞眼下拿不出那么多钱，只好暂时作罢。

来到海关，工作人员告诉他，的确已经查到了那两只货柜，只是码头还需要一些时间来清理积货，请他再耐心等待一些时间。高正飞问大概多久，工作人员也说不准，快的话一两天够了，要是慢的话，那就天知道了。

高正飞只好耐心等候。在南非办事，别说遇上这种特殊情况，就是在平时，也得慢慢等着，心急不得。

晚上回到租住处，高正飞问她首战成果。骆琳达一边呼噜噜地吃面，一边说总体满意，看看双肩包就知道了。

高正飞一看双肩包，瘪下去了将近一半，果真还算可以。

骆琳达说其实她今天要求不高，只要卖出东西可以了，一件也行，结果卖掉了那么多。

高正飞说她对自己要求太低了，出去一趟，风险多大呀，不多卖一点东西，是不值当的。骆琳达说循序渐进嘛。

高正飞关心她的第一单生意，问被谁抢走了，认为第一单生意是极富意义的，要是按照官方的说法，应该是开创了骆琳达创业人生的新篇章。

骆琳达告诉他，第一单生意被两个黑人小伙子抢走了。

高正飞揶揄她艳福不浅。

骆琳达反问还艳福？这两个黑人小伙子简直把她搞得心惊肉跳。她说，当时第一反应会不会遇上打劫的了，便浑身一哆嗦，伸手想把床单收起来。但马上又想，才刚刚开始做生意，不能这么怂了吧，再说运气也不至于差到这种地步吧。要真是这么差的运气，那一定是天意，只能认了，被劫就被劫吧。反正这趟出来，无论如何总得遇上第一个顾客，丑媳妇总得要见公婆的。这么一想，心情一下子平静下来，便露出笑脸迎接他们的到来。

高正飞戏谑她是抱着合作开放、互利共赢的心态，把挖空心思搞出来的预案，在遇到两个帅哥之后，统统抛到了脑后。还问她，那两个黑人小伙子是否买下了她半只双肩包的货品。

骆琳达说他们还达不到钱多人傻的境地，只是每人买了一只电子表。但他们真的鼓舞了她，让她开心得不得了，自信心一下子就上来了，觉得自己真可以在南非把生意做成。

高正飞表情夸张地说，他有一种预感，她骆琳达的人生将会出轨，从绿皮火车出轨到高速动车组上，所以他要前瞻性地把她现在的人生总结出来，记录下来，作为今后高规格人生的一段历史素材，让那些有梦想、有冲劲、有拼搏精神的年轻人从中汲取无穷的精神力量，激励他们为民族复兴、为国家富强、为人民幸福而努力奋斗！

骆琳达热烈拍起手来，说他讲话境界这么高，是否当过哪个级别的领导。高正飞说他好学，经常看党报，耳濡目染，水平自然就提升了。然后追着问她，那半个双肩包的货品是怎么销出去的。

骆琳达说：

"做完两个小伙子的生意后，一时就没有人了。我在那里待了半个小时，按照事先确定的方案，背起包换地方。我本来想还在小巷里转悠，但转眼一想，今天在小巷已经有了成果，决定换到其他地方去试试。没走多远，正好路过那个住宅区的小公园。"

骆琳达指了指贴在墙上的那张大纸，继续说：

"一些黑人妇女聚集在草地上聊天、唱歌、跳舞，还品尝着自带的食品。我循着声音到了那里，在一边铺开床单贩卖了起来。那些妇女是小区里那些人家的用人，趁周末休息出来玩耍。因为我卖的是价廉物美的化妆品，正好符合她们的需求，便很快销掉了不少货品。"

高正飞说她运气不错，的确是个好兆头。

骆琳达接着说：

"那些黑人妇女很热情，还邀请我一起跳舞。她们教我跳非洲屁股舞，我教她们跳中国广场舞。我们一起玩得很开心，很嗨皮。"

第一天的贩卖比较顺利，让骆琳达深受鼓舞。第二天她到了一家台湾老板开的制衣厂旁的十字路口，那一带有很多工厂区，附近聚居着大量的黑人，这些黑人大多数有工作有收入，价廉物美的化妆品很受女工欢迎。

接下来的几天也是战果累累。

用两条腿走路毕竟又劳累又走不远，骆琳达想到了用滑轮。她找了一处空地练习。摔倒了爬起，爬起了又摔倒，一次又一次地练习着。凭着坚强的意志和顽强的斗志，骆琳达很快学会了滑轮，背着双肩包在马路上滑行着。

这下速度快多了，效率高多了，可以走得更远了。

在骆琳达日益进步的同时，高正飞却承受着来自高利贷主的重重压力。

那天他来到赌场开放式酒吧，屁股还没坐热，一个剃着锃亮光头的黑人坐到了他对面。他介绍自己叫法乌迪斯，问高正飞最近都在忙些什么。高正飞告诉他在忙货柜的事，抱怨黑人兄弟的办事效率实在太低。

法乌迪斯说他们效率却很高，高正飞向他们借的那笔钱快到期了，他是特地来提醒的。

高正飞说知道。法乌迪斯说知道就好，祝他好运。

法乌迪斯干脆利落，说完就离去。但高正飞明显感觉到了一种咄咄逼人的压力，让他感觉后背发凉。

法乌迪斯第二次找他时，不是在赌场开放式酒吧了，而是在停车场的一处幽静处。

高正飞说钱都压在货柜上，请求能不能缓一缓，这笔钱他会很快还上的。法乌迪斯告诉他，这是到期后的第一次通知，下一次找到他时，必定是来拿钱了。

高正飞可能不知道，高利贷头目是不会讲什么理由的，绝不会让他缓一缓，连一天都不能拖欠，规矩不能坏。

法乌迪斯向头目汇报，头目问法乌迪斯，难道他不害怕？

法乌迪斯说他应该害怕的，我们当着他的面打掉了苏莱曼的两颗牙齿。但又说，他和苏莱曼不一样，他有两个货柜，快要从海关出来了，我们不必直接伤害他，只要打他货柜的主意即可。

于是，高正飞就会有新的麻烦了。只是他被蒙在鼓里而已。

因为练摊顺利，骆琳达心情大好，买了一把理发剃头器，要给高正飞理发。在非洲的中国人，很多都是自己理发，一来方便又省钱，二来可以防止艾滋病。

骆琳达端过一把椅子，放到起居室中间，招呼高正飞坐上来。高正飞不了解她的理发技术，忐忑不安地坐好之后，问她会不会剃头。骆琳达居然说不会。这让高正飞立刻触电似的跳了起来。

骆琳达却说总有第一次的嘛，就像她在这里摆地摊，第一次做了，才知道是可以做得好好的。高正飞说那是剃头，是一门技术活儿，不是什么摆地摊，铺开床单等客上门就行了。骆琳达说不就是把头发剃短嘛，有这么高难度的？高正飞说不行，太没有把握了，他这个头还要拿到海关去晃悠呢，要是他们看得不顺眼，继续扣押他的货柜，那真的要逼着他去跳楼了。骆琳达说放心吧，她会高度负责的。

骆琳达一把将他按在了椅子上，拿起剃头器，"吱"的一声，不由分说地剃了下去。

这一下，推掉了长长的一条。

高正飞感觉有问题，赶紧跑到镜子前一看，简直哭笑不得，说这下闯祸了。

骆琳达却满不在乎，说不就剃个头嘛，闯什么祸呀，大不了剃个光头。高正飞说你以为光头很好剃吗？弄不好就会剃出个癞痢头来的。骆琳达说就是癞痢头也不可怕呀，大不了从她这里买顶帽子戴戴，还可以照顾一下她的生意，真是一件一举两得的事。

对于骆琳达存心跟他作对，高正飞一点办法也没有。

骆琳达辩解说，她是在安慰他，要他接受现状，安安心心坐下来，同舟共济把这个头剃好。她强调，她不相信真的会剃不好他这个头的。

高正飞一脸无奈，只好泄气地与她同舟共济。

骆琳达劝他不要这么沮丧，其实她今天挺开心的。这十天下来，她赚了一点钱，让她看到了盼头。所以她不但买了这把剃头器，而且还想请他吃顿饭。于是反问他，不会拒绝她的吧？

高正飞却一点不给面子，冷冷地拒绝了她。骆琳达不解，说就因为给他剃头了就拒绝她？这也太小鸡肚肠了吧？他是个男子汉大丈夫耶。高正飞破罐子破摔，说他就小肚鸡肠了，拿他怎么样？

骆琳达当然不能对他怎么样，她只是想请他吃顿饭，来庆祝一下头五天的收获罢了。

高正飞抢白她，才五天就想庆祝了啊？骆琳达威胁说，要是他不答应，就把他的头发理坏，别怪她心狠手辣。高正飞说她这人怎么不讲理的。骆琳达说只要答应她，她就讲理。

高正飞无奈地摇头。没想到这一摇头，影响了骆琳达理发，骆琳达赶紧叫了起来：

"呃呃呃，这次不能怪我的噢，是你自己摇头的。"

骆琳达兴高采烈地请高正飞吃饭，说好开心呀，终于可以拿自己的钱请别人吃饭了。但想了想，觉得不对，立即改口说，其实这是他高正飞的钱，他是她的债主。

骆琳达请他吃饭，除了庆祝，还想和他商量，打算扩大规模，再增加两只提包。高正飞问她，难道她要背上背一只双肩包，左右肩上再各背一只包不成？

骆琳达却点点头，说就是这样想的。

高正飞问她背得动吗？就算背得动，那她跑得动吗？要是遇上警察或者劫匪，根本就逃脱不了。这样一来，损失的不只是一只包的东西了，也许会把前面挣到的全都搭进去。

那可真叫偷鸡不成蚀把米了。

骆琳达辩解说，这些天下来，觉得还是很安全的。如果用三只包的话，就限定在这几个老地方转悠，不再去其他新的地方了。

高正飞奉劝她要稳扎稳打，按照赌博规律，一开始总是能够赢钱的，但在尝到甜头之后，厄运就会盯上你，然后危机就会冷不丁地爆发出来。

骆琳达取笑他牛头不对马嘴，做生意岂能拿赌博来对照的。高正飞解释说他谈的是概率，是遭遇一件事情的概率，不管是喜事还是厄运，只要概率存在，次数多了，喜事或者厄运便会出现。这是不以人的意志为转移的。这是科学，叫她一定要相信。骆琳达问他概率有多大。高正飞说没有算过。骆琳达说那他也只是一种猜测。

高正飞强烈反对她盲目冒进，说扩张的条件极不成熟。一没有身份，二没有汽车，一旦出现风险，毫无回旋余地，就能一下子把她打回到原点上。

骆琳达说她本来就一直在原点的，打回就打回吧。高正飞劝她心急吃不了热粥，得慢慢来。骆琳达强词夺理，说等到粥冷了，她就饿死了，就算没有死，也喝不动了，还要那碗粥干什么。

高正飞说服不了她，显得忧心忡忡。

但现实很快给了骆琳达当头一棒。

这一次她是被两个警察盯上的。

当两个警察出现在远处时，骆琳达眼尖看到了。一惊，赶紧收起床单，塞入其中一只包内，再拎起地上的两只包，一把挎到左右肩上。凭借着那套娴熟完美的动作，骆琳达踏着滑轮迅速逃离。

警察发现异样，朝她追了上来。

由于地面高低不平，滑轮被磕了一下，骆琳达控制不住重心，连人带包摔在了地上。等她从地上爬起来，警察已经到了她跟前。

骆琳达被警察控制，包里的货品撒落一地。

警察要她出示身份证明，她只是点了点头，没有照着警察说的去做，而是故意蹲下身子，慌忙捡拾起了货品来，想以此来蒙混过关。

警察一把将她拎了起来，厉声命令她出示身份证明。骆琳达只好站起来，目视着警察，指了指肩上的背包，装出一副无辜的样子，解释说身份证明在包里面。

警察要她赶紧拿出来。骆琳达"嗯"了一声，卸下双肩包，打开口子，伸手在里面翻找起来。她故意把东西一件件地翻出来，弄得手忙脚乱的样子。她一边翻找，一边用心瞅着警察和周围的一切，寻找着逃脱的机会。

一阵风刮来，把地上的几块丝质围巾吹走了。骆琳达赶紧起身去追。两个警察见状也追了出去。

两个警察本意是去追骆琳达的，但骆琳达突然停住脚步。两个警察措手不及，只好继续去追丝巾。骆琳达看准时机，猛然转身往回跑，经过双肩包时，一把将它抓起，借着滑轮的惯性，奋力朝前冲去。

等到两个警察回过神来，转身再去追时，已经来不及了，骆琳达早已将他们远远甩在了身后。

骆琳达得以侥幸逃脱。

这真是一个特例。

正常情况下，骆琳达根本无法逃脱。高正飞说她碰上了狗屎运，才没有被抓住。

骆琳达心疼损失了整整两包货品，高正飞却说与她遇到的险情相比，这点损失真的微乎其微。骆琳达说他财大气粗，习惯在赌场一把把地扔大钱，当然不会心疼这点小货品了。高正飞说自己这点伤疤任由她挖抠，他不会有任何意见，而且虚心接受她的评论和监督。

高正飞大度一笑，举起酒杯，示意与她干杯，说先要祝贺她，因为她实在太幸运了，还能够和他共进晚餐。骆琳达嗔怒，问他这话什么意思。高正飞说自己真的是由衷的、一点没有幸灾乐祸的意思，如果不是特例，她应该被警察抓住了。

而她却满不在乎，说自己现在没有什么可失去的了，遣返回国吓不倒她。尽管她如此认为，高正飞还是设宴庆祝她好运。虽然只有他们两人，但在骆琳达看来，这是一次场面宏大、气氛热烈、鼓舞人心的宴请。

骆琳达要他说说市中心情况，高正飞猜测她要去市中心摆摊，便把那里的险恶状况详细告诉她。

总的来说，市中心治安很差。自从白人势力退出政治舞台后，成千上万的贫困黑人涌进约堡市中心，白人只好渐渐迁往周边地区或移民海外。大量无业的黑人终日在街头游荡，除了偷盗、抢劫、吸毒，他们几乎无事可干。约堡就这样成了人们眼中举世闻名的凶杀之都，市中心已经很少有游客光临，许多豪华酒店空置，无人入住。所以有人戏称，过去的约堡市中心是不让黑人进，现在的约堡市中心是白人不敢进。

高正飞说："告诉你那么多，总而言之只有一个意思，不到万不得已，不要去市中心闲逛，更不要去市中心做生意。尤其你这张中国人的脸，在他们看来，就是一个移动银行。具体怎么做，只有自己看着办了。"

骆琳达宽慰他说：

"放心吧，我目前这点地盘足够了。整天与警察做着老鼠躲猫游戏，是一件很累人的事情。今天我终于碰到警察了，虽然损失不少，但心里依旧充满了希望，但愿不久之后，能够还掉你的借款，再买上一辆二手车，能够让自己跑得更远更方便，这样我的生意才会更上一个台阶。"

高正飞希望她早日实现自己的愿望。

就这样，随着骆琳达持续与警察做着老鼠躲猫的游戏，赚到的钱也渐渐多了起来。虽然整天奔波不停，再加上时刻提心吊胆，日子过得十分辛苦，但骆琳达心里充满了希望，合计着再过多久可以买上一辆汽车，让自己能够跑得更远更方便。尤其每天回来可以和高正飞分享一天的酸甜苦辣，骆琳达心里感到非常充实和高兴。

但高正飞的突然消失，给了骆琳达沉重一击。高正飞毫无预兆地，像人间蒸发一样消失了。

到底发生了什么？

那天，高正飞开车行驶在路上，有一辆车从他后面快速驶来，超过他的车后，强硬将他逼停在了路边。

车上下来三个警察，持枪逼近他的车子，示意他摇下车窗，报上姓名，双手放到脑后，然后命令他下车。

高正飞问自己犯了什么法，警察没有回答，只是强行拉开车门。他只好服从命令下车。警察粗暴地将他推进车子，令其面贴车身，背朝警察，将他铐了起来。

高正飞叫了起来，问为什么要铐他。警察告诉他涉嫌走私。高正飞解释肯定被人诬告的，但警察不予采纳，让他到了警局再申诉，只要服从命令，会尊重他的权利的。

骆琳达摆摊回来时，天已经黑了。进了屋子，里面一片漆黑，不见高正飞的影子。她十分纳闷。平时回来时，高正飞总是在家的。她赶紧放下背包，角角落落地寻找起来。寻了一圈，却不见他的身影。

骆琳达虽然很是担心，但也没有出去找他的办法，于是只好在家里等他。为了消减自己的担心，她只好动手烧菜。她不太会烧菜，烧得很是狼狈。烧好菜之后，坐在桌旁等着他回来。左等右等，等了整整一个晚上，还是不见他归来，这让骆琳达真正担心起来。

一大早，骆琳达等不及了，匆匆赶去赌场，在赌场各处急急寻找高正飞。她拦住一个又一个服务员，不厌其烦地向他们打听高正飞的行踪。那些服务员都对她摇头，这让骆琳达失望又担心。

骆琳达又给仲旭东打电话，问他知不知道高正飞在哪里。仲旭东说高正飞前两天还为货柜来找过他，反问骆琳达，高正飞出什么事了？

骆琳达说他不见了。

仲旭东说不会吧，他这么个活络的人，你担心他个啥。骆琳达说真的不见了，不信打打他电话看看。

不一会儿，仲旭东来电话了，说真的联系不上，电话关机。如果电话长时间关机的话，说明他有可能出事了。还说，像高正飞这样的人，正常情况下，电话是绝不会长时间关机的。

骆琳达拿着电话，显得六神无主。

她紧接着来到中国商贸城，冒昧找到齐力，告诉他高正飞不见了，问他见过没有。齐力嘿嘿一笑，话中有话地说，不见了也很正常，男人嘛，可以理解的。

骆琳达一点也不想开玩笑，强调说，真的不见了，不是避着我，是真的不见了。

齐力这才严肃起来，意识到问题的严重性，赶紧给高正飞拨电话。

电话果然不通。

齐力觉得高正飞真的出现意外了。这才郑重其事地问她，他是什么时候开始不见的。骆琳达告诉他，是从昨天开始。齐力问会不会去赌场了。骆琳达说去赌场找过，找遍了都没有人影，也去那里的酒店找过，没有他的入住名单。

看来齐力这里也没有线索。

见骆琳达着急，齐力安慰她，他这边用心找找看，叫她也不用太担心，说高正飞这人一贯行事谨慎，又那么聪明，应该不会有什么大问题的。

齐力给了骆琳达电话号码，让她有事保持联系。

骆琳达整天为高正飞担心，却束手无策，心里变得空荡荡的。

在接下去的一次贩卖中，骆琳达看到了一个熟悉的背影，以为是高正飞，赶紧收了货摊追上去。

追了一大段路，好不容易追上了。骆琳达这才看清楚背影，确认不像高正飞，但她还是不甘心地冲着背影大喊一声，喊得有些气急败坏：

"高正飞！——"

那人回头，果然不是高正飞。他不解地看了一眼骆琳达，转身离去。

骆琳达怔怔地站在那里，失望又委屈，难过得眼泪在眼眶里打转。

骆琳达再也没有心思贩卖，毫无目的地走着。她回想着和高正飞最后在一起的场面，那些场面像放电影一样从她脑子里浮现出来。

骆琳达想着心事，不知不觉走到了僻静的街角。这时，两个劫匪突然出现在她面前，一前一左挟住了她。

劫匪压低声音，厉声命令她不许动，要她把包给他们，把钱包拿出来！

骆琳达先是吃惊，下意识地一愣。但当她明白遭到打劫后，反而镇定了下来。她有过类似经历，并不害怕再次被劫。尤其经历高正飞的失踪，再加上上次遇劫的积怨，反倒激发了她对劫匪咬牙切齿的恨意。想到那次被劫匪抢得精光，以致落得如此窘迫下场，骆琳达怒火中烧。她不像别人那样为了保全性命而让劫匪任意抢劫，而是脑中跳出一个念头，要跟他们一拼到底，来一次凌厉的报复，狠狠教训他们一通，好给自己出一口气。

骆琳达取下双肩包，佯装交给一个劫匪，却猛然挥向他的脸部。与此同时，抬腿踢向另一劫匪裆部。由于骆琳达事先已有计划，打得两个劫匪措手不及。骆琳达眼疾手快，拉开双肩包，扣向那个劫匪，将他脑袋罩在了包里。随即扑向另一劫匪，挥拳踢腿地发起了猛烈进攻。

两个劫匪没有想到一个女人竟会如此勇猛，惊诧之间失去了先机，反而让骆琳达占了上风。看到骆琳达如此视死如归，劫匪恼羞成怒。其中一个劫匪拔出一把刀子，伸手捅向了她。

骆琳达被捅中腹部，无力地跪了下去。

劫匪拎起她的双肩包，迅速逃离。

当她醒来时，发现自己已经躺在了医院病床。她伤得并不致命，被救了过来。

在医院躺了几天后，骆琳达匆匆出院了。她出院不是因为养好了伤，实在是由于没有钱看病了。

回到高正飞租住处，依旧不见高正飞身影，说明他还没有现身，骆琳达更加担心。她硬撑着受伤的身子烧了一碗面条吃。锅里除了面条，没有其他东西。吃着吃着，骆琳达抬头环顾四周，屋内只有她一个了，再也不见高正飞的身影了。

骆琳达一阵悲伤，眼泪不禁流了下来。

她再也吃不下面条，吃力地起身，拖着病躯缓缓走到高正飞卧室前，定定地看着空无一人的房间，思绪万千。

这时传来门铃声。骆琳达走过去，来到门后，从猫眼瞅出去。只见门外站着一个华人。

是房东来收房租了。

骆琳达告诉房东，高正飞外出了，可能要过几天才能回来。房东说之前跟他有话在先的，要是不付房租，必须马上搬走，否则会有高额的违约罚款。

骆琳达恳求房东高抬贵手，相信高正飞不是有意不付房租的，一定是来不及或者真的疏忽了，等他回来了肯定会马上付清的。

房东问骆琳达是他什么人，骆琳达说是他朋友，暂住在这里。房东听到这个情况，便要骆琳达暂垫一下房租。骆琳达一听急了，说自己没有钱才住到这里来的，她付不出房租。

房东说那不行，付不出的话，让她今天就搬走，他要租给新房客了。骆琳达恳求他行行好，说自己前几天被劫匪刺了一刀，身上的伤口还没有愈合，等好了一定会马上搬走的。

她撩起衣服把盖着纱布的伤口亮给他看。房东说一般劫匪抢到东西后是不会伤人的，除非是心狠手辣的亡命之徒。骆琳达告诉他，自己是第二次被抢，这一次她一心想要教训他们一下，这才拼死跟他们搏斗，一点也不觉得害怕，结果被捅了一刀。

房东觉得她这样做太不自量力，与钱财相比，性命才重要呢。骆琳达告诉他，她后来想想也的确很后怕，竟然会为了出一口气，差点把性命都搭上了，这样做太犯不着了。

但房东反而很敬佩她，说一个女人敢于对付两个劫匪，有英雄气概。骆琳达说什么英雄气概呀，是犯晕了，想充当英雄好汉，显得很幼稚。不过她还是要谢谢他夸奖自己。

房东微微一笑，想了想之后妥协了，说是看在她英雄气概的分上，给她 10 天时间。要是 10 天后还交不上房租，那只好请她搬走了。

骆琳达就这样以自己的"英雄气概"缓解了眼前的困境。

房东离去后，骆琳达关上门，走到餐桌前坐下。她疲惫得浑身没有力气，趴到桌子上发呆。

回想自己这些天来的艰辛打拼，以为从此可以改变境况，没想到眼前的遭遇却比之前还要窘迫。

骆琳达不禁潸然泪下。

对于高正飞的失踪，骆琳达当然是不知道个中原因的。

原来，高正飞是被海关缉私部门以协助调查的名义抓进去的，因为他们查到了高正飞的货柜里夹带着走私物品，而这一切正是高利贷主举报的，目的想要警告一下高正飞，让他赶紧还钱。由于事发突然，仲旭东和赌场里的人都不知道他被抓了，因此都不知道他去了哪里。

骆琳达坐在桌前发呆，身子一滑，差点跌落下来。这一个意外，把桌子底下的一只垃圾桶打翻了，桶里的东西散落出来。骆琳达俯身把垃圾拣到桶里，发现一个纸团有些特别。她好奇地打开，上面写着"再次到海关询问货柜事"的字样，像是寻找到了一点蛛丝马迹。

## 九、要办身份

根据纸团上的字，骆琳达推测高正飞可能因为货柜失踪的。她被自己的这一发现搞得兴奋起来，顾不得身份被查的危险，毅然闯去海关查询。

她指着高正飞护照复印件上的照片，在海关办事窗口挨个询问着。有工作人员告诉她，前些日子的确经常见他来找货柜，不过这几天再也没有见过了。

一个海关官员发现骆琳达有些异样，上前询问她有什么事。骆琳达把照片指给他看，官员冷冷看了她一眼，要她到他办公室去。

见他目光冷峻，骆琳达心里直打着鼓，生怕有什么意外，想着如何才能逃走。但一时找不到逃走的理由。

来到办公室，官员问高正飞是她什么人。语塞之际，骆琳达马上反应过来，说是自己丈夫。官员要她拿出护照，骆琳达脑袋"轰"地一下变得六神无主。

好在她反应还算快，说护照带在丈夫身上，丈夫失踪了，所以现在没法给他。官员问她的护照为什么会带在丈夫身上。骆琳达说，因为她要回中国，让他去买飞机票，所以护照交给他了。

为了引开话题，骆琳达赶紧问他去过中国没有。不等他回答，骆琳达自我介绍了起来。她说中国地大物博，人口众多，有很多漂亮美丽的风景，像长城、故宫、北京天安门，问他去过没有。还说中国有一句话，叫不到长城非好汉，还有一首歌叫我爱北京天安门，她会唱的，问他想不想听，想听的话她就唱给他听，真的很好听。然后自说自话地唱了起来——我爱北京天安门，天安门上太阳升……

官员赶紧打断她，说现在还不想听。

骆琳达说这次回中国，很快就回来，中国有很多好东西的，像丝绸、茶叶、金华火腿、清凉油、风油精等等，他想要什么，下次给他多带一些来。

官员终于笑了，说下次太久了。骆琳达明白他的意思，马上说那当然，中国有句名言，一万年太久，只争朝夕。然后摸出一沓钱，迅速塞到桌上一个公文夹的下面。

官员当作没有看到，沉吟了一下，终于告诉骆琳达，她丈夫是被海关缉私警抓了，现在正关在牢里。

骆琳达听了大吃一惊。

骆琳达觉得事态严重，立刻打电话告诉仲旭东，请求他施以援手。仲旭东听说是走私罪，十分不解，说高正飞就只有两个货柜，而且做了那么多年国际贸易，不至于犯这么低级错误的。

骆琳达明确告诉他，这是海关官员说的，应该不会错。她恳求他把高正飞捞出来。

仲旭东猜想，这种情况要么高正飞自己作死，要么他被人做局了。但凭他对高正飞的了解，后者的可能性会更大一些。

骆琳达问他怎么办。仲旭东说花钱呗，要捞人，只能花钱去试试。但骆琳达没有钱，只能让仲旭东花钱去捞，说能否先把人捞出来再说，等他出来了，再让他付钱，她可以为这件事做证的。

心术不正的仲旭东看中高正飞的货物，发现捡便宜的机会到了，于是在假装推辞一番后答应了。

仲旭东摆出十分仗义的样子，又是请律师又是交罚款，还查到此事与高利贷有关，顺藤摸瓜找到高利贷头目谈判，归还了高正飞的借款。

在花费巨款之后，高正飞终于被放了出来。

来到租住处，见骆琳达正在吃面条，高正飞装作一副平常回家的样子，克制着自己的情绪。骆琳达感到意外，但也没有激动得大呼小叫，只是把吃了一半的面条推给他。

高正飞狼吞虎咽地吃了起来，大呼好吃，说里面根本吃不到这么好吃的，都是糨糊一样的东西，难吃死了。

骆琳达一脸心疼，说怪不得瘦得这么厉害，眼窝都深得可以盛下一碗水了。还有头发，又这么长了，要赶紧剃个头。

高正飞故意拒绝，佯装害怕的样子，说他现在有剃头恐惧症了，一看到她手拿剃头器，满身都会起鸡皮疙瘩。骆琳达说那就更要剃了，多剃几次才会慢慢适应。

高正飞想去做面条来逃避剃头，骆琳达却一把拉住他，霸道地把他按到凳子上，说有的是机会让他做，先把头给剃了，用一个崭新的形象来告别前几天的晦气，宣誓自己的凛然傲骨。

这话把他说得热血沸腾，高正飞只好从命，调侃说大不了是一个更高级的癞痢头。

高正飞终于等来了两个货柜，着手批发这些货物，用来偿还仲旭东替他垫付的钱。仲旭东得到了高正飞批给他的货物，价格相当低廉，遂了自己的心愿。

高正飞心情复杂，没想到自己来南非做生意，第一笔大单竟然是仲旭东接的。仲旭东说是缘分吧，从国内到国外，他们始终是生意伙伴。

想想真是天意，高正飞怎么也逃不出仲旭东的手掌。

仲旭东哈哈哈地笑了，说如果是那样，那他高正飞可是孙悟空了，500 年之后，本事会大得不得了，而且还要陪着唐僧去西天取经，帮助唐僧完成一番伟大的事业。

高正飞自嘲说，都输得已经只剩裤衩了，还孙悟空陪唐僧西天取经呢，说给谁听谁都不会相信。

对于低价接受高正飞货物，仲旭东终究还是有些不安，要高正飞不要认为他是趁火打劫。高正飞说没有这个意思，谢他还来不及呢，要不是他出钱出力相救，现在自己还在里面呢。今天这个局面，都是自己作孽，是自食其果，叫他放心好了。

但骆琳达认为仲旭东是趁火打劫。这么低的价格批了这么多的货，下手一点也不留情。她觉得仲旭东救他花费的钱是算得出来的，折算一下，相差实在太大了。

高正飞并不计较，说这是双方商量的，事到如今，不必再说了。要说也只能说自己不争气，谁让他要去赌博，要去借高利贷呢。

骆琳达问他，自己向他借的那笔钱，是否也是高利贷。

高正飞说那倒不是，高利贷都是赌博输红了眼之后借的，跟她没有关系，不要胡思乱想。他觉得仲旭东这次对他的帮助还是挺大的，除了把他弄出来，还把货柜弄了出来。至少他可以赊货给她，她又可以出去摆地摊了。

骆琳达主要是咽不下这口气，对朋友都这么下得了手，仲旭东简直不是个人。高正飞说她评价到位，仲旭东不是个人，而是个鬼，一个精巴鬼。

骆琳达被他逗笑了。

重新出去摆地摊，依旧既辛苦又危险。尽管如此，骆琳达还是不忘监督高正飞不要去赌场，有几次还特意跑去那里抽查呢。作为一个黑户，她这样跑来跑去十分危险，既要防备警察，还要防备劫匪。

骆琳达的胆子真是有点大的。

之前坐过几次黑巴，没有发生危险，以为乘坐黑巴不过如此，不用过于担心。这样，侥幸心理便占了上风，骆琳达把高正飞的警告抛在了脑后。

她又去乘黑巴了。

挤上黑巴时，里面黑压压的全是黑人。骆琳达没有找到座位，被挤在走道的人堆里。这时，她心里开始打起鼓来，生怕真会发生什么意外。毕竟，一车人里面只有她一个黄皮肤，显得太过招眼，更何况肩上还背着双肩包，装着一小半没有卖出去的货物。

车内弥漫着一股难闻的味道，让骆琳达感到有些窒息。

果然，一个站在她身后的男子动起了打劫念头，肆无忌惮地伸手解她的双肩包。骆琳达一边惊慌护包，一边大叫起来，你干什么？！

她边上的一个男子竖起食指，放到嘴唇上，示意她不要发出叫声。她明白过来，他们是一伙的。

知道遇到了抢劫，骆琳达没有忍声吞气，而是一边挣扎，一边叫唤有人打劫了！有人打劫了！

那两个劫匪不为所动。后面的那个继续扒拉她的双肩包，边上的那个一手捂住她嘴巴，一手来抓她的手。

危急关头，站在她边上的一个黑人男子勇敢站了出来，一把抓住了后面那个劫匪扒拉双肩包的手。男子叫穆萨安瓦，他用威严的眼神看着劫匪，劫匪一脸惊愕。

穆萨安瓦厉声喝止他们，不许胡来！声音虽轻，却充满着不容置疑的力量。

劫匪叫他不要多管闲事，穆萨安瓦没有退却，说是管定了，要他们赶紧放手！

那个被抓住手的劫匪试图反抗，却被穆萨安瓦死死钳住。看得出来，穆萨安瓦双手的力量超乎寻常。那个劫匪感觉到了疼痛，只好不情愿地放手，怯怯地不敢接着造次。

穆萨安瓦立刻迎向前面那个劫匪，也以同样方式钳住了他的手。劫匪只好乖乖放弃，敢怒不敢言，狠狠地瞪着他的眼睛。

这时，黑巴到站停了下来，两个劫匪见机会来了，相互使了眼色之后，一齐扑向穆萨安瓦。穆萨安瓦早有准备，立刻还击。

车厢内顿时乱作一团。

乘客们纷纷逃窜下车。穆萨安瓦和两个劫匪也从车上打到车下。骆琳达一直跟在穆萨安瓦身后，生怕他受到伤害。

这时正好有两个警察在车站临时检查，见有人打架，立刻赶了过来。劫匪发现有警察，拔腿就跑，很快消失了。警察叫住了穆萨安瓦，询问他打架情况。

警察得知是抢劫，被抢对象是一个东方女人。警察看着抢眼的骆琳达，说要检查她的身份证明。

骆琳达"轰"地一下蒙住了，不知道如何应对，心想这下完蛋了。但马上又镇定下来，想到要先发制人，抢得主动，千万不能这样栽了。

骆琳达立刻向警察求助，高声说我是被抢劫的，你们要替我做主。警察没有理会，继续向她要身份证明。骆琳达竭力回避，装出一副受害者的弱势状，说刚才遭到了两个劫匪抢劫，现在向他们报案，要他们赶快帮助她去追截。

警察说接受她的报案，但要核实她的身份，要她快点把身份证明拿出来。

骆琳达一边佯装在身上寻找，一边快速想着对策。她本能地瞥了一眼穆萨安瓦，发现他的眼神充满了同情，似乎愿意帮助她。骆琳达只好孤注一掷，把希望寄托在了穆萨安瓦身上。

骆琳达望向警察，解释说自己早上匆匆出来，忘记带身份证明了。然后转过身，指了一下边上的穆萨安瓦，说他是她丈夫，他知道的。

穆萨安瓦一愣，似乎没有反应过来。

骆琳达赶紧趋身靠向穆萨安瓦，一把握住他的手，说早上出来时，为什么不提醒她，现在怎么办呀。她要他赶快向警察解释。

骆琳达一边摇晃着穆萨安瓦的手，一边娇嗔地埋怨着。穆萨安瓦这才反应过来，但一时不知道应该怎么说，反问她自己怎么解释呀？

骆琳达说她是他老婆，该怎么说就怎么说。还提示他说，早上吃早餐时，她不小心把汤汁泼到了衣服上，还是他拿来衣服让她换上的，这一换，她才忘了把身份证明从那件衣服上拿出来。她反问他，难道不记得换衣服这件事了吗？

在骆琳达引导下，穆萨安瓦顺着她的话头说记得，附和说她的确因为汤汁换了衣服。骆琳达说就是嘛，临时换衣服很容易把口袋里的东西忘记的。

两人一来一去地假戏真做着。

警察见他们还算默契，问穆萨安瓦她是不是他夫人。穆萨安瓦先是一愣，但马上镇定下来，点头回答是的，接着问警察，是否需要看他的身份证明。警察说不用了，然后看了穆萨安瓦一眼，带着一丝疑虑离去了。

骆琳达终于松了一口气，非常感谢穆萨安瓦的帮助，向他要联系方式。穆萨安瓦从口袋里掏出一个木雕件交给骆琳达，说联系方式就雕在上面。

骆琳达问他是不是雕塑家。穆萨安瓦说他只是一个司机，雕塑是他的爱好，有机会的话，可以去他家参观。骆琳达说但愿有机会。

因为这次的出手相助，以至于后来有了公司，骆琳达专门找来穆萨安瓦做司机，支付给他比别人更高的工资，作为对他的回报。而穆萨安瓦也没有让骆琳达失望，不但比所有人更加勤劳，也更加诚实，深得骆琳达的信任。这是后话。

高正飞听从骆琳达劝告不再去赌场了，工作之余闲来无事，只好用来钻研如何烧菜。烧菜一直是他的爱好，这可能跟父母不在身边有关。为了不亏待自己的肠胃，他很早就练就了一手烧菜的本领。

高正飞是一个不计小亏、只算大账的人，常常挂在嘴边的一句话是，"人需要吃点亏的，吃小亏占大便宜"。他的梦想是拥有一家属于自己的外贸公司，所以才与另外两人联手开了公司，来南非闯荡。只是没有想到货柜会耽搁，更没有想到会因此染上赌瘾而不能自拔，从而造成眼下的这种窘境。

也许这一切都是天意，要让他改变既定的生命轨迹。

有一天他兴致来了，突然想到要去给骆琳达送饭，虽然骆琳达每次都带了干粮，吃饭是不成问题的。

他用心烧完饭菜，小心装入餐盒。出门之前，他来到那张贩卖示意图前，琢磨着骆琳达可能会出现在哪个地方。

没想到途中遇到警察，高正飞的心一下就拎了起来，生怕警察会找到正在附近摆摊的骆琳达。于是见机行事，将警察拦了下来，说了一通如何做中国菜的方法，还拿饭菜让警察品尝，搞得警察莫名其妙。

警察问他是不是在替餐馆作宣传。为了让警察有个心理准备，在遇到骆琳达时能够放她一马，高正飞干脆说是在给女朋友送饭，她在这一带贩卖小商品，背着双肩包，把小商品往地上一摆，就这样开卖了。他问警察是否见过她，要是见到能不能转告一声，叫她不要着急，他会马上把饭送过去的。

警察夸他是个好男友，高正飞说她才是个好女友，又勤劳又善解人意，他乐意给她送饭。他再次邀请警察品尝他的手艺，警察说还是留给女朋友吧，她比他们更需要。

这两个警察果然遇到了骆琳达。看到有警车驶来，骆琳达赶紧实施全套动作，迅速将双肩包背到肩上，撒开腿迅速撤离。

两条腿毕竟跑不过汽车，骆琳达很快被警车截住。警察没有下车，只是摇下车窗，对她喊道是否在贩卖东西。骆琳达赶紧说她这就回家，不卖了。

见警察没有下车，骆琳达稍稍放下心来。她马上盘算起了脱身之计。办法是先狡辩，若狡辩不成，再撒货耍赖，要是这招也不灵验，那只好扔包强行逃窜了。

警察问她是否有一个男朋友。骆琳达不明白警察的用意，莫名其妙地迟疑着。警察提醒她说是会烧菜的男朋友。骆琳达恍然大悟，说是的，问警察他怎么啦。

警察说她男朋友对她很好，给她烧了菜送来，到处在找她，刚才他们遇到他了，他要他们转告，叫她不要着急，耐心等着他，他很快就会找过来的。

骆琳达大感意外，实在不敢相信他会来给她送饭，更不敢相信还要警察转告送饭的消息。警察说看他很着急的样子，他真的对你很好。

骆琳达顺着警察的意思说是的，他对自己很好，很关心自己。警察提醒她，带着这么多东西很危险的，建议她到正规的市场去贩卖。

见警察一脸好意，骆琳达放心了下来，说好的，她会改正的，下次就去正规的市场贩卖。

警察点了点头，开车离去了。骆琳达终于吁出一口气，心有余悸地想，今天真是撞上大运了，竟然碰到这么好心的警察。

实际这是高正飞帮她逃过了一劫。

高正飞终于找到了她，将车停到她身边，打开车窗，亮了亮饭盒，开心地招呼她，说没想到吧，他来给她送饭了。

高正飞下车，走向骆琳达。没想到骆琳达以那套完美的动作，将货品迅速收拢，背起双肩包快速朝前面走去，连看都不看他一眼。

高正飞发现事有蹊跷，赶紧追上去，一把拉住了她，问她怎么啦。

骆琳达一把甩掉了他，愤愤地说：

"还问我怎么啦，你怎么可以让警察来找我的？这么做知道有多危险吗？我差一点就露馅了。要是警察向我要身份证明，那不就完蛋了嘛！"

"我没让他们来找你呀。"

"还说没有？你不是让他们转告我给我送饭吗？"

"噢，原来为这件事呀，你误会了。"

"谁误会了？根本就没有误会。"

"先上车吧，上车吃饭，我给你好好解释。"

骆琳达很不情愿地上车，故意坐到了后排座位上。高正飞笑眯眯地将饭盒递给她，骆琳达却任性地拒绝了。

"那就先听我说吧，"高正飞无奈地笑笑，将饭盒收回，"主要是你没有理解我，这也不怪你。我怎么可能会让他们来找你的呢，除非我脑子进水了。我让他们转告你，其实打的是一个马虎眼。我估摸着你的摆摊路线很有可能会被他们遇上。为帮助你应对最糟糕的一幕，我灵机一动，先告诉他们有这么一个人，是我的女朋友，让他们有个思想准备。我这么做就是想告诉他们，你是有合法身份的，即便向你要身份证明，你也可以说没有带在身边，这样他们很有可能放过你。我当时很得意自己这样做的呢，没想到却被你误会了。"

"真是这样的吗？"

"那还能怎么样？"

骆琳达一时不作声了，知道误解了高正飞的一片好心，有些过意不去。

就这样沉默了一会，骆琳达突然叫道：

"我肚子饿了。"

高正飞明白她已经认可了自己的说法，便开心地将饭盒递给她。"这是我最新研制的两道菜肴，一道叫息怒息怒，一道叫理解理解。味道怎么样？"

"我认为应该叫没事找事和无事生非。"

"同意，一道叫没事找事，一道叫无事生非。两道菜臭味相同，珠连璧合，形成掎角之势。"

"贫嘴。"

"好好好，不说了，不说了。"

"不过有一点要表扬你，你没有去赌场，我今天去抽查了。"

"什么？你这么不相信我呀？还去赌场抽查我？"

"那怎么啦？赌博的事，我是不可能相信你的。希望你能够坚持住，拿出实际行动让大家相信你，你再也不会去赌博了。"

"也好，有人监督，不失为一件好事。"

骆琳达很快扒完了饭，把饭盒往高正飞手上一塞，急匆匆地说：

"我要去摆摊了，麻烦你帮我洗饭碗。你放心，我会加倍补上的。"

说着急匆匆下车，背着双肩包朝远处走去。高正飞无奈地摇摇头，掉转车头离去了。

由于打一枪换一个地方，再加上货不对路，虽然骆琳达贩得异常辛苦，却赚不到多少钱，这令她十分着急。

有一次经过一个跳蚤市场，发现人气极旺，她便好奇地走了过去。巡荡一圈，看到一个铺位空着，心里一阵高兴，上前把它占了下来，拿出双肩包里的货品，摆到铺位上，像模像样地贩卖了起来。

凭借低廉的价格和富有感染力的说辞，骆琳达的铺位前面聚集了很多人，大家你一件我一件地买着她的货品。

这时，有一个市场管理人员走了过来，发现骆琳达是一张陌生面孔，立刻警觉起来，要她出示身份证明。

这个跳蚤市场是约堡各阶层人士周六、周日自由买卖的聚集地，不需要执照，只要交付一定的摊位费就可以摆摊。但每个摆摊的人必须出示自己的身份证。骆琳达销货心切，根本没有注意需要身份证明。直到管理人员找上门来，才记起这件事。但事到如今，只好硬着头皮应对，跟管理人员捣捣糨糊，糊弄一番再说。

"为什么要身份证明？"

"这是市场的规定。"

"为什么单单让我出示？"

"市场里的人我都认识，但你是一张新面孔，有必要向我出示身份证明。"

"你这么一说倒是有道理，我知道在市场里摆摊是要身份证明的。只是我刚才觉得你单单向我一个人要，有点欺负我的意思，让我感到有一点点不爽。误会了啊，不好意思，我这就找给你，请稍等。"

骆琳达装模作样地找了起来。找了好一会儿，只好一脸失望地迎向管理人员，遗憾地说：

"不好意思，我可能忘记在家里了。"

"那么请告诉一下 ID( 身份证明 ) 号码，我们可以据此确认的。"

"ID 号码？这哪记得住呀？"

这时，凑巧有两个警察走了过来，骆琳达一看大事不妙，赶紧使出那套标准动作，转眼之间将货品收进了双肩包，甩手把双肩包往肩上一背，对工作人员说了声："我这就回家去拿！"便转身迅速离去了。

工作人员看着骆琳达一阵风似的不见了，对她如此迅捷的逃跑动作感到十分诧异。

高正飞回家，发现骆琳达在烧菜，看来是提前收工了，感到有些意外。他向她打招呼，见她沉默不语，也没有看他一眼，估摸着可能出什么事情了。

高正飞故意逗乐她，问不会又把东西扔了吧？或者被歹徒抢了吧？

骆琳达一把扔了锅铲，气呼呼地说：

"你来烧！"

她转身走出厨房，一屁股坐到餐椅上，伏在那里生起了闷气。

高正飞不解地看了她一眼，没有贸然跟出去，而是拿起锅铲，炒起了菜来。

炒好一盘菜，高正飞没有马上端出去，而是放到一边，等到炒好了第二盘，才一起端上去。

骆琳达依旧伏在桌上，高正飞把碗筷放好，也坐了下来。

"看你今天那么不爽，是不是摊上大事了？"

"没有。"

"那是装给我看的喽？哈哈，为什么？"

"谁装呀，就是不爽。"

"生病了？"

"谁生病了？"

"看你说话那么冲，像是吃了枪药，生的是心病吧？"

"我一直生着心病。"

"今天发作了，对吧？"

"每天都在发作。"

"说说吧。看看有没有解决的办法。"

"我今天去跳蚤市场了，试着摆了一下，生意很好。可我没有身份，在那里摆不了摊位的。"

"这件事早就知道的呀，有毛病吗？"

"没毛病。只是我今天去摆了，生意很好。可想想这些日子来，我东奔西跑，打一枪换一个地方，贩卖得非常辛苦。虽然销出去不少货物，但因为没有身份，只能靠游击式贩卖，跟警察和劫匪玩着老鼠躲猫猫游戏，不是被查就是被抢劫，算下来依旧一无所获，赚不到多少钱。"

"人没有被抓进去，其实已经谢天谢地了。"

"我很着急，这样下去，还是赚不了钱。"

"不但赚不了，还风险巨大。"

"所以我一定要弄出身份来。"

"你是知道的，办身份谈何容易。我让仲旭东和齐力都去办过的。答复是，一要时间，二要费用。至于摆地摊，当初是你不计风险执意选择要去的。对你的这一选择，我很理解，但也很无奈。"

"我不去摆地摊，那还能做什么呢？搞一个正规摊位才是出路。"

"问过齐力了，要拿市场里的摊位，首先要过身份关，没有身份证明，就是有钱，也是拿不到的。"

"身份问题，已经是我的一个死结了，必须得打通，否则我就死定了。"

于是，骆琳达下定决心要尽快办妥身份，虽然需要费用，需要关系，需要时间。

高正飞这边看来无能为力了，骆琳达只得通过老庄，由他介绍了一家中介公司。骆琳达先是电话咨询，中介公司告诉她，其实很简单，给钱就是了。为了让骆琳达相信，中介公司说他们在这件事情上做得非常专业，有经验丰富的团队来办理，可以对各种资源进行全方位整合。

最终还是要落到费用和时间上。中介公司报的是 5 万兰特，说她运气不错，最近几天他们正在搞优惠促销，原来是要 8 万兰特的，足足让她便宜了 40%。办理时间是 8 天左右。

骆琳达对 8 天能够办出深感怀疑。中介公司解释说他们是通过专业团队来操作的，8 天完全够了。被中介公司这么一说，骆琳达也就相信了。

等交了钱，过了 8 天时间，骆琳达打电话去问何时可以取身份证明，对方却说打错了。任凭骆琳达怎么解释，对方就是说打错了，然后粗暴地挂了电话。

骆琳达醒悟过来，意识到一定是被坑骗了。

她再次找到老庄，问身份证明办得怎样了。老庄装作很意外的样子，反问她办好了呀，难道没有给她吗？骆琳达把情况跟他说了，老庄说他去过问一下，让骆琳达明天再打电话过去。

电话依旧不通，骆琳达只得尾随老庄来到他就餐的包厢，当时老庄和另外两个朋友在吃饭。看到骆琳达气呼呼地推开门，老庄感到十分吃惊。

骆琳达怒火中烧，但还是竭力压制着自己的情绪。老庄黑下脸，冷冷地要她出去，告诉她回去等他消息，他会帮她解决的。

面对老庄的逐客令，骆琳达不干了，非但没有出去，反而坐了下来，怒目说：

"既然如此，两件事一块谈吧。我这件事简单，只是你一推再推，被你推成好像很复杂了。我现在给你两个方案，要么今天把事情办了，要么就把钱给我退了。就那么简单。"

朋友问老庄，这是谁呀，这么不懂规矩。老庄说没事没事，小事一桩，让他们只管自己喝酒吃菜。

骆琳达气势咄咄，逼问老庄想要哪个方案。老庄说：

"我现在不想跟你谈哪个方案，我只想跟我的客户好好吃一顿饭，你需要做的是走出这个包厢，你的事我们另外再议。"

"既然来了，你就得给我一个答案。在这件事情上，我们是平等的。"

"你要记住，你是个黑户，我只要打一个电话，你分分钟就得进去。"

"你威胁我？"骆琳达丝毫不为所动，反而采取进攻态势。"我承认我是黑户，我是被生活所迫才成为黑户的，这不是我的意愿。但你也要搞清楚，你做这件事也是违法的，我们是同一条绳子上的蚂蚱。我如果分分钟进去了，你也得分分钟进去，不是吗？"

老庄一时语塞，但马上恼羞成怒起来。

"嘿，我还真没有碰到过像你这样的黑户，我用得着威胁你吗？我想让你进去就分分钟让你进去，用得着考虑那么多吗？"

"光脚的不怕穿鞋的，我现在就是个光脚的，也用不着考虑那么多。"

"那我真要让你考虑考虑了。"

老庄怒气冲天，霍地站起，一把抄起空啤酒瓶，猛然扑向骆琳达，朝着她的头部砸了过来。

骆琳达没有想到他竟会下如此毒手，一时大惊失色，下意识地躲避。

老庄转过身子还想砸第二下，没想到骆琳达眼疾手快，一把夺过他手上的啤酒瓶，不计后果地砸向了他脑袋。

"砰"的一声，居然砸中了。

老庄被砸蒙了，一时愣在那里，脑袋顿时流出了血。

骆琳达也被自己的举动吓到，呆呆地伫立在那里。

两个客人反应过来，立刻跳起来扑向骆琳达。骆琳达没有一丝的反抗，被他们一把抓住。

客人问老庄怎么处理。老庄似乎回过了神来，想了想，朝他们摆摆手说：

"算了，放开她吧。"

两人只好不情愿地把骆琳达放开。

老庄让他们坐下继续吃，说没事的。客人递给老庄毛巾，老庄抹了一把脸，再压到伤口上，也缓缓走到了座位上。

骆琳达依旧呆呆地站在那里，想不到结局竟会如此"没事"。

老庄望向骆琳达，口气却变得出奇地平稳，说：

"你狠的。"

骆琳达十分紧张，抿着嘴唇没有回应。

"你这件事就这样了，我退你钱，以后不要再来找我了。"老庄瞅了她一眼，淡淡地说。

"可我砸了你……"听老庄这么一说，骆琳达反倒感觉过意不去。

"按理该砸回来。但我刚才突然蹦出一个想法，想做一件好事。那就这一件吧，不砸回来了。"老庄抓过包，从里面取出一沓钱，"啪"地放到桌上。"拿去吧，钱货两讫，就当从来没有发生过这件事。"

骆琳达愣愣地站在那里，一时不敢去拿。

"拿啊。"老庄命令道。

骆琳达这才上前，一把将钱拿了过来。

## 十、拼摊成功

这一次次的虐来虐去，让骆琳达彻底丧失了信心。她头脑一发热，决定干脆回中国去得了。

认输呗。没本事就只能认输。

高正飞见她一脸悲戚地收拾着行李，十分不解，上前小心地探问为什么要收拾行李。骆琳达不开口说话，也不抬头看他一眼，只顾着自己收拾，这让高正飞感到问题有些严重。

"找到住的地方了？"

"不关你的事。"

"你得告诉我，到底出了什么事？"

骆琳达把收拾好的行李拿到起居室，堆到一边，再从包里拿出那只钱包，"啪"一下拍到了餐桌上。

骆琳达努力压制着情绪，吸了一口气，尽量让自己的口气缓和下来。

"这笔钱还你，一共5万，不够的部分，只好以后再还了。"

"我说过的，我可以入股，这笔钱不用你还。"

"我不让你入股。"

"就是要还，也不用这么急的嘛，你什么时候手头宽裕了，就什么时候还。"

"永远也没有宽裕的时候。"

"没有了钱，你怎么做生意？"

"不做了，我要回国了。"

"要回国也得买机票啊？"

骆琳达拿过一支口红，对着镜子涂起来，不再回应高正飞的话。

"你这是第一次涂口红。"高正飞摸不透到底发生了什么。

"我等一会就去警察局自首，让他们给我遣返回去。这些行李，如果有机会的话，你帮我带回去，如果没有机会，扔了算了。"骆琳达平静地说。

高正飞大感意外，没料到她竟会冒出这种匪夷所思的想法，便断然阻止。他说："不行，不能去自首！你这是在意气用事，这也太荒唐了！你以为遣返就是帮你买张机票驱逐出境啊？这样的话，南非移民局岂不是要破产了？根本没有那么简单。他们把你往牢里一扔，这就够你受的了，更不要说还有一系列司法程序要走，说不定还有罚款呢。"

"我没款可罚。"

"没款可罚可以坐牢充抵呀。我要奉劝你，这辈子最好不要去坐牢，这滋味只有坐过的人才会知道。"

"我愿意和你打个平手。"

"我是男的，你是女的，在这个方面，永远不会有平手。"

高正飞拿起桌上的那沓钱，塞到她手里，劝慰她说：

"拿着，还没有到这个地步吧。就是要回国，也得体面地回去，至少用这个钱买上一张机票，再买点南非土特产，见到亲戚朋友送他们一点，这才算是来过了一趟南非嘛。"

"我没有能力这样做。"

"既然火候没有到，那就继续熬着吧，说不定某一天，明天或者后天，时来运转，真的会被天上的馅饼砸中。"

"我再也熬不起了。"

"只要咬住牙，可能一哆嗦就过去了。想想你之前的那些沟沟坎坎，不也都过来了嘛。"

骆琳达并无响应。

高正飞实在不忍心看她如此痛苦和自虐，只好硬着头皮带她去中国商贸城找齐力，打算说服齐力让她拼一下摊位。

骆琳达问他有没有把握。高正飞告诉她，齐力是个聪明人，处事灵活，八面玲珑，知道变通，善于核算投入产出，让自己的利益最大化。对于这么聪明的人，高正飞坦率地说，自己真还说不上有把握说服得了他。

来到中国商贸城，只见大门口站着四个黑人保安，持枪守护，十分威严。走入里面，很快找到了齐力的商铺，就在靠大门的第二间，十分好找。

齐力见到他们，热情地打招呼：

"高兄真的好福气，这次进去，差一点把她逼疯了，很羡慕你有这样的一个女朋友。值了，真是值了。"

"我和她是真正的朋友，不是你所说的这种男女关系。真正的朋友才友谊长青。"高正飞首先声明。

"你的意思，她不是你女朋友喽？"

"你这样说就俗了。"

"好吧，你们是真正的朋友，她不是你女朋友，你不是她男朋友，这可是你自己说的，以后不要悔青肠子喽。"

"啥意思啊，要挟我？"

"自己理解。"

骆琳达觉得他两个大男人只顾自己说话，把她当作空气了，便愤愤地瞪了高正飞一眼，叫嚷了起来："喂喂喂，还有我呢，把我当啥啦？"

齐力讪讪地说："是啊，我们太明目张胆了。"

高正飞指责齐力是个滑头，齐力极力地辩解说："我滑什么头了？你根本就不应该这么说的嘛。"

"好好好，我是不该这么说。既然如此，那就把我女朋友安排一下工作吧。我今天来，就是为了这件事，接下来看你能不能两肋插刀了。"

齐力感到意外，迟疑了一下，把高正飞拉到一边，有意避开骆琳达，悄声告诉他因为身份证明问题，不可能聘请她的。

齐力就是这样一种人，不会为了一点人情而毁了自己的前途。

高正飞知道他会拿身份证明说事，换了一个思路，向他提议道：

"知道你有难处，我没有逼着你把她招聘进来。这趟来的意思，是跟你商量商量，能不能把摊位挤一挤，给她挪点出来，让她拼着做一点生意，她拿分成来抵扣你的摊位费。现在看来，反正只有华山这一条路了。"

"不行。"

"为什么？"

"帮了她可能就害了我自己。她是一个黑户，这不仅是损失一点生意的问题，而是违反法律规定的问题。"

"拼摊应该不会来查身份的吧？"

高正飞明白这件事并非铁板一块没有余地，而是有打擦边球的可能，关键在于齐力愿不愿意帮忙。于是，只好不顾脸面，死死恳求他，希望用自己的真心来打动他。

但齐力始终没有松口，觉得这是一件既危险又荒唐的事情。

说来也真是巧了。此时，有八个歹徒开着两辆车进入了中国商贸城停车场。他们有备而来，大摇大摆地朝大门口走来。当靠近门外的四名黑人保安时，他们一拥而上。其中一人亮出藏在衣服里的 AK-47 冲锋枪，其余的拔出 9mm 小口径手枪，迅速将保安控制住，然后留下三人看管保安，其余五人举枪冲进了商贸城内。

五名劫匪先对临着大门的那家店铺下手，隔壁就是齐力的商铺。刚开始，人们并没有发现那些人是劫匪。他们分工协作，两个站到商铺外边警戒，三个径直闯了进去。那三人每人抓过一只货箱，然后扭头往外面走。

店里的一名女职员一时没有反应过来，以为他们是普通买家，跑过去拉住其中一个劫匪，要他先付钱再搬。劫匪猛一甩手，将女职员一把推开。女职员一个趔趄，撞在了货架上。

店老板当即明白发生了什么，在其他两个劫匪还没有反应过来之前，迅速掏枪上膛，果断向劫匪射击。

子弹没有射中劫匪。劫匪放下货箱。其中一个劫匪率先扑上来，抓住了店老板持枪的手。另外两个劫匪见状也冲了上来。他们合力把店老板按倒在地控制了起来。

正从商铺门口经过的骆琳达和高正飞，听到枪声先是一惊，随即反应过来。高正飞叫了一声"出事了"，用力拉住骆琳达的手撒腿就跑。

但骆琳达猛然用力，一把甩掉他，反而停了下来。

高正飞也只好停住，压低声音问她，想要干什么？！

这时，门口警戒的劫匪对着众人高声大叫起来：

"趴下！都趴下！——"

随后是"嗒嗒嗒"地一阵扫射。

现场所有的人都吓得抱头伏地，谁也不敢大声喘气。

骆琳达和高正飞也一齐趴下。

骆琳达明白遭遇了抢劫，但她一点也不害怕，反而有一种幸灾乐祸的感觉。虽然趴下了，她却没有抱头伏地。

由于刚刚被齐力拒绝，骆琳达觉得前途无望，正想要自暴自弃，没想到机会这么快就来临了。的确，对一个走入生活绝境的人来说，没有什么东西可以失去的了，也没有什么事情可以害怕的了。

此时遇到抢劫，骆琳达反倒有了一丝莫名的兴奋和期待。

于是，骆琳达耸了耸肩，突然举起双手站了起来。

劫匪一阵紧张，持枪对准了她。但骆琳达毫无畏惧，缓缓迎向歹徒。对于她的淡定和勇敢，歹徒感到意外，命令她止步。

"站住，不要过来！——"

骆琳达没有完全按照歹徒的指令止步，而是多跨了一步，给歹徒一种无形的压力。接着，她示意了一下，意思是让劫匪放心。随后她说：

"我身上没有武器，只是想让你们看一看我身上的伤疤。"

没等劫匪做出反应，骆琳达骤然拉开肩头的衣服，露出伤痕给他们看。

"看到了没有？这是上次留下的。我遇到过的抢劫，可能比你们还多呢。"

"给我趴下！——"劫匪挥枪大喊着。

"我没有枪，不会伤害你们的。"骆琳达不疾不徐地说。

"趴下！——"劫匪再次命令。

"你真不讲理，我手无寸铁，你为什么要我趴下？我只是想让你们看一看我的伤疤，告诉你们这些伤疤是怎么来的。"骆琳达似乎带着一点情绪，向劫匪解释着。

高正飞正想抬头去拉她，劫匪"嗒嗒嗒"一梭子弹打过来，高正飞只好再次抱头伏倒。

子弹打在骆琳达头上的屋顶，碎屑纷纷落到了她身上。骆琳达不为所动，一脸毫无畏惧。这让劫匪感到意外和害怕。

其他劫匪也朝骆琳达围了过来。

骆琳达一把拉起衣脚，露出了腹部的伤疤。这一举动，连她自己都感到有些大义凛然了。

"看到了没有？这伤疤就是被刀刺的。我经历过太多次这种事情了，现在一点也不怕了。大不了一条命，你们是吓不到我的！"

那个劫匪又要开枪，却被另一个劫匪制止。制止的劫匪显然是个头目。头目说："我倒是想听听她要说些什么。不用怕，没什么大不了的，警察一时是赶不到的。"

头目朝骆琳达放了一枪，让她快说。

骆琳达愣了一愣，感到意外，但依旧保持着那种亢奋的状态。

"我第一次来到约堡的当天，就被抢得身无分文，真的是走投无路了，当时连死的心都有。要不是那一次被抢，我也不会走到今天这个地步。"

"什么地步？"

"不怕死，命都不想要的地步。"

"你不是不怕死，你是想找死。"

"是的，被逼得走投无路了，不如一死了之，所以我恨死了你们这些劫匪。"

"后来呢？"

"后来又被抢了几次，次数多了就有经验了，想找机会跟你们拼一下。直到上回，有劫匪要抢走我做生意的本钱，我彻底不干了，豁出去要跟他们硬拼，结果被刺了一刀，留下了这个伤疤。"

"你不怕我毙了你吗？"

"只要你不抢东西，随你毙好了，反正我想找死，正好遂了我的心愿。我是一个摆地摊的人，老是被你们欺负，活着真没有什么意思。"

"那就遂你所愿吧。"

头目举枪对准了骆琳达。

骆琳达却不予理睬，当作没有看到似的，继续说：

"不过有时候我也理解你们。我们每个人都很艰难，大家都是因为迫不得已才做如此营生的。要不是生活所迫，谁愿意出来冒这个险啊。就像现在，要是警察来抓你们，就是一种风险；或者我们联合起来对付你们，也是一种风险。只要你们不伤害我们中的任何一个人，只要你们不再去抢劫其他的摊位，我愿意把自己摊位的东西送给你们。怎么样？"

"行，成交！哪个摊位？"

"诺，那个。"骆琳达伸手指了指齐力的摊位。

"OK！——大家继续趴着，五分钟后我们撤离！"头目下达了命令。

其中一个劫匪留下来看管大家，其他劫匪一齐冲进齐力的商铺，将值钱的东西一抢而空。抢完东西，劫匪们扬长而去。

等劫匪们完全走远了，趴在地上的人们才惊魂不定地站了起来。对于最终出现这样平和的结果，大家大跌眼镜，都表情复杂地看着骆琳达，有赞叹，有敬佩，有疑惑，也有埋怨。

齐力恨恨地看着骆琳达，气得一时说不出话来。

一场危机就这样被骆琳达误闯莽撞地解决了，令众人大跌眼镜。骆琳达却轻描淡写地对齐力说了句我会赔你的，然后不等他回答，便转身匆匆离去，一副爱啥啥的拽样子。

高正飞追上她，埋怨她太鲁莽太任性了，不该为了逞一时英雄不顾生命危险。

骆琳达却说，她贱命一条，好活赖活怎么着都是一样的，叫他不用替她着急。

"生命哪有贵贱之分，一旦躺到病床，都是一样的。"

"没有躺到病床之前，就是不一样。"

"你现在打算怎么办？"

"是说齐力的货吗？我说了，我会赔他的。"

"就算你会赔他，也不能打肿脸充胖子吧，至少目前，你拿什么赔他呀？"

"那就先欠着吧，哪怕用一生的时间去还，我也会坚持到底。"

"现实点好不好？一生的时间，空有这种情怀，有用吗？我就想不通，你为什么要对劫匪这么说？说与不说，他们都要抢的，你何必把这种祸水揽到自己身上？"

"我觉得这样做可以救大家的命，也可以减少其他人的损失。"

"那为什么偏偏要让齐力倒霉呢？"

"倒霉的是我好不好？只不过借了他一点货物，账还是记在我头上的。"

"你又何必无缘无故去欠这么一大笔货款，现在你还能拿什么钱来为自己办身份？"

"我说过要办身份了吗？我说的是，如果办不成这件事，我就回国了。别说我是破罐子破摔。如果只剩下破罐子了，那还留着干什么？拿来摔至少还有响声，发挥最后一点价值。"

两人吵吵闹闹地来到了停车场。高正飞要她上车，她赌气地不想回他那里了，说干脆让警察遣返算了。高正飞告诉她，天无绝人之路，她这一路过来，都已经成了强悍的闯关大王，为什么还要去怕眼前的这一点困难？

骆琳达说："我在这里浪费了那么多时间，却一事无成，还欠下了这笔债那笔债，我来错地方了，南非不是我应该待的地方。"

高正飞："你们义乌人向来有着不达目的不罢休的韧劲，到你这里怎么就看不到了？"

骆琳达说："你不用激将我。"

高正飞说："既然来了南非，就必须适应这里的一切。双手空空回去，而且是遣返，那你们义乌人的脸面岂不是都被你丢光了？这不是你个人的问题，而是义乌人面子的问题。你可以说我是在激将你，但你心里很清楚，面子问题实在是一个你无法回避的问题。"

骆琳达一时没有接话，的确被他的话击中了软肋。

骆琳达叹了一口气，悲哀地说："有些事情你是无法选择的，若真要来，那就来吧，也没有什么大不了的。"

高正飞说："你放弃得过于早了。我认为，无论你是在南非还是在中国，你必须证明自己不是一个懦弱、无能，不会做生意的人。你必须要坚持下去，杀出一条血路来证明自己是一个真正的义乌人！"

骆琳达不置可否。

回家的车上，骆琳达故意坐在了后座。

骆琳达说："请你转告齐力，我不会忘了欠他的那笔货款，只要赚了钱，一定会第一时间还给他。"

高正飞说："说这话毫无意义，不如不说。"

骆琳达不再言语，两人重新陷入沉默。

窗外，景色依旧。

窗内，人已不是来南非时的那个人了。

骆琳达默默流下了一行泪水，说："我要去赌场，你开车送我去。我心里太苦了，突然想去乐一乐。"

高正飞说："你想把我重新拉下水呀？"

骆琳达说："没让你陪我玩，也不许你进赌场。"

高正飞说："好吧，去赌场总比去移民局要好。"

高正飞掉转方向，汽车朝着赌场开去。

这时，高正飞的手机响起。见是齐力打来的，高正飞不禁皱了皱眉，猜想一定是为赔偿的事情而来。

接起电话，他干脆把话直接挑明："齐老板啊，货款的事你放心，她已经跟我说了，会还给你的，绝不会当老赖。只是时间上可能要拖一拖。你知道的，她暂时手头上没有钱，还请你多多谅解。"

没想到齐力却说："我不是来要钱的，我突然改变了想法，愿意跟她拼摊。"

高正飞一时有点不相信，说："你再说一遍，我被你有点搞糊涂了。"

齐力说："请你告诉她，我同意跟她拼摊，愿意拿出四分之一的摊位跟她联营。"

高正飞说："她还欠着你一大笔货款呢。"

齐力说："是的，那就欠着吧。"

高正飞说："这像是你干得出来的事情吗？里面不会有什么猫腻吧？"

齐力说："你这浑蛋，以小人之心度我君子之腹，以为我是在给她挖坑啊？听好了，我之所以改变主意，是因为被她的勇敢折服，被她的仗义折服。当时有那么多男人被劫匪吓住，也包括你和我，但只有她一个弱女子跳了出来，而且还毫无惧色，最终竟然以自己的人格魅力说服了劫匪。这的的确确给我上了一课，震撼到了我。所以，在拼摊这件事上，我愿意承担一点风险。"

高正飞看了骆琳达一眼，骆琳达并没有听出意思来。高正飞再次向齐力确认："说定了？"

齐力说："当然说定了。告诉她随时来跟我谈条件，随时可以着手拼摊。"

挂了电话，高正飞装出一副很为难的样子，对骆琳达耸了耸肩说："你看看，人家前脚后脚地来追债了，说是给你五天时间，要是到时还不上，就派黑社会来搞你。你说怎么办呢？"

骆琳达一脸平静，说："来好了，要钱没有，要命一条。刚才在劫匪面前都不怕，我还会怕那些黑社会不成？他在吓唬谁呀。你告诉他，货款会还的，但五天绝不可能。"

高正飞说："还是当面去向他说清楚吧，省得派黑社会来搞你。我不愿意再看到黑社会了，他们真的是一帮无所不用其极的人。"

高正飞说着掉转了车头。

骆琳达淡淡地说："随便。"

高正飞说："不过齐力也说了，他挺赞赏你的，被你所折服。"

骆琳达嗤之以鼻，说："他不会患精神分裂症吧？一会儿要派黑社会搞我，一会儿又被我折服。他到底被我什么东西折服了？"

高正飞说："被你的勇敢和仗义折服。"

骆琳达说："嘿，这下他彻底精神分裂了。我给他挖了这么大的一个坑，叫劫匪把他的铺子抢了，他竟然还说我勇敢仗义。"

高正飞说："他说当时有那么多男人被劫匪吓住，也包括我和他，但只有你一个弱女子跳了出来，而且还毫无惧色，最终竟然以自己的人格魅力说服了劫匪。"

骆琳达说："他上当了，我那是自暴自弃，而且还说服劫匪抢了他的铺子。"

高正飞说："他还说，这的的确确给他上了一课，震撼到了他。所以……"

骆琳达说："赔钱呗。我知道了。"

高正飞说："你猜错了。他说因为被你震撼到了，所以在拼摊这件事上，他愿意承担一点风险。也就是说，他改变想法了，愿意拿出四分之一的摊位给你拼摊。"

骆琳达白了他一眼："逗我，一点也不好玩。"

高正飞嬉皮笑脸地说："我也觉得是在逗你，不过横竖得去确认一下，不能让他随随便便过上一把嘴瘾。"

骆琳达似乎意识到了可能不是玩笑，心中闪过一丝惊喜："等等，你把头转过来。"

高正飞问："干吗？"

骆琳达说："看你是不是在说谎。"

高正飞故意没有回头，说："我在开车呢，眼睛要放到路面上。"

就这样，骆琳达凭借一次鲁莽行为，居然峰回路转，获得了日思夜想的拼摊机会。

骆琳达给母亲打电话，说自己有摊位了，相信生意会重新起步，告诉母亲这四个月来的努力没有白费，请母亲放心。母亲说，讨债公司来问她在南非的手机号码，骆琳达要母亲告诉他们，自己还没有买手机。

齐力的商铺匀出了四分之一给骆琳达经营。骆琳达非常珍惜这一来之不易的机会，充分利用在义乌摆摊的经验，使出各种招数，用心经营着。

她已经将那个摊位进行了布置。与其说是布置，不如说是撤空了那个地方。大部分货架被移走了，剩下的被推到了靠墙位置，上面稀稀拉拉摆着几样货物。除此之外，这个位置几乎是空的。

齐力已经在商铺开门迎客，骆琳达却还没有来。齐力感到奇怪，问自己的黑人雇员丽贝卡，今天应该是骆琳达的开张日吧，怎么不见她人影？丽贝卡说是的，是她的开张日，她还让我帮她维护秩序呢。

齐力担心这样子开不了张，揣测会不会是高正飞临时反悔，不给她供货了。丽贝卡说没有货她也可以销你的呀。齐力觉得有道理，销他的货不过是利润薄一点而已，怎么也不至于开张日就迟到的吧？

两人觉得骆琳达今天几乎开不了张了。担心之际，骆琳达却背着双肩包出现了。

她脸上戴着面罩，双肩包上插着旗帜，以京剧 Cosplay 的打扮，迈着铿锵的脚步，雄赳赳气昂昂地走在商贸城的走廊上。由于戴着面罩，看不出是骆琳达，只有背着的那只双肩包，才显示着她的特点。

她的腰间还挂着一只迷你喇叭，以恰到好处的音量播放着京剧乐曲，营造出一种很好的吸睛效果。

骆琳达经过齐力商铺时，却没有走进自己的铺位，而是继续沿走廊走着。她想达到宣传效果。

人们都好奇地看着骆琳达，纷纷议论着。有些人甚至还跟在她身后，想看看她接下去要干什么。

"这是你们中国的吗？"丽贝卡问齐力。

"中国的京剧，是我们的国粹，怎么样，厉害吧？"齐力有些扬扬自得。

"厉害。我可以跟着去看看吗？"丽贝卡征求他意见。

"可以，准许你放假半小时。"齐力同意了。

丽贝卡"耶"的一声，兴奋地追了上去。

骆琳达沿走廊走着。因为从众心理驱使，跟在她后面的人变得越来越多，最后成了一大堆人。

骆琳达走了一大圈之后，重新回到了齐力商铺。这一次，她走进了自己铺位，来到留出在中间的那一大块地方，卸下双肩包，按照之前的那套流程，摊开床单，摆上货品，然后吆喝了起来：

"卖货喽，卖货喽，今日口红特价优惠，买一送一，买二送二，五分钟内见者有一份。"

齐力没有认出是骆琳达，感到奇怪，觉得鸠占鹊巢了，便上前去交涉：

"喂喂喂，这不是你的地方吧？人家今天要开张的，是她开张大喜的日子，你占了人家的地盘，就抢了人家的头彩了。"

"太阳都爬到头顶了，现在不开张，还要等到什么时候去开张？不如我替她开张得了。"骆琳达故意逗他。

"你谁呀？事先都不打一声招呼，这也太无礼了吧？"齐力生气地想要赶她走。

骆琳达这才扯下面罩，露出了真容，对着齐力调皮地嘿嘿一笑，又看了看挤满铺子的人们，得意地说："怎么样？效果还可以吧？"

"是你呀？这也埋得太深了吧？"见是骆琳达，齐力深感意外。

"是你对我了解太少，连声音都听不出来。这个开张策划还算满意吧？"骆琳达说。

"太满意了！"齐力给她竖了一个大拇指。

在骆琳达指挥下，人们很快排好了长队，等待着开张活动开始。

骆琳达随即使出那套贩卖动作，以娴熟又优美的姿态，转眼之间将床单收起，再塞入双肩包，又迅速将双肩包背到身上。这一次，她把双肩包背到了胸前。虽然穿着京剧戏服，但她的这一套动作，一如之前在大街上实战时那样流畅无比，看得众人惊讶不已。

骆琳达来到队伍前面，大声宣布道：

"今天是我铺位开张之日，首先要感谢齐力大恩人。是的，他就是我的大恩人，原因不说了。其次，我要兑现承诺。刚才我说了，五分钟内见者有份。这支队伍是五分钟前组成的，现在每人发一支口红。"

骆琳达打开双肩包，将口红一支支地分发过去，每人一支，人们非常高兴。有顾客担心她会不会亏本，骆琳达告诉他，今天不谈亏本不亏本，等一会儿还要买一送一、买二送二。另一个顾客说，老板你敢不敢买十送十呀？骆琳达说敢，只要你敢买十，我就敢送十，只要你敢买一百，我就敢送一百。

大家纷纷鼓起掌来。

齐力不禁摇头，心想这不就一回事嘛。

分完口红，骆琳达来到中间的那块空地，再次使出那套标准动作，卸下双肩包，打开，铺上床单，拿出货品，摆上。然后“唰唰”几下动作，把身上的京剧服装脱了，转眼之间露出了一套旗袍装，漂亮而优雅，让人眼睛一亮。

人群爆发出了掌声。

有顾客要向骆琳达买那套戏服，骆琳达满口答应。齐力不禁感慨，这哪是开张啊，简直就是一场中国文化展示。出格，太出格了。

赠送活动结束，骆琳达大声宣布开卖东西，买一送一，买二送二，买十送十！

人们一拥而上，场面一度有些失控。

紧张刺激的开张日终于结束，骆琳达拖着疲惫的身躯回家，连电灯都懒得开，一屁股坐到了凳子上。这时，“啪”一下灯亮了，出现在骆琳达眼前的，是一桌丰盛的晚餐。

高正飞正站在一边，微笑地看着她。

骆琳达的表情立刻从疲倦状态切换到兴奋状态：

“哇，这么好的菜肴，晓得这样，把齐力也一起叫过来吃！”

“怎么，才一起工作一天，就这么顾着他了？”高正飞不免有些醋意。

“不是不是，”骆琳达赶紧解释，“主要是他今天被我坑了，我觉得不好意思，刚好你烧了这么一桌丰盛的菜，想借花献佛一下，省得欠人情嘛。”

“齐力这么聪明的人，居然还会被你坑上？这消息真要上头条了。”高正飞讪讪地说。

“说起来还跟你有关呢。”骆琳达依旧沉浸在开张日活动的兴奋中，“你给我开了个多大的脑洞呀，撤掉货架，留出空地，在空地上摆地摊，简直就是行为艺术。有了这些还嫌不够，硬是想出更狠的招数，让我装扮成京剧角色，害得我赶鸭子上架地猛学一通，就这样别出心裁地搞了一出开业大戏。”

“怎么样？效果还好吗？”高正飞对此很感兴趣，探究地问她。

“你为什么不去现场给我助威呐喊呀？”骆琳达噘起嘴巴，故作生气地问他。

“我怕活动搞砸，所以不敢去面对。”高正飞苦笑了一下，“不过，见者有份，买一送一，买二送二，这可是你的主意，搞砸了怪不到我头上。”

“啧啧啧，我印象中的高正飞从来就不是这样一个推卸责任的人呀，在这件事上怎么变得缩手缩脚了？这到底是怎么啦？”骆琳达摇着头说道。

"嗯……"高正飞故意清了清嗓子，说，"因为这是一件关系到你生死存亡的大事，我投鼠忌器，不得不缩手缩脚。"

"就差了你的一声吆喝，害得我开业大戏焉了，现场只有寥寥几个顾客，东西也没有卖出去几样。"骆琳达故意垂头丧气地说。

高正飞定定地盯着骆琳达的眼睛，似乎看出了苗头，感觉事情不是她说的那样。骆琳达被看得有些发毛，问他想干什么？

"不对，有奥妙。"高正飞露出一副神探表情，抽丝剥茧地说，"刚才你说坑了齐力，到底坑了他什么？你还说要拿好菜招待他，并且表现得这么兴奋，要是开业大戏搞砸了，你还会这样吗？所以我得出的结论是，开业大戏不但没有搞砸，反而搞成功了，大大地成功了，而我，恰恰错过了一次见证骆琳达人生历程中的一次最好机会。是不是这样？"

"烦人，吃饭吧。"因为被看穿，骆琳达赶紧转移话题，打算要吃饭。高正飞却把菜肴从她面前一碗碗地撤到自己面前。

"我说高正飞，你这也太小孩子脾气了吧？"骆琳达哭笑不得。

"不从实招来，今天就甭想好吃好喝了。"高正飞并不在意，反而嘿嘿一笑。

"还准备了好喝的呀？"骆琳达问他。

"当然了。"高正飞从脚边拿过一瓶香槟，朝她亮了亮。"庆祝开业大吉，旗开得胜，爆出开门红，当然要有香槟酒嘭地来一下了。"

"给我。"骆琳达霸道地一把抢过香槟酒，拧开瓶口上的铁丝，不管高正飞阻止，嘭地一下打开了香槟。

"喂喂喂，你这是什么意思呀？"高正飞大叫起来。

"你不是要庆祝开业大吉、旗开得胜、爆出开门红吗？那我现在宣布，今天的开业取得了巨大成功，达到了预期效果，收获了沉甸甸的硕果！"

"就这样草草完事了？"高正飞问她。

"你还想怎么样？"骆琳达不清楚他还有什么花招要使。

"我烧了这么一桌子菜，准备了这么一瓶好酒，还没有回过神来，就这样结束了？"

"菜都被你抢到自己面前了，我还没有吃呢，怎么会是结束呢？"骆琳达把酒倒满，命令高正飞把菜摆好。"我们的庆功宴马上就要开始了。"

骆琳达拿过酒杯，要和高正飞干杯。高正飞举着酒杯，有些犹豫。"能不能先告诉我，怎么个旗开得胜法？"

"怎么变得这么婆婆妈妈了？先干了再说。"骆琳达一口把酒干尽了。高正飞被说得有些尴尬，这也只好干尽了酒。

"好吧，我告诉你。今天的开业，成绩斐然。先是以奇招博眼球，京剧服饰加上京剧唱腔，在绕场一周后，身后跟随了一群顾客。然后使出摆地摊的一套标准动作，让顾客倍感新鲜。接着一招见者有份，立刻拉近了与顾客的关系。然后是金蝉脱壳，由京剧服饰变到秀美旗袍，充分展示了我们中华传统文化的魅力。在这一系列行为艺术鼓动下，紧接着祭出了买一送一、买二送二的狠招，那可是打的对折啊，实打实的对折，简直就是流血不止。"

"然后就止不住血了？"

"对，带去的货品一样接一样地卖完了，卖一样亏一样，越卖越亏，越卖越贫血。"

"然后扑通一声晕倒了。"

"那倒还不至于。反正我只带了一只双肩包的货品，再加上货架上的那一些，还有就是一套京剧服和一套旗袍。"

"出手不凡呀，把京剧服和旗袍都卖掉了。"

"可是害惨了齐力。我的货品卖完了，顾客还在源源不断涌来，没法子啊，齐力的货品就在边上，他再也不能袖手旁观了，只好当了我今天开业的牺牲品。"

"他真是这样想的？"

"是啊，失血无数，晕倒在地的应该不是我，而是他齐力。"

"这有什么好晕倒的，他齐力就是格局太小，只计较眼前得失，没有看到明后天的生意。你今天的开业支出，实际上就是一种广告投入，这是非常明智的做法，也许从明天开始，这种投入就会让你获得产出。"

骆琳达端起酒杯站了起来，要向高正飞敬酒。"这杯酒，我要以学生的身份敬你，感谢你给我出了这么好的点子。"

骆琳达一干而尽，高正飞也一口喝完。

骆琳达又倒了一杯，还要敬他。"高老师，这杯酒我还得继续敬你。"

"这回要把我当作什么了？"

"还是把你当作老师。"

"哎哟，饶了我吧，哪有这么多点子的啊，这可多烧脑子呀，我的脑子要被烧成炭了。"

"真要是这样那可便宜你了，烧成炭之后，只要再烧几把火，你的脑子就会变成钻石了。"

"贫嘴吧你。反正我想不出招来了。"

"想不出也得想。"

"凭什么啊非得我想？"

"就凭你是我……"

骆琳达一时说漏了嘴，赶紧捂住不说了。高正飞开心地笑了。

晚上，骆琳达躺在床上想着心事，想起了高正飞略生醋意的样子，回味着他说的话。

"怎么，才一起工作一天，就这么顾着他了？"

"嗯……因为这是一件关系到你生死存亡的大事，我投鼠忌器，不得不缩手缩脚。"

骆琳达不禁羞涩地笑了。笑完，闭上眼睛，幻想着高正飞偷偷来到了卧室，凑上来吻自己的额头。骆琳达睁开眼睛，一把推开了他，说不行。高正飞问她为什么不行。骆琳达说她配不上他，他知道她没有钱，而且还是一个黑户，根本就配不上他。

高正飞说可他不在乎。骆琳达说不在乎也不行，以后他会后悔的，后悔的时候就来不及了。

这时，传来"嘭"的一声，打断了骆琳达的幻想。骆琳达大大吃了一惊，仔细倾听声音，感觉像从外面传来的。

她打开灯，从床上起来，打开卧室门，蹑手蹑脚地来到起居室。她发现洗手间的门开着，灯光从里面透出来。她走过去，发现高正飞在洗手间里，正用冷水洗着脸。

骆琳达故意咳嗽了一声，咳嗽声惊动了高正飞。高正飞转过头，发现是她，感到有些意外，说："怎么一声不吭的，吓死我了。"

"你没有睡？"

"你也没有睡呀。"

"我睡不着。"

"我也睡不着呀。"

"干脆不要睡了，来聊聊下一步的营销打算吧。"

"不行，我要去做梦。"

"什么梦呀这么迫不及待地？"

"当然是美梦。"

"我刚才也做了一个梦，梦见……"

"梦见王子了？"

"对，梦见王子了。王子想把我带走，但我一把推开了他，觉得配不上他。"

"既然能够遇到王子，那一定是命中注定的。既然是命中注定的，那一定是般配的。你这下坏了自己的大事，也坏了王子的大事。"

"那你为什么不早说？"

"我怎么说呀，又不在你的梦里。"

"你就是在梦里也是不会说的。真气人。"

"怎么怪到我头上来了？"

"当然要怪到你头上了，谁让你不说的。"

"真是莫名其妙。"

"那你为什么也睡不着？"

"我是因为……被你折磨的，你要我再想一些营销招数，想着想着，就睡不着觉了。"

"既然睡不着，我们干脆喝酒吧。"

"不行，我要去睡了。"

高正飞匆匆逃向自己卧室。

骆琳达看着他的背影，气得瞪了他一眼，嘟囔地骂他是胆小鬼。

## 十一、经营有方

骆琳达背着双肩包来到自己的摊位，齐力坐在桌前算着账，见她进来，便抬起头来。

"还要摆地摊啊？不是说只是开张搞搞噱头的吗？我都帮你把场地恢复了。"看见她背着双肩包，齐力很是意外。

骆琳达看到中间那块空地上已经摆上了货架，不禁一阵感动，但马上又把这一情绪隐藏了起来，故意装出一副生气的样子。

"你是不是怕我生意太好影响了你，才急不可耐地把场地恢复了呀？"

"唉唉唉，怎么说话的？真是狗咬吕洞宾，这下算是彻底识货了，对某些女人真不能主动做好事。"

"我知道你后悔了，昨天让你亏损了那么多，你得赶紧止损。"

"好吧，你这样想我也没有办法，谁叫我把摊位让给了你。这叫自作自受吧。"

骆琳达耸了耸肩，表示无奈。

"那么现在要不要我把货架重新挪到边上，好让你活蹦乱跳地摆地摊？"齐力讥讽地说。

骆琳达扑哧一声对他笑了，让齐力大惑不解。"什么意思？"

"没什么意思呀，只是觉得开心。"骆琳达轻描淡写地说，"这样摆也挺好的，或许生意会更好一些。"

"你是开心再让我亏损一把吧？"

"你可以不卖呀，昨天隔壁那家就没有跟着我一起卖。"

"客人都把我的货架当成你的了，我能不卖吗，我扛得住不卖吗，真是欲哭无泪。"

"哈哈哈，那你岂不成我伙计了？我得好好谢谢你。"

骆琳达上前来到齐力面前，把双肩包卸下，从里面一样样地取出东西，把它们摆到齐力面前的桌上。她带来的是各种各样好吃的东西。

"这些统统是送给你的，感谢你把铺位租给我，把货品匀给我，还要感谢你跟着我一起亏损。"

"哟，黄鼠狼给鸡拜年呀？我得打起点精神提防着，以免再次被坑。"

"如果你觉得是鸡，那可以飞呀，反正鸡有翅膀的，黄鼠狼不一定逮得住你。"

"有翅膀不假，只是华而不实，一点也不中用，总归会被逮住的。"

齐力起身，把面前的东西统统拿到骆琳达空空的货架上，熟练地摆放好。"所以我干脆不逃了，先把它们放在这里，边吃边卖，卖出一点算一点，也好补偿一下我昨天的损失。"

"我可是一个大窟窿啊，补了今天还得补明天，你要有一点思想准备。"

"不对不对，我刚才灵光一闪，好像觉得你从大窟窿变成了大喷泉，会给我带来源源不断的……"

"麻烦？"

"生意！"

"突然转了一个 180 度，让人好失望，也让人捉摸不透。"

"夸你还失望啊？我可是浑身通透，一眼可以看穿的。"

"夸我什么了？"

"跟你实话实说吧，之前我一直有很大担忧，认为把铺位让给你，你会抢了我的生意。现在我好像突然有了一种预感，这种预感和我前面的担忧恰恰相反，你的进驻会给我带来人气。"

"为什么这么认为？"

"因为你像一块风水宝地呀。"

"哎哟，太肉麻了吧，我有点受不了了。"

"那你就麻着吧，等麻完了再好好做生意。"

"哼。"

骆琳达果然把齐力的摊位也当作自己的摊位一样，一起用心经营着。由于营销有方，骆琳达开始赚钱，同时也极大带动了齐力的生意。这让齐力刮目相看，觉得这女人有做生意的天赋。

工作之余，两人时常斗嘴。而这一次他们是为年龄而斗，关系到两人是兄妹之称还是姐弟之道。

齐力信誓旦旦地认为一定比她大，要是当不成大哥，太对不起自己脸上的阅历和沧桑了。

骆琳达单刀直入，要他报上年龄。齐力说是1979年的。骆琳达大呼惊险，原来打了个平手。这下要看月份了。

齐力有些心虚起来，说6月可以吧？骆琳达一听便开心起来。"哎哟妈呀，这些日子我可是霉运连连，没想到遇上你便有了好运，看来真要咸鱼翻身了。喊我一声姐姐吧，我是5月的。"

齐力只好认输。骆琳达要他叫自己一声姐姐，齐力没好意思叫，便耍了滑头让骆琳达喊他弟弟来搪塞。

骆琳达理解他的感受，说：

"好吧，以后你就是弟弟了，不许反悔。还是单身吧？要是碰到好姑娘，姐姐会给你介绍一个的。"

齐力不置可否，只是无奈地摇摇头。

"听说你曾经要立志当个外交官？"

"高正飞告诉你的吧？可惜机缘不巧，只好跑来这里做生意了。不过也好，成不了外交官，至少也算得上是在做国际事务。"

"国际事务？"骆琳达嗤之以鼻，"就你敢吹，充其量不过是国际倒爷。"

"这也太难听了，怎么也够得上国际贸易吧？告诉你，我现在除了做生意，还帮着做华人商会的筹备工作。这下高大上了吧？"

"你还真有野心呀，这是要想成为南非华人组织领导人的节奏呀。"

这时，一个举止文雅的白人妇女走进了骆琳达摊位，见挂着旗袍、肚兜、唐装和功夫衫等中式服装，便细心地翻看起来。

骆琳达迎了上去，热情地招呼她，问她是否喜欢这些中国服装。

白人妇女点点头，说很喜欢，认为它们很特别。骆琳达听了很开心，说昨天卖出的一套京剧戏服那才叫特别呢，京剧是中国的国粹，NO.1。

白人妇女竖起大拇指，感慨中国是一个神奇的国家。骆琳达问她能为她服务什么。白人妇女微笑着说：

"我是附近一所中学的老师，学校里准备举办一台晚会，我和我的学生们想搞一个中国时装秀节目，听我的一些学生说，这里的中国服装很漂亮，我就跑来这里了，一来就到了你这里。"

"那绝对是缘分，我给你打折了，便宜卖给你。"

"我真的太喜欢你这里的服装了，很想租一些回学校。"

骆琳达对出租感到有些意外。这些服装都是用来卖的，从来没有想过要出租的，她为此感到十分为难。

"我可以便宜点卖给你的。"

"我们没有那么多的钱，"白人妇女一脸无奈，"再说，只用一次，买下来不合算的。"

"我也一样啊，"骆琳达同样无奈，"租给你们只用一次，就再也卖不出去了。"

"你可以开展租赁业务啊，多租几次成本就回来了。"白人妇女替她出着主意。

这时，齐力走了过来，替骆琳达解围。"可我们只是一家售货店，不是出租店。"

"为什么不开拓新业务呢？"白人妇女说，"我相信还有很多学校有这个需求的。"

"可我们人手有限，不是想开拓就能开拓的。"齐力说，"她的店铺就她一个人，能整天守在这里，已经很不错了。"

齐力看着骆琳达，骆琳达认同地点了点头。白人妇女听了十分失望："好吧，那我再到其他店铺去问问。"

白人妇女转身离去了。骆琳达望着她的背影，似乎有些出神。只怔了那么一会，骆琳达突然冲出去，把那个白人妇女喊了回来。

"我租给你。"骆琳达说。

白人妇女终于开心地笑了。

由于骆琳达愿意站在顾客的立场来做生意，销量持续上升，时间一长，齐力不但对骆琳达十分放心，还渐渐产生了依赖心理。有时候他会把摊位交给骆琳达打理，自己则图个省心，去做其他的事情。

骆琳达晚上回家都会把白天遭遇到的酸甜苦辣倒给高正飞，还逼着他出谋划策。高正飞不但不拒绝，而且还乐意替她出点子想办法。

渐渐地，骆琳达对他的感情越来越深。只是知道自己条件不好，配不上他，便将这种情感深埋在心底，一时没有表露出来。

高正飞的那些货物，除了特意留给骆琳达的，其他的他都销完了，只是得来的货款全都抵给了仲旭东。仲旭东揸着高正飞给他的银行卡，奸猾地说：

"虽然钱物两清了，但我们的感情变得更深了。"

"你这是得了便宜又卖乖，两头统吃，没有比你更精明的人了。"

"那主要是你大度，你连陌生女人都大把大把撒钱，我真是佩服死你了。"

"打住打住！——这是你给我惹的祸端好不好？要不是你把她带到赌场，我哪能阴差阳错地陷进去啊。"

"你是自愿陷进去的，是大度才陷进去的，是善良才陷进去的，我这是在表扬你。"

"是啊，你是在表扬我，可这表扬的代价实在太大了。我都搞不清楚是怎么陷进去的，好像见不得她一次一次地走投无路，才出手帮助她的……可能是这个原因吧。"

"出于同情心？"

"不是，是她的倔强打动了我。我当时觉得像她这样的人，不应该这么走投无路的，应该有人站出来帮她一把，否则这个世界太不公平了。我现在也是这么认为的。"

"你把自己当救世主了。"

"不说她了。反正我现在是在踩西瓜皮，滑到哪里算哪里。眼下滑到你仲旭东这里了，总算把你这边的屁股擦干净了。可这么一来，我却无法对国内的合伙人交代了。所以我接下来打算回国，要去把那边的屁股也擦干净。"

高正飞说得自己都"哈哈哈"地笑了起来，这笑声听起来当然很是酸楚。

这时，高正飞手机响起，是他合伙人派来的人打来的。

原来，他合伙人毛子荣和郝陀陀迟迟不见高正飞有回音，辗转得知他独吞了货款，便派了两个彪汉前来南非索款。

两个彪汉要和他约见面的时间地点，高正飞不想隐瞒什么，对他们实话实说：

"我现在坦率地告诉你们，我手上没有货款，那些钱都给我用完了。所以我想……我们暂时不用见面了，见面了也解决不了什么问题。你们回去吧，告诉我的两个合伙人，我会尽快回国，向他们说明情况，并且会把货款处理好。"

高正飞说完就把电话掐断了。

虽然电话掐得干脆，但高正飞自知无法交差，却又束手无策，感到寝食不安。他借喝酒消愁，把自己灌得烂醉如泥。

骆琳达下班回家，已经很晚了，却不见高正飞在屋里。她从他卧室门缝里闻到一股烟味，便推开门去探望，果然一股浓烈的烟味扑鼻而来，但高正飞不在里面。

床头柜上的烟缸里堆了好多烟头。

骆琳达退出卧室，怔怔地站了一会，猜想他会不会去了赌场，便想到要出去给他打个电话。

刚走到楼梯拐角处，脚下被东西绊了一下，惊叫之余差一点摔倒。她发现是一个人蜷缩在那里，那人含糊地"哼哈"了一声。骆琳达听出来了，那人正是高正飞。

骆琳达十分惊诧，俯身去拉他，问他发生了什么。高正飞含糊地回应一句没什么，身上散发出一股浓浓的酒气。骆琳达问他喝了多少酒，高正飞咬着大舌头说没醉。骆琳达说都走不回家了，还说没醉，问他为什么要把自己喝成这样。高正飞反问他喝醉了吗？他没有醉，一点也没有醉。

骆琳达用尽力气，才把高正飞拉起来，抢白他说，好，没醉那就回家接着喝去。

骆琳达把高正飞扶进卧室，让他在床上躺了下来。

"还想喝吗？"

"不想了……"

"为什么？"

"躺床上舒服……"

"能不能告诉我，为什么要出去喝酒？为什么要把自己喝醉？"

"借酒消愁啊……"

"你有什么愁吗？"

骆琳达想听他回答，却发现他打起了呼噜。骆琳达叹了一口气，替他盖上被子，再倒上一杯水，放到床头柜上，然后退出了房间。

骆琳达来到盥洗室，对着镜子默默看着自己的脸，突然幻想出高正飞的脸也出现在镜子上。两张脸靠得如此之近，就像结婚照上一样。骆琳达的那张脸依旧美丽端庄，只是生活的艰辛让这张脸稍稍有了一点沧桑。她皱了皱眉头。突然她想到什么，打开边上的橱门，从里面拿出一支口红，往嘴唇缓缓涂抹起来。

红润的嘴唇立刻让她的那张脸生动起来，那点沧桑也消失得无影无踪。骆琳达望着镜子，眼里的影像渐渐变幻成一张结婚照，大红色的底，喜气满满，两张脸溢满幸福，紧紧地靠在一起。

骆琳达满足地笑了。

一阵风吹来，将盥洗间的门轻轻关上，声音惊动了骆琳达，把她从幻觉中拉了回来。骆琳达回过神，苦笑了一下，走出盥洗间，重新回去睡觉。

经过高正飞卧室时，骆琳达看到门开着，想了想，走到门前探视了一下。她发现高正飞好像没有睡在床上。

骆琳达走进里面，床上果然没有他。

骆琳达从里面退出，在起居室找了找，再回到自己卧室，依旧没有高正飞的影子。

骆琳达来到大门后，发现锁扣开着，说明高正飞出去了。她沉思了一下，回身拿了一把手电筒，开门走了出去。

骆琳达来到屋顶露台，发现高正飞站在那里抽着烟。高正飞说醉过酒后他喜欢吹风。骆琳达告诉他，这习惯很不好，要是醉醺醺地一脚踩空，那可就糟糕了。

"我有很多不好的习惯，可能跟我父母从小不管我有关。我和他们的关系向来紧张。"

"不要怪别人，尤其是父母，我母亲就对我很好。其实每个父母对自己孩子都是掏心掏肺的。你和他们关系紧张，说明你缺少感知力，或者说根本就是不懂事。"

"月黑风高的，听你来讲鸡汤语录，我们真会挑选时间地点啊。"

"都是你挑选的，我不过是配合一下而已。要是再给我一件夜行衣，那就更加完美了。"

"的确完美，诱人的线条会展露无遗，挑战人的视觉底线。"

"高正飞，这话好像不是你的风格。"

"因为我醉过了。"

"你还在醉。"

"好吧，酒不醉我我自醉。"

"回房间吧，月黑风高的。"

"哈哈，学我。"

"因为你说得对。"

这时，一架飞机从头顶飞过。骆琳达想起了那个叫严浩俊的同事，感慨万千，说：

"这是飞往祖国的飞机。曾经有一个叫严浩俊的同事，因为太想家了，时常抬头去看飞往祖国的飞机。"

"你说对了，在月黑风高里，我站在顶屋露台，就是来看飞机的。不过和你那个同事不同，我看的是从祖国飞来的飞机。我在想，飞来南非的到底是哪些中国人。我来南非几个月了，真像做梦一样，还一直醒不过来。"

"对不起，我拖累你了。"

"不要这样说。我来南非，做生意只是手段，无非就是赚钱，赚钱也是手段，最终无非是想实现个人价值。个人价值是什么？我认为首先觉得自己做的事情有意义，会让自己快乐，然后做的事情对别人有意义，对社会有意义，可以帮助别人，帮助社会。我觉得，我的确是帮了你一点的，所以我觉得开心，觉得有意义。这样说来，你认为你拖累我了吗？"

"你总是让人感觉那么舒服，能在不知不觉中，把别人欠你的，说成是你欠别人的。"

"你觉得你说对了吗？"

"我当然说对了。"

"好吧，就算你说对了。所以我还欠着你。"

"欠我啥呀？"

"你现在的生意渐入佳境，可身份问题仍然是个定时炸弹，不知道什么时候会爆炸。如果一旦爆炸，就会把你炸回到原点。所以接下去我的任务，就是搞定你的身份，完成这件事情之后，我才可以真正把你放下，觉得不欠你什么的了。"

骆琳达听了十分高兴，只是没有真正听懂高正飞的意思，觉得要是自己有了身份，就可以安全待在南非，名正言顺地和高正飞在一起了。所以她很期待高正飞替她去办身份，并且把辛苦积攒的钱交给他，作为办身份的费用。高正飞先是拒绝，但骆琳达执意要他收下，犹豫之后，高正飞终于还是收下了。

骆琳达在经营上不断动着脑筋，想着一个又一个的点子。这一次，她在 T 恤上打起了主意，在廉价白色 T 恤上写下中国汉字，名曰二度创作，创造附加价值，化腐朽为神奇。

骆琳达没有学过书法，只好用描红的笨办法，将"忍""容""静""舍"之类的汉字小心地描上去。齐力很羡慕她在师范大学掌握了这门"技术"，骆琳达挤对他在外语学院也没有白上，"英格里西"那么好，都干上国际政治事务了。

齐力嘿嘿一笑说："那是吹给你听的，做生意还是要脚踏实地。比方说进货，就得多动点心思。我给你讲个故事。有个南通人，见朋友企业快倒闭了，仓库里堆了没能卖出去的海绵拖鞋，于是一番谈价，把价格压得差不多材料价，进了 3 万双，然后到了表舅做生意的坦桑尼亚。"

"如果成功了，可以大赚一笔。"

"他出于小人小算盘，没有告诉表舅进的是海绵拖鞋。货柜到了之后，拿着样品到处推销，三天下来，搞得垂头丧气，一双也没有销出去。你肯定想知道为什么？因为坦桑尼亚气候炎热，根本没有人穿海绵拖鞋，白送也没人稀罕。购鞋费、运输费，加上通关报税等费用，他差不多把家底全都砸进去了，却落了个颗粒无收。"

"太可怜了，怎么跟我一样。"

"然后他在一家叫红灯笼的中国餐馆里，几杯酒下肚，忍不住号啕大哭起来，抱怨大家都来非洲赚到了钱，自己怎么就这么倒霉呢。"

"这简直就是我的翻版。"

"你才聪明着呢。"

"切，站着说话不腰疼。现在说正经的，给我讲讲这里的生意经。"

"不敢。"

"哟，怕徒弟抢了师傅的饭碗呀？昨天还说我是一块风水宝地呢。"

"好吧，听好了。这里的人一般不还价。男士喜欢买皮鞋、T恤和工艺品，女士多喜欢选购些新款裙子、内衣之类的纺织品，小姑娘则喜欢买些指甲油、头饰之类的小玩意儿。白人呢，买东西比较干脆大方，比如说一个女士看上了几套衣服，试穿合适后，会一股脑儿地连衣架一起拿到收银台付钱，她一般不会挑剔这挑剔那的，也不在乎是摆在货架上的样品。至于黑人，一般对他喜欢的鞋帽之类的东西看了又看，然后叫你取下来给他试了又试，有钱的会磨蹭一会儿再去付钱，没钱的过了几天又会再来看。"

"黑人兄弟姐妹够执着的。"

"有一件事你要格外注意，除了卖东西，还得兼负保安之责，警惕有没有顾客顺走东西。黑人兄弟姐妹一般不会认为偷商店里的东西是一种罪过，只要不被你发现，几乎是心安理得地下手，被逮住了也是不卑不亢地为自己申辩。认为任何东西都是大家共有的，在谁手里并不重要，需要了就'拿'过来。"

"为什么呀？"

"这跟品质无关，而是由长期的殖民统治形成的。"

正说着，昨天的那个白人老师带着七八个黑人女学生来到了骆琳达摊位。见到骆琳达，那位白人老师十分开心。

骆琳达停下手中的活，热情地把她们迎到货架前。那里挂着各式各样的中式服装，学生们开心雀跃地挑选起来。小姑娘们或比画着手中漂亮的衣衫，或相互打量试穿的效果，兴奋喜悦得像一只只快乐的小鸟。

白人老师注意到了骆琳达摊在桌上的T恤，拿起来在胸前比画着，爱不释手，觉得太有艺术性了，问骆琳达是不是中国字。骆琳达告诉她是中国汉字，读作"忍"。

小姑娘们也围了过来，指着忍字，照着骆琳达刚才的读法七嘴八舌地学着。

白人老师问骆琳达忍字什么意思。骆琳达说是历练的意思，在中国汉字里意义丰富。白人老师觉得好奇妙。

骆琳达解释说人生有很多事需要忍，有很多话需要忍，有很多气需要忍，有很多苦需要忍，有很多欲需要忍，有很多情需要忍。所以它是历练。

白人老师提出了另一种想法，觉得这会不会是一种怯懦的表现。骆琳达赞同她的反向思维，说忍有时候的确是一种怯懦的表现，但更多的时候是刚强的外衣。

忍是一种眼光，一种胸怀，一种领悟，一种人生技巧。

白人老师感觉既听不懂，但又好像听懂了。骆琳达哈哈大笑，说这就是中国文化的魅力，博大精深嘛。她又让她们看其他的字，指着衣服说这件读作"容"，是智慧，这件读作"静"，是修养，这件读作"舍"，是得到。

白人老师一脸不解，又提出了自己的反向思维，问舍怎么会是得到。骆琳达解释说，舍得舍得，有舍才有得嘛。不舍不得，小舍小得，大舍大得，所以舍是得到。

被骆琳达这么一解释，白人老师又不懂了。骆琳达说多接触中国文化，就会慢慢懂的。于是白人老师开心地买下了那件舍字 T 恤。

小姑娘们也慷慨拿钱，纷纷买下了写着汉字的 T 恤。

齐力对骆琳达佩服不已，觉得让他也学了一课，舍得舍得，她搞了一次租衣的舍，却收获了这么多 T 恤的得。

"是啊，你当时还反对呢。"骆琳达得意地说，"幸亏我及时调整思路，抓住了这次机会。"

"你真的很有学问耶，"齐力对她刮目相看，"什么忍是一种眼光，一种胸怀，一种领悟，一种人生技巧，嗨，排比句脱口而出，根本不在话下。"

"过奖了，我是下苦功背出来的。要是能够脱口而出，就不会在这里摆摊了。"

"摆摊怎么啦？是国际事务好不好？她们还邀请你去参加她们的晚会呢，这叫国际文化交流，档次高着呢。"

"在你嘴里，没有档次低的。"

齐力感到很得意。

骆琳达应邀参加学校时装晚会，还特地拉上高正飞做伴，让他用摄像机把节目录下来。在晚会现场，骆琳达拉着高正飞走向后台，说是有新任务分配给他。

到了后台，骆琳达从包里取出一个化妆包，要他照着越剧演员定妆照替她化妆，打算参与一下时装秀，说她有秘密武器，保证一出场就能惊艳全场。

"姑奶奶，你的表演欲也太强了吧？这是人家的晚会，你这样喧宾夺主好吗？"高正飞对她泼了冷水。

"我有两个目的，一是传播中国优秀传统文化，二是宣传我的店铺生意，于公于私都有利，这有什么不好的？"

"就算传播中国优秀传统文化，但越剧慢吞吞、软绵绵的，能弄出什么花头来？我们应该给他们来点硬朗的。刚才就有一群小孩围住我，争先恐后问我会不会中国功夫，能不能打得过成龙、李小龙，然后挥胳膊踢腿，哼哼嚯霍地比画起来。"

"对呀，非洲孩子看中国武打片看多了，在他们眼里似乎中国人个个都是身怀绝技、飞檐走壁的武林高手，这说明我们做得太不够了。"

"可人家非洲人就喜欢听非洲鼓，喜欢看扭臀舞，咚咚咚咚，节奏强烈，浑身超燃。"

"所以才要以越剧的柔，来克非洲鼓的刚、扭臀舞的烈，这叫作四两拨千斤。"

"你总是有理，可我不会化妆啊。"

"不会就学呗，化得不好不会怪罪你的。"

高正飞无法推托，只好笨手笨脚地化了起来。化了好一会儿，才吃力地算是完成了。接着，骆琳达在高正飞基础上补起了妆来。

高正飞发现她会化妆，说上她当了。骆琳达说让他化妆还不好呀？叫他把镜子拿稳了。高正飞不再言语，只好依着她的话，拿稳了镜子。

舞台上，中国服装秀正在演出。非洲姑娘们的表演引来阵阵喝彩，台下的观众为中国元素的魅力感到兴奋。

轮到骆琳达出场时，只见她穿着越剧戏服，款款来到舞台中央。观众见她这副行头，立刻喝彩起来，纷纷猜测是哪个同学扮的。

随后，骆琳达抛出了秘密武器——甩水袖。水袖做得特别长。观众没有想到一件衣服的袖子居然会如此之长。再加上骆琳达充满灵性的甩动，长袖在空中飘逸飞舞，显得美轮美奂，看得观众竟然忘记了喝彩。他们觉得太美妙了，也太不可思议了，衣袖竟然可以这样长，甩的动作竟然可以这样美。

有同学调侃说，是否可以向她求婚。同伴说不可以。同学问为什么。同伴说因为她太柔美了。

高正飞真是服了骆琳达的创意，关键是没有想到她水袖竟然甩得那么好。回到家中，赶紧启开啤酒庆祝，咕咚咕咚地一口气把各自的一瓶喝光了。

骆琳达抹了一下嘴巴，喘着气介绍道：

"上大学时，毕业演出分配我一个节目，只好逼着自己学了一通甩水袖。这次看非洲姑娘表演中国服装秀，心里痒痒的，就想过把瘾。"

"而且还瞒着我，想搞一鸣惊人。"

"这样才惊艳嘛。"

"果然被惊吓到了。突然发现你是一个能干大事的人。这是我的第六感，很准的。"

"如果真是这样，那也先得咸鱼翻身。可我一点也看不到咸鱼翻身的机会。请问问你的第六感，这个机会在哪里？"

"它告诉我，它也不知道。"

"那就是废话。再来一瓶。"

"砰"的一声，各自又一瓶下肚。

高正飞继续道：

"但它说，要坚持。至少你现在有了铺位，今天晚上还做了推广，这些都是进步。所以要咬牙坚持。坚持就是胜利。"

"这话在理。"

"那再来一瓶。"

"砰"一声，又一干而尽。

"坚持就是胜利！"

除了在白色 T 恤上做文章，骆琳达还创造性地推出了诸如"分期付款"等销售方式，深得黑人兄弟姐妹喜欢。很多销售方式都是在实践中发现的。正像"分期付款"，是受了一个叫迪巴达克的黑人小伙子的启发。

那天，齐力还没有上班，骆琳达走进后面一间小储物间，将一件硅胶面具放入抽屉。这件面具是为了逃跑准备的，毕竟她是黑户，万一遇到不测，戴了面具可以移花接木。

迪巴达克是为购买皮鞋来到骆琳达铺位的，骆琳达没有皮鞋，而齐力那里有，骆琳达就替齐力做起了生意。迪巴达克选中了其中一双，爱不释手，但翻看标价牌，脸上露出了为难的表情。

迪巴达克从口袋里摸出几张钱，一共只有 50 兰特，问能否卖给他。骆琳达哭笑不得，那双皮鞋标价 250 兰特，再怎么打折也打不到这个价位。迪巴达克说他不需要打折，只要给他分期付款就好。

骆琳达告诉他不行，推荐他买其他便宜的鞋子，但他态度明确，就是想要一双皮鞋。骆琳达问他皮鞋很重要吗？等有钱了也可以再买呀。

迪巴达克却说，他们都很在意自己脚上穿的鞋子好不好，哪怕再没有钱，也都渴望能够体面地拥有一双好皮鞋，还有一套好西装。骆琳达这才恍然大悟，怪不得很多年轻人都西装革履，看上去很精神，感觉棒棒的。

迪巴达克以为她同意了，但骆琳达说没有。迪巴达克问她不是同意了他的观点吗？骆琳达说可她没有同意卖给他皮鞋呀。

迪巴达克想了一想，建议道：

"为什么不能尝试分期付款呢？我现在只有 50 兰特，余下的 200 兰特分期付清。其实很多人都有这种需求，但没有商家尝试着去做。我相信如果你率先做了，一定会有很多生意找上你的。"

"前两天有人买衣服让我做出租生意，今天你买皮鞋又让我做分期付款生意，你们真想得出办法啊。"

"都是手头没钱惹的。"

"可我不认识你呀，怎么保证你一定会付给我剩下的 200 兰特？"

"你可能理解错了，我看中了这双心仪的皮鞋，然后我先付给你 50 兰特，你给我写一张收条，同时保证这双鞋不再卖给其他人，但我并不会现在就把鞋子拿走。接着我也许会每天付你 50 兰特，也许会每个星期付你 100 兰特，直到付够了 200 兰特，才把这双皮鞋取走。"

"怎么不早说呢，这种分期付款我当然愿意做了，相当于预订销售。"

迪巴达克嘿嘿一笑。骆琳达问他：

"刚才你说很多人都有这种需求？"

"是啊，我们想买贵一点的东西时，总是很头疼一下子拿不出那么多钱。"

"我听说了，你们不习惯积攒钱的，属于今朝有酒今朝醉。这种分期付款购物方式，的确可以弥补这一不足。"

"你同意了？"

"不但同意了，还要给你打个折，感谢你给我带来了新生意。"

迪巴达克又是嘿嘿一笑，然后开心地离去了。

等齐力来到店铺，看到骆琳达又把他的铺位开张了，觉得她真是一个好人，愿意把他的生意当作她自己的来做。

骆琳达正在布置皮鞋展台，看到齐力来上班，便迎了上去，说替他卖掉了一双皮鞋、两样饰品、三件衣服。

"哟，看来我以后可以把铺位交给你打理了，自己可以图个省心，去做其他的事情。"

"想得倒美，付我工资呀？"

"当然愿意了，这么好的销售员，出两倍工资都找不到。"

"不怕我抢了你生意？"

"那是当初的想法，是我以自己的小人之心来度你骆琳达的君子之腹了。现在看来，有你在这里卖东西，把我的生意也带上来了，真是一件大好事，差一点失去了这么一个机会。"

"话讲得这么好听，不知心里是怎么想的呢。"

"心里的想法就是，这女人让我刮目相看，有做生意的天赋。"

"才发现呀，530 兰特，光一双皮鞋就 250 兰特。"

齐力认出自己的那双皮鞋放在骆琳达正在布置的展台上，感到不解，问她：

"是这双吗？这不还没有卖掉嘛，怎么会有 250 兰特？"

"我向你进货了。"

"那也得批发价呀，零售价多不好意思。"

"要是批发价就变味了。何况只是一双，还计较个啥。"

"你这一招有点让我转不过脑子来了，既然卖出了皮鞋，拿到了250兰特，为什么皮鞋还在这里，而且还在你手上？"

"烧脑了是吧？让我给你好好捋一捋。告诉你一个好消息，我决定开展一项新业务，叫分期付款购物。这双皮鞋就是分期付款购物的第一单生意，是我从你这里进货的。"

"那直接让我做不就得了？"

"人家只付了一部分钱，我哪好意思替你自做主张的。"

"这么说来，这250元有很大一部分是你垫付给我的？"

"分期付款是我的决定，不能让你承担这份风险。事情是这样的，一个黑人小伙想买这双心仪的皮鞋，手上只有50兰特，他就用这50兰特将这双皮鞋锁定，等剩下的200兰特付齐后，再把这双皮鞋拿回去。"

"黑人小伙太厚道了，他为什么不在付了50兰特后先把皮鞋拿走呢？那才叫分期付款呢，现在充其量不过是预订。"

"谁像你这么会钻营呀，寸步不让，一点也不让自己吃亏。"

"你才寸步不让呢，我是在为黑人小伙子抱不平。"

"看来你越来越像个国际政治家了。"

"借你吉言，我一定会加倍努力，早日如愿。"

## 十二、打回原点

在骆琳达生意做得顺风顺水的时候，高正飞却再次突然消失了。

自从接到彪汉电话，高正飞知道必须要回国内了，再也不能拖。为了不让彪汉影响到骆琳达，高正飞悄悄离开了自己的那个租住处，没有告诉任何人自己的行踪。

但彪汉还是找到了他，趁他不备之际，迅速钻进了他的汽车。一个彪汉坐到了后座，另一个彪汉坐到了副驾驶室，然后向他亮了亮机票。

高正飞先是一愣，随之马上反应过来，说：

"我已经决定要回中国。但我有自己的时间表，我们各管各走吧。"

"我们的时间表，就是你的时间表。你要明白，你是没得选的。"

"我今天来这里，就是想跟赌场告个别，这里是我折戟沉沙的地方。但你们这样做，让我很不乐意。我不想跟你们乘同一架飞机回去。"

"由不得你。你没有资格跟我们讨价还价。"

"不就是一点钱嘛。"

"我们正是来跟你说钱的事的。"

坐在副驾驶的彪汉想要搜查高正飞的口袋，被高正飞严厉制止。"你们没有这个权力！"

坐在后排的彪汉伸出双手，一把卡住了高正飞的脖子，咬牙切齿地说："这样够条件搜查了吧？"

高正飞被卡得透不过气来，双手抠着彪汉的手臂，用力挣扎着。彪汉挥出一拳，重重打在了高正飞的太阳穴上。

彪汉从高正飞身上搜出了手机，然后取出手机卡，"啪"一下折断了。高正飞急叫起来，说卡里存着他的电话号码。彪汉说手机上也有吧。然后将手机扔了出去，顿时破碎。高正飞怒吼为什么要毁了他的手机。彪汉说为了让他彻底断绝联系。

彪汉接着从高正飞身上搜出一包东西，是骆琳达交给他办理身份的钱，还有骆琳达的资料。彪汉奸笑起来，问他还干中介生意啊？要是多干几次，就可以还上钱了。不过不干也没关系，只要他回国，他在国内那两套不大不小的房子，是足够抵债的了。

高正飞心想这是骆琳达的钱，绝不能被他们拿走了。于是忽悠说，这点钱毛哥他们也派不上什么用场，不如让他去赌场搏一搏，说不定还真能把欠他们的钱给赌回来呢。

两个彪汉不相信他的话，反问万一输光了呢？

高正飞说，输光了又怎么样？这笔钱本来就是意外之财，输光了就输光了呗。但万一赢了大大的一笔钱呢？到时候可不要后悔哟。

两个彪汉商量了一下，决定让他去赌一把。输了就这点钱，万一赢了那就大发了。

高正飞赌的是 21 点，这是他的拿手好戏。

也许是冥冥之中有人助力他，自下手开始，高正飞居然风头强劲，几乎连连得胜。

又一局开始。高正飞再次把筹码全部押上。

彪汉惊愕地看了一眼高正飞，轻声惊呼："还全部押上啊？"

高正飞没有理会他。

发牌。开牌。

高正飞又赢了。围观者暗暗惊叹。

对手的筹码都被收了过来。高正飞面前很快堆满了筹码。

两个彪汉被折服，暗暗叫好。

高正飞见时机成熟，转向身后那两个彪汉，说要上一趟洗手间，让他们代他来一局。

没等彪汉回答，高正飞不由分说起身离开了。彪汉没有思想准备，一时措手不及。他们本想追上去，但一看桌上的一大堆筹码，其中一个彪汉只好硬着头皮顶替高正飞，另一个彪汉追了过去，要跟高正飞一起去洗手间。

高正飞对他说，这么多筹码放在赌桌，只有一个人在那里，当心被抢了。洗手间就在那儿，他在这里也看得到，自己是逃不了的。

高正飞用手指了指，洗手间果然在不远处。那个彪汉想了一想，只好悻悻然留了下来。他站的那个位置，既能看到洗手间，又能看到赌桌。

赌桌上的彪汉虽然不像高正飞那样，每次都孤注一掷押上所有筹码，但仗着高正飞赢回来的本钱，他壮着胆子也押出了不少。

第一局，他赢了。暗自心花怒花。于是胆子更大，押上了更多的筹码。

第二局，依旧赢了。变得飘飘然。押上了比上一次还多的筹码。

盯着洗手间的那个彪汉见高正飞迟迟没有出来，焦急万分，频频看着手表。他估摸着高正飞可能逃走了，便匆匆冲向厕所。

抬眼一看不见了高正飞的身影，又里里外外找了几遍，依旧不见。彪汉心里咯噔一声，坏事了。

他转身跑出厕所，去找赌桌上的同伴。

同伴正好开第三局。又赢了。真是好手气。

狂喜之际，同伴来告知他，高正飞逃走了！

赌博的彪汉听说高正飞逃走了，赶紧收起筹码来，打算去追高正飞。由于高正飞和他几乎每局都赢，其他赌客不乐意了，拉住他非要再来几局，说他和之前那人局局都赢，不能这样一走了之，至少得输上一局，也让大家心里平衡平衡。

彪汉赶紧解释，说真有急事，刚才那个人逃走了。赌客说骗谁呀，赢了那么多钱，除非傻子才会逃走。另一赌客附和说是啊，至少再来三局，不然就把赢来的筹码分给他们。

彪汉无奈，只好硬着头皮继续赌。而同伴却在边上焦急地催促着，说高正飞真的逃走了！

第一局彪汉押了少量筹码，输了。第二局还是押了少量筹码，却赢了。赌客说这最后一局，你不如把筹码全部押上，赢了，盆满钵满拿走，输了，也落得个一身轻松。

彪汉脑子一热，果真全部押上了。

其实对于那几个赌客来说，如果彪汉赢了这最后一局，他们是不会让他轻易把筹码拿走的。

开牌。

彪汉输了，筹码全部输光，令他功亏一篑。他脸色发青，恼羞成怒，霍地从座位上站起，抽身离去，匆匆冲向洗手间。

然而，他们在洗手间里依旧没有找到高正飞。将格子间的门一扇扇地打门，也没有高正飞。

最里端有一扇小门。他们上前打开，一看是个工作间，那里有一扇窗，窗门开着，竟通向户外。

他们确信高正飞从这里逃走了。"老子一定饶不了他！"

早晨，骆琳达揉着眼睛从卧室出来，看到昨晚留在桌上的两杯红酒依旧摆在那里，她写的纸条还压在杯子底下，不由得一惊。

她快步来到高正飞卧室，发现里面没有人。再到厕所，也没有人。她大声喊着"高正飞！高正飞！"却没有回音。

骆琳达心头升腾起一种不祥的预感。

她站在客厅中央默默想了一想，然后快步来到大门，拉开门冲了出去。

骆琳达来到屋顶平台，那里也空无一人。上回她就是在屋顶平台找到他的。她走到屋顶边缘，探头朝外面观察，也没有发现异常。

她抬头望向远处，突然高喊了一声："高正飞，你给我回来！——"

她知道这是没有用的，不过发泄一下坏情绪而已。

她匆匆来到齐力商铺。齐力见她神情紧张的样子，有些不解，挤对她劳动模范怎么也学会迟到了，他还指望她看管摊位呢。

骆琳达板着一张脸，焦急地说：

"没心思开玩笑，高正飞不见了，一个晚上都没有回来。打了无数通电话，一直不通。我有预感，觉得他出事了。"

"你太敏感了。一个单身大男人，别说一晚上，就是几个晚上，也太正常不过了。尤其是在南非赌场，那才安全呢，他一定又上赌场混去了。"

"请相信我，高正飞这一次可能又真的出事了。现在回想起来，上一次他把自己灌得烂醉如泥，一定是有原因的。他不是这样一个作贱自己的人。"

"最近他有什么动向吗？"

"他想替我把身份办出来。我给了他一笔钱，他开始不要，在我坚持下才终于收了下来。"

"问题可能就出在你那笔钱上面。我分析啊，他拿了你的那笔钱之后，很有可能又去赌博了。"

"不会的，他是真心诚意要帮我办身份的，不可能拿了我的钱去赌博，否则凭什么去办身份？"

"赌徒是没有底线的。"

"你真的这么看待他？"

"我不过就事论事罢了。"

骆琳达无力地摇头，不愿意相信他的话。她带着齐力来到赌场，角角落落都找遍了，还是没有找到高正飞。

"我说过他不会拿我这笔钱来赌博的。这下你该相信他真的出事了吧？"

"上次他被高利贷坑了，但刚才我们问了那伙人，他把钱都还清了，没必要再搞他。你说，他还能出什么事呢？"

"是不是应该问问仲旭东？上次是仲旭东帮他捞出来的，而且他的大部分货物也押给了仲旭东，在生意上他和仲旭东走得最近了。"

齐力给仲旭东打电话，仲旭东告诉他高正飞回国了吧，上回他提起过这件事，说是等这边弄完了，就去处理那边的事。他那些货款都是合伙人的，现在被他一个人用完了。

骆琳达一脸不相信，东西都还在房间里，哪有这样回国的？走得再急，也总得把东西拿走跟室友吱声招呼吧？更何况他答应要去帮她办身份的。

齐力说没有什么事情不可能发生的。骆琳达认为高正飞不是这样的人。齐力说他欠了合伙人的钱，也许被合伙人逼着回国了。但骆琳达觉得一个大男人，怎么可能这么轻易被人火急火燎逼回国的？走之前至少可以打个电话吧，打给谁都行啊。

所以骆琳达认为，高正飞一定又出事了。

齐力只好同意她的想法，但对于结果，他还是认为高正飞回国了。他劝她不用过于担心，反正到了国内他总会打电话回来的，到时再好好问他到底怎么回事。

骆琳达深深叹了一口气，只好认同他的说法。

骆琳达再也没有心思做生意，坐在桌前，对着一本高正飞的电话本，用齐力手机打着电话，打听高正飞的消息。

电话打了一个又一个，还是没有消息。骆琳达十分郁闷。见一只猫窜到她脚边，便把气撒到了猫身上，抬腿踢了猫一脚。

齐力见状一脸紧张，赶紧小声阻止，告诉她万万不可虐待小动物。骆琳达感到不服，黑着脸气呼呼地反驳道：

"只踢了一脚，这叫虐待吗？"

齐力将手指往嘴唇上一放，让她不要声张。骆琳达不解，反问他怕什么，她又没有做贼，有什么好心虚的。齐力严肃地说，虐待小动物比做贼还严重，都怪他一直没有跟她说，这件事太重要了。

"吓唬谁呀。"

"请你听我把话说完——南非人酷爱动物，不管野生的还是家养的，自觉保护动物已经渗透到了骨子里，形成了一种全民习惯和共识，而且还专门制定了法律。只要看到动物被欺负，他们都会挺身而出跟你拼命一样来论理。所以，你哪怕惹人都别去惹那些小动物。"

"不至于吧？"

"跟你讲一件事，听了就会明白。有一个上海老兄，和你一样身份没有落实，闲着没有事干，就做了一个弹弓打鸟玩，结果让白人给告了。警察来了一查，没身份，这下歇菜了。后来好说歹说弄了三条，一是5000兰特取保候审，二是开庭审理打鸟和偷渡两项违法事件，三是遣返回国。总之交了钱还得开庭，开了庭还得走人。所以这件事给咱们敲了一记警钟，国门是跨出来了，可一定得了解一下该国的法律制度，要不然两眼一抹黑，说不定一头就栽到牢里去了。"

"这也太吓人了吧？"

"不是吓人，是现实生活。"

正说着，一群客人进来了，站在骆琳达铺位中间的台子前，好奇地围观着那双皮鞋，七嘴八舌评论着。

自从那个黑人小伙子分期付款后，骆琳达专门把那双皮鞋醒目地单独布置在铺位中间，作了分期付款购物说明，还将她和那个黑人小伙子的合影摆在那里。这特别展示吸引着来到铺位里的顾客，令她的生意一天比一天好。

骆琳达红火的生意引来了斜对面一个黑人女店员伊玛拉的忌恨，伊玛拉满腹不满地向另一个黑人女店员抱怨着，把骆琳达称作可恶的中国女人，说自从她来了之后，抢走了她们的很多生意，自己的工资肯定要被老板克扣了。

晚上回到家，没有了高正飞的身影，骆琳达感到十分失落。她突然想到什么，赶紧来到门后，重新将门后的扣链打开。进来时，她顺手将扣链扣上了，这是高正飞叫她养成的习惯。她打开扣链，就是盼望着高正飞能够突然回家，在他回来时，可不能让他进不了家门。

骆琳达来到窗口前，望向外面的街道，似乎在盼望着高正飞能够出现。窗台上摆着几只花盆，上面种着各种蔬菜。骆琳达将其中一盆青菜拿到桌上，然后坐下来，双手伏在桌上痴痴地看着它，回想着高正飞给青菜浇水的情景。

逃出来的高正飞终于用公用电话给骆琳达打电话，骆琳达既惊喜又恼怒，责问他这两天到底去哪里了。高正飞说手机没有了，记不得号码。骆琳达反问他，手机没有了，那住的地方总不会存在手机里吧，为什么一直不回来？高正飞告诉她一时说不清楚，这两天他都在外面，等到帮她办成了身份，再回来找她。

骆琳达很担心他，追问到底出了什么事。高正飞说没什么事，要她放心，到时见面了再告诉她原因，说完"啪"一下挂断了电话。

骆琳达正纳闷着，这时进来那两个彪汉，径直走向骆琳达。自从高正飞赌场逃脱后，两个彪汉恼羞成怒，发誓要找到高正飞好好算账，但一时苦于找不到。幸好他们手上有骆琳达资料，几经追溯终于找到了她。

彪汉问谁是骆琳达，其实他们判断她就是，不过是想确认一下而已。骆琳达见他们一副来者不善的样子，马上警觉起来。彪汉开门见山，说他们在寻找高正飞，要她告诉他们，高正飞在哪里。

骆琳达问他们找高正飞干什么。彪汉说如果告诉她原因，她也得告诉他们高正飞的藏身之处。骆琳达不置可否。彪汉当她是默许。

于是彪汉告诉她，他欠了他合伙人很大一笔钱，他合伙人雇用他们来南非把他找回去，让他回国去把屁股擦干净。

经过彪汉一番陈述，骆琳达这才知道问题这么严重，高正飞的处境竟是如此艰难，对他顿生了歉疚之意，暗自责备自己眼下还没有能力帮他还债。

这时电话又响起，骆琳达赶紧上前接起。还是高正飞打过来的，是特地来叮嘱她，如果有两个人来打听他的消息，就说不知道，他只是帮助她办理身份的中间人。

因为是高正飞电话，骆琳达神情明显异样，竭力掩饰着。但彪汉已经看出来了，上前一把夺过她手上的听筒，说了起来：

"高正飞吧？又找到你了，请不要挂电话，否则我举报她黑户。"

骆琳达听到这话，赶紧叫了起来，伸手要夺听筒，但被彪汉拉住。

斜对面商铺里的伊玛拉似乎发现骆琳达这边有些异常，频频将目光投向这里，一脸好奇地想要打探消息。

彪汉还在接着电话。高正飞说他不怕他们拿她来要挟，她跟他只是中介关系，让他们举报好了。彪汉说他嘴硬，告诉他，她都已经说了，他们不是一般的朋友。彪汉不想跟他多啰唆，告诉他如果他觉得无所谓，现在就把电话挂了。如果他觉得有所谓，请继续听下去。给他三秒钟时间决定。

高正飞只得妥协，听彪汉说下去。

彪汉说有所谓了就好。意思他是明白的，请他马上跟他们回国。对于这件事，现在还要加上一个前提条件，如果他不服从，他们就向移民局举报他女朋友的身份。

高正飞无奈之下只好屈服，但提出条件，要给他十天时间来处理善后之事。彪汉态度强硬，不同意他的条件，说他没有资格讨价还价，要求他在一个半小时之内跟他们在机场会合。

骆琳达一把甩开抓她的彪汉冲了过去，夺过听筒急急地说了起来：

"你不要听他们的，我宁愿去警察局自首，也不想成为他们的筹码！"

然后她"啪"一下挂了电话，不让高正飞有说服她的机会。

彪汉怒视着骆琳达，却奈何不得她。

彪汉咬牙切齿，说：

"你们这关系真是不同寻常啊。好，既然你们都愿意为对方献身，那我们只好先拿你开刀了。"

"我就是看不起你们这种人，总拿别人的软肋来要挟人。拿我开刀好了，我不怕，能走到今天这一步，我已经心满意足了。"

"佩服。"

正说着，电话又响。彪汉和骆琳达同时去抢电话，骆琳达被拉住，彪汉抢先一步抓过了电话。

"我知道你舍不得让她去自首，这个电话一定会重新打来。说吧，下一步的打算。"

"骆琳达的脾气我了解，她说要去自首，就一定会去自首，我说服不了她。现在她把球踢到了你们这里，该你们说怎么办了。"

骆琳达对彪汉大叫：

"我再说一遍，我宁愿去自首，也不会成为你们的筹码！"

彪汉想了一想，只好让步，对着电话狠狠地说：

"好，给你十天时间善后。如果耍花招，一定会让你们吃不了兜着走的！"

彪汉"啪"地挂断了电话，气呼呼地转身就走。

齐力拎着一袋东西从走廊那头走来，与匆匆离去的那两个彪汉擦肩而过。来到店铺，发现骆琳达没精打采地呆坐在那里，也不理会店里的顾客，感到有些不解，便上前逗她：

"怎么？情绪还没有好转啊？唉，不对不对，看上去好像更恶劣了。这是怎么回事呀？"

骆琳达沉默不语，连看都不看他一眼。

齐力继续逗她：

"我真的好佩服自己，居然能够预料到你的情绪会变得更加恶劣。想知道我刚才为什么出去吗？一般地说，当女孩子心情不畅、浑身烦恼时，只有一样东西才能治愈，那就是各种好吃的甜点。猛吃一通之后，一切烦恼、一切不畅，都会烟消云散。这就是我刚才出去的原因。"

齐力把那袋东西打开，从里面取出一块芝士蛋糕和几样好看的点心，一一放到她面前。

骆琳达看了一眼这些东西，不为所动，依旧沉默不语。

"吃啊，不吃说明你心情好着呢。既然心情好着，为什么要把脸板得像僵尸似的？这不合情理呀。"

"谁僵尸了！"

"照照镜子就知道了。"

骆琳达气不打一处，突然抓过芝士蛋糕，一口塞入嘴里。由于吃得过猛，一时呛住了。齐力赶紧伸手去拍她的背脊，被她一把挡开。

还没等缓过气来，骆琳达又伸手抓过一只，往嘴里猛塞。齐力怕她噎住，连忙将其他几样收了起来，但骆琳达一把夺了过去，狼吞虎咽地吃了起来。

吃着吃着，骆琳达又突然停了下来：

"高正飞有消息了。他要回国了。"

"这事也不突然啊，仲旭东不是告诉我们了吗？"

"他是被人要挟的。"骆琳达吃力地咽了一下东西，"我现在才知道他欠下了合伙人大笔的钱。我以为他只是欠了赌场高利贷的钱，只要还清，不再去赌，就不会有事了。没想到他的处境那么艰难，可他一直在慷慨地帮助我。早知道如此，我是不会要他的钱的，我不会死皮赖脸地缠着他。我真的太对不起他了。"

"这些都过去了，你再自责也没有用。"

"我只怪自己没有能力帮他还债，来这里这么多日子了，还是这么穷，还是这么一无所有，我怎么会这么笨，怎么会这么没有用。"

"你来这里才多久啊？要是能发财，岂不是成神仙了。你难道没有发现，世界首富都是靠时间积累才富起来的？"

骆琳达沉吟片刻，抬起头来，用恳求的目光望向齐力。

"求你一件事，能不能帮我在十天之内把身份办出来？"

"为什么是十天？"

"高正飞刚才在电话里说，要那两个人给他十天时间，我也不知道他要这十天到底干什么。"

"等等，哪两个人？"

"刚才来了两个男人，是他合伙人派来的，就是他们在电话里要挟高正飞，说不跟他们回国，就要去举报我黑户。高正飞同意了。"

"既然同意了，那也不用急着要在十天内办理身份了吧？十天太短了，要办出来的确有一定难度。"

"我不想成为那两个人要挟高正飞的筹码。如果能够在十天内办出身份，高正飞就不用再听从他们摆布了，自然就不用再回国了。"

"好吧，我试试看。"

"我暂时没有钱，只有把营业款全部抵给你，你看行不行？"

"先不提钱的事，现在关键是要找到突破口，然后去疏通关系。上次我也替你办过，是高正飞委托的，但没有办成功。这次我要好好梳理一下路径。"

骆琳达感激不已。

除了垫付费用，齐力还要疏通各种关系。但搞定身份并非易事，上次已经替她办过一次，难度实在很大。

然而，正在齐力努力之时，伊玛拉抢先举报骆琳达是黑户，原因仅仅是骆琳达的生意太好，冲击了她的摊位，影响了她的销量。

当三个移民局警察匆匆走来时，骆琳达已经来不及躲避了。移民警察围住她，说接到线报，她有偷渡嫌疑，需要检查她的身份证明。骆琳达脸色煞白，竭力故作镇定，问警察是谁举报自己的，以此磨蹭着拖延时间，看看有没有机会逃脱。

警察厉声提醒她不要挑战他们的耐心，再次命令她把身份证明拿出来。骆琳达只得辩解，说没有带在身边。警察告知她，根据规定身份证明必须带在身边，要是没有，需要把她带到移民局核查。

骆琳达想到要给齐力打电话，很不凑巧，打了几次都是忙音。骆琳达只得被押上警车，呼啸着离去。

看来，骆琳达再也逃不过这一劫了。难道一切都将回到原点？

## 十三、贵人相助

曾瑞华又来南非考察了，其中一个重要地点是中国商贸城。宾客双方在会议室里面对面交流着。

曾瑞华听了商贸城黄总的介绍，对此有了总体了解，随后发言说：

"非常佩服黄总的胆识和气度。我呢，是 2003 年从国内来到安哥拉的，当时开办的是一家建筑材料企业。安哥拉的战后重建给了我们绝佳的机会，企业发展迅猛。在此情形下，我们走出安哥拉向纳米比亚、博茨瓦纳、赞比亚、刚果等国家发展。随着规模的扩大，2005 年我们成立了'东风吹集团'。2008 年又开辟新战线，进入房地产行业，专攻经济区和专业商品市场开发建设。这次来南非，主要是洽谈一个经济开发区建设，同时来考察学习中国商贸城的成功经验和做法。"

黄总说："您的企业专攻经济区和专业商品市场开发建设，我们向您学习还来不及呢。"

曾瑞华说："中国商贸城名声在外，当然是我们学习的榜样。特别是我对其中一个问题颇感兴趣。众所周知，南非治安形势并不令人满意，对于这么大的一个专业市场，你们是如何把它管理得安全有序，让商户放心大胆地经营，让顾客毫无顾虑地购物。"

黄总说："这方面倒是值得一说。为了确保良好的治安环境，我们在中国领事馆的支持下，和警察局联系，创立了'南非华人警民合作中心'，同时还成立了'华裔保安公司'，专门服务中国商贸城，聘用的黑人兄弟保安都经过了严格筛选，商会为他们配备了电棍、手枪和冲锋枪。刚才曾董事长进来时，应该在门口看到他们了。"

曾瑞华说："是的，非常有威慑力。"

黄总说："我们这样做成效相当明显，当地歹徒看到这里生意一片红火，曾经几次闯进来想要敲竹杠勒索钱财，都被保安成功制服，扭送去警察局了。"

曾瑞华说："足见你们管理有方，措施到位。"

黄总说："当然也有纰漏的时候。前段时间来了八个劫匪，其中五个突破门口保安闯了进来，冲到其中一个商铺抢东西。眼看一场伤亡难以避免，却有一个女汉子挺身而出，顿时把那帮歹徒震住了。最后的结局非常具有戏剧性，女汉子说服了劫匪头目，他们只是抢了东西，没有伤害到任何人。这也算是不幸之中的万幸吧。我们把这件事称作女汉子孤身勇斗八劫匪。"

曾瑞华说："独女子勇斗八匪徒，按理说这种事情只有故事里才有，让我深感敬佩。她是东北人吧？"

黄总说："不是，她是一个义乌女人，外表看上去倒是有些柔弱。"

曾瑞华感到意外："噢？我也是义乌人。"

黄总："原来是同乡啊，看来义乌人真是了不得。"

曾瑞华说："既然她是个义乌人，那么对我来说也就没有什么好奇怪的了，我们义乌人身上历来就有一种刚正勇为的特质。"

　　黄总赞叹说："义乌人很会做生意的。"

　　曾瑞华提出要见一见这个女汉子同乡，于是齐力接到了商贸城的电话，要他通知骆琳达。

　　齐力此时正好从外面回到商贸城。到了自己商铺，见门关着，先是一愣，然后笑了，以为骆琳达去见大老板了。

　　但工作人员告诉他，骆琳达没有去会议室。齐力心里顿时升腾起一种不祥的预感来。

　　他急忙来到隔壁商铺，打听骆琳达的下落。有人告诉他，刚才好像来过三个警察，把她带走了。齐力一听此事，脸色顿时变得煞白。

　　知道闯祸了。

　　他呆呆地伫立了那么一会，然后猛然转身，快步走向自己商铺，一边走一边用微微发抖的手给仲旭东拨电话。

　　"仲哥，有一件事要请教一下。刚才有三个警察把骆琳达带走了，你看会是什么情况？"

　　"她是黑户，不管犯什么事，偷渡的罪名是跑不了的。我估计是被移民局抓走了。这下可麻烦了。"

　　"你看有什么办法吗？"

　　"听候发落呗，该怎么样就怎么样了，谁也奈何不了。"

　　"仲哥，你有没有办法把人捞出来？"

　　"她是黑户，我怎么捞人啊？"

　　"因为黑户才要捞的嘛。"

　　"你小子不会喜欢上她了吧？她可是高正飞的菜。"

　　"哪里的话，她是我租户，做生意一把好手，最近把我的销量都带上来了，我能不救她吗？救她不就是救我自己的生意嘛。"

　　"什么销量不销量的，她没有来之前，你不也做得好好的吗？我告诉你，没有必要给自己招惹这种麻烦。想当初我也是当机立断，把她甩到了赌场。没想到高正飞接了这个烫手山芋，你要吸取教训。"

　　"前因后果不说了，现在得捞人。"

　　"既然是高正飞的菜，就让高正飞去捞吧，你凑什么热闹呀。"

　　"你是知道的，高正飞现在泥菩萨过河，自身都难保呢。"

　　"那也没你什么事儿吧，日子该怎么过就怎么过，生意该怎么做就怎么做。"

　　"大家都是朋友一场，能帮则帮嘛。况且她是个女人，真的有点不忍心。"

　　"我帮不了这个忙。而且我要再次提醒你，别把事情坏在女色里。"

听仲旭东拒绝得这么坚决，齐力只好挂断电话，气得猛一拳砸在了桌上。

齐力想了一想，突然想到了什么，赶紧又拨电话，一边拨一边跑了出去。他是在给刚才那个工作人员打电话，问她是谁要见骆琳达。

对方告诉他，是一个从安哥拉过来考察的大老板，叫曾瑞华，是东风吹集团的董事长，生意做得很大。齐力问那个老板为什么要见她？对方说刚才介绍的时候，听说她一人勇斗八个劫匪，曾老板就想见见她。主要是因为他们是同乡，都是义乌人。

齐力立刻有了主意，要见到那个曾老板，想方设法说服曾老板帮助骆琳达。

当齐力冲进会议室，会议已经结束，只有保洁员在清理会场。齐力抬头，看到了那条会标，确认没有走错地方。

他赶紧再给工作人员打电话，才得知因为有下一站安排，等不及了才走的。走时曾老板说，离开南非前，如果还有机会，他还想再见一见她。

齐力说他要马上见到曾老板，想知道下一站是什么地方。可对方也不知道，让他去追看，说不定曾老板还没有走远呢。

齐力冲到停车场，上了自己的汽车，迅速追了出去。这时，高正飞给他打来了电话。齐力一肚子怒气撒向他，厉声责骂他竟会惹出这么大的祸端，让骆琳达被移民警察抓走了。

高正飞以为骆琳达是被两个彪汉举报的，破口大骂他们不守信用。齐力说他要去追一个人，不跟他说了，然后不由分说地挂了电话。

追了一段路，可惜没有追到，齐力懊丧至极。

高正飞主动现身，上门去找两个彪汉。还没等把事情说清，高正飞已经连连击出数拳，与他们狠狠打了起来。直到打得头破血流，才明白原来是一场误会。

找过彪汉之后，高正飞又马上来找齐力，告诉齐力，不是那两个彪汉举报的，当务之急是要把骆琳达捞出来。

齐力表示无能为力，眼下只有干着急。高正飞说他本来想利用十天时间把她身份搞出来的，没想到竟会出了这种意外。齐力告诉他，其实骆琳达自己也想在这十天里搞到身份，免得让他成为被他们要挟的筹码。

齐力不无醋意地说，他们两个真的想到一块去了。

高正飞说现在一切为时已晚，但他真的不愿意看着她被关在里面，然后审判、罚款、遣返。

齐力说废话，谁愿意她这样啊。只要能够把她捞出来，什么代价都愿意付。他感到十分惋惜，昨天曾经有一个好机会的，可惜没有抓住。

高正飞激灵了一下，立刻来了精神，问是什么机会。

齐力把曾老板的事情跟他说了。高正飞问曾老板知不知道骆琳达被抓进去了。齐力说不知道。高正飞问曾老板现在在哪里。齐力说不知道，昨天开车出去追，结果没有追上。

高正飞再次向齐力确认，那个曾老板是否能量很大。

齐力给了肯定回答，并且说，听商贸城的小单说，他跟约堡市政厅打过交道，绝对是一个头面人物。

高正飞是不会放弃任何一个机会的，赶紧去找小单。小单说她也不知道。因为拗不过高正飞，小单只好领着他去市政厅打探消息，终于从工作人员那里得知了曾瑞华的行程。

好在天发善意，终于让高正飞在马路上拦下了曾瑞华的车队。

车队一共3辆车，高正飞下车走向第一辆车。小单从副驾驶室下来，坐到了驾驶室里。

一脸懵懂的司机见是中国人，在确信他手里没有武器后，才警觉地摇下了车窗。

高正飞先是道歉，然后自报家门：

"对不起，对不起，我是曾老板要找的那个女人的朋友，有一件非常紧急的事情想要跟他汇报。"

从车上下来两个人，带着高正飞走向第二辆汽车。曾瑞华摇下了车窗。高正飞猜测他应该就是自己想要找的人。

"曾老板，我是您要找的那个骆琳达的朋友。"高正飞介绍自己。

"噢，她人呢？"曾瑞华感到意外，又感到欣喜。

"被移民局警察抓走了。"高正飞告诉他。

"怎么回事？"曾瑞华深感震惊。

"她是一个黑户，所以被抓走了。"高正飞开门见山地道出了原因。

"怎么会是黑户呢？"曾瑞华皱着眉头问。

"说来话长了。"高正飞说。

曾瑞华沉吟了一下，示意他上车，想跟他聊一聊。高正飞把情况向曾瑞华和盘托出，曾瑞华沉吟了一下，说：

"你说的这些，的确让我非常敬佩。她不但有一颗勇敢的心，还有一颗善良的心。你放心，她这件事我一定会搞定。我的打算是，先用钱把她保释出来，再动用关系给她办出工作签证。"

"真的？"高正飞兴奋不已。

"不相信我的能耐？"曾瑞华微微一笑。

"不不不，我只是没有想到，像你这样大的老板，竟然会一口答应去帮助一个素不相识的人。这可是一个大忙啊，骆琳达终于有转机了。"高正飞有些受宠若惊。

"我不认为这是帮忙，这是她骆琳达应该得到的。经历了那么多不幸，那么多不堪，那么多不公，她依旧没有消沉，没有颓丧，相反还在拼搏，对于这样一个善良勇敢、意志坚定的人，我们有什么理由不去为她创造她应该得到的条件呢？"曾瑞华说。

"她运气真好，遇上好人了。"高正飞感慨。

"你说反了，"曾瑞华说，"应该是我运气好，遇上了像她这样的好人。这叫好人有好报。我一直认为，好人自带好运气，好人就是好风水。"

"好人就是好风水……"高正飞喃喃重复着他的话。

在曾瑞华的帮助下，骆琳达终于被放了出来。高正飞手捧鲜花去迎接她。骆琳达问是怎么弄出来的。高正飞说是齐力帮的忙，齐力把她的情况告诉了一个姓曾的大老板，那个老板出手相救，才把她救了出来。

骆琳达觉得匪夷所思，有点摸不着头脑。

"他叫曾瑞华，在安哥拉做生意，这次来中国商贸城考察，听说你孤身勇斗八劫匪，深感敬佩，又得知和你是老乡，就提出要想见见你，结果碰上你被抓进去了。"高正飞介绍说。

"然后呢？"

"然后齐力知道了这件事，就去找他，觉得这是把你弄出来的机会。但因为等不到你，他就离去了。齐力没有找到他，只好作罢。"

"再然后呢？"

"再然后就是我知道了这件事，便顺藤摸瓜把他找到了。我把你的情况详详细细向他做了介绍，他听了之后爽快答应，决定把你弄出来。就这样花了一大笔钱真的把你保释出来了。"

高正飞带她去吃大餐，告诉她这餐饭也是曾老板安排的。曾老板觉得，从里面出来后，一定要吃一顿好吃的，补偿一下自己。

骆琳达真不知道该怎么感激这个大恩人。

"他说你不用感谢他，其实是你自己帮助了自己。他告诉我，好人自带好运气，好人就是好风水。"高正飞说。

"这话说得真好。他就是我的好风水。"骆琳达感慨，停顿一下后，又补充道，"你们也一样。"

"我们是应该的。自己人嘛，自己人就得相互帮衬。"

"能成为自己人，真好。"

"好事还在后头呢。你听好了，千万不要被吓蒙。你的那个同乡老板说，先把你弄出来，然后再动用关系帮你办出工作签证。"

骆琳达简直不敢相信自己的耳朵，反复问着是不是真的。

"真的。"高正飞说，"他要让你堂堂正正地在南非生活，在南非做生意，在南非发展。"

骆琳达愣了一下，泪水突然无声地喷涌而出。

她拿过酒杯，将满杯的啤酒咕咚咕咚地一口喝下。然后又倒上，再喝下。再倒上，又喝下。一连喝了三杯。

喝完，伏到桌上，呜呜呜地哭了起来。

高正飞知道这是她喜极而泣，就让她痛痛快快地哭着，没有去打扰她。他微微一笑，默默喝起了酒，感到十分欣慰。

骆琳达怎么也不会想到，事情竟会如此反转。想想真是奇妙，自己因为走投无路而勇斗匪徒，因为被抓进去而解决了身份难题。她深深感到，发生在自己身上的每一件事，似乎都有着必然的联系。这更坚定了她母亲的一句话，能帮助别人要多帮助别人，帮助别人是一种大德。

令骆琳达遗憾的是，她没有见到自己的大恩人曾瑞华。

曾瑞华本来是想见她的，但临时改变了主意，怕她把他当成恩人，对他感恩戴德，这样会令他觉得不安。只有不见她，才能让他心安理得。对骆琳达的帮助，曾瑞华觉得只是举手之劳，不值得一提。但骆琳达孤身勇斗八劫匪的壮举，却深深打动着他，他认为需要对她有所表示，以表达自己的一点心意。

这就是曾老板帮助骆琳达的原因。

"这话说得完全颠倒了，"骆琳达说，"我何德何能啊。"

"因为你是一个奇人。"

"不，我是一个怪人。"

"应该是一个奇怪的人吧？"

"是啊，我是一个奇怪的人。"

"其实曾老板说得好，好人自带好运气，好人就是好风水。你是好人嘛。"

"曾瑞华……这名字听上去真舒服。"

"爱屋及乌了吧？"

"快点告诉我，他长得什么样子，否则下次站在我面前，我都会认不出来的。"

"首先他是个美男子。"

"真的？"

"嗨，眼神都变得色眯眯了，别这么花痴似的好不好？"

"谁色眯眯了？"

"跟你闹着玩的。首先他是个半老头，说大不大，说小不小，但因为有着大企业家的风度和气质，自然就跟平常人不一样了，气质无疑不凡。因此你会发现，这个半老头就变得不是那么半老头了，绝对是一个气场人士。只要你愿意，把他往几岁看，他就是几岁。"

"我想知道的是，他到底长成什么模样？"

"这个嘛，我觉得应该是马云、马化腾、李彦宏、刘强东、雷军、丁磊、张朝阳、周鸿祎的组合体。"

"这基因也太强大了吧。"

"牛人嘛，就是那么强大。"

"如果照你说的那样，那么他的脸就非常好认了，就是一张扇子脸。"

"什么扇子脸啊？"

"Wi-Fi啊，一张互联网的脸。"

"你真有想象力。"

曾瑞华当然不会要骆琳达把自己当成恩人的，事情过后压根儿就忘了。对他来说，这是一件理所当然的事，而且认为这是她应该得到的，因为她有一颗善良勇敢的心。

赚钱之后回报社会，是曾瑞华的一贯想法，一点也不稀奇。这不，在回去的路上，汽车经过一个叫"博茨纳"的村落时，曾瑞华叫司机停了下来。

这个村子很小，只有寥寥几十户人家，四周一片荒芜。村头有一棵树冠直径超过50米的大树，下面聚集着百十个人，从那里传来非洲鼓"达姆达姆"的旋律，浑厚、强劲，激起人的斗志。村民将各种各样的木雕工艺品、陶瓷器皿以及衣料布裙等摊放在路边。还有露天的小吃摊，炸鸡、炸昆虫、玉米烘饼、香蕉、椰枣等，花式繁多。

看得出，这是一个十分简陋的自发性质的小市场。

助手告诉曾瑞华，这里是纳米比亚和安哥拉的边境，安哥拉人来这里做买卖很方便，也无须办理什么手续和签证。

曾瑞华眼前一亮，马上闪出一个念头，打算在这里办一个小商品市场，一手牵两国。

秘书有疑虑，明摆着是亏本生意。但曾瑞华告诉她，义乌当年也是这么起来的，为什么这里不可以？曾瑞华不打算在这个项目上谈赢亏，觉得一手牵两国是一件大好事。命运共同体嘛。更何况，赚钱之后如何回报社会，实在也是一件令人很头疼的事。

于是，他在村子附近住了下来，开始找村里人谈"生意"。他告诉村民，在大树底下摆摊做买卖，雨季就没法进行了。所以他告诉他们，他可以出钱给他们盖房子，让他们在房子里做生意。曾瑞华起身捡了一根木棍，在泥地上画图比画了起来。

他设想中的房子要沿着马路两边盖，盖成一长溜的，这样就可以形成一条商业街，以后慢慢就会热闹起来，繁荣起来，然后就会带动其他产业，像吃的玩的游乐的等，这样一来，整个村子就会富起来了。至于房子怎么盖，曾瑞华告诉村长，这件事并不复杂，他会全部包揽下来，他们只要帮助他办好政府要求的相关手续即可。

村民们非常高兴，竖着大拇指连声说，中国人是朋友，最好的朋友。

高正飞按照承诺决定跟两个彪汉回国。临行前，他约齐力在庞特大厦屋顶见面。

这真是一个疯狂的做法。

庞特大厦是非洲最高建筑，1975 年建造，55 层，高 173 米。人们把这幢楼戏称为"天堂之颈"或者"可乐罐"，因为大厦的结构为圆柱筒状，很像人的脖子。而且，有很多人喜欢到这里来自杀，所以，这幢楼又叫自杀楼。它外面是一个圆筒，中间还是一个圆筒，就像烟囱一样。站在屋顶，朝外面跳，就是表演给别人看，朝里面跳，就是作死给自己瞧。据说当自杀者爬到楼顶往下跳时，落地的过程有 15 秒，这段时间足以让人回想自己的人生。

很多聚居于此地的无家可归者、瘾君子和罪犯，会把别人跳楼自杀当作一项娱乐，目送其最后一程，所以自杀者走的时候并不那么孤单。

高正飞和齐力站在屋顶边缘。从这里看下去，整个约堡尽收眼底。齐力说他真会找地方，抱怨这地方多危险啊，简直是把自己的性命当儿戏。高正飞说危险才好玩，很多人都没有从这个高度看过这个城市的面貌。他问齐力难道没有一点好奇心吗？

齐力再次强调说危险。高正飞挤对他，现在又没有缺胳膊少腿的，空谈什么危险啊？

按高正飞的说法，危险这东西，要么就只在你心里作祟，要么就用一句话来对付它，那就是狭路相逢勇者胜。

齐力不想瞎扯，问他到底有什么事。

"因为我突然有了感慨，要不是骆琳达有着打不垮的坚强意志，说不定够她跳上好几回楼了。"

"你咒她呀。"

"她是小强,我咒了也没有用,她照样会坚强地活下去。"

"你怎么变得有这么多感慨了?"

"因为我要折戟而归了啊。回国之前,我想看一看约堡的真面目。不管怎么样,我总得要弄明白,打败我的对手,到底是一个什么样的东西。"

"你把约堡当成对手,也太看得起自己了吧?你的对手是赌场。"

"不,真正的对手是我自己。"

"这话倒是说对了。"

"但不管怎样,我总是生活在这个城市。城市工人罢工了,才让我的货物无从着落;我的货物无从着落,便有了赌场这出戏;有了赌场这出戏,才让我阴差阳错参与了骆琳达的故事,还有一些乱七八糟的事情。我这么说来,你是否可以认可我把约堡当成对手?"

"认可又怎么样?"

"你看约堡这座城市,相当于南非的纽约,可它却是南非最危险的城市。约堡市中心,高楼林立,看似繁华,却又是约堡最危险的地方。下面的街道上,几乎全是黑人,很少看到白人。到了晚上,街道上更是没有了白天的生气,只有黑乎乎的高大建筑物上零星的灯光,在证明这里还住着人。这种死寂,与高楼大厦形成了极大的反差。它实际上成了一个贫民窟。只有那些风韵犹存的高楼大厦,让人依稀可见曾经的辉煌与奢华。"

"你怎么跟约堡死磕上了?这跟你有什么关系啊?"

"因为这是我折戟的地方,我要把它记住,记在心里,免得重蹈覆辙。"

"你想下次回来报仇啊?"

"不,我想把它遗忘。"

"你不再回来了?"

"也许吧,谁知道呢。"

高正飞从口袋里掏出一张纸,交给齐力。

"这是曾老板替她办的工作签证,你交给她吧。"

齐力一时没有去接。他可不想抢了高正飞的功劳。高正飞说:

"什么你的我的,其实说到底还是你的。要不是你想到曾老板可以帮助她,也就失去了这一机会。"

"你跟她住在同一地方,交给她岂不是更方便吗?"

"兄弟,我这一次必须得回国,这是既定的,至于以后回不回来,真的很难说,也许永远也不会回来了吧。骆琳达是个善良的人,还是一个女人,不应该遭受这么多的艰难、无辜和不堪，我实在是因为看不下去才帮助她的。现在好了，拿到了工作签证，又有了你的帮助，相信她可以从此起步，把生意做起来，尽快做大，实现她来南非打拼的目标。"

"就是多赚点钱喽。"

"主要是赚钱还债。"

"这我知道，她欠了你很多钱。"

"我这点钱不足挂齿。她的债主要是在义乌老家，有一大笔，怎么也还不上。"

"那为什么不在义乌做生意赚钱呢？"

"她被讨债公司催债，催得待不下去了，然后才稀里糊涂来到了南非。她来南非纯粹是为了淘金，赚了钱把那笔债务还掉。所以我希望你能够照顾好她，帮助她去实现这一目标。"

"这算是托付吗？"

"托付？……唉，我哪有资格托付啊。我们都是朋友，不过是朋友之间的接力帮助而已。再说她已经在你这里做生意了，你对她的帮助，已经大大超过了朋友该有的支持，还用得着我来托付吗？"

"实际上是她在帮助我。自从她进来以后，我的生意好了不少。"

"我相信她是一块做生意的料，只要给她机会，一定会冒出来的。"

高正飞从口袋里掏出一个小本子，递给齐力。齐力不解地问道：

"这又是什么东东？葵花宝典吗？"

"差不多吧。这是我的供应商名单，请你一并交给她。"

"葵花宝典还是你自己交给她吧，免得泄露情报。"

"正好考验你呀。刚才考验你勇气，现在考验你品格。"

"我都成什么了。"

"铁啊，一记记地捶打，然后就百炼成钢了。"

"其实你亲自交给她会更合适。"

"我怕她会伤感。想了又想，还是说走就走来得干脆，不要道别，不要说再见，就像平常出门上班一样，这样会更加自然一些。"

"你是说要不辞而别喽？"

"是别而不辞。"

"你在玩文字游戏。"

"不是文字游戏，是次序游戏。"

齐力把小本子收入口袋。"行吧，照单全收，都照你说的办。"

"靠谱。"

在回国前的最后一晚，高正飞烧好了一桌菜，倒好了两杯酒，要跟骆琳达好好共进晚餐。骆琳达觉得真好，之前的感觉又回来了。她迫不及待地伸手抓菜，往嘴里塞着，连连说着好吃好吃。

高正飞把其中一杯酒递给她，自己也拿了一杯。两人把酒一干而尽。骆琳达问他是否有好事，是不是不用回国了。高正飞摇摇头，说答应过他们就不能食言的。

骆琳达泄气了，说要回国还喝什么酒呀，她可不想庆祝他离开南非。高正飞说是庆祝她即将办出身份证明。骆琳达一听高兴了，伸手急着向他要。高正飞说心急吃不了热粥，还得再等等。而且像这么重要的事情，总不能这样简简单单地庆祝吧？

骆琳达感慨不已。到了南非之后发生的所有一切，都是因为身份问题引起的，吃了那么多苦，担了那么多心，受了那么多屈辱，兜兜转转到今天还是一无所有。好在认识了高正飞，也算是值得了。

高正飞说自己不值一提，就算不认识他，她也会认识其他张正飞、王正飞、牛正飞的，譬如没有齐力的帮助，她的生意就会很难起步的。

骆琳达说没有他高正飞就不会有齐力，也不会有以后的什么人。对她来说，他高正飞是唯一的一个。高正飞听了很高兴，也很感动。两人又一干而尽。

高正飞接着向她郑重建议，等她有了基础，一定要去做批发。只有做批发，才能够赚大钱。

骆琳达听懂了他的话，说等他回来一起做批发，要他答应她。高正飞只好无奈地笑笑，不置可否，心里却想，这辈子恐怕再也没有机会见面了。骆琳达见他在发呆，问他在想什么。高正飞说，他在想她什么时候可以得偿所愿。

骆琳达说自己只管努力，剩下的交给天意。

高正飞很认同她的说法。

早上起来，骆琳达看到桌上放着一封高正飞的留言信，信上说：

"琳达，当你读到这封信时，我已经起身回国了。昨晚我们已经辞过行了，今早就不再话别，主要是怕你伤感。你一定会问，什么时候再回来。我也不知道，一切随缘吧，该回来的时候总会回来的，要是不该回来，再想也是没有用的。至于你，现在有了良好的开端，就要抓住机会做批发，只有批发才能赚到更多的钱，只有拥有更多的钱，才能去做更多的事。还债不应该是你的目标，你的目标应该更为高远。我相信凭着你的智慧和能力，一定会有所作为，把生意一步步做大，最终实现自己高远的目标。再见了。与你共度的那些日子，是一生最好的收藏品。"

读着这封信，骆琳达泪流满面。她冲出屋子，沿着楼道台阶急急跑到屋顶，抬头望向天空。

头顶，一架飞机正在缓缓飞过。

骆琳达伤心不已，啜泣着慢慢蹲下身去。

齐力终于将那张身份证明和那个小本子交给了骆琳达。那张身份证明是骆琳达梦寐以求的，要是在以前，她一定会欣喜若狂。但此刻，骆琳达一点也高兴不起来，心里反而有了一种悲哀。

"他为什么不亲自交给我？"

"怕道别吧。也许他是这样认为的，不道别就好比没有回国，还一直在这里。"

"我接受你的这一说法。"

"就是嘛，联系永存，精神永存。"

"你什么意思？"

"别误会，不是永垂不朽的那种。"

"敢？"

"不敢不敢，主要是为了逗你开心。对了，告诉你一件事，我已经弄清楚了是谁举报的你，想听吗？"

"我已经知道了，是斜对面的伊玛拉。对不对？"

"你打算对她怎么办？"

"她也不过是个打工者，还能怎么办？算了吧，与人为善吧。"

如果换作以前，她一定会找伊玛拉去算账。但经历了那么多事情，特别是得到了曾瑞华的帮助，骆琳达感悟到了和气生财的道理，对有些人、有些事情，是没有必要去较劲的。

谁没有一本难念的经呢？只要他不是恶意的即可。

骆琳达端着两杯外卖咖啡来到伊玛拉商铺，"咚"地蹾到了桌上。见她这般气势，伊玛拉做贼心虚，不禁吓了一跳。

"请你喝咖啡。"骆琳达自顾坐下，一脸冷峻地望向伊玛拉。

"这不好吧……？"伊玛拉感到意外，怯懦地说着，搞不清骆琳达有什么意图。

"你胆子这么大，还担心什么？"骆琳达定定地看了她一眼，命令道，"喝呀！"

伊玛拉只好遵命喝了一口。

"都敢举报我了，还弄得唯唯诺诺的，演技不错呀。"骆琳达咄咄逼人地说。

"我……我错了。"伊玛拉沉声地说。

"知道错了就好。喝吧。我不但不会追究你，而且还想跟你交朋友。"

这大大出乎伊玛拉意料，没想到骆琳达竟会这样做。

128

"中国有句古话叫和气生财，"骆琳达的口气终于缓和下来，"你肯定一时不能理解，这没关系，中国文化博大精深，入门是有门槛的。昨天晚上我想了整整一宿，一直在想我朋友的话，他要我赶紧把事情做大，完成原始积累，最终实现自己的目标。我想了很多事情，最后想到了你举报我的这件事。一开始我想以牙还牙，居然想出了很多报复你的办法，每一个办法都足以让你吃不了兜着走，想得我兴奋得浑身发抖。但在我起床的那一刻，我突然被一棍打醒了，觉得自己好愚蠢，不但不应该以牙还牙，反而应该要跟你和好。所以才买了这杯咖啡来找你。"

"你说的都是真心话？"

"当然。"

伊玛拉十分感动，看了一眼骆琳达，端起咖啡咕咚咕咚一口喝完了。

"咖啡不是这么个喝法的。"

"这杯咖啡就得这么喝。"

"好，我认了，要是有朝一日有出人头地之时，我一定会罩着你的。"

"什么叫罩着你？"

骆琳达也一口喝了自己的那杯咖啡。

"这就叫罩着你。"

骆琳达一抹嘴巴，转身离去。

伊玛拉望着骆琳达的背影，一脸懵懂。

就这样，骆琳达不但放下怨恨与伊玛拉和好，还答应帮助她做生意，这让伊玛拉感动不已。骆琳达的做法同样赢得了其他摊主的尊重。

骆琳达还意外与穆萨安瓦重逢，又多了一个黑人朋友。这都得益于她不断创新的营销手段。

那天穆萨安瓦照着一张纸条，一路寻找来到了骆琳达的铺位。看到铺位中间布置着"分期付款购物"介绍，不由点了点头，说明找对了地方。原来他是迪巴达克的同事，迪巴达克昨天刚刚发了工资，今天因为临时出差，热心肠的穆萨安瓦便替同事来支付皮鞋分期款。

穆萨安瓦一时没有认出骆琳达，上前将纸条展示给她。骆琳达看完纸条又看了看他，发觉有些眼熟。仔细一想，终于回忆起来了。

骆琳达很激动，穆萨安瓦却愣着摸不着头脑。骆琳达提醒他，在黑巴上他救过自己。穆萨安瓦这才想起来，他还当过她丈夫呢。骆琳达说自己是情急之下才冒险这样做的，他却反应很快，马上明白了意图，这才解了她的围。

穆萨安瓦没有想到会在这里遇到她，而她却一直记着他的名字，这令穆萨安瓦十分感动。骆琳达说她不会忘记他名字的，她一直想找到他，要对他说声谢谢，没想到今天真的如愿了，说明他们真的有缘分。

骆琳达了解到穆萨安瓦是一个司机，便要了他的电话，希望以后会有合作的机会。她还把皮鞋给了他，让他的同事尽快穿上它，虽然还剩下两期付款。

在穆萨安瓦离开前，骆琳达送了他一双皮鞋，说这是他应得的。穆萨安瓦开心得要死，几乎是蹦跳着离开那里的。

骆琳达目送着他离去，觉得自己也很开心。这让她再次想起母亲的话，帮助别人是一种大德，帮助别人其实也是在帮助自己。

营销上的创新让骆琳达尝到了甜头，激励着她不断花样翻新。她从电视上看到一个中国艺术团的变脸表演，令人叹为观止，便想着要把变脸当作营销元素，将那个演员请到摊位来表演，借以传播中国优秀传统文化。

她把创新当作是发展的动力。

几经辗转，骆琳达找到了艺术团驻地。但艺术团曹团长回绝了她，说他们是艺术团体，不可能去她那里做商业演出。骆琳达只好盯着曹团长不放，恳求用十分钟让她说说自己的创业经历。曹团长想急着打发她，只好同意让她说一说。这一说，曹团长被深深打动，破例答应了她的要求。

骆琳达的摊位成了一个表演区域。音乐声中，一位演员做着变脸表演。购物者络绎不绝地来到这里，里里外外很快挤满了人。奇妙的变脸表演让围观者感到匪夷所思，每个人都看得目瞪口呆，目不转睛地盯着表演者是怎么变脸的。

骆琳达忙不迭地向围观者分发着矿泉水和宣传单，围观者纷纷竖起大拇指夸奖她的创意。

表演取得了巨大成功。表演者夸奖骆琳达有眼光，选中了川剧变脸，向她介绍说，变脸可是民间艺术瑰宝，用以表现剧中人物的情绪、心理状态的突然变化，或惊恐，或绝望，或愤怒，或阴险，或变态等等，达到"相随心变"的艺术效果。

骆琳达感到非常好奇，问他是怎么在转身晃脸之间，唰地一下把脸变了。表演者告诉她，变脸是国家二级机密，也是中国戏剧界唯一的一项国家机密，没法告诉她变脸方法。骆琳达觉得很庆幸，居然能把国家机密请过来。表演者也感到纳闷，她是怎么说动曹团长的。

骆琳达说曹团长真是一个好人，听了她在南非艰难打拼的经历，一口答应了。要是换作别人，绝不可能答应的。

齐力来到他们身边，乐呵呵地把一沓钱递给表演者，说今天生意太好了，这是给艺术团的费用。表演者拒绝收钱，告诉齐力曹团长叮嘱过，派他来表演，一是帮助骆琳达做生意，二是传播中华优秀传统文化，所以一分钱都不能收，要是收了，那就变味了。

骆琳达尊重曹团长的想法，希望转告曹团长，如果有朝一日她有能力了，一定请他们再来南非演出。

骆琳达的生意在不断壮大，终于有钱买了一辆二手车，便于外出联系生意。

开着车，她感慨万千。当时摆地摊时，要是能有这么一辆车，那该多好呀，再也不用担心被警察追着跑了。而且还可以把货物放到车顶上，挂到门把上，吊在车头上，真正把这辆车当成她的货郎担。

齐力夸她真有想象力，简直服了她了。骆琳达说人就要敢想敢为，要有创新精神。齐力说有了车也有烦恼，担心会遭遇汽车抢劫。骆琳达说那是成长的烦恼，发展的烦恼，不能因噎废食了。

挑选一部什么样的汽车，的确是有讲究的。齐力不建议她挑选外表簇新的车子。骆琳达当时问他原因，齐力向她卖了一个关子。直到提了汽车，开到了郊外的路上，才对她亮了亮手中的一罐喷雾漆，打算告诉她原因。

骆琳达以为是替她补漆预备的，觉得他想得周到。齐力叫她靠边停车，独自下车绕着车子转了一圈，然后打开喷雾漆，对着车门喷了下去。

骆琳达从车内看到了这一情况，一下子跳了起来，赶紧下车去制止。齐力叫她不要着急，说刚才不是说了嘛，有了车就会遭遇汽车抢劫，所以买车非常讲究。首先，残值高、容易转手的车子不能买，有些劫匪就是冲着转手倒卖才来抢车的。其次，要用油漆把车喷得破烂不堪，好让劫匪看不上这个破车，千万别被盯上了。

骆琳达这才恍然大悟，觉得这方法挺管用的，是该把它做做旧。她责怪齐力刚才不说，故意惹她生气。齐力说他想给她打个措手不及，看看她有什么反应。这下满足了。

骆琳达从他手上要过油漆罐，自己喷了起来。齐力见她胡乱瞎喷，赶紧制止，要她喷得有点艺术感。骆琳达说太艺术了会留下破绽，反而会被劫匪识破。齐力说他指的是要有艺术地把它搞成破车模样。

骆琳达嫌他啰唆，说弄成破车还有什么艺术不艺术的。于是朝车身上猛踢了几脚，硬生生地把车皮凹进去了一块。骆琳达得意地看了齐力一眼，齐力却无奈地摇摇头，感觉女人较真起来，真的不可小觑。

把"破车"开回家的路上，齐力说了一个有关驾照的笑话。早些年南非交警部门对中国驾照并不了解，又没人看得懂中文，而且管理也很松，那个时候中国移民要换个南非驾照很容易，随便找一本贴有自己照片的工作证、毕业证什么的，交些钱就可以去换南非驾驶证了。

骆琳达觉得并不好笑，齐力说还没开始呢。骆琳达怼他这笑话也够冷的，要预热这么长时间。齐力接着说，当时一个新移民到南非后听说换驾驶证很容易，在别人怂恿下去办理。由于找不到贴有照片的证件，居然翻出一张自己国内的公共汽车月票去换。没想到办证官一看月票上的公共汽车图案，竟然竖起大拇指，说他不错，会开大客车，随即给那位新移民换了一本南非的大客车驾驶执照。

骆琳达说自己这本证可是货真价实的，她还开过三轮农用车呢。齐力说她一直是个牛人。骆琳达问是这是损她还是夸她。齐力说既不损她也不夸她，而是羡慕她，说得骆琳达好生得意。

齐力对骆琳达不放心，又不厌其烦地说了一通如何防范劫车的话。比如开车出门要时刻关注后视镜；看到有车长时间跟着，要频繁变道判断是否被跟踪；一旦确认被跟踪，不能马上回家，否则说不定会被连锅端；要想办法甩掉他，要是甩不掉，创造条件把车往警察局开或者往赌场开。

骆琳达问他要是被截停了呢？

齐力耸耸肩说，这方面她要比他有经验了，只身勇斗八匪徒是她的标签，在这一点上，他要虚心向她学习。骆琳达不客气地给他做了总结，说废话一堆，啥也没有用。

齐力只好泄气地示弱，不再辩解。

# 十四、开办公司

骆琳达把摊位零售做得顺风顺水，让她的经济状况有了较大改观。但她始终记着高正飞的话，只有做批发，才能赚大钱。此时，她思索着如何才能让自己尽快完成原始积累，有能力去做批发生意。

夜晚躺在床上，骆琳达辗转反侧，干脆打开灯，从枕边拿过那个小本子，痴痴地看了起来。这是高正飞留给她的，上面写着供应商的名单。

骆琳达转头望向床铺内侧墙壁，上面却什么也没有。这时，她眼前浮现出一张世界地图和女儿画的画，便霍地坐了起来，想着要去把它们从花中城宿舍拿回来。

她来到花中城餐馆，推开了蓝菲雨办公室的门，见她正在算账，骆琳达激动地喊了声蓝总。

蓝菲雨抬头见是她，惊诧地叫了起来，说没想到会是她，她们多久没有见面了，估摸着应该也有四五个月了吧。

骆琳达准确地说出是 136 天。

蓝菲雨问她怎么会记得那么清楚，骆琳达说因为忘不了蓝总收留她的这一幕。蓝菲雨挥了一下手，觉得自己不过是举手之劳，不值得她记得这么牢。骆琳达却说，要不是她收留，自己只能露宿街头，真不知道接下去会是怎么样。

蓝菲雨说自己问过仲旭东，知道她先是去了赌场，然后又去摆地摊，后来就不太知道了。蓝菲雨凑近她，悄声问她身份怎么样了？

骆琳达开心地笑了，告诉她办出来了，否则就不敢来看她，还说为身份被抓进去过一次呢。蓝菲雨问她在里面可不可怕。骆琳达说既然进去了，也就没有什么可怕的了，只能面对现实，一天天地熬呗。蓝菲雨说她真不错，心态那么好，一点也没有怨言。骆琳达说再怨天尤人也是没有用的。

两人在沙发上坐下。骆琳达说现在她在中国商贸城拼着别人的摊位，一起做零售。她强调说，全都是靠着朋友才撑过来的，否则真不知道现在会在哪里。她随后问蓝菲雨，那个叫严浩俊的小伙伴现在怎么样了？

蓝菲雨摇摇头，说一直没有消息，估计被遣返了，据说还要罚钱。骆琳达庆幸自己运气好，竟然能够咸鱼翻身。蓝菲雨调侃她，说她额头上写着四个字，叫王者风范，没有人敢把她怎么样的。骆琳达打趣说，别人不敢把她怎么样，但菲雨姐可以让她这样那样的。把蓝菲雨说得开心地笑了。

骆琳达随后道出了今天来的另一个目的，想拿回一张世界地图和几张女儿的画，当初她把它们贴在了宿舍床铺侧面的墙上。

蓝菲雨觉得这两样东西对她来说非同寻常，便特意陪着她前往宿舍去找。

来到组合式庭院宿舍，发现骆琳达原来的床上坐着一个女孩。那面墙上还贴着那张世界地图，只是女儿的画已经没有了。

女孩见到蓝菲雨，十分意外。蓝菲雨指着墙面问女孩，另外几幅画去了哪里。女孩说当时觉得是小孩子乱画的，自己不喜欢就撕了。蓝菲雨问她那张地图为什么不撕。女孩说因为上面的中国是红色的，一看到它就让她想起家，想起家里的亲人。

蓝菲雨和骆琳达听了既震惊又感动。蓝菲雨破例要给她这个月奖金，就因为她还挂着这张地图。但有一个要求，要她把那几张画找回来。女孩说找不回来了。蓝菲雨却有些不近人情，说找不回来也得找回来！

女孩一脸哭丧，十分为难。

骆琳达及时打了圆场，对蓝菲雨说，那只是小孩子涂鸦之作，没那么讲究，让她再画一张便是了。就这样解了女孩的围。

骆琳达利用高正飞小本子上的客户名单，挨个联系生意，洽谈合作意向。一圈摸排下来，骆琳达明白了个大概，自己一点优势也没有，原因是高正飞当初给那些客户的价格十分优惠，而自己不是第一道货，根本给不了那么低的价格。

开着破车行驶在路上，骆琳达伸出脑袋发泄着怒火，吼叫着：

"高正飞，你这个浑蛋！你现在在哪里？为什么不跟我联系？为什么要把价格弄得这么低？！——"

尽管如此，骆琳达打心眼里佩服高正飞。能够不惜以低价做生意，若非亏本倾销，一定较多顾及了别人的利润，是秉持双赢理念的一种体现。

骆琳达领悟过来，学着去压低自己的差价，在洽谈中做出更大让步，坚持薄利多销的原则。为了做成生意，有时候脑子一热，甚至会去做亏本买卖。

看着她签下的那些合同，齐力不禁面露惊色，说这个价格还不亏死啊，怎么签得下去。骆琳达说谈了那么多人，一个也没有成功，她被气晕了，赌气签下了合同。

齐力告诫她，这是谈生意，不是过家家，更不是跟人家吵架，怎么可以意气用事。没有谈成功，不是她水平不行，而是她还没有达到做批发的条件。

骆琳达问他现在怎么办。齐力说既然签下了合同，只能按合同办事。货物继续从他这里拿，用自己的钱来给别人补差价。

骆琳达闷闷不乐，一脸的挫败感。

此路暂时不通，骆琳达只得另辟蹊径。经过几晚挑灯夜战，终于绞尽脑汁拟定了一份拼摊寄售方案，"啪"地放到了齐力面前，要让他评判一下。

看她一副气吞山河的样子，齐力说看来方案了不得。骆琳达解释说，拼摊寄售是在批发走不通的情况下，挖空心思想出来的一种方法，它的核心与批发有着异曲同工之处，就是薄利多销，以数量取胜。

齐力让她讲具体的。骆琳达说拼摊寄售以商贸城每个摊位为对象，每个摊位只寄售一种它所没有的商品，每种商品都不重复，形成差异化销售，销售所得相互分成，达到共赢目的。分成比例由摊主决定，但不得让她亏损。

齐力听明白了，认为她过于大方，居然把分成比例放手让摊主决定。他问她一个问题，如果大家都把分成比例定得很低，只给她一点点，使她基本赚不到钱，那还干不干？

骆琳达说还干，认为白干是最差的一种情况，相信不是所有的人都会这么自私。其次，即便是最差的一种情况，她依旧能够赚到一点。这一点就是人气、流量，还有人心。人心才是最关键的。做生意靠的是和气生财。你让别人赚到钱了，自己却没有赚到，那是什么？那不是傻瓜，更不是白痴，那是财神。

你因此成了别人的财神。

有哪一个财神是缺钱的？

这便是骆琳达的生意逻辑，也是她的人生逻辑。

齐力说她阿Q精神。骆琳达问他赞不赞同。齐力沉吟许久，突然想通了，诡异地一笑，说有格局，可以干。

骆琳达责备他捉弄自己。齐力赶紧辩解，说这其实是一个认识过程，说明她阐述到位，讲解精彩，观点让人入脑入心。

尽管这样，齐力还是提醒她，不要把拼摊寄售看得太容易。对于一桩新鲜事物，要说动摊主来接受你的主张，肯定是一种挑战。

骆琳达却信心满满，愿意接受挑战。

她拿着那份方案，向摊主一一介绍着。摊主听完，都遗憾地摇头。有的说他们只想卖自己的东西，有的说自己的货都卖不好，不想卖别人的货，也有的说不认为这样做能够给自己带来多少好处。

经过一次次介绍和说服，居然没有一个摊主同意她的想法。骆琳达坐在一个角落，沮丧地吃着盒饭，思考着接下去该怎么推广。齐力找到她，说她的方法是对头的，主要是那些摊主的思维跟不上，还是老套路，而她已经开启了共享模式思维。

骆琳达问他怎么办，齐力鼓励她继续谈，不要急，慢慢谈，千万不要放弃。只要改变了他们的脑袋，这件事才能做成功。时间是最好的催化剂。

骆琳达问他要多少时间，齐力说凭她的水平应该不会太长。骆琳达惨惨地一笑。

这时，骆琳达听到有个声音传来，感觉很特别，突然止住咀嚼，凝神细听起来。

但声音远去了，不再听得清楚。

骆琳达说刚才有一个女人的声音，听起来有点耳熟。齐力说她大惊小怪，市场里有那么多人，听到熟悉的声音很正常。骆琳达蓦地将吃了一半的盒饭塞到齐力手里，急匆匆地追了出去。

她在走廊里追寻着一个个女人的背影，然后追寻到了一个正在打手机的人。

她冲着背影大喊了一声：

"王大姐！——"

那人一怔，停下脚步回过头来。这一回头，骆琳达终于看清楚了，果然是王超梅。

简直是老天有意安排，竟然让骆琳达意外遇到了王超梅。骆琳达的眼泪喷涌而出，哭泣着惊叫道：

"王大姐！真的是你呀？！"

王超梅简直不敢相信自己的眼睛，惊喜交加：

"骆琳达？你终于出现了！"

骆琳达扑上去，紧紧抱住了她，就像抱住了日思夜想的亲人。

"琳达，你去哪里了？"王超梅急急问她，"这到底发生了什么？"

从上次分手到眼前偶遇，已经整整有6个月了，这段时间是骆琳达人生中最窘迫、最黑暗、最走投无路的时光。骆琳达把脸埋在王超梅肩上，禁不住地号啕大哭起来，仿佛是一个受尽了委屈的孩子，见到了日思夜想的家人。

"王大姐，我太难了，死的心都有过了。到南非的那一天，带来的钱全部被抢走了，你的电话号码也被抢走了，而且我还是一个黑户，寸步难行，根本没有办法在这里活下去……呜呜呜呜……"

"不要哭，不要哭，现在有我了，就是天塌下来，也不会再压到你了。"王超梅不停地拍着她的脊背，安慰着她。

骆琳达继续哭泣着。

"都是大姐不好，大姐给你赔不是。"王超梅扶着她的肩膀，"来，抬起头来，让大姐看看你的脸。"

骆琳达这才从王超梅肩头抬起头来，脸上全是泪水，然后咧开嘴巴笑了。

"怎么像个孩子一样。"王超梅觉得她又好笑又可爱。

"我再也不让你消失了。"骆琳达再次紧紧抓住了王超梅的手。

"你出现得正是时候，我要跟你好好谈一谈。"王超梅拍了拍她的手背。

齐力也赶到了，见此情形，十分惊愕，满脸狐疑地默默看着她俩。骆琳达主动向王超梅介绍："大姐，这位是我朋友，我现在在这里做生意，靠的全是他。"

"谢谢你了。"王超梅对他表示感谢。

"这是什么状况？"齐力感到不解。

"是我让琳达来南非做生意的。"王超梅向他解释，"后来发生的事情我现在还不知道，但想必你一定是知道的。"

齐力点了点头，明白了眼前发生的这一幕。

兜兜转转，骆琳达依旧一无所有，这令王超梅感慨万千。尤其听了她的那些经历，更令王超梅充满了歉疚，也感到非常难过。骆琳达让大姐放心，她已经慢慢好起来了。

王超梅却摇头说：

"这不是我让你来南非的初衷。你来南非的目的，是想通过做生意赚钱，把债务还了。现在你不但没有还掉那笔旧债，还欠下了新债。好在那个叫高正飞的不计较，否则你会难上加难。还好让我在今天遇上了你，真的好险啊，否则我会后悔一辈子的。"

"这不关你的事，都是我不好，太粗心大意了。不过也好，因为一无所有，因为成了黑户，才认识了那么多好心人，然后当我现在见到大姐您时，才会有了那么多的经历。"

"都是不堪的事，没有最好。但既然要让你遇上，想躲也是躲不了的。生活就是这样，总会给你答案，但不会马上把一切都告诉你。无论是好的，还是不好的，一切都是最好的安排。"

"一切都是最好的安排……"

"对，一切都是最好的安排，于是我们今天见面了。虽然应该早点见面，但一点也不迟，刚刚可以赶上。"

"刚刚可以赶上？"

"其实我们不久又要分别了。"

"你要回国内？"

"去德国定居。我丈夫是德国人，要去继承遗产，这次全家都去德国，不再回来了。所以我着手把公司卖掉，然后你就突然出现了。"

"真是老天安排，能够让我见上你一面。"

"不仅仅是见面，我打算把公司转给你。"

"我？我哪里买得起呀。"

"你先赊着，每年用利润来还我。等还完了，公司就归你了。但如果经营得不好，就算是我还在继续投资，你只管拿工资就是了。"

"这相当于把公司送给了我，是你存心在帮助我。"

"怎么样，愿意吗？"

"不愿意。"

"觉得占我便宜了？"

"是的，我占了太大太大的便宜。我不能这样干。"

"其实我也占了便宜呀。有你来管理这家公司，相当于它还是属于我的，我既拿到了钱，又没有失去公司，这样不就是让我占到了便宜？"

"这么说来，如果由我来接手，至少这公司还不会落到别人手上……"

"就是。"

"好，我愿意。"

"这就对了嘛。"

"我感觉像是在做梦，转眼之间，竟然得到了一家公司。"

"你今天已经说第二遍在做梦了。"

"是啊，我简直难以相信，就好像天上掉下来一个馅饼，咚一下砸到了我头上。我被砸得晕头转向，还没有反应过来，就已经成了一个老板。"

"馅饼是专门冲着你砸下来的，该你得到的，上天一定不会亏欠你。"

"我何德何能啊，大姐。"

"你就心安理得地接受这家公司，心安理得地做你的老板吧。当然我要送你一句话，做企业就像农民耕地一样，不要一味追求大，追求强，而是要追求活得好，活得久。"

尽管骆琳达不能深刻理解这句话，但她用力点点头，把它深深刻在了脑子里。

骆琳达就这样在转眼之间得到了一家公司，意外成了一个老板。

骆琳达接管的超然公司处在一个安静的区域，绿化很好，一幢幢二层小楼整齐排列，每幢都是独立楼房，有院子，围着一圈围墙，墙上装有电网，院门是厚重的铁门。超然公司的院门边上挂着一块铜牌，是保安公司的标志。

王超梅带着骆琳达来接管超然公司。到了院外，王超梅一按遥控器，厚重的铁门缓缓开启。王超然和骆琳达的车子相继进入院子，在院子一边停住。

骆琳达感慨说这地方好漂亮，但又说，刚进来的时候，看到墙上的电网，感觉里面像是一座军营。王超梅告诉她，有了保安公司负责，对内对外都能起到威慑作用，用来警告蠢蠢欲动者，别打这家公司的主意。

骆琳达觉得这是一个好主意。王超梅介绍说，这里的保安都是配备实弹枪支的准军事人员，大部分从属几家大型连锁保安公司，工作范围大到为超市商场企业甚至政府部门担任安全保卫任务，小到给私人看家护院，几乎涉及社会生活的每个方面。在南非没有保安是不可想象的。

进入院子，来到小楼前，是一间保安室，里面站着一名武装黑人保安，手持AK-47冲锋枪。保安室两边分别是两道门，左边是仓库，装着一扇巨大的铁闸门，拖车可直接驶入。右边是办公空间，装着一扇铁门，有门铃，有电子锁。还有一间车库，直接通向院子。仓库很大，有1000多平方米，非常宽敞，也很敞亮。办公空间为全封闭式，内部可通向仓库和车库。一楼是厨房，二楼用来办公。二楼100多平方米空间用隔断围成四间独立办公室，朝北正房，洒满阳光。办公区通向仓库靠着一个楼梯直接连接。

王超梅领着骆琳达走向二楼。

骆琳达觉得王大姐太了不起了，在约堡积聚了这么多资产。但王超梅认为算不得什么，来南非那么久了，经过了这么多年的打拼，理应获得这些财富。骆琳达清楚在这里打拼有多艰难。王超梅说骆琳达不过走错了门而已，但知道她的能力，从现在开始，有了超然公司，她就可以大展拳脚了，然后就会噌噌噌地冒出头来，一鸣惊人，到时候连她自己都不会相信。骆琳达说太抬举她了，王超梅说她有这个潜力。

两人说着来到了二楼。王超梅领着骆琳达来到大办公室，里面坐着七个人，除了其中一个男生是中国人外，其他都是黑人。

骆琳达一把拉过王超梅，悄声问怎么都是黑人。王超梅小声告诉她，黑人工资低，而且法律有规定，开办企业需要招聘当地人。骆琳达点了点头。

王超梅转向大家，对他们拍了拍手，大家都抬头看过来，纷纷站了起来。这时，打扫烧饭的阿芬多妮也匆匆跑了进来。

王超梅扫视了一下大家，说道：

"都齐了吧？大家听好了，我要宣布一个重大决定。从今天开始，这家公司的老板不再是我了，而是这位骆琳达女士。"

大家听了十分震惊，小声地交头接耳起来。一个叫克思达瑞的黑人小伙子举起了手，大声地问："王老板，能否告诉我们，为什么要换老板？"

王超梅说："因为我要去德国定居，所以把公司卖给了骆琳达老板。"

克思达瑞问："她能保证我们的权益吗？"

王超梅说："克思达瑞，你只要好好做你的业务，找好你的女朋友，你的权益就会得到充分保证。"

大家哄笑了起来。

一个叫玛尔塔丝的妇女也举起手来，大声问道："新老板来了，是不是应该给我们加工资了？"

王超梅说："玛尔塔丝，你这个要求过分了。新老板来了，首先要提的是工作上的要求，要看看你们把工作到底做得怎么样。现在不是你们来提要求，而是我给你们提要求。从现在开始，你们要服从新老板的领导，好好把公司做好。只要公司做好了，有利润了，大家的利益才能得到保证，大家的待遇才能得到提高。现在我把大家介绍给新老板。"

王超梅看了一眼大家，然后对骆琳达介绍起来："江政文，他是我的助手，刚招进来不久，以后会不会是你的助手，就要看你愿不愿意了。玛尔塔丝，文员内勤兼出纳，伊娃诺娅是财务，克思达瑞和维多利亚，他们俩是业务员，萨鲁达姆是货车司机，阿芬多妮负责烧饭打扫，阿米诺夫是警卫，刚刚在下面看到了。还有纳瓦雷特，他是仓库管理员，在仓库没有上来。这样的话，公司目前一共有九个员工。当然，我们还有一个店铺，员工有三人。"

王超梅转向骆琳达，说："琳达，接下来轮到你说话了。"

骆琳达沉吟了一下，目光扫过各位，一脸郑重地说：

"王老板是我大姐，她说的每一句话都是值得信赖的。刚才的那几句话，非常实在，非常真心诚意，把大家当作了自己人来看待。所以我还是要重复她说过的话，只有公司好了，大家才能好，如果公司败了，大家只能喝西北风。我们是一个利益共同体，是公司这个平台把我们每一个人凝聚在一起，我们一定要好好干活，好好用心，让公司变得更好，从而让我们自己变得更好。"

王超梅带头鼓掌，大家也跟着鼓起掌来。

拥有一家公司，对骆琳达来说是翻天覆地的变化。骆琳达最想把这一消息在第一时间告诉的人，便是高正飞，可惜怎么也打不通高正飞的电话。

在南非的时候，高正飞的手机被彪汉毁掉了，电话号码全都存在手机上。当时因为条件所限，来不及换上新的手机。虽然后来往齐力商铺打过电话，但那个电话当时是临时问来的，写在一个纸片上，后来纸片找不到了。就这样，匆匆回国之后，所有的南非联系电话都记不起来了，包括骆琳达、齐力、仲旭东，还有其他的生意伙伴。

骆琳达租了一个新地方作为自己住处，为节省成本，租的房间并不大。她照例把那张世界地图拿出来挂到床头，地图上那个红色的鸡形图案，就是她日思夜想的祖国，那里有自己的女儿和母亲。想她们的时候，骆琳达会拿出照片长时间地凝视，化解内心浓浓的思念之情。

接管公司后，骆琳达把摊位还给了齐力，对他表示由衷的感谢。齐力很感慨，说王大姐真是一个有来头的人。骆琳达调侃说，是王大姐往天上扔了一块馅饼，然后咚一下砸到了她头上。齐力故意逗她问，馅饼大吗？骆琳达说又大又硬，把她砸晕了，好像到现在还没有清醒过来。

齐力凑上前，伸手摸了摸她的额头，说还好吧，一点也不烫，理论上应该没有发烧。骆琳达说身体没有发烧，精神却已经被烧穿了锅底。齐力说这么严重啊，那得赶紧去医院治疗。

骆琳达退出了拼摊，把"寄售"方案送给了齐力。

齐力花费精力推广"寄售"方案，但效果不佳。不过齐力没有放弃，只是放慢了推广节奏，腾出一些精力来为合作摊位做营销服务。

骆琳达则开始了批发生意。齐力自然成了她的客户，而且是她的第一个客户。骆琳达递给他一张供货单，说能否从她这里进货，价格会比他现在进的要低。齐力说低得不多。骆琳达说够可以了，凭他们之间的关系，就是高一点，也得从她这里进点货吧。

齐力说她霸道，反问她，他的那些老供货商怎么办，人家会有意见的。骆琳达说这只有他自己去摆平喽。骆琳达还说，她不会那么霸道的，只想分一点点羹，意思意思而已，不会全部抢过来的。齐力问她这是在考验他吗？骆琳达得意地说那是。

　　骆琳达非常珍惜王大姐给她的这个机会，每天起早贪黑地拼命干活。很多时候忙得都来不及吃饭，就用一包方便面将就过去。

　　她连员工也不放过。到了下班时间，吩咐助手江政文把大家召集起来，五分钟后开会。谁知道黑人兄弟姐妹可不是加班一族，一下班就走人，给再多的加班费也不干。这让骆琳达十分不解，哪有有钱不赚的道理，再说了，他们又不是很富裕的人。

　　但黑人兄弟姐妹就是这样的人。他们不像中国人，想办法要赚光最后一分钱。他们追求享乐，该下班就下班。就像他们对待工资一样，发了就可能一次性用光，今朝有酒今朝醉。

　　这是价值观的差异。

　　骆琳达一直惦记着穆萨安瓦，打了他留下的电话，把他找来做了司机。助手江政文很是不解，问她公司不是已经有了老司机萨鲁达姆，为什么还要再招一个。骆琳达说这是她答应过穆萨安瓦的，这件事需要特别对待。

　　穆萨安瓦来公司报到，骆琳达把他介绍给了江政文。穆萨安瓦今年29岁，妻子在家做家务，全家人的生计全靠他一个人外出打工，生活得十分贫穷窘迫。

　　萨鲁达姆是一个50岁的老司机，老实忠厚，做事很认真。江政文领着穆萨安瓦去见萨鲁达姆，萨鲁达姆正在仓库装车。江政文向他介绍了穆萨安瓦，告诉他新老板希望他们好好合作。萨鲁达姆点头答应，然后要穆萨安瓦去洗车。

　　江政文是一个单身男子，骆琳达接手前刚由王超梅招进来。除了骆琳达和江政文，公司里的其他人都是当地的黑人。

　　两个业务员一男一女，男子叫克思达瑞，26岁，是个有追求的人，特别在找女朋友方面绝不将就，正在谈恋爱。女子叫维多利亚，年轻漂亮，十几岁时曾经在美国上过学，却听从父亲的吩咐回到了南非。她生性有些高傲，总认为自己比其他黑人高出一等，事实倒也是如此。因为她有过美国上学经历，自然见多识广，骆琳达对她也是另眼相看。这也造成她总是不分缘由地要为黑人争取一些利益。也许在她的脑海里，自己已经化身为替黑人员工争取利益的代言人。

　　江政文沿着楼梯走到办公区，维多利亚突然闪了出来，差点与江政文撞了个满怀。江政文赶紧道歉，说真是不巧。维多利亚开心地问他为什么会不巧。江政文说自己差点撞了她呀。维多利亚说没事，她就喜欢被他撞。

　　看来她喜欢上了江政文。

　　江政文转身要离去，却被维多利亚叫住了，问他晚上是否有空。江政文推辞说最近事情很多，晚上没有空。他还说，她之前送他的那只钱包，他一个小兄弟见着喜欢，就送给了那个小兄弟。

事实上，那只钱包没有送人，依旧躺在他抽屉里。江政文这么说，只是在表达婉拒她追求他的意思。

江政文匆匆离去。维多利亚站在那里，感到有些失落和郁闷。

克思达瑞是与维多利亚搭档的业务员。为了讨要江政文刚才提到的那只钱包，强拉硬扯地把江政文拉到院子里，搞得江政文一头雾水。江政文问他到底有什么话不能在办公室说的，克思达瑞用手指了指天，认真地说上帝在看着他们。

江政文更加糊涂，抬头看了看天，只见一大朵白云飘浮在天上，阳光略有一点刺眼。江政文回怼他，只有白云吧？克思达瑞说上帝在看着每一个人。江政文调侃说：

"但上帝特别关注你。"

"维多利亚在追求你。"

"你想追求她吗？如果有这个想法，我很愿意帮助你。"

"她去美国上过学，我配不上她，而且我也有女朋友了。"

"她为什么要从美国回来？"

"是听从她父亲吩咐才回到南非的，所以生性有些高傲，总认为自己高人一等，不过事实倒也如此，我们都对她刮目相看。"

"是啊，年轻漂亮，思维活跃，而且还总想为你们黑人兄弟姐妹争取利益。你们得好好感谢她。好了，我现在得离开上帝一会了。"

江政文转身要离去，克思达瑞一把拉住了他。

"那只钱包能给我吗？"

"你刚才偷听了我和维多利亚的话了？那你应该知道已经送人了。"

"没有，它还躺在你抽屉里，我无意中瞄到的。"

"这个不能给你。"

"你已经告诉维利多亚送人了，正好我来帮助你瞒过她。"

"不用瞒她的，让她知道也没有关系。"

"但我真的需要那只钱包。我正在谈恋爱，要给女朋友一点惊喜，她最近好像有点不想理睬我了。你知道我是个有追求的人，特别在找女朋友方面是绝不会将就的。"

"你将不将就跟我有什么关系呀？而且我告诉你，女朋友是需要靠心去打动的，你应该要用真情实意去取悦她才对。"

"她喜欢钱包。"

"你可以去买呀。"

"我没有钱。"

克思达瑞摊摊手。江政文哭笑不得，无奈地摇了摇头。

有一天快下班时，骆琳达打算叫上克思达瑞一起出去谈业务。但看到他神色黯然地坐在院子的椅子上，一脸无奈的样子，骆琳达觉得他又遇上了难题。

骆琳达只好充当知心姐姐，问他怎么了。克思达瑞说因为没有钱，已经一天没有吃饭了。骆琳达有些奇怪，问他不是每天都发工资的吗，怎么会没有钱了呢。克思达瑞说钱都给女朋友了，自己没有留下。骆琳达说那总得留下一点饭钱吧。克思达瑞说因为他太喜欢她了，就把钱全都给了她。他还补充说，她大学刚刚毕业，就在一所学校当上了老师。话语间洋溢着幸福。

骆琳达提醒他，可不能太宠着她了。克思达瑞说如果不给女朋友钱，她可能就不会跟着他了。骆琳达问他，女朋友是因为钱才跟着他的？克思达瑞说那倒不是，只是给了她钱，她就会变得很开心。

骆琳达认为理是这么个理，可总觉得不对劲。看来每天发工资真不是个事儿，他们根本攒不起钱，这可能导致他们无法更好地安排资金的使用计划。

于是她决定改为一月一发，好让他们能够统筹使用。没想到这么一改变，竟捅出了一个不大不小的娄子来。

## 十五、苦乐相伴

一个月的工资一下子到手，对黑人兄弟姐妹来说无疑是一笔巨款，拿在手上感觉沉甸甸的，每个人都乐开了花。

但骆琳达不知道的是，在他们的脑子里，并没有这样一个想法，就是今天发了这么一笔钱，是要等到30天后才能发第二笔的，他们还以为明天会继续发同样的一笔巨款呢。

所以，克思达瑞看着手里那么多的钱，感到又惊又喜，说太不可想象了。烧饭扫地的杂勤工阿芬多妮也说，新老板发慈悲呀，一下子给了他们那么多钱。

兼职出纳玛尔塔丝不停地向他们解释，提醒他们不要误会，那是一个月的钱，明天可不会再发了。维多利亚调侃克思达瑞，问他一下子拿了这么多钱，有什么方法用光它。克思达瑞嘿嘿一笑，说这也太突然了，还没有想好用光它的法子呢。维多利亚说是得好好想想，这可是一个月的钱，得分成30份，不然后半个月就会成为乞丐的。克思达瑞开心地说，多么幸福的乞丐，我愿意永远做这样的乞丐，然后边跳边唱地离开了财务室。

钱到手了，各有各的用法。

　　阿芬多妮下班之后领着全家老小冲向超市，开始了扫货行动。当他们从超市出来时，阿芬多妮抱着大包小包，跟在身后的四个孩子同样拎着大包小包，嘴里还不停地吃着东西。克思达瑞和一帮朋友在酒吧喝得痛快淋漓，唱得不亦乐乎。其他员工也一样享受着月薪带来的富足生活。

　　谁知到了第二天，黑人员工有的不来上班了，说是出去游玩，有的上班迟到了，说是没钱乘汽车，有的一上班就伸手向骆琳达借钱。这让骆琳达感到十分疑惑。

　　经过了解，骆琳达才得知，黑人是留不住钱的，拿到大笔工资后，一天之内就花了个精光。

　　骆琳达只好向齐力吐槽。她不明白那些黑人员工的心里是怎么想的，为什么这么不知道节俭，为什么一发工资就统统花光，为什么要今朝有酒今朝醉。

　　齐力向她普及知识，说黑人兄弟姐妹基本都不考虑明天，他们只有昨天。不像那些白人，只看重今天，更不像我们中国人，只想着明天。出现这种情况，责任不完全在他们个人身上，主要是在政府那里。

　　骆琳达不明白这跟政府有什么关系。齐力告诉她，在非洲，由于政局不稳，钞票说不定突然就会贬值，老百姓的财产没有保障，能提前把钱花了也就等于赚了，他们不敢把财富积累起来，只求最低的生活保障。这就是投资非洲的最大问题，也是非洲发展的最大障碍。

　　骆琳达这才恍悟。齐力分析说，她一下子给了他们一个月的钱，他们拿到后都会花得精光，甚至第二天、第三天都不来上班，直到花光了才会重新回来上班。骆琳达说真被他说着了，一个叫克思达瑞的业务员从发工资起，就一直没有来上班，都已经三天了。齐力说看着吧，等钱都花光了，他自然会回来上班的。

　　但骆琳达不能容忍这种工作态度，齐力要她理解他们，毕竟国情不同，文化观念不同，不能拿中国的一套去要求他们，要有正确的应对办法。骆琳达现在替他们担心的是，等他们把买回家的面包啊肉啊等吃完时，那该怎么办。齐力耸耸肩说，看来她还得给他们准备点生活费预支，否则下半个月他们真的要喝西北风了。骆琳达一脸无奈，觉得好心办了一件坏事，两头不讨好。

　　齐力告诉她，有一次他路过一个中国建筑工地，薪水也是一月一发，结果门口聚集了很多黑人妇女，是去寻找自己男人的，索要当月的生活费。对这些非洲男人来说，大部分人是不把工资交给妻子的，这才会出现这种场面。有的妻子拿到了钱兴高采烈，没有拿到的只好苦苦等待，还有的对男人拉拉扯扯，希望能够多给一点。

　　骆琳达对此很不理解。养家糊口是男人的本分，给家人一个幸福生活，是男人们努力工作的动力，怎么会是这样的呢？

齐力说非洲男人跟中国男人不一样，对家庭负责的比较少。如果那些妻子不在最快的时间拿到钱，她们的丈夫会在最短的时间将钱花光。什么建房子、孩子的教育统统不在考虑范围。他们把钱花在无穷无尽的音乐、酒精、女人上面，及时享乐才是他们对生活的追求。

骆琳达说看来还得改回到发日薪。齐力表示赞同。毕竟文化不同，观念不同，要是改回来，那些黑人兄弟姐妹重新每天都有钱花了，齐力敢肯定，他们会感到很满意、很幸福的。

骆琳达只好无奈地摇头。

发月薪算得上是骆琳达的一次重大"失误"了。克思达瑞一连三天都不来上班，导致阿伯利公司来催货，说是今天一定要拿到，要是赶不上明天一早的船期，他们就统统不要了。

这可是超然公司这个月最大的一笔订单，要是失去了，损失惨重。骆琳达让维多利亚赶紧发货，却被告知克思达瑞不在就发不了货，因为装箱单、海关提货单、商检申报单都在他那里，没有那些单子是提不了货的。

这让骆琳达措手不及。

骆琳达问她克思达瑞去了哪里，维多利亚只有无奈地摇头，表示不知情。骆琳达一脸懊恼地拍了一下自己的脑门，对维多利亚摆摆手，示意想独自一人清静一下。

维多利亚刚刚小心地退出办公室，仓库管理员纳瓦雷特前脚后脚地进来了，伸手要向骆琳达借钱。骆琳达问他已经把工资改回一日一发了，难道没有拿到今天的工资吗？纳瓦雷特说拿到了，就是少了一点。他表示以前也经常向王老板借钱，他信誉很好的，每次都会及时归还，从来没有拖欠过。骆琳达问他借钱派什么用场，纳瓦雷特说要结婚，用于举办婚礼，希望得到她的支持。

骆琳达听了几乎晕倒。他是有老婆的，现在告诉骆琳达又要结婚，不知道他是几个意思。纳瓦雷特弓着腰，脸上挂着几许谄媚和狡黠的笑容，一个劲地恳求她借钱给他，说还想再娶一个老婆。

骆琳达瞬间被震惊，一时说不出话来。天哪，他都快48岁了，一直靠打工赚钱过生活，现在要多养一个人，那可不是一件容易的事儿。

骆琳达觉得他应该歇歇了，不能再有讨老婆的非分之想了。

纳瓦雷特却说她已经住过来了，而且他妻子也同意了。他妻子在老家照顾孩子，来不了约堡，而她不希望他寂寞空虚，所以等不到结婚就住在一起了。骆琳达实在想不通，他和妻子才相隔200多公里，就想着要找暖床的人了，这也太会享受了吧？纳瓦雷特嘿嘿一笑，算是做了回答。

骆琳达无奈地摇头，感到无语。

骆琳达把江政文叫到院子里，问这些黑人员工是否都喜欢向别人借钱。江政文说是的，尤其喜欢向老板借钱。要是一个人借到手了，别的人都会跟着来借。他要她做好连番轰炸的准备。他说他们很有意思，借钱的理由几乎一致，什么祖母死了、妈妈病了等等，甚至都懒得编一个更像谎话的理由。而且他们几乎不会主动还钱，只能在工资里扣除。

骆琳达若有所思。

在院子一角的停车处，穆萨安瓦正在清洗一辆汽车，看上去是维多利亚的。穆萨安瓦虽然没来几天，但已经成了维多利亚的忠实粉丝，像是她的一个跟屁虫。

骆琳达吃不准是不是穆萨安瓦喜欢上了维多利亚，他可是有妻室的人。江政文说他们之间倒未必是男女关系，他只是维多利亚的忠实粉丝罢了。

骆琳达告诉他，维多利亚好像喜欢他。江政文说也许吧，不过他接受不了非洲美女。骆琳达说维多利亚可不是一般的非洲女孩，她到美国留过学，吸收过西方社会的一套东西。江政文知道这个情况，因为维多利亚跟他说起过，十几岁的时候曾在美国上过学，却没能留在那里。那时候她还小，只能跟着她老爸回到南非。第一任老公去世后，一直就再也没有结婚。

骆琳达说维多利亚想找个好男人，然后就看上了他，认为中国男人勤劳、体贴、顾家，与非洲男子完全不同，将来会是一个好丈夫。因此，维多利亚总是在找机会接近江政文，频频向他放电，只是他不但不回应她的求偶电波，还尽量躲避着她。江政文调侃说，自己可不想抢了非洲兄弟的机会。骆琳达说他嘚瑟。江政文耸耸肩表示无奈。

花光了钱的克思达瑞重新回来上班，骆琳达说他一连四天旷工，已严重违反公司制度。公司不但损失了一大单生意，还需要赔偿阿伯利公司一笔违约金。所以他被辞退了。

克思达瑞辩解说，他一直想出去游玩，苦于没有钱，计划一再搁置，这次正好发了大钱，这才让他有了游玩的机会。他强调机会难得，他得紧紧抓住。骆琳达打断他，说动动脑筋好不好？公司发钱给他，是为了创造条件让他更好地服务公司，而不是让他随心所欲来损害公司的利益。克思达瑞说下次不会了。但骆琳达态度坚决，告诉他辞退的决定不容更改。

克思达瑞感到十分意外，定定地看了她一会，然后默默转身离去。骆琳达轻轻叹了一口气，弄不明白接下去会发生什么。

没想到两天后工会便找上门来，要骆琳达赔付大笔的钱给克思达瑞。骆琳达据理力争。怎奈南非法律有明文规定，这种辞退是不可不赔的，否则会被告上法庭，接受惩罚性赔偿，这样一来损失就更大了。而且打官司的过程很长，会花很多精力，实在是犯不着的。权衡之下，骆琳达只得重新将克思达瑞招了回来。

黑人兄弟倒是不记仇，重回公司后，克思达瑞像是压根儿没有发生过纠纷一样，跟骆琳达丝毫没有生分。吃中饭时，他来到骆琳达桌前，将一罐可乐放到她面前，要请她喝可乐。

骆琳达赞赏他不记仇，但批评他不能这么快就把这件事忘了，一点也没有吸取教训的意思。骆琳达严肃地指出，不管他今后在哪里工作，这种事情绝不可以再次发生了。

克思达瑞说记住了，然后"啪"地打开可乐，笑嘻嘻地递给骆琳达。骆琳达无奈地摇摇头，接过可乐喝了起来。

克思达瑞开心地笑了。

克思达瑞还把女朋友带到公司介绍给骆琳达认识。下了班，克思达瑞和女朋友一起坐在院子的凳子上，卿卿我我，好不甜蜜。那女孩斯斯文文，穿着大方得体，五官轮廓柔和，看得出是属于黑人女孩中比较漂亮内敛的那种，怪不得克思达瑞那么喜欢她、宠爱她。

穆萨安瓦的家在农村。有一次骆琳达乘他开的车子出去，途经一个小村庄，穆萨安瓦突然一脚刹车停了下来。

这时一群黑人小孩朝车子围了过来，光脚赤膊，衣衫不整。穆萨安瓦随口打了招呼就下车了，从一堆小孩中拎出一个七八岁的小男孩，走到一边，掏出一点什么东西，塞到孩子手中，说了几句话，又摸摸小家伙的头，随后放手离开。

原来这是他儿子，他好久没有回家，正巧路过家乡见着了，就下车看了一眼儿子，顺手给了点钱让儿子带回家。

穆萨安瓦有三个孩子，这是大儿子，已经六岁，还有一个女儿五岁，一个小儿子三岁。骆琳达问他为什么不给孩子买双鞋子穿穿，穆萨安瓦说孩子习惯了，当然，主要还是没钱买鞋子。他妻子没有工作，在家里做家务，全家就靠他一个人的工资生活。

骆琳达知道穆萨安瓦有雕刻手艺，建议他用下班时间做些木雕，她来帮他销售，这样可以补贴一些家用。穆萨安瓦耸了耸肩，似乎并不认同，说雕刻只是他的爱好，如果真要当作一份工作，那就太累了。骆琳达开导他，为了家里人好，吃点苦有什么不可以的。穆萨安瓦再次耸了耸肩。看来黑人兄弟真的不太愿意吃苦，这一观念似乎是深入到骨子里的。就像中国人拼命想赚尽最后一分钱一样，也是深入到骨子里的。

骆琳达轻轻叹了一口气。

从此以后，骆琳达会时不时地给他买一些玩具，让他送给他的孩子。

看到穆萨安瓦的儿子，骆琳达想起了远在祖国的女儿。她给母亲打电话，问女儿好不好。母亲说，诗萌已经习惯了妈妈不在身边，不像之前那样，遇到事情第一个就喊妈妈妈妈，现在她就画妈妈，画了厚厚一本，到时候可以好好看一看。骆琳达告诉母亲，现在生意越做越顺当了，再过些日子就回去看望她们，顺便再进一些货。

晚上，骆琳达趴在床上，凭着记忆，画着女儿曾经画过的那张画，然后把它贴到床侧面的墙上。

文化观念的不同频频引发各类事件，闹出很多矛盾来，有些看上去像是不可调和的矛盾。

公司为了接待在约堡逗留多日的贵宾，专门请了厨师来做菜，决定在公司宴请他们，这样既能拉近距离又能节省费用。

骆琳达要求大家一起来张罗这件事。于是，大家开心地忙乎开了。玛尔塔丝、克思达瑞、维多利亚等员工卖力地将桌子拼起来，铺上餐布，排好椅子，摆上花瓶，放好餐具，一张硕大的西餐桌布置完成了。

厨房里，阿芬多妮和萨鲁达姆忙着给大厨打下手。菜肴烧好后，克思达瑞、维多利亚、穆萨安瓦等人紧张地干起了端盘子的活儿。

众客人对菜肴和服务都感到满意。

公司宴请了三天贵宾，员工们也跟着大饱了三天口福，觉得十分满足。贵宾走了之后，自然就不再有剩菜，这下员工们不乐意了，认为骆琳达苛刻，降低了他们的待遇。于是使出非洲人擅长演讲的本领，在餐厅展开了一场声讨骆琳达的活动。

声讨是由克思达瑞起头的。刚开始，大家在餐厅默默吃饭，谁也没有吭声。刚吃了一半，克思达瑞突然停了下来，端着饭碗站了起来，一边敲着碗，一边义愤填膺地说了起来：

"我表示抗议，昨天、前天、大前天，骆老板开始提高了我们的待遇，给我们用盘子吃饭，有两个荤菜、两个素菜。今天在我们不知情的情况下，突然换回了用这只碗吃饭，只给我们一荤一素。"

克思达瑞站到了椅子上，继续慷慨激昂地演说着："我要问一问骆老板，这到底是为什么？！"

维多利亚也站了起来："我赞同克思达瑞，骆老板不应该降低我们的待遇，你们说对不对？！"

仓库管理员纳瓦雷特也像克思达瑞一样，站到了椅子上。

"对！我们要求恢复用盘子吃饭！"

"我们要争取自己的待遇！"

克思达瑞鼓动说："走，找骆老板去，让她给我们一个理由！"

克思达瑞跳下椅子，朝门口走去。大家跟着他，蜂拥着去找骆琳达了。

见到这一阵仗，骆琳达大感意外。克思达瑞开门见山表达诉求，他们想要跟前三天一样，用盘子吃饭，而不是用碗吃饭。因为今天的饭菜比前三天差多了，大家有意见。

骆琳达十分不解，反问他难道不应该差一点吗？继而解释说，前三天有贵宾来，公司盛情款待他们，多出来的剩菜自然要跟大家分享，让大家也一起跟着大饱三天的口福。这有问题吗？

克思达瑞说没有问题，但不应该降低他们的待遇。骆琳达说贵宾走了，自然就没有这种待遇了，难道大家不明白这个道理吗？

克思达瑞说既然给了他们这种待遇，就不应该降下来。骆琳达觉得匪夷所思，说这不是一种待遇，更不是他们应得的福利。之所以给他们加餐，是因为她认为弃之可惜，才决定要改善一下大家的伙食。

维多利亚反驳说，既然认为他们的伙食需要改善，说明原来的伙食有待提高。骆琳达说她强词夺理，自己强调的是弃之可惜才这么做，至于改善，好上加好也是一种改善啊。

纳瓦雷特反对骆琳达的说法，说要是她不给他们加餐，那些盘子就浪费了。骆琳达说盘子浪不浪费不是他们考虑的事情，更何况盘子不用不存在浪费不浪费的问题。维多利亚说他们只要求提高待遇，让他们生活得更好。

骆琳达告诉维多利亚，自己理解她的想法，提高待遇也好，生活得更好也好，不仅是他们的愿望，也是自己的愿望。但实际上能得到多少，并不由意愿决定的，而是由实际条件决定的。他们当前为超然公司所做的贡献，对应起来得到的就是这些待遇。如果待遇太高，公司会承受不起，慢慢就会垮掉，最后受损的也还是大家。但只要大家努力工作，一旦公司利润多了，他们的工资自然就会增加，待遇自然就会提高。所以，他们的待遇不是掌握在她骆琳达手上，而是掌握在他们自己手上！

骆琳达的这番话语，把大家说得心服口服。维多利亚沉吟了一下，终于接受了骆琳达的观点，对大家说，骆老板说得有道理，大家还是散了吧。

维多利亚转身离去。大家你看我我看你，知道没有辙了，便跟着维多利亚一起散去。

下班时分，江政文刚要驾车回家，维多利亚便迎了上去。江政文告诉她，骆总叫他谢谢她，要不是她通情达理，不再纠缠待遇的事，真不知道该如何收场。维多利亚问他，是他谢她还是骆总谢。江政文说就算他谢她吧。维多利亚不由分说拉开车后门坐了上去。江政文感到十分意外。

维多利亚说既然要谢她，那就送她一束鲜花吧。江政文推托说过几天再送。维多利亚不答应，要现在带她去花店。江政文没有办法，只好踩下油门，带着她开车离去。

得了鲜花的维多利亚第二天上班时，把那束鲜花带到了公司，笑容满面地穿过院子，看到谁都会亮一亮手中的鲜花，大声说这是江政文送的，弄得大家以为江政文在追求她。

江政文着急了，只好向骆琳达求救。

"她这样黏着我，我可怎么办呢？骆总，你得给我去灭灭火。你是知道的，我不想找个非洲姑娘当老婆。"

"我曾经跟维多利亚谈过，她认为中国男人勤劳、体贴、顾家，与非洲男人完全不同，将来会是一个好丈夫，所以就追上你了，而且不依不饶地追。"

"这我知道，可谈恋爱总得两相情愿吧，她这样敲锣打鼓的，都把生米煮成熟饭了。"

"这就是她聪明的地方嘛，你也得好好学学她。"

"我这……"

"男女之事，尤其是不同国家之间的男女之事，我真的无能为力，还是你自己妥善应对吧。"

"骆总，你这是看着我往火坑里跳啊，总得拉我一把吧。"

"对你来说是火坑，对维多利亚来说，也许就是蜜缸呢。"

江政文哭笑不得。

但哭笑不得的事一件接着一件。这不，又冒出偷东西事件来，让骆琳达感到很是头痛。

事情是这样的。因为人手有限，骆琳达临时让负责烧饭打扫的阿芬多妮一起搬运货物。结果她就偷偷拆开包装盒，把衣服穿在了自己身上，大胆得连商标吊牌都没有拆下。公司被偷东西事件已经多次发生，这一次阿芬多妮被骆琳达抓了个现行，一经检查，还偷了其他东西塞在衣袋里。

骆琳达指出她的行为，说诚实是一个人最重要的品质，拿了就要勇于承认，只要下不为例，就不会再追究了。骆琳达要她把衣服脱了，她却不承认是偷的。骆琳达只好指给她挂在衣领上的吊牌，她依旧不承认，狡辩说任何东西都是大家共有的，在谁手里并不重要。

骆琳达问她这是哪门子理论，很多东西都是有主人的。她们家里的东西，是属于她们的；公司里的东西，是属于她骆琳达的。骆琳达很纳闷，难道她阿芬多妮不懂这个道理？

阿芬多妮振振有词地说，每个人生出来时都两手空空，死的时候同样两手空空，你带来过什么吗？这些东西你拿得回去吗？我们充其量不过是暂时保管一下而已。既然都是暂时保管，你保管和我保管又有什么区别？

骆琳达说她这话说得没有错。但问题是，就像我们每一个人一样，反正有朝一日都要去死，为什么还要生出来，那岂不是多此一举？骆琳达问她这话有错吗？应该也没有错。但事实上确实错了。不是吗？

阿芬多妮这下被说得哑口无言了。

其实骆琳达平时对阿芬多妮还是照顾的，知道38岁的她有7个孩子，日子过得很贫穷很艰难，平时就会把用剩的日用品给她，不想再穿的衣服也给她，有时出差回来，还会给她孩子捎带一些糕点、玩具之类的东西。如果是中国人，遇到这样的老板说不定感激不尽了。

骆琳达说，其实自己能够理解她的举动，她是希望让一家人的生活过得更好一些。但无论如何，绝不可以私自拿公司的财物。这是做人的底线。这不是说一句赤条条来赤条条走就可以搪塞的。

被骆琳达这么一番教育，阿芬多妮终于承认自己偷了东西，愿意对此道歉。听她这么一说，骆琳达的心软了下来，说只要她不再拿了，就不想追究她，而且她穿在身上的那件衣服，也送给她了。

阿芬多妮承诺以后不会再偷。骆琳达说只要诚实做人，勤劳做事，生活总会慢慢好起来的。阿芬多妮疑惑地点了点头，悻悻然离去了。

齐力来公司看望骆琳达，骆琳达向他吐嘈偷东西的事。齐力说非洲人喜欢拿东西和品质无关的，而是长期的殖民统治形成的。非洲本来是非洲人的，在信奉基督教的黑人看来，一切物品都是上帝的恩赐。你来非洲经商所赚的，自然也有我的一份，这是大多数非洲人的直接认知。其实非洲人自身也特别豪爽大方，哪怕是一瓶可乐，也乐意让朋友和家人一起分享。比起我们中国有的商人锱铢必较，真的没有理由讥笑他们。

离开时，齐力发现骆琳达公司附近停着一辆车窗贴膜的皮卡，他记得来时那辆车就在那里转悠，不免用心一瞥，发现前后排都有人。为了保险起见，齐力赶紧给骆琳达打电话，告诉她不排除是劫匪踩点。为防患于未然，骆琳达赶紧更换了一家实力更强品牌更响的保安公司。

第二天一早，"安达尔"保安公司派专人送来公司铭牌，安装在了院门旁。接着又加装报警铃。这块牌子在当地是一道响当当的"护身符"，可以吓退那些蠢蠢欲动的劫匪，对公司内部更有足够的威慑力。

铭牌上写着"安达尔安保"字样，中间还画着两个黄色的老虎头，舌头和眼睛是红色的，寓意凶狠。至于为什么是老虎，那是因为非洲没有老虎，陆地的兽王是狮子，所以不画狮子，偏画老虎。物以稀为贵，得不到的就是最好的。就像在中国，没有狮子，陆地的兽王是老虎，所以以前衙门和有钱有势人家的门口都摆上两个石狮子，以此来显示身份地位，给人威严感。

非洲的历史和文化蕴含着一种雇佣军文化。随着经济的发展，现代它多以公司形式存在，并按照当今的商业模式建立管理体制，对外营业，也就是军队商业化。

为了安全起见，骆琳达将自己的住处换到了更加安全的别墅里，还腾出房间让江政文和司机萨鲁达姆陪住，这样相互之间有个照应，安全上相对有了保证。

别墅区有专门的安保系统，相对比较安全。有些劫匪就是专门在晚上盯着夜归的人，一直盯到你家里，再下手实施抢劫。

萨鲁达姆让骆琳达放心，如果真有劫匪，他会跟劫匪拼命的。骆琳达说拼命可不行，一定要智取。很多劫匪仅仅为了劫财，并不想要人命，若是跟他拼命，反而会把事情弄糟了。

骆琳达得到消息，江政文被抓了进去，说是虐待小动物。事情说起来有些哭笑不得。那天江政文的车子送去修理了，他打算取了车之后去见一个客户，跟他再确认一下样品，然后准备回国去义乌进货。

维多利亚买了一只小狗，为了取悦他，决定送过去给他看，正好也可以接送他一下。但江政文在电话里一口拒绝了。挂了电话，维多利亚不但不泄气，反而倔强地要前去找他，看他能往哪里逃。

维多利亚以为江政文是喜欢狗的，但恰恰相反，他对狗怕得要命。维多利亚想给他一个惊喜，因此没有事先告诉他。这样就埋下了祸根。

维多利亚开车来到超然公司附近马路，将车子停在路边，仔细观察着来往行人。那只小狗装在封闭式笼子里，放在副驾驶座位上，从外面看不见小狗。

见江政文走过来，维多利亚将车开过去，停在了他身边，下车迎了上去。江政文并不感到意外，只是有些嫌弃。维多利亚打开车门，示意他上车。江政文不愿意搭她的车，自顾朝前走去。

维多利亚只得上车，跟着江政文缓缓开着。江政文觉得很无趣，想了想只好从车后门上了车。

维多利亚拿过笼子，打开笼门，开心地将笼子递给后座的江政文。江政文见她在开车，为了安全起见，只好接了过来。

因为倾斜关系，小狗从里面滑了出来。江政文眼见到一只狗落到自己怀里，还对他汪汪乱叫起来，怕得要死，不禁尖叫起来。

江政文想把小狗推开，但小狗重新扑到他怀里。束手无策之际，见车窗开着，江政文猛然将小狗扔了出去。

维多利亚大惊失色，赶紧刹车停下，下车匆匆去找小狗。幸好小狗没事，只是汪汪地对她叫着。维多利亚抱起小狗，摸了摸它的头，便往车里走去。

这时，一辆小车"嘎"的一声停了下来，随即打开车门，跳出一个高大的白人老头，一把抓住了维多利亚的手臂。

老头看了看小狗，一脸愤怒，老头咬牙切齿地说，要是再敢扔它，他就杀了维多利亚。

维多利亚明白了他的意思，赶紧向他解释，说是朋友怕狗，被吓得失魂落魄才扔出来的。特意强调不是故意的。老头说她那位朋友不配与狗在一起。

此时江政文也已下了车，听到老头说的那句话，感到很不爽，不禁把他怼了回去，认为他没有权利这样说自己。老头并不相让，狠狠瞪着江政文，又重新说了一遍。

江政文一时有些起火，很不冷静地回敬他，说他才不配与狗在一起。维多利亚见情况不妙，赶紧劝起架来，一边向老头道歉，一边推着江政文往车这边走去。

江政文气不打一处来，转过身子，又怼向老头，说他多管闲事。老头更加愤怒，变得不依不饶起来。他冲上去，一把拉住江政文的衣服，咄咄逼人地说他刚才的行为极其恶劣，不但可耻，而且违法，要他向小狗道歉。

就这样越吵越凶。维多利亚拼命将两人拆开，没想到怀里的狗又扑向了江政文。江政文被再次吓到，顺势用手一拨，将那只狗拨到了地上。

老头一看更来气了，以为江政文是故意的，扑上去狠狠掐住了江政文的脖子，大声骂他不该虐待动物。

江政文冲动地朝老头挥了一拳，打在了老头脸上。老头松开了手，一抹鼻子，发现被打出了血。

这时，路上不少车辆停了下来，围过来了解情况。

有人打电话报了警。

江政文被抓让骆琳达头痛不已。她得赶紧把他救出来，关在里面的滋味她曾经尝过，很不好受，更何况还有一笔生意在他手上。这笔生意是当地一个客户要的一种印度产铅笔，订了几百箱，并且只要这个牌子的，还给了样品。骆琳达本来要派江政文去义乌市场找，没想到他被抓进去了。

令骆琳达着急的是，她并不清楚是什么牌子，也不清楚客户是谁，因为这笔生意是江政文一手包揽的。而她知道，像这样的生意，只要稍一拖延，机会就会被别人抢去。

替江政文着急的还有维多利亚。一方面她喜欢江政文，另一方面事情由她而起。她觉得穆萨安瓦与骆琳达有交情，就让他去向骆琳达说情。她认为只要骆琳达肯花钱，再请一个好的律师，江政文是可以被保释出来的。

通过齐力介绍，骆琳达亲自去律师事务所找一个叫哈达斯的律师。哈达斯是个白人，30岁左右，长得很帅，显得很干练。他请骆琳达坐下，从桌上拿过一部南非法律，翻开后指了指其中一条："虐待动物的法律条款很清楚，您先跟我说说具体情况吧，随后我会给你一个详细建议。"

听他这么一说，骆琳达稍稍松了一口气。

"其实情况并不复杂，想必齐先生也已经跟您说了。重点是江政文不是故意虐待小狗的，而且与对方吵架也是事出有因。"

"是的，情况不复杂，警察一定会调查清楚的。"

"保释是第一位的，这件事希望您尽快解决，我不希望他在里面超过72小时。还有，尽快安排开庭时间。总之，一切全靠您了，费用我是不会吝啬的。这笔钱给你预支，主要用于保释，还有您的薪酬。"

骆琳达从包里取出一沓钱，放到哈达斯面前。

"OK，我明白了，首先我要感谢您对我的信任。至于我的费用，律师事务所是有规定的。保释不是监狱的事，需要向法庭提出申请，我现在就去找法官。"

江政文很快被允许保释。骆琳达开车去接他，问维多利亚去不去，维多利亚神情萎靡，说不去了，不好意思面对他。她要骆琳达帮她说说情，叫江政文不要怨恨她，她是因为爱他才这样做的，并不是要故意伤害他。

骆琳达请她放心，相信江政文不会这样认为的。至于感情的事，只有他们两人才能解决得了，骆琳达作为旁观者是无能为力的。她要维多利亚有一个思想准备，万一没有余地了，也不必死磕，很多事情是要讲缘分的。

维多利亚垂头丧气，沉吟不语。

接到江政文，骆琳达把一束鲜花递给他，说是维多利亚送的，她有事来不了。江政文出乎意料地没有责备维多利亚，一脸平静地接过了鲜花。他很感谢骆琳达亲自来接他。骆琳达调侃说，花了那么大代价把他保释出来，当然要亲自来接了，万一再出妖蛾子，岂不是赔了夫人又折兵？

回到公司，江政文捧着那束鲜花来到维多利亚面前，把鲜花递给她，感谢她的关心。他宽慰维多利亚，这件事情已经过去了，心里不用有负担，他不会埋怨她，也不会责怪她。一切都是他自己引起的。以后就让他们好好做朋友。

维多利亚一时愣在那里，没有伸手去接。江政文示意了一下，她才反应过来，匆忙接过，茫然地点了点头。虽然失望，却也释然。

贵宾又来公司了，骆琳达依旧在公司宴请他们，外请了厨师做菜。像上次一样，大家都干得很卖力，以为这下又可以大吃一顿了。克思达瑞还要阿芬多妮对大厨偷偷说一声，让他多烧几个好菜，也让他们的味蕾彻底满足一次。维多利亚抢白他说，能吃到贵宾吃剩的东西已经不错了，要他知足。

维多利亚说得一点没有错，能吃到剩菜已经不错了。事实上，为了避免出现与上次一样的纠纷，骆琳达早已吩咐大厨把不多的剩菜倒进了垃圾桶。

阿芬多妮不知情，依旧把一只只不锈钢餐盘往台子上放着，打算来装剩菜。大厨要她不用摆了，这次的剩菜不提供给大家吃了，就地销毁。阿芬多妮问原因，大厨告诉她，一来剩菜不多，二来不卫生，生怕吃坏了大家的肚子。

员工们可不干了。克思达瑞"噌"地一下站到了凳子上，振振有词地辩论起来，俨然把扔掉剩菜当作了一件了不得的大事。

克思达瑞说："这不合理，上次大家都吃得好好的，这次为什么要把剩菜倒进垃圾桶？那些剩菜名叫剩菜，实际上都是些高档菜。再看看我们碗里的是什么？普普通通的一荤一素！我想要问问骆总，倒掉高档菜，却给我们吃工作餐，这到底图的是什么？"

萨鲁达姆也站到了凳子上，说："我赞成克思达瑞说的！眼看着改善伙食的机会来了，为什么不把这个机会给我们？我也要问问骆总，她这么做到底图的是什么？"

出乎大家意料的是，穆萨安瓦虽然很听骆琳达的话，但在辩论这件事上也表现得兴致勃勃，一起参与了进来。他虽然没有站到凳子上，却也是挥臂激昂，振振有词。

穆萨安瓦说："我也不能理解，把剩菜倒进垃圾桶，那是极大的浪费。要是给我们吃，那该多好啊。"

维多利亚说："骆总的意思很明确，就是不让我们吃那些剩菜，至于为什么，只有她自己知道了。"

克思达瑞义愤填膺，说："我知道！她就是看不起我们黑人，宁可把剩菜倒掉，也不给我们吃。"

骆琳达的车子刚进公司大院，他们把车子堵住了。克思达瑞说："骆总，你宁可把剩菜倒掉，也不给我们吃，这是看不起我们黑人。"

155

骆琳达说："不对吧，我是看得起你们才决定扔掉的，那是剩菜，谁愿意吃剩菜呀。"

维多利亚说："虽说是剩菜，但其实要比我们平时吃的好多了。所以我们现在所说的剩菜，已经不能当成剩菜来说了。"

骆琳达说："再好的菜，吃剩了它就是剩菜。这还需要辩论吗？我知道你们非洲人有着与生俱来的演讲能力，但也不能仗着这一能力，把剩菜说成是好菜吧？"

克思达瑞说："骆总，我们一致认为，你不让我们吃剩菜，这已经不是属于扔剩菜的行为，而是属于公开的歧视行为！"

骆琳达听了大感震惊，反问道："不过是一件倒剩菜的事，有必要这样上纲上线吗？"

骆琳达看到穆萨安瓦也在场，便将目光望向他，想借助他来平息大家怒火。

骆琳达："穆萨安瓦，你认为呢？"

穆萨安瓦迟疑地说："我也认为骆总你有点看不起我们。"

骆琳达感到意外，穆萨安瓦慌乱躲开了她的眼神，一脸尴尬地低下头去，再也不敢吭声了。

骆琳达说："我不敢说对你们有多好，但我敢保证，对你们一定是真诚的、平等的，怎么可能会看不起你们呢？"

阿芬多妮说："如果看得起我们，这次为什么要把剩菜倒了呢？"

骆琳达说："因为这次剩菜不多，而且天气炎热，午后的菜已经不再新鲜了，我是考虑你们身体健康才吩咐倒掉的，这跟看得起看不起一点没有关系。"

克思达瑞说："这一点也说不通！天气再炎热我们也得吃饭呀。只这么一会工夫剩菜是不会坏的，否则那些贵宾也一样会吃坏肚子！"

阿芬多妮说："是啊，你是在找借口，贵宾吃完，接着就轮到我们吃了，怎么会坏掉呢？"

骆琳达说："这样吧各位，明天中午我决定给你们加一个菜。"

萨鲁达姆说："就明天中午，那太少了，应该每天中午都加菜。"

骆琳达感到生气，口气生硬地说："这不可能。"

见说服不了他们，骆琳达不再费口舌，匆匆上了车，把车朝车库开去。众人耸耸肩，一脸无奈的样子。

骆琳达以为辩论过后就完事了，没想到几天后黑人员工集体把她告上了法庭。

江政文觉得太不可思议了。但这一次，骆琳达倒是理智了很多，认为双方文化不同，在很多问题上的理解完全相反，她算是彻头彻尾领教了文化塑造人的作用。

骆琳达吩咐江政文去做两件事。一是做做他们的思想工作，特别是维多利亚，她在他们中间有一定号召力，看看能不能让他们主动撤诉；二是联系律师，做好应诉的准备。

骆琳达找齐力吐槽剩菜的事，齐力原本以为这只是一件小事，但得知把她告上了法庭，才觉得她那帮黑人员工真不是省油的灯。之前找工会投诉，现在找法庭起诉，的确有些难以驾驭他们。

对于黑人员工这种直线型的思维逻辑，骆琳达真不知道该如何去说服他们，感觉文化不同，队伍真的不好带。但齐力宽慰她，她是老板，又有这么多点子，员工再怎么造反，也是掀不了她的天的。

虽然掀不了她的天，但对骆琳达来说也是够郁闷的了。为了这点剩菜的事，把她告上法庭，这叫什么事儿呀。要是把这点心思放到工作上，铆足干劲好好干，骆琳达真的愿意整天把他们当作贵宾对待。只是文化的差异，不是简简单单交流一下就能搞定的。

在法庭上，因为骆琳达辩护有理，法官宣布休庭。一个星期后，法庭又送来了传票。原来对方的律师辩解称，剩菜是否新鲜，得由员工们吃过之后再做判断，不能她说不新鲜就不新鲜了，她说倒就倒了。

来回几番出庭辩诉，弄得骆琳达身心疲惫，决定好好再跟员工们谈一谈。她想通了，该让步的也只能让步，要是再这样下去，生意都不要做了，整天应付官司得了。

骆琳达找到在院子里独坐的克思达瑞，见他一副闷闷不乐的样子，似乎在思索着什么，便上前坐到了他身旁，与他唠起嗑来。

"怎么啦？没精打采的，还在闹剩菜的意见呀？"

"剩菜的事都过去了。"

"可你们一纸诉状递到法院，我得跟你们的律师耗下去。"

"你不是也请了律师嘛。"

"可法官一定要我亲自辩诉。烦死我了。"

"我比你还烦呢。"

"怎么啦？"

"我在想如何才能成为百万富翁。"

"那你想出来了没有？"

"想出来了，只要我虔诚地祈祷，上帝会听到我的声音，就会让我成为百万富翁的。"

"那你为什么会突然想到这个问题的呢？"

"因为我女朋友跑去当阔太太了，谁让我这么穷呢。"

"不会吧，你恋爱不是谈得顺风顺水的吗？都以为你们马上要结婚了呢，怎么会突然跑了呢？"

"她本来是在学校工作的，学校倒闭后，正好机缘巧合，我把她介绍到一家公司，做前台接待兼秘书工作，薪水要比在学校里当老师高出一截。一切看上去很完美是吧？但现实也像电影一样让人出乎意料。"

"这一点我高度认同。在我身上发生的故事，就要比影视剧还狗血。接下去的事情我估计能够猜到八九分了，你把这样一个知识美女放在人家的前台，就相当于把一块肥美的羊肉放在了一群野狼面前。我相信天天会有大款在那家公司进出，然后结果也就不会让人感到意外了。"

"可我还是很意外啊。"

"你那应该是大意了。环境不同了，接触的人不同了，心境自然也就发生了变化。你的那个女朋友，已经不再是当初的那个女朋友了，而你却浑然不知。"

"现在后悔来不及了。"

克思达瑞竟然掩面哽咽着哭了起来。骆琳达轻轻地拍了拍他的肩背，试图安慰他说：

"不要伤心，中国有句俗语，叫不要在一棵树上吊死。世上还有很多好女孩的，适合你的并不只有她一个。中国还有一句古诗，叫沉舟侧畔千帆过，病树前头万木春。说的是，沉船旁边无数的帆船竞相争流，枯萎的树木前头万木欣欣向荣。就是说，不必抱着惆怅忧伤长久不忘，不必难过伤感，要对世事的变迁淡然一些。新生势力锐不可当，我们要辞旧迎新，着眼未来，丢下过往包袱，勇敢向前。相信会有更好的女孩和更好的生活在前方等着你呢。"

听骆琳达这么一说，克思达瑞不但没有止住哭泣，反而哭得更加伤心了。骆琳达觉得再多的语言都是苍白的，只好默默地陪着他，感受着他的心境。

第二天，克思达瑞风风火火地闯进骆琳达办公室，说：

"骆总，你昨天说的沉舟侧畔……"

"沉舟侧畔千帆过，病树前头万木春。"

"沉舟侧畔千帆过，病树前头万木春……"

"怎么样，想通了？"

"正在想通。"

"那就再背一遍，让我大唐帝国刘禹锡的诗句给你加持一把。"

"沉舟侧畔千帆过，病树前头万木春……"

"很好，要记住一点，新生势力锐不可当，我们要辞旧迎新，着眼未来，勇敢向前。"

"可我未来的女朋友在哪里啊？"

"动脑筋啊克思达瑞，你问我未来的女朋友在哪里，那我告诉你，她近在眼前，远在天边。"

"你吗？"

"去你的！想姐弟恋啊，门都没有！"

"我真的想不出来。"

骆琳达朝他趋近了一下身子，故作神秘地说：

"维多利亚呀，她一直在恋爱，只不过找错了对象，江政文和她不在一个频道上。所以她现在和你一样，也正失恋着呢。你心里的伤感、落寞、痛楚、哀怨，她肯定一个也不会落下的。"

"我配得上她吗？"

"怕什么呀，不试试怎么知道？她现在正需要别人去慰藉，正像你现在也需要别人来慰藉一样。你们同病相怜，就像两颗火星，只要时机把握得好，我相信是可以烧起熊熊大火的。"

克思达瑞似乎被说动，情绪激动起来，蠢蠢欲动地说：

"我可以去试试。"

"我也可以给你们提供便利。当然，我得有话在先，要是你们两个人在一起了，可再也不能给我弄出类似剩菜的事情来了。"

"剩菜这件事，我想办法去说服大家，然后把诉状撤回来。"

"就是嘛！"

深受打击的克思达瑞在骆琳达的开导下，开始追求维多利亚。公司举行趣味比赛，克思达瑞和维多利亚被分在了同一组，各自一条腿被绑在一起，同心协力蹒跚着往前冲着。

冲到终点，两人胜出，开心地击掌庆贺。克思达瑞充满意味地看了骆琳达一眼，骆琳达也默契地给予回应。

克思达瑞成了维多利亚的忠实粉丝和跟屁虫，抢着为她做各种各样的事情，特别是为她洗车，认真得不行，那么专心那么心无旁骛，认真的小黑真美。骆琳达感慨，要是为公司干活也这么认真，那该多好。可惜的是，大多数黑人公司做事都显得有些懒惰。

这需要她去努力，帮助他们改过来。

## 十六、麻烦来临

随着经历种种奇葩的事情，在骆琳达用心经营下，公司不断壮大起来。由于处于发展期，现金流十分紧张。尽管如此，骆琳达还是东拼西凑，还掉了国内讨债公司一半的债务。但讨债公司并不满意，骆琳达只好诚恳解释，以得到他们的谅解。

骆琳达到南非打拼已经有一年了。这是令她脱胎换骨的一年，万般滋味都留在了她心头。

那天开车在路上，到了十字路口，因为等红灯而停了下来。透过左侧车窗，骆琳达看到道路隔离栏的底座上，长出了一株野草。底座是铁做的，安装在柏油路面上，连接处既没有水，更没有泥土，而那株野草却倔强地从缝隙间长了出来。虽然营养不良，却已长得非常高，在微风中摇曳。

看着这株野草，骆琳达百感交集，它就像她一样，顽强地在不适宜的地方生长着。想着想着，骆琳达不禁饮泣起来，感情之堤一下子溃决，继而号啕大哭了起来。

交通灯变绿了，骆琳达一边号啕哭着，一边开着汽车自语道：

"……我太难了，真的太难了，都不知道这一年是怎么过来的……我不是吃不起苦，我是走投无路了啊……我没有东西吃，没有地方睡，一走出去就要被抓起来，东躲西藏做生意，却一点也积攒不下钱来，反而又欠了不少债……好在我运气好，遇到了一帮好人，高正飞、齐力、曾老板、王大姐……呜呜呜……"

骆琳达的汽车在街道上开着，开得有些慢，有些蛇行，就像她此刻的心情。

骆琳达已经止住哭泣，情绪恢复了平静。她将车靠到街道边，拿起电话打了起来：

"妈，如果买得到票的话，我明天就回来看你们。"

"不是要再过一段时间吗，怎么突然改变了？是不是发生了什么事？"

"没有。妈，我是想你们了，想马上见到你们。"

"你又不是小孩子，想做什么就做什么。怎么变得一点都没有准头了，过来一趟要花费很多钱的。"

"在你面前我就是小孩子嘛。没事，这笔钱该花的，我觉得会花得非常值得的。"

骆琳达的车子重新上车，开得快了起来，也开得干脆了起来，就像她刚刚好起来的心情。

回中国去看望母亲，看望女儿，同时组织货柜，这对骆琳达来说是一件大事。

回想独自闯荡非洲已快一年，这一年似乎浓缩了她一辈子的苦难。除了为生计吃遍各种苦，还有更多的寂寞和思念。女儿好吗？老母亲好吗？每当捧起相片，骆琳达会止不住地泪流满面。好在遇到了那么多好心人，才让自己做梦般地拥有了今天的一切。

起程之际，骆琳达对公司员工说："各位，这次我回中国义乌，一是去看望母亲和女儿，二是顺便组织货柜。你们有什么需要我带回来的东西吗？"

维多利亚调侃地说："能不能把我带去义乌？"

骆琳达机智回应，说："我可不敢，要是你扎根在了中国，克思达瑞是不会饶了我的。"

维多利亚很有意味地看了克思达瑞一眼，说："他凭什么呀？"

克思达瑞会心地说："是啊，不敢的应该是我。"

骆琳达对克思达瑞笑笑，说："你放心吗？"

克思达瑞说："我很乐意替你们两位拎包，又可以成为你们的贴身护卫。"

骆琳达说："好事都让你占了。"

克思达瑞看着骆琳达肩上背着的那只双肩包，说："骆总，你这只双肩包是不是应该换了，看上去有点廉价，有点 LOW，不配你的形象啊。"

骆琳达说："我认为全世界最配我的，别无他物，就是这只双肩包。它有非凡的来历，是我闯荡非洲的见证，几乎浓缩了我一辈子的苦难。"

维多利亚说："不会吧，它太普通了。"

骆琳达说："穆萨安瓦知道一点点，以后我会慢慢告诉你们的。这次我特意把它背到义乌，就是要让它去游历一番，到义乌这个小商品高地镀镀金，然后把它展示出来，成为我们公司的一个创业精神标志。"

大家认同地鼓起了掌。

飞机带着骆琳达到了上海浦东机场，经过几个小时的大巴路程，骆琳达即将见到日思夜想的女儿和母亲。她拎着行李箱、背着双肩包来到了家门口。站在门口，骆琳达不是马上敲门，而是深深吸了一口气，尽量让自己的心情平静下来。然后才举手敲门。

门打开了，女儿章诗萌出现在面前。外婆事先已经告诉章诗萌妈妈要回来，所以一见到骆琳达，一阵惊喜，连声叫了起来："妈妈——妈妈——"

骆琳达蹲下身去，张开双臂迎接她。女儿扑了上来，骆琳达一把将她拥入怀里。因为背着沉重的双肩包，骆琳达被女儿猛然扑到，仰面倒去，压在了双肩包上。但她依旧紧紧抱着女儿，怎么也不肯松手。

骆琳达连连亲着女儿，说："萌萌，想死我了，想死我了。"

女儿也说："我也想死妈妈了。我想跟妈妈在地上打三个滚。"

骆琳达问："这就是你的计划吗？"

女儿点头说是。

于是，骆琳达放下双肩背，与女儿打起了滚来。

母亲系着围兜也过来了，见她们倒在地上打滚，一阵惊慌，说："这是怎么啦？这是怎么啦？"

骆琳达说："妈，没事。"

女儿也学着骆琳达的口气说："妈，没事。"

母亲说："你们搞的什么鬼嘛，吓死我了。"

母亲赶紧将外孙女拉起来，骆琳达也顺势爬了起来。站在母亲面前，骆琳达话都来不及说，眼泪就哗哗哗地流了下来。

母亲赶紧伸手替她擦眼泪，一边说："孩子你怎么啦，不哭，不哭。"

骆琳达这才止住哭，咧开嘴笑了。"妈，我回来了，你还好吗？"

母亲说："好，好，就是想你。"

骆琳达说："我也想你。"

母亲说："快吃饭吧，菜都烧好了。"

母亲拉着骆琳达急急往屋里走，骆琳达却拉住了母亲，说："妈，让我抱抱你。"

骆琳达张开双臂欲抱母亲。母亲感到意外，一时有些无措。骆琳达趋身，一把将母亲紧紧抱在了怀里。

骆琳达："妈，你辛苦了。"

母亲："你在外面赚钱，更辛苦。"

女儿也扑上来，再次抱住了骆琳达。

三个人就这样紧紧地抱在了一起。

母亲这时终于压抑不住情绪，竟然嘤嘤地哭了起来。骆琳达轻轻地拍着母亲的肩背，说："妈，我去南非真的去对了。"

母亲止住哭泣，说："妈知道，妈是替你高兴。你一直是一个有主见的人，妈相信你的决定不会错的，妈就是不忍心你一个人在外面打拼，那是很辛苦的，非常非常辛苦。"

骆琳达说："一切都已经好起来了，放心吧妈。"

女儿学着骆琳达的口吻说："放心吧妈，一切都已经好起来了。"

女儿的话把骆琳达和母亲逗笑了，她们这才从拥抱中松开来。骆琳达动情地擦拭着母亲脸上的泪痕。母亲似乎感到难为情，挡开了她的手。

女儿一把拉过骆琳达，朝卧室走去，一边说："妈妈，给你看一样东西，你一定会喜欢的。"

走到卧室门口，门关着，女儿停了下来，没有马上去推，而是向骆琳达提问："要不要猜猜是什么？"

骆琳达想了想，并不确定，只好转头向母亲求救："妈，我能猜得到吗？"

母亲微微笑了笑说："不一定猜得到，但一定是你最希望得到的。"

骆琳达说："萌萌，那妈妈就不猜了，你就给妈妈来个惊喜吧。"

女儿说："嗯，好的，你闭上眼睛。"

女儿见骆琳达闭上眼睛，推开了门，把骆琳达引入房内，然后说："睁开吧。"

骆琳达睁开双眼，一下就被震惊到了。

只见卧室四面墙上和家具上，贴满了女儿画的图画，看上去十分震撼。那些图画有骆琳达一人的，也有女儿和她的，还有她们三人的，是女儿一年来每天画上一张攒下来的。看着这些图画，骆琳达的眼泪一下子喷涌而出。

女儿并没有发现骆琳达流泪，指着上面的图画，一个劲地介绍说：

"妈妈，这张是我做梦的时候和你一起去游乐园，醒来之后画的。还有那张，是我和外婆一起去超市去买年货，我把你加进去了，所以是我们三个人在买年货。那边那一张，是有一次感冒了，躺在床上想出来的……"

骆琳达一把将女儿紧紧抱住，饮泣着说："妈妈对不起你，妈妈欠你太多了……"

女儿明白过来妈妈在哭，安慰她说："妈妈不哭，萌萌以后一定听妈妈的话。"

骆琳达说："萌萌是妈妈的好孩子，妈妈现在没有办法，以后一定好好补偿你……"

女儿捧起骆琳达的脸，替她擦拭着眼泪。骆琳达很受用地让女儿擦拭着。

母亲说："吃饭吧，菜都凉了。"

骆琳达振作了一下精神，说："好，我们吃团圆饭去喽。"

女儿拍了拍她依旧背在肩上的双肩包，感到好奇，问道："妈妈，这包里是什么东西呀？"

骆琳达神秘地说："你喜欢的东西。"

女儿高兴地拍起手来，说："太好喽，太好喽——"

她们退出卧室，一起来到了起居室的餐桌前。骆琳达营造着气氛，说："我们得把桌子清理出来，来迎接这开心的一刻！"

女儿"耶——"地叫了起来，把桌上丰盛的菜肴推到一边，留出了其中一大块空地方。

骆琳达卸下双肩包，拉开袋口，把双肩包高高举起，然后掉转过来，袋口对准桌子，嘴里哼着"噔噔噔噔噔"，用手一抖，各种各样的礼物便从双肩包里落了下来，有零食、玩具、学习用品，当然还有给母亲的东西。

礼物高高堆了起来，还有很多掉落到地上。女儿兴奋地捡拾着地上的礼物，母亲却看得目瞪口呆，问道："整个包里全是啊？"

骆琳达"嗯"了一声。

母亲说："你也买得太多了。"

骆琳达说："多了才会让萌萌开心嘛。"

女儿说："是啊是啊，我太开心了。"

女儿被礼物搞得眼花缭乱，有些不知所措地挑选着。骆琳达开心地看着她，一脸满足。

为了尽可能多陪女儿，骆琳达带着女儿画的画，领着女儿和母亲来到游乐园。她从包里拿出一张女儿的图画，举到眼前，朝着不远处的摩天轮对照起来。

骆琳达说："萌萌，这是你做梦之后画的？"

女儿点点头。

骆琳达说："太厉害了。"

母亲说："真的有点像耶，这是咋回事呀？"

女儿说："我以前在电视上看到过。"

骆琳达说："是妈妈不好，从来就没有带你来玩过。今天让你玩个够，玩个开心。"

于是，骆琳达领着女儿和母亲一起坐过山车。过山车从顶端滑落，三人惊叫不绝。

骆琳达又领着母亲和女儿来到超市，拿出另一张图画，举到眼前，朝着超市对照起来。

骆琳达问女儿："是这里吧？"

女儿回答说："是的。"

母亲说："那一次萌萌想要一盒乐高积木，我看了也喜欢，就答应买了。到了收钱的地方，一算账才吓了我一跳，原来看错了小数点，不是 42 块，是 420 块，吓得我赶紧把它退了。可萌萌不乐意了，哭着想要它，我狠着心最终还是没有答应她。"

女儿说："妈妈，你现在能不能给我买一个？"

骆琳达想了一想，摇了摇头说："妈妈不能给你买。因为妈妈得听外婆的。除了这样东西，妈妈可以答应你其他东西。"

这回轮到女儿摇头了，懂事地说："那我不买了，你就给外婆买一样东西吧。"

　　骆琳达一把抱住女儿，欣慰地说："乖孩子，你长大了。"

　　女儿说："我早就长大了。"

　　骆琳达给她竖了一个大拇指。

　　超市里，骆琳达一家三口在选购商品，十分开心。

　　骆琳达领着母亲和女儿在餐馆吃饭。此时正在等着上菜。女儿趁着上菜的间隙，在画着图画。画的是三人吃饭的情景，气氛温馨满满。

　　骆琳达对母亲说："妈，我有一个想法，这次回南非，想带你和萌萌一起去看看。"

　　母亲有些担心，说："你赚钱这么忙，而且还得花钱，我们就不去了吧？"

　　骆琳达说："你们要去的，否则我觉得光赚钱用来还债，一点意思也没有。"

　　女儿说："是的，妈妈答应过我的。"

　　骆琳达说："这是我欠萌萌的。"

　　母亲依旧担心要花很多钱，说："那得要花多少钱啊？当初你去那里，一个人就要5万块，现在是我们两个人，那至少得10万块，犯不着。"

　　骆琳达说："不多的，只需要来回机票加一些零星费用。至于吃住，当然不用愁了。"

　　母亲说："10万块那可是一笔大钱哪。"

　　骆琳达说："你们去南非了，我才会有动力把这笔钱额外赚回来。"

　　母亲被慢慢说动。虽然没有答应，但也没有反对。骆琳达感觉到了，认为不能急于求成，需要慢慢做思想工作。于是趁机转移了话题，说："妈，我明天要去一趟宁波找一个人。他不是我的生意伙伴，他是我的贵人。"

　　母亲不解地问："贵人？难道不是那个王大姐吗？"

　　骆琳达说："王大姐是贵人，他也是贵人。"

　　母亲问："是男的还是女的？"

　　骆琳达说："是男的，叫高正飞。在南非的时候，是他全力帮助了我，否则就不会有今天的我了。"

　　母亲说："那真得好好去谢谢人家，明天赶紧去吧。"

　　这时，女儿画好了另一幅画，递给她们说："妈妈，外婆，你们看，我又画了一幅画。"

　　骆琳达一看，画的是一家三口，再加上一个男人，手拉着手站在飞机上，飞向一道彩虹。

　　骆琳达问道："你画的什么呀？"

　　女儿说："我们一起去南非。"

骆琳达说："怎么多了一个人？"

女儿说："你刚才说的贵人呀。"

骆琳达说："你这小鬼，也太机灵了吧？"

骆琳达摸了一把女儿的头。女儿嘻嘻一笑，以示回应。

骆琳达来到宁波，首先要去的地方是派出所。

来到问询窗口，骆琳达问办事民警："警察同志，我想找一个叫高正飞的人，能不能帮我查查住在哪里？"

警察告诉她："公民个人信息是受到法律保护的，不能随便查询。"

骆琳达问："要怎样才可以查询呢？"

警察说："需要出具相关执法机关的证明。"

骆琳达一脸失望，无奈地摇摇头。

骆琳达又来到移动公司营业厅，向窗口的营业员询问："能不能查查一个叫高正飞的手机号码？"

营业员向她要身份证，没有身份证是查不来的。骆琳达拿不出身份证，只好恳求营业员："求求你了，我是从南非过来的，来一趟不容易，他是我朋友，曾经帮过我大忙，但他回国后换了手机，再也联系不上了。"

营业员说："不可能呀，你不是有电话号码的吗？"

骆琳达说："我也想不明白，不知道他到底发生了什么。"

但因为没有身份证，营业员坚持不给她查询。骆琳达一脸失望。

骆琳达来到海边，心情郁闷地在海边的马路上走着，脚下无意间碰到了一只塑料瓶子，像是要发泄一下似的，用力踢了一脚。没想到塑料瓶撞到马路牙子后弹了回来，正好又落到了她的脚下。

骆琳达觉得更加生气，俯身把它捡起来，打算扔到远处。但她猛然一想，像是突然来了灵感，没有把塑料瓶子扔出去，而是拿在手上痴痴地看着。

就这样看了一会，她从包里取出女儿画的那幅"一起去南非"的画，又从包里找到一支笔，然后在画上匆匆写了起来——

"高正飞：我是骆琳达，我现在的南非电话号码是0781254367，这个号码，只要我在南非，就永远不会更改，方便你能找到我。我一直在寻找你，因为我想你，非常想你。如果你有幸收到这张我女儿画的画，请给我打电话。你是我的贵人，是我想念的人，我不想就这样失去了你。一切保重。祝你我都有好运。"

骆琳达将那幅画仔细地折叠，接着卷好，再小心地塞进塑料瓶，然后用力拧紧瓶盖。她拿起瓶子，对着阳光看了一看，感到满意。

骆琳达来到海边，将塑料瓶子放入海中。海浪打来，瓶子慢慢漂向远处。望着海面上漂浮的瓶子，骆琳达思绪万千，感慨不已。

找不到高正飞，骆琳达只好从宁波回到义乌，专心进货。她拿着进货单在小商品市场里寻找着需要的货物，一家家地与店主洽谈着。

走着走着，骆琳达不知不觉来到了80号商铺，那是她曾经拥有过的铺位。骆琳达站在门口，百感交集。

店主也是个女的，发现有人在门口迟疑，赶紧招呼起来，让她进来看看，说是价格好商量，要什么货物，他们都可以进到的。

骆琳达只是友善地朝店主笑了笑，没有说话，默默地走进店里。她站在那里环顾四周，那表情就像遇见了久别的朋友。

店主摸不清是啥情况，不敢贸然开口，只是关切地注视着她。

骆琳达像是在自言自语，喃喃地说："这曾经是我外婆买下的铺位，然后送给了我母亲，我母亲因为身体不好，又交给我来打理，结果在我手上给败掉了……"

店主似乎明白了骆琳达的意思，赶紧解释说："我是租来的。"

骆琳达心不在焉地点点头，然后来到一个壁橱前，凝视着壁橱的门，欣喜地问道："你装修的时候倒是没有将这个旧壁橱敲掉？"

店主说："虽然旧了些，但我觉得挺好的，至少挺实用，而且也不碍眼，所以就保留了下来。"

骆琳达微微一笑，说："你倒是有些特别的。"

店主说："装修的时候留一点旧物，其实也是一种装饰。"

骆琳达征求地问："可以打开来看看吗？"

店主大方地说："可以啊，你随便。"

骆琳达上前打开橱门，看了一下，然后伸手往橱底摸索着，似乎摸到了什么，于是便问："你没有清扫过壁橱吗？"

店主说："清扫过。"

骆琳达说："那下边还都垫着原来的年历画呢。"

店主说："因为年历画比较干净，所以就没有特意换掉它。怎么，难道还藏着宝贝呀？"

骆琳达笑而不答，掀开年历画，从底下摸出一沓东西来。

店主让她将东西摊到桌上，骆琳达依次排开，是一张营业执照复印件和几张照片。照片是各个时期义乌小商品市场的全景，按着顺序可以看出小商品市场的一路变迁，从马路市场直到眼下设施齐全的现代市场。

店主十分好奇，问她："这都是你放的？"

骆琳达感慨地说："这是三代人放的。这张营业执照复印件，是我外婆放的；

这几张照片，是我母亲放的；最后两张照片，是我放的。"

店主说："你们真有心啊，三代人接力留下历史。"

骆琳达说："也不是，不过是无心为之罢了。那张营业执照复印件，是为了应对各种市场检查准备的。那些不同年代的小商品市场照片，是市场管委会每年一次发的，需要的商户自己去领，很多人都不要这些照片，而我母亲和我觉得有意义，每次都不落下，领来之后就藏到了这壁橱里面。"

店主不禁唏嘘，说："虽然知道市场是一代代过来的，但看着这些照片，还是觉得非常震动，太有意义了。你今天来这里，是要把这些东西取回去吗？"

骆琳达说："我也是突然想到的，没想好要不要取回去。"

店主说："要是没有想好，我恳求你依旧把它们留下来，依旧留在这个壁橱底下。"

骆琳达说："为什么还要留在壁橱底下？"

店主说："我相信它们会被一代一代传下去的。"

骆琳达说："好，我同意，但要复印一套给我。还有一个条件，今天要让我在这里看店。"

店主先是一阵狐疑，但立刻明白了，说："重操旧业，那就开个价吧。"

骆琳达说："我可是一个高价店员，你千万不要被吓着了。"

店主说："一分钱一分货，你就放马过来吧。"

两人会意地笑了笑，一切尽在不言中。

店主问她："你想怎么个干法？"

骆琳达自信地说："那我就来挑个事儿吧。"

店主好奇地看着她。

骆琳达说："把 20 元以下的东西挑出来，都堆到门口去。"

店主问："你想干吗？"

骆琳达神秘地一笑，说："挑事儿呀。"

店主耸耸肩，只好照着骆琳达的话去办理。

骆琳达可谓即兴营销。她戴着一个面具，举着一块牌子，在市场各处吆喝着，做着销售宣传。由于面具十分醒目，引来了大家的目光。

牌子上写着："如果您带一个购物者过去，只要购物成功，两人均可各自免费挑选一样 20 元以下商品。仅限今日。就怕您不信，不怕您不来。"

旁人纷纷议论着。有的说，她这一单生意一下就去掉了 40 元，恐怕要亏的吧？也有的说，她这样做肯定亏。还有的说，如果充当广告费，也谈不上亏不亏的，反正放个炮仗，搞点影响，也是物有所值。当然也有人支持她的做法，说这方法见效快，这样做有气魄。

总之各有各的说法。

随着骆琳达不断吆喝宣传，一些人在交头接耳，更多的人在相互传递信息。这时，一个似乎有点眼熟的身影闯进了骆琳达眼帘，正待仔细观察，不料那个身子转了过去，只留给她一个背影。

骆琳达似乎认出来了，冲着背影大喊"严浩俊！——"

那人正在打电话，没有听到她的叫喊。也许接到了什么紧急电话，背影开始匆匆往外面跑去。骆琳达一把扯掉面具，也小跑着跟了上去。

有一群人围了过来，把骆琳达拦住，问她是几号商铺，在什么地方，是否真的可以免费领东西，带去的是个陌生人可不可以领取，等等，抛给她很多问题，拦着她不让走。等骆琳达从人群中挣脱出来，再追上去时，已经不见了那个背影。

骆琳达跺了跺脚，丧气不已。

骆琳达回到80号铺位，发现门口已经围了一大群人，乌泱泱的一片，显得嘈杂不堪。这大大出乎骆琳达的意料。

骆琳达挤了进去，只见店主紧张地应付着客人，大声解释着销售规则。店主见到骆琳达，像是找到了救命稻草，一把将她抓住，说她总算来了，店里围了这么多人，自己都不知道该怎么应付了。骆琳达要她不要着急，让她管住卖东西，自己会管住发赠品的。

两人各司其职，情况终于好转。忙乎了好长一阵子，才对付完堵在门口的人群，那堆货品也销光了。

骆琳达坐在桌边，敲着计算器在算账。店主则坐在地上的一堆货品上休息着，已经累得腰酸背痛。

骆琳达算完账，结果很惊险，赚头刚刚抵过送出去的货款，还好还好，她正担心要倒贴店主亏损的钱呢。

店主说她是竹篮打水一场空。骆琳达怕她怪自己，店主说当然要怪她了。骆琳达只好承认，结果不是很满意。

但店主说太满意了。这让骆琳达深感意外，说哪有她这样做生意的。店主说今天放了这么大的一个炮仗，做了这么强劲的一场广告，竟然不花一分钱，不是赚到了是什么？这个结果她能不满意嘛。她相信明天后天大后天，一定会有很多顾客来光顾她这家店的。

既然她这样说了，骆琳达这才放心下来。店主对骆琳达竖了个大拇指，夸奖她好样的。骆琳达开心地笑了。

回到家中，骆琳达打算给母亲看那份复印件，猜想母亲一定会吃惊的。果然，看了复印件，母亲一脸惊愕，问她哪里弄来的，说这还是自己母亲办来的呢。

骆琳达说她去她们原来那间商铺了。

"总是需要去面对的。敢于面对说明成熟了。"

自从卖掉那间商铺以后，她们一直都不敢去，不忍心看到自己的商铺换了主人。

"你说妈不成熟了？"

"不是不是，我是说我自己。妈您永远是我的经商师傅，我哪敢说您不成熟呀。"

"不过话说回来，也许我真的应该承认自己不成熟。成熟可能跟岁数无关吧。我觉得你就比妈成熟。"

"妈你胡说什么呀，我怎么可能比你成熟。不说了，不说了，再给你看一样宝贝。"

骆琳达打开另一沓东西，是翻拍的那几张义乌小商品市场的全景照片，一张张地按序码开，显示出小商品市场的一路变迁。

骆琳达的妈妈于霜菊看着这些照片感慨不已，说：

"这是我们三代人的生活。一代接着一代。"

"这已经不是三代人的生活了，是三代人的历史。"

"是的，都成历史了。"

骆琳达回国的消息被讨债公司知道了，黑衣男子再次出现。当时骆琳达正带着女儿在商场儿童游玩区玩着蹦蹦床，她在外面等候，一个黑衣人来到了骆琳达面前。

骆琳达一眼认出是讨债公司的人，很不开心地沉下脸去，抢先说：

"不用介绍，我知道你是何方神仙。为什么要跟踪我？"

"是我们头儿在那边，想请你过去聊聊一下。"黑衣人抬了抬下巴示意着。

骆琳达侧头瞥了一眼，发现不远处的饮料店里，坐着另一个黑衣人。骆琳达冷冷地说："我现在没有空。"

"就一会儿，"黑衣人说，"不会耽误你很多时间的。我头儿说了，今天非见你不可。"

骆琳达想了想，叹了一口气，只好妥协。她来到饮料店，走到黑衣头目跟前。

黑衣头目表情严肃，但严肃之下不乏热情，主动招呼骆琳达坐下。

"我的确欠你们钱，但我一直在竭尽全力还债。"骆琳达没有依着他的话坐下来，无声地抗拒着。"你们知道的，回义乌之前，我已经还掉了一半债务，足见我还债心切。对我来说，欠别人的钱，比虱子爬在身上还要难受。如果一定要认为我是一个欠债不还的人，用跟踪胁迫的手段来逼迫我还钱，那就大错特错了。"

"说得好，有理有据，动心动情。"黑衣头目缓缓拍着手，"但别忘了，说得再天花乱坠，你也洗脱不了自己是一个欠债人的事实。"

"我当然知道自己是欠你们钱的人，所以才会背井离乡去南非赚钱。"骆琳达不卑不亢地说，"但你根本就不会知道，在那里赚钱，用的不是力气，不是汗水，不是智慧，而是自己的性命，说不定为了赚那么几块钱，转眼之间就把自己的小命弄丢了。"

"这我相信。"黑衣头目说，"赚钱各有办法。有些人赚几块钱就把小命弄丢了，也有些人赚着大把大把的钱，却依旧轻松自在。今天我们不讨论你赚钱的过程，只讨论你还钱的问题。这你没有异议吧？"

"当然没有异议。"骆琳达说，"该说的话上次还钱时已经说了。我再重复两点，一是我在南非的情况已经好转，正在努力拼命赚钱；二是你们需要给我时间，一旦有钱了，我会第一时间把另一半钱还掉。"

"我听出来了，你的意思是说，主动权在你手上，你说什么时候还就什么时候还。"黑衣头目说。

"你曲解了，"骆琳达说，"一个被人时时盯着催债的人，哪来的主动啊？当然，在这件事上，你们也是十分被动的，这我充分理解。"

"你理解就好。所以要对你提一个要求，你不能把女儿带出去。"黑人头目说。

"什么？"骆琳达惊诧，没想到他们会拿她女儿来要挟。

"别以为我们不知道，你不是正在办理女儿和母亲的签证吗？"黑人头目斜睨了她一眼。

"你们在打探我的隐私？"骆琳达强压着怒火。

"在我们这里，你必须牺牲掉一些自己的隐私。"黑衣头目说，"你不能带着她们出去。在你把债务全部还清之前，她们必须留在这里，这是一条硬杠子。这个道理你应该懂的，不用我再说什么了吧。至于怎么留住你们，这很简单，只要我把材料递交到法院，你作为老赖，是会被控制住的。"

骆琳达脑袋轰地一震，脸色一下子变得煞白，但她还是竭力掩饰着，让自己镇定了下来。"我带我女儿和母亲出去一下，是为了能让自己安下心来，更好地在南非赚钱。希望你不要损人不利己！"

咬牙切齿地说完这句话，骆琳达不再跟他啰唆，转身便离去了。

为了表达诚意，骆琳达只得忍痛割爱，将女儿继续留在国内。但她真的无法面对女儿，一时不知道如何向女儿开口说原因。

夜晚，女儿趴在桌上写着旅行清单，突然想起什么，大声叫了起来："妈妈，我要不要把小风扇也带上？"

骆琳达走了过来，没有马上回答，而是在她身边坐下，凑过身子去看她的清单。女儿的清单列了很多东西，考虑得非常周全，骆琳达夸她比妈妈厉害多了。女儿很得意，说谁让她是家里的小主人呢。

"是呀是呀，妈妈不在，你就是家里的小主人，把外婆照顾得棒棒的，妈妈要给你个奖励。"骆琳达"啪"地亲了她一口。

"这就是奖励吗？"章诗萌问她。

"是啊，这是最高的奖励了。"骆琳达回答。

"真小气。"章诗萌有些失望。

"小主人，妈妈有一件事想跟你商量商量……"骆琳达有些难以开口，迟疑着说，"是这样的萌萌，你和外婆去南非的计划呢，可能要做一些调整，妈妈觉得，你们再迟一点出去可能会更好一些。"

"为什么？我东西都已经准备好了。"章诗萌感到意外，不解地问。

这时，母亲也走了过来，听到骆琳达这么一说，一样感到有些意外："出意外了？"

"有些条件还没有成熟。"骆琳达叹了一口气。

"不要不要，我就是要这次去！"章诗萌任性地坚持着。

"萌萌要听话，妈妈有难处，你要理解她，要是能让我们去，妈妈当然会让我们去的。"母亲劝慰着外孙女。

"妈妈你到底有什么难处呀？"章诗萌望着骆琳达发问。

骆琳达一时语塞，不知道如何回答。但想了一下，她决定告诉女儿。她说："好吧，是这样。我们家欠了别人的钱，然后有人一直来讨债，为了还债，妈妈去南非赚钱了。这些事情你都是知道的。现在妈妈终于赚了一点钱，但只是还掉了一半，所以还要回到南非去赚钱。本来妈妈想带外婆和你去南非走一走，看一看，散一散心，但讨债的人知道了这件事，生怕出去之后不回来了，不还他们钱了，所以他们就不让你们去南非。"

"这些人坏透了！坏透了！坏透了！"章诗萌连声说着。

"但萌萌，如果站在他们的立场，这也是他们的职责，他们做的未必一定是错的，只是不太通人情而已。我想我们也要理解他们。"骆琳达显得通情达理。

"不要，他们就是坏人。"章诗萌嘟着嘴巴，生气地说。

"妈妈听到这个消息，也和你一样很生气，但转眼想了一会，就不生气了。"骆琳达耐心做着女儿思想工作，"毕竟是我们欠着别人的钱，这件事情是由我们引发的，所以别人对我们要求这个要求那个，我们也没有什么可抱怨的。你说对不对？"

"你妈妈说得对，我们不能生气。要生也只能生你爸爸的气。"母亲说。

骆琳达赶紧制止母亲，不让她说下去。但母亲依旧愤愤地说：

"我就是咽不下这口气，我们今天生活那么窘迫，都是他引起的。"

"妈，过去的事不要说了。"骆琳达说。

"外婆，我不去南非了，就在家里陪着你。"章诗萌似乎听懂了什么，懂事地说。

骆琳达一把抱住了女儿，觉得她真的懂事了。

带着满满的一货柜货物和满肚子的惆怅，骆琳达孑然一身重回南非。

坐在机舱内，倚窗看着外面的景色，骆琳达再次听到了飞机广播中那段南非前总统曼德拉的话：

"各位旅客，飞机即将降落在约翰内斯堡坦博国际机场，我们用南非前总统曼德拉的一段话，来欢迎各位的到来——我相信南非是世界上最美的地方，令人叹为观止的自然之美，温暖的风土民情，丰富多彩的文化内涵以及奇妙壮观的野生动物……"

听着这一段话，骆琳达百感交集，眼泪禁不住地喷涌而出，默默自语道：

"南非，约翰内斯堡，我又来了！继续考验我吧！"

望着熟悉又陌生的约堡机场，骆琳达感慨万千。上了高速公路，透过后视镜，发现车子被人跟踪，知道是打劫的团伙。他们专门在约堡机场"驻点"守候，以刚下飞机的人为猎物，盯着他们尾随抢劫。但骆琳达并不害怕，这种事情一旦经历多了，有的是办法甩掉尾巴，更何况司机是正宗黑人穆萨安瓦。

中国人都信奉"南非赌场比警察局安全"这一安全"准则"，所以骆琳达让穆萨安瓦将车子开往赌场以甩掉跟踪，然后在那里美美地吃上一顿中餐，酒足饭饱之后再打道回府，真叫一举两得。

回到公司，骆琳达从那只双肩包里取出礼物，挨个向每个员工分发。每个员工都分到了一大堆，开心得不得了。克思达瑞问骆琳达，难道要把包里的礼物全都分光吗？骆琳达说是啊，要全都分光，只有分光了包里的礼物，才好把这只包拿来展示。克思达瑞问为什么要展示这只包？骆琳达告诉他，穆萨安瓦说它是一只金包，它真的值钱着呢。

骆琳达果然腾出一间房子用来当展示室，将那只双肩包放在特制的玻璃柜里，就像对待一件文物一样。玻璃柜上方的墙壁上，贴着一张说明，题目是"创业精神标志"，文章记载着这只双肩包的历史。

骆琳达用心地挂着几个镜框，镜框里夹着从义乌带来的那张营业执照复印件，还有各个年代义乌小商品市场的翻拍照。

克思达瑞想要帮助她挂镜框，骆琳达非要亲自动手挂。她让克思达瑞去把所有人都叫来，要给他们讲讲历史，做一次企业文化教育。

骆琳达着手业务扩张，希望尽快做大公司规模。她对大家说，经过对业务板块的几次调整，公司不但增加了销量，还拓展了业务种类和渠道。可以说，公司的经营已经触底反弹，出现了稳中有升的良好态势。接下来他们的策略是要快速提升经营总量，尽快做大公司规模。

骆琳达以为生意会从此走上正轨，公司会从此快速发展。但怎么也没有想到，一个棘手的麻烦正在等待着她。

事情起于一次接货。

骆琳达接到仲旭东电话，说他一个朋友欠了房租，仓库里的一批货物被勒令立刻搬走，求助骆琳达暂时接收一下。

本来应该是司机萨鲁达姆去的，但因为他开快车出了车祸，这两天正在家里休息，骆琳达便派穆萨安瓦前去接货。原来打算要让克思达瑞一起押货，正好他请假，其他人又恰巧没有空，骆琳达只好加倍给穆萨安瓦工资，让他独自出车前往。

穆萨安瓦开的是密封厢式货车，一张路线指示图放在驾驶中控台上，穆萨安瓦时不时地看上一眼。

货物被顺利接上车，穆萨安瓦踏上了返程之旅。为了避开警察敲诈，穆萨安瓦拐进了一条陌生的道路。在经过一个路口时，汽车开过了头。穆萨安瓦有些犹豫，缓缓停了下来。

他看了看那张地图，又回头看了看外面的道路，沉吟了一下，开始倒车，将车倒到了路口，然后拐入了岔路。

开着开着，道路逐渐变成了泥路，而且越来越小，最后变成了一条小路，只能一辆车才能通过，要是对面开来另一辆车的话，根本无法交会。这让穆萨安瓦十分焦虑。

又到了一个路口。

其中一个岔口的路面相对较宽，能够通过两辆汽车，穆萨安瓦终于露出了一丝笑容。

他拿过那张地图，仔细看了看，似乎地图上的线路指示已与眼前的道路没有关联了。穆萨安瓦的脸色再次沉重起来。他想了想，最后做出了决定，一转方向拐入了那个路面较宽的岔口。

事实上，这是一个天大的错误。

他将车开往了一个贫民窟，没想到因此丢掉了自己的性命。这是之后要发生的事情。

　　而此时，穆萨安瓦驾车行驶在坑坑洼洼的土路上，眼前尘土飞扬。远处出现了一座垃圾山，垃圾山后面是一大片贫民窟的棚屋，五颜六色，杂乱不堪。

　　穆萨安瓦不禁皱起了眉头。

　　突然，密封厢式货车的两个后轮一齐陷入了泥潭，轮胎打滑，汽车再也开不动了。

　　穆萨安瓦猛轰油门，轮胎继续打滑，反而陷得越来越深，汽车根本动不了。

　　穆萨安瓦只得下车察看，发现轮胎深深陷入泥潭，一脸忧虑。他走到车后，伸手去推车，车子却纹丝不动。

　　穆萨安瓦抬头朝远处看去，只见贫民窟的房子连成一片。他想了一想，迈腿朝贫民窟方向走去，想出钱叫几个壮劳力来帮他推车。

# 第二部　流浪儿

### 十七、梦幻老家

这个贫民窟离约堡 60 多公里，自发形成在一处高低起伏的缓坡上，边上是一个巨大的垃圾场。贫民窟到处都是用铁皮、木板、纸盒搭建的棚屋，一片破败不堪。

那里的人们极度贫困，没有机会外出，几乎与外界隔绝。他们主要靠捡拾垃圾为生。那里没有通电、通水、通交通，没有厕所，没有任何公用设施，完全是一个自发集聚的居住地。信息高度闭塞。人们几乎没有走出过这个地方。

在那里生活着一群流浪儿，一共 8 人，相互抱团，自生自灭。领头的是一个叫罗哈扎娃的 9 岁男孩，原本一家 6 口，后来父母和几个弟妹都病死了，只剩下他和妹妹。其他 6 个孩子也出生在当地，年龄在 7 至 11 岁之间，家人都死了，只剩下孤零零的自己。平时他们以捡拾垃圾为生，寻找食物充饥，也用捡来的垃圾跟大人们换东西，夜里留宿在罗哈扎娃家的那间破败棚屋里。

有一次罗哈扎娃和另一个伙伴试图离开贫民窟，想去看看外面未知的世界，结果一路上找不到吃的，差一点被饿死。罗哈扎娃还被司机暴打一顿，吓得他们再也不敢离开贫民窟了。

我们差不多从骆琳达来到约堡的那个时候开始，回过头去讲述这群流浪儿的事儿。

对于处在贫困之中、始终没有见过世面的流浪儿来说，哪怕一只死鸡，都是他们人生中难得的美食。

这不，他们此刻正奔跑在肮脏逼仄的贫民窟棚屋之间，跑在最前面的就是他们的头儿罗哈扎娃，手里拎着一只死鸡，快速奔向自己的家。

罗哈扎娃眼睛奇大，眼珠子特活，一看就知是个地道的机灵鬼。其他几个流浪儿跟在他后面，其中夹杂着唯一一个女孩，是罗哈扎娃的妹妹，叫阿米娜。

罗哈扎娃的家是一间破败棚屋，由于长期失修，一半已经倒掉，露出半个屋顶的天空，留下另一半勉强可以遮风挡雨。屋里没有什么家当，两张破椅子，地上丢着一只黑乎乎的锅子，墙边还有一只旧炉子。很多从垃圾场上刨回来的东西，零乱地堆放在那里，看上去既杂乱又肮脏。

罗哈扎娃冲进屋子，其他孩子也一拥而入。罗哈扎娃拿过一根细长铁棍，连毛都不拔，从鸡的身体贯穿而过。与此同时，其他人也手忙脚乱地在破炉子上生起火来。

罗哈扎娃将鸡架到火上，连着鸡毛烤了起来。

在罗哈扎娃等流浪儿烤着死鸡的时候，卡玛古等另外几个流浪儿正在垃圾场里捡拾着东西。

小山似的巨大垃圾场就在贫民窟边上，白花花的塑料袋点缀在肮脏的废弃物和泥土之间，就像小山覆盖着一层薄雪。一些黑人男女推着装满废弃物的小推车，在垃圾场和贫民窟之间忙活着。

不时有卡车运来成车的垃圾在此倾倒，刚刚倒下的那堆垃圾就会引来很多黑人围上去仔细地扒拣，然后把有用的东西放在小推车上。

这时，卡玛古发现有两个陌生孩子混杂其间。他拍了拍艾哈迈德和桑德，用手指向那两个孩子，问他们是谁。艾哈迈德摇头说不知道，桑德也说不知道。卡玛古叫上他们俩，朝那两个陌生孩子走去，想问一问他们到底来自哪里。

在罗哈扎娃家，死鸡已经烤熟了，那些孩子馋涎欲滴地盯着香喷喷的烤鸡。罗哈扎娃撕开烤鸡，分成8块，将最大的3块放到一边。

"这3块最大的留给卡玛古、艾哈迈德和桑德，他们还在捡垃圾。我们可以吃了，让我妹妹先来，她是女生。"看来罗哈扎娃深谙管理之道，要管理好8个流浪儿组成的团队，的确不是一件容易的事。

阿米娜伸手拿了一块，大口啃了起来，啃得美滋滋的。其他孩子也一拥而上，抓过鸡块狼吞虎咽，大快朵颐着。

这时，卡玛古、艾哈迈德和桑德押着那两个陌生孩子进来了，大家感到十分意外。

"头儿，我们抓到两个偷垃圾的小偷，他们是外面来的。"卡玛古向罗哈扎娃汇报。

这两个孩子一高一矮，罗哈扎娃问他们名字，高的叫乔纳森，矮的叫科瓦利尔。

"你们为什么要来偷垃圾？"罗哈扎娃问他们。

"我们没有偷垃圾，"乔纳森怯怯地看着罗哈扎娃，辩解道，"我们快饿死了，一直走一直找东西吃，走着走着就到了垃圾场。"

"我们连自己都吃不饱，你们一来就更吃不饱了。"罗哈扎娃命令卡玛古把他们赶出去，"不许他们再来偷垃圾了。"

卡玛古把他们用力一推，但两个孩子没有想走的意思。几个人一拥而上，推搡着他们离开了破屋子。

乔纳森和科瓦利尔没有离去，而是来到了垃圾场。至少在那里可以找到一点东西果腹，不至于让自己饿死。

罗哈扎娃带着流浪儿来捡拾垃圾，卡玛古又发现了那两个外来孩子，再次将他们押到罗哈扎娃面前。"头儿，他们又来了，要不要揍他们一顿？"

"我们实在快饿死了，求求你让我们留下来吧。"乔纳森恳求道。

"让我们留下来吧。"科瓦利尔也跟着恳求。

"头儿，不能让他们留在这里，否则我们也会饿死的。"大个子桑德不愿意他们留下来，不由分说地冲上去，拳打脚踢地揍起了乔纳森和科瓦利尔。

其他人见状，也一拥而上去揍他们。乔纳森死死护着科瓦利尔，任由拳脚落在自己身上。

乔纳森大声嚷着："就是打死我，也不会离开这里的！——"

罗哈扎娃见乔纳森不屈服的样子，只好下令不要打了，问乔纳森，他和科瓦利尔是不是两兄弟。乔纳森说不是。罗哈扎娃十分不解，问不是兄弟为什么会在一起。乔纳森反问他，他们不也在一起吗？难道他们是兄弟？

罗哈扎娃说他们不是兄弟，但他们是一个集体。科瓦利尔说，他和乔纳森在一起，是因为他们的父母都死了。

大家感慨，原来他们一样都成了孤儿。

罗哈扎娃问乔纳森，父母死了，他们不是还有家吗？为什么不回家去？乔纳森说他们找不到家了。卡玛古觉得他是在骗人，认为他都这么大的人了，怎么会找不到家？

乔纳森便把之前发生的事情细细向他们道来。

原来在三天前，乔纳森、科瓦利尔和各自的父母凑巧同乘了一辆中巴。乔纳森是跟家里人一起去赶集的，因为他爸爸发了工资，他们很开心，全家五口人都去了。在集市上他们大吃大喝了一顿，还买了一些东西，把所有的钱都用完了才回家。回家时乘了那辆中巴。

科瓦利尔是由父母陪着去见巫师的，因为几个兄弟接连生病，唯独他没事，当地人认为科瓦利尔魔鬼缠身，于是被要求去见巫师，想让巫师驱除魔鬼。回家的时候也乘了那辆中巴。

那天晚上下了很大的雨，中巴在半路上撞到一棵树翻车了。全车的人只有他们两个被甩出窗外，当时好像昏了过去。等醒来后，下着大雨，天又墨黑，他们根本找不到中巴在哪里。他们只好哭着一路乱走，摔了很多跟头，后来找到一个地方躲了起来，不久便累得睡着了。

等到他们醒来，已经是第二天下午了。他们重新去找中巴，但怎么也找不到了，只看到那里有一棵被撞过的树，边上还有一条河，可能中巴翻到河里去了。但他们没有看到河里有汽车。

既然他们两个成了孤儿，罗哈扎娃发了善心，沉吟片刻后，决定把他们留下来。

大家先是沉默不语，然后才迟疑着点头，相互拥抱在了一起。于是，他们的流浪团队变成了十个人。

孩子们喜欢踢足球，时常在贫民窟肮脏逼仄的空隙间穿梭踢着。罗哈扎娃往往能够掌控足球，在前面奔跑，其他孩子跟在后面追赶。

乔纳森很佩服罗哈扎娃，觉得他好厉害。卡玛古说那当然，否则怎么会当他们的头儿。在这么多人之中，除了妹妹阿米娜，罗哈扎娃对卡玛古最好了。

他们两个从小就是好伙伴，平时一起玩耍。有一次罗哈扎娃生病快要死了，卡玛古就从家里偷来吃的喝的给他，他就这样挺了过来。从此，他对卡玛古就像亲兄弟一样了。

罗哈扎娃一家原来有 6 个人，他 6 岁时，他妈妈生他最小的一个弟弟时死了，后来另外一个弟弟，还有他爸爸，因为生病也死了，这样就剩下了他和妹妹两个人。他就照顾他妹妹，两个人顽强地活了下来。当卡玛古家里也剩下他一个人时，他就住到了罗哈扎娃这里。

卡玛古一家本来好好的，后来和另一户人家起了冲突，经常吵架。吵着吵着，有一天晚上，他们家被那户人家烧了，除了卡玛古逃出来，他父母还有一个哥哥一个姐姐都被烧死了。发生这么大的事情，理应会有人管的，但贫民窟的人连吃都吃不饱，谁还会来管这种闲事。后来其他没爹没娘的孩子也都来到了罗哈扎娃这里，罗哈扎娃一一收留了他们，所以小伙伴们都听罗哈扎娃的。

虽然没生活来源，但因为有那个垃圾场，他们就不会被饿死。他们在垃圾堆里捡东西吃，也用捡来的垃圾跟大人们换东西吃。罗哈扎娃一直告诫大家，一定要相互团结，否则那些大人会欺负他们的。

罗哈扎娃领着新加入的乔纳森和科瓦利尔，急急走在贫民窟肮脏破败的棚屋间，他要带他们去看一看团队的一样宝物。其他小伙伴都兴奋地跟在后面。

乔纳森的表情既疑惑又期待，边走边问罗哈扎娃到底是什么宝物，罗哈扎娃则引而不发，只是说很重要，只要加入他们团队，一定要去看看。其他小伙伴则挤眉弄眼，一副神秘兮兮的样子。

走了一段路，大伙来到了一间破旧的棚屋前。这间棚屋与其他棚屋看不出有太大区别，墙上也挡着从垃圾堆里找来的广告牌，用来遮风挡雨。这种情况在贫民窟里不时可以见到。

唯一不同的是，这块广告牌上印着希腊圣托里尼岛的旅游广告，画面是费拉小镇全貌，白墙蓝顶的房子加上蔚蓝的海洋，就像童话中描写的梦幻浪漫小镇。这幅色彩明亮的广告画，成了破败的贫民窟里唯一的一抹亮色。当然，他们并不知道这是圣托里尼的费拉小镇。

罗哈扎娃把广告画指给乔纳森和科瓦利尔，他们只觉得好看，感叹说太漂亮了。

罗哈扎娃一脸庄重地说：

"我和我妹妹，还有他们，我们所有的人，最大的愿望就是在那些房子里住上一夜，然后再大吃大喝一顿。"

罗哈扎娃回头看了看小伙伴们，小伙伴们也一脸庄重，用力地点了点头。

乔纳森唏嘘不已，根本不敢相信。他们连自己的家都没有，怎么可能住上这么好的房子。罗哈扎娃没有反驳乔纳森，而是一脸向往地望着广告画，郑重其事地说：

"这就是我们的老家，我们十个人的老家……"

"我们的老家？"乔纳森和科瓦利尔觉得匪夷所思，感觉罗哈扎娃越来越没有谱了。

罗哈扎娃却点点头，目光坚定地说：

"从现在开始，我们把那个地方当作我们的老家，把那些房子当作我们自己的家，你们说好不好？"

大家你看我，我看你，一时有些不太相信。但马上，卡玛古大声赞同了罗哈扎娃的建议。

大家也立刻响应，骤然爆发出激动的呼喊：

"我们有老家了！我们有老家了！——"

既然大家对那块挡墙的广告板心心念念，成了心中的老家，乔纳森便私下和科瓦利尔商量，要把它从那间棚屋的墙上拿过来献给大家，作为报答流浪团队的收留之恩。

说干就干，两人很快卸下了那块广告板，神情慌张地扛着它穿过肮脏逼仄的小道，直奔罗哈扎娃家。

当他们一头冲进塌了一半的棚屋时，发现小伙伴们还横七竖八地倒在角落，继续睡着懒觉。

看来早起的鸟儿有食吃。

乔纳森兴奋地叫醒大家，小伙伴们揉着眼睛坐起来。看到乔纳森手上的那块广告牌，他们既兴奋又诧异，纷纷叫了起来：

"我们的老家！……"

罗哈扎娃站了起来，问是不是偷来的？科瓦利尔有些担心，赶紧交代说也不算是偷，但说不上不是偷的理由。乔纳森辩解说当然不是偷的，他们用另一块板把它补了回去。

罗哈扎娃想想有道理，广告板用来挡风的，上面印着什么并不重要。他用力拍了一下乔纳森的肩膀，笑着告诉他太棒了，这下他们每天可以回老家了。

乔纳森拘谨地嘿嘿一笑，说就是嘛。

罗哈扎娃环视了一下这间破棚屋，用手一指其中的一处墙壁，确定挂在那里。大家一齐动手，把那块广告板挂到了墙上。

挂完，他们站在广告板前，兴奋地望着，悄声议论着，眼里充满了憧憬期待的神色。

"要是有这样一间房子，那该多好呀。"艾利克斯说。

"这么漂亮的房子，哪里去要呀，不可能的，别胡思乱想了。"罗尼斯说。

"住着这样的房子，一定很舒服的。"姆班达一脸遐想地说。

"是的，住在这样的房子里，会做很甜的梦的，会从梦里笑出声来的。"艾哈迈德说。

罗哈扎娃听着他们的话，突然来了灵感，脑子里跳出一个念头来，说：

"大家听好了，我们每个人都来领一间那上面的房子，领到哪间房子，哪间房子就是你的家了。"

"真的吗？"阿米娜的眼里闪出了幸福的光芒。

"你是女的，还是你先来挑。"罗哈扎娃说。

"哇，真的要给我们分房子呀？"桑德兴奋不已。

卡玛古十分灵光，马上领会了罗哈扎娃的意思，赶紧招呼大家排队，让阿米娜排在最前面，然后按年纪大小排下去，年纪小的排前面，年纪大的排后面。

"要是一样大呢？"艾利克斯问。

"一样大的话，小个子的排前面，大个子的排后面。"罗哈扎娃说。

很快，大家排起了一列长队，阿米娜排在最前面。她激动地伸出手，指着其中的一间房子大声叫了起来：

"我要那间，我要那间，数过来第三间，那间最漂亮了。"

"那间太小了。"排在她后面的姆班达表达了不同的看法。

"那间漂亮，我宁愿小一点，就是要漂亮的房子。"阿米娜不为所动。姆班达扮了个鬼脸，表示无奈。

卡玛古搬过凳子，放到广告板前，嗖一下站了上去，用黑乎乎的手指头寻找到了阿米娜想要的那间房子，用一截铅笔头在那间房子上小心地标了一个"1"字。

排在后面的伙伴们趁着间隙窃窃私语，相互询问着对方的打算。

"艾利克斯，你打算在房子里放些什么？"罗尼斯问道。

"我嘛，要放一张大床，铺上软软的垫子，再摆一张桌子，一张椅子，还有锅啊碗啊盆啊什么的，可以美美地烧上一顿木薯饭吃。"艾利克斯说。

"我还要弄两只玻璃杯，倒上有颜色的水，对着阳光照一照，一定很好看的。"罗尼斯憧憬着幸福的一刻。

"大家领了房子之后，还可以用自己的名字，来叫房子前面的小路。"罗哈扎娃提议说。

"艾哈迈德路，唉，真的很好听耶。"艾哈迈德露出了开心的笑容。

"桑德路也是很好听的。我要好好做一块路牌，指引你们到我家里来玩耍。"桑德一脸光彩地说，眼里充满着浓浓的向往之色。

垃圾场既是他们的生活来源之地，也是他们的游乐玩耍之处，他们几乎将白天时间都泡在了那里。

科瓦利尔捡到了一只沾满泥土的玻璃杯，赶紧跑去找罗尼斯。罗尼斯很羡慕，说他运气真好。科瓦利尔很大方地把玻璃杯送给了他。

罗尼斯接过玻璃杯，撩起衣摆用力擦拭着。很快，玻璃杯被大致擦干净了。罗尼斯拿起来，对着阳光看着，脸上露出了幸福的笑容。

回到流浪儿们共同的家，他们各自整理着捡拾来的东西，这些东西都是为"未来的家"准备的。他们还相互讨论着那些东西的用途。

罗尼斯将那只玻璃杯小心地放到台子上，后退一步，满足地欣赏着。

桑德在做着路牌，用刀子往一块木板上雕刻着自己的名字，刻得非常专注和用心。

这时，一个邋遢的中年男子气呼呼地闯了进来。他叫拉希德，是那个被偷了广告板的户主。拉希德环顾屋子，看到了那块挂在墙上的广告板，愤怒地径直冲上去，一把将那块广告板扯了下来。

小伙伴们一看广告板被扯下，心疼得要命，立刻围上去，从拉希德手里去抢。双方扭成一团，场面混乱不堪。

罗哈扎娃生怕广告板被折断，立刻高声制止大家。伙伴们听到罗哈扎娃在喊"住手"，只得迟疑地停了下来。拉希德手里还紧紧抓着那个广告板，从包围中挤了出来。

"小兔崽子，是谁偷了我这块东西？我一定饶不了他！"拉希德怒气冲冲地叫嚣道。

"是我拿的。"罗哈扎娃看到广告板没有被弄坏，不由得松了一口气，主动认领了下来。

"这是拿吗？明明就是偷，太可恶了！"拉希德嚷嚷着跨步冲到罗哈扎娃面前，一把抓住他的前襟，要把他往外面拉，"走，去把它钉上！"

"不是早就用其他板给你钉上了吗？"罗哈扎娃一边挣扎，一边解释着。

"吹了，被风吹走了，豁开了一个大洞！"拉希德气呼呼地说。

"那你好好说嘛，干吗这么凶巴巴的？"罗哈扎娃一把甩脱了拉希德。

"偷人家的东西还好意思让人家客客气气对你？要是不给我马上弄好，我就扒了你们这间棚子！"拉希德狠狠地威胁道。

"我们这就去弄，你能不能把这块板留给我们？"罗哈扎娃说。

"不行！"拉希德断然拒绝。

小伙伴们立刻面露失望之色。

广告板被拉希德抢走了，小伙伴们十分失落。夜晚，他们垂头丧气地躺在角落，只有桑德借着月光依旧在雕刻路牌。罗哈扎娃叫他睡觉，不要再刻了。桑德却说：

"拉希德把那块板抢走了，但他没法抢走我们的老家。我要为每个人做一块牌子，1号是阿米娜家，2号是姆班达家，3号是艾哈迈德家，4号是艾利克斯家……我们把牌子竖起来，就留住了我们的房子，就留住了我们的老家。"

罗哈扎娃觉得桑德说得太好了，非常感谢他。是啊，虽然没有了广告板，但他们已经把费拉小镇深深印在了脑子里，梦幻般地认为，广告板上有童话一般房子的地方，才是他们的老家。

乔纳森始终不甘心广告板就这样被拉希德抢走，特意跑到拉希德棚屋前来看。墙上的豁口已经被堵住，但堵豁口的不是那块广告板，而是其他的纸板。

乔纳森一脸失望。

乔纳森走到门口，扒着门缝望进去，只见那块广告板已被一截为二，贴在了床头和床侧，亮丽的图案使拉希德这间昏暗脏乱的屋子变得有些明亮起来。

乔纳森不但感到失望，而且感到痛心。

乔纳森转身离开棚屋，奔跑着远去，找到了正领着大家在摘杧果的罗哈扎娃。

"头儿，我刚才去看了，拉希德没有把我们的老家挂到墙上，那块板被他割成两片贴到床边了！"乔纳森气喘吁吁地说道。

"他把我们的老家弄没了？"卡玛古急急地叫了起来。

"头儿，我们不能看着老家就这样消失了，而且还被他弄成了两片。"桑德不满地说。

"怎么办呀？"乔纳森催促着他。

"让我想想办法……反正，老家一定不能消失，更不能分成两片。"罗哈扎娃态度坚决。

拉希德的做法无疑是对十个流浪儿的一次精神打击。他们不能眼看着"老家"就这么消失了，更不能容忍"老家"被一截为二。

"办法只有一个，就是把它换出来。"沉吟了半晌，罗哈扎娃终于有了思路。

"对呀，我们去找另外两块板，把它们贴到希拉德床边，然后就可以把我们的老家贴到墙上去了。"桑德赞同这个办法。

"能不能把我们的老家再拿回来呢？"艾利克斯建议道。

"这个不行，拉希德还会找上门来的，说不定就会把我们的老家撕个粉碎。"罗哈扎娃说。

"这样的话，那两块板一定要找得好看一点，否则拉希德也会不干的。"卡玛古提议说。

大家赶紧来到垃圾场，头分捡拾起来。但这样的纸板一时很难找到。桑德想出了一个办法，捡来一些好看的纸，把它们一张张地粘到纸板上，这样纸板就会变得好看起来。

伙伴们围观着桑德往一块硬纸板上贴花花绿绿碎纸，七嘴八舌地议论着。卡玛古问桑德，这点子是怎么想出来的。桑德嘿嘿一笑，说是晚上做梦梦到的。卡玛古说怪不得昨天晚上桑德狠狠踢了他一脚，原来梦到了好点子。

贴好了硬纸板，罗哈扎娃领着卡玛古、桑德、乔纳森三人来到了拉希德棚屋前。罗哈扎娃上前扒着门缝往里一看，见拉希德不在，便轻轻地推门进去。三人一同跟了进去。

罗哈扎娃到门后望风，其他三人爬上床，很快将拉希德床边墙上的两块广告板换了出来。

粘着花花绿绿碎片的硬纸板被贴在了拉希德床边的墙上，看上去十分扎眼，成了这个棚屋的一个绝对亮点。

四人站在床前，欣赏着硬纸板。

"好看吗？"罗哈扎娃说。

"好看。"卡玛古说。

"太好看了。"桑德说。

"真的非常好看。拉希德一定会开心的。下次我们的屋子里也要贴上几块。"乔纳森说。

四人望着硬纸板，脸上露出满意的神情。随后来到棚屋外，将两块广告板拼凑起来，搭着两个人梯，合力往外墙上钉着广告板。

罗哈扎娃被乔纳森踩着肩膀，警觉地望着风，催促着他们抓紧钉上，而且还不忘叮嘱，要钉得牢一点，千万不能再像上次一样了。

就在这时，拉希德突然出现了，大喝一声：

"小鬼崽子，又来找死了！"

一听是拉希德，伙伴们"哗"一下散去。惊慌之中，卡玛古不慎跌倒在地，一时爬不起来了。罗哈扎娃和桑德一把拉起他，罗哈扎娃将他驮到背上，赶紧匆匆撤离。

乔纳森一边退一边对拉希德喊着：

"我们把你床头弄好了，比原来的还要好看，不许弄坏了！听到没有！——"

拉希德只是象征性地追了几步，便转身往回走。他在那块广告板前停住，俯身捡起一块石头，气恼地往广告板扔去。石头在广告板上砸出一个凹印，但并没有把广告板砸坏。

拉希德来到屋内，一眼就看到了那两块扎眼的硬纸板，气呼呼地上前，要把它们扯下来。他伸手刚刚触及硬纸板，但又马上停了下来。想了一想，退后几步，站在那里看着硬纸板，似乎喜欢上了它，脸上愤怒的表情这才慢慢地缓解了下来。

罗哈扎娃背着卡玛古在路上跑着，桑德和乔纳森扶在两边。卡玛古让他放下来，说自己没事了。罗哈扎娃不肯放下，执意要把他背到家里，说他是为"老家"负伤的，一定要背他到家里。

桑德要求换他来背，罗哈扎娃拒绝了，说"老家"终于回到了原来的地方，他们又可以时时去看"老家"了。这件事对他们来说太重要了，所以他一定要把卡玛古背到家里。

虽然这一次没有大碍，但几天之后的一次偷窃，卡玛古却被打得伤势严重，只能躺在床上了。

卡玛古偷的那户人家，男主人叫巴伊塔什，是个体格强壮的男人。当卡玛古偷到东西，越过窗户跳出来时，正好遇到巴伊塔什从外面回来。卡玛古撒腿就跑，巴伊塔什奋力去追。

没有追出多远，卡玛古被逮住了。巴伊塔什挥出一拳，狠狠打在了卡玛古面门之上。这一拳力量实在太大，只一下便把卡玛古击倒，满脸流血，躺在地上不省人事。

卡玛古手上的袋子被甩到了一边，袋里的木薯粉撒出了一半。巴伊塔什上前，想把撒出的木薯粉舀点回去，但因为是泥地，木薯粉已经被弄脏，不能再吃了。

巴伊塔什有点气急败坏，拿过袋子走向卡玛古，朝着卡玛古狠狠踢了起来。

小伙伴们得知消息，把卡玛古扛了回来，放到角落让他平躺下来。阿米娜拿来一块破布，沾上一点脏水，来到他身边，替他擦拭着脸上的血迹。

艾利克斯端着一只碗，小心地喂他水喝。

其他人都围在卡玛古身边，关切地看着他。卡玛古闭着眼睛，表情痛苦，小声呻吟着。

罗哈扎娃把脸凑到卡玛古面前，问他发生了什么。卡玛古缓缓睁开眼睛，咽了一下口水，吃力地说，是巴伊塔什打了他。

巴伊塔什是个壮汉，怪不得卡玛古被打得这么厉害。大家唏嘘不已。罗哈扎娃问原因，卡玛古承认自己偷了他家的木薯粉，本来想让大家好好吃一顿的。

罗哈扎娃愤怒不已，偷了一点木薯粉就要把人置于死地，真是欺人太甚。他要替卡玛古讨个说法去。

罗哈扎娃带着伙伴们闯进了巴伊塔什的家，巴伊塔什抬头见是一群孩子，感到有些意外。罗哈扎娃开门见山，怒目问他是不是打了卡玛古。巴伊塔什问他们是谁，罗哈扎娃告诉他是卡玛古同伴。

巴伊塔什明白了他们的来意，问他们是不是来找他评理的。罗哈扎娃说是的，责问他为什么要对卡玛古下那么重的手，快要把卡玛古打死了。巴伊塔什说卡玛古偷了木薯粉，反问罗哈扎娃不打他应该打谁？乔纳森说只偷了这么一点东西，不至于把人打成这样吧？

巴伊塔什觉得乔纳森说得轻巧，回怼乔纳森，要是他们能拿来木薯粉，他也愿意被他们打成这样。罗哈扎娃不与巴伊塔什纠缠，只要求他向卡玛古道歉，或者拿木薯粉来交换。

巴伊塔什说他们这是想造反，他还真后悔下手轻了呢，最好把卡玛古打死，这样就少了一个小偷。他不愿意再跟他们啰唆，用力推搡着他们，要他们赶紧滚得远远的。

罗哈扎娃顶住了巴伊塔什，执意要他向卡玛古道歉。巴伊塔什叫嚣起来，说小兔崽子给我滚，再也不要让我看到你们！

巴伊塔什猛然推了一把罗哈扎娃，罗哈扎娃一个趔趄，身体失去平衡，摔倒在了地上。

伙伴们赶紧将他拉了起来。

罗哈扎娃抹了一把鼻涕，倔强地抬起头，怒视着巴伊塔什，一脸骄傲地说：

"才不稀罕这个地方呢，我们有自己的老家，要比这里好多了！总有一天，我们会离开这里的！"

巴伊塔什鄙视地一笑。但小伙伴们却是一脸的坚定和向往。

回到家中，小伙伴们正要走进家门，罗哈扎娃一把拦住了他们，说：

"卡玛古受了重伤，这几天肯定起不来了，我们要给他找好吃的，还要轮流照顾他。现在大家排好队，每人按编号照顾一天。"

小伙伴们以罗哈扎娃为龙头，迅速排好了长队。罗哈扎娃报了一个"1"，其他小伙伴"2、3、4"地报了下去。

为了给卡玛古好吃的东西，小伙伴们在垃圾场用心捡拾着，希望找到好东西。

阿米娜翻出了一个瓶子，瓶身沾满了泥巴。她不知道这是什么东西，只发现瓶盖密封着，里面装着液体。她举起瓶子，兴奋地召唤起来。

小伙伴们闻声跑了过来，把阿米娜团团围住。只有乔纳森和科瓦利尔还在远处。

阿米娜用手抹去泥巴，原来是一瓶可乐。但她不认识可乐，问哥哥知不知道。罗哈扎娃摇头说不知道，转头问罗尼斯，罗尼斯也不知道。其他小伙伴都纷纷摇头。

乔纳森和科瓦利尔赶到了，罗哈扎娃向乔纳森亮了亮可乐，问他这是什么。乔纳森接过一看，点头说是可口可乐，瓶盖还封着呢，是一瓶新的。

阿米娜问可口可乐是什么东西，能不能喝。

乔纳森说当然能喝，它是一种饮料，喝了会打嗝，很痛快。科瓦利尔也兴奋地附和，说喝过，打起嗝来真的很痛快，咯、咯、咯——

为了让大家感觉很痛快，罗哈扎娃宣布收工，回家去喝可乐。

来到家中，小伙伴们把自己的碗放在台子上，依次排成一排，其中有一只碗放在队伍的一边，显得很突兀，显然，那是卡玛古的。罗哈扎娃拿着那瓶可乐，先朝卡玛古的那只碗里倒上一点，再朝其他的碗里倒着，每只碗只倒一点点，生怕一瓶可乐不够倒。

望着可乐冒出气泡，小伙伴们的眼睛都看得发直了。罗哈扎娃要让卡玛古先喝，端起碗来到他身边，慢慢将碗沿凑到他嘴边。

其他的小伙伴都围了上来，盯着卡玛古喝。卡玛古看上去好多了，惨然一笑，张口喝了一下。

小伙伴们也都跟着咽了一下口水。

卡玛古回味了一下味道，小声问那是什么东西。罗哈扎娃告诉他是可口可乐。卡玛古从没听说过可口可乐，一脸懵懂。罗哈扎娃向他解释，喝了会打嗝的。

卡玛古问是打嗝水？罗哈扎娃嗯了一声，问他好不好喝。卡玛古说好喝。罗哈扎娃又问打嗝了没有。卡玛古说没有。罗哈扎娃猜测可能喝得不够，认为全部喝下去就会打了。

卡玛古咕咚咕咚地把碗里的可乐全部喝下，等着打嗝。小伙伴们都紧张地盯着他嘴巴，希望能听到打嗝声。但过了一会，始终没有打出来。

卡玛古有点着急，说怎么还没有打。罗哈扎娃转向乔纳森，向他确认到底会不会打嗝。乔纳森肯定地说会的，他以前打过的。为了证明自己说得没错，转头问科瓦利尔自己说得对不对。

科瓦利尔说对的，是会打嗝的。罗哈扎娃质疑，为什么卡玛古还没有打。乔纳森说可能是因为躺着吧。

罗哈扎娃不再追问，告诉大家可以喝可乐了。小伙伴们纷纷走到台子前，拿起自己的碗喝了起来。他们像是事先约定似的，都慢慢喝着，品尝着可乐的味道。

他们对可乐的味道反应不一，表情各异。

乔纳森问罗哈扎娃："好喝吗？"

罗哈扎娃迟疑了一下，一时说不上来，只是呵呵了一声。

阿米娜说："我觉得怪怪的。"

艾哈迈德说："我也觉得怪怪的。"

科瓦利尔说："多喝几次就会觉得好喝了。"

阿米娜问桑德："你打嗝了吗？"

桑德说："没有。"

阿米娜望向罗哈扎娃，问："你呢哥哥？"

罗哈扎娃憋了一下，摇头说："没有。"

罗哈扎娃转向大家，问："你们打嗝了没有？"

小伙伴都摇头，回答道："没有。"

然后小伙伴们憋住气，等着打嗝。等了一会，还是没有。泄气之际，传来"咯"的一声，是躺在角落的卡玛古打嗝了。卡玛古弱弱地告诉大家："我打了。"

小伙伴们都凑了上去，围到卡玛古身旁。

罗哈扎娃说："我听到了。"

乔纳森说："我也听到了，就是可口可乐的声音。"

罗哈扎娃问卡玛古："打嗝舒不舒服？"

卡玛古说："舒服。"

阿米娜问："怎么个舒服法？"

卡玛古说:"好舒服。"

罗尼斯也问:"能不能再打一个让我们听听?"

卡玛古努力想再打一个出来,用力提了一口气,但只是象征性地打了一个残缺的嗝。

罗哈扎娃说:"我知道了,要打嗝就得喝更多的可口可乐。乔纳森对不对?"

乔纳森拼命点头说:"是的,只有喝得多,才能打得出嗝来。"

罗哈扎娃沉吟了一下,说:"要是有一天能够喝到很多可口可乐的话,我们就来一场打嗝比赛。你们说好不好?"

小伙伴们兴奋不已,异口同声地说:"好!——"

姆班达说:"我要一口气喝一瓶,咯咯咯地打上三个!"

艾哈迈德说:"我要打上十个!"

小伙伴们的眼睛里充满了期待和向往。贫民窟的生活虽然贫穷不堪,但他们之间相互照顾、风雨同舟,能够让人感受到残酷生活中的一丝温情。

## 十八、飞来横祸

当那辆密封厢式货车陷入垃圾场附近土路,穆萨安瓦前去叫人求助时,罗哈扎娃正好领着所有小伙伴在周边玩耍。艾利克斯第一个发现了汽车,感到很新奇,赶紧将情况告诉了罗哈扎娃。

在他们这里,除了垃圾车,从来没有其他汽车来过。艾利克斯觉得那辆车不是垃圾车,是装货物的那种车,围得严严实实的,估计里面有很多东西。

罗哈扎娃小手一挥,领着小伙伴们兴致冲冲地朝穆萨安瓦的汽车走去。

穆萨安瓦遇到了拉希德,掏出一些钱塞给他,向他求援。拉希德听明白了情况,对穆萨安瓦说可以帮他去找人。穆萨安瓦十分感激,跟着他往贫民窟走去。

小伙伴们来到了汽车前。

卡玛古走到驾驶室前,跳起来察看里面有没有人。驾驶室太高,一时看不清楚,只好壮着胆子一把拉开了驾驶室的门。见里面没有人,兴奋地招呼罗哈扎娃。

哈罗扎娃点了点头,绕到了车后。这辆密封厢式货车的车门就在车后。发现车门没有上锁,哈罗扎娃吩咐乔纳森和科瓦利尔把他抬起来,终于够到了门把手,用力一拉,把门打开了。

里面果然有很多东西,罗哈扎娃惊叫起来。乔纳森和科瓦利尔把罗哈扎娃往上一抬,罗哈扎娃爬进了车厢。

乔纳森在科瓦利尔帮助下,也爬了进去。

车厢里装了一大半空间的货物。在这些货物里面，居然还有一些食品，有面包、薯片、牛肉干、方便面等。罗哈扎娃抓过一包面包，撕开包装，塞到嘴里狼吞虎咽地吃了起来，一边吃一边来到门口，冲着大家大声叫唤起来。

小伙伴们闻声围了过来，相互帮助之下纷纷爬上了车厢。看到有那么多好吃的东西，各自争抢着吃了起来。

艾利克斯拿了一包芝麻糊，撕开包装往嘴巴里倒着。没想到一吸气噎到了，砰砰砰地剧烈咳起来，把整个车厢喷得"烟雾缭绕"。

这时，罗尼斯指着远处突然紧张地叫了起来，说有人来了。

伙伴们趋身凑到车门前，朝远处看去，果然有一群人朝着车子的方向走来。

阿米娜惊叫起来，说是拉希德来了。大家定睛一看，果然是凶神恶煞般的拉希德。卡玛古转向罗哈扎娃，问他怎么办。罗哈扎娃赶紧吩咐把门关上。大家都害怕拉希德，像避瘟神一样避着他。

罗哈扎娃要大家躲起来，不许发出声音。小伙伴们纷纷往货物里钻着，将自己掩藏起来。

穆萨安瓦叫来的是四个人，要他们在汽车发动后同时用力推。穆萨安瓦跳上驾驶室发动了汽车。车后四人摆开架势，喊着号子用力推了起来。

轮胎继续打滑，冲击着泥潭，令车子一下一下地前后摆动。随着车子摆动，其中一扇车门突然向外晃开，差一点撞到了其中一人头上。那人停止推车，用力将车门关上，并且咣当一下插上了栓子。

车门被牢牢关上，再也无法从里面打开了。这意味着，如果没有人来打开车门，贫民窟的那十个孩子一时就出不来了。

四人继续喊着号子，用力猛推着。随着使力的频率达成高度一致，车轮终于从泥潭中翻滚了出来。

穆萨安瓦停下车子，从驾驶室探出身子，向他们道谢，然后驾车离去。

发现车子开动起来，罗哈扎娃从躲藏处小心地走了出来，一脸焦急地叫唤大家出来，说汽车好像开走了。

大家纷纷走了出来，脸上满是担心和惊恐。

罗哈扎娃和卡玛古快步来到车后门，想透过门缝看一看。但车门实在太密封，根本没有缝隙。

乔纳森趴到车底将耳朵贴上去，用声音来判断汽车状态，觉得汽车跑得很快。卡玛古也趴到车底，忧心重重地探听着，一样觉得汽车跑得很快，他们被带走了。

小伙伴们纷纷围了过来。罗哈扎娃要大家跳车，不能被带走，否则就糟糕了。

罗哈扎娃和卡玛古伸手去开车门，但车门怎么也打不开。他们一起用脚踢、用身体撞，都没有办法把车门打开。

为了让汽车停下来，必须要把情况告诉司机。罗哈扎娃一边用手敲着车厢壁，一边大声喊着。其他小伙伴也学着罗哈扎娃的样子，又是敲着又是喊着。

但这辆车的车厢与驾驶室是分离的，孩子们的叫喊声和拍打声，根本传不到驾驶室里。更何况驾驶室内充斥着马达轰鸣声，穆萨安瓦根本听不到孩子们发出的声音。

路况变得好多了，从土路变成了沙石路，宽度也渐渐变得更阔。穆萨安瓦的眉头也舒展了不少。

这一会儿，正好经过一个路标，穆萨安瓦朝路标瞅了一眼，再拿过那张地图一对照，上面正好有这个地方的标记。穆萨安瓦用手比画了一下，知道离约堡市区不远了。

小伙伴们横七竖八地坐在车厢地上，相互背靠着，看上去疲惫不堪。他们喊得喉咙变哑，捶得双手发痛，渐渐感到了绝望。他们猜测着汽车会去哪里。乔纳森说会不会去约堡。罗尼斯问约堡是什么地方。乔纳森说听他爸爸说，是个大城市。阿米娜问大城市是什么地方。科瓦利尔说垃圾山上的那些垃圾，都是从大城市里运来的。

听科瓦利尔这么一说，卡玛古觉得大城市就是一个生产垃圾的地方了，他感到很好奇，认为那里肯定有很多很多好东西。

阿米娜却说她害怕大城市，大城市生产出那么多垃圾，一定像一只大狮子一样，张着血盆大口很会吃的。她向来害怕大狮子。

罗哈扎娃安慰她不要怕，有他这个哥哥在身边呢。卡玛古说大城市里还有可口可乐呢。听到可口可乐，艾利克斯装作"咯"的一声，说他想打嗝。罗尼斯说他也想打嗝，然后"咯咯咯"地假装打着。

大家哈哈哈地笑了起来。

路标上终于出现了"约翰内斯堡"字样，穆萨安瓦心情变得开朗起来，伸手拿过那张地图，将它团起来，从车窗里扔了出去。然后打开车载收音机，随着歌声哼了起来。歌词是他自编的。

穆萨安瓦唱道："今天出车怪事多，手绘地图避恶魔，误入土路陷泥窟，帮手解困乐呵呵，出车工资三倍多，正好急着等下锅……"

穆萨安瓦开心地唱着，看到前方路边停着一辆皮卡，他并不在意，以为是一辆正常停靠的车辆。但随着越来越接近皮卡车，穆萨安瓦发现皮卡的两扇车门突然被打开，从车里迅速下来三人。

那三人手里握着手枪，站到道路中间，持枪对准了穆萨安瓦，用手指示穆萨安瓦停下车来。

穆萨安瓦心里咯噔了一下，暗自惊诧："不好！遇上劫匪了！"

但他一时有些犹豫，没有马上停下来。其中一个歹徒见状，"砰"的一枪朝他射来，击碎了副驾驶室的风挡玻璃。穆萨安瓦一惊，只好猛踩一脚刹车，将车停了下来。

歹徒命令他下车，把汽车交给他们。穆萨安瓦探出身子，告诉他们是空车，车上什么东西也没有。

车厢内，孩子们重新躁动起来，纷纷敲打着车厢壁。但车外的歹徒没有听到。

三个歹徒迅速窜到车门前，三支手枪齐刷刷对准了穆萨安瓦脑袋，叫他不要啰唆，马上滚下车！

穆萨安瓦赶紧答应，佯装着下车，趁机打开抽屉，悄然从里面拿出一支辣椒水。他悄声嘟哝着可不想丢了眼看就要到手的三倍工资。

穆萨安瓦打开车门，装着要下车的样子，猛然将辣椒水朝三个歹徒喷去。歹徒猝不及防，瞬间被刺痛了眼睛，胡乱地开枪射击。

穆萨安瓦立刻关上车门，但关门之际，腹部被其中一枪打中。他立刻点火，挂挡，踩油门，趁着歹徒手忙脚乱之际，迅速开车逃离了。

腹部中弹之际，穆萨安瓦一心只顾着对付歹徒，对这一枪并无在意，甚至都没有感觉中弹了。然而在开出一段距离后，见歹徒已被远远甩下，穆萨安瓦精神松弛下来，这才感觉腹部传来阵阵疼痛。他用手一摸，发觉手上全是鲜血。

看似穆萨安瓦还能开车，其实这一枪却是致命的，因为打中了腹腔动脉，导致大出血。为了止血，穆萨安瓦只好拿过一只垫子，压到腹部，再弓身前倾，将腹部紧紧顶住方向盘，这才令流血大为减缓。

穆萨安瓦就这样咬着牙关坚持开车，汗水不停地从脸上淌下来。

穆萨安瓦自言自语道："我一定要把汽车开到公司，我一定要把车开到公司……三倍工资，我等着急用呢……"

车厢内的小伙伴们已经筋疲力尽，散乱地集中在车厢内，或坐或躺着。

穆萨安瓦咬着牙关将车开到了市区，摇摇晃晃地行驶在道路上。

坚持，坚持，再坚持。

终于将车开到了公司大院外，默德默德用力摁响了喇叭。警卫阿米诺夫确认后，打开铁门让汽车驶了进来。

穆萨安瓦尽量把汽车开到边上，刚刚停稳，意志一下子松懈下来，整个人扑倒在方向盘上。他沉重的身子压着了摁钮，喇叭发出持续的鸣笛声。但穆萨安瓦因为失血，已经晕过去，再也动弹不了了。

　　阿米诺夫发现异常，赶紧冲了过来，拉开驾驶室门，见穆萨安瓦趴在方向盘上。他不知道穆萨安瓦到底怎么了，伸手轻轻一拉，穆萨安瓦竟然倒了下来，全身沾满了鲜血。

　　阿米诺夫知道出了大事，用力将穆萨安瓦靠到座椅上，转身冲进小楼去喊骆琳达。

　　骆琳达和员工们纷纷从小楼出来，快步冲向汽车。院子里顿时大乱。阿米诺夫和克思达瑞上前察看穆萨安瓦状况。阿米诺夫搭了搭穆萨安瓦颈动脉，回头对骆琳达摇了摇头。

　　骆琳达大声问着到底发生了什么。阿米诺夫说好像腹部中了一枪，血流得太多了，可能遇上打劫了吧。骆琳达上前，摇着穆萨安瓦的肩膀叫唤起来，但穆萨安瓦再也没有回应了。

　　骆琳达问他是怎么回来的，阿米诺夫说自己开回来的。骆琳达不解，问伤势这么严重，他怎么开得回来。阿米诺夫说不知道，反正进来之前，他应该还是活着的。

　　骆琳达想了想，立刻做出决定，让江政文赶紧叫救护车，无论如何都要拼尽全力抢救穆萨安瓦。

　　车厢内的孩子们听到了外面的嘈杂声，但此时，已经没有多少力气了。罗哈扎娃等人虽然敲打着车厢壁，却再也敲不响了。再加上外面混乱不堪，人们的注意力全都集中在救援穆萨安瓦上面，一时没有人再去顾及车上的货物，根本没有人发现车厢里还有十个孩子。

　　真是可怜了他们，由于车厢密封度较好，时间一长造成缺氧，他们昏昏沉沉地睡了过去。

　　穆萨安瓦终因失血过多死去。

　　在江政文和维多利亚陪同下，骆琳达来到了穆萨安瓦的家。那是一个四周用木头围合、屋顶用茅草覆盖的木屋。两个孩子在屋外的泥土里玩耍。骆琳达上前，从包里掏出两个玩具递给他们。他们先是一愣，然后一把接过，害羞地冲向屋里。

　　骆琳达三人跟着进屋，只见屋里低矮阴暗，又脏又乱。但亮眼的是，屋子四周的木头和中间的柱子上，都雕刻着各式各样的雕塑。穆萨安瓦的妻子阿伊特正做着木薯饭，背上还背着一个孩子。她回头发现身后站着三个陌生人，十分惊愕。

　　骆琳达做了自我介绍，然后艰难地将穆萨安瓦遇难之事告诉了她。阿伊特悲恸欲绝。穆萨安瓦是家中顶梁柱，全家生活全靠他的那份工资，失去了他，阿伊特和孩子们接下去将如何生活？

警察前来办案，发现车厢里竟然关着十个孩子，处于昏睡状态，大为震惊。孩子们被紧急送往医院救治。好在只是轻度缺氧昏睡，才没有酿成大祸。

骆琳达闻讯赶到医院，见十个孩子排成一溜或躺着或坐着。她站在他们面前，既感到悲哀无助，又感到哭笑不得。

面对骆琳达，孩子们感到惊恐害怕。骆琳达问他们是谁，从哪里来，怎么会在车上。孩子们茫然失措地看着她，谁也没有回答，也不知道怎么回答。骆琳达说，她会负责把他们送回去的，但得告诉她，应该把他们送到哪里。

"我们不知道应该去哪里。"罗哈扎娃终于开口了。

"你可能理解错了，我想说的是，我负责把你们送回家去，只要你们告诉我家在哪里就可以了。"骆琳达以为自己没有说清楚。

"我们不知道家在哪里。"罗哈扎娃说。

"其他人知道吗？"骆琳达问。

"你们知道吗？"罗哈扎娃转向乔纳森和科瓦利尔，但他们俩摇了摇头，表示不知道。

"你们不知道自己的家在哪里？"骆琳达十分不解。

"在垃圾山边上。"罗哈扎娃想了想，回答她。

"在什么区域，什么道路，什么门牌号？"骆琳达追问道。

"我们是一群流浪儿，"罗哈扎娃说，"没有父母，没有家，也不知道住的地方在哪里，因为我们从来没有走出过那个地方。我们只知道我们住在垃圾山旁边。"

"那你们怎么会在车上的？"骆琳达更加疑惑不解了。

"因为那辆车来到了垃圾山旁边，我们就偷偷上了车。"卡玛古说，"但没有想到车子突然开走了，车门也被关上了，我们就这样被困在了车厢里。"

"就是说，你们说不上自己住在哪里？也说不上自己父母叫什么？"骆琳达觉得匪夷所思。

"我们没有父母，我们是一群流浪儿。"罗哈扎娃说完，其他小伙伴纷纷点头称是。

"行吧，明天出院后就放你们走。"骆琳达说。

"我们不知道要去哪里。"罗哈扎娃一脸担忧地说。

骆琳达耸耸肩不再说话。他们要去哪里，这不关她的事。车是他们自己上去的，她给他们付了医药费，已经说得过去了。

但孩子们却不肯走了。他们说没有可以去的地方。

骆琳达认为他们赖上了她，感觉哭笑不得。维多利亚叫她不要管，甩掉他们就是了。骆琳达也是这样想的。

正商量着，接到了警察电话，说他们去医院问过那些孩子了，好像什么都答不上来。警察问骆琳达，孩子们出院后是否会送他们回家。骆琳达告诉警察，她问过他们，他们说个个都没有父母，是一群流浪儿，她不知道应该送他们去哪里。警察说明天还会去她公司继续调查，要她把那些孩子暂时安顿一下，等到调查完了再放他们走。骆琳达问要安顿多久。警察说安顿多久要看调查时间，在案子没有查清楚之前，是不能让他们走掉的。

骆琳达挂了电话，对维多利亚说，看来麻烦多多了。维多利亚问怎么啦。骆琳达要她明天叫上克思达瑞和玛尔塔丝，去医院把这些孩子带到自己住的别墅，这些天由她暂时看管他们。

"十个孩子，我行吗？"维多利亚倒吸了一口气。她从来没有看管过孩子，别说十个，就是一个都够呛。

"看住他们就行了。"骆琳达说。

"骆总，难道就不能出了医院立刻甩掉他们吗？他们本来就是一群流浪儿呀。"维多利亚感到不解。

"我何尝不是这样想的，"骆琳达叹了叹气，说，"但办案警察提出要求了，在案子没有查清楚之前，要我们暂时安顿他们，不能让他们走掉了。除非可以找到他们的家。"

"流浪儿哪来的家呀？"维多利亚说。

"那也总得哪里来哪里去吧？"骆琳达说："原来在哪个桥洞，在哪个角落，现在就得回到哪个桥洞、哪个角落去。"

"看来得想办法撬开他们的嘴巴了。"维多利亚耸耸肩，一脸无奈地说。

对骆琳达来说，穆萨安瓦之死简直就是一场飞来横祸，一下子把她打蒙了。一方面，她要对穆萨安瓦的死负一定责任，安抚家属、赔偿谈判等一大堆事情等着她；另一方面，她要配合警察对"孩子门"事件的调查。这些事情搅和在一起，把骆琳达搞得焦头烂额。

骆琳达忙着接听手机，桌上的固定电话也响个不停，但顾不上去接听。"……我知道，我知道，你代表的是穆萨安瓦的利益，赔偿是肯定的，至于怎么赔法，我的律师也会马上跟我商量……"

固定电话一直响着。骆琳达应接不暇，只好把固定电话先接起放到一边，再继续打着手机。"行，行，上午我还要接受警察调查，下午我再跟你联系。拜拜。"

收起手机，骆琳达赶紧拿起电话听筒接听。电话是齐力打来的，问她怎么忙成这样，连电话都不接听。骆琳达说齐老弟呀，实在对不起，她都快要被逼疯了。齐力问怎么回事，骆琳达说：

"出事了，看来比较麻烦。我一个司机出车途中被打死了，估计是遇到了劫匪。这件事才刚刚开始，不想又冒出另一件事来，发现车厢里藏着十个流浪儿，但麻烦的是，问不出他们从哪里来的。警察正在调查这两件事呢。"

"司机的事，估计得赔钱，花钱消灾，息事宁人。至于那十个流浪儿的事，听起来有点夸张。但既然是流浪儿，扔了不就行了，扔哪儿都一样的。"

"问题是警察说，在案子没有查清楚之前，我得看管好这十个孩子。"

"必须这样吗？"

"必须这样。"

"找律师了吗？"

"找了，就是你上回介绍的哈达斯，估计马上到了。"

正说着，哈达斯敲门进来了。挂了电话，骆琳达把哈达斯迎到沙发上坐下。哈达斯从皮包里拿出一个文件夹和一部南非法律，摊到茶几上。

"穆萨安瓦的案子我基本清楚了，会给你一个详细的建议。"

"麻烦大吗？"

"不大，赔钱而已。"

听哈达斯这么一说，骆琳达稍稍松了一口气。哈达斯继续说：

"接下去要进行赔偿谈判，当然，要先把家属安抚好，安抚好了，谈起来才会顺利。赔偿有多个标准，要谈了之后再来看。"

"唉，怎么会摊上这种事情，我这公司刚刚走入正轨，正寻思着要加大步子，现在这样一来，恐怕会大伤元气。我最怕资金链拉紧，一旦断了，生意只好被迫停下来。"

"会过去的。"

但骆琳达十分担心，觉得这件事充满了变数。

从医院接回那十个孩子后，因为要处理穆萨安瓦事件，骆琳达没有精力对付他们，只好暂时由维多利亚照看他们，好吃好喝地伺候着。

维多利亚先是把这十个流浪儿带到别墅里，等到安顿好了之后，再来撬开他们的嘴巴。

这些孩子下了车，看着别墅的房子和房内的装饰，十分好奇，惊叹不已。桑德拉了拉卡玛古的衣服，悄声问他，这是不是他们的老家。卡玛古说不是，老家的房子是白色的。但桑德说他也喜欢这里，太漂亮了，从来没有见过。乔纳森怼了他一句，说他当然没有见过。桑德反问他有没有见过。乔纳森说他也没有见过。两人这下扯平了。

走过大厅时，看到电视机开着，孩子们惊诧万分，不知道这是什么东西，围在前面看了起来。

维多利亚走在前头，回头一看，见他们围着电视机，赶紧拍手催促起来，要他们不要乱动，不要出声，紧紧跟上。

孩子们重新排成一队，跟着维多利亚往里走。维多利亚把他们带到其中一间大房子，里面临时摆上了五张高低床，一共十个床铺。孩子们见了，开心又好奇。

"从矮到高都给我排好队。"维多利亚命令道。

孩子们纷纷排队，经过一阵混乱争吵，终于按高低次序排成了一队。

"1、2、3、4、5，你们五个矮点的，睡下铺，其他人睡上铺。"维多利亚用手指着他们，安排着床铺。

"我想睡上铺……"罗尼斯迟疑地举起了手，对维多利亚说。

"为什么？"维多利亚问他。

"因为好玩。"罗尼斯回答。

"你让我们自己选好了。"罗哈扎娃上前一步，向维多利亚提出了建议。

"他们都听你的？"维多利亚问他。

"他是我们头儿。"姆班达抢着说。

维多利亚感到有些意外，意味深长地看了罗哈扎娃一眼。"你们是个团伙？流浪儿团伙？"

"我们是一家人。"罗哈扎娃严正地纠正她。

"好吧，那就你来安排。"维多利亚感到意外和好奇，耸了耸肩答应了。

罗哈扎娃转身面对伙伴们，发出了命令："先让阿米娜挑选，剩下的我们来抢，谁快谁得。"

维多利亚双臂抱在胸前，冷眼旁观起来。

阿米娜指了指最靠里边的一个下铺，说她要那个。罗哈扎娃点了点头，然后朝大家看了看，开始数数："3、2、1，抢！——"

话音一落，大家迅速冲上去，呼呼呼地大力向上跳跃，纷纷争抢着上铺，那情形，就像一群猴子抢占山头，每个人都显得势不可当。艾哈迈德和科瓦利尔还嘭地撞在一起，双双从上铺跌了下来。

很快，混乱局面平息了。适者生存，各自落定了自己的床铺。剩下的一个床铺是在下铺，自然是罗哈扎娃的。卡玛古占据着上铺，见此情景，"咚"一下跳了下来。

"头儿，这是你的。"卡玛古指着自己的上铺。

"我就这个。"罗哈扎娃摇了摇头，也指了指自己的下铺。

维多利亚感慨不已，微微点了点头，不知是赞叹还是不屑。她再次拍了拍手，引来大家的注意。"很好，都摆平了。那么我们继续。大家先在这个房间里休息，我呢给你们每个人发一颗糖，甜甜你们，这样你们才会好好开口。对不对？"

大家不明白维多利亚的意图，一脸不解地看着她。维多利亚从口袋里抓出一把糖果，向大家一一分发着。

"能吃吗？"艾哈迈德问。

"当然能吃了，我不是说了，要甜甜你们。"维多利亚说。

"我能不吃吗？"阿米娜不舍得吃，想留着。

"不行，这颗一定要吃的，因为我说了，要甜甜你们。"维多利亚说。

"为什么要甜甜我们呀？"阿米娜问。

"想撬开你们的嘴巴。"维多利亚说。

"我们嘴巴都开着的呀？你看，啊——"阿米娜朝维多利亚张开了嘴巴。

其他小伙伴也学着她的样子，"啊——"地张开了嘴巴。

"好呀，那我来试试。"维多利亚指了指罗哈扎娃，说，"你是头儿，就从你这里开始。我问你，你们这群孩子为什么会被关在汽车上？"

"我们在玩耍的时候，看到汽车开来，然后轮子陷进去了，驾驶员去叫人的时候，我们就跑过去偷偷溜进了汽车。"罗哈扎娃回忆道，"没想到拉希德也来了，他很凶的，我们都怕他，就不敢下车了。后来汽车开了起来，门也被关上了，我们就再也出不来了。"

"那么，你们上车的地方在哪里？"维多利亚问罗哈扎娃。

"不知道。"罗哈扎娃摇摇头。

维多利亚转向其他孩子，他们都摇着头。

"能不能说说边上有什么东西之类的，比如说房子啊，街道啊，山啊，河啊，等等的。"维多利亚启发他们。

"有个垃圾山，我们每天都去的，在那里找东西来换吃的。我们的家都在垃圾山边上，后来家人都死了，我们就凑在了一起。只有他们两个是从外面来的。"罗哈扎娃指了指乔纳森和科瓦利尔。

"你们的家在哪里？"维多利亚问乔纳森和科瓦利尔，但他们两人都说不知道。

"你们是怎么到那里的？"维多利亚问。

"翻车了，然后就到了那里，然后就再也找不到家了。"随后，乔纳森把过程对维多利亚说了一遍。

维多利亚朝向大家，再次问道："你们每个人都再想一想，你们的家到底在哪里？那个垃圾山到底在哪里？"

大家一脸茫然，一时答不上来。

"糖好吃吗？"维多利亚问。

"好吃。"大家异口同声答道。

"有没有谁还没有吃？要是没有吃的话，下次就不发了。"维多利亚朝大家扫视了一遍。

阿米娜和艾哈迈德这才恋恋不舍地将糖果剥开，塞到嘴里吃了。

"我再给你们每人发一颗糖果，但是有一个条件，"维多利亚顿了一下，继续说，"只有说出你们住的那个地方在哪里的人，才可以吃这颗糖，吃了之后我还会再发一颗。要是说不出来但把糖果吃了，那下次就再也没得吃了。听明白了吗？"

"我知道！我们的老家在一片白色的房子里！"桑德突然举起手，大声叫了起来。

"什么样的白色房子？"维多利亚问。

"很漂亮、很漂亮的白色房子。"桑德说。

"那是我们的老家，不是我们住的地方。"阿米娜走到桑德身旁，悄悄拉了拉他的衣摆，小声地提醒他。

"我就是想要找到我们的老家。"桑德说。

"你们在说什么？"维多利亚问。

"我们在说……我们有一个很漂亮的老家，但是从来没有去过。"桑德怯怯地说。

大家也纷纷附和了起来。

"是的，我们有一个很漂亮的老家。"艾利克斯说。

"一整片白色的房子，就在山坡上，可好看了。"罗尼斯说。

"我们现在的房子也在山坡上，可那个房子难看死了。"阿米娜说。

"我只想知道，你们现在的房子在哪里？在什么区，什么路，什么门牌号？"维多利亚问着她最关心的问题。

大家纷纷摇头，依旧一脸茫然。

"真不知道？"维多利亚注视着罗哈扎娃。

"不知道。"罗哈扎娃回答。

"那好吧，糖果你们留着，但要记住，不许吃掉，我明天会来检查的，否则就再也不给了。"维多利亚泄气地说。

趁着阿芬多妮去给孩子们送中饭的机会，骆琳达去看望维多利亚。进到别墅，骆琳达在走廊里遇到了维多利亚，赶紧问她撬开了嘴巴没有。

"嘴巴是开着的，就是吐不出东西来。不知道是真不知道，还是不想说。"维多利亚一脸丧气地说，"但看样子呢，好像真是说不出来。问题是这么大的孩子了，怎么会连自己的家在哪里都不知道呢？"

两人说着来到了房间门口，发现孩子们正在层层叠着罗汉，想把吊灯里的一组灯泡拧下来。见到骆琳达和维多利亚出现，一时惊慌失措，叠成的罗汉瞬间就倒塌了，一堆人倒在了地上。

"你们知道这是干什么吗？"维多利亚指着吊灯问道。

"不知道……"大家一脸懵懂地回答。

"怎么什么都不知道，那是电，电要触死人的，就像石头会把人砸死一样。"维多利亚有些气急败坏。

"你们想要灯泡是吧？"骆琳达问。

大伙儿点点头。

"这叫灯泡吗？"罗哈扎娃问。

"你们没有见过灯泡？"骆琳达一脸不解。

大伙儿都点点头。

"那你们晚上怎么过的？"骆琳达又问。

"晚上就睡觉了。"罗哈扎娃说。

"没有电灯？"维多利亚问。

"没有。"罗哈扎娃说。

"他们自己说一直在流浪，也许那里真的没有电灯。"骆琳达对维多利亚说，"这样吧，先吃饭，慢慢再打听。"

大家来到餐厅，孩子们围坐到桌子前，拿起面前的盒饭狼吞虎咽地吃了起来，就连阿米娜也是如此。现场没有其他声音，只有快速吃饭的声音。骆琳达、维多利亚和阿芬多妮看着他们吃饭的样子，既心疼又难过。

艾利克斯吃得噎住了，抬着头，拼命拍着自己的胸脯。

桑德三下五除二吃完了，响响地打了一个嗝，然后一副馋相地看着其他人吃着。

所有的人在吃完之前，都一律舔着快餐盒，把它舔得干干净净。

很快，大伙全部吃完了，一声不吭地坐在那里，眼睛盯着面前的快餐盒，似乎还在回味着刚才的滋味。

"好吃吗？"罗尼斯悄声问姆班达。

"好吃。"姆班达抹了一下嘴巴。

"你吃出什么味道了？"罗尼斯问他。

"不知道，吃得太快了，我正在回想呢。"姆班达摇摇头，一脸可惜的样子。

"我也在想，到底是什么味道。"艾哈迈德说。

"把我的那份也拿过来吧。"骆琳达对维多利亚说。

"不行。"维多利亚说。

"为什么？"骆琳达不解地看着她。

"十个人，怎么分呀，会打起来的。"维多利亚说。

"不会的，我们以前都是这样，有东西分着吃的。"罗哈扎娃抬头望向她们。骆琳达点点头，表示接受罗哈扎娃的说法。

维多利亚拿来了一个盒饭，卡玛古上前接过，交给了阿米娜。阿米娜吃了一口，将盒饭递给乔纳森，乔纳森也只是吃了一口，接着递给科瓦利尔。他们就这样将那个盒饭一口一口地接力下去，与刚才抢床铺、叠罗汉的混乱完全是两种状况。

骆琳达不忍再看，和维多利亚一起走出了餐厅。

"晚上给他们每人两份。"骆琳达说。

"这要管他们多久啊？"维多利亚说。

"警察明天过来了解情况，之后应该可以很快结案了。"骆琳达说。

"就是说，允许我们放他们走了？"维多利亚说。

骆琳达点了点头，维多利亚终于舒出一口气。

晚上，孩子们各自睡在床上。罗哈扎娃睡在妹妹阿米娜边上。阿米娜发出着窸窸窣窣的声音。罗哈扎娃问她在干什么，阿米娜说她在吃糖。罗哈扎娃说吃了糖，明天就不会发给她了。阿米娜说她只是含几口，再把它包起来，所以她还有两颗糖。

罗哈扎娃让她吃掉一颗，他这一颗会留给她的。阿米娜说不用，慢慢吃才好玩呢。她问哥哥这是什么地方，怎么会有这么多好吃的东西。罗哈扎娃说他也不知道。阿米娜希望一直可以留在这里。罗哈扎娃说他们会被送回去的。阿米娜说她不想回去，这里太好了，吃得这么好，住得这么好，再也不用去垃圾堆里捡东西吃了。

罗哈扎娃说他们一定会被送回去的，但他们真的说不出原来的地方在哪里。阿米娜说那就太好了，这样他们没办法被送回去了。阿米娜还说要是她真的知道，也不会说出来的。罗哈扎娃让她睡觉，等着明天吃早饭。阿米娜嘻嘻笑了一声，说自己太开心了。

警察来别墅询问了。十个孩子挤坐在沙发上，胆怯地面对着两个警察。

警察面前摆放着一张桌子，一个负责询问，一个负责记录。警察先问他们会不会写名字，小伙伴们纷纷摇头。又问从左到右挨个把名字报一下。小伙伴们开始报起来：

"卡玛古""乔纳森""阿米娜""科瓦利尔""罗哈扎娃""艾利克斯""桑德""艾哈迈德""罗尼斯""姆班达"。

警察又说还是从左到右，挨个说出他们父母的名字。罗哈扎娃说他们没有父母，父母都死了，他们十个人是住在一起的。警察又问他们从哪里来，住在哪里。罗哈扎娃说住在垃圾山旁边，那里有一大片破房子，这些小伙伴都住在他的家里。

警察问那个地方叫什么。罗哈扎娃说不知道。其他小伙伴也说不知道。警察皱了皱眉头，威胁说讲假话要被抓起来的。警察又把问题重复了一遍，罗哈扎娃还是回答不知道。卡玛古也回答不知道。其他人均纷纷附和说不知道。

警察厉声说怎么会连自己住的地方都不知道。罗哈扎娃说他们从来没有离开过那个地方，只有乔纳森和科瓦利尔是从其他地方来的。罗哈扎娃指了指他俩，他俩点了点头承认。

警察问他俩来自哪个地方。乔纳森和科瓦利尔也摇了摇头。警察觉得头痛，感到问不下去了，不禁叹了一口气。

骆琳达陪两个警察出来，警察认为那些孩子可能真的说不上家在哪里，父母是谁。分析原因，最大的可能是他们来自贫民区，那个地方十分闭塞，他们从未离开过那里一步，对外界一无所知，所以才导致一问三不知，问不出一点有用的信息。

骆琳达关心的是能不能结案。警察告诉她根据办案流程，他们还要核查一下他们的身份登记信息，再在电视上做一个寻人启事，等这些工作做完了，才可以结案。骆琳达问大概要多久，警察没有给她准信，只是说尽快。

## 十九、一扔再扔

穆萨安瓦死亡事件虽然性质严重，但终究可以通过赔偿得以解决。法庭调解开始后，律师哈达斯认为，总体上，他们愿意在法律框架下积极赔偿。就目前情况来看，有三点请求。一是赔偿金额有点高，希望能够下降一半；二是希望警察当局尽快破案，破案后免除他们赔偿；三是在正式结案前，希望支付三分之一赔偿，剩下的费用在结案后再予支付。

穆萨安瓦方的律师阿伊特强调，赔偿数额是根据法定条款计算出来的，尤其是受害者尚有三个未成年的孩子需要抚养，经济压力较大，他们认为现有的赔偿数额并不算高。

经过几轮拉锯式调解，双方基本认可了赔偿条件，赔偿金额也已经确定，双方终于达成了一致。

当然，这种赔偿会让骆琳达元气大伤。一旦资金链拉紧，生意会不由得停顿下来，令刚刚好转的局面陡然转向，充满了变数。

骆琳达心力交瘁地处理完穆萨安瓦事件，马上又投入到"孩子门"事件上来。公司毕竟不是慈善机构，也不是公益学校，不可能让十个孩子长期滞留，同时也没有义务耗费精力和钱财去为他们寻找父母，因此，骆琳达决定尽快甩掉他们。

"孩子门"事件虽然性质并不严重，处理起来却十分棘手，让骆琳达进退两难。由于穆萨安瓦已经死去，而这些孩子又生活在十分闭塞的贫民窟，从未离开过那里一步，对外界一无所知，因此警察无法从孩子们口中问出有用的信息，包括来自何方、父母是谁等。警察根据办案惯例，核查了人口登记信息，还在电视上做了寻人启事，都没有得到有效的线索，于是只能作罢。

骆琳达只好发动公司员工来寻找这些孩子来自哪里，决定来一次悬赏问话活动，谁能问出奖励他两个月的工资。员工们兴趣十足，干劲很高。

负责业务的克思达瑞在孩子们的房间询问着，负责财务的伊娃诺娅在客厅询问着，开货车的萨鲁达姆在院子里询问着。询问结果一无所获，他们都变得垂头丧气。

骆琳达感到忧心忡忡，那是否意味着，这十个孩子成了断线风筝？

这些天来，那些孩子过着从未有过的"奢华"生活，住上了好房子，吃上了好饭菜，还打算给他们穿上新衣服。骆琳达之所以这样做，是因为像孩子们这样的贫困生活她经历过，完全是一种自然流露。

骆琳达来到齐力商铺，亲自为这些孩子挑选衣服。齐力十分不解，问她难道要收养他们。骆琳达说送走之前总得让他们穿得干净一点，否则于心不忍。齐力要捐助这些衣服，骆琳达不肯，坚持要自己出这笔钱。齐力说她太顶真。骆琳达说要是她不顶真的话，他就会对她越来越好。他对她的帮助太多了，她实在有些不好意思。

齐力觉得他们是朋友，朋友之间就得相互帮忙，否则怎么称得上朋友。他还强调，她不也在帮助那十个孩子嘛。骆琳达却说，这件事终归由她引起，是她的错，人家好端端地活在自己的地盘上，她不管三七二十一把人家弄过来了，而且人家回也回不去了，她是应该补偿他们一点的。

她把责任都揽到了自己身上，齐力觉得骆琳达太善良了。

骆琳达要看孩子们穿新衣服的样子，让维多利亚领着他们来到客厅。维多利亚让他们像上次一样从矮到高排起来，说要给他们穿新衣服。孩子们一听，高兴得又蹦又跳。

维多利亚问骆琳达是否要说几句话，表示一下意思，骆琳达说不了，一起给孩子们穿吧。骆琳达拿起一件连衣裙，来到阿米娜身旁。阿米娜没有想到这件最漂亮的衣服是给她穿的，激动得脸都红了起来。

骆琳达开始给阿米娜穿了起来。阿米娜小心地问她：

"你为什么要对我们这么好？"

"每个人都想把自己打扮得漂漂亮亮的，你们也不应该例外。"骆琳达说。

一阵混乱、搞笑、忐忑之后，孩子们终于穿上了新衣服，重新排成一排。看着他们穿上新衣服的样子，骆琳达和维多利亚感慨不已。

"现在果然像个样子了。"维多利亚说。

"真的是人靠衣装马靠鞍啊。"骆琳达说。

"这衣服是送给我们的吗？"艾利克斯冲着骆琳达突然大声叫道。

"对呀，送给你们的。"骆琳达笑着答道。

"我能不能不要？"艾利克斯的回答让骆琳达大惑不解。他接着说："我想换可乐，我们要进行一场打嗝比赛！"

"是的是的，我也要可乐！我们要打嗝比赛！"罗尼斯紧跟着说道。

其他人也纷纷附和，要求强烈。

"好啊，我答应你们。那么告诉我，你们每个人想喝几瓶可乐？"骆琳达问他们。

"一瓶可以吗？我想一个人喝一瓶。"阿米娜怯怯地问。

"我也想一个人喝一瓶！"卡玛古跟着说。

"我们都想一个人喝一瓶！"大伙儿异口同声地道。

"当然可以，我答应你们一个人两瓶。"骆琳达说。

"耶！——"大伙高兴得跳了起来。

骆琳达领着他们来到餐厅，十个孩子围在桌子旁，每个人前面都摆放着两瓶可口可乐。罗哈扎娃"吱"一下打开了瓶盖，其他人也跟着"吱、吱、吱"地打开了，然后拿起瓶子，咕咚咕咚地喝了起来。

喝到半瓶，科瓦利尔率先"嗝"地打了出来，兴奋地大叫起来。"我打了，我打了！"

"我也打了，我也打了！"姆班达随后也叫起来。

"要比谁打得多。"罗哈扎娃说。

大家又猛喝了起来。有人一边打着嗝一边喝着。

喝完一瓶，又喝第二瓶。

卡玛古第一个喝完，一动不动地停在哪里，屏着气等着打嗝。

"嗝、嗝、嗝"……

"我打了五个，我打了五个！"卡玛古兴奋地叫道。

陆续有小伙伴喝完，也兴奋地报着打嗝数。

"我也打了，六个！"乔纳森说。

"我七个！"罗尼斯说。

"我五个……"桑德因为比不过他们，显得有些中气不足。

骆琳达和维多利亚看着他们喝可乐打嗝的样子，既感到欣慰，又感到心酸。

"阿米娜，你打了几个？"骆琳达问她。

"我一个也没有打……"阿米娜瘪了瘪嘴，委屈地哭了出来。

"没关系，下次再比过嘛。"骆琳达赶紧安慰她。

"喝了那么多，为什么不打？……"阿米娜闷闷不乐地说着，然后"嗝"的一声打了出来，这让阿米娜马上破涕为笑。

小伙伴们见状，也哈哈哈地笑了起来。

阿米娜来到骆琳达身边，一把牵住她的手，把她拉到了一边。"我想跟你说句悄悄话。"

骆琳达弯下腰来倾听，阿米娜把小嘴凑到了她耳边，还用小手遮掩起来，生怕别人听到。"你能不能当我妈妈……"

骆琳达一愣，脸色变得沉重而冷淡，直起腰，对阿米娜摇了摇头。

"不能。"

阿米娜一脸失望，但还是不死心，又拉住了骆琳达。骆琳达再次弯下腰，阿米娜又凑了上来。"我能不能叫你一声妈妈。"

骆琳达再次直起了腰。阿米娜期待地望着她。

"也不能。"

这一次阿米娜彻底失望了，眼泪在眼眶里打转，但强忍着不让它流下来。阿米娜一声不吭地走回到桌边，很是伤心。

"怎么啦？"罗哈扎娃来到妹妹身边，轻声问她。

"我想叫她一声妈妈……"阿米娜弱弱地说。

罗哈扎娃感到意外，却又觉得这似乎就是自己的想法。他抬头望向骆琳达，想看看骆琳达的反应。

小伙伴们都听到了，有着和罗哈扎娃同样的感受，也一齐望向骆琳达。

他们的眼神是那么恳切，充满了期待。

骆琳达避开了他们的眼光，刻意装出一副没有听到阿米娜话的模样，不去回应他们的想法。

"这下黏住了。"维多利亚悄然对骆琳达说。

骆琳达干咳两声，提高嗓门道：

"告诉大家一个好消息，我们决定明天送你们回去，你们自由了。"

"我们连自己都不知道住在哪里，你们怎么送我们回去呀？"罗哈扎娃急急地问道。

"你们想到哪里，我们就送你们到哪里。"维多利亚说。

"你保证？"乔纳森问。

"当然保证。"维多利亚说。

"我们想留在这里。"乔纳森说。

"我们不想走啦！"艾利克斯说。

"那不行。不能留在这里。"维多利亚说。

"你不是保证过吗？"乔纳森反问她。

"呵呵，好狡猾呀，想给我挖坑。"维多利亚说，"好吧，那我告诉你，首先有一个前提，我们要送你们走，然后才是你们想到哪里就送到哪里。懂了吗？"

乔纳森一时语塞。

阿米娜鼓起勇气，抬头望向骆琳达。"我想叫你妈妈！"

"我也想。"科瓦利尔跟着说。

"妈妈！妈妈！——"罗尼斯更加直截了当，率先喊了出来。

大家听了，也立刻异口同声地叫了起来：

"妈妈！妈妈！——"

"中国妈妈！中国妈妈！——"卡玛古突然变了个叫法，大家也立刻跟着变了。

"中国妈妈！中国妈妈！——"

"不许叫！我不是你们的妈妈！也不想当你们的中国妈妈！"骆琳达沉着脸，大声制止他们。

大家怯怯地看着骆琳达，一脸失望和难过。

"记住了，不许再叫了！"维多利亚强调说。

骆琳达不再理会他们，毅然转身离去。维多利亚急急跟了上去。

大家你看我我看你，不知道该怎么办。

"哥哥，我不想走，我要留在这里……"阿米娜恳求着，呜呜呜地哭了起来。

"不要哭，我们可以躲起来的，不让她们找到我们。"罗哈扎娃安慰她说。

"是啊，我们要跟她们躲猫猫，不让她们找到我们。"卡玛古附和说。

骆琳达来到客厅，满面愁容地坐了下来。"我是不是对他们太好了？"

"是的，他们是一群流浪儿，你对他们这么好，他们自然就不想走了。"维多利亚说，"换作我也一样，说不定比他们更不想走呢。"

"是啊，就像老鼠落进了米缸。"

"你提供给他们的条件太好了，对他们来说，简直就是奢华，是一种从天而降的幸福生活。要是他们愿意走，那才叫怪了呢。"

"可我怎么也不忍心不好好对待他们，我也是流浪过的，我知道流浪的滋味，更何况他们还是孩子。"

"你不会冒出收养他们的想法吧？"

"我已经说了，明天送他们走。再去跟他们说一声，让他们彻底死心。"

"这才差不多。"

骆琳达和维多利亚来到餐厅，发现里面空无一人。她们对视了一下，一起走向孩子们的房间，发现同样没有人影。骆琳达和维多利亚感到奇怪和愕然。

"奇了怪了，他们人呢？"骆琳达不觉皱起了眉头。

"怕是要被我们送走，躲起来了吧？真要是消失了，那才叫好呢。"维多利亚说。

"赶紧把他们找到，然后集中到这个房间，千万不要在这个节骨眼上弄出麻烦来。"骆琳达说。

维多利亚弯腰朝床底看去，发现他们全都躲在那里。"出来吧，又要分糖果了。你们拿了糖果还可以继续躲回去的。"

孩子们无可奈何，只得一个个地从床底下钻出来，垂头丧气地站在那里。

维多利亚一点人数，发现少了两个。"桑德和罗尼斯呢？"

小伙伴们都摇摇头，表示不知道。

"我去找吧，你看着他们。"骆琳达让维多利亚留在房间，自己出去找他们了。客厅、卧房、卫生间、厨房等等，找了一圈，都没有发现他们的踪影。

骆琳达想了想，来到楼梯底下的储藏间。打开小门，终于找到了大个子桑德。桑德很是泄气，低头不语。

桑德被领到众人面前，罗哈扎娃上前问他罗尼斯躲在哪里。桑德摇头表示不知道。

罗哈扎娃对骆琳达说："我去找他出来。"骆琳达点头同意。

罗哈扎娃来到门口，站在那里扯开嗓子喊了起来：

"罗尼斯，你出来！赶紧出来！——"

罗哈扎娃一连喊了三遍。不一会儿，便传来了"咚咚咚"的脚步声，罗尼斯出现在了众人面前，挠着头皮说："我躲在衣柜里……头儿，我们要被送回去了吗？"

罗哈扎娃一时无语，不知道如何回答。

维多利亚赶紧接上话茬："骆总是个好心人，这些天交代我要给你们好吃好喝的。其实，骆总的经济压力很大，她有一笔赔偿款还在筹集资金呢。更何况，这里不是你们长住的地方，走是必须的，没有任何余地。我们希望给你们找一个最好的落脚点。"

孩子们无语。

骆琳达和维多利亚表示无奈。维多利亚问骆琳达接下去应该怎么办。骆琳达沉吟了一下说，如果安排不了他们新去处的话，最好的落脚点就是警察局。

维多利亚表示这是一个好点子。

骆琳达立刻吩咐江政文买来十个中号双肩包，里面装上食物、衣服、玩具、书本，还特别叮嘱不能忘了可口可乐。她要江政文把双肩包全部装满，然后放到萨鲁达姆的车上待用。

骆琳达拎了其中一只双肩包来到孩子们的房间。维多利亚拍了拍手，让孩子们静下来。骆琳达拎起双肩包，向孩子们亮了亮，问他们想不想知道里面装着什么。

孩子们当然想知道，骆琳达打开双肩包，一样样地把东西拿出来，统统放到床上，一边还说着那些东西的名称。

"这是吃的，方便面……"

孩子们睁大着眼睛，"哇——"地叫唤起来。

"这也是吃的，火腿肠……"

"哇——"

"这还是吃的，巧克力……"

"哇——"

骆琳达每次拿出一样东西，孩子们都会"哇""哇"地表达惊喜。

"这是可口可乐……"

一听到可口可乐，大家兴奋地叫了起来：

"可口可乐！耶——太好了，嗝嗝嗝，又可以打嗝了！"

"这些是衣服，一共有两件，这些是玩具，一样、两样、三样，一共有三样，还有图画书，有两本。总之有一大堆东西。"

看着床上的这一大堆东西，孩子们的眼睛都看直了。

骆琳达接着又把东西一件件地往双肩包里装回去。

"能不能让我来装？"阿米娜来到骆琳达身边，怯怯地向她提出要求。

骆琳达爽快答应了她。阿米娜一脸兴奋，一件件地往双肩包里装着东西。装完，拉上口袋，把双肩包递给骆琳达。

骆琳达接过双肩包，把它背到了阿米娜背上。"你们每一个人想不想要这样的一份礼物？"

"想！——"大家异口同声。

"等一下我们要到一个地方去领这份礼物，每一样东西对大家都非常有用。"骆琳达说。

"是的！——"大家异口同声。

"我们等不及了！——"姆班达说。

"我想现在就去！——"艾利克斯说。

"好，现在就出发。"骆琳达领着他们走出别墅，走向萨鲁达姆驾驶的面包车。大家一脸兴奋地上了车，阿米娜的背上背着那只双肩包，一路蹦蹦跳跳，好不开心。

骆琳达让江政文找的是一家地处僻远位置的警察局，萨鲁达姆驾驶的面包车停在了离警察局门前不远的一处地方，那里早已有一辆小车停在了那里。

"我们到地方了。大家听好，给你们发礼物的是一位奇怪的老爷爷，大家一定要听老爷爷的话，否则礼物就会跑掉的。"骆琳达吩咐着孩子们，他们一脸好奇地挨个下了车。

骆琳达领着孩子们来到了小车旁边。从车里下来一个人，是克思达瑞，此刻装扮成了圣诞爷爷的模样。

"欢迎大家来到欢乐谷。老爷爷要给你们发礼物，请你们排好队，一个个地发给你们。"克思达瑞打开后备箱，里面堆放着九个双肩包。他挨个为孩子们背上双肩包，孩子们大喜过望，欢呼雀跃。

"注意听好了，你们背着的这只双肩包，现在还不能属于你们。要到什么时候才属于你们呢？大家顺着我手指的方向看——"克思达瑞指了指前方的警察局大门，继续说，"只有到了那里面，跟那里的每一个人说上一句你好，这只双肩包才会真正属于你们。都听懂了吗？"

"听懂了。"孩子们回答。

"好，我在这里看着你们，你们现在就去。"克思达瑞说。

"你会等我们吗？"罗哈扎娃突然望向骆琳达，一脸担忧地问道。

"快去快回，听老爷爷的话。"骆琳达答非所问。

罗哈扎娃想了一想，终于做出决定，拔腿跑向警察局。他想利用最快的时间喊完你好，然后回到这里，免得骆琳达趁机溜走。小伙伴们也紧紧跟着他跑了起来。

眼看着孩子们全部跑进了警察局大门，骆琳达和克思达瑞迅速上车，两辆车子急速离去。

骆琳达终于长长地吁出了一口气，对克思达瑞说：

"总算甩掉了，太难了。"

"我还像个圣诞爷爷吧？"

"干得不错，称职。"

"奖励我喽？"

"第十一只双肩包。"

"那我也得跑去警察局对每个警察喊你好了。"

冲进警察局，罗哈扎娃率先跑到了一个警察面前，喊了声"你好！"其他小伙伴拥在他后面，也齐声喊着"你好！"

那个警察一脸疑惑，刚想问一问情况，孩子们却像蝗虫一样，又一下子拥到了另外一个警察面前，同样"你好！""你好！"地喊叫着。

警察们看得目瞪口呆，不知道发生了什么。

罗哈扎娃向所有警察喊完"你好！"迅速冲出了警察局大门。伙伴们一直紧紧跟在他身后。

他们像蝗虫一样飞出警察局，却发现汽车已经不在了，这下子彻底傻眼了。

小伙伴们都把目光投向罗哈扎娃。

"头儿，他们跑了。"卡玛古哭丧着脸说。

他们这才知道上当了，明白再也回不去了。阿米娜突然哭了起来，啜泣着说想回去。

罗哈扎娃来到阿米娜身边，安慰她说：

"不要哭，我们本来一直在流浪，没有地方可去的。你看，我们现在有了一大包好东西，应该感到高兴才对。"

"头儿，我们现在去哪里呀？"艾利克斯茫然无措地问道。

"去那里。"罗哈扎娃指了指警察局，迈步走了过去。小伙伴们紧紧跟上。在罗哈扎娃带领下，小伙伴们站在了刚才第一个警察面前。

"我们没有地方可去了。"罗哈扎娃说。

"你们是什么人？"警察疑惑不已。

"我们是流浪儿。"罗哈扎娃说。

"流浪儿？你们怎么找到这里的？"警察问。

"有人开车送我们来的。"罗哈扎娃说。

"我们都叫她中国妈妈。"阿米娜补充说。

"知道她去哪里了吗？"警察问。

"逃跑了。"罗哈扎娃说。

"知道怎么找她吗？"警察问。

"不知道。"罗哈扎娃说。

"知道这是什么地方吗？"警察问。

"不知道。"罗哈扎娃说。

警察朝同事们拍拍手，同事们纷纷围了过来。

骆琳达以为这下终于甩掉了那些孩子，没想到警察很快就找上了门来。原来，警察局曾经收到过"孩子门"事件的协查通知，已经了解了事情的缘由，知道骆琳达的住址，便顺藤摸瓜找了上来。

骆琳达告诉警察：

"我把他们带到你们那里，出发点是不要让他们再流浪，我认为警局会给他们找到一个好去处的。"

警察说她的想法很好，但郑重提醒她，抛弃儿童是一种违法行为，要负法律责任的。在没有找到他们父母之前，她有责任看管好这些孩子。

骆琳达据理力争，不肯接收这些孩子，辩解说他们是流浪儿，哪来的父母。警察反问她怎么知道他们是流浪儿。骆琳达告诉警察，是他们自己说的，问问他们就知道了。

警察当然问过他们，但还是说，他们说的不算数，万一他们说谎呢？警察办案讲究的是证据。

骆琳达反问警察，为什么一定要她来看管？现在孩子在他们警察手里，抛弃孩子的不应该算到她头上。

"你的意思是说，是我们抛弃孩子喽？"警察问她。

"那也不能说是我抛弃孩子的吧？"骆琳达据理力争。

"你能找到你上家吗？我们找到了，我们的上家就是你。"警察步步紧逼，"如果你能够找到你的上家，抛弃孩子的责任就是他们的了，法官会要求他们看管孩子的。"

骆琳达一时语塞。

警察也不说话了，刻意等着她的回应。骆琳达沉吟着告诉警察，她要和律师沟通一下。警察说可以，但孩子已经带来了，就在车上，要她必须现在就接管。

骆琳达一脸崩溃。

孩子们欢喜雀跃地重新回到了自己的房间，熟门熟路地找到了原来的床铺，郑重其事地把双肩包放到床上。

罗尼斯说回来真好。阿米娜说她太喜欢这里了，又可以叫她中国妈妈了。艾哈迈德从双肩包里拿出一块巧克力，对大家亮了亮，问这个是否可以吃。桑德说可以让他先吃吃看，吃过就知道了。艾哈迈德说他才不上当呢。

七嘴八舌之际，罗哈扎娃突然泼了一盆冷水，说：

"不要太开心了，她还会把我们送走的。"

听了罗哈扎娃的话，小伙伴们感到茫然不安。

罗哈扎娃说得没有错，公司经营正处于危机关头，骆琳达不可能收养这些孩子的，更何况公司不是慈善机构，没有收养的义务。她问过律师了，律师的意见是，情况对骆琳达很不利，除非找到他们的父母。但眼下的情况表明，他们是一群流浪儿，没有地方可去找他们的父母。

维多利亚提议，把他们扔到找不着警察的地方去。骆琳达担心，如果不是收留他们的地方，这样做的风险太大了。要是弄不好，会吃官司的，这样不但公司会完蛋，自己也会银铛入狱。

维多利亚说要不就送到孤儿院去。这个办法骆琳达想到过，之前打了很多电话，但都被拒绝了。

既然维多利亚还想再试试，骆琳达表示认同。

维多利亚行动迅速，很快找到了目标，拿着一张导游图交给骆琳达，介绍说自己找的是一家叫阿克玛的孤儿院，就在嘉年华赌场附近，看得出来，地理位置还是比较偏僻的，很难让他们再找回来。

维多利亚提议，先让他们在嘉年华赌场儿童游乐园玩上一个上午，中午就在那里吃饭，吃完后直奔阿克玛孤儿院。她分析说，吃过中饭乘车，一般会昏昏欲睡，再加上一个上午货真价实的游玩，一定能够迷惑他们，有利于计划顺利实施。骆琳达觉得方案可行，要求尽快落实。

为了麻痹那些孩子，骆琳达放出烟雾弹，说是要带他们去游乐园玩耍。这对他们来说有着强烈的吸引力。但孩子们对此将信将疑，喜忧参半，只是谁也没有办法拒绝这种诱惑。

嘉年华赌场是个儿童乐园"巨无霸"，主体建筑就像是童话世界里的城堡，造型富有童趣。萨鲁达姆的面包车驶入了巨大的露天停车场，车子停稳后，孩子们鱼贯下车。看到城堡一样的主体建筑，孩子们一脸惊诧，都张大嘴"哇——"的一声惊叫出来。

罗哈扎娃觉得这有点像他们的老家，卡玛古说有可能他们的老家就藏在这里面呢。

　　维多利亚望着儿童城堡，感到不解，问骆琳达赌场是一个成人世界，为什么要弄成儿童乐园的样子？骆琳达说这是一箭三雕吧。家长周末带孩子来儿童乐园放飞童心，大人们顺带去里面赌上一把。而那些孩子因为从小耳濡目染，又成了赌场未来的客人。

　　她们一边说着，一边带着孩子们进入了赌场大门。

　　经过一个大大的人工湖面，来到一条空中走廊。在走廊里，既可以观看湖中的各式喷泉，又可以由远到近欣赏赌场别具一格的建筑。

　　孩子们既好奇又兴奋。

　　卡玛古在一片建筑中用心寻找着他们的老家。罗哈扎娃问他找到了没有，卡玛古指了指远处的某一个点，问他那里像不像。罗哈扎娃觉得不像，说他们老家的房子是白色的，方方的。卡玛古表示认同，脸上露出了失望的表情。

　　孩子们开心地玩着各种游乐设施，玩得忘乎所以。吃过中饭，骆琳达趁机转战阿克玛孤儿院，神不知鬼不觉地将他们偷偷送到了那里。

　　先是维多利亚孤身进入孤儿院，被一个叫贝蒂斯的年轻女人引到了院长办公室。院长是个老年女人，正在看着报表。看到有人进来，院长赶紧摘下了老花眼镜。

　　维多利亚迎上去自我介绍：

　　"院长好，我是鲁鲁达孤儿院的，带着十个孩子游玩回来，路过这里正好看到你们孤儿院，想顺便学习参观一下。"

　　院长欢迎他们到来。维多利亚顺理成章地将孩子们带进了孤儿院，由贝蒂斯陪着，在各处参观转悠。

　　来到操场，看到有人在踢足球，孩子们按捺不住了，上前加入他们队列，一起踢了起来。

　　贝蒂斯和维多利亚相互笑笑，无奈地摇摇头。

　　这时，维多利亚的手机响了，维多利亚对贝蒂斯说了一声"我接个电话"，装作打电话的样子，转身离去了。

　　孩子们依旧在操场上相互踢着球。

　　贝蒂斯在操场边等待着，时不时朝维多利亚离去的方向张望一下。

　　维多利亚走出孤儿院，迅速跳上面包车。萨鲁达姆始终没有熄火，将车门一关，车子疾速离去。

　　贝蒂斯频频望着维多利亚离去的方向。随着时间流逝，感到有些异样，便走出去寻找维多利亚。她一路来到门口，发现停在门口的面包车不见了。她的脑袋轰地一下炸开了，预感到这是一起欺诈行为。

她立刻转身折返，奔跑着去找院长。经过操场时，院长正好走过来，两人差点撞了一个满怀。

贝蒂斯神色慌张，焦急地向院长报告，说可能被骗了，带孩子来的人逃跑了。院长望着操场上的那些陌生孩子，似乎明白了什么。

也许是想确认一下，院长问贝蒂斯，是不是那些孩子。贝蒂斯嗯了一声，解释说刚才那个女人的手机正好有电话来，说是接个电话，然后转身就不见了。

院长说，她是来扔孩子的。

但一下子就扔十个孩子，还是出乎院长的意料。院长要贝蒂斯去问问那些孩子，把事情搞搞清楚，他们是不是鲁鲁达孤儿院的。

事实上，对于扔下这些孩子，骆琳达不但没有觉得侥幸，反而一脸的不开心，心里很过意不去，感到十分不安。维多利亚要她放心，那家孤儿院看上去比较正规，还有一个大操场，孩子们在那里会过得很舒坦的。维多利亚更进一步说，当时孤儿院的孩子们正在踢足球，他们就加入进去了，一点也不见他们生分，她就是趁着这个机会脱身的。

骆琳达说那就好。维多利亚安慰她，那些孩子留在那里肯定要比留在这里好，因为人家是专业照看孩子的。骆琳达这才略微放心了一些。

贝蒂斯把情况基本摸清了，告诉院长带他们来的人也是临时接管的，那些孩子原本就是一群流浪儿。问他们原来在哪里流浪，他们谁也说不上来。

因为找不到遗弃孩子的人，孤儿院只好暂时将他们收养了起来。

## 二十、荒唐判决

孩子的事情刚刚让骆琳达缓上一口气，又立刻陷入了资金链断裂的困局。

一方面，对穆萨安瓦的赔偿还没有支付完毕，法院已经下达了最后通牒，要求按时了结；另一方面，因为无力支付供货商余款，货物到不了手，导致无法履行与客户签订的合同，不但赚不了钱，反而面临着违约赔偿的后果。

骆琳达终于感到扩张是一把双刃剑，一旦资金链断裂，只能廉价变卖资产，造成巨大损失，会让之前的苦苦努力打了水漂。

骆琳达辗转反侧睡不着觉，只好打开灯，干脆起床了。她来到孩子们的那个房间，见高低床还搭在那里，默默地看了一会，来到一个床铺前坐下。

她双手托着脑袋，把自己的头埋在手掌里，看上去那么地孤立无援。

而此时，又出现了一件被钓鱼执法坑骗的事情。原来，前些日子江政文做的那笔铅笔生意已经到货了，便通知客户来取货。客户提出要去仓库看货，骆琳达二话没说就让客户过来。看货之后，客户说没有带钱，要赶紧回去拿，并且要开货车过来拉货，叫骆琳达在仓库里等他们。

等了几小时，来了一群人，真的开来了货车。到了仓库之后，这些人却说这批铅笔有问题。他们出示了工作证件，说是有人举报，他们是来查假货的。骆琳达与他们商量，能否通融通融，不让他们把铅笔拉走。他们强硬地说，要是再阻挠的话，就把她抓进去。无奈之中，骆琳达只得眼睁睁地看着这些人把铅笔全部拉走，并且说要上法院处理。骆琳达知道被钓鱼执法坑骗了，只能哑巴吃黄连，有苦说不出。

孤儿院的条件十分艰苦，根本无法跟骆琳达公司相比，尤其不能提供可乐，让孩子们大失所望。桑德说他好想喝可乐，好想打一个嗝。卡玛古问罗哈扎娃，他们是否还能拿回中国妈妈送给他们的包包。罗哈扎娃说不知道。但艾利克斯说东西都被分光了，他昨天就看见有人在吃他们的东西。

乔纳森很生气，孤儿院凭什么要没收他们的东西，明天要和他们去评理。卡玛古强烈要求回到中国妈妈那里去，吃得那么好，住得那么好，还带着他们去玩耍，真是太好太好了。

罗哈扎娃说谁不想回去呀，但这里的人管得很严，不让他们出去。卡玛古说可以偷偷溜出去，他发现操场那头有一个小洞，只要再挖一下，就可以钻出去了。

罗哈扎娃担心出去后怎么去找中国妈妈，要是找不到那该怎么办。但卡玛古态度坚决，说哪怕找不到也不想留在这里。大家纷纷表态，都想离开这里。

主意一经定下，卡玛古、桑德和姆班达来到操场一角，偷偷在墙上挖起洞来。原来的那个小洞被逐渐挖得大了起来。

桑德是个大个子，卡玛古让他先试一试。桑德将头伸进洞里，洞口略显一点小，把桑德的身子卡住了。卡玛古用力一推他屁股，桑德"咚"一声落到了墙外的地上。

卡玛古让桑德不用再回来了，他叫小伙伴们过来，让大家现在就逃出孤儿院去。很快，小伙伴们一个个地钻出墙洞，离开了孤儿院。

孩子们重新流落街头，再次成了流浪儿。

走在路上，阿米娜看到一群蝴蝶，就上前去追逐它们，时慢时快，追得十分开心。

不远处出现一棵杧果树，树上结满了绿中带红的杧果，小伙伴们撒腿朝杧果树跑了过去，然后像猴子一样噌噌噌地往上爬。每个人都占据着一个地方，骑在树上摘着杧果，开心地吃了起来。

只有阿米娜站在树下。大家把摘下的杧果扔下来，阿米娜开心地接着。一旁的地上，堆了很多杧果。

阿米娜指着艾利克斯，大笑着说他屁股露出来了。然后说姆班达的也露出来了。被阿米娜这么一说，大家纷纷去摸自己的屁股，转换着屁股的角度。阿米娜开心地笑着。

罗尼斯一不小心，"咚"的一声掉落下来，摔在了地上，把地上的杧果砸得一片模糊，也让自己的衣服沾上了一片污渍。

阿米娜笑得更开心了。

来到小镇，走在街道上，他们像一群无头苍蝇，到处流窜着，对这里的一切充满了好奇，好似刘姥姥进入了大观园。

罗哈扎娃走在最前面，不时回头观望着同伴们，生怕他们遗落。跟在后面的其他人东看看西看看，只要遇到新鲜事物，脚步便会不由自主地停下来。

拐过一个弯，罗哈扎娃突然停了下来，吩咐卡玛古点一下人数。卡玛古赶紧往回走，依次点着人数。点完，急急跑到罗哈扎娃面前，说是少了一个艾哈迈德。

罗哈扎娃要卡玛古管住大家停在原地，谁也不许再走了，自己叫上乔纳森去寻找艾哈迈德。好在他们有流浪经验，很快把艾哈迈德找了回来。就这样，他们始终抱团行动，没有一个被遗落下来。

晚上，他们睡在堆放垃圾桶的地方，十个人相互挤在垃圾桶之间的狭小空间，垃圾桶上面盖着纸板之类的东西，形成了一个半封闭的小空间。

罗哈扎娃提出还想去游乐园，因为那里不但有很好玩的设备，还有童话一样的房子，也许在那里可以找到他们的老家。

乔纳森和科瓦利尔要比其他人的见识更广一些，提出乘黑巴前去寻找。正好有一辆黑巴过来，他们冲上去蜂拥挤入。

黑巴司机见是一群流浪儿，知道他们拿不出钱来乘车，要将他们赶下车。推搡之中，把一个乘客的一篮馅饼打翻了。馅饼撒了一地。孩子们实在饿坏了，趁着混乱捡起地上的馅饼，拼命往嘴里塞着。

那个乘客见状，火急火燎地大叫起来，要他们不要抢馅饼。这引起了更大骚乱。司机只得报警。

两个警察赶到，对十个孩子进行问讯。了解情况后，教育他们以后不许再抢别人的东西吃，之后打算放他们离去。

罗哈扎娃却说他们不想走。这让警察大惑不解，问难道要带他们去警察局关起来。罗哈扎娃说是的。这让警察惊诧不已。罗哈扎娃用手一指警车，看到几个孩子竟然已经上了警车。

警察问他们，真的想被抓起来吗？罗尼斯大声说，他们想要找到中国妈妈，请求警察帮助他们寻找。

警察不明白什么中国妈妈，卡玛古说是给他们喝可口可乐的中国妈妈。

经过核查，再次翻出案底，警察查到了"骆琳达"这个源头。

见到警察之时，骆琳达正忙于应付资金链断裂之事。因为克思达瑞经手的一笔生意迟迟未付余款，已经触发了合同违约条款。骆琳达先是给仲旭东打电话，希望他能给她匀点资金，以解燃眉之急。但仲旭东婉转拒绝了。

骆琳达有些生气，说她之所以出现今天状况，起因就是他，要不是他一个电话让她帮他朋友腾个仓库，她不至于走到今天这一步。仲旭东承认起因是他，但强调犯错的不是他，谁知道那个司机做了什么。还有，要是她不把自己的资金链绷得这么紧，也不至于出现今天这么被动的局面。仲旭东强调说，把责任推到他身上，是没有道理的。

指望不上仲旭东，骆琳达只得打算去把货物收回来，然后用货物抵押余款。克思达瑞反对这样做，一则损失巨大，二则下次谁还会向他们要货。这基本上是一种自废武功的行为。

但在这种节骨眼上，要是没有更好的办法，骆琳达只有断臂求生了。

屋漏偏逢连夜雨。

警察找到了骆琳达，说是十个流浪儿在找她，人已经带来了。骆琳达一听，大呼冤家路窄，长叹一声说，看来这辈子再也没有办法甩掉他们了。

警察说是的，除非找到他们的父母。骆琳达说他们都是流浪儿，上哪儿去找他们父母呀。警察说他们都叫她中国妈妈，她应该就是他们的父母。骆琳达承认是她做错了，她不该给他们好吃好喝的。警察曲解了她的意思，郑重提醒她，不许虐待孩子，否则后果严重。骆琳达悲哀地说，要是她会虐待，那就不会有今天这个局面了。

十个孩子在维多利亚带领下欢快雀跃地走下了面包车，再次来到熟悉的别墅。骆琳达坐在自己车里，叹了一口气，随后将头伏在了方向盘上，感到心力交瘁。她压到了喇叭按钮，喇叭突然响了起来，几乎把她惊吓一跳。骆琳达强打起精神，终于下了车。

骆琳达来到客厅，告诉维多利亚给他们划个区域，觉得老是让他们局限在一个房间也不是个事儿。她不清楚这一次他们到底会在这里待多久。

维多利亚却说，不管待多久，反正结局只有一个，甩掉他们，而且要尽快甩掉。

骆琳达同意维多利亚的建议，觉得不能这样无缘无故地收留这些孩子。自己是开办公司的，不是开办福利院的，更何况，人头实在太多了，她就是想做好事，也养不起十个孩子。

维多利亚分析孩子们两次回来的原因，问题都出在他们找到了警察。如果下次要扔，一定要扔得远一点，不在同一个区域，这样警察相互之间就连不上信息了。

但骆琳达还是希望彻底解决问题，把他们的父母找到。维多利亚说他们是流浪儿，哪里去找父母呀。骆琳达说要是他们说谎了呢。她觉得应该换个角度思考，不能由着他们信口开河。

维多利亚认为有一点是肯定的，如果他们真有父母，那也生活在一个非常贫困的地方，比如在贫民窟。但这个范围还是太广，有那么多贫民窟，要找到并不容易。况且，要是他们真来自贫民窟，那就不用找了，反正贫民窟都一个样，干脆随便找一个得了。

骆琳达告诉自己，这一次一定要考虑得周全一点，再也不能出纰漏了。

正当骆琳达考虑如何才能彻底甩掉这些孩子时，意外收到了法院传票，说她被警察局控告涉嫌遗弃儿童，法院已经受理，不日将开庭审理。

骆琳达沮丧地找到齐力，告诉他最近这段日子，真是一波接着一波来难头，比灾难片还要灾难片。齐力安慰她，兵来将挡，水来土掩，再难的事情也总会过去的。应付这种局面，其实她已经是个经验丰富的高手了，相信会再次出现转机的。

骆琳达叹了一口气，丧气地说这种高手不说也罢，说了都是满满的苦水和泪水。人生哪能碰上这种事情的，一次都让你够受的了，只有倒霉鬼才会一次又一次地碰上。齐力说既然来了，只能硬着头皮上。

骆琳达就是不明白，自己白白养了这些孩子这么多天，让他们好吃好喝的，日子过得欢喜雀跃的，她不但没有得到称道，居然还被告上法庭，惹得官司缠身，这算什么事儿啊，这世道还有没有公理了。

骆琳达感到无尽的委屈。

齐力说问题就出在她对他们太好了，警察就想让她收养他们，才把她告上法庭的。这是出于对弱者的庇护。

骆琳达感到很冤枉，自己也是弱者啊，她的公司快要转不动了，可就是没有人来帮助她。齐力说她再是转不动，在外人眼里，还依旧是一头骆驼。

瘦死的骆驼比马大。

骆琳达感到悲哀，公司离倒闭就差一根稻草了，而把她告上法庭，也许就是这最后的一根稻草。

齐力说不是最后一根，至少他今天来给她雪中送炭了。说着从口袋里取出一张支票，递给骆琳达。骆琳达迟疑着，一时没有接过来。

齐力让她先拿着，然后再告诉她这是什么钱。骆琳达这才接过，狐疑地看着他。

齐力问她应该不会忘记她发明的寄售模式吧？这是一种好模式，只不过太创新了，人们一时很难接受。但他齐力没有放弃，一直在坚持不懈地推动着。功夫不负有心人，总算有了成果，眼下可以为她稍解燃眉之急了。

骆琳达听了非常高兴，问他怎么做到的。齐力告诉她，主要是坚持，不放弃，不断营销，不断说服，然后销量就慢慢上来了，有几个摊位还呈现爆发式增长呢。其他摊位看到了寄售效果，改变主意同意参与。所以这一轮下来，赚了一点钱，正好用来替她纾困解难。

既然是这样一笔钱，骆琳达倒是乐意接受。克思达瑞正着急地等着用呢，这真是一场及时雨。

骆琳达虽然不太了解南非法律，但对它"尊重"人权的主张还是心存敬畏的。齐力介绍说，南非隔离制度废除后制定的新宪法，号称是世界上最自由、最保障人权的宪法，不少南非人都以此为荣，但齐力对它还是有些微词。不过，既然在人家地盘上，总得服从人家的法律。

骆琳达对能否打赢这场官司没有信心。齐力鼓励她，那么多沟沟坎坎都过来了，还怕这一点芝麻小事。为了逗她开心，齐力开玩笑说，南非有人权宪法，中国有应对套路。骆琳达问是什么套路，齐力说其实是一个段子。

于是他把那个段子讲给她听：

非洲说，我有石油和矿产。欧美说，我给你开采。非洲说，被你们剥削上百年了，我现在要自己建厂，自己加工原材料。欧美说，你没钱没路没水没电没头脑，怎么建呀。这时中国站出来了，说非洲兄弟，我来帮助你。中国接着说，你看啊，矿区上游正好有条河，咱把这一拦，就是个大型水电站。有了电，就得把路也跟上，我们直接电气化铁路打通矿区和港口，让资源好挖又好卖！在铁路沿线和港口附近，我们再给建两个工业园区，专门往欧美出口零关税的消费品。非洲说，太够哥们了，可是我没有钱。中国说，没事儿，我借给你。

听了齐力的段子，骆琳达拍案叫绝，竟然不可思议地提振了自己的信心。就像齐力鼓励她说的，什么难事到了我们中国人手上，总是能够迎刃而解的。

齐力的援手让合同危机暂时解除，对如何打官司也给了她信心。骆琳达非常感激，感叹在自己深陷困境之时，总会有朋友伸出援手慷慨相助。

她不由得想起了高正飞，不知道他此刻在干什么。随着时间流逝，她发现自己不是渐渐将他淡忘，而是越发想念他。虽然现在经营着公司，底下有很多人围着自己工作，但骆琳达总觉得心里空荡荡的，遇到事情没有人可以商量，更没有人可以依靠。当初和高正飞在一起的日子，虽然过得艰苦，虽然过得担惊受怕，但只要回到住处看到高正飞，心里就会变得踏实，变得安全，变得开心。

难道是对他产生了情愫？骆琳达心头猛然一惊，为自己有这一想法感到惊喜和不安。

她试图翻找高正飞留给她的东西，找出了那张客户清单。看着这张客户清单，骆琳达禁不住泪流满面。自从步入青春时刻直到走进婚姻殿堂，她从未对一个男人有过如此牵肠挂肚的惦念。她与寻常的女人一样，渴望着一份美好的爱情。她喜欢高正飞那种时而阴阳怪气、时而又老成世故的做派，更多的是喜欢他那种调皮诙谐又智慧的谈吐。有时他像一个孩子，需要让人呵护，有时又像是一个体贴备至的丈夫，让人心生暖意。

她知道这就是爱，知道自己爱上了他。

"孩子门"案开庭审理。经过控辩双方唇枪舌剑，法庭最后做出裁决：骆琳达或者替这些孩子找到家长，或者作为监护人抚养他们至成年。

她觉得判决结果荒唐至极。

的确，法庭也认为这一判决史无前例，承认没有明确法律依据，但考虑骆琳达有较好的经济能力，而且孩子有留在她那里的强烈意愿，为使孩子权益最大化，法庭遂做出了"以养代罚、以寻代罚"的判决。

哈达斯告诉她，这个结果基本满意，应该可以接受。骆琳达只得无奈听从了律师建议。

为了更多地了解南非法律，骆琳达拿出"勤耕好学"的义乌精神，买来很多书，开始学习南非法律。她曾经听仲旭东说过，在南非做生意，要是不了解南非法律，就会面临一个又一个的坑。仲旭东还提到有些法律匪夷所思。像在坦桑尼亚，当地法律规定"迷彩服"只有部队才能穿，老百姓穿就是犯法，会被当成恐怖分子抓起来。有一个中国商人不了解法律规定，从国内带了"迷彩服"给员工穿，结果那个商人就被抓走了。这个例子听得骆琳达背脊发凉，直冒冷汗，觉得不学习南非法律，真的会被撞得头破血流。

骆琳达要克思达瑞一起帮她做选择。法庭判了两个结果，她到底应该去寻找那些孩子的家长，还是把他们抚养起来。克思达瑞说当然是寻找家长了。骆琳达问他要是他们真是流浪儿，那如何去寻找他们的家长。克思达瑞说流浪儿并不等于是孤儿呀，找到一个是一个。对他们，是回家了；对她，是减轻了负担。

骆琳达觉得克思达瑞说得不无道理，算是被他说服了，就照着他说的，接受了寻找家长的处罚。

虽然资金捉襟见肘，骆琳达还是咬牙在报纸、广播、电视上刊登寻人启事，还发动员工到学校、市场、居民区等地方去张贴寻人布告。

骆琳达对员工们说，自从穆萨安瓦出事以后，公司出现了一系列连锁反应，已经危及公司生存。眼下公司要解决的头等大事，是那十个孩子的出路问题。这个问题不解决，就会拖累她，拖累公司，最后会拖累他们每一个人。所以他们要集中所有的人力物力财力，把这个问题尽快解决掉。

解决问题的大方向人人都已经明了，就是找到这些孩子的父母。

司机萨鲁达姆调侃说，这下超然公司要变成寻人公司了。克思达瑞说，维多利亚都已经成资深的孤儿院院长了。

张贴布告具有一定的危险性，特别是到黑人居住区张贴，生怕遭遇抢劫。好在公司有黑人雇员，相互搭配着出行，避免出现意外。骆琳达还突发奇想，在公司车辆上贴寻人启事，故意让汽车在路上多行驶，起到传播广告的作用。她还特地开设了电话热线，安排专人值守，希望得到有用的信息。

的确有很多人打进热线，只要确认信息有价值，骆琳达就会赶紧将人接来认领，但每次总是失望而归。

骆琳达想尽了很多办法，花费了很多钱财，但效果甚微，让她十分丧气。

有一次匆忙去见信息提供者，差点让骆琳达陷入险境。车是萨鲁达姆开的，只有他们两人。回来的路上，路过一座桥的时候，一个身穿白色制服的人想拦停车子，萨鲁达姆痛恨一路上的检查和收费，这一次一打方向盘打算绕过去。没想到那人手持一根带有长钉的木棍，伸向轮胎的前方，萨鲁达姆只好认怂停下。那人收了车钥匙，检查了文件，二话不说，钻进驾驶室开车带着他们走了。

来到一个停车场，那人带着萨鲁达姆走向一个由集装箱改造成的办公室。留在车里的骆琳达听到外面有声音传来，似乎有人在鼓捣汽车，下车发现一个熊孩子匆匆逃走了。再低头一看，发现两个后轮胎都已经瘪了。原来是那个熊孩子把轮胎的气放掉了，以防止骆琳达用备用钥匙把车开走。

骆琳达直跺着脚，却束手无策。萨鲁达姆垂头丧气地从办公室出来，回到汽车旁，说保险单是假的，只好认栽被罚。骆琳达一看罚单，就不淡定了，这数目都可以买 10 份保险了。

骆琳达拿着保险单去跟他们评理，和一个小胖子据理力争。小胖子似乎妥协了，带着骆琳达来到另一个集装箱办公室。那是他女上司的办公室。骆琳达继续和女上司据理力争，好说歹说总算减掉一半。

但罚款需要前去银行缴纳，正担心车子动不了，一个背着包的黑人出现了，说可以帮他们去银行交款，一趟 1000 兰特。骆琳达纳闷他怎么知道交款的事，

221

他笑笑反问他怎么会不知道。骆琳达这才明白，他们是一伙的，看来轮胎也是他们放气的。

骆琳达不再跟他争论下去，而是话锋一转，问他给了钱万一逃跑了怎么办。那人转身离去，很快骑着摩托车过来了，在骆琳达面前停下，说这是他的交通工具，他干这行是专业的，要骆琳达放心。

骆琳达半信半疑地把钱和罚单交给了他，背包人骑着摩托车离去了。好在半个小时后他真的拿了银行回单回来了。骆琳达正担心车胎被放气了怎么走，那个放气的熊孩子拖着一个便携式充气泵过来了，冲着骆琳达亮出两个手指头，充气2000兰特。

刚充完气，一个穿花衬衣的黑人迈着特有的八字步，吊儿郎当地款款走来，手指套着车钥匙不停摇晃，给钥匙1000兰特。骆琳达只怨自己出门没有看皇历，不再与他争辩，只是一脸漠然地把钱付了。

花衬衣依旧迈着特有的八字步，吊儿郎当地走了。手指上虽然没有了钥匙，他仍旧这样支着手臂，晃摇着手指，有节奏地消失在了转角处。

骆琳达愤愤地说，真是得了职业病。

## 二十一、艰难寻亲

从关卡脱身后，他们的车子进入了一片十分荒凉的沙漠地区，一条只有两车道的坑坑洼洼的柏油路，贯穿了整个沙漠。此时已经是晚上七八点钟了，萨鲁达姆把车开得飞快。谁知道欲速则不达。前方路面出现一个大坑，萨鲁达姆躲避不及，只能朝着大坑冲过去。只听砰砰两声，车子慢慢停下不动了。

下车一看，左边的两个轮胎都爆掉了。在人生地不熟的地方，又是沙漠，又是晚上，骆琳达只得仰天叹气，只能再次埋怨出门没有看皇历。

萨鲁达姆看出了骆琳达的焦虑，安慰她前面十几公里有一个小城市，他打算拦个车过去看看，试试能不能找个修车的地方，或者能不能买到轮胎。结果半小时拦不到一辆车，决定换上备胎，让另一只继续瘪着，这样慢慢开过去。

开了十几公里，果真有一个小城市。说是小城市，连乡村都不如。好不容易找到一家修车店，门却关着。萨鲁达姆下车敲门，把店里的伙计敲醒了。伙计开门，萨鲁达姆向他说明情况。在萨鲁达姆的恳求下，伙计睡眼惺忪地答应了。

伙计跟着萨鲁达姆来到汽车旁，一看轮胎，给他泼了一盆冷水，说没有这种高级轮胎。问伙计怎么办，伙计说可以修修看。然后东拼西凑，一遍遍地试验，花了整整两个小时，这才将轮胎修好，勉强可以上路了。

　　上路开了 15 公里，刚修好的轮胎又坏了。在这种荒无人烟的地方，不遇上劫匪，也会遇上野兽的。为了保险起见，骆琳达让萨鲁达姆瘪着轮胎开，不管会不会把汽车开坏。就这样慢腾腾地开着，开了一夜，才把汽车开回了公司。

　　在寻找孩子父母的过程中，齐力也出了不少力。他对骆琳达十分关心，看上去像是喜欢上了她。他在出售的 T 恤上印上十个孩子的寻人启事，挂在自己商铺的最醒目处。他还吩咐伙计到马路上免费分发 T 恤，但有一个条件，必须要当场穿到身上。

　　骆琳达在路上看到有人穿着印有寻人启事的 T 恤，弄明白是有人赠送的，猜出是齐力所为。她来到齐力商铺，发现里里外外都挂着 T 恤，便明白了一切，鼻子一酸，感动得差点要哭出来。

　　齐力见骆琳达来了，高兴地迎了上去。骆琳达问这要花多少钱，齐力故作轻描淡写，说是从一个朋友那里拿的处理品，几乎是白送。骆琳达说印刷总得花钱吧。齐力说这几个钱算什么呀，他对自己做这件事感到得意，声称花小钱办成了一件大事。骆琳达夸他脑子一向活络。齐力说夸他就免了吧，只要答应与他共进一次晚餐即可。

　　但骆琳达没有答应，只想把他当作真心相待的好朋友，故意没有回应齐力不时传递出来的爱慕之意。

　　齐力却不管不顾地订好了餐厅，告诉她有关寻人的事要跟她商量。骆琳达只得去餐厅跟齐力吃饭。见到她，齐力很开心，也有点很不安，赶紧解释如果不说寻人的事，他是不会来的。骆琳达问不会骗她的吧。齐力笑着说当然不会。他拿出一张纸，递给骆琳达看。

　　只见纸上密密麻麻写着电话号码。齐力说这是他这边接到过的电话，他把她给的照片都让他们看过，确认不是孩子的父母。骆琳达没有想到会有这么多电话。齐力告诉她，今天找她是想跟她探讨，如果大概率找不到孩子的父母，是否需要有下一步的预案。

　　骆琳达当然需要，法院的判决摆在那里，她是不能随便把这些孩子扔了的。这样的话，的确需要把思路转到寄养上来，找一找有没有什么福利机构可以托付。

　　骆琳达听从建议，找了一家又一家福利机构，向他们介绍寄养方案。钱由她来出，孩子由福利机构托管，她再给福利机构一笔托管费。但与孩子接触后，每家福利机构都拒绝了，因为那些孩子不愿意留在那里。

　　孩子们很愿意叫她中国妈妈，但骆琳达不许他们这样叫。孩子们被她怒目的神情吓了回去，立刻不叫了。只有阿米娜还在嘟着嘴巴轻声地叫着"中国妈妈"。

　　骆琳达从齐力那里拿来一些 T 恤，想给孩子们穿上。维多利亚调侃她是不是想组建一支足球队。骆琳达说让孩子们穿着T恤到外面去转悠，权当是流动式寻人广告。

维多利亚招呼孩子们过来，让他们每人穿上一件。看到自己的照片印在T恤上，孩子们感到不可思议，纷纷惊叫起来。

尽管T恤对阿米娜几个小个子来说显得宽大，但经过骆琳达打结处理，看上去合适多了。大家你看我我看你，欣喜不已，再次齐声向骆琳达喊了起来：

"中国妈妈，我们喜欢你！中国妈妈，我们喜欢你！——"

骆琳达却说，她可不能上他们的当。

维多利亚领着孩子们在路上走着。孩子们非常活跃，时不时地停下来跳舞。跳舞对他们来说似乎是天生的。他们排着队跳舞的样子非常可爱，充满着活力，引来行人纷纷注目观看。

但他们的父母始终没有找到。

事情似乎又回到了原点。

这一次骆琳达终于想通了。既然上帝如此安排，那就既来之则安之吧。于是便安下心来抚养孩子。

骆琳达专门在自己住处腾出地方，供孩子们使用。依旧吩咐把烧好的饭菜给他们吃。

骆琳达找来报举过她的伊玛拉来看管孩子们，伊玛拉刚刚被老板解雇，需要一份收入。伊玛拉对骆琳达这样做很不理解，说自己举报过她，她应该幸灾乐祸才对，为什么还要雇用她。骆琳达说自己理应幸灾乐祸，因为她伊玛拉的举报，自己被抓进去坐牢，差点还要被遣返回国。但中国有句古语，叫不忘人恩，不念人过，不思人非，不计人怨。骆琳达始终在告诉自己，要尽量这样去做。所以，其实骆琳达是放过了自己。

伊玛拉说听不懂。骆琳达说听不懂没有关系，以后她会慢慢懂的。

骆琳达领着伊玛拉去见孩子们，这是伊玛拉的首场演出，骆琳达问她有没有信心，伊玛拉只是耸了耸肩，笑了一笑，却没有回答。

骆琳达和维多利亚、伊玛拉一起来到孩子们的房间，孩子们见了骆琳达，立刻又对她叫起来：

"中国妈妈好！——"

这一次骆琳达没有拒绝，而是接受了他们的叫法。阿米娜来到骆琳达身边，怯怯地问她："你同意了吗？"

"我同意了。"骆琳达说，"我给你们找了一个新的阿姨，你们要听她的话，能做到吗？"

"我能做到，但他们做不到。因为他们太调皮了。"阿米娜说。

"听到了没有？阿米娜说，你们太调皮了，让你们听话你们做不到，真的是这样吗？"骆琳达问大家。

"真的是这样！——"大家回答。

"如果真的是这样，那我要再次把你们扔掉！"骆琳达威胁他们。

"不要！"大家改口了。

"那我再问一遍，你们听不听阿姨的话？"骆琳达更加大声了。

"听。"大家齐声说。

"很好，说话要算数。"骆琳达说，"这位就是你们的新阿姨，从今天开始，她代替维多利亚姐姐来看管你们。现在你们报一报自己名字，让新阿姨认识一下你们。"

就这样，维多利亚终于脱身了。

这些孩子本来应该去上学的，但由于他们从来没有读过书，骆琳达问了好多学校，都不肯接收。骆琳达只好买来一些书籍，试着让伊玛拉教他们读书识字。

骆琳达以为这下可以投入精力做生意了，没想到伊玛拉把孩子管得一团糟。有一天中午骆琳达来到别墅，只见里面一片狼藉，东西扔得乱七八糟，那些孩子正在客厅对着电视疯狂跳舞，有模有样地模仿着电视里的舞蹈节目。

骆琳达不禁傻眼，大喝着让他们都站好，问伊玛拉在哪里。艾利克斯懦懦地告诉她，伊玛拉在他们房间里。

骆琳达一边喊着伊玛拉的名字，一边朝孩子们房间走去。推开房门，几乎就要晕倒。只见伊玛拉被反绑着坐在地上，捆得像只粽子，嘴里还塞着毛巾。

骆琳达一把扯掉了她嘴里的毛巾，伊玛拉这才叫出声来，声称要宰了那些小兔崽子！骆琳达赶紧替她解开绳子，伊玛拉骂骂咧咧地说，这些小兔崽子气死她了，让他们待在房间里识字，一个个都不听。不让他们出来，他们就把她绑了起来。骆琳达说维多利亚可从来没有发生过这种事情。伊玛拉说维多利亚又没叫他们认字。认字这件事，她真的干不了，最多也就管管他们的日常生活。

孩子们都回到了房间，看着伊玛拉解脱了出来，有几个孩子忍不住偷偷笑着。骆琳达对孩子们说，他们这样不服从伊玛拉看管，搞得自己也心神不宁，连生意都谈不好了。罗哈扎娃有些内疚，说以后再也不乱来了，要求允许他们去院子里踢球。卡玛古补充说，还要允许他们看电视，不能只有伊玛拉一个人可以看。

伊玛拉狠狠扫了孩子们一眼。骆琳达说这事她得再跟伊玛拉阿姨商量商量。

伊玛拉没有读过书，无法教孩子们识字，幸好骆琳达读过师范大学，对老师职业有所了解，上班之余，只好自己教他们读书识字。

"中国妈妈，为什么你能够教我们识字而伊玛拉阿姨却不能？"乔纳森问骆琳达。

"因为我是师范大学毕业的，"骆琳达说，"师范大学培养的是未来的老师，我毕业后没有选择去当老师，而是选择去做生意。现在因为有了你们，才逼着我拿起了荒废的学业。"

"中国妈妈，老师除了识字，还会做什么？"罗哈扎娃问。

"这个嘛，让我想一想……"骆琳达沉吟了一下，"老师呢，除了要教会学生知识，还应该教会学生做个好人。我在大学里还学过舞蹈、绘画、音乐等，但都只是学了一些皮毛。我发现，你们才是跳舞高手，而且是天生的跳舞高手。"

孩子们听她这么一说，又开心地跳了起来。

看着他们跳舞，骆琳达开心地笑了。

然而，骆琳达不知道的是，那些孩子给她带来的负面影响，不但没有就此打住，而是在持续发酵，不断地显现出来，将骆琳达一步步逼向绝境。

骆琳达刚刚谈成了一笔生意，这笔生意能够谈成，倒是孩子们促成的。当时在谈生意时，骆琳达谈到了抚养十个孩子的事情，客户问明原因后，觉得她是一个值得信任的人，就爽快地签下了合同。这次客户再来公司，还想顺便见一见那些孩子。

这笔生意对超然公司来说至关重要，成功了可以喘上一口大气，不成功前景就会变得越来越渺茫。

骆琳达叮嘱江政文要将接待事项再认真检查一遍，千万不能出纰漏，还亲自去机场迎接贵宾。路上一切顺利。接回贵宾来到公司门外，警卫阿米诺夫打开大铁门，让奔驰商务车进入了公司大院。

骆琳达领着贵宾们下车，孩子们在院子里等候着，骆琳达向贵宾们介绍着那些孩子。

这时，罗尼斯手上的一瓶可口可乐不慎滑落，从大铁门下面的缝隙间滚了出去。罗尼斯悄悄上前，用力打开大铁门，走出门外去捡拾那瓶可口可乐。

罗尼斯伸手去抓可口可乐，却被一只脚突然踩住。罗尼斯抬头一看，见是一个蒙面人。还没有等他回过神来，就被蒙面人一把拎了起来，快速冲向大铁门。惊恐之中，罗尼斯发现有一群蒙面人也正冲进大铁门。

冲进院子的一共有五个蒙面人，手持着冲锋枪，对着人群大声呵斥："统统趴下，不许出声！"

面对突如其来的恐怖场面，现场的人全都蒙了，他们别无选择，只能老老实实地抱头趴下。

保安室里的警卫阿米诺夫也不敢乱动，很快被缴了武器。十个孩子被其中一个劫匪塞到车里，拿过钥匙，"嘀"一声锁上了车门。

一个贵宾客户没有按劫匪要求趴下，只是抱头蹲着，被一个劫匪用枪柄狠狠砸了一下额头，鲜血直流，立刻倒在了地上。

劫匪开始分工行动，一人到门口警戒，两人看管众人，另外两人动手掏着人们的口袋。所有人身上的财物都无一幸免。

抢完身上的东西，其中一个劫匪冲着大家叫嚣起来："钱在哪里？！快说，钱在哪里？！——"

谁也没有吭声。

劫匪用刀子插向一个贵宾客户的大腿。见此情景，骆琳达只好站了出来，告诉劫匪钱在楼上。那个劫匪押着骆琳达来到办公室，骆琳达从文件柜的底层拿出了一只小纸箱，里面放着6小捆塑封的"纸钞"。

劫匪直接用刀子划开包装，一张张纸钞散落一地，这下露出了马脚——每捆"纸钞"最上面和最下面都是货真价实的面值100的兰特，但中间都是复印的假钞。虽然复印得很逼真，但还是被劫匪识破了。

被激怒的劫匪狠狠甩了骆琳达一个耳光，用枪抵住了骆琳达的脑袋，叫嚣着保险柜在哪里？！

骆琳达指了指一处壁柜，上前打开，里面果然有一只保险柜。骆琳达说钥匙在出纳那里，她今天休息，建议他们把保险柜抬下去，放到车上拉走，之后再慢慢去开。

那个劫匪押着骆琳达下楼来到院子，把情况告诉了劫匪头子。劫匪头目指了指其中两个劫匪，要他俩看住所有人，又点名克思达瑞、江政文、阿米诺夫和另外一个贵宾跟着他们去抬保险柜。他们四人在三个劫匪的押解下，来到了骆琳达的办公室。

众人费力地将保险柜扛到了停在院子外面的一辆面包车上，然后匆匆捆绑完众人，驾着车子疾速离去了。

院子里，孩子们拉开车门，一脸惊恐地从商务车里缓缓走出来。骆琳达冲着他们大喊，要他们赶紧来解绳子，孩子们手忙脚乱地把绳子解开了。

一场危机就这样结束了。

保险柜是空的，骆琳达没有选择报警。但损失是巨大的，生意跑掉了，命也差一点没有了，而且在心里落下了阴影，所有人都变得人心惶惶。

大家站在骆琳达面前，情绪十分激动，强烈要求把那些孩子扔掉。

"扔掉那些害人精已经刻不容缓，再也不能养下去了！"克思达瑞态度坚决。

"要不是他们擅自开门，就不会发生这种事情。坚决不能养了！"阿米诺夫也竭力支持。

"就是因为有了他们，公司才逐渐走了下坡路！要是我们失业了，那该找谁去啊？！"萨鲁达姆道出了问题的根本。

"我去扔，一定可以把他们扔掉的！"阿米诺夫自告奋勇。

骆琳达示意他们不要再说了，沉吟了一下，开口道：

"我也不想养他们，公司毕竟不是慈善机构，更不是孤儿院。但我们现在有得选择吗？我们现在还能扔得掉吗？法院的判决就摆在这里，我敢违反它吗？如果你们之中有谁说能够改变判决，那我会毫不犹豫地立刻扔掉他们！"

骆琳达说完这话，无奈地看着大家，大家都不说话了。骆琳达继续道：

"公司现在风雨飘摇，要稳住它，只能靠我们大家。眼下每个人把自己的工作做好，这比什么都重要，我们再也不能出一点差池了。"

大家忧心忡忡地点点头。

夜晚，孩子们聚集在自己的房间，罗哈扎娃命令大家从今以后再也不许喝可乐了。乔纳森感到很意外，艾利克斯问要多久。罗哈扎娃态度坚决，说一直，永远不许再喝了。乔纳森苦着脸，问为什么啊，他想打嗝。罗哈扎娃说今天差一点要了大家的命。要是中国妈妈被杀死了，那他们都得要完蛋。

阿米娜嘟哝地说她不想中国妈妈被杀死。卡玛古安慰她中国妈妈不会死的。阿米娜说她永远不再喝可口可乐了。大家听了一起附和起来，纷纷发誓永远不再喝了。

想了整整一个晚上，第二天上班，骆琳达把全体员工召集起来，把自己的一个重要决定告诉了大家。

"昨天大家情绪很激动，向我提议要扔了孩子。但这个办法是行不通的，因为法律不允许。然而，公司这样养着孩子，业务被严重拖累，生意持续走低，照这个趋势下去，有可能危及公司生存，所以也不是一个办法。孩子的事情必须要彻底解决。我昨晚想了整整一个通宵，决定暂时把生意全权交给江政文处理，我自己一门心思来搞定孩子的事情。"

大家十分意外，都"哇——"地叫出声来。

骆琳达继续说：

"大家不用惊讶，江政文是我的助手，跟了我一段时间了，相信他会很好地落实我的想法。我去搞定孩子，并不是我彻底放手不管公司了，而是只管公司的大事，不管公司的具体经营。否则，两件事情都管不好的。在这种时候，我必须断臂求生，两害相权取其轻。"

骆琳达主动请齐力吃饭，齐力感到很意外也很开心。骆琳达说想借用他脑袋商量孩子的事情，要他不要想歪了。骆琳达说自己绕来绕去，还是绕了回来，绕到源头上了。她认为找到他们父母，是解决这个问题的最终办法。

齐力问她不是已经有了结论，找不到呀。但骆琳达总觉得不死心，冥冥之中，感觉到似乎哪里还没有做到位。齐力同意第六感的说法，支持她的决定，问她有没有具体的做法。骆琳达说还是需要从他们的口中找到线索。她明白这么长时间没有问出来，是因为那些孩子想留在她这里。她既不能严刑拷打他们，也难以劝导引诱他们，想来想去想到了一个匪夷所思的办法，就是找个心理医生，用催眠的方式，问出他们潜意识里的答案。

齐力居然没有反对，说是可以帮她找找心理医生，看来的确是死马当活马医了。

骆琳达领着孩子们前往心理诊所。医生诊断后告诉骆琳达，那些孩子从小没有受过教育，目不识丁，推测他们可能从小生活在信息闭塞的地方，根本说不出有用的信息。

医生表示无能为力，只能无功而返。

没想到回来的路上却闯下了大祸。

阿米娜因为内急，萨鲁达姆停下面包车让她到路基旁小便。因为是一个女孩，骆琳达陪她下了车，在车旁等候着她。

此时，桑德从乔纳森身上搜出了一瓶可口可乐，将可口可乐亮给大家。大家纷纷指责乔纳森私藏可乐，把可乐交给了罗哈扎娃。

而在马路上，不知从何处突然冒出三个持枪的人，其中一人抵住了骆琳达的腰间，要她不要动。另外两个分别看住了司机萨鲁达姆和车上的那群孩子。

骆琳达趴在车门旁，正好靠向罗哈扎娃坐着的窗户。

因为这种事情碰得多了，骆琳达有了经验，不再惊慌失措，而是沉着应对。她略显自嘲地说，前两天刚刚遇到过，怎么没过两天又碰上了？那个歹徒让她闭嘴，匆匆搜着她的身子，几乎搜了一个遍。

这时，罗哈扎娃突然对着车窗，将经过猛力摇动的可乐喷向那人的脸。那人猝不及防被喷了一脸，一时走了神。罗哈扎娃趁机吱溜一下从车窗钻了出去，一头撞向歹徒。歹徒被撞后一个趔趄，手上的枪甩到了地上。骆琳达扑上去抢枪，但快不过歹徒，让歹徒先行抢到了。

罗哈扎娃抓住歹徒的手猛然咬下，歹徒一脚将他踢开。骆琳达再次扑上去，歹徒举起枪朝她射击。但罗哈扎娃闪身过来，一把推开了她，却让子弹打中了自己的胸膛。

歹徒随后又朝骆琳达射击，打中了她的腹部。

歹徒放弃骆琳达，转身来到车门旁，朝同伙大声叫喊撤离，三个歹徒匆匆逃离了现场。

骆琳达爬到罗哈扎娃身旁，只见鲜血从他的胸口不停地流出来。骆琳达用手压住了他的伤口，直喊着罗哈扎娃的名字。

抱头蹲在一旁的阿米娜起身冲了过来，摇着哥哥的肩膀大声呼叫着。见到罗哈扎娃没有声息，阿米娜哭了起来，大喊着，哥哥不要死！哥哥不要死！——

司机萨鲁达姆和孩子们都围了过来，大声呼喊着罗哈扎娃的名字，但罗哈扎娃紧闭着眼睛，已经死去了。

骆琳达悲恸欲绝，一把搂紧他的身子，抢天呼地地哭了起来：

"罗哈扎娃你不能死呀，你是因为救我才死的呀，你为什么要这么傻，为什么要这么勇敢，你死了你的妹妹怎么办？你的同伴怎么办？……"

这一次的意外遭袭，不可避免地成了骆琳达生意事业的分水岭。

## 二十二、非洲妈妈

骆琳达躺在病床上，脸色惨白，紧闭着眼睛。医生告诉她伤势很重，幸亏及时救治，才保住了性命，她应该感到庆幸，上帝会保佑她的。

骆琳达始终闭着眼睛，没有回应医生的话。但眼泪却止不住地从眼缝里冒出来，无声地沿着脸颊流淌着。

她怎么也抹不去罗哈扎娃那条小生命在眼前消失的一幕。那可是一条鲜活的生命啊。这一幕像一个噩梦，时时纠缠着她，煎熬着她，折磨着她。

她自责不已。

要不是自己执拗地一定要找到他们的父母，也不会去找心理医生，就不会遇上抢劫，罗哈扎娃就不会为了救自己而死去。一切都是自己造的孽。她几乎再无勇气去面对那群孩子。

伊玛拉带着孩子们来到了病房，孩子们安静地围在病床前。阿米娜小心翼翼地将一束花放到床头，骆琳达感动不已，同时又自责不安。

"阿米娜，中国妈妈对不起你，你哥哥是因为救中国妈妈死的，中国妈妈真的没有勇气来面对你。"骆琳达虚弱地说。

"我都看到了，他做得对。"阿米娜说。

"可你没有哥哥了呀。"骆琳达说着流下了眼泪。

"虽然没有了哥哥，但我有了中国妈妈，哥哥一定会觉得自己做得对的。"阿米娜说。

骆琳达一把抱住了阿米娜，泪流满面。

齐力也赶来看望骆琳达。骆琳达说一直以来，她都是一个倒霉的人，想不通厄运怎么会不依不饶地跟着自己。齐力让她千万别这么说，反而责怪自己不好，要不是他出的馊主意，她也不会去找心理医生，就不会遇上这种事了。

"怎么能怪你呢，都是天意，要来的事情一定会来的，只能说明我有些事情没有做好。"骆琳达说。

齐力说她唯心主义。骆琳达说：

"这些天来，我脑子里一直抹不去罗哈扎娃在我眼前消失的那一幕。他突然来到我身边，却又突然消失了。我真的很自责。"

"就像你刚才说的，一切都是天意，也许在他们的生命里，你也只是一个过客，所以不用太自责，该来的事情一定会来的，你回避不了，也左右不了。这也是你刚才说的。"齐力劝慰着她。

"所以我想来想去有了一个决定，我要好好抚养他们，让他们健康成长，这样才对得起我自己的良心，才可以原谅自己……"骆琳达说。

"那你公司怎么办？"齐力问她。

"总会有办法的吧。就当我生了十个孩子，公司该开还是要开，要是开不下去，那也只能关掉了。"骆琳达的想法变得越来越清晰。

齐力只能无奈地摇了摇头。

骆琳达住院期间，九个孩子一直陪护在她床边，悉心照料着她，生怕她死了再也没有人来抚养他们了。每次伊玛拉带他们来到病房，如果遇到她吃饭，总会有人夺过她手里的饭碗和勺子，抢着给她喂饭。其他喂不到的同伴，就会赶紧排起队来，轮流着每人喂上两口，机会均等，不起矛盾。

除了喂饭，他们还在她的床前跳舞，逗她开心。

骆琳达往往会被他们感动得流下泪来。

骆琳达问他们为什么要对她这么好。罗尼斯抢着说，要是她死了，就再也没有人来抚养他们了，所以要对她好，不能让她死去。卡玛古听着不吉利，就一把捂住罗尼斯的嘴，不许他胡说，告诉他中国妈妈不会死的。

骆琳达惨然一笑，对他们说没有关系，中国妈妈已经看淡生死了。在这个世界上，人人都像蝼蚁一样渺小，很多时候只能生死由命，但关键是，每个人都不能放弃努力，更不能放弃心中的爱。

阿米娜抬起幼稚的脸，疑惑地问她什么是爱。

骆琳达想了想，沉吟地说："爱是一种力量，就像你们给我喂饭，为我端水，对我跳舞，向我讲故事，都是一种爱，都是有力量的，我都感受到了。"

乔纳森说："中国妈妈，你会不会再把我们扔掉了？"

骆琳达反问："要是我再把你们扔掉，你们会怎么办？"

卡玛古信心十足地说："我们还会回来的。"

大家异口同声地说："我们还会回来的！"

骆琳达欣慰地笑了。

为了治疗受伤的身体，骆琳达不但无法经营生意，还花费了很多钱财，这令本已步履维艰的公司雪上加霜。再加上她的状态已经不再适合管理公司，经过激烈的思想斗争，骆琳达忍痛割爱，决定卖掉公司。

如何把这一沉重的决定轻松地告诉大家，骆琳达想到了茶话会的方式，她让江政文特意摆上水果和零食。员工们走进会议室，直呼意外和开心。

但骆琳达随后说出的决定对大家来说是个晴天霹雳，立刻遭到了公司上下的一致反对。克思达瑞站了起来，把桌上的水果和零食都收了起来，觉得此时此刻他们不应该吃这些水果和零食了，他们面对的是一个重大的生存问题，必须严肃对待，气氛不应该如此轻慢和草率。

每个人的脸色都变得十分沉重。

"骆总，自从你来了之后，我们彼此都已经相处得很融洽了，就像一家人一样。"维多利亚说，"但你一旦把公司卖掉，我们换了老板，谁知道还能不能继续干下去，即使能够干下去，也不知道在新主人手下是否会干得顺心。"

"做任何事情都无法保证两全其美的，"骆琳达说，"我们必须在两个不好的结果中选择一个相对好一点的，就像中国古话说的，两害相权取其轻，这是明智的。你什么都要最好，到最后也许什么也得不到。"

"难道不能再努力努力了吗？"伊娃诺娅问道。

"伊娃诺娅，你是管财务的，"骆琳达说，"公司的财务状态你比我还清楚。我们目前的状况，还能延续多久，你能告诉大家吗？"

伊娃诺娅被这么一说，不再出声了。

齐力也同样表示反对。好不容易在南非打下了一片天地，却要拱手相让，无论如何都说不过去。即使眼前有再大的困难，咬一咬牙总会过去的，就像之前那样，每一样困难不都被踩在脚下了吗？

但对骆琳达来说，这一次和以前都不一样。以前只关乎她一个人，这次却关乎着一群孩子，而且她还欠着他们的一条命。

罗哈扎娃的命。

齐力要她再冷静想一想，在这种关键时候，一定不要冲动。应该想想来南非的初衷是什么？是来赚钱还债的，不是来抚养十个孩子的。

骆琳达打断他，说是九个，已经不是十个了。

齐力明白她的想法，她就是因为这个才改变初衷的。但齐力认为，在赚钱还债这个目标还没有达成之前，她不应该偏离方向。

骆琳达叹气说：

"对我来说，每个方向都是对的，但一旦朝着某个方向去走了，不管是哪个方向，似乎又都是错的。所以，我干脆不做选择了。反正处在哪个方向，就朝哪个方向走去吧。"

"我还是强烈建议你慎重选择，一定要冷静，千万不能心血来潮。"齐力说。

骆琳达陷入沉默，不再言语了。

在两难选择之时，她专门打电话到德国，去征求王超梅的意见，恳请王大姐同意。王超梅了解情况后，支持她的想法，认为断臂求生是没有办法的办法，况且她是为了抚养那些孩子才这样做的，当然要支持她。

王大姐愿意将剩余的股份赠送给她，作为抚养孩子的基金，鼓励她只要用心去做一件事，一定会做成功的。并且送她一句话来勉励：你只管善良，上天自有安排。

骆琳达十分感激王超梅这一贵人。每当处于人生转折关头，王超梅总会不失时机地给予她帮助和提携，才让她能够蹒跚着走到今天。

骆琳达找到了一个买家，好不容易谈妥转让条件，正待交接之时，却发现公司在她住院期间被江政文坑了，欠下了很多债务，导致资不抵债。

这意味着，即便公司白白送给人家，也还得替人家补上债务的钱，否则根本没有人愿意来接手。

江政文已经在两天之前潜逃了。骆琳达虚脱一般地卧倒在沙发里，怀疑着自己的人生。江政文是她的助手，她对他这么好，对他这么信任，他竟然还要来坑害她，而且在她最困难的时候。

这到底是因为什么？

骆琳达实在受不了了，疯了似的撕扯着展览室墙上贴着的东西，还把那只双肩包也从展示台上扯了下来。维多利亚等人在外面敲着门，但门被骆琳达反锁了。

骆琳达失神地瘫坐着，地上撒满了撕扯下来的东西，看上去一片狼藉。骆琳达为自己感到悲哀，当初就是因为身背债务才来到南非赚钱的，在贵人帮助下，经过一番拼搏，事业终于有了起步。没想到穆萨安瓦一出事，厄运就一个接一个地再次向她扑来，让她重新回到了起点。十个孩子毫无征兆地出现在她面前，让她赚钱还债的计划变得无望，更何况她的亲生女儿还在中国大陆，难得见上一面，她凭什么要耗时耗力耗钱来抚养他们，他们已经拖垮了她的公司。她矛盾极了，真不知道明天该怎么过，下一步该怎么走，一切都乱了套了，眼前的困境压得她透不过气来……

这到底是怎么了？是上帝在蓄意惩罚她，还是在刻意考验她？

齐力了解到江政文吃里爬外搬空了公司，发誓要一掌劈死他。得知他逃走了，声称要找人去抓他，哪怕花再多的钱，也要把他抓回来！

骆琳达说抓到他当然好，但也解不了燃眉之急，公司现在要活下去，就需要有资金注入。要是没有人接盘，没有资金注入，很快就要倒掉了。

齐力热心地替骆琳达四处寻找买家。经过一番努力，依旧毫无结果。他本来打算自己买下来，但实在是资金吃紧，对此无能为力。

齐力回想起骆琳达之所以有今天的困境，都是因为仲旭东，要不是他让骆琳达去替他朋友接货，穆萨安瓦也不会死去，更不会搞出十个孩子来。所以齐力就去找仲旭东，要他接收骆琳达的公司，作为对她的一点有限赔偿。

仲旭东冷笑了一下，缓缓地说："你说得没错，事情就是从我那个电话开始的。但我们都不是小孩子了，看问题不能这么看吧。"

齐力反驳说："唉，这有什么错呀，她本来把公司干得好好的，就是你一个电话，她公司就咣当一声翻掉了。"

仲旭东是一个只算进不算出的精明商人，哪里肯接收这么一家资不抵债的公司。他说："照着你这种逻辑，我也可以说，罪魁祸首首先是打死司机的那个歹徒，要是歹徒不把司机打死，哪有接下来的那些破事啊。其次就是那个司机，是他把那些孩子带到了骆琳达面前。这没有错吧？接着就是那帮法官，把案子判得这么匪夷所思。如果你还嫌不够的话，还可以找出很多需要去擦屁股的人。至于我，这么摸排下来，真的处于无足轻重的位置。你说呢？"

齐力气得脸都发白了，这分明是在强词夺理。齐力没有工夫跟他争辩，找他就是为了接收骆琳达的公司。仲旭东说他齐力才叫作无理取闹呢，要他买下一家资不抵债的公司，这跟送钱给人有什么区别。何况买下公司后还得拼命往里面砸钱，否则公司怎么活下去呀。

齐力说现在只有他仲旭东砸得动钱，自己已是无能为力了。仲旭东奉劝齐力不要把感情纠缠在里面，否则会交很大一笔智商税的。齐力说事到如今，大家都没有办法了。

"是你吧？我可从来没有陷进去过。"

"但我现在需要让你陷进去。"

"有点意思。"

"仲老板，其实我很不愿意没大没小的，但现如今也是没有办法了。请你一定要原谅我，我不得不用一点下三烂的手段对付你了。"

"你想干什么？"

"你的重婚，不知道嫂子同不同意？我印象当中，嫂子像是一只母老虎，而你像是一只小羔羊。这是绝配呀。"

"你敢？！"

"这次我就敢。很卑鄙是吧？可是没有办法呀仲老板，都是被你逼的，逼良为娼，否则打死我也不会这么干的。"

"那为什么要搞我？"

"不是搞你，是大家都来帮一把骆琳达。骆琳达现在太难了，大家都是同胞，危难之中理应伸出援手。等一切都好起来了，我会向你赔罪的。"

仲旭东"哼"了一声，转过头去不再理他。

就这样，齐力拿仲旭东的重婚来要挟，才使他屈服，极不情愿地接受了骆琳达的公司。

双方签署转让合同，骆琳达恳求仲旭东，不要解雇那些员工。仲旭东冷冷地要她好自为之。

骆琳达含泪和公司员工拥抱告别，背着那只双肩包走向自己的汽车。到了车前，停住，转身，默默地望着那栋小楼，百感交集，忍不住哭出声来。

齐力对骆琳达十分关心，从生意里挤出一笔钱送给她，好让她顺利度过眼前的艰难日子。骆琳达死活不肯，齐力只好改口说是暂时借给她，这才让她收下了这笔钱。

骆琳达东拼西凑为罗哈扎娃买了一块上好的墓地，带着另外九个孩子安安静静地将他埋葬。他们每个人都在罗哈扎娃的坟墓上放了一瓶可乐，骆琳达对着墓碑深情地说：

"罗哈扎娃，中国妈妈为你买了这块墓地，这是我给你的最后一点心意，希望你能够住得舒服。我们每个人还给你放了一瓶可口可乐，希望你在天堂里可以天天喝可乐，时时打气嗝。"

孩子们"嗝嗝嗝"地假装打起嗝来，此起彼伏。

骆琳达继续对罗哈扎娃说：

"我还要告诉你一件事，我会按照法院的判决，要么找到你这些小伙伴的父母，要么把他们抚养成长。"

"哥哥你听到没有，中国妈妈已经答应我们啦，她再也不会把我们扔掉了。"

阿米娜大声地喊了起来。

"头儿，我们会让中国妈妈帮我们找老家的，要是找到的话，我们会来告诉你的，你放心！"卡玛古也动情地说。

"我们一起给你们头儿鞠三个躬吧。"骆琳达提议道。

九个孩子排成一排，齐刷刷地对着墓碑鞠了三个躬。骆琳达搂住阿米娜的肩膀，示意大家围过来。

"从现在开始，你们就叫我非洲妈妈吧。"骆琳达说。

"非洲妈妈？"阿米娜问。

"是的，叫我非洲妈妈。"骆琳达微笑着说。

孩子们一拥而上，将骆琳达紧紧拥住。

"非洲妈妈！我们爱你！爱死你了——"孩子们异口同声地叫了起来，激动不已。

骆琳达搬入了新住处。这个住处要比原来的别墅小多了，但依旧有一个客厅，一个大房间，一个小房间。大房间供孩子们住，小房间作为骆琳达的卧室。

骆琳达接到了阿姆仁仁救济中心的电话，说是一个叫齐力的朋友替骆琳达申请了救济，说是她抚养了十个流浪儿。骆琳达说是九个，其中一个去世了。救济中心要她拿出证据，骆琳达说她有法院判决书，判决书要求她要么找到他们父母，要么扶养他们成人。她花了很多时间找过他们父母，但是没有找到，他们自己也说是一群孤儿，所以她决定抚养他们。

救济中心告诉她，如果情况属实，她是符合救济条件的，会先给她一笔钱，然后每个月再给她一笔生活费。

虽然救济数目有限，只能算是杯水车薪，但骆琳达还是喜出望外。

鉴于这些孩子目不识丁，骆琳达决定让他们学习文化，否则长大后无疑与废物无异，会白白浪费自己的时间、精力和钱财。考虑到学校不愿意接收他们，再加上财力匮乏，骆琳达只好自己教他们学习。

幸好她毕业于师范学校，虽然一毕业就替母亲去看管摊位，从来没有当过老师，但毕竟学过理论，对如何当老师有所了解。她教他们学中文，学中国文化，学如何做生意，这是她所熟悉的。

因为他们总说老家，骆琳达问他们老家是什么样子。阿米娜抢着举手说，是方方的白房子，漂亮的白房子。姆班达补充说那些房子长在山坡上，可好看了。骆琳达问他们去过没有，他们却摇头表示没有去过。

骆琳达于是专门出钱请来老师教他们学画画。她把客厅改造成教室一般，放着各式各样的"课桌"，有破桌子、木箱子、纸板箱等就地取材的东西，看上去寒酸不已。

桑德问为什么要教他们学画画，骆琳达说如果他们学会了画画，就可以把他们的老家画出来。只要画出来了，非洲妈妈才有可能帮他们去找老家。

阿米娜激动地跳了起来，说太好了，她要好好学画画，要把老家找回来。罗尼斯也跟着跳起来，说着同样的话。大家纷纷附和着。

骆琳达告诉他们，只要他们想学，她会想方设法给他们创造条件的。画画除了可以找寻他们的老家，还是一门手艺。只有掌握了一门手艺，他们以后才有可能自食其力。

随后，她把娜尔扎扎老师介绍给大家，要他们认真跟着老师学画画。大家开心地用双手拍起了课桌，表示欢迎娜尔扎扎老师。哪知乔纳森的那张课桌是用木板搭成的，被他这么一阵拍打，课桌散架了，引得大家哄堂大笑。

齐力对骆琳达十分关心，时不时地来照看孩子，还偶尔带他们一起出去吃饭和游玩，以博得骆琳达的欢心。骆琳达对此心知肚明，知道他对自己是真心的。

这会儿，他背着一只袋子来看望孩子们，从里面拿出调色板、颜料和画笔等绘画物品。孩子们见了哗地一下围了上来，都急急地来拿这些东西。

齐力叫他们不要着急，每人一样，谁都不会落下。骆琳达又叫他齐老弟了，说他破坏课堂纪律，问他该罚不该罚。齐力连口说该罚该罚，愿意把这些东西当作处罚品。

娜尔扎扎老师朝齐力竖起了大拇指，齐力朝她笑着耸耸肩，表示乐于接受她的奖赏。

骆琳达很感激齐力对她的关心和帮助，但因为心里有高正飞存在，对齐力总是难以生出爱恋之情。这使她面对齐力时总是充满了一些歉疚，让自己时时处于矛盾之中。

有时候情绪上来时，骆琳达会对着盥洗间的镜子独自说话，镜子里会恍惚出现高正飞的影子，骆琳达便深情地向他倾诉：

"……正飞，我想你想得好辛苦。你看到了没有，齐力在追求我，我知道他对我是真心的，但我心里一直有你，再也装不下他了。他越是对我好，我越是感到内疚和不安，我真的非常非常矛盾。正飞，你在哪里？我应该怎么办才好？……什么？你让我坦然处之？可我很难做到的呀……"

骆琳达对绘画老师的唯一要求，是让那些孩子能够画出脑海里的老家印象。娜尔扎扎一直在想着办法，首先要让他们学会基本的绘画技能，其次要启发他们把脑海里的画面展示出来。娜尔扎扎了解到骆琳达让孩子们学习画画的目的，觉得她十分了不起，决心一定会好好教孩子们学画画。

　　娜尔扎扎带着孩子们来到山坡地，因为他们曾经说过老家就在山坡地上，希望能够给他们有所启发。孩子们认真地画着。骆琳达来到娜尔扎扎身边，对娜尔扎扎说有时候她不禁会问自己，她做这件事是不是很荒谬。

　　娜尔扎扎确信她是对的，要她坚守自己的初心。骆琳达似乎在自问，让他们找到老家，真的那么重要吗？

　　娜尔扎扎说不在于重要不重要，而在于你必须要去努力做一下，只有努力过了，才不会留有遗憾。

　　骆琳达认同她的观点。

　　骆琳达和娜尔扎扎来到孩子们中间，依次看着他们画出的画。看着看着，骆琳达感到有些震惊。虽然他们每个人画的画不尽相同，但核心却惊人地一致。都是白房子，方方正正，就像苹果手机的充电器。这些房子都被密密麻麻排列在山坡上，却又排列得错落有致。这说明，他们脑子里的东西是一样的。

　　骆琳达认为这才是关键之处，说明他们的老家是真实存在的。娜尔扎扎觉得也许还有另外一种可能，就是他们是照着一幅画画出来的。

　　骆琳达沉思片刻，来到孩子们面前，说：

　　"我和娜尔扎扎老师刚才看了你们的画，都感到很意外，因为你们把老家画得很像。我现在就想问你们一个问题，你们是照着老家来画的，还是照着某一幅画来画的？"

　　"我们是照着老家来画的！"卡玛古举手说。

　　"你们去过老家吗？"骆琳达问。

　　"没有！"阿米娜说。

　　"阿米娜说得不对，她是有房间的。"卡玛古纠正说。

　　卡玛古走到骆琳达面前，抽了其中一张画，指了指阿米娜的那个房间。"从这里数过去第三间，就是这一间，是阿米娜的房子，这是所有房子中最漂亮的一间。"

　　"阿米娜，卡玛古说的对吗？"骆琳达问她。

　　"嗯嗯，对的，数过来第三间就是我的房间。"阿米娜点点头，一脸真诚地回答。

　　"我的房间里有一张桌子，一张椅子，还有锅啊碗啊盆啊什么的，可以美美地烧上一顿木薯饭吃。"艾利克斯赶紧接口道。

　　"我房间门口的那条路就叫作桑德路，我还要给它做一块路牌呢。"桑德也不甘示弱。

　　孩子们的记忆被激发出来，纷纷抢着说起了自己房间的模样，说得头头是道。

这让骆琳达和娜尔扎扎觉得他们说的都是真的。

既然他们确认画的就是他们的老家，而且画得惊人地一致，骆琳达没有理由怀疑老家不是真的。她很高兴终于有了眉目，打算从那些画入手，去寻找孩子们的家乡。

孩子们听了她的打算，都欢呼雀跃，高声叫着："耶，太好了，太好了！——"

那九张画被齐刷刷地挂在了客厅的墙上，骆琳达站在画前仔细地观察着，然后将目光停在了最有特点的一张画上，准备拿它来做广告。

骆琳达领着孩子们去寻找他们画在画上的老家。孩子们身上穿着清一色的 T 恤，T 恤上印着那幅被骆琳达挑选出来的老家画。

车子经过一处山坡居住区时，骆琳达大声问孩子们："这个地方是不是？"

孩子们扑到窗前观看，但很快摇头了。

骆琳达又领着孩子们来到了一个小镇，在小镇街道上走着。孩子们排着队，穿着 T 恤，频频引来行人的目光。

骆琳达趁着在餐馆吃饭的机会，向服务人员打听孩子们的老家。她指着孩子们 T 恤上的画，但服务人员很快摇头了。

路过一个贫民窟时，孩子们突然站了起来，但没有人喊出声来。骆琳达通过后视镜注意到了，"嘎吱"一声紧急刹车，将车子停了下来。她转过头问他们是不是这里。孩子们迅速回到了自己的座位上，装作若无其事的样子。骆琳达感到有些异样，仔细询问了起来。

"刚才你们都站起来看那个地方了，告诉非洲妈妈，那是什么地方？"骆琳达问阿米娜。

阿米娜看了看大家，但每人都避开了她的目光。阿米娜得不到求助，只好如实回答了。"好像是我们住的地方……"

"你们就是从那里过来的？"骆琳达问。

阿米娜点点头。

"阿米娜说的对吗？"骆琳达问卡玛古。

"我也不知道，好像对的……"卡玛古憋了一下，终于回答。

"那我们去看看。"骆琳达发动汽车，朝着贫民窟方向开去。

面包车来到了贫民窟前，卡玛古大声叫了起来："非洲妈妈，这不是我们住的地方。"

其他人也都说不是他们原来住的地方，因为他们原来住的地方有一个很大很大的垃圾山，他们每天都在垃圾山里捡东西。骆琳达感到失望，只好掉转车头，往原路返回。

骆琳达哪里知道，孩子们画的实际上是那块广告板上希腊圣托里尼岛上的费拉小镇，他们已经把费拉小镇深深地印在了脑子里，当作了自己的老家，憧憬着未来美好的生活。所以骆琳达用孩子们画的画来寻找老家，恐怕是找不到的。

# 二十三、插柳成荫

有一次路过阿克玛孤儿院门口时，孩子们叫了起来，说这是他们来过的孤儿院。骆琳达听了"嘎吱"一声紧急刹车，车子停了下来。

卡玛古说这是维多利亚姐姐把他们扔掉的地方，骆琳达说这不能怪她，是非洲妈妈让她来扔的。孩子们让骆琳达赶紧开车离开，生怕又要把他们扔在这里了。

骆琳达却说要进去跟他们打声招呼，毕竟他们帮助过大家，不能忘了别人的好。骆琳达要他们放心，不会把他们再次扔下的。孩子们这才愿意下车，跟着骆琳达走进了孤儿院。

一直以来，对于把这些孩子硬生生扔给阿克玛孤儿院这件事，骆琳达内心是不安的，深感歉疚的。这次能够意外路过，也许就是天意，让她来还上这份旧情。既然如此，那就不妨进去说明一下情况，告诉他们那些孩子已经重新回到自己身边，算是对他们做了一个交代，也好让自己心里宽慰一点。

孤儿院对他们一行的到来感到意外。骆琳达说她这次进来，就是想要告诉院长，这些孩子在她身边，现在过得还算不错，请院长放心，她会对他们负起责任，直到她无能为力为止。这既是对院长的一个交代，又何尝不是在宽慰她自己呢。

听了骆琳达的解释，院长非但没有责备，反而觉得她是一个了不起的人，做了别人做不到的事情，特别让人敬佩。骆琳达摇头说自己没有那么崇高，她是万不得已才收留他们的，但凡可以甩手，她是不会这么做的。

院长说要是换了别人，一定会不惜一切手段把那些孩子甩掉，但她没有这样做。这就是她了不起的地方。听院长这么说，骆琳达释然了。

院长要送礼物给孩子们，原来是孩子们留下的十只双肩包。院长说当初她把孩子们扔到这里，却还为他们每个人装了一袋东西，说明实属无奈之举，不得已而为之。骆琳达调侃说，她是因为自私才这样做的，以防事情败露后，可以推说是出于善意，减轻一点罪责。骆琳达表面调侃，说的却也是真话。正如院长说的，一个自私的人，是绝不会这样做的。

正说着，阿米娜、罗尼斯、姆班达等几个年纪小的孩子哭哭啼啼地跑了过来，骆琳达一看，他们的衣服都被扒掉了，感到十分愕然。一问才得知，是孤儿院的孩子见他们穿着好看的衣服，把衣服扒下抢去了。

这件事启发了院长，院长觉得他们的衣服的确好看，问是什么牌子。骆琳达开玩笑说是非洲妈妈牌。说者无心，听者有意。院长说他们孤儿院要购买非洲妈妈牌衣服，让他们的孩子也打扮得漂漂亮亮。

真是无心插柳柳成荫。就在这样一次无意造访中，让骆琳达重新开始了做生意。

骆琳达手上没有本钱，只好借助齐力公司进货。听说只是60件衣服，齐力故意显出不屑，调侃着她。"嘿，看把你乐的，我以为捡到了多少金银财宝呢，60件衣服能赚几个钱啊？"

"这不是钱不钱的问题，它或许会让我重新做起生意来。"骆琳达纠正他的看法。

被她这么一说，齐力开始认真起来，觉得这件事倒是值得重视。虽然这是无心插柳之举，但对骆琳达来说，她可从来没有泯灭过做生意的想法。

"不做生意难受。可能我们义乌人就是这个德性。"骆琳达无奈地说。

"好德性。"齐力说。

"我手上没有本钱，也没有公司，只好借助你公司进货，就当是你的一个业务员。"骆琳达想好了下一步的做法。

"尽管赊账好了。你擅长无中生有。"齐力很愿意帮助她，大度地说。

有了齐力这个平台，骆琳达精心组织货源，严格把控质量。那些供货店主被她的认真态度折服，骆琳达说这是给孩子们的衣服，必须认真对待，来不得半点马虎，否则会对不起他们。

店主认为凭着她的这种精神，是没有什么事情做不好的。骆琳达自嘲地说，只可惜她真的什么事情都没有做好。店主觉得那是暂时的。骆琳达丧气地说，那还要让她等到什么时候，她都已经看到头了。店主说有些人的人生是看不到头的。骆琳达很感谢店主对她的鼓励。店主耸耸肩说自助者天助也。

骆琳达回味着店主这句话，希望能够做一个更强大的自助者。

骆琳达将精心挑选的衣服穿到阿米娜身上，阿米娜激动得脸色通红，连话都说不出来了。她让阿米娜展示给大家看，大家赞叹不已，觉得漂亮极了，每个人都想要一件。

骆琳达趁机要大家答应一件事，为这件衣服设计一个商标，孩子们满口答应。

骆琳达决定把商标名称确定为非洲妈妈，阿米娜说喜欢这个商标。其他伙伴也大声附和。大家开心地坐到课桌前，认真画了起来。每个人画的都是骆琳达，这是孩子们对这个"非洲妈妈"的不同理解。

乔纳森觉得卡玛古画得不对，说非洲妈妈脸上有酒窝。卡玛古反驳他，说他把非洲妈妈画得那么胖，她是瘦瘦的呢。乔纳森说非洲妈妈把吃的都让给了他们，自己吃得少，才变得瘦瘦的，所以他要把她画得胖胖的。

阿米娜问桑德为什么他画的非洲妈妈没有笑脸，而她却把非洲妈妈画得笑个不停。桑德说因为非洲妈妈整天在为他们操心，都快愁白了头发，哪里还笑得出来。姆班达说如果这样的话，他要不要给非洲妈妈画上白头发。

他的想法立刻遭到了阿米娜的反对，她要非洲妈妈永远年轻漂亮，不许他们给非洲妈妈画上白头发。

骆琳达走了进来，一个个地看着他们画出来的商标，感慨万千，调侃地说：

"这哪里是商标啊，这是在给我画像，你们属于全体作弊。"

"我们没有作弊，这就是我们的非洲妈妈。"大家纷纷辩解。

"好，没有作弊。"骆琳达开心地说。"非洲妈妈很喜欢你们画的非洲妈妈，你们把非洲妈妈画得非常可爱，也非常可亲，既充满了童趣，又充满了爱意，我代表非洲妈妈感谢你们。"

"你不就是非洲妈妈吗？"阿米娜奇怪地问她。

"是啊，为什么还要代表非洲妈妈？"艾哈迈德也满脸不解。

"因为非洲妈妈不止我一个，"骆琳达解释说，"像院长，她也是一个非洲妈妈，还有齐力叔叔，其实也是一个非洲妈妈呀。"

"齐力叔叔是个男的，他应该是非洲爸爸才对呀。"阿米娜一脸疑惑地问。

"非洲妈妈代表的是一种爱。齐力叔叔心里有爱，自然也可以被称作非洲妈妈了。"见大家疑惑不已，一时不能理解，骆琳达继续道，"以后你们会慢慢理解的。总之，非洲妈妈不是我一个人，我们要的这个非洲妈妈商标，是一个大家的非洲妈妈。"

"那我们应该怎样画大家的非洲妈妈呢？"罗尼斯问。

"呃……我的脑子里有这样一幅画面，"骆琳达思考了一下，"有很多双小手在拉着非洲妈妈衣服的后摆，我们不要一整幅画面，我们要一个局部。什么叫局部呢，就是小手拉着衣摆，就要这一块画面，而且要画得越简单越好。"

"小手拉着衣摆，越简单越好……我明白了。"卡玛古沉吟了一下，赶紧埋头画了起来。其他小伙伴见状，也不甘落后，纷纷画了起来。

不一会儿，孩子们画好了商标，纷纷递到骆琳达手上。骆琳达仔细看着。虽然画得各自不同，但主题是一样的，小手拉着衣摆。

经过画画老师娜尔扎扎整合，一个别具特色、充满爱心的"非洲妈妈"商标定稿了。

商标被挂在墙上，骆琳达和孩子们围在那里，得意地欣赏着。

"我太喜欢这个商标了。"骆琳达说。

"我们也喜欢。"阿米娜说。

"非洲妈妈你太牛了，怎么让你想出来的？"艾利克斯说。

"是你们让我想出来的，因为你们太像牛皮糖了，我怎么甩也甩不掉。"骆琳达说。

"我不想被甩掉。"阿米娜说着跑到骆琳达身后，一把拉住了骆琳达的衣服后摆。

"我也不想。"罗尼斯也跑到骆琳达身后，一把拉住了她的衣服后摆。其他孩子见状，也纷纷跑到骆琳达身后，拉住了她的衣服后摆。

这真是一幅活生生的"非洲妈妈"商标图。

每个孩子都穿上了缀有商标的样衣，显得整齐好看。此时，孩子们拉着骆琳达的衣服后摆，骆琳达充当着老母鸡，孩子们充当着小鸡，娜尔扎扎则站在他们前面充当着老鹰，他们在玩耍着老鹰抓小鸡游戏。

气氛开心热烈。

骆琳达开始训练孩子们走台步，进行着时装表演，希望交货那天，让孩子们穿上样衣，组成一支靓丽夺目的少年模特队，和孤儿院的孩子们一起表演节目。

练习中，桑德的步子迈得太大，和大家不合拍，卡玛古想出办法，用绳子绑到桑德两个脚踝上，控制了他的走路步幅。桑德不满，说要摔倒的。卡玛古要他多摔几次就记住了。罗尼斯附和说这办法好。桑德说那你来试试。罗尼斯说谁让他个子这么大，自己人小，用不着。桑德说他个子虽小，但肩膀大摇大摆的，也要找绳子绑住。于是转身去找绳子，没想到脚踝绑着绳子，"啪"一下就摔倒在了地上。

大家哄堂大笑起来。

交货那天，孩子们以少年模特队的名义，由骆琳达带领来到了阿克玛孤儿院。操场上搭了一个简易的舞台，九个孩子组成的模特队正在台上表演，亮丽夺目。台下聚集着一群孤儿院的孩子，看着台上的时装表演，既兴奋又羡慕。

九个孩子在走着台步时，桑德果然摔倒了，引来一阵哄堂大笑。桑德赶紧爬起来，一脸尴尬。罗尼斯说他没有绑着绳子为什么要摔倒？桑德嘟哝着说没有绑着才摔倒的嘛。卡玛古说桑德已经习惯绑绳子了。桑德瞪了卡玛古一眼，卡玛古对他做了个鬼脸。

在院长、贝蒂斯及其他工作人员的见证下，骆琳达将一箱衣服移交给了院长，骆琳达希望这60件衣服能给孩子们带来新气象。在看了孩子们台上表演后，院长迫不及待想把衣服穿到所有孩子身上。骆琳达说她也迫不及待了。

孩子们排着队来到操场的舞台上，由九个孩子帮他们穿上衣服。穿衣过程趣味横生，大家都兴奋不已。院长和骆琳达站在不远处，欣慰地看着他们。

由于骆琳达几乎不赚孤儿院的钱，院长深为感动。骆琳达却说，表面上一分不赚，其实至少赚了两样东西，一样是一个非洲妈妈商标，一样是一支时装模特队。这两样东西对她来说非常值钱。

院长当然知道骆琳达说的是客气话，对她来说，当前最需要的是钱，不是这两样东西。骆琳达说她会努力让这两样东西变成钱的。院长希望她早日实现愿望。

感动之余，院长心甘情愿替骆琳达做宣传。趁着一起开会，院长指着照片对其他院长说，她从来没有想到那些孩子可以被打扮得这么帅气精神。她指着一个叫哈萨纳罗的孩子说，这是她们孤儿院里最邋遢的孩子，但穿上这套衣服后，顿时变了模样，就好像一个小帅哥了，其他孩子竟然认不出他来，而他自己连说话和举止都变得文雅了很多。

在院长宣传下，其他孤儿院也参与进来。除了买衣服，孤儿院还提出要买其他东西。于是，福利机构很多东西都让骆琳达去采购，骆琳达的生意就这样在无意之中做了起来。

骆琳达将赚来的钱还给齐力，告诉他接下去还有生意。齐力替她高兴，说一颗商业星星又在冉冉升起了。骆琳达得意地说，像她这样的人，不做商业真是可惜了。齐力说其实她养孩子也是一等一的，什么非洲妈妈、时装模特队，真的太让人眼红了。

骆琳达怼他是站着说话不腰疼，她是赶鸭子上架，无可奈何。如果他觉得好玩，他俩就换换。齐力赶紧摆手，说术业有专攻，换作他去养这些孩子，他们又得成流浪儿了。

齐力要她说说她接下去的生意经。骆琳达展望说，那个阿克玛院长替她拼命吆喝，组织了好多孤儿院的单子，而且还让她采购其他用品，这样做下来，她似乎有预感，这块生意会慢慢做起来的。

齐力觉得利润太低，几乎左手进右手出，只赚了个流水，既然做的是生意，不如再加一点利润。骆琳达却不同意，认为不能给院长拆台，否则就没有诚信了，要赚钱那也是以后的事了。更何况，通过做这些生意，她已经有了一个非洲妈妈商标和一支模特队，实际上赚到了不少。

齐力说这是她玩玩的，又不能变成钱。骆琳达不这么认为，觉得做生意不一定要赚钱，赚其他的也是可行的。齐力被她说服，同意了她的想法，支持她这样做。

骆琳达要根据衣服来排练时装表演，还想把舞蹈元素融进里面。她特意让懂得审美的绘画老师娜尔扎扎一起去中国商贸城，领着九个孩子在各个商铺间转悠，挑选着衣服。此时，已有一半以上的孩子穿上了新挑选的衣服。与之前清一色的衣服不同，这次每个人的衣服都不一样，像是在为真正的时装表演采购衣服。

孩子们刻苦排练着时装表演。他们先是穿着不同的衣服鱼贯而出，展示身上的衣服，然后跳起了舞蹈，整齐划一，激情奔放。

阿米娜突然朝着骆琳达喊了起来，要她也跳一个。骆琳达推辞不得，只好拉上娜尔扎扎一起跳起了舞蹈。

气氛更加热烈。

经过训练后的时装模特队，在卢萨尔孤儿院操场演出时，引来阵阵欢呼。当舞蹈开始后，那些孤儿院的孩子再也按捺不住兴奋，胆子大的孩子便跑上舞台去，加入了模特队的舞蹈表演中。

表演结束之际，院长兰丽迪斯来到舞台，对着人群大声喊了起来：

"大家听好了，模特队一共九个小伙伴，每人向我们展示了一件漂亮的衣服，你们喜欢哪一件，就站到哪个小伙伴的身旁。"

话音一落，孩子们纷纷上前，站到了各自喜欢的小伙伴身边。有些孩子犹豫不决，这给了模特队小伙伴们卖力推销的机会，各自介绍着自己衣服的优点。

骆琳达看了十分开心，自言自语道："没想到这帮孩子居然还有商业头脑，值得培养。"

院长兰丽迪斯特别喜欢那个非洲妈妈商标图案，请求骆琳达能够许可他们使用，作为卢萨尔孤儿院的徽标。骆琳达当然同意，觉得这是在抬举她。院长还希望其他孤儿院和福利机构也能够换上这个图案，觉得这个图案配得上用来展示孤儿院和福利机构的职责。

随着生意一点点做大，"非洲妈妈"这个品牌在福利机构领域慢慢出名。虽然骆琳达没有赚到大钱，却收获了"非洲妈妈"无形资产。就影响来说，"非洲妈妈"只在孤儿院物品中使用，知名度极其有限，但在她的心里，俨然成了一个强大的品牌。

骆琳达又将一张采购单递到齐力面前，感觉自己在生意上真的要重新起步了。齐力说她已经时来运转，赶紧准备找几个帮手，迅速把生意做起来。齐力的话让骆琳达一下子热血沸腾。齐力说她身上的热血一直是沸腾着的。骆琳达开心地笑了。

原来的公司人员看到骆琳达重新起步，纷纷来找骆琳达要求加入。骆琳达实在拗不过，只好将萨鲁达姆和维多利亚招了进来。

两人工作都很努力，很用心，尤其是维多利亚，讨价还价的水平相当不错，那些商户不禁对她无奈摇头，只好做出让步。

维多利亚和萨鲁达姆去孤儿院送货，看到门牌上又是非洲妈妈商标图案，感到非洲妈妈太牛了，孤儿院好像都变成连锁的了，简直就是在战略布局。这让维多利亚信心百倍，找骆琳达谈了自己的想法，觉得应该加快复制，迅速开拓学校市场。

现在有维多利亚和萨鲁达姆做主力，骆琳达同意他们去尝试开拓。但提醒一定要稳扎稳打，千万不能再犯自己之前的失误。维多利亚认为这个市场是稳健的，风险一点也不大。骆琳达担心他们没有资金，现在都是借用齐老板的平台，用的也是他的资金。没有资金，抗风险能力就小了，经不起风浪，骆琳达要维多利亚在这方面把好风险控制。

维多利亚和萨鲁达姆加入骆琳达团队，冒犯了仲旭东的利益，仲旭东认为这是骆琳达在挖他墙脚，气冲冲地来到齐力这里，声称要让她付出代价。

齐力说不能怪她，是他出的主意，她是听从了他建议才招的人，要怪就怪他。而且也不是她挖墙脚，是墙脚主动跑到她那里去的。他要仲旭东找找自己的原因，墙脚为什么会跑掉。

仲旭东对齐力庇护骆琳达很有意见，照齐力这么说，倒是他仲旭东错了？齐力赶紧说谁也没有错，事情就是那么自然出现的。

仲旭东再次声称要让骆琳达付出代价，齐力只得和稀泥，要他大度一点，让她付出代价，他又得不到什么好处。把双方搞得剑拔弩张、你死我活的，对谁也没有好处，不符合双赢原则。他劝慰仲旭东，生意做得这么好，何必要在乎这点损失，更何况走掉两个人，相当于裁员精简机构了，或许还是一件好事呢。

仲旭东不再跟他啰唆，铁了心地要骆琳达付出代价，放言在这一点上他有能力办到的。齐力一听仲旭东真要这么干，按住他重新坐下，说反正他是冲着利益来的，让他说是哪些代价，由他齐力来替骆琳达偿还。

仲旭东奸诈地笑了。上次齐力威胁过自己，让自己无奈接盘了骆琳达的烂公司，没想到这么快就可以搬起石头砸他自己脚了。这次仲旭东要对他进行报复。齐力说砸脚就砸脚吧，出来混总是要还的。仲旭东开出了价码，要齐力帮他销售一批货，然后骆琳达的账就一笔勾销。

齐力知道仲旭东那批货的质量有问题，一直压在仓库里。仲旭东曾经找他商量过几次，要求借齐力的摊位进行销售。齐力迟迟没有答应，因为清楚销售这种货品会败坏自己的商誉和名声。

现在仲旭东重新提出来，齐力还是拒绝了他。但仲旭东抢白他，如果这批货好销，还用得着他来销售。这明摆着是强硬要齐力吃下这批货，然后做报废处理。

见齐力犹豫不决，仲旭东站起身要离去。齐力想了想，只好忍痛让步，赶上去拦住了他，咬着牙答应成交。

因为生意有了赚头，骆琳达破天荒地主动请齐力吃饭。齐力专门准备了一束鲜花，骆琳达说生意伙伴不时兴相互送花吧。齐力反而把意思挑明，说此时他们不是生意伙伴，他手上有花，心里不慌。他告诉骆琳达，他在追求她。

骆琳达马上转移话题，说维多利亚得到消息，好像仲旭东在找她，问他知不知道。齐力说仲旭东找过他，的确在打听她的消息。骆琳达问他仲旭东想干什么。齐力没有把真实情况告诉她，而是说仲旭东要感谢她招了维多利亚和萨鲁达姆，他本来打算裁员的，这样一来正好如愿以偿。

骆琳达骂仲旭东总想着自己利益，说裁员就裁员，那人家怎么办，下次碰到他，一定得跟他说道说道。齐力无奈地笑笑，只好说仲旭东可能也有难处，现在要做成一件事真的不容易。

骆琳达点头表示同意。

做生意就怕被投诉，影响到商誉，砸了自己的牌子。真是怕什么来什么，针对齐力的投诉果然出现。原来，那天齐力正好不在店铺，有几个人来店铺购买服装，是去年举办过"中国服装秀"的那家学校。守在店铺的伙计错把仲旭东的那批货卖给了他们，有旗袍、肚兜、唐装和功夫衫等服装。结果参加表演的学生在第二天发现身上都起了红疹。

学校来投诉之前，骆琳达正好在找齐力评理，说齐力对她撒了谎，明明仲旭东要叫她付出代价，他却说仲旭东要感谢她招了维多利亚和萨鲁达姆。

骆琳达当然知道齐力是对自己一番好意，但她觉得承受不起。这相当于齐力花钱买了一批废物，白白扔掉了一笔钱，而且还让仲旭东嘚瑟，连一句感谢的话都换不回来。

就在这时，老师领着学生上门来投诉了。齐力感到纳闷，他压根儿没有打算出售那批衣服的，怎么会落到他们手上。一问才知道是伙计为了学生服装秀着想，自作主张打开仓库找出了这批中国服装。

骆琳达得知原因，觉得这件事跟她有关系，于是主动承担赔偿责任。她对老师说，学生们的皮肤红疹该怎么治就怎么治，该多少费用就赔多少费用，然后用她的一支少年模特队，来给学校表演一场中国服装秀，作为对这次事件的补偿。

老师对少年模特队感到新奇。骆琳达补充说，更确切地说，他们应该是孤儿模特队。老师对那些找父母的孤儿有所耳闻，得知骆琳达就是那个非洲妈妈，非常佩服她的善举，就爽快同意了骆琳达的建议。

为了演好这一场时装表演，骆琳达以更高的要求训练孩子们。应该说，之前几次去孤儿院演出，基本上属于玩耍性质，而这一次需要正规，否则会被认为是应付，没有办法向学校交代。

齐力特意找了一家培训学校，要骆琳达干脆在这件事上下点功夫，一不做二不休，把这些孩子打造成一支真正的时装表演队。骆琳达赞同他的想法，她很早就有这一想法，只不过下不了决心罢了。

经过一番专业强化训练，孩子们的表演已经达到了相当高的水平，完全可以胜任学校演出。没想到临近出发却让骆琳达大跌眼镜，发现九个孩子都把头剃得东一撮西一撮，个个像是癞痢头，简直惨不忍睹。

原来骆琳达摆摊时买过一把剃头推子，还帮高正飞理过头发。高正飞离开南非时，便把剃头推子留给了骆琳达。骆琳达把它作为高正飞的纪念物品，一直妥善保管着。哪料到这把剃头推子被孩子们找到了，出于好奇，相互之间竟然胡乱剃头，这才弄出这一番不可收拾的局面。

眼前就要赴学校去表演，骆琳达急得像热锅上的蚂蚁。情急之中，只好到仓库找来各种帽子掩饰。好不容易找到九顶，让每个孩子戴上，才诚惶诚恐地前往学校。

## 二十四、苦乐相依

虽然这九顶帽子式样不一，参差不齐，但看上去却各有特色，戴在九个孩子头上，倒也别具一格。演出中，学生们意外地被九个"帽子孩"惊艳到了，全场喝彩声不断。

就在骆琳达认为演出即将成功之时，却意外出现了状况。科瓦利尔为了好玩，调皮地掀掉了桑德的帽子，桑德以牙还牙，也掀掉了他的帽子。这下两人的癞痢头露了出来，令全场惊愕。

科瓦利尔和桑德见自己出了洋相，心有不甘，又去掀其他人的帽子。这下全都乱了套，九个孩子争相掀着别人的帽子，九个癞痢头一览无余，将一台花了很多心血的演出砸了一个稀巴烂。

骆琳达倍感沮丧。齐力及时安慰她，说事情都是相对的，混乱也是秩序的一种，孩子们的混乱也是一种另类的表演。骆琳达虽然明白他说的是歪理，不过歪理确实也能给她带来些许慰藉。

坏事往往也能变成好事的。

　　不久，那所学校掀起了一股"帽子风"，并且向校外延伸，看上去越刮越强劲。骆琳达及时捕捉到了这个趋势，告诉齐力应该进些帽子。为了准确掌握信息，齐力专门去学校进行调查。

　　情况正如骆琳达说的那样，齐力能够预感到一波生意正在等着他。齐力听从骆琳达的建议，提前进了不少帽子。伙计不明白为什么要进那么多帽子，齐力说风来了母猪都能上树，这些数量是不嫌多的。

　　齐力专门辟出一大块空间来布置帽子销售区，品种繁多，琳琅满目。这股"帽子风"来势凶猛，很多商家一时没有反应过来，这让齐力吃到了头口水。顾客们拥簇在齐力那里抢购，还有一些批发商也急不可耐地来他那里拿货。齐力和伙计忙得不可开交。

　　几乎一夜之间，在中国商贸城走动的人群中，很多人都戴上了时下流行的各类帽子。店主们议论纷纷，不知道这股风是怎么刮起来的，只知道突然之间大家都觉得帽子好卖了，然后打听着进货，销量噌噌噌地不断往上涨，从头至尾都感到有些莫名其妙。店主们总结说，现在的时代做什么都要快，快就是优势，快就能让你牛逼，就像天下武功，唯快不破。

　　只有齐力知道原因所在，所以他借着这股风势，好好地赚上了一笔。齐力倒也大方，将赚来的钱拿出一定比例，交给骆琳达用于孩子们的费用开支。骆琳达不想要他的钱，说卖帽子是他的生意，跟她没有关系。齐力却说，风是她刮起来的，水是她搅起来的，信息更是她透露过来的，然后就剩下分钱这件事了。

　　"我得大头，你得小头，我还是占了便宜。"齐力说。

　　"下次吧，下次要是还有，我就收下。"骆琳达迂回着。

　　"不要再推辞了，反正这些钱都是用在孩子身上的，你总不会拒绝给孩子的钱吧？"齐力说。

　　"当然不会。"骆琳达想了想说。

　　"我看这样好了，你干脆成立一个非洲妈妈基金，这笔钱就当是基金的第一笔钱。"齐力提出了建议。

　　骆琳达同意齐力的这个点子，这才勉强接受了他的这笔钱。

　　为了补救孩子们的癫痫头，骆琳达脑子里突然冒出来一个想法，就是艺术头容。她专门找到一个美发师，把想法跟他一说，两人一拍即合，美发师表示愿意进行尝试。

　　孩子们不明白艺术头容的意思，骆琳达向他们解释，就是在他们头皮上，用剩下的头发来画画。孩子们觉得这个想法太好玩了，纷纷说着自己想要的头容。罗尼斯想要画上他的房间，桑德想要画上他房间门口的桑德路，阿米娜、姆班达、艾利克斯想要画上非洲妈妈图案，他们太喜欢那幅商标画了。

美发师根据各个孩子的癫痫发型，设计了极富视觉美感的艺术头容，然后对着图纸用心给孩子们"理"着头发，"画"着头皮。美容师除了给桑德"理"上桑德路外，还在路上"种"了一棵三角梅，"装"了一盏漂亮的路灯。

阿米娜嚷嚷着要让她在桑德路上走走，桑德开心地蹲了下来，阿米娜就用她的两个手指头在"桑德路"上"行走"着。大家也都凑了上来，争抢着要走"桑德路"。

经过美发师的不懈努力，一个个脑袋变成了一件件艺术品，令人大开眼界。齐力见了直呼此乃化腐朽为神奇之举，惊叹怎么会有这么牛逼的点子。他一边轻轻摸着他们头皮，一边啧啧赞叹着。

他有一种直觉，这个艺术头容又将刮起一股小旋风。他尤其喜欢非洲妈妈这个品牌图案，认为这个品牌将会随着这股小旋风横空出世，然后就会红起来，连声说今后一定会不得了。

骆琳达带着孩子们在路上排队走着，他们没有戴帽子，特意展露着艺术头容。这些艺术头容像是街上的一道风景，频频引来人们赞叹的目光。

电视台接到了很多新闻线索，判断观众会对非洲妈妈和孩子们的故事感兴趣，便派记者来采访他们。骆琳达暗暗觉得艺术头容可能真的会风靡起来。

随着电视台的广泛报道，艺术头容果真风靡起来了。人们渐渐了解了骆琳达和孩子们的故事，也渐渐熟悉了"非洲妈妈"品牌。这无意之中激发了藏在骆琳达内心深处的艺术兴趣。

齐力介绍了一个老板给骆琳达认识，那人想投资非洲妈妈品牌和那些孩子，让他们参加对方制定的商业活动。尽管条件优厚，听上去也很美，但骆琳达还是婉拒了，认为这些孩子不是演员，他们需要正常的生活，需要学习知识，不希望在他们未成年之时就成了赚钱的工具。

随着齐力对骆琳达事业的强力支持，双方接触的时间越发增多。齐力见火候已到，打算为她举办一场生日晚宴。他有自己的小算盘，想趁着晚宴之际，向她表达爱慕之意，希望她能够接受他的求婚。

骆琳达本来不想答应生日晚宴，但为了孩子们美美吃上一顿，勉强同意了。

坐在餐馆包厢，看着服务员将菜肴一道道端上来，孩子们惊喜不已。每端上来一道，都会"哇——"的一声惊叫。

齐力特意点了孩子们喜欢吃的中国菜。像糖醋排骨端上来之时，乔纳森就抢着去闻香味，一副很享受的样子。骆琳达为此抢白齐力，说他这么会拍孩子们的马屁。

　　齐力感到很得意，糖醋排骨对孩子来说人见人爱，也是他小时候的最爱。他透露还有更大的招在后头，叫拔丝香蕉，又好吃又好看又好玩。他生怕厨师不会烧，事先专门从网上找了烧法给厨师参考，厨师看到这一烧法，当时都有点傻眼了呢。

　　骆琳达说他太有心机，齐力纠正她说，这叫做事到位。

　　拔丝香蕉端上来时，齐力一边在嘴上"噔噔噔"地哼着，一边从服务员手上接了过来，亲自放到了桌上。

　　生日晚餐就从拔丝香蕉开始。

　　阿米娜激动地伸手抓起拔丝香蕉，没想到一根根金丝被扯了出来，飘逸地紧跟着她的手，在灯光下闪闪发光，令众孩子惊叹不已，瞪大着眼睛"哇——"地叫着。

　　大家反应过来，纷纷抢着去抓拔丝香蕉。大家不愿意一下子吃了，都对着灯光欣赏着，摇晃着。

　　齐力得意地看了一眼骆琳达，骆琳达认同地回应了他。齐力开心地笑了。

　　孩子们不停地吃着菜肴，很多菜都是他们第一次吃，吃得非常开心和过瘾。

　　骆琳达真心感谢齐力，齐力说今天主角是她，只要她开心，一切都值了。

　　齐力说她来南非已经548天了，想听听她对南非有什么评价。骆琳达瞪大了眼睛，感到十分惊愕，他居然记得她来南非有548天，而她自己都没有记得那么清楚，只知道来了有差不多一年半时间了。

　　齐力故作轻描淡写，说想记住就记住了呀，这又不是一件特别难的事情。但事实上，要记住别人的日子总是一件难事，齐力能记住，说明很在意她，是在真心追求她。

　　对于自己的548天，骆琳达感慨万千。她说：

　　"548天前的那一天，是我独闯南非的第一天。我在飞往约翰内斯堡的飞机上，听到了飞机广播播放的南非前总统曼德拉的一段话，是这样说的——我相信南非是世界上最美的地方，令人叹为观止的自然之美，温暖的风土民情，丰富多彩的文化内涵以及奇妙壮观的野生动物，我想即使是最吹毛求疵的人也同意：南非的确是得天独厚的一块缤纷土地。我以个人最诚挚的心意邀请您亲自来探访这壮丽的南非，我的人民将竭诚欢迎您，您将受到热情殷切的招待，而对我们的文化及热情友谊有更深一层的认识。"

　　骆琳达停顿一下后，继续说下去：

　　"当初听了这一段话，让我对南非充满了期待。但没有想到的是，到了这里的第一夜，我就成了一个流浪者。这还只是一个开始，之后我经历了一件又一件最为不堪的事情，这些事情都把我逼到了绝路。好在有像你这样的一些朋友，每一次在我决定放弃时，都会向我伸出援手，让我一次一次地从困境中走出来。"

齐力觉得那是因为她有走出困境的能力，但骆琳达说：

"我哪有什么能力呀，那是运气，看来我运气还是不错的。今天，当我再次将曼德拉的这番话从自己口中念出时，我似乎对南非有了一种别样的了解和复杂的感受。爱与恨，得与失，悲与乐，苦与甜，对我来说既是两个极点，又能杂糅在一起。这是别人体会不到的。"

是的，只有真正经历过磨难的人，才能将两个极点杂糅在一起。一番感慨之后，生日蛋糕被端了上来。插上蜡烛，点燃，熄灯。气氛一下子冒了出来。

"哇，过生日原来那么好玩。"阿米娜悄声对艾利克斯说。

"你记得自己生日吗？"艾利克斯问她。阿米娜一脸茫然地看着艾利克斯，缓缓摇了摇头："我不知道自己的生日，也从来没有过过生日。"

"我也不知道自己的生日。"罗尼斯说。

卡玛古"嘘"了一声，示意他们不要出声。但骆琳达听到了他们说的话，感到有些难过和惆怅，正想着如何回答，齐力这时开口了：

"许个愿吧。"

骆琳达点点头，合上手掌，闭上眼睛，对着蜡烛许起了愿。许完，齐力带头一起唱起了生日快乐歌。唱完，齐力打开灯，打算动刀切蛋糕。在开切之前，他观察了一下蛋糕，然后切得很小心，也很精准。切下第一块，他把蛋糕装入碟子，递给了骆琳达。

他知道，那块蛋糕里藏着他要送给骆琳达的一枚钻石戒指。"你是寿星，第一块给你。剩下的我们来瓜分。"

齐力将蛋糕一一切好，分发给孩子们，却没有留给自己一块。"大男人不吃甜的。好了，都开吃吧。"

孩子们先用舌头小心舔着，再小口小口地吃着，似乎要将这种美好的感觉延续下去。

骆琳达无奈地笑笑，将自己那块递到阿米娜面前，和阿米娜做了交换。"这块大，你吃这块吧。"

"唉唉唉，不行不行不行。"齐力赶紧制止。"这块一定要寿星吃的，因为上面标着一朵红花，是这只蛋糕里最精彩的部分，代表着今天这场生日晚宴的主角。"

"这我知道，意思到就行了，又不是小孩子，非得把那朵小红花吃下去。"骆琳达说。

"意思还没有到嘛，吃了才算意思到。"齐力上前将蛋糕换了回来，这让骆琳达感到十分不解，也有些生气。"唉齐力，你这什么意思呀，真的把自己搞得跟小孩子一样。我给阿米娜吃，是因为这块蛋糕大，而且上面还标了一朵小红花。你把这块蛋糕切给我，心意到了，意思到了，仪式也到了，为什么就不能把它换给阿米娜吃呢？"

"还没到嘛，吃了你就知道了。"齐力尴尬地强调着，"至于阿米娜和这些小伙伴，我会再买一只蛋糕，而且是更大的蛋糕，专门给他们吃。怎么样？"

孩子们一听，高兴得"耶——"地叫了起来。

"这还差不多。"骆琳达被说服，慢慢吃起了那块蛋糕。

"你要吃得小心点，最好用勺子扒拉扒拉。"齐力盯着骆琳达吃，像是在等待着什么。骆琳达被他盯得有些不自在。"眼馋啊？流口水啦？"

"没有。"齐力掩饰着。

这时，骆琳达从蛋糕里扒拉出了一样东西，仔细一看，原来是一枚戒指，感到惊愕不已，抬头望向齐力，小声地问："你这是……什么意思？"

"就……这个意思……"齐力心虚地一笑。

"我……"骆琳达迟疑地嘟哝着。

"如果你愿意的话，我……现在就可以向你表白。"齐力壮着胆子说。

"今天是我的生日对吧？我想还是先把我的生日过好，我这人呢，最怕很多事情纠缠在一起，搞得乱麻一团，到头来没有一件事情能够做成的。"骆琳达想了想，婉言拒绝了他。

"只要你答应我就行了。"齐力小心地说。

"这么大的事情，我一点心理准备都没有，哪敢随便答应呀。来，还是你吃吧。"骆琳达把自己的那块蛋糕放到了齐力面前，这让齐力十分为难。

"为什么呀？"齐力尴尬地问。

"我今天肠胃不好，怕消化不了，等肠胃好了，一定会吃的。"骆琳达找着理由。

"好，我等着。"齐力只好接过了蛋糕。

骆琳达歉疚地一笑。

对于齐力的追求，骆琳达心里是有所准备的，但对他的求婚，骆琳达还是深感意外。慌乱无措之间，骆琳达不置可否。

回到住处，齐力略感失落地清洗着那枚戒指。洗完擦干，放入盒子，仔细地看着，一时陷入了沉思。他曾经想象过向骆琳达求婚的情景，知道高正飞是一道需要跨越的坎儿。如果骆琳达问他，高正飞怎么办，他该怎么回答？

齐力打算这么回答她：

"我知道你心里始终抹不去高正飞的影子，但他毕竟像是一团虚无缥缈的雾气，你就是看得见，却也抓不着。现实点吧，南非没有高正飞，你再也等不到他了。"

骆琳达会怎么回应？让他给她戴上求婚戒指还是狠心地拒绝？齐力心里却无底。

对于今晚被拒，齐力觉得错就错在不该当着孩子们的面求婚。一点回旋余地都没有留下，这不是做事情的正确姿势。

齐力霍地回过神来，自语道：

"我要对她穷追猛打，宜将剩勇追穷寇，不可沽名学霸王！"

齐力一下子变得自信起来。

但高正飞无疑是一道坎儿。对齐力是，对骆琳达更是。在骆琳达心里，高正飞的印象始终无法抹去。好在齐力对骆琳达穷追猛求，迫使骆琳达需要对高正飞做出一个了断，将他藏进心中的密室里。

此时的骆琳达同样难以入睡，靠着卧室的窗户，独自喝着酒。窗玻璃上映衬着高正飞的影子。骆琳达不由自主地朝着高正飞的影子举了一下酒杯，和他一起干杯。

借着酒劲，骆琳达对高正飞说：

"齐力向我求婚了，说实在的，我心里有些乱糟糟的。"

"不会是春心大乱吧？"

"说什么呢你，我都这把年纪了，还有什么春心呀，有平常心已经不错了。齐力今天的举动，虽然我有一些预感，但以这种方式展示出来，真的还是让我大感意外。"

"这说明齐力的那颗心还很年轻。恋爱中的人都有一颗年轻的心。"

"我知道他在追求我，但你也知道我在想念你。我已经无数次地拒绝过他的各种约会，除了为孩子和生意的那种邀约，我能避则避，能推则推。但齐力他从不气馁，总是一次一次锲而不舍地坚持着。他还通过讨好九个孩子，千方百计地创造机会接近我，利用孩子们替他说话来获得我的好感。"

"你是怎么想的呢？"

"我说过了，我在想念你。"

"可我好像回不到过去了。我弄丢了所有跟非洲有关的手机号码，我联系不上你。我怎么会是这么粗心的人，竟然把电话号码都弄丢了。也许这是上帝在惩罚我吧。"

"不会的，你这么好的一个人，上帝绝不会惩罚你。也许是我不该和你在一起。"

"很多事情是需要耐心等待的。耐心等待或许就是一种进攻姿态。"

"这么说，你一直在追求我喽。"

"当然了。"

骆琳达兴奋得将杯中的酒一口干尽。高正飞只是笑笑，但没有回答。他也将杯中的酒一口干尽。骆琳达问他：

"你现在过得好吗？"

"正在慢慢变好。"

"你还会来南非吗？"

"不知道。"

"不知道就是不会来了？"

"不知道。"

恍惚之中，骆琳达没有握住酒杯，"咣当"一声酒杯掉到地上，碎了，骆琳达惊叫起来：

"高正飞！"

骆琳达这才从迷幻中惊醒过来，唏嘘不已。

也许就是从这一次对酌开始，骆琳达在心里刻意淡化了高正飞的印象，取而代之的是渐渐向齐力打开心门。一件标志性的事件，是骆琳达把那把剃头推子收了起来，放进箱子压到了箱底。

她说："好吧，我就把你藏进密室里了，你不想出来，就在里面好好待着吧。"

骆琳达长长地叹了一口气，惆怅不已。

然而，高正飞从来就没有忘记过骆琳达。就像骆琳达一样，在一次独自吃晚餐之时，由于停电点上了蜡烛，恍惚之间他似乎与骆琳达对酌起来。

他感觉骆琳达就坐在对面的阴影里，静静地看着他喝酒。高正飞又惊又喜，正想问她，骆琳达却抢着开口了：

"少喝点，别把自己喝醉了。"

"你回来了？"

"我一直在你身边。"

"可我早已回来了呀。"

"你想我吗？"

"我……"

"你想别人吗？"

"不想。"

"那你一定想我的。我知道，你一定想我的。你要告诉自己，你在想我。"

"听你这么一说，我倒是觉得我的确是在想你。"

"不对，你应该是老早爱上我了，只是没有意识到。"

"是的，你提醒我了，现在想想，我的确老早爱上你了。"

"是在练习摆摊收摊时就爱上我了。"

"有那么早吗？"

"也许还要早呢，否则你怎么会收留我，让我住到你的出租房里。"

"我那是同情你。"

"你是爱上我了。"

"好吧，我爱上你了。"

"那你为什么老早不说？"

"因为我深陷债务泥潭，不敢冒出这个念头，只是和你保持着亲密的朋友关系。"

"你一直在骗自己。"

"是的，我一直在骗自己。"

这时，电突然来了，灯亮了，房间一下子变得亮堂起来。然而，骆琳达消失了。

"原来我老早爱上了你……"

高正飞倒上满满一杯酒，一干而尽。

那天晚上，高正飞辗转反侧，一夜没有入睡，最后做出了一个决定，要再次前往南非。去南非的目的很明确，找到骆琳达，向她求婚，和她组建家庭，共同携手打拼。

他的那些合作伙伴不淡定了，想不明白为什么要去南非。要知道这些年他凭着倒卖房子，用着银行的贷款，闭着眼睛噌噌噌地把钱赚了。眼下机会又来了，移动互联网，网购，APP，只要投得准，一定会让他一夜大发的。

他的那些合作伙伴说："去南非天涯海角大老远的，人生地不熟，难道那里遍地是黄金等着你去捡不成？"

高正飞说："你还真说对了，南非就是一个遍地黄金之地，我要去的约翰内斯堡，就是一个世界有名的黄金之都。"

合作伙伴知道他在抬杠，说服不了他，只好无奈作罢，由他去南非追寻想要的东西，只感叹爱情的魔力实在太大了。

齐力想对骆琳达要一点小赖皮，以那次生日晚宴上她默许为由，强行确认她同意了他的求婚。

骆琳达只好顺水推舟，也就不再拒绝了。

齐力觉得要把日子过得有意义，就需要寻找仪式感。仪式感之下，那些平常细碎的日子，就会变得闪闪发亮。骆琳达对"闪闪发亮的细碎日子"这一说法表示赞同，没想到齐力顺水推舟，提出要举办一次订婚仪式，让日子变得闪亮起来。骆琳达犹豫再三只好同意了。

齐力兴奋不已，骆琳达也逐渐进入了状态。他们为订婚仪式做着各种准备。

齐力与婚庆公司商讨订婚仪式方案，总体要求简单却要有仪式感。为了突出骆琳达最重要的那只双肩包和那群孩子，婚庆公司打算将齐力的求婚戒指做几层包装，包装成大大的，放到那只双肩包里。到时齐力就背着那只双肩包向她求婚，再叫上那群孩子，每人也背上小双肩包，当他们的证婚人。

齐力对这一方案表示满意，只等着订婚仪式到来。

随着日子逐渐临近，骆琳达的心态却变得越发复杂起来。她倒上一杯红酒，独自发呆，出神地遐想着。她想象着自己站在天台上，齐力手捧戒指盒，单腿跪在她面前向她求婚。只是她表现得一脸迷茫。

齐力说："嫁给我吧。"

骆琳达问："为什么？"

齐力说："因为我在向你求婚呀。"

骆琳达说："一定要答应吗？"

齐力说："默许也可以。"

骆琳达有些不知所措。

齐力站了起来，拉过骆琳达的手，从盒子里取出戒指，欲将戒指戴到她的手指上。

这时，天突然下起了倾盆大雨，像是在跟齐力较劲。骆琳达下意识地一抬手，把齐力手上的戒指碰落了。戒指在地上跳动两下后，落入了地面上一条深深的缝隙里。

齐力懊丧无比。

想到这里，骆琳达竟然哈哈哈地笑了起来。

## 二十五、上天作合

就在订婚仪式当天，妖蛾子出现了。

事情是由阿米娜引起的。当天阿米娜吃坏了肚子，导致急性肠胃炎发作，骆琳达匆忙将她送往医院。在医院，她意外遇到了这辈子再也难以忘怀的那个人——高正飞。而此时的高正飞因为车祸变成了一个危重病人，正在医院等待救治。

这也许是冥冥之中的一次安排。如此的时间，如此的地点，如此不堪的状况。

正当高正飞迫切需要人帮助的时候，骆琳达竟然意外出现了。同样地，骆琳达正在对自己的情感无所适从之时，却等来了高正飞。

这就是所谓的天意吧。

骆琳达是在医院走廊意外发现高正飞的。因为医院病床紧张，走廊上也摆着床铺，躺着病人。当时她正要去给阿米娜交费，走过其中一张床铺时，听到有人在轻声呻吟，感觉有些异样。虽然走过头了，但她还是停了下来，回头朝那张床铺看去。

一开始并没有感到特别，但看着看着，骆琳达发现越来越眼熟。她转身走近床铺，仔细一看，瞬间惊呆了。躺在病床上的，竟然是她的高正飞！

此时的高正飞，闭着眼睛躺在病床上，右手缠着绷带，右脸伤了一大块，嘴里发出痛苦的呻吟，忍受着巨大的伤痛。

尽管骆琳达不明白高正飞为什么会在这里，但认准一定是他。望着自己一直挂念的高正飞，骆琳达的眼泪哗地一下流了下来。

她伸手摇晃着他，急急地叫了出来：

"高正飞！高正飞！"

高正飞睁开眼睛，认出了骆琳达，惊诧不已。

"你这是怎么啦？怎么会在这里？到底发生了什么？"骆琳达连声发问。

"……出车祸了，我还活着吗？不是在做梦吧？……"高正飞虚弱地回答。

"你还活着。当然不是梦。"骆琳达告诉他。

"我好痛，应该不是梦，我以为我要死了，再也见不到你了……"高正飞缓缓地说。

"不要乱说，你还活着呢。"骆琳达说。

"活着就好……"高正飞说。

"你怎么会在这里？"骆琳达再次发问。

"嫁给我吧？"高正飞答非所问。

"都什么时候了，还说这种话。"骆琳达先是一愣，随即埋怨他。

"我就是为说这句话才来到这里的。"高正飞艰难地挤出一丝笑容。

"那你为什么不早来？"骆琳达说。

"所以我错了。"高正飞说。

"不说这个了，我现在就去找医生。"骆琳达说着转身离去。她现在最应该做的，是救治他的身体。

"竟然会在这里遇见她，看来这场车祸让我赚翻了，哈哈……"高正飞感觉幸福来得如此突然，就得意地一笑。没想到这一笑扯痛了伤口，赶紧"哎哟"一声皱起了眉头。

骆琳达找到医生，医生指着 X 光片向她介绍伤势。高正飞被送来医院时，脸上都是血，样子很难看，医生以为伤得非常严重。但经过对胸腹部的按压探查，伤者没有感到明显疼痛，而且神志始终清醒。所以医生判断，以外伤为主。从 X 光片来看，骨头也没有断裂。

骆琳达这才放下心来。

她把情况告诉了高正飞。经过询问，骆琳达终于得知，高正飞今天才刚到南非，入住之后直奔中国商贸城，想去齐力的商铺寻找骆琳达。但齐力不在，只有伙计守在那里。高正飞发现骆琳达已经不在那里"拼摊"，感到有些意外，赶紧向伙计打听。

伙计告诉他，骆琳达已经有了自己的公司，只是公司好像没有做好。齐老板很照顾她，经常去帮助她，他们已经成了一对情侣，今天他们要举行订婚仪式，齐老板肯定不会来这里了。

高正飞感到震惊，觉得整个人像是骤然石化了。伙计问他没事吧，他才回过神来，竭力平抑着情绪，向伙计要骆琳达的电话。伙计没有她的电话，只好把齐力的电话给了他。

高正飞做了一番思想斗争，最后下定决心，要赶在订婚仪式之前把事情说清楚。他赶紧给齐力打电话，说他来约堡了，想立刻跟齐力见面。

齐力很为难，说他很忙，希望推迟到明天见面。高正飞执意要马上见面，一分钟也行，并且告诉他，知道今天是他的订婚日，但再怎么忙，也一定要跟他见上一面。

齐力拗不过他，只好答应了。就在高正飞乘着出租车赶去与齐力见面时，不慎出了车祸。出租车被撞飞，翻滚后车轮朝天横在了车道上。司机和高正飞当即双双受伤，不省人事。

因为骆琳达的介入，高正飞很快得到了救治。随后她便一刻不离地陪在了高正飞身边，把订婚仪式彻底抛在了一边。

在前往订婚仪式酒店的路上，齐力接到了骆琳达的电话，说是取消订婚仪式，今天办不了了。齐力大感不解，下意识地大力踩下刹车，嘎吱一声把车停住了。

齐力强忍着不满情绪，问她是否因为高正飞回来了。没想到骆琳达告诉他，高正飞出事了。齐力说不可能，高正飞中午刚刚给他打过电话，说是要见他。骆琳达问他见着了没有。齐力说没有，一直没有等到高正飞。骆琳达问他给高正飞打过电话没有。齐力说不想给他打电话。骆琳达说他现在正在医院接受救治。齐力感到意外，认为不可能。骆琳达说她现在就在高正飞身边。

沉默一会后，骆琳达说对不起，她让他失望了。齐力明白她的意思，订婚仪式算是泡汤了。他沮丧不已，挥起拳头狠狠砸向方向盘，发泄着心中的愤懑。

为了照料高正飞，骆琳达开始在他病床边安营扎寨。高正飞问她订婚仪式怎么办，骆琳达说取消了。高正飞开心地笑了，说被这场车祸歪打正着了，正好遂了他的心愿，看来上帝还是眷顾他的。

骆琳达不明白他怎么会突然来到约堡。高正飞说他一直想追逐爱情，然后下定决心来约堡了，非常凑巧，正好赶上她和齐力订婚。其实他是今天上午刚刚到约堡的，中午就去了齐力的摊位找她，才得知她和齐力订婚的事。

骆琳达说他存心是来拆婚的。高正飞说是的，一定是冥冥之中的一次安排，包括时间、地点，还有这种不堪的状况。而她就像一个天使，在他最需要帮助的时候，出现在了他面前。所以，这是上帝替他设计的车祸，一边惩罚他，一边奖励他，让他用苦肉计来取得胜利。

骆琳达说看来他得好好谢谢阿米娜，今天是因为阿米娜闹肚子，她才送阿米娜到医院的，所以才有了机会遇到他。至于阿米娜是谁，以后再跟他详细聊。

高正飞猜想，在他离开南非的这段时间里，骆琳达身上肯定又发生了很多新的故事。骆琳达说多了去了，问他这么长时间里，为什么一点音信都没有。高正飞说手机里的电话号码全都弄丢了。骆琳达责怪他为什么记不住她的号码，高正飞只好说自己该死。

骆琳达说自己在宁波海边放下了一只漂流瓶，在漂流瓶里放了一幅女儿画的画，叫一起去南非，然后在上面给他写了一段话，写下了她的电话号码，告诉他只要她在南非，永远不会更改这个号码，只可惜他没有收到那只漂流瓶。

高正飞问她在漂流瓶里还对他说了什么，骆琳达说他是她的贵人，她一直在找他，她不想就这样失去了他。

对于没有收到那只漂流瓶，高正飞感到非常遗憾。

骆琳达很想知道高正飞回国后的情况。高正飞告诉她，自从跟着两个彪汉从南非回到中国，为了归还合伙人的欠款，无奈把两套房子都卖掉了，其中一套是他父母的遗产。卖房所得的大部分钱给了合伙人，剩下的钱在房产公司任职的叔叔说服下，付了首付买了一套房子，并在房价大涨后立即转手卖掉，狠狠赚了一笔。尝到甜头的高正飞认为买卖房子的确是一桩好生意，既不用营业执照，又可以从银行获得贷款，而且房价处于向上趋势，每次调控总是越调越高，世上再也没有比这更好的生意了。于是利用叔叔在房产公司的优势，不停地买进卖出，妥妥做起了房哥。在一次次的买卖中，借着中国房价只涨不跌的势头，高正飞逐步积累了一笔钱，成了一个有钱人。

到了这个时候，高正飞觉得光顾着赚钱已经没有太大意义，内心深处依旧向往着南非，依旧记挂着那个艰辛打拼的女人，依旧忘不了那些烙刻在心底的酸甜苦辣的日子。

至于对骆琳达的特殊情感，高正飞是在某次独酌之时突然意识到的，觉得自己竟然老早爱上了她。这让他感到十分惊诧。

在南非时，深知自己深陷债务泥潭，高正飞下意识地不敢冒出这种念头，只是与她保持着紧密的朋友关系。但在经济状况好转之后，这种念头开始变得清晰而强烈。之所以没有主动与她联系，是因为弄丢了电话号码。他当时想得比较简单，丢了就丢了呗，也许自己这辈子再也不会去南非了。

哪承想，高正飞对骆琳达的思念随着时间推移越发变得强烈。在赚到了足够的钱之后，经过激烈的思想斗争，高正飞决定由着性子，去南非追寻属于自己的爱情。

对于订婚仪式泡汤，齐力沮丧不已，但更担心的是也许再也不会有下文了。他知道高正飞本来就有优势，现在作为病人优势则更大了。因为骆琳达主动对号入座，把自己当成了病人的家属。

齐力来到仲旭东办公室，从包里拿出一瓶酒，"咚"地放在了仲旭东办公桌上，想跟他喝几杯。仲旭东啧啧摇头，说肯定失恋了，只有失恋的人才会有这种做法。

齐力说做就做呗，先喝三杯再说。仲旭东说看在他曾经陷害过自己的分上，就陪他喝三杯。齐力说这话听上去倒是很悲壮。仲旭东说自己就喜欢跟敌人喝酒，敌人只会当面害他。齐力说这不符合他的性格。仲旭东说他齐力找人喝酒宣泄，也不符合他的性格，彼此彼此了。

齐力往杯子里倒上酒，拿起就喝光了。仲旭东迟疑了一下，也只好一口喝光。齐力说高正飞回来了，搅和了他的订婚仪式。仲旭东说看来骆琳达真的不会属于他了，要他死了这个心，这样也好，省得拖到以后再出妖蛾子，到那个时候成本就高了，局面也会变得不可收拾。

齐力问他是否再也没有机会了。仲旭东反问他是否觉得还有机会？齐力拿过杯子，又把酒喝干了，认为自己太失败了。仲旭东说他跟高正飞争抢骆琳达，一直实力不够，从一开始就有了结果，根本谈不上失败不失败的。齐力承认高正飞比他有优势，现在成了病人，优势更大了。但他不甘心就这么认输，要和高正飞一争高下。既然骆琳达把自己当成了高正飞的家属，他也可以把自己当成骆琳达的家属，他要替骆琳达去照顾高正飞。

于是，齐力以减轻骆琳达负担为名，自说自话地承担起了照顾高正飞的任务，目的是要把骆琳达从高正飞身边支开。真可谓司马昭之心昭然若揭。

齐力拿九个孩子做文章，带着他们来到病房。骆琳达十分不解，高正飞更是惊愕。骆琳达向高正飞介绍了那群孩子，还特别拉过阿米娜与他相认。高正飞说她是自己的大救星。阿米娜问他为什么。高正飞说暂时保密。高正飞很高兴认识孩子们，说他们是骆琳达的新故事。骆琳达说故事实在有些曲折，而且还不知道什么地方是结尾呢。

骆琳达发现齐力肩上的双肩包像是自己的，感到很不解，疑惑怎么会在他这里。齐力指了指孩子们，得意地说是跟他们合谋好的，瞒着她偷偷借了出来，因为他要做一件特别的事，他们将是他的见证人。

齐力取下双肩包，从里面拿出一只大盒子。骆琳达以为是给高正飞送营养品，齐力尴尬地说不是，营养品要留到下次再送。齐力卖力拆着盒子，大家都期待地等着结果。

盒子一只套着一只，像是套娃一样。齐力终于从盒子里拿出了钻戒盒子。骆琳达一看就明白齐力的伎俩，还没等他拿出钻戒向自己求婚，便先发制人，一把抓过了钻戒盒子，说这个魔术她也会变，让她先把它复原。

骆琳达将钻戒盒子放入小的纸盒，再把小的纸盒放到稍大一点的纸盒，一边放着，一边说，其实变魔术嘛，都知道是假的，但就是觉得好奇，假的怎么会跟真的一样。

放完盒子，骆琳达将双肩包背到肩上，对着高正飞做了一个动作，问他是否风采不减当初。高正飞说比当初更有范儿了。骆琳达很得意，说自己当初摆摊收摊的速度绝对一流，要展示给齐力看一下。

齐力连连摆手，说她这技巧名震四海，不必再看了，否则会让他相形见绌，抬不起头来的。骆琳达说她这一身本领是拼着老命练成的，他有什么好相形见绌的，应该感到荣幸才对，因为就连给她摁秒表陪练的高正飞，她都还没有专门做过演示呢。

骆琳达转向高正飞，说今天正好趁机向他作一次汇报演出，高正飞欣然同意。骆琳达便像齐力刚才一样，取下双肩包，从包里拿出一只大纸盒，再从大纸盒里拿出一只中纸盒，接着从中纸盒里拿出一只小纸盒，一层一层地拿着，最后拿出了那只钻戒盒子。但和齐力不同的是，骆琳达的整个动作十分快捷，如同当时摆摊一样，一看便知道是经过专门训练的。

齐力不得不认输，连声说输得心服口服。其实他不是为这套动作认输，而是为他的求婚而认输，只是不便说出口而已。他顺势想从她手上夺过钻戒盒子，她明白他的意图，特意避开，然后打开了盒子。

骆琳达故作意外，一脸夸张地惊呼好漂亮的钻戒，问齐力什么时候做起了钻戒买卖，一定很赚钱吧。齐力只得掩饰说如果她喜欢，就送给她。话一出口便觉得后悔，赶紧改口说其实就是送给她的。

骆琳达说他这样岂不是要做亏本买卖了，她不能收他这么贵重的东西。她转向高正飞，问要是自己当时也做钻戒生意，现在会不会就发达了？高正飞说也许吧，还说她现在有那么多孩子，也很发达呀。

骆琳达听了很高兴，夸奖他什么时候变得这么会说话了。高正飞说是从躺到病床上之后。

齐力终于把自己的目的说出来了，他说，高兄这些天受苦了，琳达照顾高兄也受累了，他建议现在由他来接班，琳达带着孩子们回家，好好休息休息，孩子们也需要她看管。骆琳达说他计划周全，一定消耗了很多脑细胞。齐力自嘲说，再周全的计划都被她一一破解了。

既然如此，骆琳达就得给齐力台阶下，好遂了他的心愿，只是要求他，要是照顾得不到位，就要处罚他。齐力开心地连声同意。骆琳达将钻戒盒塞到齐力手上，把纸盒一只只地塞入双肩包，然后带着孩子们离去。

骆琳达问孩子们喜不喜欢高叔叔，孩子们答非所问，说不知道他是谁，也不知道非洲妈妈为什么要照顾他。骆琳达告诉他们，高叔叔是非洲妈妈最好的朋友，要不是他支持非洲妈妈，他们就遇不上非洲妈妈了。

但艾利克斯说他还是喜欢齐叔叔，因为齐叔叔会请他们吃好吃的东西，他还记着拔丝香蕉呢。骆琳达说高叔叔也会请他们吃东西的，比拔丝香蕉还好吃呢。罗尼斯要她保证。骆琳达说高叔叔不用她保证的，等他身体康复了一定会请他们吃的。

经骆琳达这么一说，大家都说喜欢高叔叔。骆琳达告诉他们，喜不喜欢一个人不能凭他是否请人家吃了好吃的东西，而是要凭他是否真心对待别人。阿米娜问非洲妈妈，高叔叔是否会真心对待他们。骆琳达说会的。孩子们略显疑虑地看着她，骆琳达再次做了强调，说一定会的。孩子们这才放心下来。

齐力推着高正飞的轮椅在医院院子里透气，高正飞过意不去，问他这样整天陪着，生意会影响多少。齐力说还好，有伙计顶着，他算的是大账，大账不但不亏，反而还有盈余。

齐力将轮椅停了下来，用脚踩住刹车。那个地方正好处在一段坡路上。高正飞夸他是高手，齐力认为自己是被逼的，非常之时，得用非常手段。高正飞问他为什么不早点搞定琳达，非得要等到他来了才动手。齐力问他是否也希望自己搞定她。高正飞说这怎么可能，自己是站在外人的立场来替齐力感到可惜。他告诫齐力，这就是拖拖拉拉的后果。

齐力向他诉苦，自己何尝不想早点搞定她，只是他高正飞对她的影响实在太大了，自己得先要成为橡皮擦，把他从她那里清除干净。没想到他竟是一块顽渍，害得自己擦了好长时间，才勉勉强强过关，以至于浪费了大好时机。高正飞说那只能怪他自己喽，做事不够快准狠。齐力说所以自己才要来陪他，把他这块顽渍跟她好好切割开来。

高正飞说这又是一个臭招。齐力反问是臭招吗？高正飞说自己在他齐力眼里是顽渍，但在琳达眼里却是亮点，他这样做，岂不是在跟她作对。齐力说那该怎么做。高正飞支招说，放弃抵抗，接受改造。

齐力气急败坏，一脚踩松了轮椅刹车，轮椅顺着坡路往下滑去。高正飞叫了起来，说他谋杀自己。齐力对着高正飞背影叫道，把她让给他！高正飞告诉他休想！

就这样，高正飞和齐力展开了一场你争我夺的暗战。这之中的刀光剑影、硝烟弹雨，只有他们两个知道。骆琳达当然也无法躲清闲，被拉入到了他们之间的博弈之中。

骆琳达拎着饭盒来到病房，见齐力和高正飞大眼瞪着小眼地坐在那里，谁也不说话，就算她来了也视而不见。发现气氛不对，骆琳达不解地问起来：

"哎哟，感觉像是刀光剑影之后的沉寂，很有气氛呃。"

骆琳达看看高正飞，又看看齐力，两人依旧没有说话。

"很血腥吗？"骆琳达问道。

"还好吧。"高正飞终于开口了。

"两个大男人，怎么搞得跟小孩子一样。"骆琳达扑哧一声笑了，"来来来，吃饭吃饭，我给你们烧了好吃的菜。"

"要是像小孩子一样那就好了，想要什么就直接说出来，想做什么就直接动身去做。"齐力赌气地说。

"我看你就是这样呀。"骆琳达说。

"我差远了。"齐力没好气地说。

"至少要比他强。"骆琳达说。

"他手段才高明呢，而且还有神助攻。偏偏在这种时候，来一场恰到好处的车祸。"齐力丧气地说。

"你这是什么逻辑，都把车祸当大好事了。"高正飞说。

"你可不要得了便宜还卖乖，吃相很难看啊。"齐力斜睨了他一眼，一脸不满。

"吃饭吃饭，都把嘴给我堵上，而且吃相要弄得好看一点。"骆琳达说。

"琳达，下次不用给我们送饭了，这样太麻烦了，我已经跟附近餐馆商量好了，让他们给我们送过来。"齐力说。

"你是不想让我来这里吧？我倒是在想，你一个大男人，生意那么忙乎，却来医院陪另一个大男人，这不会是一件很浪费的事情吧？"骆琳达给了齐力一个软钉子。

"其实你比我忙多了，既要看管九个孩子，又要照顾自己生意，相比之下，还是我来这里比较好一些。"齐力辩解道。

"得得得，看来你们谁来都不合适，我早该叫个护工的，从明天开始，你们谁也不要来了。"高正飞说。

"你就是多嘴。"骆琳达埋怨地白了齐力一眼。

齐力不再说话，郁闷地吃起饭来。但没有吃上几口，手机突然响了起来。

接完电话，齐力一脸懊丧。原来，他给福利机构的一批货出了问题。这是一笔重要订单，绝对马虎不得。经过核查，错误出在进货环节，直接原因是齐力精力不济。

就在这博弈的关键时刻，没有想到齐力掉了链子，只得抽身去处理烂摊子，黯然退出了暗战，过早地败下阵来。

经过这场暗战，高正飞完全掌控了局面。随着身体逐渐恢复，他和骆琳达的关系也迅速达到了高点。

再过几天就可以出院了，高正飞感谢骆琳达的照料。骆琳达说他本来就是来找她的，她也希望他能来南非，她照料他正好遂了两人所愿。只是这样一种遇见，他的代价确实大了一点。

但高正飞愿意。

骆琳达轻轻叹了一口气，不知是替高正飞叹气，还是替齐力叹气。

骆琳达要高正飞谢谢齐力，这次他可出了大力，她有点于心不忍。高正飞打算跟他好好喝一次大酒，向他郑重其事地赔个不是。

与此同时，在骆琳达的撮合下，高正飞和孩子们也很快建立了融洽关系。出院那天，骆琳达带着九个孩子来接他回去。看着这些活泼可爱的孩子，高正飞感慨万千，觉得骆琳达做了一件正确的事情，那些孩子才是她人生的一笔大财富。

骆琳达说这个过程不知道有多苦。高正飞说熬一熬不就过来了。但说说轻松，真到了要熬的时候，有时候会认为放弃才是理所当然的。所以高正飞才会认为骆琳达是个与众不同的人。

骆琳达想要考考高正飞能够叫出几个孩子的名字，高正飞望着孩子们，然后将目光停在了阿米娜身上，上前拉住了她的手，说道：

"阿米娜是我的大救星，我当然能够第一个叫出来。然后是卡玛古，你是小伙伴里的小头头。还有高个子桑德，我听说你要做一个桑德路的路牌。有高个子就会有小个子，这个小个子就叫罗尼斯，又可爱又聪明。还有乔纳森、科瓦利尔、艾利……"

高正飞拼命回想着，但再也说不上来了。望着剩下的那些孩子，一脸过意不去。

骆琳达赶紧替他解围，说：

"能说出那么多，我看及格了。接下来我替你说吧。这个是艾利克斯，这个是姆班达，这个是艾哈迈德。当然，到明天你一定要记住他们，否则就要处罚你噢。"

骆琳达转向孩子们，问他们："你们想要处罚高叔叔什么东西呀？"

卡玛古说："想要高叔叔帮我们找到老家。"

小伙伴异口同声地说："对，帮我们找到老家！"

高正飞说："连你们的非洲妈妈都找不到你们的老家，那说明这项任务的确十分艰巨。但我不会放弃的，我会尽最大努力，和非洲妈妈一道去寻找你们的老家。"

小伙伴们开心地"耶——"了起来。

## 二十六、再组公司

住院的那些天里，有一次高正飞躺在病床上，想着他离开之后骆琳达的那些打拼故事，特别是十个孩子的故事，他逐渐有了一个打算，想成立一家叫"非洲妈妈"的公司，它的主营业务有两项，一项是为九个孩子寻找父母、寻找老家，另一项是培养他们成为有用之才。

出院之后，高正飞把这个想法告诉了骆琳达，骆琳达一听，立刻兴奋地叫了起来，认为这正是她一直想干的事情。高正飞觉得他们两个一起来干，一定能把这件事情干成的。

但随后骆琳达又蔫了。她不想占他便宜。这便宜太大了，她占不起。高正飞赶紧向她解释，他们办的是公司，有投入，当然也有产出啊。

在骆琳达看来，这样的投入会是颗粒无收的。不过高正飞并不这么认为。之所以觉得会颗粒无收，无非是因为只看到了眼前的一点东西。但其实，"非洲妈妈"真的是一个很好的品牌，那些孩子真的是一个很好的 IP( 形象 )，有这些东西在手，一定会赚得钵满盆满的。

骆琳达明白这是高正飞在安慰她而已，心里知道这些品牌和 IP 做做表面文章可以，真要拿它们去换真金白银，实在是一件很难很难的事情。

高正飞却是另一种看法，觉得就算没有太多价值，但至少可以借助这些，把那些孩子培养成才，做一个对社会有用的人。

问题是这分明是她骆琳达的事情，她不能把高正飞拖下水。况且，她还欠着他许多钱，不想再欠下新债了。虽说虱多不怕痒，债多不怕愁，但骆琳达认为自己是一个爱干净的人。

既然这样，高正飞提出现在就向她求婚。只要两人结合在一起了，就相当于进行了债务重组，便不存在谁欠谁的问题了。骆琳达说他动机不纯，暂时驳回提议。高正飞吐吐舌头，庆幸还好是暂时，手下留了情。

虽然骆琳达拒绝了高正飞的建议，但高正飞知道她的确需要这样的一家公司，因此没有就此罢手，独自办好了营业执照。

高正飞特意请她到餐厅吃饭，将营业执照递给她，说这是即将起飞的日子。接过营业执照，骆琳达既感到很突然又好像是在意料之中。

高正飞办理的是非洲妈妈贸易有限公司，打算还是要从做生意开始。吃饱肚子生存下来才是最重要的。骆琳达祝贺他，并把营业执照还给了他。但高正飞没有伸手去接，而是说："这家公司最值钱的是非洲妈妈商标，商标是你的，所以这家公司是你的，你是公司的大股东，自然就是董事长。"

"你明显是在放自己的水，我不能要。"骆琳达平静地说。

"那行，公司算我的吧，你把商标借给我，我付你商标使用费。"高正飞知道她的脾气，只好提出了折中的办法。

"绕来绕去，我还是占了你便宜。"骆琳达说。

"既然绕不出去，那就是天意了，天意不可违，你就踏踏实实占着这份便宜吧。"高正飞说。

"遇上你我真的无路可逃。"既然他决心已定，骆琳达只好无奈接受，不再反驳他了，但愿他的吉言能够成真。

没想到齐力倒是十分知趣，主动把属于骆琳达的生意还给了她，说她现在有了公司，也有了帮手，福利机构的那些生意自然得归还给她，也包括非洲妈妈品牌，以后他不能再擅自使用了。骆琳达推辞不得，只好接受他的好意，告诉他永远可以免费使用非洲妈妈品牌。

齐力在交出生意的同时，也不忘"警告"高正飞，他齐力从来就没有退出过追求骆琳达的竞争，现在不过是在养精蓄锐罢了，当心有朝一日还会卷土重来的。高正飞豪气地回应，说自己在这里妥妥地等着他，衷心祝愿他有实力来击败自己。

骆琳达专门清理出一个房间，郑重其事地把营业执照挂到墙上，算是搞了一个简单却隆重的开业仪式。

高正飞夸奖她挂得很正，一看就知道是一家好公司。骆琳达问他怎样才能把这家公司做好，高正飞说她是公司董事长，由她说了算，自己只是总经理，任务是执行董事长的决定，按她的意思把事情办好。

骆琳达说既然非洲妈妈公司是一家找人公司，就应该让这些孩子出名。只有出了名，成了网红流浪儿，才能让他们的父母知道自己的孩子在哪里，如果他们有父母的话。高正飞觉得他俩心有灵犀，她的想法正合他的意思。

说干就干。

他们用这九个孩子组织起了一支"非洲妈妈"少年模特队。对于这支模特队，上次为了到学校去表演，骆琳达已对他们进行过初级培训，积累了一些经验。只要再提升一次，就可以进行商业演出了。

为了快速训练到位，骆琳达和高正飞付出了极大的精力，甚至因为意见不合，还狠狠吵了一架。

接着选了一家专业摄影公司，为模特队拍摄专题写真，制作了极富艺术美感的海报。海报突出三个重点，一是寻找父母，二是少年模特队，三是非洲妈妈品牌。

商业演出果然引来阵阵喝彩，高正飞在后台忙不迭地与演出商谈判，安排接下来的多场演出。

高正飞在孩子们身上押上了更多筹码，制作了更加精良的海报，进行了更大规模的宣传。

骆琳达有些担心，这样大笔投入，要是到头来一场空，那该怎么办。高正飞却表示乐观。这是一个鸡生蛋还是蛋生鸡的问题，但他不会被纠缠在里面。他就是愿意先投入，然后等着产出。要是产出不大，他还会继续加大投入。要是接着还产不出来，那就认输算了，也不枉尝试过一次。

高正飞静静地看着骆琳达，想听听她会如何作答。但骆琳达似乎不知道如何回答，只是木讷地望着他。高正飞逼她回答，她这才说她挺他。

高正飞提出两步走战略。先将海报往大街小巷上贴，再让模特队上电视台出镜。骆琳达表示反对，说那些办法之前用过了，没有什么效果。高正飞说当时的做法和现在是有区别的，当时是一张简陋的寻人启事，现在是一组设计精美的艺术海报，再加上电视台的模特表演。当时是为了寻人而寻人，现在是为了寻人而打造网红。骆琳达说服不了他，只好同意一试，最终拿效果来说话。

第一步实施后，效果果然起来了，只是这一效果狠狠打了高正飞的脸。原来是有警察找上门来，给公司开了一张巨额罚单，说是乱贴广告破坏市容。高正飞赶紧给警察塞钱行贿，没想到这次不灵验了，人家非要秉公办事不可。没有办法，只好乖乖交钱认罚。

罚了这么大一笔钱，把电视台出镜的预算都吃没了，高正飞很犹豫还要不要再上了。为难之际，骆琳达反而鼓励他要迎头而上，把想好的事情做了再说，决不能半途而废。

高正飞觉得有道理，咬牙决定让孩子们按计划上电视。骆琳达突发奇想，何不把孩子们的衣服当作大街小巷，将海报做成补丁和大大的纽扣，把它们装饰到衣服上，做成独具一格的"非洲妈妈"品牌衣服，再借助电视广泛宣传，那效果一定会比在大街小巷贴海报要好得多。

高正飞拍案叫绝，对这一创意佩服得五体投地，立刻和骆琳达着手实施。他们请了资深服装设计师，打算把汉字造型、京剧脸谱等中国优秀传统文化元素结合进去，重点突出海报补丁，为九个孩子设计别具一格的"非洲妈妈"服饰。

为了让黑人设计师了解中国文化，高正飞拿着汉字卡片认真解释着：

"你看，这是中国汉字，由横、竖、撇、捺、点、折、弯、钩组成，我们可以选这些汉字笔画，也可以选一些有特点的汉字，像爱、忍、武、书等等。"

对于京剧脸谱，黑人设计师更是云里雾里，高正飞指着图片说：

"这些呢是中国京剧脸谱，牛吧？红色表现忠贞、英勇、有血性，黑色表现正直、无私、刚正不阿，白色表现阴险、奸诈、多疑，蓝色表现刚直、骁勇、桀骜不驯，还有很多颜色，学问可多了。怎么样？"

设计师佩服得五体投地，说："太牛了，听听都让人眼花缭乱。"

高正飞说："不对不对，听听不是眼花缭乱，看看才是眼花缭乱，听听呢，应该是余音绕梁，然后是三日不绝，左右以其人弗去。"

设计师无奈摇头表示很难理解，高正飞鼓励他说：

"没关系，你只要把这些当作海报，把衣服当作大街小巷，然后在大街小巷的墙上贴海报，贴得尽量让每一个路过的人都能看到，甚至停下脚步仔细看一看。你只要朝这个方向去设计，肯定可以啦。因为我要的就是这个效果。"

设计师似乎明白了，告诉高正飞会把海报贴得让他满意的。高正飞向他竖起了大拇指。

少年模特队一经电视台亮相，随即引来一片叫好之声，人们对"非洲妈妈"服饰充满了期待。骆琳达在节目上还不失时机地诉说了孩子们寻找父母、寻找故乡的故事。她说：

"我和这些孩子的相遇完全是一种错误。他们是突然出现在我面前的，就好像从天而降，我一点思想准备也没有。他们是一群不折不扣的流浪孤儿。当初我一次次地想要甩掉他们，因为对我来说，他们的的确确是拖油瓶，不是一只，而是十只。我的公司随后就这样被拖垮了。但法院判决我不能甩手不管，除非帮助他们找到父母，否则就要抚养他们长大成人。我真的无法理解南非的法律怎么会这样，但我没得选择，不得不将他们留下来。然后发生了很多阴差阳错的事情，再然后就有了这支非常特别的少年模特队。现在我当然没有了想要甩掉他们的念头，一丝一毫也没有，但我还是想找到他们的父母，找到他们的老家。尤其他们的老家，连他们自己也说不清在哪里，但老家的模样却清晰地印在他们的脑子里。我实在找不到他们的老家，于是就想出了一个办法，教他们学画画，等学会了，让他们把脑子里的老家画出来。这些就是他们画的老家。"

骆琳达拿出孩子们绘好的老家图画，让人们辨认到底是什么地方。骆琳达和孩子们的故事深深打动了人们，人们对骆琳达产生了敬佩之意。

亮相的结果大大出乎骆琳达意料，这让骆琳达激动万分，她忘乎所以地主动拥抱了高正飞。高正飞得寸进尺，不但紧紧抱着骆琳达不放，还趁机凑在她耳边求婚。骆琳达嗔怪他落井下石，高正飞乐意她落入这种甜蜜的"深井"。

热线电话响个不停。很多电话是来订购衣服的，他们对"非洲妈妈"品牌高度赞赏，这令骆琳达兴奋不已。骆琳达让高正飞集中精力做好这项工作，高正飞展开拳脚干了起来。

还有很多电话是来提供画中地点的，这是骆琳达最为关心的，对信息一一仔细核对，只可惜最终都没有符合要求的。

也有一些电话是要"非洲妈妈"模特队去表演的，给出了不菲的演出报酬。最令骆琳达意外的是，竟然有影视公司找上门来，要孩子们去出演电影。

骆琳达再次修整了孩子们的"艺术头容"，以"非洲妈妈"名义发到 facebook（脸书）上，说明了孩子们的情况以及头容的来历。这一举动引起很大反响，使"非洲妈妈"品牌从福利院走了出来，让更多的人了解了它。

骆琳达从中看到了巨大商机，决定将公司改组为"非洲妈妈"传媒公司。高正飞拍案赞同。公司迅速筹备妥当，各项业务紧张有序洽谈，展现出了一个美好的前景。

揭牌仪式上，意气风发的骆琳达致辞说：

"非常感谢各位生意伙伴和公司员工们来参加今天的揭牌仪式。成立公司的念头，是由高正飞总经理提出的。从念头到今天揭牌，也是由他促成的，所以他是这家公司的大功臣。虽然成立这家公司纯属偶然，但偶然的背后，却有着必然的因素，这个必然的因素，就是我的十个孩子。当然非常遗憾，今天出现在这里的，只有九个，那个叫罗哈扎娃的孩子，他的生命已经融化在了我心里。下面我要请我的这些孩子来揭牌。有请他们上台。"

九个孩子上台，引来热烈的掌声。

他们来到架子前，一起揭开红绸布，露出了金色的牌子，上面写着"非洲妈妈传媒有限公司"。九个孩子拿起牌子，交到骆琳达面前。

骆琳达激动地接过牌子，抚摸着上面的字。

这时，孩子们从口袋里掏出气球，排成一排，呼呼呼地吹了起来。气球越吹越大，显示出写在上面的字，拼在一起竟然是"非洲妈妈是我们的老家"。

看着眼前的这一情景，骆琳达激动得眼含泪花，上前与他们一一拥抱，激动地说："谢谢你们，是你们给了我快乐。"

随即，孩子们一拥而上，拉住了骆琳达的衣服后摆，摆出了一个非洲妈妈的商标图造型。

高正飞不失时机地解释起来：

"各位来宾，骆总和孩子们摆出的，正是非洲妈妈的商标图案，它很好地诠释了非洲妈妈公司的价值观，各位请看——"

这时，一位工作人员拿着广告板来到舞台，将板上的商标图案展示给大家。

"高总，这都是你预谋的吗？"骆琳达惊诧不已地问道。

"这是孩子们发自内心的动作，我只是一个局外人。"高正飞告诉骆琳达。

骆琳达再次凑到话筒前，接着讲了起来：

"我的这些孩子，他们曾经让我很窘迫，很无助，很绝望，当时我一门心思只想把他们甩掉。但也许他们是上帝派来的，我怎么甩也甩不掉他们。当我只好绝望地接受他们时，奇迹却发生了。现在他们不但成了我生命的一部分，还给我带来了这家公司。所以我想说，一切都是最好的安排。我还想说另一件事，我现在觉得，它一样也是最好的安排。请高总帮我把这段话拍下来。"

高正飞赶紧拿出手机，来到骆琳达前面，拍起了她的讲话视频。

骆琳达继续讲道：

"接下来的这段话，我要专门讲给我在义乌老家的债主听。我是一个欠债之人，这没有什么好回避的。高总至今还是我的债权人。高总前两天对我说，成立非洲妈妈传媒有限公司是我的再次起步，甚至是我的一次腾飞。如果高总的话能够如愿，那意味着我要借此开始赚钱了。所以我今天要有所表示，我要把剩余的欠债全部还上。更重要的是，我要借今天的机会跟你们说，我感恩你们这些讨债者，没有你们的逼迫，就没有我今天在南非的收获。你们是我值得尊敬的对手。"

骆琳达的话引来嘉宾阵阵掌声。

骆琳达感慨不已。

对骆琳达来说，"非洲妈妈"传媒公司的开张，是她人生的一件标志性大事。从欠债开始，她背井离乡独闯南非，在大巴车上含泪呐喊"不出人头地绝不回来"，到了南非，几乎吃尽了一生的悲苦，时至今日，终于还上了所有的债务，开始出人头地了。那么，这是否意味着自己应该要考虑回归魂牵梦萦的故乡了？

凡是过往，皆为序章。

这是一个新的起点。骆琳达要再次出发，重装搏击。

在再次出发前，骆琳达要重温来到约堡第一天的情景。她拉着行李箱来到宾馆前台。这是她当天晚上住过的宾馆，费用还是中介公司出的呢。

进入房间，还是原来的那间。骆琳达走到窗前，双手抓着窗口钉着的铁栅栏，静静地望着窗外的景致。窗外是街景，看上去一切平静安详。

她想起了那天晚上陷入绝境时的崩溃。当时双手猛烈敲打着铁栅栏，悲恸哭叫着：

"为什么要拦着我，让我跳啊，让我跳啊，我宁愿一跳了事，一了百了，也不愿意这样子被困在这里……妈妈呀，你说我明天怎么办呢，我一分钱都没有了，一个熟人也联系不上了，我明天就要流落街头了，就要成为流浪汉了，唔……"

想着这些，骆琳达泪流满面。她转过身，来到行李箱前，从里面找出一包榨菜，拿过一只碗，泡了一碗榨菜汤。

捧着这碗榨菜汤，坐到床沿，她慢慢喝了起来。她感慨万千。好在一切都浓缩成了序章，等待她的会是全新的篇章。

高正飞做完了公司三年规划，要她过目。她喜欢他的做事风格，雷厉风行却又有板有眼，一点也不拖泥带水。

"昨天怎么突然消失了，把孩子们吓得够呛，以为你扔下他们逃跑了呢。"高正飞扯开话题问她。

"我要培养他们多依赖你一点，明天你就干脆带他们去做一次拓展吧。"骆琳达故意这样说。

"不行，我得抓紧把公司搞起来。拓展的事，还是董事长出面比较合适。"高正飞拒绝了她。

"看来在我们公司，有一个很好的规则，总经理是用来命令董事长的。"骆琳达调侃地说。

"的确是个好规则，董事长管大事、管方向，需要有更多的时间去思考，所以带带孩子比较合适。总经理得像老黄牛一样不停干活，把每一件事情都做好，把董事长的战略得以落地实现。"高正飞也回以调侃的口吻。

"你很称职。"骆琳达说。

"我佩服你的勇气，你昨天对讨债人说的那番话，让人肃然起敬。"高正飞说。

"是啊，非洲妈妈传媒公司开张，是我人生的一件标志性大事。我需要把一些事情交割掉，好让自己真正轻装上阵。"骆琳达感慨不已。

"很正确。"高正飞说。

"真是不堪回首，从欠债开始，遇到王大姐，然后决定背井离乡独闯南非。在离开义乌的大巴上，我含泪呐喊'不出人头地绝不回来'。到了南非，就在第一天，便让我陷入了绝境。我在南非几乎吃尽了一生的悲苦，时至今日，在你的帮助下，重新有了自己的公司，所以我要将义乌的那笔欠债彻底还清。我昨天去了第一天到约堡时住的那家宾馆，在同一个房间住了一晚。我不知道为什么要这样做，但总觉得应该要这样做一下。"骆琳达对自己做了一个简单总结。

"你拿起是为了放下，你会成功的。"高正飞说。

骆琳达点了点头，泪光闪闪。

对骆琳达来说，喜事连连，不止公司揭牌。

她意外收到一个电话，打电话的竟是那个抬头看飞机的严浩俊，这让骆琳达欣喜不已。

两人见面，骆琳达拿出一把口琴，问他现在是否还在吹。她记得那次在宿舍屋顶平台，听着他吹的曲子，让她羡慕不已，说等她有钱了，也买一支口琴，让他来教她。

严浩俊说当然记得，他喜欢在屋顶平台吹口琴看飞机。她还问他为什么要看飞机。他看飞机是因为想家，给自己一点安慰。骆琳达说当时他指着飞机告诉她是飞往祖国的，他用了祖国这个词，让她听了很感动。

严浩俊说到了自己被警察抓走的情况。被抓之后经过了很多司法程序，然后被遣返回了中国。回到国内后，他已经不再适应那里的人际环境，很长时间找不到工作，游手好闲了一段时间。然后又重新回来了。

再次回来不是一件容易的事，严浩俊可下了血本，托了很多关系。回到南非后，凑巧与一个南非姑娘相识，两人就结婚了。这样不但搞定了身份，还找到了一份导游工作，一直安稳工作到现在。

骆琳达祝贺他，他又反过来祝贺骆琳达，因为她拥有了自己的传媒公司。

问起他是怎么找到自己的，严浩俊说有一次看电视，发现她和一群孩子上了节目，她在帮助他们找父母和老家，他就顺藤摸瓜找到这里来了，是想告诉她那些孩子的老家在哪里。

骆琳达一听有答案，立刻一阵惊喜。

## 二十七、理想老家

严浩俊告诉骆琳达，孩子们画的那个地点，是希腊圣多里尼的费拉小镇。骆琳达一听远在欧洲，觉得不可能。但严浩俊十分肯定，说自己现在干的是导游工作，正好专门跑欧洲线路，一看就知道是那个地方。

为了证实自己的说法，严浩俊打开手机相册，从里面选出一张照片让骆琳达看。看着照片，果然很像，骆琳达不禁傻了眼。

问题是那些孩子不可能去希腊，那么这到底是怎么回事呢？骆琳达赶紧去问那些孩子。孩子们正在吃饭，看到骆琳达展示给他们的照片，与贫民窟里的那张广告照片几乎一样，顿时傻了眼，停下吃饭的动作，一齐望向骆琳达。

骆琳达首先问卡玛古是不是他们的老家。卡玛古一时不知道如何回答，只好看了看其他小伙伴，似乎在想着对策。

见小伙伴们迟疑着没有开口，卡玛古只好坦白，这就是他们的老家，问骆琳达是否知道在哪里。骆琳达没有马上回答，而是望向阿米娜，问卡玛古说得对不对。

阿米娜看了卡玛古一看，想求助于他，但卡玛古回避了她的目光。阿米娜只好迟疑地点了点头。

骆琳达将目光缓缓扫过大家，告诉他们她终于知道他们的老家在哪里了，它在希腊的圣多里尼的费拉小镇，不是在非洲，而是在欧洲。小伙伴们不知道欧洲在哪里，骆琳达说在很远很远的地方。如果乘汽车去的话，一时是到不了的。

小伙伴们想知道她会不会带着他们去寻找，骆琳达沉吟了一下，告诉他们虽然这个地方很远很远，但她还是想带他们去寻找老家。

孩子们都耷拉着脑袋低下了头，这让骆琳达疑惑不解。过了一会，卡玛古终于鼓起勇气，抬起头将目光霍地迎向骆琳达，向她承认错误，说这不是他们的老家，叫她不用带他们去寻找了。

骆琳达已经预料到了，所以并不感到惊讶，只是想知道，他们为什么要把费拉小镇当作自己的老家。

阿米娜说，因为它太漂亮了，所以哥哥希望它是他们的老家！

卡玛古说，他们每一个人也都希望它是他们的老家！

其他小伙伴也一样说，他们都希望它是他们的老家！

骆琳达指了指照片上的费拉小镇，问他们为什么是它，而不是其他什么地方。

阿米娜说，因为他们就看到这么一个漂亮的地方，没有第二个地方超过它。

罗尼斯说，它是拉希德从垃圾山上拣来的一块板，他把它挡在自己屋子外面，所以他们天天去看它，把它当作了他们的老家。

桑德说，他们希望自己的老家也这么漂亮。

骆琳达似乎明白了这个老家的来历。但她还想知道，他们真正的老家在哪里，这样她可以带着他们去寻找，找到他们真正的老家，找到他们思念的父母。

小伙伴们却都摇着头，还是同一句话，他们的父母都死了，不用再找了。

骆琳达感到意外和难过，这样看来，他们真的是一群孤儿了。

九个孩子竟然齐刷刷全是孤儿，这件事说给谁听都难以相信。但这一次，骆琳达说服自己相信了他们。以前他们没有说出真话，是不想让自己回到那个贫民窟去，因为在骆琳达这里要比贫民窟好，现在她保证不会再将他们送回到那个现实老家，他们才敢说出真话。

他们用一个漂亮的地方代替现实的老家，将一个优美的童话塞进稚嫩的心房，说明他们向往美好的生活。骆琳达非但没有责怪他们，反而为他们有脑海里的理想老家而高兴。

但她想知道那个贫民窟到底在哪里。她告诉孩子们，即便他们没有父母，她也得找到那个地方，对那里的人有个交代，告诉他们自己没有亏待这些孩子。

然而，孩子们怎么也说不清楚那个地方到底在哪里，骆琳达感到十分遗憾。

她决定带着孩子们去造访他们脑海里的那个理想家园。高正飞表示支持，认为实现别人的一个美好愿望，是一种大德。说得骆琳达一下子感觉自己高大上起来。

高正飞说在他眼里，她向来是高大上的。骆琳达说他拍马屁。高正飞说没错，他就是喜欢拍她的马屁。骆琳达让他要有点底线。高正飞说他也尽量让自己变得高大上一点。

一番调侃之后，骆琳达谈到了自己的想法。这次前往圣托里尼费拉小镇，打算开展"非洲妈妈"传媒公司的一项特殊业务，对他们的造访进行全方位现场直播，希望为公司带来开门红。

高正飞赞同她的点子，骆琳达要他一起前往，高正飞却拒绝了。不知道他葫芦里卖的什么药。

骆琳达带着"非洲妈妈理想老家造访团"终于从约堡机场启程，直播团队一路尽责跟拍，整个场面看上去甚是拉风，引来了不少旅客围观。很多游客用手机拍着造访团，并将拍好的画面发送出去。

有旅客一把拉住阿米娜，问他们去干什么，阿米娜指了指骆琳达，说她是他们的非洲妈妈，问她就知道了。

骆琳达告诉旅客，这些孩子有两个老家，一个是实际的老家，一个是理想的老家。她是带着他们去找理想的老家，给他们圆上一个美梦。

听说这些孩子是一群孤儿，旅客觉得她应该是搞公益组织的。骆琳达告诉旅客，她是他们的非洲妈妈，法律规定要她把他们抚养长大。她为此专门成立了一家非洲妈妈传媒公司，作为他们成长发展的平台，也作为她事业发展的平台。

旅客很好奇，问她成立这家公司能不能赚到钱，骆琳达说这些孩子就是她赚到的钱，他们活得越好，她就赚得越多。

旅客不禁竖起了大拇指。

整个场面有些混乱，却很热烈。

到了费拉小镇，直播小组卖力地直播着。孩子们对这里的一切新奇不已。望着眼前的白色房子，孩子们激动不已。

"真的是那么漂亮的房子。姆班达，你曾经说过，住着这样的房子，一定很舒服的。"罗尼斯兴奋地说。

"那当然，肯定很舒服的。"姆班达一样兴奋。

"我也曾经说过，住在这样的房子里，会做很甜很甜的梦，还会从梦里笑出声来。"艾哈迈德说。

"你们看，这是我的房子！"阿米娜指着其中一间房子，突然大声叫了起来，"数过来第三间，最漂亮的那一间！"

"真的耶，太漂亮了！你们看，你们看！我是那一间！我是那一间！"艾利克斯也高声叫了起来。

"我也找到了，是那一间！——"罗尼斯叫道。

孩子们四下分散，奔跑着去寻找各自的房子。

这让骆琳达措手不及，赶紧招呼领队和直播人员快把他们追回来，别让他们走丢了。

骆琳达追上了艾利克斯，艾利克斯正踮着脚尖趴在窗口，吃力地朝屋里张望着。看完房子，他回身望向骆琳达。

"非洲妈妈，我看不清里面放着什么，东西都被蒙上了白布。"艾利克斯失望地说。

骆琳达凑了上去，透过窗户往里看去，发现里面果然是空的。

"我猜想，主人可能跟我们一样，也出去到外面度假了。"骆琳达说。

"如果这间房子是我的话，我要在里面放上一张大床，铺上软软的垫子，再摆上一张桌子，一张椅子，还有锅啊碗啊盆啊什么的，可以美美地做上一顿木薯饭吃了。"艾利克斯憧憬地说。

"好啊，只要我们努力，你一定会拥有这样一间房子的。"骆琳达鼓励他。

艾利克斯伸出拳头，与骆琳达对在了一起。

在另一处，大家重新会合，各自讲述着找到房子时的趣事。直播小组在持续直播着。

桑德从双肩包里摸出一块木牌，递给骆琳达。木牌上面雕刻着"桑德路"三个字，让骆琳达感到十分意外和好奇。

"桑德早就说过，要刻一块路牌，指引我们到他家里去玩。"阿米娜说。

"这让我想起了一个人，叫穆萨安瓦。"骆琳达伤感地说，"穆萨安瓦是那个把你们带到我身边的司机，擅长雕刻，可惜那次遇上了抢劫，不幸被劫匪杀死了。我去过他家，他把他家的柱子都雕刻了。要是他活着，一定知道你们的老家在哪里，那个贫民窟在哪里。"

孩子们不禁吐了吐舌头，不知是替穆萨安瓦感到难过，还是替自己感到幸运。

"认领房前的路是谁想出来的？"骆琳达问。

孩子们告诉她，是罗哈扎娃想出来的。骆琳达抚摸着木牌，问桑德路是哪一条。

桑德指了指旁边的一条小路。大家来到那里，把路牌挂到了路口的路灯杆子上。挂完路牌，骆琳达退后一步，开心地欣赏着，感慨地说：

"要是罗哈扎娃来这里，就可以找到桑德的房子了。你们知道罗哈扎娃是哪一间房子吗？"

"我哥哥是最后挑选的，他是那一间！——"阿米娜指了指其中一间房子。

"头儿说过，他要在里面放一张能够摇来摇去的椅子，躺在上面可以看星星。"卡玛古说。

"他也说过要多弄几只碗，让我们每个人都有一只碗，喝可乐的时候每个人都倒上一碗。"罗尼斯说。

"我还记得他说过，要弄一只好一点的锅子，他要给我们烧很好吃的木薯饭。"艾哈迈德说。

虽然罗哈扎娃已经不在人世，但大家如数珍宝，一一说着他的事。听着孩子们的述说，骆琳达几度动容，几乎就要落泪。

经过商业区，孩子们看到有可口可乐在卖，便指指点点驻足不前了。骆琳达知道他们的心思，就买了可口可乐给他们，让他们比赛打嗝。

他们每人拿着一瓶可口可乐，一脸紧张地准备着比赛。骆琳达一声令下，孩子们便"咕咚咕咚"地喝起了可乐。

喝完，大家等着打嗝，但就是没有人打。大家你看我我看你，感到有些奇怪。

"卡玛古哥哥，是不是这里的可口可乐跟我们那里的不一样？"阿米娜好奇地问。

"好像是有点不一样，怎么不会打嗝呢？"卡玛古回答。

卡玛古憋着一股气，等待着打嗝。这时，阿米娜"嗝"的一声打了出来，兴奋地叫了起来。

随着阿米娜打出了那个嗝，其他人也跟着纷纷打了起来，像是约定了一样，真是一种奇怪的现象。

"我也打了！"

"我也打了！"

大家兴奋不已。

骆琳达还安排他们乘游艇。从海上往费拉小镇看过去，又是另一番景致。姆班达等三人坐在船头网兜上闲聊着。

"我们的老家太漂亮了，真的不想回去了。"姆班达说。

"我也不想回去了。"科瓦利尔说。

"我可不愿意待在这里，因为这里没有非洲妈妈。"阿米娜说。

"要是非洲妈妈也留下来呢？"姆班达说。

"那我肯定也留下来。非洲妈妈到哪里，我就到哪里。非洲妈妈是我的老家。"阿米娜说。

"也是我们的老家。"科瓦利尔说。

"对，她不是你一个人的老家，她是我们所有人的老家。"姆班达说。

"你们改变主意了？"阿米娜问。

"我从来没有改变过。"科瓦利尔说。

"我也没有。"姆班达说。

"这才差不多。"阿米娜开心地说。

直播内容在社交网络播出后迅速发酵，引起极大轰动。电视台打来电话要求购买版权，骆琳达一口答应。

素材经剪辑做成了《九孤儿造访理想老家》专题片，在电视台播出后，引起强烈反响，创下了收视纪录。很多观众纷纷打进热线，对非洲妈妈表达了由衷的敬意，对九个孤儿理想老家的故事表示出极大兴趣。

专题片的播出起到了推波助澜作用，引发了更加强烈的轰动效应。当他们回到约堡机场时，一些追星族等候在到达口，拉着标语，举着牌子，迎接"理想家园造访团"回来。电视台也派出记者守候在那里。

高正飞带领维多利亚等员工也等候在一边。

骆琳达领着孩子们出来了。等候的人们一阵骚动，蜂拥着围了上去。有人要合影，有人要签名，有人要采访。场面热闹而混乱。

维多利亚要高正飞去救一下骆总的驾，高正飞说多难得的机会啊，让子弹多飞一会吧，骆总和孩子们对这种情况已经应付自如了。

在这之后，骆琳达和她的"非洲妈妈"模特队以难以置信的速度蹿红，果真成了名副其实的网红人物。

在骆琳达开始费拉之行的时候，高正飞却瞒着她做着另一件事情。他回到了中国，利用事先暗中遥控办好的签证，把骆琳达的女儿和母亲接到了南非。

高正飞告诉章诗萌，为了让妈妈有个惊喜，她和外婆到时要突然出现在她面前，妈妈现在正带着一群孩子在希腊圣托里尼岛寻找理想老家。

"什么叫理想老家？"章诗萌问他。

"理想老家……"高正飞想了想说，"就像是你很喜欢一样东西，但是你得不到它，于是便把它藏在心里，想象着它已经是你的了。那群孩子的老家是个贫民窟，有一天偶然找到了一张照片，上面那个地方的房子很漂亮，他们就把那个地方当作了自己老家。所以就叫理想老家。"

"我懂了。有时候我舍不得吃一样东西，就会把它藏起来，慢慢吃，一点一点吃。"章诗萌说。

"他们都是谁呀？"于霜菊问。

"是一群孤儿。"高正飞说。

"为什么妈妈会有一群孤儿？"章诗萌不解。

"因为她是非洲妈妈。"高正飞回答。

"难道她不是我妈妈了吗？"章诗萌问。

"不是的，应该是她更加是你妈妈了。"高正飞说。

"我不懂。"章诗萌摇摇头。

"没关系，你以后会懂的。"高正飞说。

"妈妈她什么时候回来？"章诗萌问。

"我想就在这两天吧？趁着她还没有回来，我可以先带你们去约堡各处玩一玩。"高正飞说。

"那你是非洲爸爸吗？"章诗萌问。

"非洲爸爸？哈哈哈哈，这个叫法太好了，我之前怎么没有想到呢？真笨真笨！"高正飞说。

在酒店安顿好之后，高正飞陪着他们玩遍了约堡的风景名胜。由此，高正飞与章诗萌建立了亲密关系。高正飞问她愿不愿做他女儿，章诗萌开心地叫他"爸爸爸爸"，高正飞听了激动不已。

高正飞郑重向骆琳达提出结婚请求，骆琳达觉得意外。高正飞说自己为此已经准备了很长时间。骆琳达问他这是不是不去希腊的原因。高正飞承认是的。骆琳达觉得为这点事不去希腊，实在是小题大做，幸亏这次很成功，否则就要拿他是问了。

高正飞说他知道一定会成功的，因为火候到了。接着又说，他和她之间也一样，火候也到了。

骆琳达有些犹豫，表示自己亏欠女儿太多，希望在弥补了女儿的情感后再考虑婚事。高正飞提议这事还是让女儿决断为好，如果女儿同意，她就要照办，如果女儿不同意，那就再等等。骆琳达欣然答应。

"我怎么给自己出了一道难题呢？章诗萌，章诗萌，你能同意你妈妈结婚吗？"高正飞故意为难地说。

"你怎么知道她名字的？"骆琳达感到意外。

"我都决定要娶你了，怎么可能不知道自己女儿的名字？"高正飞说。

"你脸皮倒是厚，要是她不接受别人当她的父亲呢？"骆琳达抢白他。

"这一样要看火候到了还是没到。"高正飞笑了，一脸自信地说。

"你觉得到了吗？"骆琳达反问他。

"我说了不算。"高正飞坏坏地一笑，随即拿出手机，打开录音，将手机递给她。骆琳达接过手机，凑到耳畔听了起来：

"妈妈，我是萌萌，你和爸爸结婚吧。"

这段手机录音播到这里，再也没有了。骆琳达听了，简直大跌眼镜。

"我女儿说的那个爸爸，他到底是谁？"骆琳达问他。

"就是本尊。"高正飞指了指自己的脸。

"你怎么让我相信呢？"骆琳达愣了一下，又问。

"这好办，我让她继续告诉你。"高正飞拿回手机，打开另一段录音，再次将手机递给她。骆琳达接过，继续听着：

"妈妈是我，我说的爸爸，是那个高正飞叔叔。"

录音播到这里，又没有了。

"我女儿为什么会这么说？"骆琳达问。

"那是她的事情，这不在你我今天的讨论范畴。"高正飞神秘地说。

"这真的太奇怪了，萌萌不应该和你有交集的。"骆琳达怎么也想不明白到底怎么回事。

"你也从来不会想到会和十个非洲孤儿有交集吧？但事情却真真切切地发生了。这是天意。天意不可违。"高正飞反问之后得出了结论。

"好吧，你赢了。"骆琳达说。

"那我们就且听下回分解吧。"高正飞对她卖了一个关子，然后将她带到酒店休息厅。

"带来我这里干什么？"骆琳达十分不解。

"不是说了嘛，且听下回分解。"高正飞神秘地说。

"这就是下回？"骆琳达问。

高正飞秘而不宣，只是指了指其中一道门。骆琳达望过去，门开了，只见门口站着两个人，一个于霜菊，一个章诗萌，她们是骆琳达魂牵梦萦的人。

骆琳达惊愕不已，激动得大声叫了起来："妈！萌萌！——"

骆琳达飞奔着朝母亲和女儿跑去。女儿也朝着骆琳达冲过来。骆琳达蹲下身，一把将女儿拥在了怀里。骆琳达将女儿抱起来，把母亲一起拥在怀里。

"你们怎么来的？"骆琳达喜极而泣。

"是小高带我们来的。"于霜菊告诉她。

"高叔叔对我们可好了，带我们去了好玩的地方，请我们吃了好吃的东西，还让我们住了很高级的酒店。"章诗萌开口便夸奖高正飞。

"你回过国了？"骆琳达转向高正飞，疑惑地问他。

高正飞笑着点点头。

"你不去圣托里尼，原来回国了啊！"骆琳达恍悟过来。

"妈妈，你和爸爸结婚吧。"章诗萌大声说。

骆琳达此刻正沉浸在惊喜之中，便毫不犹豫地点头答应了。

"太好了，太好了！妈妈答应了！——"章诗萌高兴得拍手雀跃。

这时，从门后走出来一群人，呼啦一下把骆琳达围上了。原来他们是化妆师和服装师，不由分说地将骆琳达按在了座位上。

化妆师打开工具箱，拿出化妆工具，给骆琳达化起妆来。服装师则从包里拿着婚纱，给骆琳达穿了起来。

骆琳达被弄蒙了，不知道发生了什么。但随即反应过来，知道上了高正飞的当，便想挣脱出来。

化妆师和服装师似乎早有预料，身旁的助手抓着骆琳达不让她乱动，说马上就好了，不然妆要乱了。

化妆师和服装师依旧熟练地工作着。

骆琳达挣脱不得，只好冲着高正飞大声抗议：

"高正飞，你这是乘人之危，是强盗之举！——"

"这是经过你同意的，我也奈何不得。"高正飞一脸坏笑。

见说服不了高正飞，骆琳达转向母亲，要她阻止他们一下，别让他们乱来了。

"这是你们年轻人的事，我还是不干涉为好。"于霜菊把话顶了回去。

"妈，你怎么也向着高正飞呀。"骆琳达焦急地说。

"主要是萌萌向着他，我一点办法也没有。"于霜菊推托着。

"萌萌，你怎么出卖了妈妈呀，妈妈一点准备也没有。"骆琳达对女儿说。

"妈妈你不用准备的，爸爸把所有的事情都已经做好了。"章诗萌笑嘻嘻地说。

"你怎么口口声声爸爸爸爸的，他是不是给你灌了什么迷魂汤？"骆琳达对女儿表示着不满，章诗萌却笑着点点头，"萌萌你越来越明目张胆了。"

"是的，因为我现在有后台了。"章诗萌得意又挑衅地说。

"没想到我养了一个小叛徒，唉，都是我的错，我只能自食其果。"骆琳达无奈地只好认命，不再抗争，顺从地让化妆师给她化妆，让服装师给她穿婚纱。

一会儿，婚纱穿好了，妆容也化好了，骆琳达很快变成了一个漂亮的新娘。

"高正飞，好你个且听下回分解。搞完了这个下回，是不是还有第二个下回？"骆琳达冲着高正飞嗔怒道。

"这得听萌萌的，萌萌说有，那一定会有，萌萌说没有，那自然就不会有了。"高正飞再次搬出了章诗萌。

"妈，你不会倒戈吧？"骆琳达转向母亲，询问她。

"我啥也不说，只等着佳音。"于霜菊微笑着说。

"高正飞，我现在才发现，你原来是个统战高手，我此刻已经彻底变得孤立无援了。"骆琳达怒视着他。

"那就认命吧。反正你现在有一个好命。有乖巧懂事的女儿，有通情达理的母亲，有整天想拆你台的统战高手，还有一群拥有理想老家的非洲孩子。"高正飞说。

骆琳达不由得点了点头。

这时，门又开了，九个非洲孩子冲了进来，叫喊着扑向骆琳达：

"非洲妈妈，非洲妈妈！——"

孩子们团团围住骆琳达，紧紧簇拥着她。然后回到她身后，牵住了她的婚纱后摆。

"怎么样？佩服我这个高手吧？"高正飞得意地说。

"既然如此，你就赶紧把全部下回都亮出来吧。"骆琳达泄气了。

　　高正飞牵过章诗萌的手，把她引到孩子们中间，让她抓住了妈妈的婚纱后摆。

　　高正飞对骆琳达微微一笑，用手指了指另一扇门。骆琳达依着他的指引走到了门前。

　　门打开，原来里面是一个宴会厅，很多亲朋好友竟然等在那里。骆琳达惊诧得几乎要掉了下巴来。

　　十个孩子拉着骆琳达的婚纱下摆，由高正飞引导来到了舞台上。

　　"高正飞，这已经远远超出了我的想象。"骆琳达说。

　　"你答应过的，只要女儿同意，你就照办。这是事实吧？"高正飞狡黠地说。

　　"是的，我答应过。现在我真是服了你了，发现你的策划水平竟是如此之高。"骆琳达开心地说。

　　"那是必须的，否则怎么做你的合伙人。"高正飞得意地说。

　　一个司仪小姐端着盘子来到他们身边，主持了起来：

　　"各位来宾，各位亲朋好友，下面请允许我邀请一个人，上台来见证高正飞先生向骆琳达女士求婚。这个人无论对骆琳达女士也好，对高正飞先生也好，都是最重要的一个人。她就是骆琳达的母亲于霜菊女士，是高正飞先生特地把她从中国接过来的。有请上台。"

　　于霜菊上台，司仪小姐把话筒交给她，于霜菊激动地说：

　　"我对小高感到满意，乐意见证他向我女儿求婚。我没有想到我女儿会有那么多非洲孩子，他们很可爱，也很能干，但我就是担心小高和琳达能不能把他们培养好，以后成为真正有所作为的人。"

　　"你会很辛苦的，考虑过了吗？"于霜菊转向高正飞。

　　"妈，哪有你这样拆台的？"骆琳达埋怨地说。

　　"我是替小高担心。"于霜菊说。

　　"堡垒都是从内部攻破的。"骆琳达不满地喃喃道。

　　"就是因为琳达养育着那么多非洲孩子，我才成为她非洲妈妈公司的合伙人的。"高正飞说，"我看好她的人品，看好她的潜力，所以，我要成为她整个人生的合伙人。请放心，我不会成为逃兵的。"

　　"我相信你。"于霜菊高兴地说。

　　高正飞从司仪小姐端着的盘子里拿过钻戒盒子，从里面取出钻戒，深情地望着她，想要给骆琳达戴上。

　　"我还没有说同意呢。"骆琳达说。

　　"我已经同意了。"章诗萌抢着大喊。

　　高正飞得意地一笑，抓过手将钻戒给骆琳达戴上。骆琳达没有躲避，而是顺从地让他戴上，享受着这一刻的幸福。

"你愿意嫁给我吗？"高正飞问她。

"愿意！——"十个孩子异口同声地替骆琳达回答。

"愿意。"骆琳达的脸上充满了幸福。

台下响起了热烈的掌声。

## 二十八、人生巅峰

在收获婚姻的同时，"非洲妈妈"传媒公司也因费拉之行的成功，开启了全新的局面。

骆琳达邀请严浩俊来自己公司工作，严浩俊欣然加入，决定跟着骆琳达共创一番未来。他认为这次费拉之行如此成功，一定会让公司在更高起点上得到发展。骆琳达感谢他对公司充满信心，觉得有他这位老乡加入，公司就会变得越来越强大。

她记得在她最落魄的时候，站在蓝总面前，祈求蓝总给一份打工机会，蓝总当时很犹豫。但听说她是义乌人，就马上答应了。原因就是严浩俊。蓝总认为他这个义乌小伙子手脚勤快，肯做事情，从不埋怨，人也热情，很赞赏他，所以爱屋及乌了。

严浩俊表示会把优点保持下去的。骆琳达说这是他的本能，不用刻意保持，只要不变就行了。严浩俊开玩笑说，要是他变了，甘愿让骆总狠狠揍他一顿。骆琳达说要是他变了，就不是义乌人了，揍了也没有用。总而言之12个字，勤耕好学、刚正勇为、诚信包容，这是义乌精神。骆琳达希望和严浩俊一起共勉。

受到九个孩子电视寻亲启发，公司研发了一档综艺节目《寻亲吧》。在其中一期节目中，每个孩子分别对寻找母亲的男子塞加卡提了一个问题。

阿米娜问他是否想妈妈。塞加卡说想啊，要是不想的话，压根儿就不会来这个寻亲节目了。

卡玛古问他是否还记得妈妈长什么样子。塞加卡失望地摇摇头说不记得了。很小的时候，有一次他跟妈妈走散，从此失去了她。因为那时候还是个小孩，所以对她的印象很有限，记不得她长什么样子了。

乔纳森问他愿不愿意想象出一个理想妈妈来，就像他们的理想老家一样。塞加卡说太好了，真是一个好点子，他非常愿意，他知道他们理想老家的故事。

科瓦利尔问他能否想象得出来。艾利克斯说要是他能想象得出来，相信他也会像他们找到理想老家一样，找到理想的妈妈的。塞加卡说他相信，上帝会保佑他的。

罗尼斯问他如果找到了，他会怎么样，是哭还是笑？塞加卡说这个他可说不上来，也许会哭，也许会笑，但不管怎么样，他一定会非常非常开心的。

姆班达问他理想妈妈是什么样子。塞加卡说这个他得好好想想，只可惜他不会画画。

艾哈迈德说他们可以帮助他画出来。桑德说他们的理想老家就是他们自己画出来的，当然，这全是非洲妈妈的功劳，她特意让他们学习画画，她为此花了很多心血，他们就慢慢学会了。

《寻亲吧》播出后收视极佳，成为强档节目。章诗萌受到启发，对骆琳达说要画一个理想爸爸。骆琳达说她是小叛徒，都已经有了爸爸，还画什么理想爸爸。

章诗萌只好拍马屁说，那她就画理想妈妈。骆琳达赌气地说妈妈对她还不够好，她的确需要一个理想妈妈。章诗萌辩解说，不是妈妈想的那样的，她是想给没有妈妈的人画，画出他们的理想妈妈后，他们就可以去寻找妈妈了。

骆琳达问她能否找到，她则反问骆琳达："妈妈，你觉得呢？"

骆琳达微微一笑说：

"看运气吧。当然，有一点妈妈是相信的，只要努力去做，用心去做，坚持去做，一件事情总是能够做成功的。即便表面上没有做成功，但你的心智成熟了，它或许会让你做成功另外一件事情。"

章诗萌若有所思。

时间过得真快，母亲和女儿明天就要回去了，骆琳达真不知道女儿会伤心成什么样子。但高正飞让她放心，要相信萌萌，她已经懂事了，知道妈妈在这里打拼是为了她以后更加幸福。

骆琳达猜测他对女儿做过思想工作了，高正飞承认跟萌萌谈过，说妈妈在这里打拼不容易，吃过很多苦头，尝过很多辛酸，但通过努力，很快就可以做强实力了。只有有了实力，才可以把她和外婆接过来带在身边。所以他让她先回去等待，告诉她这个目标很快就能实现。

看来高正飞做思想工作也是一把好手。

分离的时刻总是让人不舍和难过。

骆琳达领着母亲和女儿从里面出来，急步走向车子。章诗萌哭泣着冲进车子，伤心地躲在了座位上。九个孩子跟在骆琳达和于霜菊身后，恳求着她们不要离开。

桑德将头探到车子里，招呼着章诗萌。"萌萌妹妹，我们有礼物送给你，你能不能出来一下？"

"我不想跟你们说再见，我要马上回来……"章诗萌饮泣着说。

"那行吧，我们不说再见了。"桑德折回身子，告诉大家，"萌萌妹妹太伤心了，她不想跟我们说再见，她要马上回来。"

"那我们就不跟萌萌妹妹说再见了，就当她一直没有走，等着下次再回来。"乔纳森说。

"那我们的礼物怎么办？"阿米娜着急地说。

"都贴到车窗上，让萌萌妹妹在车子里面看。"罗尼斯建议道。

孩子们从口袋里掏出自己画的画，将画贴到了车窗上。他们画的是骆琳达、高正飞、外婆、章诗萌和他们在一起，只是每个人画的"在一起"的地方不同。

"萌萌妹妹，这是我画的落日里的理想一家。"阿米娜说。

"这是我画的游乐园里的理想一家。"科瓦利小说。

"我的是游艇上的理想一家。"艾利克斯说。

"我是大房子里的理想一家。"姆班达说。

孩子们纷纷告诉车里的章诗萌自己的理想一家，听着他们的话，章诗萌哭得更伤心了。

骆琳达让孩子们把自己的画交给外婆，于霜菊感动不已，连声说这些孩子太可爱了。骆琳达领着母亲上车，车子缓缓驶离。孩子们站在那里，久久不愿离去。

《寻亲吧》大获成功，骆琳达被邀请身加《寻亲吧》之后现象研讨会，骆琳达发言说：

"……当初我们完全是抱着试一试的心态提出理想妈妈这一想法的，没想到立刻得到了大家的认同，觉得它特别适合塞加卡。塞加卡从小失去妈妈，不知道妈妈长什么样了，对于妈妈容貌的想象，是不会受到现实妈妈的束缚。所以他可以将自己的真实想法，通过对妈妈容貌的想象展示出来，这是一种很有趣的现象，值得好好研究。让我们没有想到的是，他真的找到了理想妈妈，而且一下子找到了三位。这三位善良的女士都愿意成为塞加卡的理想妈妈。这太让人感动了，也太让人开心了……"

趁着《寻亲吧》火热，高正飞上动召开头脑风暴会，寻找新节目的创意。高正飞说：

"《寻亲吧》走红以来，有很多电视台找上我们，要购买我们的版权，有的甚至提出要购买我们的节目模式。我当时一听，感到很新奇，也很震惊，怎么模式都能卖钱？这简直就是醍醐灌顶。后来一想，也对呀，创意就是一种生产力嘛。我们创造的理想妈妈概念，以及通过绘画等手段来展现理想妈妈，然后再去寻找理想妈妈，这是我们独有的，是我们的模式，是我们的东西，是我们的知识产权。

所以我们前几天就去做版权登记了。今天把你们叫过来，是要做一次头脑风暴，除了要思考如何来将《寻亲吧》进行升级，还要思考如何来做《寻偶吧》《寻职吧》《寻梦吧》。要创造出各自的独特模式。当然，在这之中，我们一定要掌握一个宗旨，我们的这些节目是有使命的，这个使命就是发现和解决社会的难题，只有这样，做这件事才会成为我们企业发展的机会。"

顺势推出的《寻偶吧》《寻职吧》《寻梦吧》等电视综艺节目也一炮打响，而且还出售版权，名利均获丰收。

齐力找上门来了，见到高正飞，声称要成为节目嘉宾。高正飞问他想上哪个节目，是《寻亲吧》《寻偶吧》《寻职吧》还是《寻梦吧》。

"你觉得我最缺什么？"

"刚才你说我们是情敌，看来缺的是情侣，应该想成为《寻偶吧》嘉宾吧？"

"我寻偶的条件是，想找一个如骆琳达这样的人。"

"你有些死心眼，钻进牛角尖太长时间了。我明确告诉你，骆琳达是不可能的了，原因显而易见，我和她订婚了。"

"不对，在没有结婚之前，我永远有机会。"

"听起来像是有一定道理。"

"那我就把这个任务交给《寻偶吧》了。交给《寻偶吧》，其实是交给你了，对吧？你最懂我，也最懂琳达。把任务交给你，是最合适的，选我做嘉宾，也是最合适的。"

"这个任务对我是极大的挑战。不过我还是决定接了，希望能够让你满意。"

"一切等结果吧。"

高正飞把情况告诉了骆琳达，骆琳达说齐力发神经，他又不是找不到对象。前两天她还单独请齐力吃饭了，这顿饭她一直欠着他。

高正飞似乎不解，骆琳达给他解释。齐力追她的那些日子，天天要请她吃饭，被她统统拒绝了，所以一直想做个了断。高正飞说他现在还在追她。骆琳达说那不叫追，那叫轴。高正飞说齐力自己也承认自己轴。

骆琳达说齐力现在只是在跟他高正飞争，咽不下那口气，她其实已经成了一个筹码，把她换成别人，齐力照样会去追别人的。当然这并不是说齐力不真心对她了，事实上齐力对她一直是真心的。

"是的，所以他提出来，寻偶的条件，是想找一个如你一样的人。"高正飞说。

"那也只是开开玩笑，他不可能来《寻偶吧》节目的。"骆琳达说。

"他是认真的，我答应了他。"高正飞说。

"你们两个还真杠上了呀？"骆琳达一脸着急，埋怨地说，"简直就是嫌事儿不够大。那接下来怎么办？"

"需要你出面，在节目里讲讲你自己。这是替代法。"高正飞说。

"不可能。"骆琳达断然拒绝。

"不要这么快拒绝嘛。替代法寻偶，说不定又可以创造出一种节目模式呢。"高正飞劝说着她，她想说什么，被高正飞制止了，"你听我说，事情并不复杂，你只要在节目里说说你是一个什么样的人，然后让那些女孩子去对号入座，这样就可以替齐力找到心仪的对象了。"

"是吗？"骆琳达咬牙切齿地说。

"不是吗？"高正飞故作挑衅地说。

骆琳达双眼瞪着他，一脸愠怒地紧闭着嘴巴，不愿意再和他说话了。

骆琳达只好接受节目录制。

主持人问骆琳达：

"对《寻偶吧》节目来说，替代法真的是一种创新方式。我第一个问题，您是他的前女友吗？"

"这个问题不在计划里吧？"骆琳达感到愕然。

"既然齐先生点到了您，以您为寻偶标靶，这个问题自然就回避不了。"主持人说。

"那就让齐先生回答吧，他会给您正确的答案。"骆琳达笑了笑说。

"看来骆总不太愿意透露与齐先生的关系，那我们尊重您的想法。接下来请您比较详细地谈谈自己的情况好吗？这些情况是用来给寻偶者提供一种标准，让她们来判断是否要尝试着成为齐先生的相亲对象。"主持人说。

"我是一个吃过很多苦也能够吃苦的人……"骆琳达以这句话开始了她的自我介绍。

节目录制得很成功，播出后如高正飞所料，果然创造了一种替代寻偶模式。

齐力找到骆琳达，很感谢她的配合，没有想到高正飞居然能够说服她。骆琳达带着一肚子不满，问他这下满足了吧，抢白他有多少姑娘已经成了他的女朋友。齐力说有她一个就够了。骆琳达说他真是一根筋。

齐力说，通过这个节目创造出了一种替代寻偶模式，这就是他对他们节目的贡献。他牺牲自己成就他们，是一种蜡烛般的奉献。骆琳达说看来她又欠他一份人情了。齐力说他要求不高，还他几顿饭就可以了。但有一个前提，是他们两个，高正飞不得参与。

骆琳达说他这是在挑拨她和高正飞的关系。齐力说他这是阳谋，不是阴谋，她现在完全可以拒绝他。但骆琳达出乎意料地同意了。齐力问她担不担心。骆琳达说她和高正飞的感情，不是轻易可以被挑拨的。就像他，不停地追着她，她知道那是他的一往情深。她真的很感谢他。

齐力说就冲着这句话，他还得追下去。骆琳达说看来她得赶紧结婚了。齐力说他会去抢亲的，说着哈哈哈哈地笑了起来。

骆琳达问他找她有什么事，齐力说他想了解一下她公司的情况，他似乎看到他们踩准了时代的节拍，一种社会潮流正在不知不觉兴起，而他们好像抓住了契机。

骆琳达说这是文化创意行业。齐力马上表示认同，他就想了解一下这个行业。骆琳达夸他是个人才，能够看到别人看不到的东西。齐力说她比他更厉害，都已经动手做了。骆琳达说她那是歪打正着，要不是去圣托里尼寻找理想老家，全程搞了一次直播，也不会有今天的结果。

齐力说机会总是给有准备的人。骆琳达说这话不错，自从公司播出《寻亲吧》节目后，收视率极佳，成为强档节目。大获成功后，他们看到了这里面的机会，又推出了《寻偶吧》《寻职吧》《寻梦吧》三档节目。每档节目都有一个独特的节目模式，他还为他们的《寻偶吧》作了贡献呢。这些节目都是一炮打响，不但有广告分成，还出售了版权，可以说做到了名利双收。这是他们当初没有想到的。

齐力说关键是她成了这一业务的 NO.1，于是各种资源就会向她集聚，形成正向叠加，就会把事情做得越来越大，别人很难再追上她了。骆琳达问他有没有意向加盟，齐力怼她是否想让两个情敌天天在她眼皮子底下开撕。骆琳达说她刚才说过了，她可以马上结婚，不会让他们成为情敌开撕的。齐力说别呀，千万别断了他的后路。

骆琳达腾出自己办公室，要给孩子们弄一间专门房间，让他们轮流入住，每人两个礼拜，按照各自的想法布置成理想老家里的房间。等到以后有条件了，每人一间，就再也不用轮来轮去了。高正飞赞成骆琳达的想法，说轮轮也好，让他们更有期待，也更有味道。

第一个轮到的自然是阿米娜，房间门口挂上了一块牌子，上面写着"阿米娜的房间"。

骆琳达正在帮助阿米娜布置房子。九个孩子叽叽喳喳地议论着。

高正飞进来，不禁夸奖起来："哟，好漂亮的公主闺房，高叔叔要在这个房间里亲自掌勺请你们吃一顿饭，怎么样？"

大家齐声叫好。

骆琳达告诉大家，高叔叔可是个掌勺高手，要他们把菜单准备好，千万不要便宜了他。高正飞说她总是这么抬举他。骆琳达说那当然，孩子的事是最大的事。

高正飞说还有一件大事也要来临，有老板慕名找上门来，想投资他们拍电影。骆琳达说他们没有这个业务，怎么个拍法。高正飞说没有业务是可以开发的，只要有钱，再组建团队，应该是可行的。骆琳达问对方想拍什么电影，高正飞说对方没有说，具体让公司拿计划，这是对方的投资条件。

高正飞把材料递给她，骆琳达认真看了起来。骆琳达说齐力说得对，一旦成了这一业务的 NO.1，各种资源就会向你这边集聚。

高正飞问她，去找齐力了？骆琳达说他这么折损她，她总得骂回来，听他的意思，好像有跟他们合作的想法。如果觉得可行，可以找他聊一聊。

高正飞说这岂不是引狼入室了。骆琳达说狼始终在那里，你不引进来，他也会自己找机会闯进来的。何况，还会怕他这只狼吗？

高正飞觉得她说得对，齐力这只狼只会激发他的斗志。骆琳达看好他，高正飞开心地笑了。

电影计划很快酝酿出台，将分别以十个孩子为主角，以十个非洲国家为背景，拍摄九部风格迥异的非洲电影。

资金一进来，事业一上台阶，视野就不一样了，格局也不一样了。站得高就会有一种把握全局的感觉。骆琳达打算把九部电影计划提交给投资人，从着眼长远考虑，集中目标进行股权合作。

电影计划通过新闻发布会推出，以提高谈判筹码。计划在社会上引起强烈反响，"非洲妈妈"传媒公司成了明星企业。

仲旭东意外找上门来，发现这个地方布置得跟卖给他的那个公司很像，认为骆琳达是个恋旧的人。不过仲旭东很赞赏这种恋旧。恋旧的人专一，忠诚，不容易喜新厌旧、见异思迁。骆琳达问他费了这么大周折找到她这座小庙，一定是有事情吩咐的吧。

仲旭东打着太极，说当初她欠了一屁股债，才要把公司卖掉的。那么多债务，公司就算白送给别人，也没有人会接盘。事情坏就坏在齐力手上，那小子硬是逼着他，把她那家公司接了下来。

骆琳达不明白他的意思，说这是他和齐力的事，她并不知情。仲旭东说没事，过去了就让它过去吧，要是他计较，也不会等到现在来鼓捣这件事了。

骆琳达问他现在想怎么样？仲旭东说：

"现在你出名了，日子好过了。九小孩系列电影，那得多少钱啊。骆总现在不缺钱，是财大气粗的金主。所以我思忖着，可以跟骆总谈谈恋旧的事情了。恋旧好啊，你那家超然公司，我帮你保管得好好的。我不想加你一分钱，更不想漫天要价，我一点也不介意你原价把它买回来。"

"已经出手了的东西，那就算了吧。恋旧只能在心里恋恋，要是真付诸行动，那是会出问题的。"

"骆总，我今天跟你谈回购的事情，就是冲着你公司已经是明星公司了，有实力来做这件事。应该说，我当初客观上帮你渡过了难关，现在你咸鱼翻身了，难道不应该分担一点责任吗？"

"不是我不想分担，实在是公司现在的业务已经不是货物贸易了，我做的是文化创意产业，要是我把超然公司买回来，那谁来经营它呀？所以说，还是你仲总继续经营它最合适了。"

"如果这样，你总得补偿点吧？"

"补偿不是不可以，的确，当时你是帮了我一把，这我一直都记在心里。但我不能以这种方式来补偿你。"

"你想怎么个补法？"

"我和高总商量一下吧，应该能够想出办法来的。"

"高正飞现在干得风生水起了啊，回来后见过他两回，他是一个重情重义的人，遇到他真的是你的幸运。"

"这也有你的一份功劳，要不是你把我弄到赌场，我还真碰不上他呢。"

"有缘人总会碰上的。就像你我，你一开始想当我的员工，就是当不了，本来各不相干了，可现在呢，你不但把公司卖给了我，还要进行新的合作。"

"但愿吧。"

电影拍摄顺利进行。第一部电影《美丽向往》是关于孩子们打嗝的，骆琳达和孩子们都参与了拍摄。

电影展示出一片广阔的灌木林地，在夕阳映衬下显得非常漂亮。十个孩子在那里玩耍，其中罗哈扎娃是由一个小演员扮演的。

一架飞机从低空飞来，机上坐着骆琳达，俯出身子对着孩子们大喊："你们好！——"

大家回应她："你好！——"

"罗哈扎娃"叫道："你是谁啊？！——"

骆琳达回答："我是你们的朋友！——"

骆琳达从飞机上扔下来一样东西，落到了地上。孩子们冲过去，罗尼斯把它捡了起来。

原来是一瓶可口可乐，但他们都不认识，感到很好奇。

罗尼斯问："这是什么呀？"

"罗哈扎娃"从罗尼斯手上接过可口可乐，仔细看了看，然后摇了摇头。他们望向飞机，此时，飞机已远远地离开了，消失在天际。

"罗哈扎娃"拿着那瓶可口可乐，思考着什么，然后望向乔纳森，问他："真的是饮料？"

乔纳森回答："真的是饮料，可以喝的。"

"罗哈扎娃"问他："你喝过吗？"

乔纳森回答："没有。但我看到过别人喝。要不，让我先来试试？"

"罗哈扎娃"说："我先来吧。"

"罗哈扎娃"拧开盖子，没想到可乐从瓶口冲了出来，吓得他将瓶子扔了。

幸好乔纳森眼疾手快，将瓶子从地上捡了起来。可乐还在往外冒，乔纳森立刻对着瓶口喝了起来。

喝了几口，拿开，可乐不再往外冒了，乔纳森赶紧将瓶子递给"罗哈扎娃"。

乔纳森说："不好喝。"

"罗哈扎娃"喝了一口，回味了一下，然后摇了摇头说："真的不好喝。但舌头麻麻的，很好玩。"

乔纳森也附和说："嗯，麻麻的，真的很好玩。"

"罗哈扎娃"说："每个人都喝一口。"

"罗哈扎娃"把可乐递给阿米娜，阿米娜喝了一口，传给卡玛古，卡玛古喝了一口，再传给科瓦利尔，就这样一直传下去。

乔纳森突然叫了起来："我打嗝了。"

阿米娜也叫："我也打嗝了。"

艾利克斯也："我也打嗝了！"

"罗哈扎娃"说："我怎么没有打呀？"

桑德把可乐递给"罗哈扎娃"，说："头儿，你喝得不够多，喝多了就会打。"

《美丽向往》公映之后引发了打嗝潮流。一群年轻人聚集在街头，跳着打嗝舞。九个孩子在舞台上跳着打嗝舞。

……

电视新闻也开始播报这一现象："……最近，由非洲妈妈公司拍摄的系列电影第一部《美丽向往》公映后，引起强烈反响，剧中九个孩子喝可乐打嗝的情节，成为热门话题，引发了一场全社会的打嗝运动，打嗝舞、打嗝歌、打嗝赛、打嗝游等各种打嗝活动纷纷出笼……"

为了庆贺《美丽向往》获得巨大成功，高正飞特意在"阿米娜的房间"为孩子们掌勺烧菜。骆琳达在旁边帮忙。孩子们在房间里摆放着餐具。

拔丝香蕉已经成了孩子们的标配菜肴，高正飞按照上次齐力给餐馆大厨查来的方法，用心地烹制着。他相信只要有方法就不怕烧不出来。

骆琳达希望高正飞能够拿出全部手艺，烧出一桌丰盛的菜肴，好好犒劳犒劳孩子们。自从《美丽向往》热映以后，风险资金闻风而动，这些都是孩子们的功劳。

高正飞说他现在是拼着老命在烧菜，对孩子们的马屁要拍出水平来。少年强，则公司强。

高正飞提出，为顺利引入风险投资，需要对公司业务进行整合，把与文化创意无关的业务剥离出去。剥离之后，对业务进行重新梳理，按不同门类成立事业部，为接下来成立集团打好基础。

骆琳达没有想到要成立集团，这大大超出她的想象。高正飞说这么多风险资金要进来，组织架构首先要搭建好，有了容器才可以贮藏足够的水。然后就是人才，像孩子们这样有用的人才。没有人才是干不成大事的。

骆琳达趁机说齐力想进来。高正飞说齐力跟他说起过。骆琳达问他同不同意。高正飞说齐力帮了她那么多，他当然同意，但齐力把他当作情敌，这件事情希望她还得慎重评估，千万不要到时搞得鸡飞狗跳，弄得一地鸡毛。

骆琳达问他有没有好办法。高正飞说有啊，赶紧和他结婚，卡断齐力的后路，这样就当不成情敌了。骆琳达当然也是这个想法，但嘴上还是说他夹带私货，中饱私囊，小算盘打得啪啪响。

高正飞说这是经过他反复酝酿、慎重考虑、通盘研究后得出的结论。骆琳达说既然如此，可以提上议事日程，但具体日子还需要经过反复酝酿、慎重考虑、通盘研究。高正飞只好泄气地说，这下又便宜了齐力。

齐力终于入股非洲妈妈公司，享受到了即将到来的高速发展的成果。经过整合，"非洲妈妈"传媒公司被改造成了"非洲妈妈"集团。

成立酒会上，骆琳达说：

"承蒙各位嘉宾的关照和支持，我们非洲妈妈文化创意有限公司经过 A 轮、B 轮融资，实力大大增强，规模迅速做大。今天，它开始脱胎换骨，终于成了非洲妈妈集团。下一步，我们将以重大项目为抓手，以平台打造为目标，在更大范围、更高层面上来提升非洲妈妈独特的品牌价值，给社会带来更多有温度、有深度、有力度的精神食粮，给投资者带来实实在在的投资回报。下面我提议，请一起举杯，为非洲妈妈集团扬帆起航、展翅高飞而干杯！——"

众嘉宾一起干杯庆贺。

风险资金进入后，集团实力大大增强，业务规模迅速做大，"非洲妈妈"品牌被更高层面、更大广度地打造，授权领域不断扩大，授权价格持续攀升，短短时间便跻身名牌榜首，迅速成为品牌界的一匹黑马，令人刮目相看。

骆琳达喜欢种蔬菜，高正飞特意给她搞了一个蔬菜盆景，拿到她的办公室。骆琳达说：

"种蔬菜最大的好处，是给我们一种希望。种子下到土里，过不了多久，就会破土而出，然后茁壮成长，每一天都有变化，让人充满了期待。"

"你这间办公室太简陋了，也需要茁壮成长。我觉得，不仅仅是你的办公室，也包括整个公司，我们现在已经成了集团，员工人数将增加，公司的品位也需要提高一个档次。先来改善办公条件，看上去真正像个集团公司的样子。所以我建议，我们应该搬到更高大上的地方去。"

"这跟你以前的想法不一样啊？"

"我正在努力与时俱进嘛。以前我们是稳扎稳打，一步一个脚印，现在风险投资一进入就不一样了，资本追求的是规模和利润，讲究快进快出。如果我们还像以前那样稳扎稳打，一步一个脚印，那就不适应风险资金的节奏了。"

"这到底是好还是不好呢？"

"无所谓好与不好，只存在合适与不合适。既然选择了风险资金，就要按照它的节奏行事。风险资金不怕我们用钱，最怕我们不用钱。所以，他们要求我们高大上。"

公司终于搬到了新址，面积更大，地段更佳，档次更好。骆琳达惦记着要给孩子们一人一间房子，不久，一块块牌子钉到了房门上。"阿米娜的房间""卡玛古的房间""乔纳森的房间""科瓦利尔的房间""艾利克斯的房间"……

钉到"罗哈扎娃的房间"时，骆琳达突然出现，阻止装修工人再钉下去，她要亲自来钉。骆琳达当当当地钉完，然后退后一步，动情地看着门牌，喃喃道："我要亲自布置它。"

第二部电影也拍摄完成，叫作《罗哈扎娃的新一天》。电影中，罗哈扎娃打开门，从屋里走了出来。他背着那只小双肩包，眼前是开阔的草地，草地尽头是一轮红日。他浑身被晨曦映照得通红。

骆琳达从屋里追了出来，大喊："罗哈扎娃，你背着行囊要去干什么？"

"罗哈扎娃"说："我要替我的小伙伴去寻找新的一天。"

骆琳达说："新的一天不用寻找的，太阳出来了，自然就来了，就像现在，新的一天不就到了吗？"

"罗哈扎娃"摇摇头说："不是的，那对他们来说不是新的一天。"

骆琳达说："那你想要什么样的新一天？"

"罗哈扎娃"说："答案就写在他们的脸上。"

骆琳达回头望向屋子，九个孩子挤在门后，齐刷刷地笑着，笑容金灿灿的。

骆琳达再回头，发现"罗哈扎娃"已经走远，弱小的身影融入了朝阳之中。

试映已经结束，试片室里空荡荡的，只有骆琳达独自坐在那里。她被影片深深打动，看得热泪盈眶。高正飞走了过去，在她身边坐下。骆琳达说：

"这部电影是我献给罗哈扎娃的，也是献给所有那些遭受不幸的孩子的。"

"看你感动成这个样子，这部电影又要火了。"

"因为我懂得罗哈扎娃的心思，懂得他为什么要替小伙伴们去寻找新的一天……他为了救我而死，我欠他一条性命。"

"都是命中注定的。"

"要感谢你，把它拍得这么好。"

"我是执行者而已，决策都是你做的。眼下我们的拍片计划推进顺利，十小孩系列电影的拍摄也执行过半，我们现在是两部即将上映，三部正在拍摄，四部正在筹备。"

"这个规模还是有点大的，要控制好节奏。"

"这点请放心。既不会青黄不接，也不会形成堰塞湖。"

"从现在开始你要把精力从影视板块脱出来一点，我们的传媒板块正在启动，这一块兼具内容和渠道，会显得更加重要。"

"明白了。"

"公司现在有很多资产了吧？这么说来，我现在已经有很多钱了，对吧？"

"是的，你现在身价很高了。"

"看来已经远远超过了当初来南非打拼所设定的目标，这是我万万没有想到的。"

"怎么突然说起钱来了？"

"回想过去，恍若隔世。很庆幸这一路走来，有那么多帮助我的贵人，也有不少给我动力的对手。我很感激自己的贵人，也很敬重自己的对手。等到我下次回义乌的时候，一定要好好宴请一下我的那些债主，感激他们曾经给我各种逼迫和压力。"

"所以我说，你的成功是必然的。因为有强劲的对手嘛。"

骆琳达只是淡淡地一笑。

作为一名成功的商人，各种名誉和头衔也纷至沓来，社会地位得以大大提升。骆琳达觉得自己超预期地实现了人生梦想。

在齐力举荐下，骆琳达还进入了当地华侨华人组织，积极帮助在南非有困难的华侨华人。有人遭遇抢劫，有人生病住院，有人发生家庭纠纷或商业矛盾，只要得到消息，她总会第一时间赶去慰问，帮助他们解决困难。

她知道现在还有很多同胞分散经营、单打独斗，这让一些歹徒有了可乘之机，大白天都会有人拿着冰冷的枪口冷不防地抵住你脑门。骆琳达对此有切肤之痛，光是在她一个人，就遭遇过很多次抢劫，罗哈扎娃就是代价，他的死是骆琳达一辈子的痛，深深埋在心里，再也消除不了了。

好在骆琳达为他找到了他们的理想老家，实现了他的夙愿，他一定会很欣慰的。

骆琳达还突然冒出一个主意，让商会和警方联手共建一个专门的华人警民合作中心，一旦接到涉及华人华侨的报警，立即出警处置，开通绿色通道急事急办，特事特办。

她特意让齐力去做这件事，知道齐力热衷于往政坛发展，这是很好的机会。至于高正飞，就专心经营好非洲妈妈集团，把它打造成规划的那个样子，让非洲穷人都能享受到基本的文化和信息服务，逐步去实现文化均等化。

骆琳达还始终忘不了刚到南非时看到的流浪汉拣食的一幕，当初深受此景刺激，才从怨天尤人中惊醒过来，去寻找下一顿果腹的食物。如今功成名就，第一个念头便是拿出一大笔钱，打算收购两家餐馆股权，约定自己不拿一分钱利润，只要求用那些钱来做盒饭，并设置专用存放点，供应给吃了上顿没了下顿的流浪汉。

骆琳达再次回忆起了到南非时的情景。那是她到南非的第二天，身上一分钱也没有了，举目无亲，走投无路。她走在街上，被几个流浪汉抢食的一幕深受刺激，背脊一阵发凉，不禁打了一个寒噤。她知道她得奋起反击逆境。于是抹干眼泪，对自己说，好吧骆琳达，不要再怨天尤人了！来到南非是命运的安排，没有什么可疑惑和抱怨的，这是命该如此。既然命运给你开了一个玩笑，那就勇敢接受吧。否则等待你的，就是那个流浪汉的下场。只有接受，才能放下包袱，只有放下包袱，才能轻装上阵，只有轻装上阵，才能果敢前行。最后她对自己说，她现在的任务是思考下一顿饭在哪里！

高正飞知道她在蓝菲雨那里得到了下一顿饭。这一顿饭对她太重要了。有了，接下去不再是绝境；没有，她面对的就是绝境。骆琳达一直念叨着蓝总是个好人。来南非，是她的不幸，也是她的荣幸，因为她遇到了很多像王大姐、蓝总、曾老板等这样的好人，特别是高正飞和齐力。

骆琳达说：

"自从在义乌遇上王大姐，决定来南非打拼后，我遇上了蓝总，遇上了严浩俊，遇上了仲旭东，遇上了你，遇上了齐力，遇上了曾老板，遇上了穆萨安瓦，遇上了那些孩子，遇上了福利院院长，你们就像是一个圈子，一个共同体，围绕在我的身边。我得到了这个共同体里人的帮助，我也在帮助这个共同体里的人，我们相互帮扶着，相互照顾着，各自都办成了一件又一件大事，实现了一个又一个愿望，所以我们是一个命运共同体。"

"命运共同体……说得真好。"高正飞沉吟着说。

"是啊，命运共同体，说得真好。就像我和那些孩子，当初他们离不开我，我却想尽办法要甩掉他们，现在呢，更多的是我离不开他们了。"骆琳达说。

"命运共同体嘛。"高正飞说。

"说起命运共同体，我又记起了我妈说的一句话，想想说得真有道理。"骆琳达说。

"你妈是个有智慧的人。"高正飞说。

"在我来南非的前一天，她一边替我整理着东西，一边对我说，谁都有雨天没伞的时候，帮助别人是一种大德。一个人只有帮助了别人，才能让自己真正有成就，才能真正获得成功。我对她说，我记住了，要她放心。她接着又说，尽管我们现在遇到了这个困难那个挫折，但我们依然要相信，这个世界是值得我们去付出的。"骆琳达说。

"怪不得在你最艰难的时候，你还能这么乐观。"高正飞说。

"所以我已经决定要收购两家餐馆，不为做餐饮，而是想做点公益。"骆琳达说。

"我似乎有点懂你的意思。"高正飞估摸着说。

"看了刚才流浪汉拣食的情景，我突然明白，其实那一幕始终存在我心里，一直没有被忘记过。当初深受这一幕刺激，才从怨天尤人中惊醒过来，去寻找下一顿填肚子的食物。如今我虽然算不上功成名就，但至少已经有能力去做一些以前无法做的事情了。"骆琳达说。

对于骆琳达打算收购餐馆股权搞盒饭的决定，高正飞举双手赞成。

骆琳达顺利签下了两家餐馆，餐馆董事长为表达对骆琳达的敬意，决定将餐馆名称改为非洲妈妈餐馆。"爱心食物存放柜"很快出现在街头，这是一个冷藏柜，能够保持盒饭新鲜。工作人员会按时送来盒饭，分发给早已等候着的流浪汉。

此举引起社会强烈反响，记者要她谈谈初衷和想法，但骆琳达刻意保持低调，认为这是自己应该做的。她感谢记者的到来，但不接受记者的采访。

她说，她做这件事，是为了还债，不是为了扬名。她希望让它静静地在那里存在着，默默为需要的人提供一点帮助。说实在的，这点帮助真的太少了。她越是做这件事，越是觉得惭愧，感到自己的能力不够，不能为更多的人提供帮助。所以，这件事不值得任何人去宣扬，去炫耀。

记者说如果通过宣扬，能够让更多的人参与进来，岂不是更好吗？骆琳达说那也用不着采访她，让他们直接发起倡议就行了。记者尊重她的意愿，希望通过她的创新善举，能够让更多的人为社会带来爱心举动。

看上去，骆琳达真的到了人生巅峰。

## 二十九、回归公益

面对不断取得的成功，高正飞建议骆琳达换一辆新车。骆琳达现在开的这辆车，原本是一辆二手车，买来时先是做旧，再是翻新，把它折腾得体无完肤，吃足了苦头，要是再折腾下去就对不住它了。

高正飞说，成功者需要有好座驾来匹配。

骆琳达说那是男人的想法，这件事因人而异，也不乏有很多处于人生巅峰的人，依旧开着十几年前的旧车子。

高正飞说不管怎样，换辆新车也算是对她成功的一次物质见证。

骆琳达问他自己现在算是成功者了吗？

高正飞说当然算。

骆琳达问他为什么？

高正飞说，因为她既突破了自己，也突破了社会的通常标准。

骆琳达接受了他的建议，决定买一辆新车来见证自己全新的开始。但她总是觉得，前面的山峰好像越来越高，心里时时有些发虚。

高正飞说那是她对自己要求太高了，是谦虚，不是发虚。骆琳达说但愿如此。

正当春风得意马蹄疾之时，一个叫亚涅拉斯的黑人突然找上门来，告诉骆琳达，孩子的父母找到了。骆琳达一听便知道是骗子，当场戳穿了他，说那些孩子全是孤儿，不存在父母这回事情。

骆琳达以为亚涅拉斯会打退堂鼓，没想到他胸有成竹，拿出一张照片，要她让那些孩子辨认，看看是不是他们从小生活的地方。

高正飞领着九个孩子赶来，告诉他们老家可能找到了。孩子们一听，表示不想回老家，卡玛古率先转身逃走，其他孩子也跟着他离去。

高正飞只得前去追赶他们，费了好大工夫才将他们领到骆琳达面前。

骆琳达指着亚涅拉斯，问他们认不认识这位叔叔，孩子们一脸疑惑，迟疑地摇了摇头。亚涅拉斯却说认识他们，叫得出每个人的名字，而且能够对号入座。骆琳达说孩子们现在可出名了，很多人都认识他们。

骆琳达拿起那张照片，亮给孩子们，问他们是不是从小生活的地方。看过之后，孩子们确认是那个贫民窟。骆琳达对亚涅拉斯强调那些孩子是孤儿，根本没有父母。但亚涅拉斯说，他们为了不重回贫民窟，自然会说自己是孤儿，他们的话不可相信。他说，他可以带他们去见一见他们的父母。

高正飞问亚涅拉斯，这些孩子里面有没有他自己的孩子？亚涅拉斯说没有。高正飞问他到底是谁，为什么他们的父母不一起过来？

乔纳森说他们大家都没有父母，而且他和科瓦利尔不是从小生活在那里的，亚涅拉斯肯定是在骗人。科瓦利尔频频点头，说乔纳森说得对。

亚涅拉斯说，他们的父母之所以没有过来，是因为他们都很穷，根本拿不出路费，才推举他作为代表，来这里找他们。骆琳达问他是否住在贫民窟，亚涅拉斯说贫民窟里也有不穷的人，他恰好是那种人。

高正飞奉劝他得尽早离开那里，告诉他中国有句话，叫作近朱者赤近墨者黑。何况贫民窟设施条件不好，要是能离开，谁愿意受罪呢。亚涅拉斯说他正计划要离开那里，在离开之前，要替他们的父母把这件事做好。

孩子们再一次认为亚涅拉斯是在骗人，亚涅拉斯说可以带他们一起去见一见他们的父母，证明他说的没有错。

骆琳达有些举棋不定。高正飞倒是干脆，是驴是马拉出来遛遛，既然亚涅拉斯先生提出了要求，那就去去呗，老家一定要去的，哪有不去的道理，去了才会知道有没有父母，有父母就得认，至于认了留不留下来，那就看他们自己的意愿了。

在亚涅拉斯带领下，他们一行来到了贫民窟。果真是那个地方，果真有九户人家，那九户人家的家里或多或少留有孩子的痕迹。为了保险起见，骆琳达和高正飞还询问了贫民窟里的其他人，均予以证实。这似乎可以确定，那些孩子的确找到了老家，的确找到了父母。

但卡玛古告诉骆琳达，这些人家用的东西都是从阿米娜家里拿来的，当时他们都住在那里。骆琳达和高正飞商量后，决定去阿米娜家看看。

一行人来到阿米娜家门口，只见棚屋依旧倒塌一半。罗尼斯说要是头儿在就好了，阿米娜也说，要是哥哥在就好了。骆琳达立刻嘘了一声，要他们不要说话。他们明白了，非洲妈妈不想让亚涅拉斯知道罗哈扎娃已经去世的事。

一行人走进屋里，发现干干净净，什么东西都没有，与他们住着的时候完全两样，不禁愕然不已。骆琳达和高正飞对望了一下，似乎明白了什么。

亚涅拉斯要带他们去看下一家，高正飞说不用了，因为孩子们不愿意和父母相认，应该尊重他们的意愿。亚涅拉斯反问，难道父母的意愿不重要吗？如果父母迫切需要相认，有什么理由阻止他们？

　　高正飞只好把话挑明，说他们不相信刚才那些人就是孩子们的家人。亚涅拉斯问要怎样才能相信？难道这些孩子说不是就不是了？

　　既然亚涅拉斯如此坚持，骆琳达要求去找阿米娜的父母。亚涅拉斯指了指阿米娜的额头，说知道她是小伙伴当中唯一的一个女孩。

　　亚涅拉斯领着他们来到"阿米娜家"，像之前一样，在亚涅拉斯叫喊下，"阿米娜妈妈"从棚屋里走了出来。

　　阿米娜上前来到她跟前，默默地看着她，问她是否认识自己。"阿米娜妈妈"说她是自己的女儿，当然认识的。"阿米娜妈妈"俯身一把抱住了阿米娜，阿米娜想挣脱出来，但她把阿米娜抱得更紧。

　　阿米娜拍打着她，这才叫唤着从她怀里挣脱出来，大声说自己不认识她，她不是自己的妈妈，自己的妈妈早就死了。"阿米娜妈妈"埋怨她是不是脑子糊涂了，自己还把她的东西收拾着呢，看到它们，兴许她还能记起以前的事情来。

　　"阿米娜妈妈"让大家都进去，高正飞说不进去了，骆琳达对"阿米娜妈妈"说，其实在这些孩子当中，还有她的一个儿子，要她把儿子认出来。

　　"阿米娜妈妈"立刻一愣，感到十分意外，不禁将目光投向了亚涅拉斯，向他求助。但亚涅拉斯马上避开了她的目光，装作若无其事的样子。

　　"阿米娜妈妈"一脸为难，亚涅拉斯马上替她解围，说骆琳达是不是在考她，反问骆琳达，这里有阿米娜的哥哥吗？

　　骆琳达说如果有的话，她自己的儿子不会认不出来吧？亚涅拉斯说当然认得出来，只是在这些孩子当中，没有她的儿子。

　　高正飞目光盯向"阿米娜妈妈"，逼问她到底有没有。"阿米娜妈妈"说没有。骆琳达问她有没有儿子曾经和这个女儿一起失踪？"阿米娜妈妈"坚持说没有。高正飞再次逼问"阿米娜妈妈"，到底有没有儿子。"阿米娜妈妈"只好说有。高正飞继续问她有没有失踪的儿子，"阿米娜妈妈"说没有。高正飞说，如果阿米娜真是她女儿，那么她一定有一个一起失踪的儿子。

　　"阿米娜妈妈"哑然，一脸茫然。

　　高正飞转向亚涅拉斯，说戏演得很精彩，也很到位，但可以到此结束了。他们要离开这里，亚涅拉斯却一脸懊恼，凶巴巴说不能离开。他说现在谁也说不清谁在说谎，他把他们请到这里，就是要跟他们谈一件事，这九户人家要以自己九个孩子为股本，分得非洲妈妈集团相应的股权。

　　原形毕露，真是无利不起早。骆琳达知道这里面有诈，却没有想到竟然是这个。高正飞也觉得出人意料。

　　骆琳达很高兴知道了这九个孩子是这里的孩子，但绝不会胡乱承认他们是那九户人家的孩子。亚涅拉斯蛮横无理，要骆琳达证明他们不是那九户人家的孩子。

高正飞说他们有反证，所谓阿米娜的妈妈，却不知道自己的儿子也一起失踪了。骆琳达说其实孩子的归属并不是一个问题，只要做一下亲子鉴定就行了。

亚涅拉斯不想闲扯，明确告知只有一个目的，九户人家需要分得非洲妈妈集团的股份。高正飞强烈建议亚涅拉斯把他们告上法庭，让法官来断案，该分就分，不该分就不能分。

骆琳达和高正飞领着孩子离去。

亚涅拉斯恼羞成怒，但没有上前阻拦，而是瞪着眼睛看着他们远去的背影，狠狠地吐出了一口口水。

亚涅拉斯不会这样善罢甘休，责问手下为什么把阿米娜哥哥这么关键的信息漏掉了，由于这一疏忽，让整件事情功亏一篑。

亚涅拉斯背后有一个团队加持。当初从贫民窟的一个人嘴里意外得知九个孩子的事情，觉得大有文章可做，便深入贫民窟进行调查。他了解到那里的人只知道有一群野孩子，并不确定他们有没有父母。亚涅拉斯一伙人在对九个孩子进行深入分析后，挑选了九户人家，用金钱买通他们，并以暴力相胁迫，伪造了那九个孩子的家庭，承诺事成之后会给他们一笔更多的金钱。亚涅拉斯团伙还对周边了解实情的人们也用金钱和大棒相诱相逼，封了他们的嘴巴。经过这一番神操作，看上去似乎滴水不漏了。

对于接下来怎么办，亚涅拉斯十分明确，要绑几个孩子过来，让骆琳达拿钱来赎人。

回来的路上，虽然骆琳达一点也不担心，之前这么多大风大浪都过来了，眼下这一点破事，可以说是小菜一碟。但高正飞提醒，切不可大意失荆州，亚涅拉斯这家伙看上去好像有点不好对付，他把每一件事情都算计得很精确，是一个很缜密的人，这跟大多数非洲人不一样。

高正飞在想，下一步亚涅拉斯到底会出什么招。

骆琳达说水来土掩兵来将挡，她懒得去想。高正飞却异常警觉。他有一种预感，也许会发生点什么。

果然，利用九个孩子时装表演时，亚涅拉斯手下伪装成工作人员，在后台绑走了阿米娜、乔纳森和桑德三个孩子。

骆琳达解救孩子心切，打算同意亚涅拉斯提出的100万兰特赎人价码。但高正飞认为不妥，觉得不能姑息养奸，否则会纵容他们得寸进尺。要是他们得到了这100万兰特，会觉得这钱来得太容易了，便会要第二个100万兰特、第三个

100万兰特，变得没完没了。到那个时候，到底是给还是不给？给，欲壑难填，不给，照样还会绑架，就会防不胜防，永难安宁。

高正飞建议向警方报警，让警方捣毁亚涅拉斯犯罪团伙，彻底解除后顾之忧。骆琳达说亚涅拉斯在电话里说了，要是报警，就会撕票。高正飞说没有一个绑匪不是这么说的，他们之所以这么说，是因为他们害怕报警。

但骆琳达对警方没有信心，执意要跟亚涅拉斯谈判，用赎金解决问题。高正飞劝她，用赎金去赎人，这是在和绑匪合作。既然能和绑匪合作，为什么不能和警方合作？他们可以给警方一笔钱，让警方集中警力去全力营救。只有警方捣毁了亚涅拉斯那一帮团伙，才能彻底解除他们的后顾之忧。

骆琳达迟疑了一下，还是摇头否决了。她要先把三个孩子赎出来，这样至少不会伤害到他们。如果以后再发生这样的事，再决定报警也不迟。

见说服不了她，高正飞只得抢先行动。他资助警方一笔钱，警方答应全力合作，立刻策划营救方案。

骆琳达很难过，独自一人静坐在展览厅里。孩子们悄悄推开门，探头进来，看到骆琳达处在微弱的灯光下，"啪"一下打开了灯，兴奋地叫着终于找到了非洲妈妈。

他们问她饿了没有，告诉她他们每个人都做了一个菜，等着她吃晚饭。骆琳达一看，见他们手里都端着一个菜，甚是感动。

卡玛古问她阿米娜他们什么时候可以回来，骆琳达想了想说，后天上午就去把他们带回来。孩子们"耶——"地欢呼雀跃起来。

## 三十、生死之间

为了引出亚涅拉斯，高正飞主动与他联系，约定第二天下午带上一笔钱，代表骆琳达与他谈判，伺机让警方逮住他。高正飞知道，骆琳达要后天才凑齐100万兰特，他正好打个时间差。

亚涅拉斯警告他，不要报警，不要耍滑头，不要自作聪明，否则会让他后悔的。高正飞说他明白事理，他是一个生意人，追求利益最大化。

第二天，警察在高正飞身上以及一只行李包内安装好窃听器，行李包内装满了现金，等待与亚涅拉斯接头。亚涅拉斯果然没有失约，打来电话告知了时间。

高正飞开着汽车，副驾驶座上放着那只装钱的行李包。在他的车后，远远跟着一辆面包车和一辆小车，车内分别坐着一些警察，还安放着一些监听设备。

高正飞接到了亚涅拉斯来电，告诉他赶紧去阿姆杜勒街，经过洛克特桥时，要他在桥中间停下，然后将钱扔下桥，会发现孩子就在桥下面的船上。亚涅拉斯说，现在赶去洛克特桥大概需要 25 分钟，他们给他多留 5 分钟，如果 30 分钟内赶不到，他们就走了，后果由他自负。

监听的警察听到了刚才的那番电话，立刻通知同事，马上去洛克特桥，绑匪就在桥下面的船上。

怎料骆琳达提前筹到了钱，临时改变计划，打电话给亚涅拉斯，想要现在交钱赎人。这下子暴露了高正飞的企图，亚涅拉斯恼羞成怒，通知交易有诈，即刻中止，马上启动 B 计划。

高正飞不知道情况有变，按照指令上了他们的车子，被他们扣为人质，跟阿米娜、乔纳森和桑德关在了一起。三个孩子见到高叔叔，十分意外，又十分欣喜。

他们以为高叔叔来救他们了，但高正飞说没有成功，安慰他们没有关系，非洲妈妈正在想办法，她一定会把大家救出去的。

高正飞要跟亚涅拉斯谈判。亚涅拉斯骂高正飞不讲信用，没有资格跟他谈判。高正飞说自己是带了钱来的，他们无非就是想要钱，拿到钱目的不就达到了？

亚涅拉斯说要不是他们做了多套计划，就会栽在他手上。亚涅拉斯要他说出是怎么跟警察合作的。高正飞一口咬定没有跟警察合作，反问亚涅拉斯为什么要说他不是真心诚意的？

亚涅拉斯说因为骆琳达要亲自来跟他们赎人，而他却说是代表她的。高正飞这才知道原因，原来穿帮了，但他马上连声说误会了误会了。随后他辩解称，这是信息不对称造成的，事情的来龙去脉是这样的，他知道骆琳达营救孩子心切，就想瞒着她提前来跟他们交易，一来可以早点赎出孩子，二来可以给骆琳达一个惊喜，让她对自己有好感。

亚涅拉斯表示不可信。

孩子们都说高叔叔已经跟非洲妈妈订婚了，但亚涅拉斯还是认为不可信。

高正飞说先撇开可信不可信，他亚涅拉斯的目的就是想要钱，现在钱给他了，是不是应该把孩子放回去了？

亚涅拉斯问他的账怎么算？高正飞说加钱呗，把他押在这里，让骆琳达再拿一半的钱来赎他，这笔买卖应该合算的。亚涅拉斯决定成交。

骆琳达接到亚涅拉斯指令，赶去杜兰达街口接人。到了街口，看到三个孩子站在那里。车子刚一停下，骆琳达急不可耐地下车，冲到孩子们面前，匆匆将他们领上了车子。

救出孩子后，骆琳达再次接到指令，让她准备好钱坐到副驾驶座上。不一会儿，一辆半挂车突然从右侧超车，很快与骆琳达乘坐的面包车并行起来。

骆琳达接到电话，让她把钱袋扔到车斗上。骆琳达往右侧一看，只见车斗上站着一个人，对她招着手，示意她把钱袋扔过去。骆琳达会意，用力将钱袋扔向那人，钱袋落在了车斗上。

半挂车呼啸着加速离去。

就这样，在交出赎金后，高正飞被扔到了马路边。他伸手解开黑布，露出了眼睛，眨巴了几下，从裤子内层掏出一样东西，展开来是一个信封，信封上写着一个地址。这是他从关押的地方偷来的。

高正飞不禁笑了，说等着瞧吧。随后把地址告诉了警方，警方神勇出击，将亚涅拉斯团伙一网打尽。

见到高正飞回来，骆琳达激动得一把抱住了他。"你吓死我了，以后不要再离开我了！"

"我从来就不想离开你。"

"那你为什么要擅自行动？"

"省得你操心嘛。"

"害人害己。"

"什么时候跟我结婚呀？"

"得寸进尺。"

高正飞嘿嘿一笑，看来马上可以结婚了。

亚涅拉斯团伙的行径让骆琳达惊魂不定，为了压惊，骆琳达要高正飞陪她去坐过山车。孩子们听到了，大声要求一起去，骆琳达当然答应了他们，本来就是要一起去的嘛。

坐在飞速运动的过山车上，骆琳达"啊——"地尖叫着，闭着眼睛，表情痛苦。下了过山车，骆琳达被吓得直吐舌头。

高正飞问她是否能够压惊。骆琳达说太可怕了，心脏病都要发作了。阿米娜却说，看到非洲妈妈啊啊啊地乱叫，觉得太好玩了。说着学起了骆琳达的样子，其他孩子也不甘示弱，纷纷模仿着。

对于这次绑架事件，有一点是庆幸的，要不是亚涅拉斯来敲诈，也不会让骆琳达意外找到孩子们的老家。骆琳达没有责怪那些冒充孩子父母的人，觉得他们也是出于现实和无奈。那地方实在太穷了，人一旦穷了，迫于活下去的压力，迫于获得最基本生计的要求，都会做出一些不该做的事情。

高正飞认为骆琳达太善良，要向她学习。骆琳达觉得高正飞也善良，要是他不善良，就不会有她的今天。

　　骆琳达又冒出一个想法，这个想法她昨晚想了一个通宵。她想资助那个贫民窟，帮助他们通上自来水，这样可以减少疾病的发生。高正飞问她为什么会有这个想法，骆琳达说那些孩子的父母，除了意外死亡，其他的都死于疾病。

　　高正飞不禁点了点头。

　　骆琳达又说，那些孩子毕竟是从那里出来的，如今他们挣钱了，这里面有孩子们的功劳，他们理应要回馈那个贫民窟里的人。

　　高正飞觉得想法很好，但要在那里通上自来水，肯定不是一件容易的事情。除了需要一大笔钱，还有很多事项需要办理，而政府和有关部门的办事效率又那么低下。骆琳达认为既然是一件值得做的事情，再难也要去做。

　　骆琳达要他在集团经营上多费点心思，自己会把主要精力投入到帮助贫民窟的事情上来。高正飞表示全力支持。

　　骆琳达找到中国建筑承包商米介锋，带他们一行来到贫民窟。环顾四周，他们被贫民窟的破败景象所震惊。

　　米介锋很不理解骆琳达的做法，怎么会个人掏钱来这里把自来水接入每户人家，这个计划太庞大了，先不说施工需要一大笔钱，就说今后的水费，到底由谁来支付？

　　骆琳达说依旧由她来出，如果他们浪费水，可以定量供应。骆琳达随后告诉他，她收养了九个孤儿，他们大部分是从这里出去的。当时他们过得很苦，后来她把他们组织起来，阴差阳错成立了非洲妈妈少年模特队，没想到情况逐渐好了起来，直到现在有了一家传媒集团，赚了一些钱。这些都有孩子们的功劳。所以她想在这里做一点事情，作为回馈这是应该的，怎么说这片贫民窟总是他们来到这个世界的第一个地方。

　　米介锋对她的举动佩服得五体投地，不仅仅是安装自来水，更在于她收养九个孤儿，而且把他们培养成有用的人才。

　　骆琳达叫他不要夸她。至于为什么要装自来水，是因为那些孩子的父母大都是生病死的，而他们生病的原因是饮用水不合格。再说，光给他们钱是不管用的，安装自来水才是最好的选项。

　　对于这项工程，米介锋本来是想打退堂鼓的，但听了骆琳达的讲述，被她的精神所感动，一口答应了。他说，他们团队中的小张、小巩都是优秀的项目管理者，骆总这次找到他们，真算是找对人了，他们就是赔本，也要把这件事情做好。

　　骆琳达非常感激米介锋的鼎力相助，希望一起努力把好事办好。米介锋表示，那是必须的。

　　即便有了安装的钱，有了安装的工程队，要在那里通上自来水也不是一件容易的事。有很多事项需要办理，而政府和有关部门的办事效率又那么低下。骆琳达只好亲自督阵，忙前忙后地张罗，比经营公司还要辛苦。

高正飞说她太拼命了，简直有些走极端。骆琳达问他怎么个走法，高正飞说亲自谋划，亲自部署，亲自督阵。骆琳达说这件事情只能做好，不能做坏，交给别人做她是不放心的。高正飞要她完成这件事情之后，好好休息一下。骆琳达说好啊，完工之后跟他结婚，再拖下去有些对不住他了。

这让高正飞惊喜万分，递给她一份通水仪式方案，认为这件事情值得庆贺。但骆琳达不想这么做，觉得只有水能够通到每家每户，才是最好的庆贺。在这件事情上，她需要尽量淡化自己，不能让别人误解做这件事情是为了沽名钓誉。

当然，竣工通水那天，骆琳达带领孩子们去了那里，要见证这件不寻常的事情。

通水仪式在罗哈扎娃家门前举行，经过修缮的棚屋已经有了一个完整的屋顶。

九个孩子一齐兴奋地喊着："9、8、7、6……3、2、1！——"

骆琳达拧开了水龙头，自来水从龙头里流了出来，孩子们拿着碗，纷纷去龙头接水。

阿米娜喝了一口水，闭上眼睛，一副陶醉的样子，似乎在回味，然后又睁开眼睛，说："甜甜的，好喝，真好喝。"

其他孩子也陶醉地喝着碗中的自来水。

卡玛古问："非洲妈妈，我们要住在这里了吗？"

骆琳达说："不，我们只是给这里的人们改善一下生活条件。"

高正飞也端着一只碗，来到骆琳达面前。

高正飞说："你的任务完成了，恭喜你。"

骆琳达开心地笑了。

高正飞说："来，我们一起干杯。"

大家凑上来，将各自的碗碰在了一起。

骆琳达欣喜地说："有你们真幸福。"

骆琳达刚把碗放到嘴边，突然一阵抽搐，手里的碗"砰"一下掉到了地上，身体随之也"扑通"一声倒了下去。

高正飞赶紧将她扶住。"琳达，琳达，怎么了你？怎么了你？"

孩子们惊吓不已，也叫了起来："非洲妈妈，非洲妈妈……"

骆琳达四肢抽搐，口里吐着白沫，急促地呼吸着。

高正飞问道："你哪里难受？"

骆琳达没有回答，依旧急促地呼吸着，并且逐渐失去了知觉。

高正飞说："赶紧送医院！"

当贫民窟终于用上自来水时，骆琳达却病倒了。送到医院后，骆琳达的病情已经非常严重，高烧到了40摄氏度，因为昏迷失去意识。医院下达了病危通知。

经过检测证实为恶性非洲脑型疟疾，还同时染上了另一种疾病。这是非常要命的。

医院立即调来特效药"菁蒿琥酯"。当时医院采取四肢四瓶盐水同时注射的方式进行施救，把她的双手双脚按住，以免她在挣扎过程中将针折断。

齐力也赶来了医院。一听高正飞说情况严重，他跨步冲上去，不由分说地朝高正飞挥拳，狠狠地打在了高正飞的脸部。

高正飞躲避不及，一个趔趄差点倒在地上。

齐力似乎还没有过瘾，上前还想再打他，米介锋等人赶紧将他拦开。但高正飞叫他们不要拦着，让他继续打。

齐力冲着高正飞怒喝着，好端端的一个人，怎么到他手上就成这样子了？怎么管的？要是管不好就别抢着管呀？！真是个孬种，孬种！——

高正飞说骂得好，是他没有管好。齐力责问他一句没有管好就可以打发了？高正飞要他继续打，让他打个够。齐力说自己怕打脏了自己的手。

出过气之后，齐力才知道错怪了高正飞。但高正飞说没有错怪，琳达是他俩都要保护的人。只是他保护心切，动作过猛了。齐力在想，同样都去了贫民窟，为什么不是他高正飞而是她骆琳达得病。

高正飞也在这样想着，要是换成他生病那该多好。齐力说要是他生病，那是活该。高正飞说的确是活该。齐力说他的气已经出够了，不想再骂他了。高正飞说要骂便骂，没有限额，没有期限，但是有一点，从今以后不能再来挖他的墙脚了。

齐力马上拒绝，说只要他俩还没有结婚，他就有挖墙脚的自由。高正飞一脸无奈。

骆琳达的病情突然又变坏，出现了严重的并发症。酸中毒，肾功能衰竭，还有肺水肿，这是非常要命的。她一直处于昏迷状态，但手脚还在不停抽搐，那是一种无意识的抽搐。参与急救的医生宣布，病人如果24小时还不醒来，就要做好火化的准备。

高正飞和齐力一听全都傻了，拉着医生的手恳求他们一定要救救骆琳达。医生说会尽全力"死马当活马医"，高正飞恳求他们千万不要放弃，哪怕只有一丝希望了，都要当作一万分的希望来救治。

夜深了，阿米娜却没有睡觉，坐在床上折着小小的千纸鹤，为她的非洲妈妈祈祷。千纸鹤几乎装满了透明瓶子。

卡玛古敲门进来，阿米娜问他非洲妈妈会不会死。卡玛古让她别瞎说，非洲妈妈不会死的。但阿米娜很担心，因为她妈妈就是这样死的。卡玛古说非洲妈妈跟她妈妈不一样。听卡玛古这么一说，阿米娜放心了。

阿米娜告诉他，她折的每一只千纸鹤上，都有一句对非洲妈妈说的话。卡玛古要求把他的话也折进去，他希望非洲妈妈明天一定要好起来，要是好不起来，那他就和她换一下，让他来生病。

阿米娜说非洲妈妈才不会答应呢。卡玛古说所以她一定要好起来。

高正飞和齐力一直守着骆琳达。这时，高正飞脑袋里突然跳出一个念头，要把孩子们都叫过来。

齐力一脸迷惑，大晚上的叫他们过来干什么。高正飞说既然医生把琳达死马当活马医，那他也要试试，让孩子们把她叫醒过来。

高正飞看了看时间，离医生说的截止时间还有 20 个小时。齐力表示怀疑，叫叫就能把人叫醒？但高正飞说琳达最放心不下的是那些孩子，那些孩子不让她走，她怎么会忍心撒手就走？

高正飞立刻赶到孩子们住处，将门一间间地打开，叫他们起来，去医院看望非洲妈妈。

高正飞领着孩子们来到病房，孩子们看到他们的非洲妈妈闭着眼睛躺在病床，昏迷不醒。她的四肢被绑在床边，双手双脚分别挂着四瓶盐水，脸上罩着呼吸面罩，身上还通过导线连着监测仪器。

见到这副惨状，孩子们忍不住轻轻哭泣了起来。高正飞劝慰他们不要哭，也不要怕，非洲妈妈现在昏迷不醒，大家要把她叫醒过来。

阿米娜问为什么要绑着非洲妈妈。高正飞觉得这的确是个问题，为什么要绑着呢，现在她不会动了，应该把她松开才对。

于是大家一起动手解开绳子，把骆琳达松绑了。孩子们围在病床边，有些不知所措。阿米娜问高正飞可以叫非洲妈妈了吗？高正飞说可以了，告诉他们轻轻呼唤她，可以给她讲故事，可以给她说心里话，也可以给她唱唱歌，甚至可以给她跳跳舞。

阿米娜向高正飞亮了亮玻璃瓶子，说里面有好多好多要跟非洲妈妈说的话。阿米娜打开瓶子，把千纸鹤分给大家。小伙伴们捧着千纸鹤，小心地打开，看着上面的图画和文字。

高正飞拍了拍齐力，一起走出病房，把骆琳达留给了孩子们。他们来到医院屋顶平台，望着黑夜中远方的天空，思绪起伏。

他们感叹太难了，琳达这一路走来真的太难了，每一次都是在磨难中再生，但愿这一次也能够挺过来。她一直很坚强，磨难很多，却是个福将，总是能够在最后一刻险胜，破茧而出，给大家带来一个大大的惊喜。

上天总是给她一次又一次的考验，难道是为了让她变得更加坚强，更加出类拔萃？

可她是个女人啊，这样一次次地折腾她、磨难她，真的太为难她了，太不怜爱她了。他们都希望她能够平平安安过好每一个日子。难道上天真的有艰巨的、神圣的使命要交给她去完成？

对自然界来说，万物凋零之后，必然是万物生长。万物皆有裂缝，那是光进来的地方。上天要如此使劲地折腾她，磨难她，看来真的有艰巨的、神圣的使命要交给她去完成。

所以，琳达一定会平安归来，一定会变得更加强大！

高正飞说，天快亮了。

齐力说，是的，天空正在慢慢发白。

他们回到病房门口，透过门缝，见孩子们又跳又唱，看上去很吵闹很嘈杂。

齐力很担心这样子是否可行，高正飞说反其道而行之，到了这个地步，试试也无妨了，说不定还真的能行呢。

于是他们止步于门口，让这种吵闹嘈杂继续下去，又离开病房，去给孩子们买早餐了。等到买了早餐回来，发现孩子们横七竖八躺在地上，累得已经睡着了。

高正飞和齐力看着心疼，但没有吵醒他们，而是将早餐一份份地放到他们面前。

齐力拿过阿米娜的玻璃瓶，从里面取出千纸鹤，递给高正飞，示意他念给骆琳达听。高正飞坐到骆琳达身边，缓缓念了起来。齐力则坐到高正飞身边，为他递着千纸鹤。两人配合得十分默契。

太阳已经升得很高，高正飞和齐力也分别趴在骆琳达病床上睡着了。此时，骆琳达的手指头微微动了一下，但没有人发现。

罗尼斯醒了过来，发现面前放着一袋早餐，十分意外。抬头再一看，看到每一个小伙伴面前都有一袋，便坐了起来，摇醒了身旁的卡玛古和科瓦利尔。

他们一说话，把其他小伙伴吵醒了。卡玛古惦记着非洲妈妈有没有醒来，便站了起来，发现高正飞和齐力趴在病床上，就"嘘——"地示意大家小声点。但高正飞和齐力还是醒了过来。

高正飞先是察看骆琳达，见她依旧昏迷着，轻轻地叫唤了一声"琳达——"

骆琳达没有回答。

高正飞抓过她的手，轻轻抚摸了一下，把它放正。然后转向孩子们，要他们再睡一会，都忙了快一个晚上，实在是辛苦他们了。阿米娜说他们不辛苦，还要继续和非洲妈妈说话。

齐力亮了亮手上的千纸鹤，表扬他们上面的话写得真好，画也画得真好，非洲妈妈听了这些话，心里一定乐开了花。

桑德却嘟哝着，非洲妈妈一直没有理会他们。高正飞要他们不要气馁，非洲妈妈一定会理会他们的。

这时，传来咣当一声，大家循声一看，是一个挂盐水瓶的架子倒了，是被骆琳达拉倒的。

高正飞健步冲到骆琳达面前，观察着她的情况。他和齐力对她连声叫唤着。

孩子们也迅速围了上来，拼命地呼唤："非洲妈妈，非洲妈妈！你醒醒，你醒醒！——"

骆琳达慢慢睁开了眼睛，但似乎并没有看到什么，只是翕动着嘴巴。高正飞赶紧将氧气面罩摘了下来。

骆琳达虚弱地发出了声音："渴……"

高正飞大声命令把水拿过来，齐力马上将一杯水递给高正飞。高正飞接过水杯，用勺子小心地将水舀给她喝。

大家都屏住呼吸不敢出声，生怕一点响动就会干扰骆琳达，让她重新回到昏迷当中去。

骆琳达喝了几口水，再次慢慢闭上了眼睛。

高正飞呼叫起来："琳达，你醒醒！你醒醒！——"

其他人也跟着叫了起来。

高正飞让他们去叫医生，卡玛古立刻转身跑了出去。骆琳达听到叫声，重新睁开了眼睛。

高正飞说："琳达，你醒过来了，不要再睡了。"

骆琳达说："头好痛……"

高正飞说："医生马上就过来了，你不要睡，千万不要睡，坚持一下，坚持坚持再坚持。"

骆琳达艰难地转动了一下头，看到了围在她身边的人，说："都来了……"

高正飞告诉她，孩子们都来了，然后转向孩子们，要他们都来跟非洲妈妈打个招呼。

孩子们一一向骆琳达打招呼。

"非洲妈妈，你不要离开我们。"

"我们不要你昏迷。"

"我们不要你在医院里。"

……

真的是一件非常幸运的事情。在经过了 22 个小时后，骆琳达终于被叫醒了。医生认为，能醒过来是决定性的，至少最危急的状态解除了。但这并不是说没有危险了，事实上，她的病情非常严重，不排除还会有反复。

医生强调，她能够醒过来，跟他们的呼唤有很大关系，说明她的意志是坚强的，求生欲望也是强烈的。接下去的治疗，除了药物，更多的可能还要他们陪伴。

齐力说这个请放心，没有问题的。高正飞赶紧唉唉唉地拒绝了他，说接下去没有他的事了，让他去忙活他的生意，这里有自己顶着，会大包大揽的。

齐力指责他哪有这么忘恩负义的，琳达醒了就这么说，琳达没有醒之前怎么不这么说。高正飞让他别琳达琳达的，她叫骆琳达，要他叫她骆大姐或者骆琳达都行。齐力大为不满，说人家自己都没有管，要他管那么多啊。高正飞说她授权给他了。

医生看着他俩说话，对他们耸了耸肩，表示有些莫名其妙。

齐力带着孩子们回去休息了，病床边只剩下高正飞陪着骆琳达。骆琳达问是不是吓着他们了。高正飞说还好，只要醒过来，一切都好办了。她现在的任务就是配合治疗，相信很快就会好起来的。

虽然醒了过来，但骆琳达感到自己快要死了，发觉死神离自己竟然如此之近。高正飞让她不要瞎说，现在最重要的是好好休息，他继续给她念孩子们写的话。

高正飞从床头拿过玻璃瓶，取出几个千纸鹤，打开之后念了起来。骆琳达闭着眼睛听着，眼泪止不住地流淌着。稍后，骆琳达睁开眼睛，要高正飞把她的话记下来。

高正飞赶紧找来纸和笔，没想到骆琳达说的竟然是遗言。

# 三十一、疯狂念头

要记的竟是遗言，这让高正飞惊愕不已，觉得她在开玩笑。但骆琳达一脸严肃，感觉死神离自己很近。高正飞说她都醒过来了，情况已经好转，死神离去了。

骆琳达没有理会他，只顾自己说下去：

"如果我死了，请大家善待那些孩子，保障他们权益……希望孩子们快快成才，对社会做出更大贡献……我建议各位股东能够拿出钱来，为那个贫民窟做一点力所能及的事情。"

高正飞听完这番话，同意她立下这份所谓的遗言。作为股东之一，他表态会拿出钱来，为贫民窟做一点力所能及的事情。

骆琳达说那都是她死后的事情，只要她还活着，会自己想办法的。高正飞让她放心，她已经向死而生，死神都不敢再来骚扰她了，这件事一定会在她生前实现，这不是遗言，而是誓言。

但愿如此。

由于骆琳达有着抗击病魔的坚强决心和强大毅力，在高正飞悉心照料下，病情很快好转，气色看上去好了很多。

高正飞告诉她一个好消息，孩子们又去演出了。本来他们吵着闹着不肯去，想来这里陪伴她，但因为有签约，严浩俊好说歹说说服了他们去演出。

骆琳达感叹这些孩子真的非常懂事，遇见他们是她的福分。高正飞说她也是大家的福分。骆琳达说要是这样，她得好好活着。她再次要求高正飞给她念念孩子们的那些话，她听不厌来自他们内心深处的声音。

高正飞始终陪护着骆琳达，把公司事务暂时交给了严浩俊，借此正好锻炼他。严浩俊作为义乌小伙子，骆琳达是信任他的。言谈之间，骆琳达很想念家乡义乌，高正飞想到要烧几个义乌家乡菜给她吃。

经严浩俊介绍，高正飞专门来到花中城餐馆，找到了蓝菲雨。蓝菲雨非常佩服骆琳达，他当时在这里打工，就显出了优秀品质，现在成了大企业家，这是必然的。尤其上回搞的爱心供餐点，让人赞叹不已，真是一个大善人。

高正飞恳请蓝菲雨帮他做几个义乌菜，蓝菲雨一口答应。高正飞提供的菜单跟她当时奖励骆琳达的一模一样，也是豆皮素包、馒头夹六笋捂肉、东河肉饼和神仙鸡四个菜。当得知严浩俊在骆琳达那里干活时，蓝菲雨立刻明白了，骆琳达就是一个知恩图报的人。

高正飞一共做了五份，其中四份让孩子们吃。孩子们围坐在餐桌上兴奋不已，相互间窃窃私语着。

高正飞告诉孩子们，这一桌全是非洲妈妈的家乡菜肴，一共四个品种。请他们吃这一桌菜肴有两个目的，一是犒劳他们演出归来，二是吃了这些菜，要说这些菜的特点。

阿米娜立刻问为什么，严浩俊说如果他们说得出来，非洲妈妈一定会惊喜得不得了的。卡玛古问如果这样的话，非洲妈妈的病会不会好得快一点。高正飞说是的，这就是他专门去烧义乌菜的目的。

孩子们非常用心，一边吃着菜肴，一边品味着菜肴特点，并把它们牢牢记在心里。

一切准备停当，孩子们来到骆琳达病房，告诉他们的非洲妈妈，为她带来了好吃的，要她猜猜是什么东西。要是猜不到，她就得赶快好起来。骆琳达问要是猜到了呢？艾利克斯说要是猜到了，就奖励她赶快好起来。

骆琳达说他们都是一些机灵鬼，一起商量好的，说来说去还是想让她赶快好起来。

这时，阿米娜指了指门口，说："请看——"

高正飞端着一只大盒子进来了，放到骆琳达面前。骆琳达知道都是他谋划的，感到很幸福。高正飞让她猜里面是哪四个菜，骆琳达说是拔丝香蕉、糖醋排骨、茄汁煎鸡翅、肉丸三鲜汤。高正飞说猜来猜去还是孩子们喜欢的菜，问孩子们非洲妈妈猜得对不对。孩子们异口同声说不对。

高正飞给了骆琳达第二次机会，这次要是猜错了，就罚她赶快好起来。骆琳达想了想，猜是阿米娜菜、乔纳森菜、艾哈迈德菜还有桑德菜。

孩子们说还是不对。

高正飞提醒她得往自己身上猜，不过机会已经没有了。卡玛古说那么他们奖励非洲妈妈赶快好起来。骆琳达问怎么奖励她，阿米娜要她闭上眼睛，然后高正飞打开盒子，阿米娜伸手从盒子里拿起一块豆皮素包，塞入了骆琳达的嘴里。

阿米娜要她嚼一嚼，骆琳达嚼了一口，马上吃出了味道，深感意外，不禁"哇哦"了一声，问可以睁开眼睛吗？

阿米娜说还不可以，要先听她说完。阿米娜随后说了起来：

"豆皮轻薄细滑，配上软糯的馅料，一口咬下去，汁水会盘旋在口齿之间。这个菜在义乌几乎家家都会做，尤其到了清明、冬至的时候，更是主妇们的必做之菜，义乌人更是爱把这个菜当成是一道年味儿。请问非洲妈妈，这叫什么菜？"

骆琳达激动万分，眼泪早已止不住地流下来，说是豆皮素包。随即睁开眼睛，示意阿米娜凑过去。阿米娜扑到她面前，骆琳达伸出双手，一把抱住了她，说：

"谢谢你阿米娜，这是我吃过的最好的菜。"

阿米娜说是高叔叔专门为她准备的。骆琳达说她知道，高叔叔是个大好人。高正飞唉唉唉地叫了起来，说怎么夸起他来了，他让卡玛古赶紧上第二道菜。

骆琳达问还要不要让她闭上眼睛，高正飞说不用了。卡玛古从盒子里拿出一个馒头，凑到骆琳达嘴边，骆琳达咬了一口：

"馒头夹六笋捂肉。"

卡玛古介绍了起来：

"吃的时候先抓起馒头，再用筷子在中间挑个孔，先吃那块馒头，再夹一块肉和六笋放在馒头孔里，用馒头包住就可以吃了，达到油而不腻的口感。在义乌过年过节红白喜事都会用上它，这是餐桌上的一道主菜，也是上的第一道菜。"

骆琳达问他是谁告诉他的，卡玛古说是严浩俊叔叔。骆琳达想了想说：

"还有两道菜，一道叫河东肉饼，另一道叫神仙鸡。我在花中城餐馆打工时，蓝总奖励过我这四道菜，还让我喝了酒，那个时候，我很落魄，但我很努力。"

孩子们齐声背了起来：

"河东肉饼，又叫夹肉双层麦饼，由两层麦饼粘连，中间夹着肥肉与韭菜，麦饼薄得像宣纸。肉饼煎熟之后，色泽看上去像琥珀一样，味道鲜香，油而不腻，是义乌小吃一绝。神仙鸡，俗名无水鸡，即蒸鸡不用水，而是用黄酒，蒸出来的鸡香气四溢，又酥又软，入口即化。"

骆琳达说他们都成义乌通了，有他们这些孩子，她真的好幸福。她大口咀嚼着这些菜肴。

也许上帝被那些孩子感动，骆琳达的身体奇迹般地好转起来，没过多久便恢复出院了。

在地狱门口徘徊期间，骆琳达想通了一件事情——要把"非洲妈妈"从商业品牌变成公益品牌，为社会做出更大贡献。鉴于这样做会触及其他股东的利益，骆琳达没有贸然提出，而是静等合适的机会，以便一举成功。

走进办公室，环顾四周，骆琳达感慨不已，对高正飞说：

"真的没有想到，我还能回到这里来。看来上天还是眷顾我的。"

"要是你不回来，非洲妈妈集团就没有领航人了。"

"你一直比我领得好。有你在，我一万个放心。"

"看来要把你供到展览厅去了，成为我们的精神领袖。"

"别别别，千万别，如果这样的话，那还不如坐在这间办公室里呢。"

"就是嘛，你得继续掌舵领航，乘风破浪。"

"掌掌舵吧，破浪交给你们来了。"

"这里的一切都没有变，就等着你来继续掌舵。"

"我不能这么白白地生了这一场病。"

"难道你还想跟病毒你死我活地战斗下去啊？"

"我是去贫民窟才得的病，那些病毒现在一定还在那里肆无忌惮着，我得叫人去治治它们。"

想到贫民窟的人们有病不能得到很好治疗，骆琳达联系到了一支中国医疗队，给贫民窟带去了医疗服务。

在贫民窟一处空旷地带，医疗队摆放上了一排桌子，12 个医生分成两组，分别在给当地居民问诊看病。桌子前面，排着 6 排长长的队伍，人们排着队候诊。

骆琳达和孩子们一同前往，孩子们领着骆琳达在一间间的棚屋间探访着，催促着人们前去问诊。卡玛古想趁机带非洲妈妈去看他们的理想老家，上次来的时候都没有来得及去看。骆琳达欣然答应，想去见识见识它到底有多大魔力，竟会让他们如此魂牵梦萦。

孩子们领着骆琳达来到了拉希德的棚屋前，看到了那块挡在墙上的广告板。虽然显得更加破旧了，但上面印着的那幅费拉小镇的照片，在贫民窟破败的棚屋间显得那么耀眼。

罗尼斯指着广告板，兴奋地叫了起来："喏喏喏，这就是我们的老家！——"

孩子们来到广告板前面，站在那里立刻安静了下来，神情也变得庄严肃穆，眼中充满了纯洁神圣之情。

他们就这样痴痴地看着广告板，就像是看着一样圣物。

骆琳达注意到了他们的神情，那一刻，她突然浑身一凛。阿米娜正拉着她的手，感觉到了这一震颤，抬起头嗫嚅地问她："非洲妈妈，你在发抖吗？你没事吧？"

骆琳达说："没事……非洲妈妈终于明白了，你们为什么会这么执着地把费拉小镇作为自己的老家。要是非洲妈妈也像你们一样身处这个环境，同样会这样做的。"

卡玛古说："我们好久没有见到它了。"

姆班达说："它跟我们去过的那个地方一模一样。"

艾哈迈德说："那当然，它就是那里的照片。"

骆琳达脑海里猛然闪过一个念头，喃喃地说："希望有一天，你们能够真正拥有它。"

孩子们齐刷刷地朝她转过头来，默默地看着她，眼睛里充满了期待之情。

骆琳达回过神来，似乎感觉到了压力。

那天晚上，她做了一个梦，梦见自己对着台下黑压压的一大批听众在演讲。她说：

"……现在我要向大家宣布一个计划，我要改造那个贫民窟，把那里的旧貌换成新颜，让那里成为一个崭新的社区！"

台下听众热烈鼓掌。

骆琳达猛地睁开眼睛，自语地道："天呐，我怎么会有这种想法，改造贫民窟那得多少钱啊，凭我一己之力，这是不可能完成的。难道我疯了吗？！"

骆琳达从床上坐了起来，拍了拍脑袋，自责地说："怎么会冒出这么幼稚的念头来？"

她镇静了一下，轻轻拍了拍自己的胸脯，替自己解围，那不过是胡思乱想，没有必要当真，想想就过去了。

那一个晚上，她辗转反侧，怎么也睡不着，只好打开灯，干脆起床，来到盥洗间，用冷水洗着脸。她似乎想到了什么，赶紧回到卧室，来到一只箱子前，在里面翻找着，终于找出了那本《换糖经》。

骆琳达把《换糖经》给高正飞看，高正飞不明白《换糖经》的意思，骆琳达向他解释，昨晚找药的时候，顺便找到了这本书。这是她来南非时，母亲硬是塞给她的，所以就把它压在箱底，早已忘了，没想到翻药翻到了它。

骆琳达觉得它应该是一本讲生意的书，让高正飞不妨看看，说不定对经营公司有用呢。

骆琳达一直没有看过这本老古董书，它是她外公留下来的，她的两个舅舅不爱读书，她外婆就把它当作宝贝送给了她母亲。她母亲虽然喜欢读书，但也像她一样不喜欢读这本《换糖经》，所以才会把它当作传家宝，硬是塞到了她的行李箱里。

既然她外公把它当作宝贝，说不定里面还真的藏着宝藏呢，高正飞决定读一读它。

读着这本《换糖经》，高正飞被书里的内容打动。书中写道，糖者，天象也。鸡毛者，禽羽也。鸡毛换糖之换者，易义也，求义而不弃利之谓也。盖以糖之贵重，羽毛之轻贱，本非同类相比，其交易也，于己以重易轻，于人以轻易重，然各有所需，求义而不弃利，其深意皆蕴含于换一词。以轻易重，以贱易贵，以小博大，化短为长，化亏为盈，点石成金，换字之神，尽在义中。

高正飞将《换糖经》恭恭敬敬交还给骆琳达，神情庄重地建议她读一读。高正飞复述着书中的精髓，骆琳达说听不懂他说的，要他说人话。高正飞说，做生意，表面上是钱物交换，实际上是义气交换，要打"义"字旗号，包含的是对人的信任和尊重，展示的是作为人应有的尊严。

骆琳达怀疑是他编出来的，高正飞告诉她看了就知道了，并说亏即盈也，这是多么奇妙的辩证法。

骆琳达这才静下心来拜读《换糖经》，似乎看出了门道来。她终于合上书本，抬起头来，默默地望向前方，像是在思索着什么。她认同高正飞的观点，这本《换糖经》表面讲的是生意经，实际讲的是为人处事的道理。

想想这么多中国人不远万里、不辞辛苦来南非打拼赚钱，一年365天都在围着金钱转，都在为赚钱奔波拼命，有些还不幸英年早逝，实在没有明白赚钱到底是为了什么。赚到了钱还想赚得更多，越是赚得多越是不满足，内心深处越是空虚，越是害怕，不明白赚钱是为了体现自身价值，而不是拥有这些印在纸上的金钱。

这样一想，改造贫民窟的念头变得更加强烈，像八爪鱼一样紧紧地扎在了骆琳达的心里，挥之不去。更要命的是，随着时间的推移，竟在脑海里变得越发真实起来。

骆琳达被这个念头折磨着，有时甚至夜不能寐。

她回想了自己走过的坎坷历程，尤其到南非打拼的这些日子，虽然只有短短三年，却尝遍了一辈子的酸甜苦辣。她想，这也许是上帝的特意安排，先让她吃那么多苦，再让她享受人生的成功，然后派给她改造贫民窟的任务，让她经受人生最大的考验。

她问自己，到底是由此退缩，还是迎着困难而上？经过激烈的思想斗争，骆琳达最终义无反顾地选择了后者。

骆琳达再次找到米介锋，将两张照片推到他面前。米介锋一看，一张是费拉小镇，一张是贫民窟。骆琳达问他如果把贫民窟改造成费拉小镇，是否可行。米介锋告诉她，那不是改造，是重建。关键是钱。这么大的规模，估计要很多钱。

骆琳达此时关心的，是能否做得出这个样子，而且还要快一点完工。米介锋觉得应该没有问题，进度上可以采用装配式工艺，做成活动板房式住宅，甚至可以采用 3D 打印技术。

问题在于资金。

骆琳达做好了建筑模型，把它端到高正飞面前。高正飞一时没有看出来是贫民窟，以为是费拉小镇。但骆琳达告诉他，这是未来的贫民窟，准确地说，应该叫作非洲妈妈社区。

高正飞不了解她的真实想法，以为这是一个商业项目，说设计概念真不错，可以名利双收。骆琳达说它不是一个商业项目，而是一个公益项目，造好的房子还是要给那里的原住民居住的。

高正飞以为是政府出资，觉得政府真不错，舍得花大钱来改造贫民窟。但骆琳达说不是政府出资，而是她骆琳达自己出资。

高正飞以为听错了，一时没有反应过来。骆琳达淡淡地说，是她自己出钱去改造。高正飞以为她在开玩笑，说这得投进去很多钱，而且只进不出，不是她能够玩得起的。

骆琳达没有马上回答，只是沉吟着。所以高正飞嘿嘿一笑，认定她是在开玩笑。骆琳达说起先她也认为是一个玩笑，但随着时间推移，这一想法竟在脑海里变得越来越真实，她被这一念头折磨着，有时候甚至夜不能寐。

高正飞这才发觉不是玩笑，而是一个真实决定。他脑子里跳出来的想法首先是财力不够，于是他立刻否决了她的决定。

骆琳达没有反驳他，只是缓缓地说了起来，更多的像是在自言自语：

"回想我走过的路，很坎坷，尤其到南非打拼的这些日子，虽然只有短短三年，却尝遍了一辈子的酸甜苦辣。我想，这也许是上天的特意安排，先让我吃那么多苦，再让我享受人生的成功，然后派给我改造贫民窟的任务，让我去经受人生最大的一次考验。"

高正飞认为这是她在自我加压，这个改造贫民窟的任务太艰巨了，太庞大了，完全超出了她的能力，她是做不了的，上天不会派给她这样一个任务的。

骆琳达伸手摸了摸那个模型，感慨万千，似乎有很多话要说。在她看来，这是一个多好的作品呀，不把它造起来真是可惜了。

高正飞说："世上的事，不是件件都能做到的，做不到的也不必强求。"

骆琳达轻轻叹了一口气，说："我不止一次地问过自己，是退缩，还是应该迎着困难上，但我没有给出自己的答案。你倒是干脆，哗一下泼了我一盆冷水，让我放弃这个疯狂的想法。"

高正飞说："我只不过更务实一点，但这样却少了一份理想主义情怀。"

骆琳达捧起了模型，一脸惆怅，喃喃地道："它真的是一件好作品……"

随后，骆琳达把这个模型放在了齐力面前。齐力说，他的意见跟高正飞相反。骆琳达感到很意外，问他知道高正飞的意见？齐力说不知道，但他只是把握一点，凡是高正飞同意的，他就反对，凡是高正飞反对的，他就同意。

他这是在跟高正飞抬杠，骆琳达要他严肃一点，齐力却说，严肃一点也是这个结论。骆琳达说他是个机会主义者，齐力说谁让高正飞是他情敌呢。骆琳达批评他不但是个机会主义者，而且还一根筋，钻到牛角尖里出不来了。

虽然高正飞反对骆琳达做这个项目，但在内心深处，是支持骆琳达把愿望实现的。为此，他独自一人来到贫民窟，考察那里的状况，想进一步评估做成这件事情的可行性。

他穿梭在贫民窟逼仄窄小的过道，走过一处棚屋的拐角时，身后突然响起一阵脚步声。还未及回头，一把枪对准了他的后脑勺，要他不要动。

遭遇抢劫了。

另一个歹徒奔到他前面，一把将他推到墙边，让他举起手来，命令他乖乖趴到墙上。高正飞照着口令趴好，心脏怦怦怦地狂跳着。

两个歹徒手忙脚乱地在他身上捋摸了一遍，飞快地从他口袋里掏出了他的手机和500兰特现金，然后用枪柄朝他脖子上狠狠砸了一下。高正飞只觉得眼睛一黑，斜倒在了墙边。

两个歹徒迅速逃走。

高正飞眼冒金星，捂着脖子站起身。午后明晃晃的阳光照得他有些晕眩。高正飞浑身乏力，四肢发抖，靠在墙上急促呼吸着。

他突然打了一个寒噤，意识到自己正置身于危险境地，赶紧拔腿离去。

回到公司，骆琳达见高正飞神情蔫蔫的，像是生了一场病，问他有没有事情。高正飞说可能真的生了一场病。骆琳达不明白他的意思，让他直说。

高正飞问她，是不是生过病的人，会冒出一般人无法理解的想法，比如像她，生了那场大病后，就冒出了要改造贫民窟的想法。

骆琳达说是啊，的确是这样的。高正飞问为什么。骆琳达说人只有生病的时候，尤其生大病的时候，才会去思考最本质的东西。那些东西是你生病之前很少会去思考的。就好像空气，当你好端端的时候，根本意识不到它的存在，只有当你无法呼吸时，你才会觉得它对你会是多么重要。

高正飞耸了耸肩，像是有万般话语却又无法说出来。骆琳达问他冒出了什么一般人无法理解的想法，高正飞说他支持她的想法。

骆琳达侧过脸看他，似乎不太相信他的话。

高正飞再次强调，支持她改造贫民窟的想法。

骆琳达以为他在开玩笑，说听起来很不真实。高正飞说干就是了，管它真不真实。骆琳达问他义无反顾？高正飞回答说绝对义无反顾。

骆琳达痴痴地看着他，眼里是无尽的爱意和幸福。高正飞故作心虚，问她想干什么。骆琳达说她想狠狠地拥抱他一下。

于是两人相拥在了一起。

为了筹措足够的资金，骆琳达决定卖掉自己手里"非洲妈妈"集团的股权。她对股东们说，改造贫民窟是她个人的决定，对她来说，这绝对是个不可能完成的任务。但既然决心已下，她一定要去完成它。做这件事最大的拦路虎就是钱，为此她决定卖掉所拥有的非洲妈妈集团的股份，她问各位股东有没有想承接的。

有股东立马提出，她把股份都卖光了，这个集团还能叫非洲妈妈集团吗？

骆琳达说这也正是她接着想说的。在她退出股份之前，她提议"非洲妈妈"品牌从集团剥离出来，使它成为一个社会品牌，既不出售给新买主，也不再属于各位股东，希望他们能够理解支持。

她的想法立刻遭到了一些股东反对，他们指出没有了"非洲妈妈"品牌，集团的无形资产将会大大缩水，这将严重侵犯他们的利益。

骆琳达对此解释说，在大家入股非洲妈妈集团时，并没有计入非洲妈妈品牌的无形资产价值，现在将其剥离出来，也不存在侵犯股东利益一说。但他们声称，他们是在认同非洲妈妈品牌价值的前提下才入股的。

骆琳达说她之所以打算这样做，是为了让非洲妈妈品牌能够更好地转型，把它打造成一个社会品牌，从而使它得到更好的发展。事实上，剥离出去之后，集团仍然可以使用非洲妈妈这个名称，一点也不会影响后续经营。相反地，如果非洲妈妈品牌做得更响亮了，更有价值了，对集团只有好处，没有坏处。

高正飞支持骆琳达董事长的决定，认为剥离之后，只会让这个品牌变得更好，何乐而不为呢。但那些股东认为，他们会控制不了它的。

齐力同样力挺骆琳达。她是这个品牌的创始人，对她来说，这个品牌就是她的孩子，后续由她来打造这个品牌，他是绝对放心的，他认为所有股东也可以绝对放心。他支持骆琳达董事长的决定。

那些股东觉得谈不拢就不再谈了，起身离开了会场。只有骆琳达、高正飞和齐力三人依旧坐在那里，感到十分沮丧。

为了调节气氛，骆琳达强作欢颜调侃齐力，说正飞支持她，他应该反对才对呀。高正飞望向齐力，责问齐力为什么要跟他唱对台戏。齐力鄙视地看了他一眼，笃定地说在大是大非面前，他一般会独立思考的。

骆琳达叹了一口气，问他们接下去该怎么办。高正飞沉吟了一下，说改造贫民窟是一件大事，为了办成大事，他认为不如以退为进。齐力很不满意他的意见，说不能就这么当败兵，如果要当败兵，刚才又何必据理力争呢。

骆琳达觉得高正飞应该有了新的思路，问他怎么个以退为进法。高正飞说既然改造贫民窟是上天派给她的任务，他觉得上天一定会再次给她好运的。

齐力对此十分不屑，这算什么鬼主意，都要靠迷信来自欺欺人，简直就是脑子坏了。骆琳达却不置可否。

高正飞自己也不知道上天会以何种方式给骆琳达好运。不过这的确是他的第六感。

事实上，那个好运正在走向骆琳达，它就是"东风吹"公司的曾瑞华。

此时，曾瑞华再次前来南非考察。路上，他向助手了解博茨纳村商业街的最新情况。看起来招商工作十分顺利，商户已经全部入驻，他们热情很高，生意做得相当卖力。目前市场气氛活跃，人流量在逐日增加，经营情况良好。

曾瑞华关心那些商户什么时候可以赚钱，助手告诉他大部分已经赚钱了。曾瑞华感到满意，认为赚钱是营造商业氛围的最好效应，要求公司做好日常监测，一旦发现往下掉的趋势，要马上派出营销人员进行指导。

曾瑞华再次前来南非考察的消息经过电视新闻报道，被高正飞看到，认出他就是那个帮助过骆琳达的大恩人，立刻叫上骆琳达前去找他。

经过一番周折，他们见到了曾瑞华。骆琳达向他深鞠一躬，对这个大恩人表示感谢。高正飞也说他是当年的亲历者，要不是曾先生爽快地出钱保释琳达，还替她办妥工作签证，不可能有骆琳达的今天，这对她来说是决定性的一步。

曾瑞华表明自己不过是举手之劳，与她赤手勇斗歹徒相比，他做的这一点事儿不值得一提。曾瑞华很关心骆琳达情况，认真倾听了她一路走来的曲折经历。

曾瑞华对她拥有了非洲妈妈集团感到高兴，认为名字有点特别，感觉背后似乎有故事。骆琳达说故事很曲折，说来话长了。曾瑞华执意想听，骆琳达告诉他，当时她被逼收养了十个来自贫民窟的孩子，没想到阴差阳错，和他们一道创出了非洲妈妈集团。现在她有了一个想法，想去改造那个贫民窟，但因为没有钱，所以想把非洲妈妈集团的股份卖掉。

曾瑞华对她要改造贫民窟感到惊讶，骆琳达承认这个想法有些不切实际，不想再说下去，免得闹出笑话。曾瑞华问她是否想做房地产开发，骆琳达摇摇头，说这是一个公益项目。高正飞补充说她想做好事。

曾瑞华来了兴趣，想听听到底是怎么回事。听了骆琳达的介绍，曾瑞华强烈要求参与这个项目。骆琳达提醒说这个项目不能赚钱的。曾瑞华说因为不能赚钱才要求参与的。骆琳达问他原因，曾瑞华说是因为敬佩她。

骆琳达狂喜不已，转向高正飞，问他听到曾老板说了什么。高正飞当然听到了，只是好消息来得太快，感觉有点不真实。

曾瑞华微笑着对他们说，那就慢慢消化吧。骆琳达调侃地说她撑饱了，需要吗丁啉。曾瑞华哈哈大笑，说项目还没有开始，他就已经开心起来了。

回来的路上，骆琳达依旧感觉不可思议，高正飞也是同样感觉。骆琳达说她需要发泄。于是将身子探出车窗，对着马路不管不顾地大声叫喊起来。高正飞说看她发疯的样子，真的很有意思，这才是人生的最高境界。

骆琳达觉得发疯的应该是曾瑞华，达到人生最高境界的更应该是曾瑞华。骆琳达怎么也不会想到，曾瑞华竟然会答应出高价把她的股份收了，而且还愿意赔偿其他股东的损失，把"非洲妈妈"品牌的支配权拿到手，然后再将它作为一个公益品牌。

高正飞问她为什么会有这个结局，骆琳达说遇到好人了呗。高正飞说不仅仅遇到了好人，而且遇到了志同道合的人。从某种意义上来说，是她影响了曾瑞华。

贫民窟改造方案在"非洲妈妈"公益品牌新闻发布会上隆重推出，曾瑞华在发布会上宣布：

"非洲妈妈将作为一个公益品牌向会社会开放，只要出于公益项目和慈善事业之需要，谁都可以申请使用这个品牌。我们将成立非洲妈妈理事会，对非洲妈妈品牌进行授权管理。下面请骆总发布非洲妈妈品牌首个重头项目。"

骆琳达在发布会上介绍了改造方案。她说：

"在曾董事长的强力支持下，我们将启动一个棚屋区改造换新项目，项目完成后，将以崭新的面貌出现在原址上，供那里的人们免费使用。作为非洲妈妈品牌首个重头项目，它将被命名为'非洲妈妈'老家社区。'非洲妈妈'老家社区将以希腊圣托里尼的费拉小镇为建筑蓝本进行开发。为了达成可持续发展目标，社区将被打造成旅游目的地，除了以独特的建筑吸引游客，还将建设两条特色街区，以营造浓厚的旅游氛围。"

那只模型被工作人员推了出来，放到了前台。记者们趋身向前，都被这个模型惊艳到了，对着模型纷纷拍照。

骆琳达继续介绍说：

"社区房子将被设计成白色小方块，属模块式结构，犹如积木，可拼凑，可移动。为了达到极致效果，将采用 3D 打印技术建造。光洁的白色外表会被缀以中国汉字或汉字笔画，将会极富艺术美感，不但有着极佳的观赏性，还可以通过它们学习中文。我们希望设计师们能够踊跃参加'非洲妈妈'老家社区的建筑设计和艺术设计，同时也希望 3D 打印企业能够为我们这个项目提供服务，共同做一次开创型的合作，为'非洲妈妈'老家社区成为一个经典作品而努力。"

台下发出热烈的掌声。

# 三十二、成就人生

有了曾瑞华的资金加持，"非洲妈妈"老家社区项目迅速启动。设计完成后，立刻进入 3D 打印环节。技术人员正在电脑上演示打印过程，骆琳达好奇地看着。

根据总体思路，模块房间打印完成后，将按照设计方案在缓坡上进行组合，它们或并列，或错落，或叠加，这样就形成了颇具费拉小镇风格的"非洲妈妈"老家社区了。

骆琳达对设计方案十分满意，呈现的效果连她自己都要被征服了。

最先被打印出来的是九个孩子的房子，骆琳达要带着他们去工厂体验一番。对于终于能够住上老家房子，孩子们兴奋不已。

骆琳达对他们说那是试住，他们的责任可大了，住了之后要把不舒服的地方找出来，让技术员叔叔去改进。孩子们表示一定会用心去感受，把缺点统统找出来。

3D 打印出来的模块房间就堆放在工场里，孩子们下了汽车，纷纷跑到房子前驻足观看。白色光滑的模块房间方方正正，外面点缀着汉字笔画，看上去十分可爱有趣。

阿米娜指着其中一间房子，想要那一间，其他孩子也纷纷认领了自己想要的房子。

阿米娜走入房间，看到漂亮的床铺，兴奋地跃起身子，将自己重重摔到床铺上。

在其他房间，每个孩子都经历着这一刻的兴奋，各有各的行为，各有各的表现。

到了晚上，孩子们坐在其中一个模块房间的顶部，一边看着星星和月亮，一边唱着歌曲，非常开心。歌声飘扬在工场夜空。

骆琳达站在下面，静静地望着他们，脸上洋溢着幸福，还有缓缓淌下的激动的泪水。

模块房间被一车车地运往贫民窟，各种工程机械在那里紧张施工着，现场热火朝天。为了不影响人们居住，施工采用步步推进方式，完工一批，搬入一批。

经过施工人员奋力拼搏，"非洲妈妈"老家社区工程终于完工。那里的人们全部搬进了崭新的房子，人们的心情就像孩子们试住那天一样喜悦。这是骆琳达感到最欣慰的事情，也是孩子们感到最欣慰的事情！

那里是孩子们从小长大的地方，是孩子们的故乡，接下来骆琳达要让那里的人开始做旅游生意，这样才不会继续贫穷下去，而会慢慢富裕起来。

阿米娜感到很遗憾，要是哥哥在的话，一定会开心得不得了。骆琳达正好要跟孩子们说罗哈扎娃的事。除了在"非洲妈妈"老家社区为他们每个人预留了一套房子外，她还专门为罗哈扎娃定制了一套特色房子，取名为"罗哈扎娃"梦想屋，打算把非洲妈妈公益中心搬到那里去，以后就在那里专心从事公益事业。

卡玛古问非洲妈妈他们去不去，骆琳达说这要看他们愿意不愿意喽，如果愿意的话，当然可以啦，如果不愿意，就继续留在这里。

阿米娜赶紧替伙伴们表态，非洲妈妈去哪里，他们就去哪里。

骆琳达布置给了他们一个任务，把他们心目中的罗哈扎娃模样画出来，她要把他们的作品挂到"罗哈扎娃"梦想屋里。孩子们欣然答应。

社区以独特的外表造型傲立于缓坡上，看到它的人，都会眼睛一亮，赞不绝口。

孩子们正在老家社区的模块房子之间玩着捉迷藏游戏。

阿米娜双臂交错搭在墙上，眼睛靠在手臂上，嘴里念着数字。其他孩子找着隐蔽之处来躲藏自己。

阿米娜："……6、5、4、3、2、1，我来抓啦！——"

阿米娜穿梭在模块房子之间，寻找着其他孩子。她穿过各种房子，在拐过其中一个弯时，与来人撞了一个满怀，把来人怀里抱着的一大堆木雕工艺品撞得撒落一地。

阿米娜赶紧俯身去捡木雕工艺品，但抬头一看，发现竟是拉希德，害怕得大声叫了起来："是你呀，啊！——"

阿米娜立刻撒腿逃跑，但拉希德使劲追了上去，没有追出多远，就一把拉住了阿米娜。阿米娜害怕地用双臂护住脑袋，大叫着："不要打我，不要打我！"

拉希德说："谁打你了？"

阿米娜终于听清楚了，这才放下手臂，小心地看向拉希德，怯怯地说："你不打我吗？"

拉希德说："我不会再打你们了。现在日子好过了，我还打你们干什么？快点，帮我一起捡起来。"

阿米娜和拉希德一起捡着木雕工艺品，阿米娜将捡起的木雕工艺品打算交给拉希德，被拉希德喝止："你帮我拿着，跟我一起走。"

阿米娜惶恐地问："去哪里呀？"

拉希德说："旅游市场呀，我在那里摆摊卖这些东西呢。"

阿米娜为难地说："我在捉迷藏呢……"

拉希德说："捉迷藏重要还是做生意重要？走！"

不等阿米娜回答，拉希德只管自己走了。阿米娜只得无奈地跟上。拉希德抱着木雕工艺品来到社区旅游品市场，阿米娜也抱着木雕工艺品，急匆匆地跟在他后面。

市场设置在居民区的间隔小路上，分横竖各三条，形成了一个田字结构。摊位上贩卖着各种旅游产品，还有一些餐馆饭店散落其间，商户都是当地的居民。

拉希德到了自己的摊位前，将木雕工艺品一放，阿米娜也学着他的样子，放下木雕工艺品，转身奔跑着离去。

拉希德冲着她的背影大声喊道："让他们都来啊，我不会再打你们了。"

阿米娜早已不见了踪影。

她重新来到捉迷藏处，发现小伙伴们都在那里。卡玛古朝她叫道："你怎么一个也没有抓到？"

罗尼斯也附和说："是啊，我们都等急了，只好主动出来找你。"

阿米娜说："我遇到了拉希德。"

伙伴们惊诧不已，露出害怕的神情。乔纳森赶紧问她："他有没有打你？"

阿米娜说："没有，他说他不会再打我们了。"

科瓦利尔不解地问："为什么呢？"

阿米娜回答："他说他现在日子好过了，还打我们干什么。他正在市场里摆摊卖木雕。"

桑德疑惑地问："不会吧？"

阿米娜说："是真的，我一点也没有骗你们。"

艾哈迈德抬头看了一眼天空，说："哎呀，我们应该回去了吧，非洲妈妈要等急了。"

卡玛古把手一挥说："走！"

孩子们很快来到了"罗哈扎娃"梦想屋，在屋前排好队，骆琳达站在他们面前一一点名。报到谁的名字，谁就响亮地回答"到"。当点到罗哈扎娃时，骆琳达停顿了一下，然后叫道：

"罗哈扎娃。"

孩子们先是一愣，但马上反应了过来，异口同声地回答："到！——"

接着他们一齐从口袋里掏出一张纸，将它展开来举在胸前，那上面是罗哈扎娃的画像。

骆琳达激动地说："谢谢你们还记着他。"

孩子们说："他是我们的头儿。"

骆琳达含泪点头，说：

"现在，我们来举行'罗哈扎娃'梦想屋暨非洲妈妈公益中心揭幕仪式，我没有邀请其他人参加，是因为我觉得有你们参加，就足够是一个最隆重的仪式了。下面请大家把手上的画贴到梦想屋里面，让我们和罗哈扎娃永远在一起。"

大家蜂拥来到里面，将各自的画贴到了墙上。

电视台、报纸等媒体大量报道非洲妈妈老家社区"惊艳登场"的消息："非洲妈妈老家社区以其独特的外表造型和先进的旅游功能引人瞩目，人们蜂拥来到这里观光旅游，这个曾经肮脏龌龊的棚屋区，经过非洲妈妈改造，现在已经成了热门旅游目的地，创造了一个令人咋舌的人间奇迹。随着游客不断增加，旅游街的生意越来越好，人们的生活也逐步走向富裕……"

骆琳达着手复制这一模式，筹措资金准备改造下一个贫民窟。这一次，高正飞不再怀疑她了。骆琳达问他有没有其他要求，高正飞说希望这一创举安排在他们结婚之后。

骆琳达和高正飞的婚礼选在"罗哈扎娃"梦想屋举行，亲朋好友相聚一堂。骆琳达特意请来了远在义乌的闺密小曦和她的丈夫小狄。

小曦说："没有想到琳达的婚礼会在约堡举行，好浪漫哟。"

小狄问："我们要不要再来一次？"

小曦说："要呀，反正琳达欠我好几次蜜月旅行呢，等她自己的婚礼完了之后，让她给我们操办操办。"

此时，高正飞深情地挽着骆琳达，缓步走向梦想屋。

九个孩子加上章诗萌，一起站在骆琳达身后，共同拉着她的婚纱裙摆，朝着梦想屋走去。

阿米娜问章诗萌："你喜欢你爸爸吗？"

章诗萌说："太喜欢了。"

阿米娜说："我们也喜欢。"

章诗萌说："你们抢了我妈妈，可不能再抢我爸爸了。"

阿米娜说："抢了才好呢，这样你有九个兄弟姐妹了。"

章诗萌恍悟过来，说："对呀，我怎么没有想到。"

阿米娜说："一言为定。"

章诗萌说："一言为定。"

夜晚，母亲于霜菊在整理骆琳达房间时，翻到了自己送给女儿的那些药物。她说这些药物早就过期了，把它们扔了吧。骆琳达赶紧制止，她得留着它们。母亲问她留着干什么。骆琳达说这是她到南非打拼的纪念，代表着母亲的深情厚谊。母亲说，这孩子，跟妈玩这一套。骆琳达说这一套可管用了，要不是她那本《换糖经》，也许就没有非洲妈妈老家社区了。

母亲说，那就好好传下去。

骆琳达上前，一把搂住了母亲，说谢谢她。母亲问干吗谢她，骆琳达说因为她生了一个好女儿。母亲说她尽会夸她自己。骆琳达说好好好，一个好妈妈生了一个好女儿，满意了吧？母亲这才开心地笑了。

政府看到了这种房子的便利性、实用性和廉价性，要求大量订购，作为各个居民点的医疗诊所和地广人稀之处的教学点。骆琳达真的不敢相信，部长会亲自到"非洲妈妈"公益中心来跟她洽谈合作。部长笑着说是不是自己不像部长。骆琳达赶紧说没有没有，只是她怠慢了，早知道是跟部长洽谈，那得让她上门才对呀。

部长却说骆琳达值得他亲自登门拜访。

骆琳达说自己只是一个执行者，曾瑞华先生才是非洲妈妈老家社区的主导者，没有他的鼎力推动，就没有这个社区，只不过他不愿意抛头露面，所以才成就了她的名声。

部长要她代为问候曾瑞华先生，然后开出了采购数字。先要 1000 套这样的房子，作为各个居民点的医疗诊所。至于那些地广人稀之处的教学点用房，他们还在统计数量，当然也还要进一步筹集资金。那些地方的孩子现在还坐在树下上课，他们要在议会上大声呼吁，增加教育拨款，让那些孩子们都能够在这样漂亮的教室里安心上课。

骆琳达真的没有想到，她这些房子还能派上这么大的用处。部长告诉她，那是因为她设计得好。他现在就向她发出邀请，希望她到他们那里进行下一轮洽谈。骆琳达兴奋不已。

政府的采购让"非洲妈妈"公益中心意外获得了巨额利润。夜晚，他们几个在露台喝酒庆贺，高正飞说骆总这下可以用赚到的钱来反哺下一个贫民窟改造项目了。齐力立刻怼他说，这样称呼也太虚情假意了，老婆就是老婆嘛，还什么骆总，既然合法合规了，就应该大胆叫出来，现在没有人再会跟他争风吃醋了。高正飞说就因为没有了情敌，才不用昭告天下嘛。

骆琳达要齐力不要乱扯话题，人家在说政府采购，他又扯上陈谷子烂芝麻的事了。齐力只好认错说好好好，反正都是他的错，不说了不说了。高正飞表示说说也好，今天就做一个了断。从今天起，再没有情敌一说了，否则算他齐力犯大忌。

齐力让高正飞千万不要误导，他刚才可说得明明白白，以后不会再来争风吃醋了，而是要争奇斗艳，成为非洲妈妈事业的合作者。

骆琳达嘟哝着说这还差不多。齐力摇头表示自己有多难。严浩俊开心地笑了。

骆琳达问他们，她现在这样是不是太顺了？总觉得太顺了不好，一点也不真实，像是在做梦，也不符合事物的发展规律。齐力说她矫情。骆琳达问他为什么对她这么不满。齐力说看来他又说错话了。

高正飞却说，这应该是她以前积攒下来的家当在起作用。骆琳达问是什么家当。高正飞说善有善报，好心有好报。齐力啧啧啧地说他们是夫唱妇随，令人羡慕。严浩俊也认同高正飞的说法，觉得事实就是这样，骆总的善心得到了丰厚回报，看上去好像出乎意料，其实都是命中注定的。

高正飞还对这个"命"进行了校正，认为不是从一开始就固定的那个"命"，而是通过你不断努力，不断打拼，不断修炼之后，那个变化了的"命"。骆琳达听了很得意，对齐力说她真想夸奖一下她老公的这句话，说得太好了，她问齐力不会说她又是在夫唱妇随吧？

齐力只好顺着骆琳达的意思，说这叫意气相投、志同道合、珠联璧合，属于价值观趋同，问她这下总满意了吧？

骆琳达说满意。高正飞说，他更满意的是，通过他老婆改造贫民窟这一公益行动，竟然在无意之中，将一单巨大的生意催生了出来。

齐力几乎气炸了肺，一个口口声声老公，另一个口口声声老婆，他要严浩俊评评理，这不是夫唱妇随是什么？

严浩俊说应该是妇唱夫随。

说得骆琳达哈哈哈地笑了起来。

这时，夜空中飞来一架飞机，闪着灯光，发出轰鸣声，徐徐越过头顶。

骆琳达激动地站了起来。"严浩俊你看，这是不是飞往祖国的飞机？"

严浩俊点点称是。

骆琳达问他现在没有当初的感觉了吧？严浩俊摇摇头说，依旧一样。

齐力问他俩在说什么。骆琳达告诉他，这是他俩的秘密。

高正飞立刻提议，让他们以茶代酒，为他俩的秘密干杯。

四人干杯。

## 三十三、尾声

随着非盟组织的介入，这种房子在非洲很多国家得以推广，而骆琳达的"非洲妈妈"公益中心同样引起了非盟组织的重视。

非盟组织给予她高度评价，破例为她量身定制了"非洲妈妈"勋章，表彰她在推动非洲发展中所做出的独特贡献，这在非盟历史上还是第一次。

骆琳达应邀走上了非盟组织讲台，介绍她的公益理念：

"感谢主席先生，感谢非盟组织，感谢非洲人民。能够来这里接受这枚勋章，能够走上这个至高无上的讲台，是我这辈子最大的荣幸，也是我人生走向新的高峰的标志。我从来没有想过非盟组织会对我所从事的事业给予这么高的评价，也从来没有想过非盟组织会将我们的模块房子在非洲很多国家推广。但仔细想想，这又是一件顺理成章的事情，因为我们做的是一件公益的事情，我们做的是一件争取让更多非洲人住上这种房子的事情。我之所以能够取得今天的成功，得益于我身边每一个人对我的帮助。无论这种帮助在当时看来是正面的，还是负面的，今天它们对我的成功都有着促进作用。回想起来，我感触最深的，是我妈妈对我说的一句话，和大家一起分享。她说，给人帮助是一种莫大的德行，只有成就别人，才能成就自己。因为我深深明白，我们是一个命运共同体，我好你好大家好，才是一种真正的好，才是一种我们都要去追求的好。谢谢。"

骆琳达说完，会场响起经久不息的掌声。

至此，骆琳达站到了人生新的高度，正朝着巅峰跋涉前行。